实验教材

信息技术

四年级第4册

云南省教育科学研究院 编著

云南出版集团

云南人民出版社

新纲要云南省实验教材　信息技术　四年级第 4 册（2020 年第 2 版）
ISBN 978-7-222-19061-0　（覆亮膜）　定价：14.19 元
定价批号：云价价格【2016】62 号　举报电话：12358

民族文字出版专项资金资助项目

“汉族题材云南少数民族古籍译注”
编纂委员会

汉族题材云南少数民族古籍译注

普学旺◇主编

卖花记
张四姐
红鱼姑娘

普学旺 刘艳芳 刘 琳 魏娟娟 谢红梅◆译注

云南出版集团公司
云南教育出版社

图书在版编目（CIP）数据

卖花记　张四姐　红鱼姑娘：汉文、彝文 / 普学旺主编. -- 昆明：云南教育出版社, 2019.12
汉族题材云南少数民族古籍译注
ISBN 978-7-5599-1480-4

Ⅰ. ①卖… Ⅱ. ①普… Ⅲ. ①彝族—民间故事—作品集—中国—汉、彝 Ⅳ. ①I277.3

中国版本图书馆CIP数据核字(2020)第004112号

出 版 人：胡　平
责任编辑：付婷婷　袁宣民　李昕蔚　和丽君
装帧设计：向　炜
责任印制：张　旸　赵宏斌

汉族题材云南少数民族古籍译注
普学旺◆主编
卖花记　张四姐　红鱼姑娘
普学旺　刘艳芳　刘　琳　魏娟娟　谢红梅◆译注

云南出版集团公司　云南教育出版社出版发行
（昆明市环城西路609号　650034）
市场营销部：0871-64136376 传真：0871-64136376
网址：http://www.yneph.com

云南出版印刷集团有限责任公司　云南新华印刷一厂印装

开本：889毫米×1194毫米　1/16
印张：30
字数：546000
2020年3月第1版　2020年3月第1次印刷

ISBN 978-7-5599-1480-4
定价：540.00元

出版说明

在卷帙浩繁的云南少数民族古籍中，有一批来自汉族题材的典籍，如彝族的《董永记》《劝善经》《毛洪记》《张四姐》《卖花记》《凤凰记》《齐小荣》《孔子》《唐王记》（又名《唐王游地府》），傣族的《王莽篡位》《大孝记》《唐王》《唐僧取经》《王玉莲》《元龙太子》《刘百万》《姜公钓鱼》，白族的《柳荫记》《王素珍观灯》《白扇记》《丁郎刻木》《赵五娘寻夫》《卖花记》《磨房记》《黄氏女对金刚经》《李四维告御状》《目莲救母》等。这些少数民族古籍，有的来自汉族的正史或野史，有的来自汉族古典小说，有的来自汉族民间戏剧，有的来自汉族民间故事或传说，有的来自道教、汉传佛教的经典。

汉族题材云南少数民族古籍的产生不是偶然的，它是中华民族文化交流与融合的必然产物。一方面，在中华民族历史发展进程中，汉族文化长期是中华文化的主流，对各民族文化产生着深远而持久的影响。这种影响从政治、经济到文化，全方位辐射，对各民族社会的文明进步和发展起到了积极的促进作用。另一方面，云南少数民族对汉文化典籍也不是随意吸纳，汉文化作品在融入云南少数民族文化生活的过程中，经过重组演绎或艺术再创造，实现了本土化和民族化，并最终凝结成为少数民族喜闻乐见的民族文化艺术经典。其审美功能、娱乐功能、教育功能、传播功能、表达功能等都得到了较大发挥，这在中华文化传播史上是一个非常特别的范例。表明在中华民族多元一体格局的形成过程中，云南少数民族在创造内容丰富、形态多样的优秀民族文化的同时，也积极学习、借鉴和传播了内地汉族先进文化，为增强中华文化的生命力和创造力做出了贡献。并通过吸纳来自内地的汉族优秀文化，从思想深处不断铸就对中华文化的认同感和向心力。这是西南边疆云南各族人民与汉族人民友好交往交流交融的历史见证，是中华各民族文化相互交流和文明互鉴的真实写照，其中蕴含着中华文化认同和民族团结进步的思想内涵。习近平总书记指出：“加强中华民族大团结，长远和根本的是增强文化认同，建设各民族共有精神家园，积极培养中华民族共同体意识。文化认同是最深层次的认同，是民族团结之根、民族和睦之魂。”因此，汉族题材云南少数民族古籍对于加强和促进中华文化认同，不断增强民族文化自信，振奋民族精神具有重要意义，是一宗值得抢救、保护和研究的珍贵文化遗产。

为此，我们决定编译出版本丛书，为铸牢中华民族共同体意识尽绵薄之力。

本丛书编委会

2019 年 11 月 8 日第二次修订

目　录

前 言

本书收录汉族题材彝文叙事长诗《卖花记》《张四姐》以及“螺女型”叙事长诗《红鱼姑娘》等三部，并将佤族螺女型民间故事《岩惹与龙女》和阿昌族同类故事《曹扎与龙姑娘》作为附录合辑出版。

《卖花记》主要流传于云南元阳、元江、红河、绿春等地彝族地区。它通过讲述卖花女张小姐与刘志敬悲欢离合的爱情故事，歌颂真善美和纯真爱情，并告诫后人不要作恶多端。20 世纪 80 年代，民间文学家涅努巴西曾将此长诗整理为汉文，并以《卖花人》为名收入《彝族叙事长诗选》，1984 年由云南民族出版社出版。之后，普学旺又将所收集到的此长诗彝文文本译为汉文，并以《扎莎则与勒斯基》为名，收入《彝族爱情叙事长诗》，1991 年由天津古籍出版社出版。此次译注，增加了国际音标注音、直译和句译，并将人名、地名等与汉文文本源对接，以便对比研究。

《卖花记》源于汉文唱书或黄梅戏，汉文名《卖花记》《卖花宝卷》《张氏三娘卖花宝卷》等，文本源清楚。据了解，《卖花记》在大理白族地区亦以大本曲唱本形式流传，还被译为傣文传入德宏傣族地区，深受各族人民喜爱。

《张四姐》主要流传于云南省元阳、红河、绿春等地彝族地区。长诗故事大要是：仙女张四姐下凡与柴夫崔文顺结为夫妻，乡官嫉妒，设下圈套使柴夫中计入狱。张四姐黑夜驾云劫狱，救出丈夫和无辜百姓，并与官兵激战，惊动朝廷。包丞相上天查访，方知张四姐乃仙女下凡。最后王母下凡带张四姐和柴夫回天庭。故事以团圆结局。20 世纪 80 年代，涅努巴西曾将此长诗翻译整理为汉文，并以《贾斯则》为名收入《彝族叙事长诗选》，1984 年由云南民族出版社出版，“整理”成分较大。之后，普学旺将所收集到的彝文文本翻译为汉文，并以《贾斯则与朱武斯》为名收入《彝族爱情叙事长诗》，1991 年由天津古籍出版社出版。此次译注，增加了国际音标注音、直译和句译，并将人名、地名等与汉文文本源对接。

《张四姐》源于汉文《张四姐大闹东京宝卷》。此故事大多以戏剧形式流传，如福建的莆仙戏《张四姐下凡》，河南豫剧《张四姐下凡》，广东梅州秧歌《张四姐下凡》，安徽贵池傩戏《摇钱树》，四川的川剧《摇钱树》，云南壮剧《张四姐下凡》，广西壮族沙剧《张四姐下凡》等。广西壮族民间长诗《张四姐与李文墟》较之戏剧，故事情节有较大改动。

《红鱼姑娘》主要流传于云南新平、元江、峨山等地彝族地区。其主要情节是：孤儿吉古阿里从河中捕到一条小红鱼，他将小红鱼放养于自家水缸中。从此阿里每天下地后回家都发现已有人为他做好了饭菜，问村人方知是红鱼所为。阿里假装出门，午后返回屋边窥视，看见一少女正从水缸出来为他炊馔。阿列快速入门烧了鱼皮，少女就与阿里做了夫妻……长诗将“螺女型”和“难题型”故事串连其间，使故事生动曲折，体现了彝族人民追求美好幸福生活的强烈愿望。20 世纪 90 年代初，普学旺曾将此长诗翻译为汉文，并以《则谷阿列与依妮》为名收入《彝族爱情叙事长诗》，1991 年由天津古籍出版社出版。之后引起学者关注，并被写入《中华民间文学史》。20 年后，普学旺又重译此长诗，并改名《红鱼姑娘》，2011 年由云南民族出版社出版。本书收录此长诗原因有三：一是螺女型故事遍布于中华大地，是中华民间故事中的一种重要故事类型。早在 1600 多年前，陶渊明在《搜神后记》中就记录有名为《白水素女》的螺女故事，其后唐末皇甫氏在《原化记》中亦收录了一则名为《吴堪》的螺女故事，说明此故事类型具有悠久的历史。彝族《红鱼姑娘》是否受了中原螺女故事的影响？还是保留了螺女故事的早期形态？值得关注。二是《红鱼姑娘》的故事不唯在彝语支民族傈僳、哈尼、基诺、怒等民族中流传，在孟高棉语族佤族中亦有相似的长篇故事《岩惹与龙女》，在壮侗语族壮族和毛南族中有《龙女与汉鹏》，在这些族源相远的民族中为何都有如此相似的故事流传？值得研究。三是有学者研究指出中国龙女故事源于印度，“不是中国道地的土产”。彝族《红鱼姑娘》为代表的西南各民族众多螺女故事，难道都源于印度？此课题对于构建中华各民族文化交流交融历史具有重要意义，符合编撰本丛书的主旨。

译　者

2019 年 3 月 24 日

卖花记

普学旺　刘艳芳　魏娟娟◆译注

彝文《卖花记》四行译注

tʂa^{33} ɕa^{21} tɕe^{21} ʂo^{33} dʑe^{33}
张 小 姐 故 事
张 小 姐 故 事

ɣo^{33} mu^{33} ʐɤ^{21} tʂo^{33} zæ^{21}
皇 帝 仁 宗 代
仁 宗 皇 帝 时

mo^{33} me̱^{33} ȵe^{21} dæ^{21} dæ^{21}
马 兵 万 满 满
兵 强 马 又 壮

lo^{21} dæ^{33} kɯ^{33} k'o^{21} mo^{55}
城 筑 九 层 高
城 墙 筑 得 高

ts'ɛ̱^{33} tɕe^{21} xe̱^{21} tɤ^{33} t'u^{21}
栏 围 八 层 厚
围 栏 筑 得 厚

næ^{55} dɤ^{21} dʐʅ^{33} le^{21} ni^{55}
好 坏 官 来 看
大 臣 讲 法 纪

dɤ^{21} næ^{55} mɛ̱^{21} le^{21} xɤ^{21}
坏 好 臣 来 分
大 吏 明 是 非

do^{33} gɤ^{21} ɕe^{55} zi̱^{21} ȵe̱^{33}
蜂 出 影 阴 黑
黎 民 勤 耕 作

ʂo^{21} mu^{33} dʐa^{21} ɣo^{21} ʂu^{55}
畅 的 有 的 呢
国 泰 天 下 平

li̱^{21} ʐe^{21} Ve^{55} sʅ̱^{33} ni̱^{21}
刘 员 外 的 呢
有 个 刘 员 外

mæ^{21} næ^{55} t'e^{21} ʐu̱^{33} ʐu̱^{33}
妻 好 一 位 娶
娶 了 一 贤 妻

mæ^{21} no^{33} tʂ'ɤ^{21} ʂʅ^{55} mo^{21}
妻 呀 陈 氏 女
妻 是 陈 氏 女

kɤ^{55} ni̱^{21} mæ^{21} ʐu̱^{21} le^{21}
他 二 妻 夫 来
他 们 夫 妻 俩

mæ^{21} ʐu̱^{21} ʐe^{33} tsʅ^{55} ɕe^{21}
妻 夫 恩 德 积
行 善 积 阴 德

ni̱^{33} næ^{55} mu^{21} da^{55} no^{33}
心 好 做 的 呢
好 心 行 善 事

ʐo^{33} næ^{55} ʂa^{33} fæ^{55} ba^{21}
儿 好 三 个 生
生 有 三 个 儿

ʂu^{33} ʂa^{55} bi^{21} ɣo^{21} ʂu^{55}
书 学 给 去 呢
送 儿 去 读 书

vi̱^{21} ma^{21} næ^{55} ʂa^{55} le^{21}
亲 不 好 的 来
兄 弟 不 和 睦

xo̱^{21} ma^{21} do^{21} da^{55} no^{33}
和 不 行 的 呢
相 互 不 团 结

tʻe^{21} ʐu̱^{33} tʻe^{21} ta^{33} be^{33}
一 人 一 边 散
各 行 各 的 道

ʐo^{33} ɣæ^{33} tʻe^{21} lɤ^{33} tɤ^{55}
儿 大 一 个 呢
那 个 大 儿 子

mo^{33} pu̱^{33} Væ^{21} le̱^{21} mu^{21}
马 贩 卖 买 做
贩 马 做 买 卖

xa^{21} fu^{21} zi^{21} mo^{21} no^{33}
黄 河 水 大 呢
路 过 黄 河 时

zi^{21} dæ^{21} mu^{33} ɣa^{21} tu̱^{33}
水 满 天 上 顶
黄 河 发 洪 水

zi^{21} xɤ^{21} ʔu̱^{33} ka^{55} gɤ^{21}
水 冲 生 命 去
命 断 洪 水 中

la^{21} ʔɤ^{55} ni^{21} zi^{21} do^{21}
老 二 也 水 落
老 二 溺 水 亡

ʐo^{33} læ^{21} le^{21} ʂʅ^{55} tsʅ^{55}
儿 小 刘 志 敬
小 儿 刘 志 敬

kɤ^{55} tʻe^{21} lɤ^{33} tɤ^{33} dʑe^{21}
他 一 个 单 剩
只 有 他 活 着

ʂʅ^{21} kʻu̱^{21} lu̱^{21} ʂu^{33} ʂa^{55}
七 岁 满 书 读
七 岁 去 读 书

ʂu^{33} ʂa^{55} bi^{21} ɣo^{21} ʂu^{55}
书 读 给 了 呢
让 他 去 读 书

vɤ^{21} tʂa^{33} gu^{21} do^{21} no^{55}
文 章 做 得 好
文 章 写 得 好

vɤ^{21} tʂa^{33} mæ^{55} da^{33} du̱^{33}
文 章 名 声 出
四 方 把 名 扬

tʂʻɤ^{21} ŋo^{33} kʻu̠^{21} tʂʻɤ^{21} no^{33}
十 五 岁 到 呢
年 满 十 五 岁

mæ^{21} ȵe̠^{21} tʻe^{21} lɤ^{33} ʐu^{21}
妻 子 一 个 娶
娶 得 一 妻 子

tʂa^{33} ʐe^{21} ve^{21} ʔa^{21} mæ^{33}
张 员 外 女 儿
张 员 外 之 女

mæ^{21} no^{33} tʂa^{33} ɕa^{21} tɕe^{21}
妻 呀 张 小 姐
妻 是 张 小 姐

ʔa^{55} pʻu^{33} le^{21} ʔa^{55} ni^{55}
公 公 来 婆 婆
公 公 和 婆 婆

ko^{55} kɯ̠^{21} pʻu^{33} ba^{21} dʐɤ^{33}
相 会 孝 顺 呀
数 她 会 孝 敬

ma^{21} mu^{33} tʂʻɤ^{21} tʻe^{21} ni^{21}
不 久 到 一 天
不 久 的 一 天

le^{21} ʐe^{21} ʐa^{21} sɿ̠^{33} ni^{21}
刘 员 外 的 呢
那 个 刘 员 外

ka^{55} tsʻɿ^{33} ŋo^{33} kʻɤ̠^{33} xo^{21}
命 断 阴 司 送
命 断 入 阴 府

ɕe^{21} dʑɿ̠^{33} ŋo^{33} de^{21} du̠^{33}
气 断 阴 坝 出
气 绝 把 命 丧

ʐe^{21} vɤ^{55} ʂɿ^{21} gɤ^{21} no^{33}
员 外 死 去 后
员 外 死 了 后

le^{21} ʂɿ^{55} tsɿ^{55} sɿ̠^{33} ni^{21}
刘 志 敬 的 呢
那 个 刘 志 敬

pʻo^{21} ma^{21} dʐa^{21} xo^{55} do^{21}
父 不 有 以 后
死 了 父 亲 后

fu^{21} fæ^{55} ma^{21} dʐa^{21} ʂa^{55}
福 份 不 有 的
福 气 实 在 差

pɤ^{21} tʂʻu^{55} le^{21} fæ^{55} kʻo^{33}
堂 烧 来 灾 祸
灾 祸 不 间 断

xe^{21} tʂʻu^{55} mæ^{33} tɤ̠^{21} le^{21}
房 烧 火 把 来
房 屋 被 火 烧

pʻu^{33} pʻa^{21} dʑe^{33} do^{21} le^{21}
奴 跑 仆 去 来
奴 仆 也 跑 光

tʂʻɤ^{21} ʂɿ^{21} dʐo^{21} bæ^{21} le^{21}
马 死 饭 落 来
马 亡 粮 歉 收

ko^{55}	mu^{21}	ko^{55}	ma^{21}	no^{55}
何	做	何	不	好
事	事	不	如	愿

ko^{55}	tsʻɛ̱^{33}	ko^{55}	ma^{21}	zæ^{21}
何	墙	何	不	成
一	事	都	不	成

ȵe̱^{21}	no^{33}	dʐo^{21}	ma^{21}	dʐo^{33}
嘴	呀	饭	不	吃
饿	了	没	饭	吃

dʑe̱^{33}	no^{33}	tʻa^{21}	ma^{21}	vi̱^{21}
冷	呀	衣	不	穿
冷	了	没	衣	穿

mæ^{21}	tɤ^{33}	ʐu̱^{33}	to^{55}	ʐo^{33}
妻	单	夫	讨	人
贫	穷	又	饥	寒

ma^{21}	mu^{33}	tʂʻɤ^{21}	tʻe^{21}	ni^{21}
不	久	到	一	天
不	久	有	一	天

mu^{55}	tʂʻɤ^{21}	lɤ^{21}	tʻe^{21}	xe̱^{33}
不	到	去	一	夜
一	天	夜	里	面

xo^{21}	na^{21}	kʻa^{33}	fo^{33}	fu^{21}
河	南	开	封	府
河	南	开	封	府

tsʅ^{55}	ʂu^{55}	tʻe^{21}	dʐɤ^{21}	tɕe^{55}
差	人	一	对	去
派	一	对	差	役

vu^{21}	tʻo^{21}	tɕʻe̱^{33}	ʐo^{33}	kʻo^{21}
梧	桐	村	小	里
来	到	梧	桐	村

le^{21}	ʂʅ^{55}	tsʅ^{55}	ʔɤ^{55}	tɕe^{55}
刘	志	敬	喊	去
来	喊	刘	志	敬

le^{21}	ʂʅ^{55}	tsʅ^{55}	sʅ̱^{33}	ni^{21}
刘	志	敬	的	呢
那	个	刘	志	敬

tsʅ^{55}	ʂu^{55}	do^{21}	ɣa^{21}	mæ^{55}
差	役	跟	呀	后
跟	随	两	差	役

dʐu̱^{33}	gɤ^{21}	gɤ^{21}	mu^{33}	ni^{21}
怕	怯	怯	的	呢
心	惊	又	胆	战

lo^{21}	na^{21}	tʂʅ^{55}	fu^{21}	bɤ^{55}	lɤ^{21}
河	南	知	府	处	去
来	到	河	南	知	府

kɤ^{55}	ɣa^{55}	tʂʻɤ^{21}	lɤ^{21}	no^{33}
那	呀	到	了	呢
到	了	那	里	后

le^{21}	ʂʅ^{55}	tsʅ^{55}	nɛ̱^{21}	tɤ̱^{21}
刘	志	敬	事	吩
知	府	吩	咐	道

le^{21}	ʂʅ^{55}	tsʅ^{55}	na^{21}	le^{21}
刘	志	敬	你	来
派	你	刘	志	敬

ɣo^{33} mu^{33} ɬu^{21} sæ^{55} tɕe̱^{21}
皇 帝 银 金 解
解 皇 钱 皇 粮

tɕʻe^{21} go^{21} ʂa^{55} lɤ^{21} le^{21}
粮 食 上 去 来
负 责 送 皇 粮

na^{55} tʻe^{55} tɯ^{33} da^{55} no^{33}
纳 铁 去 的 呢
送 到 纳 铁 去

ʐɤ^{21} tʂo^{33} tʂu^{21} bɤ^{55} lɤ^{21}
仁 宗 主 处 去
送 给 仁 宗 皇

tɕʻe^{21} go^{21} tʂʻɤ^{21} ni^{21} ȵe^{33}
粮 食 十 二 驮
皇 粮 十 二 驮

mo^{33} me̱^{33} tʂʻɤ^{21} ʂa^{55} ni^{21}
马 兵 十 三 呢
随 行 十 三 人

ʐu^{21} ni^{21} ʂʅ^{55} tsʅ^{55} bi^{21}
拿 呀 志 敬 给
派 给 刘 志 敬

le^{21} ʂʅ^{55} tsʅ^{55} sʅ̱^{33} ni^{21}
刘 志 敬 的 呢
那 个 刘 志 敬

tʻe^{21} tɕe^{33} be̱^{33} le^{21} no^{33}
一 句 说 来 呢
暗 自 心 中 想

ɕe^{21} zi^{21} da^{21} ma^{21} do^{21}
铁 水 喝 不 得
铁 水 不 能 喝

dʐʅ^{33} ȵe̱^{21} tu̱^{33} ma^{21} kɯ^{33}
官 嘴 顶 不 敢
官 令 不 能 违

ʔi^{55} mo^{21} ʐo^{33} ʂʅ^{55} tsʅ^{55}
阿 妈 儿 志 敬
妈 的 儿 子 我

mi^{55} ʐe^{55} na^{55} tʻe^{55} mi^{55}
地 好 纳 铁 地
纳 铁 大 京 城

ma^{21} lɤ^{21} to^{33} ma^{21} do^{21}
不 去 置 不 行
不 去 不 行 了

to^{33} ma^{21} do^{21} da^{55} no^{33}
置 不 行 的 呢
不 能 误 此 事

ʔu̱^{33} tʂo^{21} me^{33} nɤ^{55} tæ^{55}
头 帽 缨 红 戴
头 戴 红 缨 帽

mo^{33} to^{55} me̱^{21} ni^{21} dʑe̱^{21}
马 千 兵 也 赶
赶 马 向 前 行

mo^{33} me̱^{33} lɯ^{33} dʐo^{21} dʐo^{21}
马 兵 响 阵 阵
马 蹄 声 阵 阵

ça^{33} li^{21} næ^{55} bɣ^{21} bɣ^{21}
响 铃 响 叮 当
马 铃 响 叮 当

tɕ'e^{21} ɡo^{21} tʂ'ɣ^{21} ni^{21} ȵe^{33}
粮 食 十 二 驮
皇 粮 十 二 驮

tʂ'ɣ^{21} ni^{21} na^{55} t'e^{55} dʐɿ̱^{21}
到 呀 纳 铁 驮
要 驮 到 京 城

sæ^{55} ʂɣ^{33} ts'ɿ^{21} ma^{21} dɣ̱^{21}
蛇 行 脚 不 长
蛇 行 不 要 脚

po^{33} ʂɣ^{33} tɕe̱^{33} le̱^{33} le̱^{33}
蛙 行 叉 手 手
蛙 行 蹬 四 肢

ʐɣ^{21} ni^{21} ʐɣ^{21} ʂa^{55} le^{55}
去 呀 去 的 来
一 程 又 一 程

vu^{21} xa^{21} zi^{21} dʑe^{55} tʂ'ɣ^{21}
黄 河 水 岸 到
来 到 黄 河 边

vu^{21} xa^{21} zi^{21} mo^{21} le^{21}
黄 河 水 大 来
大 河 黄 河 水

zi^{21} dæ^{21} mu^{33} ɣa^{21} tṳ^{33}
水 满 天 上 顶
正 在 发 洪 水

zi^{21} næ^{21} næ^{55} mu^{33} tɯ^{21}
水 响 春 雷 响
水 声 如 雷 鸣

lɣ^{21} kɯ^{33} ni^{21} ma^{21} tʂ'a^{21}
去 敢 呀 不 敢
不 敢 向 前 行

ma^{21} lɣ^{21} ni^{21} ma^{21} do^{21}
不 去 呀 不 行
不 去 又 不 行

mu^{33} do^{21} dzæ^{21} nɯ^{55} ʐo^{33}
天 落 鼓 绿 小
天 上 雷 鼓 响

dzæ^{21} nɯ^{55} mu^{33} tɯ^{21} tʂ'a^{21}
鼓 绿 天 鸣 随
雷 鼓 随 风 鸣

ʔi^{55} mo^{21} ʐo^{33} ʂɿ^{55} tsɿ^{55}
阿 妈 儿 志 敬
妈 的 儿 志 敬

ŋo^{21} dɯ^{21} dɯ^{21} ni^{55} no^{33}
我 想 想 看 呢
静 静 细 思 量

lɣ^{33} lɣ^{33} vu^{55} do^{21} ni^{21}
个 个 误 行 呢
事 事 可 以 误

ça^{33} ʂɿ^{55} tɕ'e^{21} ɡo^{21} dʐa^{21}
上 贡 粮 食 有
皇 粮 和 皇 钱

vu^{55} ma^{21} da^{21} da^{55} no^{33}
误 不 得 的 呢
此 事 不 能 误

mo^{33} to^{55} ɣa^{21} me̱^{21} ni^{21}
马 千 与 兵 呢
随 从 和 马 帮

dʑe̱^{21} ni^{21} zi^{21} ka^{55} te^{33}
赶 呀 水 中 进
赶 入 河 水 中

la^{33} mo^{21} k'o^{21} ɣa^{21} te^{33}
河 大 里 呀 进
赶 进 大 河 里

ʂɤ^{33} ni^{21} zi^{21} ka^{55} tʂ'ɤ^{21}
行 呀 水 中 到
来 到 河 中 心

tɕ'e^{21} go^{21} tʂ'ɤ^{21} ni^{21} go^{21}
粮 食 十 二 驮
十 二 驮 皇 粮

mo^{33} me̱^{33} tʂ'ɤ^{21} ʂa^{55} ni^{21}
马 兵 十 三 呀
还 有 随 从 兵

zi^{21} ɣæ^{33} la^{33} pu̱^{33} ʂa^{55}
水 涨 河 翻 呢
洪 水 浪 翻 滚

tɕ'e^{21} go^{21} tʂ'ɤ^{21} ni^{21} ȵe^{33}
粮 食 十 二 驮
十 二 驮 皇 粮

mo^{33} me̱^{33} tʂ'ɤ^{21} ʂa^{55} ni^{21}
马 兵 十 三 呀
随 从 兵 和 马

lɤ^{33} lɤ^{33} zi^{21} xɤ^{21} do^{33}
个 个 水 冲 落
个 个 被 水 淹

ʔi^{55} mo^{21} ʐo^{33} ʂʅ^{55} tsʅ^{55}
阿 妈 儿 志 敬
妈 的 儿 志 敬

mu^{33} k'u̱^{33} mu^{33} ma^{21} mæ^{21}
天 抓 天 不 近
叫 天 天 不 应

mi^{55} k'u̱^{33} ȵe̱^{21} bo^{21} le^{21}
地 抓 土 近 来
叫 地 地 不 灵

ʔɤ^{55} gɯ^{33} ʔɤ^{55} ma^{21} gɯ^{33}
喊 过 喊 不 停
大 声 喊 救 命

ʔɤ^{55} t'ɤ^{21} mu^{33} k'æ^{21} dʐo^{33}
喊 声 天 上 闻
喊 声 传 天 宫

mu^{33} k'æ^{21} t'ɛ^{55} pɤ^{21} dʐo^{33}
天 上 太 白 闻
太 白 闻 呼 救

to^{33} ɣo^{21} t'ɛ^{55} pɤ^{21} ʂɤ^{33}
高 上 太 白 星
天 宫 太 白 星

la^{33} ʐo^{33} tʻe^{21} lɤ^{33} xɤ^{21}
船 小 一 条 拿
变 一 条 小 船

xɤ^{21} ni^{21} zi^{21} dʑe^{55} to^{33}
拿 呀 水 边 放
放 在 他 旁 边

kɤ^{55} ŋo^{21} ku^{55} le^{21} ŋɤ^{21}
他 我 顾 来 是
救 了 刘 志 敬

le^{21} ʂʅ^{55} tsʅ^{55} sʅ̱^{33} ni^{21}
刘 志 敬 的 呢
那 个 刘 志 敬

ʐɤ^{21} ni^{21} na^{55} tʻe^{55} tʂʻɤ^{21}
去 呀 纳 铁 到
来 到 纳 铁 城

pi^{21} tʻe^{21} tʻe^{21} lɤ^{33} ɡu^{21}
禀 贴 一 个 做
写 一 张 禀 贴

ʐɤ^{21} tʂo^{33} tʂu^{21} bɤ^{55} te^{33}
仁 宗 主 处 报
报 仁 宗 皇 帝

pi^{21} tʻe^{21} kɤ^{55} lɤ^{33} kʻæ^{21}
禀 贴 那 个 上
那 个 禀 贴 里

ma^{21} dɤ̱^{21} mi^{21} ni^{21} dɤ̱^{21}
不 载 话 呀 载
这 样 记 述 道

le^{21} ʂʅ^{55} tsʅ^{55} ŋo^{21} le^{21}
刘 志 敬 我 来
我 是 刘 志 敬

vu^{21} tʻo^{21} tɕʻe̱^{33} ka^{55} ni^{21}
梧 桐 村 中 住
住 在 梧 桐 村

le^{21} ʑe^{21} ʐa^{21} ʐo^{33} dʐa^{21}
刘 员 外 子 有
刘 员 外 之 子

vu^{21} tʻo^{21} tɕʻe̱^{33} kʻo^{21} ni^{21}
梧 桐 村 里 住
住 在 梧 桐 村

kɤ^{55} ɣa^{55} ni^{21} lo^{33} ʂu^{55}
那 呀 住 了 人
就 住 在 那 里

tʂa^{33} tʂʅ^{33} fu^{21} tɕe̱^{33} ni^{21}
张 知 府 解 呀
那 个 张 知 府

kɤ^{55} ŋo^{21} ʔɤ^{55} ʂa^{55} ni^{21}
他 我 喊 的 呢
他 来 派 遣 我

tɕʻe^{21} ɡo^{21} xo^{21} bi^{21} ʂu^{55}
粮 食 送 给 呢
让 我 解 皇 粮

ŋo^{21} ma^{21} xo^{21} ma^{21} do^{21}
我 不 送 不 行
我 不 能 不 解

vu^{55} ma^{21} do^{21} ʂa^{55} ni^{21}
误 不 行 的 呢
不 能 误 大 事

tɕʻe^{21} go^{21} tʂʻɤ^{21} ni^{21} go^{21}
粮 食 十 二 驮
皇 粮 十 二 驮

mo^{33} me^{33} tʂʻɤ^{21} ʂa^{55} ni^{21}
马 兵 十 三 呢
还 有 兵 和 马

xo^{21} ni^{21} gu^{21} du^{21} xo^{21}
送 呀 出 去 了
出 门 送 皇 粮

zi^{21} mo^{21} dʑe^{55} ɣa^{21} tʂʻɤ^{21}
水 大 边 呀 到
来 到 黄 河 边

xo^{21} xo^{21} zi^{21} mo^{21} no^{33}
黄 河 水 大 呀
黄 河 大 河 水

zi^{21} dæ^{21} mu^{33} ɣa^{21} tu^{33}
水 满 天 上 顶
正 在 发 洪 水

kɤ^{55} ɣa^{55} mæ^{21} to^{33} lo^{21}
那 样 接 了 呢
洪 水 顶 到 天

ma^{21} lɤ^{21} to^{33} de^{21} no^{33}
不 去 了 说 呀
不 得 不 过 河

ne^{55} ʂʅ^{33} tɕʻe^{21} go^{21} dʐa^{21}
好 快 皇 粮 有
皇 粮 急 着 送

ma^{21} lɤ^{21} to^{33} ma^{21} do^{21}
不 去 置 不 行
不 送 不 行 呀

zi^{21} ɣæ^{33} la^{33} pu^{33} ʂa^{55}
水 涨 河 冲 呢
黄 河 水 泛 滥

kɤ^{55} ɣa^{55} dʐa^{21} lo^{33} no^{33}
那 呀 有 了 呢
正 在 发 洪 水

ŋo^{21} tʻe^{21} lɤ^{33} tɤ^{55} dʐe^{21}
我 一 个 单 剩
就 剩 我 一 人

bo^{21} tsʅ^{21} mi^{55} ɣa^{21} kɯ^{33}
膝 盖 地 上 跪
双 膝 跪 地 上

ʔu^{33} tʻɤ^{21} dɤ^{21} tsʅ^{55} kɯ^{33}
头 磕 膝 盖 跪
跪 着 忙 磕 头

tsʻʅ^{33} ʂa^{33} ɣa^{55} ŋo^{21} tʂu^{21}
青 山 万 我 主
我 主 万 万 岁

dʑe^{33} pʻo^{21} tsʻʅ^{33} ʔu^{33} ka^{55}
奴 人 狗 生 命
奴 才 狗 性 命

tsɿ^{55} dʐa^{21} ʐa^{21} lo^{21} ɕi^{33}
这 回 饶 了 呢
求 您 饶 恕 奴

ʐɤ^{21} tʂo^{33} tʂu^{21} ɣo^{33} mu^{33}
仁 宗 主 皇 帝
仁 宗 大 皇 帝

lo^{33} ȵe^{21} k‘a^{21} du^{33} le^{33}
龙 嘴 开 出 来
皇 帝 开 隆 恩

t‘e^{21} tɕe^{33} be^{33} le^{21} no^{33}
一 句 说 来 呀
开 口 把 话 说

ŋo^{21} no^{33} na^{21} ʂɿ^{21} tsɿ^{55}
我 呀 你 识 的
我 曾 听 说 过

na^{21} no^{33} le^{21} ʑe^{21} ʐa^{21} ʐo^{33} dʐa^{21}
你 呀 刘 员 外 儿 是
你 是 刘 员 外 之 子

na^{21} mæ^{21} tʂa^{33} ʂɿ^{55} no^{33}
你 妻 张 氏 呀
你 妻 子 张 氏

tʂa^{33} ʑe^{21} ʐa^{21} ȵe^{55} dʐa^{21}
张 员 外 女 是
张 员 外 之 女

ʑe^{21} ʐa^{21} tsɿ^{55} ni^{21} lɤ^{33}
员 外 这 两 个
这 两 个 员 外

dʐo^{33} tʂ‘a^{21} da^{21} pe^{33} dʐa^{21}
吃 人 喝 伴 是
是 我 好 朋 友

tʂ‘a^{21} ɬo^{55} ŋɤ^{21} ti^{55} le^{21}
人 聪 是 的 来
都 是 贤 德 人

na^{21} t‘a^{21} ȵe^{21} ma^{21} nɯ^{55}
你 脸 嘴 不 看
不 看 你 的 面

na^{33} ba^{33} t‘a^{21} ȵe^{21} ni^{55}
你 父 脸 嘴 看
也 要 看 父 面

na^{21} ʔa^{55} ba^{33} ŋo^{21} tʂ‘a^{21} pe^{33} dʐa^{21}
你 父 亲 我 伴 朋 有
你 父 是 我 好 朋 友

ʂɿ^{21} dʑe^{33} na^{21} ʐa^{21} ɣo^{21}
死 的 你 饶 了
死 罪 可 饶 你

ɣo^{33} tɕ‘e^{21} na^{21} ma^{21} ʐa^{21}
皇 粮 你 不 饶
皇 粮 不 能 饶

tɕ‘e^{21} go^{21} tʂ‘ɤ^{21} ni^{21} go^{21}
皇 粮 十 二 驮
十 二 驮 皇 粮

na^{21} ma^{21} xo^{21} ma^{21} do^{21}
你 不 还 不 行
你 不 能 不 还

te^{21} tɕe^{33} be̱^{33} le^{21} no^{33}
一 句 说 来 呢
这 样 把 话 说

le^{21} ʂʅ^{55} tsʅ^{55} sʅ̱^{33} ni^{21}
刘 志 敬 的 呢
那 个 刘 志 敬

ɣo^{33} mu^{33} sæ^{55} k'a^{21} le^{21}
皇 帝 金 开 来
皇 帝 开 金 口

mi^{21} næ^{55} ʂa^{55} tɕe^{33} dʑo^{33}
话 好 三 句 闻
好 话 说 三 句

ʂa^{55} tɕe^{33} dʑo^{33} da^{55} no^{33}
三 句 闻 了 呢
好 话 听 三 句

ni^{33} mo^{21} ɕe^{21} læ^{21} læ^{21}
心 里 舒 坦 坦
心 里 舒 坦 坦

ȵe^{21} p'i^{33} ɣæ^{21} sʅ^{33} sʅ^{33}
嘴 巴 笑 咧 咧
脸 上 挂 笑 容

la^{33} tʂ'o^{33} pu̱^{33} gu̱^{21} le^{21}
快 快 返 回 来
快 快 往 家 赶

pu̱^{33} ɣo^{55} gu̱^{21} da^{55} no^{33}
返 回 回 了 呢
赶 路 回 家 去

gu̱^{21} ni^{21} xe^{21} sæ^{55} tʂ'ɤ^{21}
回 呀 房 金 到
返 回 到 家 中

mo^{21} t'a^{21} mæ^{21} t'a^{21} ŋa^{21}
母 脸 妻 脸 见
见 了 娘 和 妻

ŋɯ^{55} sʅ̱^{33} sʅ̱^{33} mu^{55} ni^{21}
哭 泣 泣 的 呢
哭 泣 不 成 声

tʂa^{33} ɕa^{21} tɕe^{21} sʅ̱^{33} ni^{21}
张 小 姐 的 呢
贤 妻 张 小 姐

t'e^{21} tɕe^{33} be̱^{33} le^{21} no^{33}
一 句 说 来 呀
开 口 来 问 道

t'a^{21} ŋɯ^{55} le^{21} ʐu̱^{33} næ^{55}
莫 哭 来 夫 好
夫 君 莫 哭 泣

ʔa^{21} xɤ^{33} ŋɯ^{55} dʑa^{21} le^{21}
何 事 哭 有 来
为 了 何 事 愁

le^{21} ʂʅ^{55} tsʅ^{55} sʅ̱^{33} ni^{21}
刘 志 敬 的 呢
丈 夫 刘 志 敬

t'e^{21} tɕe^{33} be̱^{33} le^{21} no^{33}
一 句 说 来 呢
回 答 妻 子 道

tʂa^{33} tʂʅ^{33} fu^{21} tɕe̠^{21} ni^{21}
张 知 府 解 呀
那 个 张 知 府

kɤ^{55} ŋo^{21} tsʅ^{55} ʂa^{33} ni^{21}
他 我 使 了 呢
他 来 派 遣 我

tɕʻe^{21} go^{21} tʂʻɤ^{21} ni^{21} go^{21}
皇 粮 十 二 驮
皇 粮 十 二 驮

mo^{33} me̠^{33} tʂʻɤ^{21} ʂa^{33} ȵe^{33}
马 兵 十 三 呢
还 派 遣 随 从

tsʅ̠^{33} ni^{21} na^{55} tʻe^{55} tsʅ̠^{21}
驮 呀 纳 铁 去
送 粮 去 纳 铁

ʐɤ^{21} tʂo^{33} tʂu^{21} bɤ^{55} lɤ^{21}
仁 宗 主 处 去
送 给 仁 宗 主

tɕʻe^{21} go^{21} ɕa^{55} bi^{21} ʂu^{55}
皇 粮 上 给 呢
让 我 解 皇 粮

tɕʻe^{21} go^{21} tʂʻɤ^{21} ni^{21} ȵe^{33}
皇 粮 十 二 驮
皇 粮 十 二 驮

mo^{33} me̠^{33} tʂʻɤ^{21} ʂa^{55} ȵe^{33}
马 兵 十 三 呢
衙 役 十 三 人

tsʅ̠^{33} ni^{21} vu^{21} xa^{21} zi^{21} dʑe^{55} tʂʻɤ^{21}
驮 呀 黄 河 水 边 到
来 到 黄 河 水 岸 边

ɬi^{33} ɣæ^{33} la^{33} pu̠^{33} ʂa^{55}
船 大 船 翻 呢
大 船 翻 江 里

lɤ^{33} lɤ^{33} zi^{21} xɤ^{21} do^{21}
个 个 水 冲 去
个 个 被 水 冲

ŋo^{21} tʻe^{21} lɤ^{33} tɤ^{33} dʑe^{21}
我 一 个 单 剩
就 剩 我 一 人

ŋo^{21} no^{33} zi^{21} ʂɤ^{33} dʐ̩a^{21}
我 呀 水 走 有
我 在 水 里 游

zi^{21} ka^{55} dʐ̩a^{21} ʂa^{33} ni^{21}
水 中 在 了 呢
挣 扎 在 水 中

ʔɤ^{55} gɤ^{21} ʔɤ^{55} ma^{21} gɤ^{21}
喊 后 喊 不 后
大 声 喊 救 命

ʔɤ^{55} tʻɤ^{21} mu^{33} kʻæ^{21} dʐ̩o^{33}
喊 声 天 上 闻
声 音 传 天 庭

mu^{33} go^{21} ʂɤ^{33} ɕe^{33} dʐ̩o^{33}
天 庭 神 仙 闻
神 仙 闻 呼 救

t‘o^{33} lo^{33} t‘a^{21} pɣ^{21} ʂɣ^{33}
宇 宙 太 白 星
仙 人 太 白 星

dɣ^{21} mi^{55} tɯ^{33} le^{21} ni^{21}
阳 间 下 来 呢
来 到 阳 世 间

ɬi^{33} ʐo^{33} t‘e^{21} lɣ^{33} xɣ^{21}
船 儿 一 个 拿
变 一 只 小 船

kɣ^{55} ŋo^{21} ku^{55} lo^{33} ŋɣ^{21}
他 我 顾 了 是
他 过 来 救 我

ʔa^{21} næ^{21} tsɿ^{55} dʐa^{21} no^{33}
如 今 这 有 呀
到 了 现 如 今

ʐɣ^{21} tʂo^{33} fu^{21} ɣo^{33} mu^{33}
仁 宗 府 皇 帝
吾 皇 仁 宗 主

t‘e^{21} tɕe^{33} be̲^{33} le^{21} no^{33}
一 句 说 来 呀
对 我 把 话 说

tɕ‘e^{21} go^{21} tʂ‘ɣ^{21} ni^{21} ȵe^{33}
皇 粮 十 二 驮
皇 粮 十 二 驮

mo^{33} me̲^{33} tʂ‘ɣ^{21} ʂa^{55} ni^{21}
马 兵 十 三 呀
衙 役 十 三 人

ŋo^{21} ŋa^{33} k‘u̲^{21} bi^{21} dʐɣ^{33}
我 要 还 给 呀
要 我 来 偿 还

t‘u^{21} sæ^{55} tʂ‘ɣ^{21} ni^{21} ȵe^{33}
银 金 十 二 万
还 有 金 和 银

ŋo^{21} t‘e^{21} bi^{21} ŋa^{33} dʐɣ^{33}
我 上 给 要 呀
要 我 去 偿 还

mæ^{21} ɬo^{55} tʂa^{33} ɕa^{21} tɕe^{21}
妻 聪 张 小 姐
贤 妻 张 小 姐

t‘e^{21} tɕe^{33} be̲^{33} le^{21} no^{33}
一 句 说 来 呀
开 口 把 话 说

ʐu̲^{33} næ^{55} le^{21} ʐu̲^{33} næ^{55}
夫 好 来 夫 好
我 的 好 夫 君

mæ^{21} mi^{21} ŋa^{33} no^{55} lo^{21}
妻 话 要 听 了
请 听 妻 子 言

tʂ‘a^{21} zæ^{21} ŋa^{33} p‘e^{21} ti^{55}
人 寿 要 的 呢
生 命 最 重 要

tʂ‘a^{21} ko^{55} dʐa^{21} dʐɣ^{55} dʐɣ^{21}
人 所 有 时 时
只 要 人 活 着

ma^{21} tɛ^{21} tʂʻɤ^{21} ti^{55} le^{21}
不 搁 误 的 来
不 会 误 将 来

pu^{21} pi^{33} mi^{55} tʂʻo^{33} ɣo^{21}
祖 妣 地 产 卖
变 卖 了 地 产

dʑe^{33} dʐo^{21} xe^{21} kʻo^{55} ɣo^{21}
粮 吃 房 屋 卖
再 卖 粮 和 屋

lɤ^{33} lɤ^{33} ɣo^{21} ʂa^{55} ni^{21}
个 个 卖 了 呢
样 样 都 出 卖

ɣo^{33} mu^{33} tɕʻe^{21} go^{21} ŋa^{55}
皇 帝 粮 食 呀
皇 家 的 粮 食

kɤ^{55} ma^{21} kʻu^{21} ma^{21} do^{21}
它 不 还 不 行
一 定 要 偿 还

mæ^{21} ɬo^{55} tʂa^{33} ɕa^{21} tɕe^{21}
妻 聪 张 小 姐
贤 妻 张 小 姐

tʻe^{21} tɕe^{33} be^{33} le^{21} no^{33}
一 句 说 来 呀
接 着 把 话 说

mi^{55} tʂʻo^{33} xe^{21} kʻo^{55} no^{33}
地 产 房 屋 呀
财 产 和 房 屋

ʂo^{21} pu^{33} kɯ^{21} ti^{55} le^{21}
找 重 会 的 来
还 可 找 回 来

ʐu^{33} ɬo^{55} mæ^{21} da^{21} dʑæ^{21} lo^{21} ɕi^{33}
夫 聪 妻 话 信 了 呢
丈 夫 你 听 我 的 话

mi^{55} ɣo^{21} tʂʻo^{33} ɣo^{21} ʂu^{33}
地 卖 产 卖 书
卖 财 产 布 告

ɬi^{55} tʂa^{33} tʂʻu^{33} da^{55} no^{33}
四 张 写 了 呀
快 快 写 四 张

dʐʅ^{21} du^{33} ɬi^{33} ɣo^{21} go^{21}
日 出 四 方 门
东 南 西 北 方

tʻe^{21} tʻa^{33} tʻe^{21} tʂa^{33} tʻe^{21}
一 边 一 张 贴
一 方 贴 一 张

kɤ^{55} ɣa^{55} tʻe^{21} da^{55} no^{33}
那 样 贴 了 呀
贴 出 布 告 后

to^{55} ni^{21} mi^{55} tʂʻo^{33} ɣo^{21}
千 日 地 产 卖
卖 祖 业 家 产

to^{55} ni^{21} xe^{21} kʻo^{55} ɣo^{21}
千 日 房 屋 卖
卖 祖 传 房 屋

pʻu^{33} dʑe^{33} ʐo^{33} nɤ^{55} ɣo^{21}
奴 仆 儿 小 卖
卖 奴 卖 丫 环

lɤ^{33} lɤ^{33} ɣo^{21} ʂa^{55} ni^{21}
个 个 卖 了 呢
样 样 都 出 卖

ɣo^{33} mu^{33} tɕʻe^{21} lo^{21} tʻe^{21}
皇 帝 粮 食 贴
偿 还 皇 家 粮

tʻe^{21} xo^{21} kɤ^{55} da^{55} no^{33}
贴 还 完 了 呀
赔 偿 完 之 后

ʂʅ^{21} tʂɤ^{55} kʻu̱^{21} ʔa^{55} mo^{21}
七 十 岁 阿 妈
七 十 老 婆 婆

ʂa^{33} kʻu̱^{21} lu̱^{21} ʐo^{33} læ^{21}
三 岁 满 儿 小
三 岁 的 儿 子

ȵe̱^{21} no^{33} dʐo^{21} ma^{21} dʐo^{33}
饿 呀 饭 不 吃
饿 了 无 饭 吃

dʑe̱^{33} no^{33} tʻa^{21} ma^{21} vi̱^{21}
冷 呀 衣 不 穿
冷 了 无 衣 穿

dʐa^{21} lɤ^{21} du^{21} ma^{21} ɣo^{21}
住 去 处 不 有
住 处 也 没 有

ŋɯ^{55} sɿ̱^{33} sɿ̱^{33} mu^{21} ni^{21}
哭 泣 泣 的 呢
伤 心 又 流 泪

tʂa^{33} ɕa^{21} tɕe^{21} sɿ̱^{33} ni^{21}
张 小 姐 的 呢
那 位 张 小 姐

ni^{33} ɬo^{55} le^{21} ɬo^{55} ʂa^{33}
心 聪 手 聪 的
心 灵 又 手 巧

ȵe̱^{21} no^{33} dʐo^{21} ma^{21} tʂo^{33}
饿 呀 饭 不 吃
饿 了 无 饭 吃

dʑe̱^{33} no^{33} tʻa^{21} ma^{21} fi̱^{21}
冷 呀 衣 不 穿
冷 了 无 衣 穿

mæ^{21} ɬo^{55} tʂa^{33} ɕa^{21} tɕe^{21}
妻 聪 张 小 姐
贤 妻 张 小 姐

ni^{33} mo^{21} to^{55} dʑe^{33} dɯ^{21}
心 里 千 样 想
反 复 慎 思 量

tʻe^{21} tɕe^{33} be̱^{33} du̱^{33} le^{33}
一 句 说 出 来
开 口 把 话 说

ʂʅ^{21} tʂɤ^{55} kʻu̱^{21} ʔi^{55} mo^{21}
七 十 岁 阿 妈
七 十 的 阿 妈

bo^{21} tsɿ̱^{21} no^{55} pa^{55} mu^{21}
膝 盖 耳 朵 做
膝 盖 当 耳 朵

ȵe̱^{33} mæ^{33} tɕʻe^{21} dzæ^{21} ga^{21}
眼 尾 掉 丝 拉
坐 地 缩 成 团

ŋɤ^{21} pu^{55} tæ^{55} mi^{55} dʐɿ̱^{21}
额 头 田 地 缝
皱 纹 如 梯 田

mo^{21} la^{33} ni^{55} ni^{55} no^{33}
母 上 看 看 呢
看 娘 这 模 样

ni̱^{33} no^{33} dʐa^{21} ma^{21} do^{21}
心 疼 有 不 行
让 人 心 酸 痛

ʂa^{33} kʻu̱^{21} lu̱^{21} ʐo^{33} næ^{55}
三 岁 满 儿 好
三 岁 小 儿 子

ȵe̱^{21} no^{33} dʐo^{21} ma^{21} tʂo^{33}
嘴 呀 饭 不 吃
饿 了 无 饭 吃

dʑe̱^{33} no^{33} tʻa^{21} ma^{21} fi̱^{21}
冷 呀 衣 不 穿
冷 了 无 衣 穿

ʐo^{33} la^{33} ni^{55} ni^{55} no^{33}
儿 上 看 看 呀
看 儿 这 模 样

ni̱^{33} no^{21} dzæ^{21} ma^{21} do^{21}
心 疼 实 不 行
让 人 心 疼 痛

tʂʻa^{21} ʂo^{33} tʂʻa^{21} ma^{21} fa^{33}
人 穷 人 不 法
穷 得 没 办 法

tsɿ^{55} xɤ^{21} le^{33} ma^{21} dʐa^{21}
这 样 理 不 有
岂 能 有 此 理

do^{33} ma^{21} ba^{21} ve^{55} de^{21}
理 不 有 了 说
不 该 是 这 样

tsɿ^{55} ʂɤ^{21} ʐe̱^{33} ti^{55} ŋɤ^{21}
这 样 成 了 是
贫 困 到 如 此

ʐu̱^{33} næ^{55} le^{21} ʐu̱^{33} næ^{55}
夫 好 来 夫 好
我 的 好 丈 夫

ŋo^{21} na^{21} tsɿ^{55} ʂa^{55} ni^{21}
我 你 使 了 呢
请 你 帮 个 忙

li̱^{33} dzæ^{21} ka^{55} ɣa^{55} lɤ^{21}
街 子 中 呀 去
你 去 街 子 上

tʻa^{21} zi^{33} væ^{21} gu̱^{21} le^{21}
纸 张 买 回 来
买 回 纸 张 来

vi̱^{33} lu^{21} gu^{21} ʂa^{55} ni^{21}
花 朵 做 的 呢
我 来 剪 纸 花

væ^{21} le̱^{21} mu^{21} da^{55} no^{33}
卖 手 做 了 呢
拿 到 街 上 卖

ʔi^{55} mo^{21} tʂo^{33} ʐo^{33} læ^{21} tʂo^{33}
阿 妈 吃 儿 小 吃
卖 花 养 娘 和 儿

le^{21} ʂʅ^{55} tsʅ^{55} sʅ̱^{33} ni^{21}
刘 志 敬 的 呢
丈 夫 刘 志 敬

tʻe^{21} tɕe^{33} be̱^{33} le^{21} no^{33}
一 句 说 来 呀
开 口 把 话 说

mæ^{21} ɬo^{55} tʂa^{33} ɕa^{21} tɕe^{21}
妻 贤 张 小 姐
贤 妻 张 小 姐

ʔa^{21} xɤ^{33} de^{21} dʐa^{21} le^{21}
什 么 说 有 来
怎 能 这 样 说

ŋo^{21} ni^{21} le^{21} ʐe^{21} va^{21} ʐo^{33} dʐa^{21}
我 呀 刘 员 外 儿 有
我 是 刘 员 外 之 子

na^{21} ni^{21} tʂa^{33} ʐe^{21} ɣa^{21} ŋe^{55} dʐa^{21}
你 呀 张 员 外 女 有
你 是 张 员 外 之 女

ʔi^{55} ba^{33} dʐʅ^{33} pɛ̱^{21} pʻo^{21}
阿 爸 官 吏 人
父 亲 是 官 人

li̱^{33} dʑæ^{21} ka^{55} ɣa^{55} lɤ^{21}
街 市 中 呀 去
你 要 去 卖 花

mæ^{55} da^{33} na^{21} tʂo̱^{21} tʂʻʅ^{33}
名 声 你 跟 伤
会 毁 父 声 名

na^{21} kɤ^{55} xɤ^{21} tʻa^{21} mu^{21}
你 那 样 莫 做
你 莫 这 样 做

le^{21} ʂʅ^{55} tsʅ^{55} ʔi^{55} mo^{21}
刘 志 敬 阿 妈
刘 志 敬 的 娘

tʻe^{21} tɕe^{33} be̱^{33} le^{21} no^{33}
一 句 说 来 呀
开 口 把 话 说

tʂʻa^{21} ʂo^{33} tsʅ^{55} xɤ^{21} mo^{55}
人 穷 这 样 呢
家 里 虽 然 穷

ʐo^{33} la^{33} ni^{55} ni^{55} no^{33}
儿 上 看 看 呀
虽 然 心 疼 儿

ʂʅ^{21} tʂɤ^{55} kʻu̱^{21} ʔi^{55} mo^{21}
七 十 岁 阿 妈
虽 然 心 疼 娘

ŋo^{21} ȵe^{55} tʂa^{33} ɕa^{21} tɕe^{21}
我 女 张 小 姐
我 媳 张 小 姐

dʐʅ^{33} mɛ̱^{21} ʔa^{21} mæ^{33} dʐa^{21}
官 吏 姑 娘 有
你 是 官 家 女

k'o^{55} ʂɤ^{21} lɤ^{21} ni^{21} le^{21}
怎 样 去 呀 来
怎 能 去 街 上

ʂu^{21} dʐa^{21} ɣæ^{21} le^{21} ŋɤ^{21}
人 有 笑 来 是
别 人 会 笑 话

na^{21} kɤ^{55} xɤ^{21} t'a^{21} mu^{21}
你 那 样 莫 做
此 事 切 莫 做

t'e^{21} tɕe^{33} be̱^{33} le^{21} no^{33}
一 句 说 来 呀
这 样 把 话 说

tʂ'a^{33} ɕa^{21} tɕe^{21} sʅ̱^{33} ni^{21}
张 小 姐 的 呢
儿 媳 张 小 姐

t'e^{21} tɕe^{33} be̱^{33} le^{21} no^{33}
一 句 说 来 呀
开 口 回 答 道

ʔi^{55} mo^{21} le^{21} ʔi^{55} mo^{21}
阿 妈 来 阿 妈
阿 妈 呀 阿 妈

tʂ'a^{21} ʂo^{33} mæ^{55} tsʅ^{55} xɤ^{21}
人 穷 名 这 样
我 家 变 穷 人

ʂu^{21} sɛ̱^{21} ta^{55} lo^{21} ka^{33}
人 知 当 了 呢
乡 邻 都 知 道

ŋo^{21} ʐu̱^{33} tsæ^{55} tu^{21} tɕ'e^{21}
我 夫 君 赌 钱
贫 穷 非 赌 钱

p'a^{21} dæ^{33} xɤ^{21} ma^{21} ŋɤ^{21}
牌 打 种 不 是
也 非 去 打 牌

mi^{55} tʂ'o^{33} xe^{21} k'o^{55} ɣo^{21}
地 产 房 屋 卖
出 卖 地 和 房

ɣo^{33} mu^{33} tɕ'e^{21} go^{21} p'e^{21}
皇 帝 粮 食 赔
是 因 赔 皇 粮

ʂo^{33} le^{21} xɤ^{21} dʐa^{21} dʐɤ^{33}
穷 来 样 有 呀
这 样 才 变 穷

t'e^{21} tɕe^{33} kɤ^{55} de^{21} be̱^{33}
一 句 他 说 说
这 样 把 话 说

ʂu^{21} ŋo^{21} p'a^{33} ɣæ^{21} no^{33}
人 说 着 笑 呀
若 人 来 笑 话

ŋo^{21} ȵe^{55} to^{55} li^{21} dʐa^{21}
我 女 道 理 有
我有理可讲

kɤ^{55} no^{55} ko̱^{21} ŋa^{33} sɿ̱^{33}
他 闻 看 要 呢
讲给他们听

t'e^{21} tɕe^{33} be̱^{33} le^{21} no^{33}
一 句 说 来 呢
这样把话说

tʂa^{33} ɕa^{21} tɕe^{21} sɿ̱^{33} ni^{21}
张 小 姐 的 呢
贤妻张小姐

ʐu̱^{33} da^{21} kɤ^{55} ma^{21} dzæ^{21}
夫 话 她 不 信
不听丈夫劝

mo^{21} da^{21} kɤ^{55} ma^{21} dzæ^{21}
母 话 她 不 信
不听娘亲劝

ma^{21} xɯ^{55} mo^{21} ȵe̱^{21} xɛ̱^{21}
不 愿 母 嘴 顶
不照娘意行

li̱^{33} dzæ^{21} ka^{55} ɣa^{21} lɤ^{21}
街 市 中 呀 去
来到街子上

t'a^{21} zi^{33} væ^{21} ɡu̱^{21} le^{21}
纸 张 买 回 来
买回纸张来

to^{55} mu^{55} tʂ'ɤ^{21} ni^{21} dʑe^{33}
千 样 十 二 样
各种各样花

to^{55} lɯ̱^{33} lɯ̱^{33} tsɿ^{55} ɕe̱^{21} ɕe̱^{21} ɡu^{21}
千 动 动 千 种 种 做
剪成千种万种花

ko^{55} vi̱^{33} ʂɤ^{21} mu^{55} ɡu^{21}
所 花 样 的 做
百花都剪成

ɡu^{21} du̱^{33} le^{33} k'ɤ^{55} to^{33}
做 出 来 那 放
全部做出来

t'u^{21} vi̱^{33} lu̱^{21} ʂɤ^{21} bi^{55}
白 花 朵 样 美
白花丽又艳

sæ^{55} vi̱^{33} lu^{21} ʂɤ^{21} ʐo̱^{21}
金 花 朵 样 美
金花亮闪闪

ʔi^{55} mo^{21} ȵe^{55} ɕa^{21} tɕe^{21}
阿 妈 女 小 姐
贤女张小姐

le̱^{21} ɣo^{33} do^{33} ma^{21} bu^{55} ʂɤ^{21} kɯ̱^{21}
手 技 蜂 不 止 样 会
手艺胜过小蜜蜂

ʐu^{21} ni^{21} t'o^{21} p'ɛ̱^{21} nɤ^{55} ʐo^{33} te^{33}
拿 呀 托 盘 红 子 放
纸花放进红托盘

tsʻæ^{21} ni^{21} li̱^{33} dzæ^{21} ka^{55} ɣa^{21} vu^{21}
抬 呀 街 市 中 呀 卖
抬 到 街 子 上 去 卖

li̱^{33} dzæ^{21} ka^{55} ɣa^{21} tʂʻɤ^{21}
街 市 中 呀 到
来 到 街 子 上

ʂu^{33} ʂa^{55} ʐo^{33} tʻe^{21} pɤ^{55}
书 学 人 一 伙
一 伙 读 书 人

tʂa^{33} ɕa^{21} tɕe^{21} do^{21} mæ^{55}
张 小 姐 后 跟
跟 在 小 姐 后

vi̱^{33} lu^{21} væ^{21} tʻa^{21} de^{21}
花 朵 买 莫 说
不 是 来 买 花

tʂa^{33} tɕe^{21} kɤ^{55} ni^{55} ɡo^{21}
张 姐 她 看 玩
是 来 看 小 姐

ni^{55} ni^{55} li̱^{33} mæ^{33} tʂʻɤ^{21}
看 看 街 尾 到
跟 随 到 街 尾

tʂa^{21} ɕa^{21} tɕe^{21} sɿ̱^{33} ni^{21}
张 小 姐 的 呢
那 位 张 小 姐

tʻe^{21} tɕe^{33} be̱^{33} le^{21} no^{33}
一 句 说 来 呀
开 口 把 话 说

ʂu^{33} ʂa^{55} ʐo^{33} na^{21} le^{21}
书 学 人 你 来
几 位 读 书 人

vi̱^{33} lu^{21} væ^{21} ŋa^{33} no^{33} væ^{21} le^{21}
花 朵 买 要 呀 买 来
要 买 纸 花 你 就 买

ŋo^{21} tʻe^{21} tʻa^{21} ni^{55} ɡo^{21}
我 上 莫 看 玩
不 要 跟 着 我

ʂu^{33} ʂa^{55} ʐo^{33} be̱^{33} no^{33}
书 读 人 说 呀
读 书 人 说 道

ma^{21} ni^{55} to^{33} no^{55} ʂu^{55}
不 看 置 呀 呢
不 是 要 买 花

vi̱^{33} lu^{21} tʻa^{21} de^{21} sɿ̱^{33}
花 朵 莫 说 呀
鲜 花 与 你 比

vi̱^{33} lu^{21} dʐɤ^{55} ma^{21} bo^{33} na^{21} bi^{55}
花 朵 过 不 止 你 美
你 比 鲜 花 更 漂 亮

tʂa^{33} ɕa^{21} tɕe^{21} be̱^{33} no^{33}
张 小 姐 说 呀
张 小 姐 说 道

na^{21} ni^{21} ŋo^{21} kʻæ^{21} ni^{55}
你 呀 我 上 看
你 们 偷 看 我

na^{21} mæ^{21} ni^{21} dʐ̩a^{21} p'e^{21}
你 妻 呀 有 该
你 也 有 妻 子

ʂu^{21} la^{33} na^{21} mæ^{21} ni^{55} p'e^{21} ŋɤ^{21}
人 让 你 妻 看 去 是
就 让 别 人 看 她 去

na^{21} vi̱^{21} na^{21} ni^{21} dʐ̩a^{21}
你 姐 你 妹 有
你 也 有 姐 妹

ʂu^{21} ɤa^{21} nɯ^{55} p'e^{21} ŋa^{21}
人 呀 看 的 要
让 人 看 她 们

t'e^{21} tɕe̱^{33} de^{21} lɤ^{21} no^{33}
一 句 说 去 呀
这 样 把 话 说

ʂu^{33} ʂa^{55} ʐo^{33} kɤ^{55} ts'ɿ^{21}
书 读 人 那 伙
那 伙 读 书 人

k'ɤ^{55} ɕe̱^{21} ta^{55} ʂa^{55} ni^{21}
他 气 羞 了 呢
羞 得 红 了 脸

lɤ^{33} lɤ^{33} gu̱^{21} to̱^{21} gɤ^{21}
个 个 回 起 后
个 个 回 家 去

vi̱^{33} lu^{21} xɤ^{21} ʂa^{55} ni^{21}
花 朵 拿 的 呢
张 小 姐 卖 花

li̱^{33} ʔu̱^{33} li̱^{33} mæ^{33} ɤo^{21}
街 头 街 尾 卖
街 头 到 街 尾

dʐɿ̱^{21} du̱^{33} dʐɿ̱^{21} dɤ^{21} vu^{21}
日 出 日 落 卖
从 东 卖 到 西

tsæ^{55} zi̱^{21} ʂɿ^{21} na^{21} vu^{21}
南 方 北 方 卖
从 南 卖 到 北

t'o^{33} lo^{33} mi^{55} ɬi^{33} de^{21}
宇 宙 地 四 坝
东 南 西 北 方

li̱^{33} dʐæ^{21} tʂ'ɤ^{21} ni^{21} pa^{55}
街 子 十 二 条
十 二 条 街 道

kɤ^{55} ɤa^{55} vu^{21} dʐ̩a^{21} ʂu^{55}
那 呀 卖 有 呢
她 都 去 卖 花

mu^{33} k'æ^{21} t'a^{21} pɤ^{21} ʂɤ^{33}
天 上 太 白 星
天 神 太 白 星

tʂ'a^{21} t'e^{21} lɤ^{33} ɬɛ̱^{21} ʂa^{55}
人 一 个 变 呢
变 成 一 个 人

dɤ^{21} mi^{55} tɯ^{33} le^{21} ni^{21}
阳 地 下 来 呢
下 来 到 阳 世

ɣa^{21} tʻe^{21} ve̱^{33} ve̱^{21} ʂa^{55}
菜 一 担 担 的
肩 挑 一 担 菜

li̱^{33} zhæ^{21} ka^{55} ɣa^{21} vu^{21}
街 市 中 呀 卖
来 到 街 上 卖

to^{55} lo^{33} tʻa^{21} pɤ^{21} ʂɤ^{33}
天 庭 太 白 星
天 神 太 白 星

tʻe^{21} tɕe^{33} be̱^{33} du̱^{33} le^{21}
一 句 说 出 来
开 口 把 话 说

ku^{21} na^{21} ɕa^{21} tɕe^{21} na^{21}
姑 娘 小 姐 你
姑 娘 张 小 姐

vi̱^{33} lu^{21} ɣo^{21} dʐa^{21} no^{33}
花 朵 卖 在 呢
你 出 来 卖 花

væ^{21} væ^{21} to^{55} tʂʻɤ^{21} ɣo^{21}
团 团 都 到 卖
四 处 都 去 卖

dzʅ̱^{21} du̱^{33} dzʅ̱^{21} dɤ^{21} ɣo^{21}
日 出 日 落 卖
从 东 卖 到 西

tsæ^{55} zi̱^{21} ʂʅ^{21} na^{21} ɣo^{21}
南 方 北 方 卖
从 南 卖 到 北

tʻo^{33} lo^{33} ɬi^{33} tʻa^{21} ɣo^{21}
宇 宙 四 方 卖
四 方 任 你 卖

tʂʻo^{33} kɤ^{55} tʂa^{33} ʐa^{21} mu^{21}
曹 国 丈 衙 门
曹 国 丈 衙 门

kɤ^{55} dʐo^{21} tʻa^{21} ʂɤ^{33} lɤ^{21}
那 路 莫 行 去
你 莫 去 卖 花

tʂa^{33} ɕa^{21} tɕe^{21} sʅ̱^{33} ni^{21}
张 小 姐 的 呢
那 位 张 小 姐

tʻe^{21} tɕe^{33} be̱^{33} le^{21} no^{33}
一 句 说 来 呢
开 口 把 话 说

kɤ^{55} no^{33} ɣo^{33} mu^{33} dʐa^{21}
他 呀 皇 帝 有
他 是 皇 家 亲

dzʅ^{33} ɣæ^{33} ma^{21} pʻo^{21} ŋɤ^{21}
官 大 吏 人 是
是 大 官 大 吏

ʂu^{21} mæ^{21} ʐu^{21} pʻe^{21} ŋa^{33}
人 妻 拿 的 要
不 会 害 奴 家

to^{33} lo^{33} tʻa^{21} pɤ^{21} ʂɤ^{33}
天 庭 太 白 星
天 神 太 白 星

t‘e^{21} tɕe^{33} be̠^{33} le^{21} no^{33}
一 句 说 来 呀
开 口 把 话 说

tʂ‘o^{33} kɤ^{55} tʂa^{33} dʐʅ^{33} mɛ̠^{21}
曹 国 丈 官 吏
大 官 曹 国 丈

le^{21} lo^{21} kɤ^{55} ma^{21} tʂ‘a^{21}
理 伦 他 不 依
伦 理 他 不 讲

ʂu^{21} mæ^{21} ʐu^{21} k‘ɤ^{55} mæ^{21} mu^{21} ti^{55}
人 妻 拿 他 妻 做 的
他 会 抢 霸 他 人 妻

k‘ɤ^{55} da^{21} ma^{21} dʐæ^{21} no^{33}
他 话 不 信 呀
如 不 依 他 意

k‘ɤ^{55} le̠^{21} p‘a^{33} ʂʅ^{21} ti^{55}
他 手 的 死 的
会 死 他 手 下

t‘e^{21} tɕe^{33} be̠^{33} le^{21} no^{33}
一 句 说 来 呀
这 样 把 话 说

tʂa^{33} ɕa^{21} tɕe^{21} sʅ^{33} ni^{21}
张 小 姐 的 呢
那 位 张 小 姐

t‘e^{21} tɕe^{33} be̠^{33} le^{21} no^{33}
一 句 说 事 呢
开 口 回 答 道

ʔa^{55} p‘u^{33} na^{21} mi^{21} ŋa^{21}
阿 爷 你 话 语
大 爷 你 的 话

na^{21} dʐa^{21} kɤ^{55} t‘a^{21} be̠^{33}
你 随 便 莫 说
不 能 随 便 讲

ɣo^{33} mu^{33} ʐe^{21} tʂa^{33} no^{33}
皇 帝 亲 丈 呀
皇 亲 和 国 戚

dʐʅ^{33} ma^{21} mu^{21} dʐa^{21} no^{33}
官 吏 做 了 呢
他 是 大 官 人

ʂu^{21} mæ^{21} tʂ‘a^{21} ma^{21} p‘e^{21}
人 妻 抢 不 该
不 会 抢 人 妻

le^{21} lo^{21} kɤ^{55} ma^{21} dʐa^{21}
理 伦 他 不 有
不 会 有 此 事

to^{33} lo^{33} t‘a^{21} pɤ^{21} ʂɤ^{33}
天 庭 太 白 星
天 神 太 白 星

t‘e^{21} tɕe^{33} be̠^{33} le^{21} no^{33}
一 句 说 来 呀
开 口 又 说 道

ku^{33} na^{33} ɕa^{21} tɕe^{21} na^{21}
姑 娘 小 姐 你
姑 娘 张 小 姐

ŋo^{21} be̱^{33} na^{21} bi^{21} no^{33}
我 说 你 给 呀
把 话 说 给 你

dzæ^{21} ma^{21} dzæ^{21} de^{21} ni^{21}
信 不 信 说 呢
信 不 信 由 你

na^{21} ɣa^{21} dɣ̱^{33} ti^{55} la^{33}
你 呀 随 的 了
随 你 自 己 了

t‘e^{21} tɕe^{33} be̱^{33} tɣ^{33} lɣ^{21}
一 句 说 留 下
把 话 说 完 后

to^{33} lo^{21} t‘a^{21} pɣ^{21} ʂɣ^{33}
天 庭 太 白 星
天 神 太 白 星

ʂɣ^{33} lɣ^{21} ʂɣ^{33} le^{21} ni^{55}
走 去 走 来 看
朝 前 走 过 去

mu^{33} k‘æ^{21} tsæ^{55} mo^{21} ni^{55}
天 上 星 星 看
犹 如 天 上 星

k‘o^{55} nɛ̱^{21} ʐɣ^{21} ma^{21} sɛ^{21}
哪 里 去 不 知
消 失 影 无 踪

tʂa^{33} ɕa^{21} tɕe^{21} sɿ̱^{33} ni^{21}
张 小 姐 的 呢
那 位 张 小 姐

be̱^{33} lo^{33} de^{21} ma^{21} mæ^{55}
说 了 说 不 及
说 完 话 之 后

t‘e^{21} t‘o^{33} dʐɣ^{21} lɣ^{21} ʂu^{33}
一 程 过 去 呢
往 前 走 一 程

tʂ‘o^{33} kɣ^{55} tʂa^{33} go^{21} de^{21}
曹 国 丈 门 前
曹 国 丈 衙 门

kɣ^{55} ɣa^{55} tʂ‘ɣ^{21} to^{33} lo^{21}
那 呀 到 了 呢
走 到 了 那 里

tʂ‘o^{33} kɣ^{55} tʂa^{33} dʐɿ^{33} ma^{21}
曹 国 丈 官 吏
大 官 曹 国 丈

ʂɣ^{33} du̱^{33} le^{21} dʐa^{21} t‘e^{21}
走 出 来 有 的
走 出 衙 门 来

tʂa^{33} ɕa^{21} tɕe^{21} sɿ̱^{33} ni^{21}
张 小 姐 的 呢
那 个 张 小 姐

ŋa^{21} to^{33} lo^{33} da^{55} no^{33}
见 了 呢 了 呀
被 他 看 见 了

tʂ‘a^{21} ɬe̱^{21} ni^{21} ʐu̱^{33} tsɿ^{55}
人 轻 二 位 派
派 两 位 衙 役

tʂa33 ɕa21 tɕe21 ʔɤ55 le21
张 小 姐 喊 来
去 喊 张 小 姐

tʻe21 tɕe33 be̱33 le21 no33
一 句 说 来 呢
衙 役 把 话 说

na21 vi̱33 lu21 xɤ21 le21
你 花 朵 拿 来
你 拿 花 过 来

dʐʅ33 mɛ̱21 væ21 ŋa33 dʐɤ33
官 吏 买 要 呀
官 人 要 买 花

dʐʅ33 mɛ̱21 ʔɤ55 dʐa21 ŋɤ21
官 吏 喊 呀 是
官 人 在 喊 你

tʻɯ55 ʂɤ21 be̱33 le21 no33
这 样 说 来 呀
这 样 把 话 说

tʂa33 ɕa21 tɕe21 sʅ̱33 ni21
张 小 姐 的 呢
那 位 张 小 姐

tsʅ55 ʂu55 do21 ɣa21 mæ55
衙 人 后 呀 跟
跟 随 衙 役 后

tʻe21 tʻa21 gɤ21 ni21 tʻa21
一 堂 后 二 堂
一 堂 连 二 堂

ni21 tʻa21 gɤ21 ʂa33 tʻa21
二 堂 后 三 堂
二 堂 连 三 堂

tʂʻo33 kɤ55 tʂa33 dʐʅ33 mɛ̱21
曹 国 丈 官 吏
曹 国 丈 府 里

kɤ55 ɣa55 tʂʻɤ21 lɤ21 no33
那 呀 到 了 呢
来 到 了 那 里

tʂʻo33 kɤ55 tʂa33 dʐʅ33 mɛ̱21
曹 国 丈 官 吏
大 官 曹 国 丈

tʂa55 zi21 bo21 kʻæ21 ni21
金 椅 子 上 坐
坐 在 金 椅 上

ʔu̱33 no33 sæ55 tʂo̱21 kʻu33
头 呀 金 帽 戴
头 上 戴 金 冠

sæ55 tʂo̱21 ʂo21 bi55 bi55
金 帽 畅 美 美
金 冠 金 闪 闪

gɯ21 no33 tʻa21 na21 vi̱21
身 呀 衣 服 穿
身 上 穿 长 袍

lo33 tʻa21 bo21 le33 le33
龙 袍 亮 堂 堂
长 袍 亮 堂 堂

tsʻɿ^{21} no^{33} zæ^{21} da^{33} dɤ̱^{21}
脚 呀 绸 鞋 穿
脚 穿 绸 缎 鞋

zæ^{21} da^{33} ȵe̱^{33} zæ^{21} zæ^{21}
绸 穿 黑 漆 漆
缎 鞋 黑 又 亮

ȵe̱^{33} ni^{55} mi^{21} ŋa^{21} be̱^{33}
眼 看 话 语 说
边 看 边 说 道

tʻe^{21} tɕe^{33} be̱^{33} le^{21} no^{33}
一 句 说 来 呀
开 口 把 话 说

ʔa^{21} mæ^{33} ʐo^{33} na^{21} le^{21}
姑 女 儿 你 来
卖 花 的 女 人

na^{21} le^{21} pʻo^{21} ba^{21} ba^{21}
你 来 父 有 有
你 有 父 亲 吗

mo^{21} ba^{21} ba^{21} ni^{21} le^{21}
母 有 有 呢 来
你 有 母 亲 吗

na^{21} le^{21} mo^{55} ba^{21} ba^{21}
你 来 哥 有 有
你 有 兄 长 吗

vi^{21} ba^{21} ba^{21} næ^{21} ba^{21} ba^{21} le^{21}
姐 有 有 弟 有 有 来
你 有 姐 姐 弟 弟 吗

tʂa^{33} ɕa^{21} tɕe^{21} sɿ̱^{33} ni^{21}
张 小 姐 的 呢
那 个 张 小 姐

tʻe^{21} tɕe^{33} be̱^{33} le^{21} no^{33}
一 句 说 来 呢
开 口 回 答 道

no^{55} ni^{55} ma^{21} dʐa^{21} le^{21}
问 看 不 有 来
不 要 如 此 问

tʂʻo^{33} kɤ^{55} tʂa^{33} sɿ̱^{33} ni^{21}
曹 国 丈 的 呢
那 个 曹 国 丈

tʻe^{21} tɕe^{33} be̱^{33} le^{21} no^{33}
一 句 说 来 呀
开 口 把 话 说

ʔa^{21} mæ^{33} ʐo^{33} tsɿ^{55} ʐu̱^{33}
姑 女 人 这 位
你 这 卖 花 女

tʻa^{21} dzæ^{21} bi^{55} ŋɤ^{21} le^{21}
实 在 美 是 来
实 在 太 漂 亮

ŋo^{21} mæ^{21} kɯ^{33} ʐu̱^{33} ba^{21}
我 妻 九 位 有
我 家 九 个 妻

tʻe^{21} ʐu̱^{33} ʂu^{33} ni^{21} mu^{55}
一 位 人 的 呢
没 有 一 个 人

na^{21} ɣa^{33} dʐɤ^{21} ma^{21} do^{21}
你 上 超 不 过
能 够 赶 上 你

tʂʻo^{33} kɤ^{55} tʂa^{33} sɿ̠^{33} ni^{21}
曹 国 丈 的 呢
那 个 曹 国 丈

tʻe^{21} tɕe^{33} be̠^{33} le^{21} no^{33}
一 句 说 来 呢
接 着 把 话 说

mæ^{21} bi^{55} mæ^{21} ɬo^{55} mo^{21}
女 美 女 贤 女
漂 亮 的 美 人

ʔa^{21} xɤ^{33} ɣo^{21} dʐa^{21} le^{21}
什 么 卖 有 来
你 在 卖 什 么

ŋo^{21} tʻu^{21} sæ^{55} vi̠^{33} lu^{21}
我 银 金 花 朵
我 家 金 银 花

dɤ̠^{21} kɤ^{55} do^{21} ma^{21} pʻe^{21}
戴 完 后 不 完
戴 也 戴 不 完

na^{21} tʻa^{21} zi^{33} vi̠^{33} lu^{21}
你 纸 张 花 朵
你 剪 的 纸 花

ŋo^{21} kɤ^{55} ʔa^{21} xɤ^{33} mu^{21}
我 它 什 么 做
拿 它 有 何 用

na^{21} ʔɤ^{55} le^{21} da^{55} no^{33}
你 喊 来 了 呢
把 你 喊 进 来

ve^{21} dʐo^{21} mi^{21} ma^{21} dʐa^{21}
别 样 话 不 有
没 有 其 他 事

na^{21} kʻo^{55} ta^{55} mo^{21} dʐa^{21}
你 何 方 人 有
你 是 何 方 人

na^{21} xɤ^{21} ʔa^{55} tʂʻɤ^{21} xɤ^{21}
你 姓 什 么 姓
你 是 什 么 姓

ŋo^{21} ɣa^{21} tʻe^{21} lo^{21} le^{21}
我 上 讲 了 来
快 快 告 诉 我

tʂa^{33} ɕa^{21} tɕe^{21} sɿ̠^{33} ni^{21}
张 小 姐 的 呢
那 个 张 小 姐

tʻe^{21} tɕe^{33} be̠^{33} le^{21} no^{33}
一 句 说 来 呢
开 口 把 话 说

la^{21} ʐe^{21} na^{21} mu^{21} bi^{21}
老 爷 你 做 给
堂 前 官 老 爷

na^{21} ɕa^{21} tɕe^{21} pʻu^{33} mo^{21}
你 小 姐 奴 女
你 的 奴 婢 我

ŋo^{21} le^{21} de^{21} ʂu^{33} no^{33}
我 来 说 的 呢
我 来 告 诉 你

xo^{21} na^{21} k'a^{33} xo^{21} fu^{21}
河 南 开 封 府
河 南 开 封 府

vu^{21} t'o^{21} tɕ'e̱^{33} k'o^{21} ni^{21}
梧 桐 村 里 有
家 住 梧 桐 村

ŋo^{21} xɤ^{21} tʂa^{33} tʂa^{33} xɤ^{21}
我 姓 张 张 姓
姓 氏 为 张 姓

sæ^{21} p'o^{33} vi̱^{33} lu^{21} ŋa^{33} no^{33} ve^{21}
主 人 花 朵 要 呀 买
主 人 要 花 你 就 买

p'u^{33} mo^{21} t'a^{21} ta^{33} vu^{55} lo^{21} ka^{33}
奴 人 莫 耽 误 的 了
不 要 耽 误 奴 家 身

ʂɿ^{21} tʂɤ^{55} k'u̱^{21} ʔi^{55} mo^{21}
七 十 岁 阿 妈
七 十 岁 的 娘

ʂa^{33} k'u̱^{21} lu̱^{21} ʐo^{33} næ^{55}
三 岁 满 人 好
三 岁 的 儿 子

ŋo^{21} ɣa^{21} xa^{21} lo^{33} ŋɤ^{21}
我 上 等 了 是
在 家 等 着 我

t'e^{21} tɕe^{33} ʔɤ^{55} de^{21} no^{33}
一 句 喊 说 呢
这 样 把 话 说

tʂ'o^{33} kɤ^{55} tʂa^{33} sɿ̱^{33} ni^{21}
曹 国 丈 的 呢
曹 国 丈 说 道

na^{21} ŋo^{21} xa^{21} ma^{21} du̱^{33}
你 我 等 不 出
今 天 不 放 你

na^{21} le^{21} fu^{21} fæ^{55} dʐa^{21}
你 来 福 份 有
你 是 造 化 大

ŋo^{21} xe^{21} tʂ'ɤ^{21} le^{21} ŋɤ^{21}
我 家 到 来 是
来 到 我 家 里

ŋo^{21} mæ^{21} kɯ^{33} ʐu̱^{33} ba^{21}
我 妻 九 位 有
我 有 九 个 妻

na^{21} la^{33} dʐɤ^{21} kɤ^{55} xɤ^{21}
你 上 超 那 种
超 过 你 的 人

t'e^{21} ʐu̱^{33} ni^{21} ma^{21} tʂ'a^{21}
一 位 呀 不 有
找 不 到 一 个

ŋo^{21} mæ^{21} mu^{21} ŋa^{33} ŋɤ^{33}
我 妻 做 要 是
你 做 我 妻 子

tʂʻa^{21} ʂo^{33} mæ^{21} tʻa^{21} mu^{21}
人 穷 妻 莫 做
莫 做 穷 人 妻

tʂʻa^{21} ʂo^{33} mæ^{21} mu^{21} no^{33}
人 穷 妻 做 呀
你 做 穷 人 妻

mæ^{55} da^{33} kʻɤ^{55} tʂʻa^{21} tʂʻʅ^{33}
名 声 实 在 伤
太 丢 你 面 子

ŋo^{21} na^{21} pʻa^{33} ŋa^{33} no^{33}
我 你 若 要 呀
我 若 娶 了 你

na^{21} ʐu̱^{33} tsæ^{55} be̱^{33} ni^{21}
你 丈 夫 说 呢
你 的 丈 夫 他

be̱^{33} lɤ^{21} du^{21} ma^{21} dʐa^{21}
说 去 处 不 有
没 有 说 理 处

pu̱^{33} to̱^{21} do^{21} ma^{21} pʻe^{21}
告 起 行 不 可
他 告 不 倒 我

ŋo^{21} mæ^{21} pʻa^{33} mu^{21} no^{33}
我 妻 若 做 呀
如 做 我 妻 子

ŋo^{21} da^{21} pʻa^{33} dzæ^{21} no^{33}
我 话 若 信 呀
如 听 我 的 话

ɡɯ^{21} no^{33} pu^{33} tʻa^{21} fi̱^{21}
身 呀 绸 衣 穿
身 穿 绸 缎 衣

ma^{21} næ^{55} no^{33} ma^{21} tʂo^{33}
不 甜 呀 不 吃
吃 的 是 美 味

ma^{21} tʂʻʅ^{55} no^{33} ma^{21} tɛ̱^{21}
不 甜 呀 不 喝
喝 的 比 蜜 甜

no^{55} no^{33} sæ^{55} dʑu̱^{33} dɣ̱^{21}
耳 呀 金 环 戴
耳 戴 金 耳 环

le̱^{21} no^{33} sæ^{55} dʐo^{21} tɣ̱^{21}
手 呀 金 镯 戴
双 手 戴 金 镯

pʻu^{33} dʑe^{33} ʐo^{33} nɣ^{55} tsʅ^{55}
奴 仆 儿 小 使
在 家 使 丫 环

do^{21} du̱^{33} tʂa^{33} bɣ^{21} tsʻæ^{21}
门 出 轿 子 坐
出 门 坐 轿 子

na^{21} ʐu̱^{33} tsæ^{55} xo^{21} ʐu̱^{33}
你 夫 男 百 人
即 使 你 家 里

to^{55} ʐu̱^{33} dʐa^{21} de^{21} ni^{21}
千 位 有 了 呢
丈 夫 千 百 个

ŋo^{21} kɣ^{55} ma^{21} dzu̠^{33} le^{21}
我 他 不 怕 来
我 也 不 怕 他

tʂa^{33} ɕa^{21} tɕe^{21} sɿ̠^{33} ni^{21}
张 小 姐 的 呢
那 个 张 小 姐

ni̠^{33} tʂʻɿ^{33} dzæ^{21} vu^{21} vu^{21}
心 愤 牙 咬 咬
咬 牙 又 切 齿

tʻe^{21} tɕe^{33} be̠^{33} le^{21} no^{33}
一 句 说 来 呢
气 愤 把 话 说

sæ^{21} pʻo^{33} na^{21} mu^{21} bi^{21}
主 人 你 做 给
让 你 做 主 子

na^{21} le^{21} dʐɿ^{33} mɛ̠^{21} dʐa^{21}
你 来 官 吏 是
让 你 做 官 人

ŋo^{21} no^{33} tʂʻa^{21} ʂo^{33} mo^{21}
我 呀 人 穷 女
我 是 穷 苦 人

ʐo^{33} lo^{33} mo^{21} ŋɣ^{21} ti^{55}
儿 佣 女 是 的
是 个 老 百 姓

na^{21} mi^{21} ŋa^{21} tsɿ^{55} mo^{55}
你 话 语 这 句
你 说 这 些 话

na^{21} le^{21} tʻe^{21} ɕi^{55} no^{33}
你 来 一 世 呀
你 今 生 这 世

mæ^{55} da^{33} ŋo^{21} tʂʻa^{21} tʂʻɿ^{33}
名 声 我 上 伤
毁 我 好 名 声

mo^{33} tʻe^{21} tu^{33} dʐa^{21} no^{33}
马 一 匹 有 呀
一 匹 好 骏 马

tʻe^{21} ɣo^{21} ʂo̠^{21} pʻe^{21} ti^{55}
一 鞍 配 了 的
只 能 配 一 鞍

ni̠^{21} ɣo^{21} ʂo̠^{21} ma^{21} pʻe^{21}
二 鞍 配 不 该
岂 能 配 双 鞍

mæ^{21} ɣo^{33} tʻe^{21} lɣ^{33} no^{33}
女 人 一 个 呀
一 个 好 女 人

ʐu̠^{33} tsæ^{55} tʻe^{21} lɣ^{33} te^{55}
丈 夫 一 个 配
只 能 嫁 一 人

ni̠^{21} ʐu̠^{33} te^{55} ma^{21} pʻe^{21}
二 位 配 不 该
岂 能 嫁 二 夫

kʻo^{55} ʂɣ^{21} mu^{21} pʻe^{21} le^{21}
如 何 做 了 来
如 何 做 你 妻

na^{21} ba^{21} dʐʅ^{33} ma^{21} mu^{21}
你 富 官 吏 做
你 富 当 大 官

ŋo^{21} ʂo^{33} væ^{21} le̱^{21} mu^{21}
我 穷 买 卖 做
我 穷 做 买 卖

sæ^{21} p'o^{33} na^{21} ts'ʅ^{33} ʐu̱^{33}
主 人 你 这 位
主 人 大 官 人

tsʅ^{55} mi^{21} ŋa^{21} t'a^{21} be̱^{33}
这 话 语 莫 说
不 能 胡 乱 讲

ʂu^{21} na^{21} ɣæ^{21} le^{21} ŋɤ^{21}
人 你 笑 来 是
别 人 会 笑 话

be̱^{33} gɤ^{21} lo^{21} ma^{21} mæ^{55}
说 完 了 不 及
不 及 说 完 话

tʂ'o^{33} kɤ^{55} tʂa^{33} ȵe̱^{21} pu̱^{33}
曹 国 丈 嘴 翻
国 丈 翻 脸 道

mæ^{21} dʑe^{21} na^{21} mi^{21} ŋa^{21}
女 人 你 话 语
你 这 个 女 人

ʔa^{21} xɤ^{33} be̱^{33} dʐa^{21} ni^{21}
什 么 说 有 呢
说 的 什 么 话

mu^{33} do^{21} dʑæ^{21} nɯ^{55} ʐo^{33}
天 落 鼓 绿 小
天 上 雷 鼓 鸣

dʑæ^{21} nɯ^{55} mu^{33} tɯ^{21} tʂ'a^{21}
鼓 绿 天 雷 随
雷 声 依 天 意

ŋo^{21} dɯ^{21} na^{21} la^{33} tʂo̱^{21}
我 想 你 上 连
难 得 看 上 你

mæ^{21} ʐu̱^{21} mu^{21} ŋa^{33} ti^{55}
妻 夫 做 要 的
定 要 做 夫 妻

t'e^{21} tɕe^{33} kɤ^{55} de^{21} no^{33}
一 句 他 说 呢
接 着 把 话 说

ŋo^{21} le^{21} de^{21} ʂu^{55} no^{33}
我 来 说 的 呢
我 非 一 般 人

ŋo^{21} no^{33} tʂ'o^{33} kɤ^{55} tʂa^{33}
我 是 曹 国 丈
我 是 曹 国 丈

ɣo^{33} mu^{33} tʂa^{55} ʐɤ^{21} dʐa^{21}
皇 帝 丈 人 是
是 皇 帝 岳 父

ɣo^{33} mu^{33} ʐɤ^{21} tʂo^{33} no^{33}
皇 帝 仁 宗 呀
仁 宗 皇 帝 他

ŋo^{21} ʂo̱^{21} ɣɯ^{33} pʻo^{21} dʐa^{21}
我 女 婿 人 是
是 我 的 女 婿

tʂo̱^{21} ko^{33} na^{21} na^{21} no^{33}
正 宫 娘 娘 呀
正 宫 娘 娘 她

ŋo^{21} ʔa^{21} mæ^{33} ŋɤ^{21} ti^{55}
我 姑 娘 是 的
她 是 我 女 儿

na^{21} ŋo^{21} da^{21} ma^{21} dʑæ^{21}
你 我 话 不 信
你 如 不 依 我

ʂu^{55} bi^{21} ni^{21} ŋo^{21} dʐʅ^{33}
活 给 也 我 管
我 可 让 你 活

ʂʅ^{21} bi^{21} ni^{21} ŋo^{21} dʐʅ^{33}
死 给 也 我 管
也 可 让 你 死

pu̱^{33} lɤ^{21} du^{21} ma^{21} ɣo̱^{21}
告 去 处 不 得
无 处 告 发 我

ŋo^{21} ɣo^{33} mu^{33} xa^{21} tɕʻe^{33} dʐa^{21}
我 皇 帝 皇 亲 有
我 是 皇 亲 国 戚

ʔa^{21} ʂu^{33} ŋo^{21} pu̱^{33} do^{21}
何 人 我 告 行
谁 敢 告 发 我

pu̱^{33} to̱^{21} do^{21} ma^{21} pʻe^{21}
告 起 行 不 该
无 人 告 得 倒

tʂa^{33} ɕa^{21} tɕe^{21} sʅ^{55} ni^{21}
张 小 姐 的 呢
那 个 张 小 姐

tʻe^{21} tɕe^{33} be̱^{33} le^{21} no^{33}
一 句 说 来 呢
开 口 把 话 说

na^{21} no^{33} dʐʅ^{33} mɛ̱^{21} dʐa^{21}
你 是 官 吏 在
你 是 大 官 爷

ŋo^{21} no^{33} le^{21} ʂʅ^{55} tsʅ^{55} mæ^{21}
我 呀 刘 志 敬 妻
我 是 刘 志 敬 妻

ʂo^{33} dʑe^{33} ʐo^{33} dʐa^{21} ti^{55}
穷 家 儿 有 的
是 个 穷 苦 人

ŋo^{21} na^{21} ma^{21} ŋa^{33} le^{21}
我 你 不 要 来
我 不 能 要 你

ŋo^{21} na^{21} pʻa^{21} ma^{21} mu^{21}
我 你 伴 不 做
我 不 做 你 妻

ŋo^{21} ʐu̱^{33} le^{21} ʂʅ^{55} tsʅ^{55}
我 夫 刘 志 敬
我 夫 刘 志 敬

kɤ^{55} na^{21} pu̠^{33} kɯ̠^{21} ti^{55}
他 你 告 会 的
他 会 告 发 你

tʂ'o^{33} kɤ^{55} tʂa^{33} sɿ^{33} ni^{21}
曹 国 丈 的 呢
那 个 曹 国 丈

t'e^{21} tɕe^{33} be̠^{33} le^{21} no^{33}
一 句 说 来 呢
开 口 把 话 说

xo^{21} ʐu̠^{33} to^{55} ʐu̠^{33} be̠^{33}
百 人 千 人 说
就 算 上 千 人

pu̠^{33} to̠^{21} do^{21} ma^{21} p'e^{21}
告 起 行 不 该
也 告 不 倒 我

xa^{21} tɕ'e^{21} dʐa^{21} ŋɤ^{21} le^{21}
皇 亲 有 是 来
我 是 皇 亲 呀

na^{21} dʐo^{21} ba^{21} t'a^{21} be̠^{33}
你 随 便 莫 说
你 莫 胡 乱 说

tʂa^{33} ɕa^{21} tɕe^{21} sɿ^{33} ni^{21}
张 小 姐 的 呢
那 个 张 小 姐

t'e^{21} tɕe^{33} be̠^{33} le^{21} no^{33}
一 句 说 来 呢
开 口 把 话 说

ŋo^{21} ʐu̠^{33} t'a^{33} dʐo^{33} no^{33}
我 夫 若 闻 呢
丈 夫 若 知 晓

ŋo^{21} ʐu̠^{33} le^{21} ʂʅ^{55} tsʅ^{55}
我 夫 刘 志 敬
我 夫 刘 志 敬

ʑe^{21} ɣa^{21} ʐo^{33} ŋɤ^{21} ti^{55}
员 外 儿 是 的
是 员 外 后 代

ŋo^{21} ni^{21} mæ^{55} da^{33} dʐa^{21}
我 也 名 声 有
我 也 有 名 声

ʑe^{21} ɣa^{21} ʐo^{33} dʐa^{21} ŋɤ^{21}
员 外 儿 有 是
员 外 的 女 儿

ŋo^{21} ʐu̠^{33} p'a^{33} sɛ̠^{21} no^{33}
我 夫 若 知 呢
丈 夫 若 知 晓

ɣo^{33} mu^{33} ʐɤ^{21} tʂo^{33} bɤ^{55}
皇 帝 仁 宗 处
皇 帝 仁 宗 处

pɤ^{21} tʂa^{55} p'a^{33} ti^{55} no^{33}
本 章 若 递 呢
给 你 奏 一 本

na^{21} ts'ʅ^{33} ʔu̠^{33} ka^{55} le^{21}
你 狗 头 命 来
你 的 狗 性 命

ʂu^{55} ma^{21} do^{21} ma^{21} sɛ̱^{21}
活 不 行 不 知
难 说 活 不 成

tʻe^{21} tɕe^{33} be̱^{33} le^{21} no^{33}
一 句 说 来 呢
这 样 把 话 答

be̱^{33} gɤ^{21} lo^{21} ma^{21} mæ^{55}
说 后 了 不 及
未 及 说 完 话

tʂʻo^{33} kɤ^{55} tʂa^{33} sɿ̱^{33} ni^{21}
曹 国 丈 的 呢
那 个 曹 国 丈

tʻe^{21} tɕe^{33} be̱^{33} du̱^{33} le^{21}
一 句 说 出 来
开 口 骂 她 道

ŋa^{33} ʂɿ^{21} pʻu^{33} mo^{21} na^{21}
要 死 奴 女 你
你 这 贱 奴 婢

ʔa^{55} tʂʻɤ^{21} be̱^{33} dʐa^{21} ni^{21}
如 何 说 有 呢
说 的 什 么 话

ɣo^{33} mu^{33} gɤ^{21} ŋo^{21} ɣæ^{33}
皇 帝 后 我 大
皇 帝 后 我 大

na^{21} pɤ^{21} ko^{55} de^{21} tʂa^{55}
你 本 何 处 奏
何 处 去 奏 本

to^{55} ʂɿ^{21} ŋo^{21} da^{21} dʑæ^{21}
千 死 我 话 信
还 是 依 了 我

ŋo^{21} da^{21} ma^{21} dʑæ^{21} no^{33}
我 话 不 信 呢
如 是 不 依 我

ŋo^{21} na^{21} dæ^{33} sɿ̱^{33} ŋa^{33}
我 你 打 死 要
我 要 打 死 你

tʂa^{33} ɕa^{21} tɕe^{21} sɿ̱^{33} ni^{21}
张 小 姐 的 呢
那 个 张 小 姐

tʻe^{21} tɕe^{33} be̱^{33} sɿ̱^{33} ni^{21}
一 句 说 的 呢
自 言 自 语 道

ʔi^{55} mo^{21} ȵe^{55} ɕa^{21} tɕe^{21}
阿 妈 女 小 姐
娘 的 闺 女 我

tsɿ^{55} dʐa^{21} ɕe̱^{21} ma^{21} xo^{55}
这 样 成 不 料
没 料 会 如 此

ɕe̱^{21} ma^{21} xo^{55} da^{55} no^{33}
成 不 料 的 呀
万 万 没 料 到

ʔa^{21} ʂa^{21} tʻe^{21} ni^{21} tʻo^{33}
从 前 一 日 时
不 久 之 前 呀

tʂʻo^{33} pʻu^{33} ma^{21} tʻe^{21} lɤ^{33}
人 祖 老 一 位
有 一 位 老 者

tʻe^{21} tɕe^{33} be̱^{33} lo^{21} ʂu^{55}
一 句 说 了 的
曾 经 对 我 说

ku^{33} na^{21} ɕa^{21} tɕe^{21} na^{21}
姑 娘 小 姐 你
姑 娘 小 姐 你

na^{21} vi^{55} lu^{21} ɣo^{21} no^{33}
你 花 朵 卖 呢
你 出 来 卖 花

dʐʅ^{21} du̱^{33} dʐʅ^{21} dɤ^{21} vu^{21}
日 出 日 落 卖
从 东 卖 到 西

tsæ^{55} zi̱^{21} ʂʅ^{21} na^{21} vu^{21}
南 方 北 方 卖
从 南 卖 到 北

ve^{21} ve^{21} to^{55} tʂʻɤ^{21} vu^{21}
团 团 的 到 卖
四 方 都 去 卖

tʂʻo^{33} kɤ^{55} tʂa^{33} ʐa^{21} mu^{21}
曹 国 丈 衙 门
曹 国 丈 衙 门

na^{21} kɤ^{55} tʻa^{21} ʂɤ^{33} lɤ^{21}
你 那 莫 行 去
你 莫 去 那 里

tʂʻo^{33} kɤ^{55} tʂa^{33} dʐʅ^{33} mɛ̱^{21}
曹 国 丈 官 吏
大 官 曹 国 丈

dʐʅ^{33} mɛ̱^{21} ɣæ^{33} pʻo^{21} ŋɤ^{21}
官 吏 大 人 是
他 是 大 恶 霸

ʂu^{21} mæ^{21} ʐu^{21} kʻɤ^{55} mæ^{21} mu^{21} dʐa^{21}
人 妻 抓 他 妻 做 有
他 会 抢 夺 别 人 妻

ʔa^{21} mæ^{33} ʐo^{33} kɤ^{55} xɤ^{21}
姑 娘 小 那 种
年 轻 小 女 子

bi^{55} la^{21} la^{21} xɤ^{21} no^{33}
美 亮 亮 样 呢
容 貌 漂 亮 者

gɤ^{33} lɤ^{33} dʐo^{21} bu^{21} ni^{21}
进 去 路 通 呢
进 了 衙 门 后

du̱^{33} le^{21} dʐo^{21} ma^{21} bu^{21}
出 来 路 不 通
不 会 再 出 来

tʻe^{21} to^{33} lo^{33} ŋɤ^{21} ʂu^{55}
告 留 下 是 呢
这 样 奉 劝 我

ŋɤ^{21} pʻe^{21} ɕe̱^{21} ma^{21} xo^{55}
是 会 以 不 该
我 还 不 相 信

ʔi^{55} mo^{21} n̠e^{55} ŋo^{21} le^{21}
阿 妈 女 我 来
娘 的 女 儿 我

na^{21} mæ^{21} no^{33} ma^{21} mu^{21}
你 妻 呀 不 做
决 不 做 你 妻

ŋo^{21} no^{33} fæ^{55} te^{55} k'ɯ^{55}
我 呀 刀 子 下
宁 在 刀 下 死

ʂʅ^{21} no^{33} ʂʅ^{21} bi^{21} ti^{55}
死 呀 死 给 的
我 也 不 从 你

na^{21} vi̠^{21} na^{21} næ^{21} ni^{21} ʥa^{21} p'e^{21}
你 姐 你 妹 也 有 的
你 家 也 有 姐 和 妹

na^{21} k'ɤ^{55} bɤ^{21} ʂo^{21} ʐɤ^{21}
你 她 们 找 去
你 去 找 她 们

na^{21} ŋo^{21} p'a^{33} dæ^{33} sʅ̠^{21} xo^{21} no^{33}
你 我 若 打 死 掉 呢
你 若 是 打 死 了 我

ŋo^{21} ka^{55} ŋo^{21} tɕe̠^{21} ni^{21}
我 亲 我 戚 呢
我 的 亲 和 戚

ʐu̠^{33} tsæ^{55} le^{21} ʂʅ^{55} tsʅ^{55}
夫 丈 刘 志 敬
丈 夫 刘 志 敬

na^{21} la^{33} p'a^{33} pu̠^{33} no^{33}
你 上 若 告 呢
他 去 告 发 你

na^{21} ʐa^{21} mu^{21} no^{33} ma^{21} ʥa^{21} ka^{33}
你 衙 门 呀 不 有 了
你 难 保 住 你 衙 门

be̠^{33} ɡɤ^{21} lo^{21} ma^{21} mæ^{55}
说 后 了 不 及
不 及 说 完 话

tʂ'o^{33} kɤ^{55} tʂa^{33} ʥʅ^{33} mɛ̠^{21}
曹 国 丈 官 吏
大 官 曹 国 丈

k'ɤ^{21} ni̠^{33} tʂʅ^{33} ʂa^{55} ni^{21}
他 心 气 了 呢
怒 火 心 中 起

tʂ'a^{21} ɬe̠^{21} ni^{21} ʐu̠^{33} tsʅ^{55}
人 轻 二 位 使
派 两 个 衙 役

ts'ʅ^{21} ni^{21} le̠^{21} t'e^{21} tʂɤ^{55}
脚 与 手 一 丛
她 的 手 和 脚

ts'ʅ^{21} k'æ^{21} ɣa^{21} k'ɤ^{55} to^{33}
捆 绑 呀 那 放
用 绳 索 捆 绑

sæ^{21} ni^{21} k'ɤ^{55} ɡa^{21} k'æ^{21}
牵 呀 她 拉 捆
捆 绑 放 那 里

tʂa^{33} ɕa^{21} tɕe^{21} sɿ̠^{33} ni^{21}

张 小 姐 的 呢

那 位 张 小 姐

tʻe^{21} tɕe^{33} ŋm^{55} du̠^{33} le^{33}

一 句 哭 出 来

流 泪 哭 泣 道

zi^{21} ni^{21} de^{21} ʂu^{55} ni^{21}

今 日 说 的 呢

时 轮 到 今 日

ʂʅ^{21} du^{21} gɤ^{21} da^{55} no^{33}

死 处 进 了 呢

自 投 鬼 门 关

ma^{21} ʂʅ^{21} ni^{21} ma^{21} dʑæ^{21}

不 死 呀 不 行

不 死 不 行 了

ʂʅ^{21} tʂɤ^{55} kʻu̠^{21} ʔi^{55} mo^{21}

七 十 岁 阿 妈

七 十 岁 的 娘

ʔa^{21} ʂu^{33} ʂo̠^{21} kɤ^{55} tʂo^{33}

谁 人 找 她 吃

谁 找 给 她 吃

sɛ̠^{33} kʻu̠^{21} lu̠^{21} ʐo^{33} næ^{55}

三 岁 满 儿 好

三 岁 小 儿 子

ʔa^{21} ʂu^{33} xɯ^{21} ɕe̠^{21} lɤ^{21}

谁 人 育 了 去

谁 去 养 育 他

ʐu̠^{33} næ^{55} le^{21} ʂʅ^{55} tsɿ^{55}

夫 好 刘 志 敬

丈 夫 刘 志 敬

dʑe^{21} to^{33} lɤ^{21} ʔa^{21} le^{21}

离 留 去 了 来

夫 妻 要 离 别

be̠^{33} gɤ^{21} lo^{21} ma^{21} mæ^{55}

说 过 后 不 及

不 及 哭 诉 完

tʂʻo^{33} kɤ^{55} tʂa^{33} sɿ̠^{33} ni^{21}

曹 国 丈 的 呢

那 个 曹 国 丈

tʂʻa^{21} ɬe̠^{21} ni^{21} ʐu̠^{33} tsɿ^{55}

人 轻 二 位 使

派 两 个 衙 役

ɕe^{21} bæ^{21} du^{21} ʐu^{21} ni^{21}

铁 锤 子 拿 呀

手 拿 铁 锤 子

xɤ^{21} ni^{21} tʂʻo^{33} tʂa^{33} bi^{21}

拿 呀 曹 丈 给

拿 给 曹 国 丈

dæ^{33} gɤ^{21} dæ^{33} ma^{21} gɤ^{21}

打 后 打 不 过

打 个 不 停 歇

dæ^{33} ni^{21} mæ^{33} tʻe^{21} tʂa^{55}

打 呀 压 一 起

打 倒 在 地 上

tʂa^{33} ɕe^{21} tɕe^{21} sɿ̱^{33} ni^{21}
张 小 姐 的 呢
那 个 张 小 姐

ɕe̱^{21} dʐɿ̱^{33} ŋo^{33} de^{21} du̱^{33}
气 断 阴 坝 出
气 绝 奔 阴 府

ka^{55} dʐɿ̱^{33} ŋo^{33} k'ɤ̱^{33} xa^{21}
命 断 阴 间 送
命 断 奔 黄 泉

ʂɿ^{21} gɤ^{21} lo^{21} ma^{21} mæ^{55}
死 后 了 不 等
不 等 尸 骨 寒

tʂ'a^{21} ʂɿ^{21} ni̱^{21} ma^{21} ʂɿ^{21}
人 死 心 不 死
人 死 心 不 死

tʂ'o^{33} kɤ^{55} tʂa^{33} sɿ̱^{33} ni^{21}
曹 国 丈 的 呢
那 个 曹 国 丈

t'e^{21} tɕe^{33} fɤ^{33} fu^{55} le^{21}
一 句 吩 咐 来
开 口 吩 咐 道

go^{21} tɕe̱^{21} tɤ̱^{33} ʐo^{33} ka^{55}
菜 园 亭 小 中
拉 到 菜 园 中

vi̱^{33} lu^{21} tæ^{55} xe^{21} k'o^{21}
花 朵 栽 房 里
小 花 园 里 面

mi^{55} du^{33} ȵe̱^{21} ȵe̱^{21} du^{33}
地 洞 深 深 挖
挖 个 大 深 坑

kɤ^{55} ɣa^{55} tɤ^{21} tɕe̱^{55} lɤ^{21}
那 呀 埋 去 了
埋 到 那 里 去

ȵe̱^{21} p'i^{33} dʐɿ^{33} no^{55} te^{33}
嘴 巴 铜 钉 钉
嘴 里 钉 铜 钉

ni̱^{33} mo^{21} dʐɿ^{33} zæ^{21} tæ^{55}
心 里 铜 柱 栽
心 脏 钉 铜 签

k'ɤ^{55} tʂ'o^{33} ts'ɿ̱^{21} bi^{21} ni^{21}
她 后 断 给 呀
让 她 绝 子 孙

kɤ^{55} le^{21} fɤ^{33} fu^{55} le^{21}
那 来 吩 咐 来
接 着 吩 咐 道

lu̱^{33} ni^{21} lu^{55} tɤ^{21} k'o^{21} ɣa^{21} te^{33}
丢 呀 洞 坑 里 呀 埋
把 她 丢 进 深 坑 里

ɕi^{55} fu^{55} t'e^{21} tɤ̱^{33} tɛ^{21}
石 灰 一 层 盖
盖 一 层 石 灰

ʂɿ^{21} fu^{55} k'æ^{21} ȵe̱^{21} pi^{21}
石 灰 上 土 盖
又 盖 一 层 土

ȵe̠^{21} k'æ^{21} tʂa^{33} lu̠^{33} ʂa^{55}
土 上 砖 石 盖
土 上 压 砖 石

tʂa^{33} k'æ^{21} no^{33} ȵe̠^{21} pi^{21}
砖 上 呀 土 盖
砖 上 又 盖 土

ȵe̠^{21} go^{33} vi̠^{33} lu^{21} tæ^{55}
土 上 花 朵 栽
土 上 栽 鲜 花

kɤ^{55} gɤ^{21} lɤ^{21} xo^{55} do^{21}
那 过 去 之 后
这 样 以 后 呀

k'ɤ^{55} ʐu̠^{33} le^{21} ʂʅ^{55} tsʅ^{55}
她 夫 刘 志 敬
丈 夫 刘 志 敬

t'e^{21} tɕe^{33} mo^{21} ɤa^{21} be̠^{33}
一 句 娘 呀 说
对 娘 把 话 说

ʔi^{55} mo^{21} le^{21} ʔi^{55} mo^{21}
阿 妈 来 阿 妈
阿 妈 呀 阿 妈

tʂ'a^{21} ʂo^{33} le^{21} da^{55} no^{33}
人 穷 来 了 呢
因 为 家 里 穷

na^{21} mæ^{21} dʑe^{33} ɬe̠^{21} le^{21}
你 妻 媳 妇 来
你 的 儿 媳 妇

vi̠^{33} lu^{21} vu^{21} to̠^{21} ʂu^{55}
花 朵 卖 出 呢
出 门 去 卖 花

ma^{21} gu̠^{21} le^{21} ɤa^{21} le^{21}
不 回 来 呀 来
不 见 她 回 来

ɬi^{33} ʐo^{33} ʔa^{55} nɯ^{21} sʅ^{21}
孙 子 奶 乳 渴
孙 子 渴 奶 水

k'ɤ^{55} mo^{21} ma^{21} gu̠^{21} le^{21}
他 娘 不 回 来
不 见 她 回 来

na^{21} mæ^{21} dʑe^{33} ɬe̠^{21} le^{21}
你 妻 媳 妇 来
你 这 儿 媳 妇

mæ^{21} ɤo^{33} ŋɤ^{21} da^{55} no^{33}
妻 女 是 了 呢
年 轻 貌 又 娇

ʂo^{33} xɤ^{21} ŋɤ^{21} ʂa^{33} ni^{21}
穷 样 是 了 呢
家 里 贫 又 穷

væ^{21} do^{21} lɤ^{21} da^{55} no^{33}
客 随 去 了 呢
难 说 随 他 人

ʂu^{21} mæ^{21} mu^{21} ma^{21} sɛ̠^{21}
人 妻 做 不 知
做 了 他 人 妻

kɤ^{55} de^{21} be̱^{33} gɤ^{21} no^{33}
那 样 说 过 呢
这 样 把 话 说

le^{21} ʂʅ^{55} tsʅ^{55} ʔi^{55} mo^{21}
刘 志 敬 阿 妈
刘 志 敬 的 娘

t'e^{21} tɕe^{33} be̱^{33} le^{21} no^{33}
一 句 说 来 呢
对 儿 把 话 说

na^{21} dɯ^{21} ts'ʅ^{33} ma^{21} ʐa^{21}
你 想 这 不 用
你 莫 这 样 想

na^{21} mæ^{21} tʂ'a^{21} ɬo^{55} mo^{21}
你 妻 人 贤 女
你 的 妻 子 她

kɤ^{55} xɤ^{21} ni̱^{33} ma^{21} dɤ̱^{21}
那 种 心 不 长
不 是 那 种 人

li̱^{33} dzæ^{21} tʂ'ɤ^{21} ni^{21} pa^{55}
街 子 十 二 条
十 二 条 街 子

kɤ^{55} le^{21} ʂɤ^{33} ma^{21} fæ^{55}
她 来 走 不 过
她 未 曾 走 过

ʂɤ^{33} tʂ'o^{55} lo^{33} ma^{21} sɛ^{21}
走 错 了 不 知
也 许 迷 路 了

ʔa^{55} dʑe^{55} ɕe^{55} mu^{33} dzæ^{21}
明 早 晨 天 亮
待 到 明 日 早

ma^{21} gu̱^{21} le^{21} ma^{21} dzæ^{21}
不 回 来 不 信
不 会 不 回 来

mo^{21} be̱^{33} mi^{21} gɤ^{21} no^{33}
娘 说 话 过 后
娘 亲 才 说 完

le^{21} ʂʅ^{55} tsʅ^{55} ɳe̱^{33} zi^{21}
刘 志 敬 眼 泪
儿 子 刘 志 敬

k'ɤ^{55} mæ^{21} ma^{21} gu̱^{21} le^{21}
他 妻 不 回 来
不 见 妻 回 来

lɤ̱^{33} lɤ̱^{33} tɕ'e^{21} du̱^{33} le^{33}
慢 慢 落 出 来
眼 泪 流 下 来

ʔi^{55} mo^{21} ʐo^{33} mæ^{21} ɬo^{33}
阿 妈 儿 妻 贤
我 的 贤 妻 子

li̱^{33} dzæ^{21} ka^{55} lɤ^{21} ni^{21}
街 子 中 去 呀
你 到 街 子 上

ʂu^{21} le̱^{21} ʂʅ^{21} de^{21} no^{33}
人 手 死 了 呀
如 死 于 他 手

ʔi^{55} ba^{33} ʐo^{33} læ^{21} ʐo^{33}
阿 爸 儿 么 小
我 们 的 小 儿

ʂa^{33} k'u̱^{21} lu̱^{21} sɿ̱^{33} væ^{21}
三 岁 满 的 来
才 满 三 岁 呀

ni̱^{33} no^{21} dʐa^{21} ma^{21} do^{21}
心 疼 有 不 行
看 了 也 心 疼

tʂ'ɿ^{33} ma^{21} lu̱^{21} mu^{55} tʂ'ɿ^{33}
孤 不 够 的 孤
不 能 没 有 娘

kɤ^{55} de^{21} ŋɯ^{55} da^{21} no^{33}
那 样 哭 了 呢
那 样 在 哭 泣

be̱^{33} gɤ^{21} lo^{21} ma^{21} mæ^{55}
说 后 了 不 及
哭 过 一 阵 后

zi^{21} mu^{55} t'e^{21} tɕe̱^{33} kɯ^{33}
睡 觉 一 时 睡
才 把 觉 来 睡

kɯ^{33} gɤ^{21} lɤ^{21} xo^{55} do^{21}
睡 过 去 之 后
睡 着 了 之 后

tʂa^{33} ɕa^{21} tɕe^{21} sɿ̱^{33} ni^{21}
张 小 姐 的 呢
娇 妻 张 小 姐

ʂɿ^{21} ni^{21} ni̱^{33} ma^{21} ʂɿ^{21}
死 呀 心 不 死
人 死 魂 不 散

kɤ^{55} xo^{21} le^{21} ʂa^{55} ni^{21}
她 魂 来 了 呢
小 姐 的 冤 魂

ʂɤ^{33} lo^{21} te^{55} k'æ^{21} tʂ'ɤ^{21}
森 罗 殿 上 到
来 到 森 罗 殿

ʐe^{21} lo^{21} va^{33} t'a^{21} ŋa^{21}
阎 罗 王 面 见
面 见 阎 罗 王

ʐe^{21} lo^{21} va^{33} sɿ̱^{33} ni^{21}
阎 罗 王 的 呢
阴 君 阎 罗 王

t'e^{21} tɕe^{33} be̱^{33} le^{21} no^{33}
一 句 说 来 呢
开 口 把 话 问

dæ^{33} sɿ̱^{21} xo^{21} mo^{21} ɤa^{21} ʂɤ^{33} ŋɤ^{21}
打 死 灵 魂 什 么 是
你 有 何 事 要 申 冤

tʂa^{33} ɕa^{21} tɕe^{21} ni^{55} le^{21}
张 小 姐 看 来
那 个 张 小 姐

kɤ^{55} de^{55} be̱^{33} le^{21} no^{33}
那 样 说 事 呢
细 细 把 冤 申

t‘e^{21} tɕe^{33} fɤ^{33} fu^{55} le^{21}
一 句 吩 咐 来
阎 王 吩 咐 道

ȵe̱^{21} mo^{21} ʔa^{21} nɯ^{55} ʐo^{33}
尼 莫 阿 尼 小
尼 莫 阿 尼 鬼

t‘o^{33} ʂu^{33} t‘e^{21} tʂ‘a^{21} nɯ^{55}
通 书 一 查 看
查 看 生 死 簿

tʂa^{33} ʂʅ^{55} mæ^{55} ma^{21} dɤ̱^{21}
张 氏 名 不 载
簿 上 没 有 名

tʂa^{33} ʂʅ^{55} zi̱^{21} xo^{21} le^{21}
张 氏 魂 灵 来
张 氏 这 个 人

ʂu^{21} le̱^{21} ʂʅ^{21} lo^{33} ti^{55}
人 手 死 了 的
死 于 他 人 手

dæ^{33} sʅ̱^{21} xo^{21} dʐa^{21} dʐɤ^{33}
打 死 了 有 呀
是 被 人 打 死

kɤ^{55} dʐo^{33} bɤ^{21} dʐa^{21} sʅ̱^{33}
她 吃 福 有 呢
她 还 有 阳 寿

dʐo^{33} bɤ^{21} dʐa^{21} xo^{55} do^{21}
吃 福 有 之 后
福 份 还 未 完

kɤ^{55} ɣa^{55} po^{55} gu̱^{21} le^{21}
她 呀 换 回 来
要 让 她 复 活

gu̱^{21} le^{21} po^{55} lɤ^{21} bi^{21}
回 来 换 去 给
重 回 阳 世 间

kɤ^{55} de^{21} be̱^{33} gɤ^{21} no^{33}
那 样 说 后 呀
那 样 把 话 说

tʂa^{33} ɕa^{21} tɕe^{21} xo^{21} mo^{21}
张 小 姐 冤 魂
张 小 姐 的 魂

mu^{33} xi^{33} ɬi^{55} le^{21} ʂɤ^{33}
天 风 吹 来 行
犹 如 一 阵 风

ta^{55} ʂʅ^{21} pu̱^{33} gu̱^{21} le^{21}
快 快 返 回 来
让 她 快 回 去

ʐe^{21} tʂa^{33} te^{55} pu̱^{33} bi^{21}
冤 案 纠 告 给
让 她 去 申 冤

kɤ^{55} ʂa^{33} be̱^{33} gɤ^{21} no^{33}
那 样 说 过 呀
那 样 交 代 后

tʂa^{33} ɕa^{21} tɕe^{21} xo^{21} mo^{21}
张 小 姐 冤 魂
张 小 姐 冤 魂

mu^{33} xi^{33} ɬi^{55} le^{21} ʂɤ^{33}
天 风 吹 来 行
犹 如 一 阵 风

da^{33} da^{33} pu̠^{33} gu̠^{21} le^{21}
快 快 返 回 来
快 快 返 回 来

dʑæ^{21} dæ^{33} ʂa^{33} kɤ^{33} de̠^{33}
鼓 打 三 更 上
鼓 打 三 更 时

tʂa^{33} ɕa^{21} tɕe^{21} xo^{21} mo^{21}
张 小 姐 冤 魂
张 小 姐 冤 魂

tʂa^{33} tʂʻu^{55} tɤ^{21} kʻo^{21} gu̠^{21}
砖 烧 洞 里 回
返 回 窖 洞 里

le^{21} ʂʅ^{55} tsʅ^{55} zi^{21} me̠^{21}
刘 志 敬 睡 梦
托 梦 刘 志 敬

lu̠^{21} le^{21} bi^{21} ti^{55} ʂu^{55}
成 来 给 的 呢
托 梦 给 丈 夫

ɲe̠^{33} zi^{21} mi^{21} tʂo^{21} be̠^{33}
眼 水 话 伴 说
泪 水 伴 言 语

tʻe^{21} tɕe^{33} be̠^{33} le^{21} no^{33}
一 句 说 来 呢
开 口 把 话 说

na^{21} mæ^{21} ʔa^{21} ni^{21} tʻo^{33}
你 妻 昨 日 时
你 的 妻 子 我

to^{33} tsʅ^{55} li̠^{33} dʑæ^{21} ka^{55}
东 街 街 市 中
昨 日 去 上 街

vi̠^{33} lu^{21} ɣo^{21} lɤ^{21} ʂu^{55}
花 朵 卖 去 呢
上 街 去 卖 花

ɕe̠^{21} ma^{21} xo^{55} da^{55} no^{33}
有 不 料 的 呀
万 万 没 料 到

tsʅ^{55} dʑa^{21} ɕe̠^{21} ma^{21} xo^{55}
这 样 有 不 料
未 料 会 如 此

ʂʅ^{21} du^{21} gɤ^{21} ɣa^{21} le^{21}
死 洞 进 呀 来
错 入 死 亡 道

tʂʻo^{33} kɤ^{55} tʂa^{33} sʅ̠^{33} ni^{21}
曹 国 丈 的 呢
那 个 曹 国 丈

pʻu^{33} mo^{21} tʻa^{33} ŋa^{21} ʂu^{55}
奴 女 若 见 呢
看 见 奴 家 后

tsʅ^{55} ʂu^{55} ni^{21} zu̠^{33} dʑe̠^{21}
使 人 二 人 赶
派 两 个 衙 役

kɤ^{55} ŋo^{21} ʔɤ^{55} le^{21} ŋɤ^{21}
他 我 喊 来 是
过 来 把 我 喊

k'ɤ^{55} sæ^{21} p'o^{33} be̠^{33} ʂu^{55}
他 主 人 说 呢
说 是 他 主 人

vi̠^{33} lu^{21} væ^{21} ŋa^{33} dʐɤ^{33}
花 朵 买 要 呀
要 买 我 的 花

ʔɤ^{55} gɤ^{33} lo^{33} de^{21} be̠^{33}
喊 进 了 的 说
把 我 带 入 府

t'e^{21} tɕ'e^{21} k'o^{21} ɣa^{33} to^{33}
堂 屋 里 呀 置
让 我 在 堂 中

vi̠^{33} lu^{21} kɤ^{55} ma^{21} væ^{21}
花 朵 他 不 买
他 不 是 买 花

p'u^{33} mo^{21} k'ɤ^{55} mæ^{21} mu^{21} ŋa^{33} dʐɤ^{33}
奴 女 他 妻 做 要 呀
要 让 奴 做 他 妻 子

tʂ'a^{21} pe̠^{33} ŋa^{33} mu^{21} dʐɤ^{33}
人 伴 要 做 呀
让 奴 陪 伴 他

ŋo^{21} k'ɤ^{55} mæ^{21} ma^{21} mu^{21}
我 他 妻 不 做
奴 不 从 他 意

p'u^{33} na^{21} ʐu̠^{33} p'u^{33} ba^{21}
奴 你 夫 尊 敬
我 爱 我 丈 夫

ʐu̠^{33} p'u^{33} ba^{21} ʂa^{33} ni^{21}
夫 尊 敬 的 呢
敬 夫 守 贞 节

ŋo^{21} k'ɤ^{55} mæ^{21} ma^{21} mu^{21}
我 他 妻 不 做
不 做 他 妻 子

kɤ^{55} ŋo^{21} dæ^{33} sɿ̠^{21} ŋɤ^{21}
他 我 打 死 是
他 把 奴 打 死

dæ^{33} sɿ̠^{21} xo^{21} da^{55} no^{33}
打 死 掉 了 呀
打 死 奴 之 后

go^{21} tɕe^{21} tɤ̠^{21} ʐo^{33} k'o^{21}
门 园 子 小 里
就 在 后 院 里

vi̠^{33} lu^{21} tæ^{55} xe^{21} k'o^{21}
花 朵 栽 房 里
那 个 花 园 中

kɤ^{55} ɣa^{55} tɤ^{21} lo^{33} ŋɤ^{21}
那 里 埋 了 是
把 奴 埋 那 里

pu^{33} xo^{21} ŋo^{33} mi^{55} tʂ'ɤ^{21}
奴 魂 阴 间 到
奴 魂 到 阴 府

ʐe^{21} lo^{21} va^{33} sæ^{21} p'o^{33}
阎 罗 王 主 人
阴 君 阎 罗 王

p'u^{33} t'ɤ^{21} k'u̱^{21} da^{55} ni^{21}
奴 放 回 了 呢
把 奴 放 回 来

ʐe^{33} tʂa^{33} te̱^{33} pu̱^{33} bi^{21}
冤 案 纠 告 给
让 我 来 申 冤

ɣo^{33} mu^{33} sæ^{55} ȵe̱^{21} bɤ^{55}
皇 帝 金 嘴 处
京 城 皇 宫 里

pu̱^{33} lɤ^{21} do^{21} ma^{21} p'e^{21}
告 去 行 不 该
不 能 去 告 状

xa^{21} tɕ'e^{21} ka^{33} ŋɤ^{21} ŋɤ^{21}
皇 帝 戚 是 呀
他 是 皇 亲 呀

kɤ^{55} de^{55} na^{21} t'e^{21} ŋɤ^{21}
那 说 你 告 是
此 事 托 梦 你

na^{21} zi̱^{21} da^{33} nɯ^{33} le^{21}
你 睡 了 醒 来
等 你 睡 醒 来

po^{33} ʐe^{21} bɤ^{55} pu̱^{33} lɤ^{21}
包 爷 处 告 去
找 包 爷 申 冤

na^{21} p'u^{33} xo^{21} zi̱^{21} me̱^{21}
你 奴 魂 睡 梦
奴 家 托 的 梦

no^{55} no^{55} tsɿ^{55} dʑæ^{21} lɤ^{21}
好 好 记 住 去
好 好 记 心 里

ŋo^{21} dʐa^{21} t'o^{21} ma^{21} te^{33}
我 在 时 不 装
我 该 回 去 了

kɤ^{55} ɣo^{21} gɤ^{21} da^{55} no^{33}
那 之 后 的 呢
那 样 以 后 呀

ʐe̱^{33} bu^{55} t'o^{21} tʂ'ɤ^{21} no^{33}
鸡 鸣 时 到 呀
到 了 鸡 鸣 时

ts'ɿ^{33} lo^{55} tʂ'a^{21} ʂɤ^{33} tʂa^{55}
狗 叫 人 行 转
开 始 有 行 人

mu^{33} dʑæ^{21} tʂ'a^{21} tʂa^{55} ʂɤ^{33}
天 亮 人 转 行
天 已 快 亮 了

ma^{21} nɯ^{33} zi̱^{21} nɯ^{33} le^{33}
不 醒 睡 醒 来
志 敬 醒 过 来

t'e^{21} nɯ^{33} xo^{21} lɤ^{21} ʂu^{33}
一 睡 来 去 呢
醒 过 来 之 后

zi̱^{21} me̱^{21} dʐa^{21} to^{55} lo^{21}
睡 梦 有 的 呀
原 来 是 个 梦

le^{21} ʂʅ^{55} tsʅ^{55} sʅ̱^{33} ni^{21}
刘 志 敬 的 呢
那 个 刘 志 敬

ɳ̥e̱^{33} zi^{21} dzʅ^{21} tɕ'e^{21} tɕ'e^{21}
眼 水 落 淋 淋
眼 泪 流 不 停

ŋɯ^{55} ŋɯ^{55} no^{33} ma^{21} kɯ̱^{21}
哭 哭 停 不 会
哭 个 不 停 歇

le^{21} ʂʅ^{55} tsʅ^{55} ŋɯ^{55} ʂa^{33}
刘 志 敬 哭 声
刘 志 敬 哭 声

k'ɤ^{55} mo^{21} zi̱^{21} mu^{55} nɯ^{33}
他 娘 睡 眠 醒
惊 醒 老 母 亲

k'ɤ^{55} mo^{21} dʐo^{33} da^{55} no^{33}
他 娘 闻 了 呢
母 亲 闻 哭 声

k'ɤ^{55} mo^{21} tʂ'a^{21} ma^{21} mo^{21}
他 母 人 老 人
母 亲 老 年 人

t'e^{21} tɕe^{33} be̱^{33} le^{21} no^{33}
一 句 说 来 呀
开 口 问 儿 道

ŋo^{21} ʐo^{33} ʂʅ^{55} tsʅ^{55} na^{21}
我 儿 志 敬 你
我 儿 刘 志 敬

çe^{21} t'ɤ^{21} çe^{21} p'e^{21} mo^{21}
夜 半 夜 深 母
黑 夜 深 更 里

ʔa^{21} xɤ^{33} ŋɯ^{55} dʐa^{21} ni^{21}
什 么 哭 有 呀
为 何 要 哭 泣

t'e^{21} tɕe^{33} de^{21} lɤ^{21} ʂu^{33}
一 句 说 去 呢
这 样 把 话 问

ʂʅ^{33} tsʅ^{55} mo^{21} mi^{21} k'u̱^{21}
志 敬 母 话 回
志 敬 回 答 道

ʔa^{55} mo^{21} le^{21} ʔa^{55} mo^{21}
阿 妈 来 阿 妈
阿 妈 呀 阿 妈

na^{21} mæ^{21} dʑe^{33} ɬe̱^{21} le^{21}
你 妻 媳 妇 来
你 儿 媳 托 梦

zi̱^{21} me̱^{21} la^{33} ma^{21} ʂɤ^{21}
睡 梦 上 不 像
不 像 是 托 梦

t'a^{21} dʑæ^{21} be̱^{33} dʐa^{21} ŋɤ^{21}
真 信 说 有 是
好 像 是 真 事

ŋo^{21}	mæ^{21}	tʂa^{33}	ʂɿ^{55}	le^{21}
我	妻	张	氏	来
妻	子	张	氏	她

ŋo^{21}	be̠^{33}	dʐɤ^{33}	ni^{21}	no^{33}
我	说	呀	的	呢
她	对	我	说	道

ɣo^{33}	mu^{33}	tʂa^{55}	ʐɤ^{21}	le^{21}
皇	帝	丈	人	来
皇	帝	的	丈	人

tʂ'o^{33}	kɤ^{55}	tʂa^{33}	sɿ̠^{33}	ni^{21}
曹	国	丈	的	呢
那	个	曹	国	丈

ŋo^{21}	dæ^{33}	sɿ̠^{21}	lo^{21}	ŋɤ^{33}
我	打	死	了	是
把	我	打	死	了

po^{33}	tʂ'ɤ^{21}	ɕe^{55}	bɤ^{55}	da^{55}
包	丞	相	处	里
去	找	包	丞	相

da^{33}	da^{33}	dʐo^{21}	pu̠^{33}	lɤ^{21}
快	快	状	告	去
快	快	去	申	冤

ŋo^{21}	ɣa^{33}	t'e^{21}	le^{21}	ŋɤ^{21}
我	上	告	来	是
这	样	告	诉	我

ŋo^{21}	le^{21}	po^{33}	tʂ'ɤ^{21}	ɕe^{55}	ma^{21}	sɛ̠^{21}
我	来	包	丞	相	不	知
我	不	认	识	包	丞	相

kɤ^{55}	sɛ̠^{21}	bi^{21}	da^{55}	no^{33}
他	知	给	的	呢
如	何	告	诉	他

le^{21}	ʂɿ^{55}	tsɿ^{55}	mo^{21}	be̠^{33}
刘	志	敬	母	说
母	亲	把	话	说

ŋo^{21}	ʐo^{33}	le^{21}	ŋo^{21}	ʐo^{33}
我	儿	来	我	儿
我	的	儿	子	呀

zi̠^{21}	me̠^{21}	ma^{21}	ŋɤ^{21}	ʂa^{55}
睡	梦	不	是	像
此	事	不	像	梦

t'a^{21}	dzæ^{21}	dʐa^{21}	lo^{33}	ŋɤ^{33}
真	信	有	了	是
应	该	要	相	信

ŋo^{21}	ʐo^{33}	lɤ^{21}	ʂa^{55}	ni^{21}
我	儿	去	了	呢
我	儿	去	街	上

t'e^{21}	t'ɛ̠^{33}	tʂ'a^{21}	ni^{55}	lɤ^{21}
一	下	查	看	去
去	寻	找	看	看

dzæ^{21}	ŋa^{55}	dʐɿ̠^{33}	ma^{21}	sɛ̠^{21}
真	与	假	不	知
不	知	真	与	假

zi̠^{21}	ȵe^{55}	dʐo^{21}	zi̠^{21}	me̠^{21}
睡	觉	这	睡	梦
梦	中	这	件	事

dʐa^{21} lo^{21} p'e^{21} ma^{21} sɛ^{21}
在 了 该 不 知
也 许 是 真 事

na^{21} lɤ^{21} ni^{55} lɤ^{21} no^{33}
你 去 看 去 呀
出 门 去 打 听

na^{21} mæ^{21} t'a^{33} ŋa^{21} no^{33}
你 妻 若 见 呀
如 找 到 妻 子

ta^{55} ʂʅ^{21} gu̱^{21} le^{21} lo^{21}
快 速 回 来 了
快 快 返 回 来

ʂʅ^{55} tsʅ^{55} mo^{21} da^{21} dzæ^{21}
志 敬 母 话 信
志 敬 按 娘 意

mæ^{21} næ^{55} ʂo̱^{21} ʂu^{55} le^{21}
妻 好 寻 人 来
出 来 找 妻 子

li̱^{33} dzæ^{21} tʂ'ɤ^{21} ni^{21} pa^{55}
街 子 十 二 条
十 二 条 街 子

ʂo̱^{21} ni^{21} kɤ^{55} ɤa^{55} tʂ'ɤ^{21}
找 呀 那 呀 到
全 部 都 走 到

ʂo̱^{21} ni^{21} kɤ^{55} ma^{21} ŋa^{21}
寻 呀 那 不 见
找 不 到 妻 子

mæ^{21} ʂo̱^{21} mæ^{21} ma^{21} ŋa^{21}
妻 寻 妻 不 见
未 见 到 贤 妻

ʂɤ^{33} ni^{21} te^{55} tʂu^{33} bo^{21} no^{55} ni^{55}
行 呀 店 主 边 打 听
找 到 店 主 打 听 道

te^{55} tʂu^{33} de^{21} na^{21} le^{21}
店 主 说 你 来
请 问 店 主 你

ʔa^{21} ni^{21} mæ^{21} ɤo^{33} mo^{21} t'e^{21} lɤ^{33}
昨 日 妻 子 女 一 个
昨 日 有 一 位 女 子

vi^{33} lu^{21} ɤo^{21} mo^{21} le^{21}
花 朵 卖 女 来
她 出 来 卖 花

na^{21} kɤ^{55} ŋa^{21} ŋa^{21} le^{21}
你 她 见 见 来
你 是 否 看 见

kɤ^{55} ɤa^{55} no^{55} nɯ^{55} ʂu^{55}
那 样 打 听 呢
那 样 打 听 后

te^{55} tʂu^{21} t'e^{21} tɕe^{33} t'e^{21} du̱^{33} le^{33}
店 主 一 句 告 出 来
店 主 开 口 告 知 道

ʔa^{21} ni^{21} mæ^{21} ɤo^{33} mo^{21} t'e^{21} ʐu̱^{33}
昨 日 妻 子 女 一 位
昨 日 有 一 位 女 子

vi33 lu21 ɣo21 dʐa21 ʂu55
花 朵 卖 有 呢
在 街 上 卖 花

tʂʻo33 kɤ55 tʂa33 dʐʅ33 mɛ21
曹 国 丈 官 吏
大 官 曹 国 丈

kɤ55 le21 ʔɤ55 gɤ33 do33
他 来 招 进 去
把 她 叫 走 了

ʂa55 ko33 mæ21 tʻe21 lɤ33
相 公 妻 一 个
她 如 是 你 妻

kɤ55 lɤ33 tʻa33 ŋɤ21 no33
那 个 若 是 呀
如 是 那 一 位

tʻe21 lɤ33 tʻa21 be33 sʅ33
一 个 莫 说 呢
莫 说 是 一 个

tʂʻɤ21 lɤ33 du33 ma21 kɯ21
十 个 出 不 会
十 个 也 难 了

gɤ33 lɤ33 dʐo21 bu21 ni21
进 去 路 通 呢
进 去 有 路 走

du33 le33 dʐo21 ma21 bu21
出 来 路 不 通
出 门 无 路 行

xa21 tɕʻe33 kɤ55 ʐu33 le21
皇 亲 那 位 来
那 一 个 皇 亲

ʂu21 mæ21 kʻɤ55 mæ21 mu21 dʐa21 ŋɤ33
人 妻 他 妻 做 有 是
他 会 抢 霸 别 人 妻

tʻe21 tɕe33 tʻe21 tɕe55 lɤ21
一 句 讲 过 去
这 样 告 诉 他

ʂʅ55 tsʅ55 pʻa33 dʐo33 sʅ33
志 敬 若 闻 呢
志 敬 听 闻 后

tʻe21 tɕe33 be33 le21 no33
一 句 说 来 呢
自 言 自 语 道

ʔi55 mo21 ʐo33 ʂʅ55 tsʅ55
阿 妈 儿 志 敬
阿 妈 呀 阿 妈

zi21 me21 ma21 ŋɤ21 lo33
睡 梦 不 是 了
原 来 不 是 梦

tʻa21 dʐæ21 dʐa21 lo33 ŋɤ21
当 真 有 了 是
果 然 是 真 事

le21 ʂʅ55 tsʅ55 sʅ33 ni21
刘 志 敬 的 呢
那 个 刘 志 敬

ʂu33 ʂo21 tʻe21 tʂa33 tʂʻu̱33
书 信 一 张 写
快 快 写 状 子

ʂu33 ʂo21 tʻe21 tʂo33 dæ33
书 信 一 本 打
写 好 告 状 信

po33 tʂʻɤ21 ɕe55 bɤ55 te33
包 丞 相 处 呈
要 呈 包 丞 相

kʻɤ55 ʂɤ21 dɯ21 lo33 ʂu55
那 样 想 了 呢
本 是 这 样 想

tʂʻo33 kɤ55 tʂa33 tsʻæ21 du̱33
曹 国 丈 抬 出
国 丈 坐 轿 子

bu̱33 xe21 ʂo55 tʂʻu55 lɤ21
庙 房 香 烧 去
出 门 去 烧 香

de21 ni21 du̱33 le21 ʂu55
说 呀 出 来 呢
走 在 街 道 上

le21 ʂʅ55 tsʅ55 sʅ̱33 ni21
刘 志 敬 的 呢
那 个 刘 志 敬

po33 ʐe21 dʐa21 ɕe̱21 xo55
包 爷 有 以 为
误 认 是 包 爷

po33 ʐe21 ma21 ŋɤ21 ʂa55
包 爷 不 是 呢
原 来 不 是 他

li̱33 dzæ21 ka55 ɣa55 kɯ33
街 子 中 呀 跪
跪 在 街 子 上

ʂu33 ʂo21 tʻe21 tʂa33 ti55
书 信 一 张 递
呈 递 状 纸 道

tɕʻe33 tʻe21 po33 la21 ʐe21
青 天 包 老 爷
青 天 包 大 爷

ʔu̱33 ka55 ku55 lo21 sʅ̱33
生 命 顾 了 呀
请 你 快 救 命

ʂɤ33 ve21 mæ21 tʂa33 ʂʅ55
奴 上 妻 张 氏
奴 的 妻 张 氏

ʂɤ33 ve21 ʂo33 da55 no33
奴 上 穷 了 呢
奴 的 家 里 穷

ŋo21 mæ21 tʂa33 ɕa21 tɕe21
我 妻 张 小 姐
奴 妻 张 小 姐

tʻa21 zi33 vi̱33 lu21 ɣo21
纸 张 花 朵 卖
出 门 去 卖 花

dʐʅ̱^{21} du̱^{33} dʐʅ̱^{21} dɤ^{21} ɣo^{21}
日 出 日 落 卖
从 东 卖 到 西

tsæ^{55} zi̱^{21} ʂʅ^{21} na^{21} ɣo^{21}
南 方 北 方 卖
从 南 卖 到 北

tʻo^{33} lo^{33} ɬi^{33} tʻa^{21} ɣo^{21}
宇 宙 四 方 地
东 南 西 北 方

ma^{21} ɣo^{21} kɤ^{55} ʂa^{33} ni^{21}
不 卖 那 了 呢
到 处 都 去 卖

kɤ^{55} ɣa^{55} ɣo^{21} dʐa^{21} ʂu^{55}
那 样 卖 有 呢
这 样 卖 花 忙

tʂʻo^{33} kɤ^{55} tʂa^{33} dʐʅ^{33} mɛ̱^{21}
曹 国 丈 官 吏
大 官 曹 国 丈

le^{21} ni^{21} mæ^{21} ʔɤ^{55} le^{21}
来 呀 妻 喊 来
来 喊 我 妻 子

kʻɤ^{55} xe^{21} gɤ^{33} da^{55} no^{33}
他 屋 进 了 呢
喊 到 他 家 中

kʻɤ^{55} mæ^{21} mu^{21} ŋa^{33} dʐa^{33}
他 妻 做 要 呀
逼 做 他 妻 子

tʂa^{33} ʂʅ^{55} kɤ^{55} ma^{21} xɯ^{55}
张 氏 他 不 从
妻 子 不 从 他

kɤ^{55} tʂa^{33} ʂʅ^{55} dæ^{33} sʅ̱^{21}
他 张 氏 打 死
他 把 妻 打 死

po^{33} ʐe^{21} ku^{55} le^{21} ɕi^{33}
包 爷 顾 来 呀
求 包 爷 救 命

kɤ^{55} ɣa^{55} tʻe^{21} gɤ^{21} no^{33}
那 样 告 后 呀
那 样 把 话 讲

tʂʻo^{33} kɤ^{55} tʂa^{33} sʅ̱^{33} ni^{21}
曹 国 丈 的 呢
国 丈 听 他 讲

ni̱^{33} tʂʻʅ^{33} tʻe^{21} tɕe^{33} kɛ̱^{33}
心 气 一 句 骂
生 气 把 话 骂

ʂʅ^{55} tsʅ^{55} na^{21} mi̱^{21} ŋa^{21}
志 敬 你 话 语
你 的 这 番 话

no^{55} ni^{55} tʂʻa^{21} ni̱^{33} tʂʻʅ^{33}
听 看 人 心 气
听 了 让 人 气

ɬo^{55} ta^{55} nu̱^{21} ɬɛ^{21} na^{21}
妖 人 猴 变 你
你 这 小 妖 猴

ʔa^{21} xɤ^{33} de^{21} dʐa^{21} ni^{21}
什 么 说 有 呢
说 的 什 么 话

na^{21} mæ^{21} tʂa^{33} ʂʅ^{55} le^{21}
你 妻 张 氏 来
张 氏 你 妻 子

ʔa^{21} ʂu^{33} kɤ^{55} ŋa^{33} le^{21}
谁 人 她 要 来
哪 个 会 要 她

tɕe^{55} tʂo̱^{21} ʔa^{21} ʂu^{33} ŋa^{33}
贱 人 谁 人 要
谁 会 要 贱 人

vu^{21} li^{21} pe̱^{33} ko^{55} mu^{21}
无 理 伴 家 做
找 不 到 理 由

na^{21} xa^{21} tsʻʅ^{33} pu̱^{33} no^{33}
你 皇 亲 告 呀
你 来 告 皇 亲

ŋo^{21} ni^{21} na^{21} ma^{21} tʻɤ^{21}
我 呀 你 不 放
我 不 放 过 你

tʂʻo^{33} kɤ^{55} tʂa^{33} ŋo^{21} ŋɤ^{21}
曹 国 丈 我 是
我 就 是 国 丈

ŋo^{21} na^{21} dæ^{33} sʅ̱^{21} ŋa^{33}
我 你 打 死 要
我 要 打 死 你

ŋo^{21} le^{21} na^{21} ti^{55} pe̱^{33} ma^{21} ŋɤ^{21}
我 来 你 顶 伴 不 是
你 不 是 我 的 对 手

na^{21} ʂʅ̱^{21} na^{21} tʂo̱^{21} le^{21}
你 死 你 找 来
死 路 你 自 找

tʂʻa^{21} ɬe̱^{21} ni^{21} ʐu̱^{33} tsʅ^{55}
人 轻 二 人 使
吩 咐 两 衙 役

ta^{55} ʂʅ̱^{21} tsʻʅ̱^{21} kʻæ^{21} lɤ^{21}
快 速 捆 绑 去
把 他 捆 起 来

kʻɤ^{55} tʂʻa^{21} kɤ^{55} ni^{21} ʐu̱^{33}
他 人 那 两 人
那 两 个 衙 役

ʂʅ^{55} tsʅ^{55} tsʻʅ̱^{21} kʻɤ^{55} kʻæ^{21}
志 敬 捆 绑 起
捆 绑 刘 志 敬

tʂʻo^{33} tʂa^{33} ʐa^{21} mu^{21} te^{33}
曹 家 衙 门 装
送 到 曹 家 门

mo^{55} pʻɤ^{21} ɬi^{33} tʂʻɤ^{21} dæ^{33}
竹 仗 四 十 打
打 他 四 十 棒

ʂʅ^{55} tsʅ^{55} dæ^{33} ɡɤ^{21} no^{33}
志 敬 打 后 呀
打 过 四 十 棒

zi^{21} la^{33} k'o^{21} ɣa^{21} te^{33}
水 牢 里 呀 装
送 入 水 牢 中

le^{21} ʂʅ^{55} tsʅ^{55} sʅ̱^{33} ni^{21}
刘 志 敬 的 呢
那 个 刘 志 敬

ȵe̱^{33} zi^{21} dʑʅ^{21} tɕ'e^{21} tɕ'e^{21}
眼 水 落 淋 淋
伤 心 落 下 泪

t'e^{21} t'ɛ̱^{33} dɯ^{21} nɯ^{55} ʂu^{55}
一 下 想 看 呢
心 里 想 一 想

t'e^{21} tɕe^{33} be̱^{33} le^{21} no^{33}
一 句 说 来 呢
自 言 自 语 道

tʂ'ɤ^{21} ti^{33} tʂa^{33} xo^{21} k'o^{21}
十 一 腊 月 里
寒 冬 腊 月 里

ȵe̱^{21} ɣa^{21} ma^{21} ʂʅ^{21} no^{33}
饿 呀 不 死 呀
不 是 被 饿 死

dʑe̱^{33} ɣa^{21} ʂʅ^{21} le^{21} ŋa^{33}
冷 呀 死 来 要
也 要 被 冻 死

ŋo^{21} mo^{21} ŋo^{21} ʐu̱^{33} t'o^{21}
我 母 我 生 时
娘 亲 生 我 时

ʔi^{55} mo^{21} ʐo^{33} ŋo^{21} le^{21}
阿 妈 儿 我 来
把 我 生 下 来

k'o^{55} ʂo^{33} ʂo^{33} mu^{55} ni^{21}
何 怜 怜 的 呢
不 知 多 可 怜

ʂo^{33} mu^{55} t'e^{21} dʑa^{21} xɯ^{21}
辛 了 一 次 养
辛 苦 把 我 养

ʔa^{55} ba^{33} ʐo^{33} le^{21} ʐo^{33}
阿 爸 儿 小 儿
爸 的 儿 子 我

dʑe^{21} to^{33} lɤ^{21} ɣa^{21} le^{21}
离 留 下 了 来
这 样 离 别 了

mæ^{21} ɬo^{55} tʂa^{33} ɕa^{21} tɕe^{21}
妻 贤 张 小 姐
贤 妻 张 小 姐

mæ^{21} dʑe^{21} t'e^{21} p'e̱^{33} ʂʅ^{21}
妻 离 一 方 死
妻 死 在 一 方

ʐu̱^{33} dʑe^{21} t'e^{21} p'e̱^{33} ʂʅ^{21}
夫 离 一 边 死
夫 死 在 一 方

mæ^{21} ʂʅ^{21} ʐu̱^{33} ma^{21} sɛ̱^{21}
妻 死 夫 不 知
妻 死 夫 不 知

ʐu̠^{33} ʂʅ^{21} mæ^{21} ma^{21} tsʻæ^{33}
夫 死 妻 不 晓
夫 死 妻 不 晓

ʂʅ^{21} tʂɤ^{55} kʻu̠^{21} ʔa^{55} mo^{21}
七 十 岁 阿 妈
七 十 岁 的 娘

dʑe^{21} to^{33} lɤ^{21} ɣa^{21} le^{21}
离 留 下 了 来
这 样 离 别 了

ʔa^{21} xɤ^{33} lu̠^{21} ɕe̠^{21} lɤ^{21}
如 何 丢 的 去
如 何 丢 得 下

ŋo^{21} xo^{21} kʻɤ^{55} ma^{21} do^{21}
我 魂 它 不 行
我 死 不 瞑 目

ŋo^{33} de^{21} kʻo^{55} ʂɤ^{21} du̠^{33}
阴 坝 如 何 出
如 何 进 阴 府

kɤ^{55} ɣa^{55} ŋɯ^{55} dʐa^{21} ʂu^{55}
那 样 哭 在 的
这 样 哭 诉 着

dzæ^{21} dæ^{33} ʂa^{33} ke^{33} ɡɤ^{21}
鼓 打 三 更 过
三 更 交 半 夜

zi^{21} nɯ^{55} tʻe^{21} tɕʻe̠^{33} kɯ^{33}
睡 觉 一 时 睡
不 觉 睡 着 了

tɕa^{33} ɕa^{21} tɕe^{21} xo^{21} mo^{21}
张 小 姐 灵 魂
张 小 姐 冤 魂

la^{21} de^{21} ɡɤ^{33} le^{21} ʂa^{33}
牢 的 进 来 了
来 到 水 牢 中

tʻe^{21} tɕe^{33} be̠^{33} le^{21} no^{33}
一 句 说 来 呢
对 夫 把 话 说

ŋo^{21} ʐu̠^{33} ʂʅ^{55} tsʅ^{55} na^{21}
我 夫 志 敬 你
丈 夫 刘 志 敬

po^{33} ʐe^{21} ma^{21} ŋɤ^{21} no^{33}
包 爷 不 是 呀
不 是 包 爷 他

ʐe^{33} tʂa^{55} na^{21} ma^{21} bi^{21}
冤 案 你 不 给
冤 案 申 不 了

ʐe^{33} tʂa^{33} tʻa^{33} ɣo̠^{21} no^{33}
冤 案 若 得 了
只 要 把 冤 申

kɤ^{55} ma^{21} ʂʅ^{21} ma^{21} dzæ^{21}
他 不 死 不 信
他 就 得 死 罪

ma^{21} kæ^{55} le^{21} ʐu̠^{33} næ^{55}
不 怕 来 夫 好
夫 君 不 用 怕

ʐu̠^{33} næ^{55} na^{21} tʻa^{21} tɕʻi^{55}
夫 好 你 莫 气
夫 君 莫 生 气

mæ^{21} xo^{21} dʐo^{21} pu̠^{33} lɤ^{21}
妻 魂 路 告 去
妻 魂 去 告 状

ŋo^{21} ʐu̠^{33} ku^{55} le^{21} ni^{21}
我 夫 顾 来 呢
来 救 我 夫 君

ʐu̠^{33} la^{33} be̠^{33} to^{33} zi̠^{21}
夫 上 说 留 下
留 下 一 番 话

tʂa^{33} ɕa^{21} tɕe^{21} xo^{21} mo^{21}
张 小 姐 魂 灵
张 小 姐 冤 魂

pu̠^{33} ɣo^{55} gu̠^{21} ʂa^{33} ni^{21}
返 回 回 来 呢
快 快 返 回 来

kʻɤ^{55} xo^{21} lɤ^{21} tʻe^{21} ni^{21}
她 魂 去 一 呢
小 姐 的 冤 魂

kʻa^{33} fo^{33} ʐa^{21} mu^{21} kʻo^{21}
开 封 衙 门 里
开 封 府 衙 门

kɤ^{55} ɣa^{55} gɤ^{33} lɤ^{21} ʂu^{55}
那 呀 进 去 呢
来 到 了 那 里

po^{33} tʂʻɤ^{21} ɕe^{55} dʐʅ^{33} mɛ^{21}
包 丞 相 官 吏
大 官 包 丞 相

tʻe^{21} tɕe^{33} be̠^{33} le^{21} no^{33}
一 句 说 来 呢
开 口 问 她 道

dʐʅ̠^{33} fæ^{55} ʂʅ^{21} to^{33} lo^{33}
这 案 理 置 了
有 何 冤 案 申

ɕa^{21} tɕe^{21} zi̠^{21} xo^{21} le^{21}
小 姐 灵 魂 来
小 姐 的 冤 魂

po^{33} ʐe^{21} tsʻʅ^{21} ɣa^{21} kɯ^{33}
包 爷 脚 下 跪
跪 在 包 爷 前

tʻe^{21} tɕe^{33} be̠^{33} le^{21} no^{33}
一 句 说 来 呢
开 口 回 言 道

tsʻʅ^{33} tʻe^{33} sæ^{21} pʻo^{33} le^{21}
青 天 主 人 来
青 天 大 老 爷

ʔu̠^{33} ka^{55} ku^{55} lo^{21} le^{21}
头 命 顾 了 来
求 你 快 救 命

pʻu^{33} mo^{21} tʂʻa^{21} ʂʅ^{21} no^{33}
奴 女 人 死 呢
奴 家 人 虽 死

tʂʻa^{21} ʂʅ^{21} ni̱^{33} ma^{21} ʂʅ^{21}
人 死 心 不 死
人 死 心 不 死

ʂɤ^{33} lɤ^{33} be̱^{33} gɤ^{21} no^{33}
这 样 说 过 呢
这 样 讲 了 后

ɕa^{21} tɕe^{21} xo^{21} mo^{21} le^{21}
小 姐 魂 灵 来
小 姐 的 冤 魂

ʂʅ^{21} ʂu^{33} ti^{55} da^{55} no^{33}
死 书 递 了 呢
呈 上 告 状 信

po^{33} tʂʻɤ^{21} ɕe^{55} bɤ^{55} te^{33}
包 丞 相 处 放
递 给 包 丞 相

po^{33} tʂʻɤ^{21} ɕe^{55} dʐʅ^{33} mɛ̱^{21}
包 丞 相 官 人
大 官 包 丞 相

dæ^{33} kʻa^{21} ni^{55} le^{21} ʂu^{55}
打 开 看 来 呢
打 开 看 一 看

ta^{55} no^{33} tʂa^{33} ʂʅ^{55} le^{21}
寄 呀 张 氏 来
托 信 人 姓 张

ni^{55} no^{33} kʻa^{33} fo^{33} fu^{21}
看 呀 开 封 府
呈 状 开 封 府

vu^{21} tʻo^{21} tɕʻe̱^{33} ʐo^{33} kʻo^{21}
梧 桐 村 小 里
梧 桐 村 子 中

kɤ^{55} ɣa^{55} ni^{21} ɣo̱^{21} ʂu^{55}
那 呀 在 了 呢
家 住 在 那 里

ʔa^{55} pʻu^{33} le^{21} pɤ^{21} va^{55}
公 公 刘 百 万
公 公 刘 员 外

ʔa^{55} ni^{55} tʂʻɤ^{21} ʂʅ^{55} mo^{21}
婆 婆 陈 氏 女
婆 是 陈 氏 女

ŋo^{21} ʐu̱^{33} le^{21} ʂʅ^{55} tsʅ^{55}
我 夫 刘 志 敬
丈 夫 刘 志 敬

tsʅ^{55} tʂo̱^{21} tsʅ^{55} mu^{21} to^{33}
经 媒 经 做 置
明 媒 又 正 娶

ʂɤ^{33} lɤ^{33} ɬo^{55} lo^{33} ti^{55}
这 样 娶 了 的
这 样 成 了 家

ŋo^{21} ʐu̱^{33} le^{21} ʂʅ^{55} tsʅ^{55}
我 夫 刘 志 敬
丈 夫 刘 志 敬

dʑɛ^{21} ʂʅ^{33} ʐo^{33} dʐa^{21} ti^{55}
丞 相 儿 有 的
是 官 家 后 代

ɣo^{33} mu^{33} ʂʅ^{33} dʐa^{21} ti^{55}

皇 帝 血 有 的

有 官 家 血 脉

ʔa^{55} pʻu^{33} ʂʅ^{21} xo^{55} do^{21}

公 公 死 以 后

公 公 去 世 后

xe^{21} tʂʻu^{55} mæ^{33} dɣ̠^{21} le^{21}

房 烧 火 着 来

房 屋 被 火 烧

to^{55} tʂʻu^{55} fæ^{55} kʻo^{33} le^{21}

千 烧 灾 祸 来

又 遇 灾 和 祸

xo^{21} na^{21} ɣa^{21} tʂʅ^{33} fu^{21}

河 南 与 知 府

河 南 的 知 府

kɣ^{55} ɣa^{55} tsʅ^{55} ʂa^{55} ni^{21}

他 呀 派 了 呢

派 遣 我 夫 君

tu̠^{21} to^{55} mu^{21} da^{55} no^{33}

督 役 做 了 呢

让 他 做 监 夫

na^{55} tʻe^{55} ɣo^{33} tɕʻe^{21} tɕe^{21}

纳 铁 皇 粮 解

解 粮 到 纳 铁

ɣo^{33} tɕʻe^{21} tʂʻɣ^{21} ni^{21} ni^{21}

皇 粮 十 二 驮

皇 粮 十 二 驮

mo^{33} me̠^{33} tʂʻɣ^{21} ʂa^{55} ni^{21}

马 兵 十 三 人

随 行 人 十 三

ŋo^{21} ʐu̠^{33} xo^{21} bi^{21} dʐɣ^{33}

我 夫 送 给 呀

让 他 送 皇 粮

xo^{21} ni^{21} na^{55} tʻe^{55} tʂʻɣ^{21}

送 呀 纳 铁 到

要 送 到 纳 铁

vu^{21} xa^{21} zi^{21} mo^{21} no^{33}

黄 河 水 大 呀

黄 河 大 河 水

zi^{21} dæ^{21} mu^{33} ɣa^{21} tu̠^{33}

水 满 天 上 顶

正 在 发 洪 水

zi^{21} ɣæ^{33} la^{33} pu̠^{33} ʂa^{55}

水 大 船 冲 的

洪 水 涌 涛 涛

tɕʻe^{21} go^{21} tʂʻɣ^{21} ni^{21} go^{21}

皇 粮 十 二 驮

十 二 驮 皇 粮

mo^{33} me̠^{33} tʂʻɣ^{21} ʂa^{55} ȵe^{21}

马 兵 十 三 人

随 行 十 三 人

lɣ^{33} lɣ^{33} zi^{21} xɣ^{21} do^{33}

个 个 水 冲 去

被 水 冲 走 了

ŋo^{21} ʐu̠^{33} tʻe^{21} lɤ^{33} dʑe^{21}
我 夫 一 个 剩
夫 君 得 生 还

ɣɤ^{21} dɯ^{21} no^{33} ɣɤ^{21} ŋɯ^{55}
边 想 呀 边 哭
边 走 边 哭 泣

gu̠^{21} le^{21} xe^{21} sæ^{55} tʂʻɤ^{21}
回 来 房 舍 到
返 回 到 家 中

ɤo^{33} mu^{33} pe^{55} ʂa^{55} le^{21}
皇 帝 求 情 来
求 皇 帝 开 恩

lɤ^{33} lɤ^{33} ɤo^{21} da^{55} no^{33}
个 个 卖 了 呢
家 产 都 出 卖

mi^{55} tʂʻo^{33} xe^{21} ko^{55} ɤo^{21}
地 产 房 屋 卖
卖 田 又 卖 房

ɤo^{21} xo^{21} kɤ^{55} da^{55} no^{33}
卖 了 完 了 呢
卖 完 了 之 后

dʐ̩a^{21} lɤ^{21} do^{21} ma^{21} ɤo^{21}
住 去 处 不 得
住 处 也 没 有

tʂa^{33} pʻe^{21} tʂʻu^{55} tɤ^{21} dʐ̩a^{21}
砖 瓦 烧 洞 住
住 在 砖 瓦 窖

kɤ^{55} ɤa^{55} dʐ̩a^{21} lo^{33} ʂu^{55}
那 呀 在 了 呢
住 在 窖 洞 里

n̠e^{21} dzæ^{21} ma^{21} do^{21} ʂa^{55}
饿 实 不 行 呢
难 忍 饥 和 饿

ʔa^{55} ni^{55} tʂʻa^{21} ma^{21} mo^{21}
婆 婆 人 老 母
年 迈 的 婆 婆

ʂa^{33} kʻu̠^{21} lu̠^{21} ʐo^{33} næ^{55}
三 岁 满 儿 好
还 有 三 岁 儿

ni^{21} ŋɯ^{55} ŋɯ^{55} mu^{33} tsʻɿ^{21}
日 哭 哭 天 黑
从 早 哭 到 黑

ɕe^{21} ŋɯ^{55} ŋɯ^{55} mu^{33} tʻɤ^{33}
夜 哭 哭 天 亮
从 夜 哭 到 亮

ni̠^{33} no^{21} dʐ̩a^{21} ma^{21} do^{21}
心 疼 了 不 行
实 在 太 心 痛

tɤ^{33} tɕe̠^{21} vi̠^{33} lu^{21} gu̠^{21}
灯 剪 花 朵 做
我 来 剪 纸 花

li̠^{33} ka^{55} ɤa^{21} ɤo^{21} no^{33}
街 中 呀 卖 呢
来 到 街 上 卖

ʔa^{21} pe^{55} ku^{55} ni^{21} dɯ^{21}
肚 子 顾 的 想
卖 花 求 个 饱

de^{21} ni^{21} dɯ^{21} lo^{33} ʂu^{55}
说 呀 想 了 呢
本 是 这 样 想

na^{21} pʻu^{55} dʐo^{21} ʂɤ^{33} tʂʻo^{55}
你 奴 路 走 错
奴 家 走 错 路

tʂʻo^{33} kɤ^{55} tʂa^{33} dzɿ^{33} mɛ̱^{21}
曹 国 丈 官 吏
大 官 曹 国 丈

na^{21} pʻu^{33} xo^{21} ʂa^{33} ni^{21}
你 奴 哄 了 呢
他 来 哄 骗 我

xo^{21} ni^{21} kʻɤ^{55} xe^{21} te^{33}
哄 呀 他 房 进
骗 我 入 府 中

na^{21} pʻu^{33} tʂʻa^{21} da^{21} no^{33}
你 奴 人 话 呀
对 奴 把 话 说

kʻɤ^{55} mæ^{21} mu^{21} ŋa^{33} dʐɤ^{33}
他 妻 做 要 呀
要 做 他 妻 子

na^{21} pʻu^{33} tʂa^{33} ʂɿ^{55} le^{21}
你 奴 张 氏 来
奴 家 我 张 氏

dʐɿ^{33} mɛ̱^{21} ʔa^{21} mæ^{33} dʐa^{21}
官 吏 女 儿 是
出 生 官 宦 门

tʂʻo^{33} kɤ^{55} tʂa^{33} sɿ̱^{33} ni^{21}
曹 国 丈 的 呢
大 官 曹 国 丈

pʻu^{33} ŋo^{21} da^{21} ma^{21} dzæ^{21}
奴 我 话 不 信
不 听 奴 家 言

na^{21} pʻu^{33} dæ^{33} sɿ̱^{21} ŋɤ^{21}
你 奴 打 死 是
把 奴 打 死 了

vi̱^{33} lu^{21} tæ^{55} xe^{21} kʻo^{21}
花 朵 栽 房 里
在 那 花 园 中

mi^{55} du^{33} ȵe̱^{21} ȵe̱^{21} du^{33}
地 洞 深 深 挖
挖 个 大 深 抗

ȵe̱^{21} pʻi^{33} dzɿ^{33} no^{55} tʻe̱^{21}
嘴 巴 铜 钉 钉
嘴 里 钉 铜 钉

ni̱^{33} mo^{21} dzɿ^{33} dʐæ^{21} tæ^{55}
心 大 铜 签 栽
心 脏 钉 铜 签

çi^{55} fu^{21} tʻe^{21} tɤ̱^{33} pe̱^{33}
石 灰 一 层 盖
盖 一 层 石 灰

ȵe̠21 k'æ21 tʂa33 lo33 ʂa55
土 上 砖 石 盖
土 上 压 石 砖

tʂa33 k'æ21 ȵe̠21 pi21 tʂo̠21
砖 上 土 盖 伴
砖 上 又 盖 土

ȵe̠21 k'æ21 vi̠33 lu21 tæ55
土 上 花 朵 栽
土 上 栽 鲜 花

tsɿ55 ʂɤ21 dʐa21 ŋɤ21 le21
这 样 有 是 来
这 样 把 我 埋

p'u33 ʂɿ21 ni̠33 ma21 ʂɿ21
奴 死 心 不 死
奴 死 心 不 甘

ʂɤ33 lo33 te55 k'æ21 tʂ'ɤ21
森 罗 殿 上 到
来 到 森 罗 殿

ʂɿ21 te33 ʐe21 lo21 va33
十 殿 阎 罗 王
十 殿 阎 罗 王

k'ɤ55 p'u33 ɤa21 fɤ33 fu55
他 奴 上 吩 咐
吩 咐 奴 家 道

na21 zæ21 tɕ'e̠21 dʐa21 sɿ33
你 寿 岁 有 呢
你 还 有 阳 寿

k'ɤ55 tʂa33 te55 pu̠33 bi21
去 上 殿 告 给
阳 世 把 冤 申

kɤ55 ɤa55 be̠33 ʂa55 ni21
那 样 说 了 呢
这 样 对 我 说

na21 p'u33 xo21 gu̠21 lɤ21
你 奴 魂 回 去
奴 魂 返 回 来

na21 p'u55 gu̠21 ʂa33 ni21
你 奴 回 来 后
回 来 到 阳 世

ʐu̠33 zi̠21 me21 lu21 ʂu55
夫 睡 梦 托 呢
托 梦 给 丈 夫

lu̠21 ʂu55 tʂa55 te33 lɤ21
成 呢 上 殿 去
让 他 去 申 冤

kɤ55 ʂa55 be̠33 gɤ21 no33
那 样 说 后 呢
梦 中 细 交 代

ŋo21 ʐu̠33 dʐo21 pu̠33 lɤ21
我 夫 状 告 去
夫 君 去 申 冤

ts'ɿ33 t'e33 dʐa21 ɕe̠21 xo55
青 天 有 以 为
以 为 是 青 天

tsʻɿ^{33} tʻe^{33} ma^{21} ŋɤ^{21} ʂa^{55}
青 天 不 是 呢
未 料 呈 错 状

ŋo^{21} ʐu̱^{33} ɬi^{33} tʂʻɤ^{21} dæ^{33}
我 夫 四 十 打
打 他 四 十 棒

zi^{21} la^{33} ȵe̱^{21} kʻo^{21} te^{33}
水 牢 深 里 装
打 入 水 牢 中

kɤ^{55} ɣa^{55} te^{33} lo^{33} ŋɤ^{21}
那 样 装 了 是
关 在 水 牢 里

tsʻɿ^{33} tʻe^{21} tʂo^{55} tʂu^{21} lo^{21}
青 天 作 主 呀
青 天 快 作 主

ʔu̱^{33} ka^{55} ku^{55} lo^{21} sɿ̱^{33}
头 命 顾 了 呢
救 救 奴 家 人

po^{33} tʂʻɤ^{21} çe^{55} sɿ̱^{33} ni^{21}
包 丞 相 的 呢
官 人 包 丞 相

tʻe^{21} tçe^{33} be̱^{33} le^{21} no^{33}
一 句 说 来 呢
开 口 回 答 道

tʂʻa^{21} xo^{21} ŋo^{33} mi^{55} gɤ^{33}
人 魂 阴 间 进
冤 魂 入 阴 府

ʂu^{55} tçe^{21} zi̱^{21} xo^{21} dʐa^{21}
活 的 灵 魂 有
死 了 不 瞑 目

na^{21} du̱^{33} lɤ^{21} sɿ̱^{21} le^{21}
你 出 去 的 来
你 先 出 门 去

mu^{33} dzæ^{21} ʔa^{55} dʑe^{55} çe^{55}
天 亮 明 天 早
明 日 天 亮 后

xa^{21} tçʻe^{33} fæ^{55} ʂʅ^{21} ni^{21}
皇 亲 审 理 呢
我 去 审 皇 亲

kʻɤ^{55} ʂu^{55} be̱^{33} gɤ^{21} no^{33}
那 样 说 过 呀
那 样 交 代 完

tʂa^{33} ça^{21} tçe^{21} sɿ̱^{33} ni^{21}
张 小 姐 的 呢
小 姐 的 冤 魂

po^{33} ʐe^{21} mi^{21} ŋa^{21} no^{55}
包 爷 话 语 听
相 信 包 爷 言

po^{33} la^{21} ʐe^{21} sɿ̱^{33} ni^{21}
包 老 爷 的 呢
青 天 包 大 爷

tʻe^{21} dɯ^{21} xo^{21} ni^{55} ʂu^{55}
一 想 了 看 呢
反 复 想 一 想

ʂʅ^{21}	dʑe^{33}	tsʅ^{55}	tʻe^{21}	tʂʻa^{21}
死	的	这	一	案
这	桩	人	命	案

ʔa^{55}	ʐe^{21}	ŋo^{21}	tʂʻɤ^{21}	ɕe^{55}
阿	爷	我	丞	相
青	天	丞	相	我

kʻo^{55}	ʂɤ^{21}	mu^{21}	no^{55}	le^{21}
如	何	做	好	来
如	何	审	理	好

ɕa^{21}	tɕe^{21}	ma^{21}	ŋa^{21}	no^{33}
小	姐	不	见	呢
不	见	小	姐	尸

xa^{21}	tsʻʅ^{33}	kʻo^{55}	ʂɤ^{21}	be̠^{33}
皇	亲	如	何	说
如	何	审	皇	亲

kʻo^{55}	ʂɤ^{21}	be̠^{33}	ma^{21}	kɯ^{33}
如	何	说	不	敢
不	敢	审	问	他

dɯ^{21}	lɤ^{21}	dɯ^{21}	le^{21}	no^{33}
想	去	想	来	呢
思	去	又	想	来

dɯ^{21}	lɤ^{21}	do^{21}	ma^{21}	pʻe^{21}
想	去	处	不	有
想	不	出	办	法

po^{33}	lo^{21}	ʐe^{21}	sʅ̠^{33}	ni^{21}
包	老	爷	的	呢
青	天	包	老	爷

tʻe^{21}	tɕe^{33}	be̠^{33}	le^{21}	no^{33}
一	句	说	来	呢
开	口	吩	咐	道

tʂa^{33}	ʂʅ^{55}	xo^{21}	mo^{21}	le^{21}
张	氏	灵	魂	来
张	氏	的	冤	魂

kɤ^{55}	bo^{21}	pu̠^{33}	le^{21}	ʂu^{55}
她	来	告	来	呢
前	来	把	冤	诉

po^{33}	tʂʻɤ^{21}	ɕe^{55}	sʅ̠^{33}	ni^{21}
包	丞	相	的	呢
青	天	包	丞	相

fæ^{55}	næ^{55}	ʂʅ^{21}	du̠^{33}	le^{33}
案	好	审	出	来
出	来	审	案	道

ŋo^{21}	mi^{21}	ŋa^{21}	no^{55}	lo^{21}
我	话	语	听	呀
你	们	听	我	讲

mæ^{21}	ɤo^{33}	mo^{21}	tʻe^{21}	lɤ^{33}
女	人	母	一	个
有	一	位	妇	女

kʻɤ^{55}	bo^{21}	le^{21}	da^{55}	no^{33}
她	看	来	了	呢
冤	魂	来	到	殿

xa^{21}	tɕʻe^{21}	pu̠^{33}	le^{21}	ʂu^{55}
皇	亲	告	来	呢
她	来	告	皇	亲

ça^{21} tɕe^{21} be̠^{33} le^{21} ʂu^{55}
小 姐 说 来 呢
冤 魂 申 诉 说

xa^{21} tɕʻe^{21} na^{33} dæ^{33} sɿ̠^{21}
皇 亲 她 打 死
皇 亲 打 死 她

dʐɿ^{21} dɤ^{21} xo^{21} xe^{21} kʻo^{21}
日 落 花 房 里
西 边 花 房 中

kɤ^{55} ɣa^{55} tɤ^{21} lo^{33} dʐɤ^{33}
那 样 埋 了 呀
埋 葬 在 那 里

ʔa^{55} ʑe^{21} ŋo^{21} tʂʻɤ^{21} çe^{55}
阿 爷 我 丞 相
包 爷 丞 相 我

ʂɿ^{21} dʑe^{33} tsɿ^{55} tʂʻa^{21} le^{21}
死 的 这 案 来
这 桩 人 命 案

ma^{21} to^{55} tɕʻe^{21} ma^{21} kɯ̠^{21}
不 断 清 不 会
不 查 不 行 了

ŋo^{21} sæ^{21} pʻo^{33} po^{21} ʑe^{21}
我 主 人 包 爷
青 天 包 大 爷

xa^{21} tsʻɿ^{33} bɤ^{55} ŋa^{33} le^{21}
皇 亲 处 要 来
要 去 找 皇 亲

ni̠^{33} mo^{21} dʐa^{21} do^{21} do^{21}
心 大 惊 怯 怯
胆 战 心 也 惊

tʻe^{21} da^{33} dʐo^{21} le^{21} ʂu^{55}
一 次 到 来 呢
开 口 吩 咐 道

xa^{21} tsʻɿ^{33} vi̠^{33} lu^{21} le^{21}
皇 亲 花 朵 来
皇 亲 家 花 园

tʻa^{21} dzæ^{21} bi^{55} dʐɤ^{33} le^{21}
实 在 美 呀 来
听 说 美 景 多

ŋo^{21} sæ^{21} pʻo^{33} le^{21} ʂa^{55}
我 主 人 来 呢
我 家 包 大 人

tʻe^{21} tʻɛ̠^{33} ŋa^{33} ni^{55} go^{21}
一 下 要 看 玩
想 过 来 赏 花

de^{21} ni^{21} be̠^{33} le^{21} ŋɤ^{21}
说 呀 说 来 是
这 样 把 话 传

be̠^{33} gɤ^{21} lo^{21} ma^{21} mæ^{55}
说 后 了 不 及
包 爷 交 代 完

po^{21} la^{21} ʑe^{21} sɿ̠^{33} ni^{21}
包 老 爷 的 呢
青 天 包 大 爷

t‘e^{21} ʈʂʅ^{21} t‘e^{21} ʈʂa^{33} ʈʂ‘u̠^{33}
帖 子 一 张 写
亲 笔 写 一 帖

t‘e^{21} dɯ^{21} xo^{21} ni^{55} ʂu^{55}
一 想 了 看 呢
心 里 想 一 想

ʈʂa^{33} lo^{21} ʈʂo^{55} fu^{21} xo^{21}
张 龙 赵 虎 送
张 龙 与 赵 虎

kɤ^{55} ma^{21} le^{21} bi^{21} no^{33}
他 不 来 给 呀
如 不 让 他 来

t‘e^{21} ʈʂʅ^{21} ni^{55} gɤ^{21} no^{33}
帖 子 看 后 呀
看 完 了 帖 子

po^{21} ʈʂa^{55} sʅ̠^{21} ma^{21} do^{21}
本 章 了 不 行
此 事 完 不 了

n̠e^{33} nɯ^{55} ʂu^{33} ʂo^{21} xɤ^{21}
眼 看 书 帖 拿
手 里 带 帖 子

kɤ^{55} le^{21} bi^{21} de^{21} no^{33}
他 来 给 说 呢
如 是 让 他 来

ʈʂ‘o^{21} kɤ^{55} ʐa^{21} mu^{21} k‘o^{21}
曹 国 衙 门 里
来 到 国 丈 府

t‘ɯ^{55} ʂɤ^{21} dɯ^{21} ma^{21} kɯ^{33}
这 样 想 不 敢
后 果 难 预 料

t‘e^{21} ʈʂʅ^{21} ti^{55} du̠^{33} le^{33}
帖 子 递 出 来
送 帖 给 国 丈

ɣɤ^{21} dɯ^{21} ɤo^{21} dɯ^{21} mu^{55}
前 想 后 想 呢
思 前 又 想 后

ʈʂ‘o^{33} lo^{21} ʐe^{21} sʅ̠^{33} ni^{21}
曹 老 爷 的 呢
那 个 曹 国 丈

dɯ^{21} lɤ^{21} dʐo^{21} ma^{21} bu^{21}
想 处 路 不 通
想 不 出 办 法

t‘e^{21} ʈʂʅ^{21} ni^{55} gɤ^{21} no^{33}
帖 子 看 后 呀
看 了 帖 子 后

ʂu^{33} ʂo^{21} ʈʂ‘u̠^{33} ma^{21} mæ^{55}
书 帖 写 不 及
不 及 写 帖 子

ni̠^{33} mo^{21} dʐa^{21} do^{21} do^{21}
心 大 惊 怯 怯
胆 战 又 心 惊

na^{21} ni^{21} fæ^{55} gu̠^{21} lɤ^{21}
你 二 位 回 去
你 二 位 回 去

sæ^{21} p'o^{33} pe^{55} ɕa^{55} lɤ^{21}
主 人 求 情 去
代 我 传 个 话

mu^{33} dzæ^{21} ʔa^{55} dʑe^{55} ɕe^{55}
天 亮 明 天 早
明 日 天 明 亮

sæ^{21} p'o^{33} ts'æ^{33} væ^{55} lo^{21}
主 人 请 过 来
请 包 爷 过 来

næ^{55} ni^{21} xo^{21} go^{21} ni^{21}
春 日 过 玩 呢
随 便 走 一 走

kɤ^{55} ɣa^{55} be̠^{33} gɤ^{21} no^{33}
那 样 说 过 呀
那 样 交 代 后

dʑu̠^{33} ts'ɿ^{33} ts'ɿ^{33} mu^{55} ni^{21}
怕 惊 惊 的 呢
胆 战 又 心 惊

tʂa^{33} lo^{21} tʂa^{33} fu^{21} ʔɤ^{55}
张 龙 赵 虎 喊
张 龙 与 赵 虎

pu̠^{33} ɣo^{55} gu̠^{21} dɤ^{55} lɤ^{21}
返 回 回 去 后
转 回 丞 相 府

kɤ^{55} gɤ^{21} xo^{55} do^{21} no^{33}
那 后 以 后 呀
那 样 以 后 呀

tʂ'o^{33} kɤ^{55} tʂa^{33} sɿ̠^{33} ni^{21}
曹 国 丈 的 呢
大 官 曹 国 丈

ni̠^{33} mo^{21} dʐa^{21} ma^{21} do^{21}
心 大 有 不 行
紧 张 难 安 宁

t'e^{21} tɕe^{33} be̠^{33} le^{21} no^{33}
一 句 说 来 呀
自 言 自 语 道

po^{33} tʂ'ɤ^{21} ɕe^{55} tsɿ^{55} lɤ^{33}
包 丞 相 这 个
这 个 包 丞 相

kɤ^{55} le^{21} t'e^{21} dzɿ̠^{33} se̠^{21}
他 来 一 点 知
难 道 有 线 索

ŋa^{33} le^{21} xɤ^{21} ŋɤ^{21} ti^{55}
要 来 了 是 的
他 才 来 这 里

ma^{21} ŋɤ^{21} no^{33} le^{21} ma^{21}
不 是 么 来 不
不 然 不 会 来

de^{21} ni^{21} be̠^{33} da^{21} no^{33}
这 样 说 了 呢
暗 自 在 思 忖

dzɿ̠^{21} dɤ^{21} vi̠^{33} lu^{21} go^{21}
日 落 花 朵 门
西 边 花 房 门

ta^{55} ʂʅ^{55} dzu^{33} k'æ^{21} lɤ^{21}
快 速 锁 上 去
快 快 锁 起 来

tɕe^{55} tʂo^{55} ma^{21} dʐa^{21} no^{33}
罪 证 不 有 呀
没 有 了 罪 证

k'o^{55} sʅ^{33} dʐa^{21} lo^{21} sɛ^{21}
宽 心 有 了 呢
宽 心 了 几 分

dzʅ^{21} du^{33} vi^{33} lu^{21} xe^{21}
日 出 花 朵 房
东 边 的 花 园

ta^{55} ʂʅ^{21} ʂʅ^{33} xo^{21} lɤ^{21}
快 速 扫 干 净
快 速 打 扫 好

kɤ^{55} gɤ^{21} xo^{55} do^{21} no^{33}
那 样 以 后 呀
那 样 以 后 呀

tʂ'o^{33} kɤ^{55} tʂa^{33} dzʅ^{33} mɛ^{21}
曹 国 丈 官 吏
大 官 曹 国 丈

to^{33} xa^{33} xe^{21} k'o^{21} la^{33}
东 花 房 里 了
东 边 花 房 里

tʂa^{55} tʂʅ^{33} nɤ^{55} fe^{21} dʑe^{21}
桌 子 红 岩 落
摆 好 红 桌 子

zi^{21} tʂʅ^{33} go^{21} væ^{21} væ^{21}
椅 子 门 圆 圆
椅 子 团 团 放

sʅ^{33} mo^{33} nɛ^{21} nɯ^{55} dzu^{33}
木 凳 藤 绿 缠
木 凳 摆 出 来

mo^{55} dzu^{33} zæ^{21} ga^{33} do^{21}
竹 筷 备 拉 摆
碗 筷 都 备 齐

ɣa^{21} dɤ^{33} nɯ^{55} ɣa^{21} nɤ^{55}
菜 盛 绿 与 红
绿 碗 红 盘 里

dzʅ^{21} gu^{21} ɣa^{21} gu^{21} ʂa^{55}
酒 做 菜 做 呢
装 满 酒 和 菜

vi^{33} lu^{21} dzæ^{21} ʐo^{33} k'ɯ^{55}
花 朵 树 小 下
设 宴 花 房 中

kɤ^{55} ɣa^{55} to^{33} da^{55} no^{33}
那 样 置 了 呢
样 样 都 备 齐

po^{33} ʐe^{21} xa^{21} la^{21} ʂʅ^{33}
包 爷 等 了 呢
等 待 包 爷 到

po^{33} tʂ'ɤ^{21} ɕe^{55} dzʅ^{33} mɛ^{21}
包 丞 相 官 吏
青 天 包 丞 相

tʂʻo^{33} kɤ^{55} ʐa^{21} mu^{21} kʻo^{21}

曹 国 衙 门 里

曹 国 丈 衙 府

tɕe^{55} ʂʅ^{55} vi̱^{21} ɣɤ^{21} dʐɤ^{55}

监 士 前 前 走

兵 勇 走 在 前

ʂa^{21} dæ^{33} mu^{33} pʻe̱^{33} nɤ^{55}

伞 打 天 边 红

红 伞 映 天 际

ʔu̱^{33} tʂo̱^{21} me̱^{33} nɤ^{55} tæ^{55}

头 帽 缨 红 戴

红 冠 如 缨 花

pa^{55} ɕa^{33} lɯ^{33} dʐo^{21} dʐo^{21}

唢 呐 鸣 阵 阵

唢 呐 声 阵 阵

dʐʅ^{33} ɣæ^{33} lɤ^{21} mɛ̱^{21} næ^{55}

官 大 去 吏 小

大 官 和 大 吏

po^{33} ʐe^{21} ɣɤ^{21} ɣa^{21} dʐɤ^{55}

包 爷 前 呀 走

包 爷 走 在 前

ni^{21} pʻa^{21} pe^{33} xɤ̱^{21} dʐʅ^{21}

两 旁 边 站 齐

两 边 是 护 卫

tʻu^{21} tʂʻɤ̱^{21} sæ^{55} tʂʻɤ̱^{21} vi̱^{33}

银 牌 金 牌 抬

高 举 回 避 牌

po^{33} ʐe^{21} ka^{55} ɣa^{55} ni^{21}

包 爷 中 呀 坐

包 爷 在 中 间

po^{33} la^{21} ʐe^{21} sʅ̱^{33} ni^{21}

包 老 爷 的 呢

青 天 包 大 爷

tʂo^{33} bɤ^{21} kʻo^{21} ɣa^{21} ni^{21}

轿 子 里 呀 坐

坐 在 轿 子 里

kɤ^{55} ɣa^{55} tʂʻɤ^{21} lɤ^{21} no^{33}

那 呀 到 了 呢

来 到 了 曹 府

tʂʻo^{33} kɤ^{55} tʂa^{33} sʅ̱^{33} ni^{21}

曹 国 丈 的 呢

大 官 曹 国 丈

ta^{55} ta^{21} kʻo^{21} ɣa^{21} tʂʻɤ^{21}

大 堂 里 呀 到

等 候 在 大 堂

dʐʅ^{33} ɣæ^{33} le^{21} mɛ̱^{21} næ^{55}

官 大 来 吏 小

差 官 和 衙 役

ni^{21} pʻɛ̱^{21} pe^{33} xɤ̱^{21} dʐʅ^{21}

两 旁 边 站 齐

站 立 在 两 旁

po^{33} ʐe^{21} ka^{55} ɣa^{55} ni^{21}

包 爷 中 呀 坐

包 爷 坐 正 厅

lo^{21} tɕe^{55} ʂa^{55} pe̱^{33} sɛ̱^{21}

茶 叶 三 碗 倒

倒 出 三 碗 茶

ʂa^{55} pe̱^{33} sɛ̱^{21} xo^{55} do^{21}

三 碗 倒 之 后

奉 承 包 大 人

po^{33} ʐe^{21} mi^{21} ŋa^{21} be̱^{33}

包 爷 话 语 说

包 爷 开 口 道

xa^{21} tsʻɿ^{33} ɣa^{21} ta^{55} ʐɤ^{21}

皇 帝 与 大 人

皇 亲 曹 大 人

ŋo^{21} ʐɤ^{21} tɕe^{55} tʂo^{55} tɕʻe^{21} tʻu^{21} væ^{21}

我 去 郑 州 稻 白 买

我 去 郑 州 买 大 米

kɤ^{55} ɣa^{55} lɤ^{21} ɣo^{21} ʂu^{55}

那 呀 去 了 呢

去 了 那 地 方

gu̱^{21} le^{21} xe^{21} ɣa^{21} dʐa^{21}

回 来 房 呀 在

回 来 到 家 中

ma^{21} di̱^{33} ʂɿ^{21} la^{21} la^{21}

不 愿 做 了 了

心 里 有 烦 闷

ta^{55} mu^{33} vi̱^{33} lu^{21} bi^{55}

大 门 花 朵 美

贵 府 花 园 美

ni^{21} xe̱^{21} tʻɤ^{21} go^{21} ni^{21}

日 子 闲 玩 呀

过 来 散 散 心

ta^{55} ta^{21} tʂʻo^{33} dʐa^{21} ti^{55}

莫 挡 路 有 呀

请 你 行 方 便

kɤ^{55} ɣa^{55} be̱^{33} gɤ^{21} no^{33}

那 样 说 了 呀

这 样 把 话 讲

tʂʻo^{33} kɤ^{55} tʂa^{33} sɿ^{33} ni^{21}

曹 国 丈 的 呢

大 官 曹 国 丈

ma^{21} kɯ^{55} tʻe^{21} tɕe^{33} be̱^{33}

不 敢 一 句 说

回 言 称 不 敢

kɤ^{55} gɤ^{21} xo^{55} do^{21} no^{33}

那 呀 以 后 呀

那 样 以 后 呀

tʻe^{21} tʂʻa^{21} tʂʻa^{21} nɯ^{55} ʂu^{55}

一 查 查 看 看

包 爷 细 观 察

to^{33} xa^{21} xe^{21} kʻo^{21} gɤ^{33}

东 花 房 里 进

走 进 东 花 房

tʂʻɤ^{21} ɕe^{55} tʻe^{21} ta^{33} ni^{21}

丞 相 一 边 坐

丞 相 坐 下 来

xa^{21} tɕʻe^{33} dʐʅ^{21} pe̱^{33} ʐu^{21}
皇 亲 酒 碗 拿
皇 亲 倒 杯 酒

dʐʅ^{21} bæ^{21} mu^{55} lu^{55} du̱^{33}
酒 壶 蘑 菇 出
酒 壶 如 蘑 菇

dʐʅ^{21} sɛ̱^{21} bu^{21} lu^{21} de^{21}
酒 盛 蝴 蝶 飞
斟 酒 如 蝶 舞

tsɛ̱^{21} ni^{21} po^{33} ʐe^{21} bi^{21}
斟 呀 包 爷 给
奉 承 包 大 人

po^{33} tʂʻɤ^{21} ɕe^{55} sʅ̱^{33} ni^{21}
包 丞 相 的 呢
大 爷 包 大 人

le̱^{21} no^{33} dʐʅ^{21} pe̱^{33} tɕe^{21}
手 呀 酒 杯 接
用 手 接 杯 子

ȵe̱^{33} no^{33} væ^{21} væ^{21} ni^{55}
眼 呀 团 团 着
眼 睛 看 四 周

tʻe^{21} dʑe^{33} ni^{21} ma^{21} ŋa^{21}
一 样 也 不 见
不 见 有 异 样

tʻe^{21} dɯ^{21} dɯ^{21} ni^{55} ʂu^{55}
一 想 想 看 呢
仔 细 想 一 想

dʐʅ̱^{21} du̱^{33} vi̱^{33} lu^{21} xe^{21}
日 出 花 朵 房
这 是 东 花 房

kɤ^{55} ɣa^{55} dʐa^{21} to^{55} lo^{21}
那 里 在 置 了
原 来 在 那 里

po^{33} tʂʻɤ^{21} ɕe^{55} sʅ̱^{33} ni^{21}
包 丞 相 的 呢
大 人 包 丞 相

tʂu^{21} zi^{55} tʻe^{21} kʻo^{21} mu^{21}
主 意 一 回 做
心 中 生 一 计

tʻe^{21} tɕe^{33} be̱^{33} le^{21} no^{33}
一 句 说 来 呢
开 口 把 话 说

sʅ̱^{33} xa^{33} vi̱^{33} lu^{21} xe^{21}
西 花 花 朵 房
西 边 的 花 园

ʔa^{55} dʐɤ^{21} bi^{55} sʅ̱^{33} dʐɤ^{33}
实 在 美 的 呀
听 说 更 漂 亮

ta^{55} ʐɤ^{21} na^{21} tʂa^{33} ʂɤ^{33}
大 人 你 在 上
大 人 你 在 上

po^{33} ʐe^{21} mi^{21} no^{55} lo^{21}
包 爷 话 听 了
请 听 我 的 话

xa^{21}	tsʻɿ^{33}	ɕe^{33}	fa^{21}	kʻo^{21}
皇	亲	西	房	里
西	边	花	房	里

vi̱^{33}	lu^{21}	ni^{55}	go^{21}	ŋa^{33}
花	朵	看	玩	要
要	去	看	一	看

ta^{55}	ʐɤ^{21}	tʻa^{21}	ta^{55}	tʂo^{21}
大	人	莫	拦	阻
大	人	莫	阻	拦

kɤ^{55}	ʂu^{55}	be̱^{33}	da^{21}	no^{33}
那	样	说	了	呀
这	样	把	话	说

tʂʻo^{33}	kɤ^{55}	tʂa^{33}	sɿ̱^{33}	ni^{21}
曹	国	丈	的	呢
那	个	曹	国	丈

tʻe^{21}	tɕe^{33}	be̱^{33}	le^{21}	no^{33}
一	句	说	来	呀
开	口	把	话	说

sɿ^{33}	pe^{33}	xa^{33}	xe^{21}	kʻo^{21}
西	边	花	房	里
西	边	的	花	园

fu^{33}	ʐɤ^{21}	ɕa^{21}	tɕe^{21}	dʐa^{21}
夫	人	小	姐	在
夫	人	和	小	姐

mæ^{21}	ɤo^{33}	mo^{21}	ʂɤ^{33}	ko^{55}
妻	子	女	走	过
专	供	她	们	玩

ʐu̱^{33}	tsæ^{55}	lɤ^{21}	ma^{21}	do^{21}
男	人	去	不	行
男	人	不	能	入

fu^{33}	ʐɤ^{21}	ɕa^{21}	tɕe^{21}	dʐa^{21}
夫	人	小	姐	在
夫	人	小	姐	在

tʻe^{21}	tɕʻe̱^{33}	ʐa^{21}	lo^{33}	sɿ̱^{33}
一	时	让	了	呢
还	是	让	一	让

de^{21}	ni^{21}	be̱^{33}	du̱^{33}	le^{33}
这	样	说	出	来
这	样	把	话	说

fu^{33}	ʐɤ^{21}	tʻa^{21}	be̱^{33}	sɿ̱^{33}
夫	人	莫	说	呢
莫	说	是	夫	人

tʂo^{33}	ko^{33}	ɤo^{33}	mu^{33}	mo^{21}
正	宫	皇	帝	娘
就	算	是	皇	后

tʂo^{33}	ko^{33}	na^{21}	na^{21}	ni^{21}
正	宫	娘	娘	呢
正	宫	娘	娘	的

kʻɤ^{55}	vi̱^{33}	lu^{21}	tæ^{55}	xe^{21}
她	花	朵	栽	房
她	的	花	朵	房

lo^{21}	ʑe^{21}	ŋa^{33}	lɤ^{21}	be̱^{33}
老	爷	我	去	说
我	也	要	看	看

ma^{21} lɤ^{21} bi^{21} ma^{21} do^{21}
不 去 给 不 行
不 能 不 给 看

ʈʂʻo^{33} kɤ^{55} ʈʂa^{33} sɿ̱^{33} ni^{21}
曹 国 丈 的 呢
那 个 曹 国 丈

tʻe^{21} tɕe^{33} be̱^{33} le^{21} no^{33}
一 句 说 来 呢
开 口 把 话 说

ma^{21} kɯ^{55} le^{21} po^{33} ʑe^{21}
不 敢 来 包 爷
不 敢 拦 包 爷

kɤ^{55} ʂa^{55} be̱^{33} gɤ^{21} no^{33}
那 样 说 了 呀
那 样 把 话 说

po^{33} ʑe^{21} tʻe^{21} tɕe^{33} be̱^{33}
包 爷 一 句 说
包 爷 把 话 说

na^{21} ŋo^{21} tʻa^{21} ta^{21} ʈʂʻɿ^{21}
你 我 莫 挡 阻
你 莫 阻 拦 我

go^{21} tɕe̱^{21} tɤ̱^{33} ʐo^{33} kʻo^{21}
菜 园 里 小 里
在 此 花 房 中

mi^{21} ŋa^{21} tʻe^{21} dʐɿ̱^{33} dʐa^{21}
话 语 一 点 有
有 件 小 事 情

ʈʂa^{33} lo^{21} ʈʂo^{55} fu^{21} ʔɤ^{55}
张 龙 赵 虎 喊
喊 张 龙 赵 虎

ta^{55} ʂu^{55} no^{55} dʐu̱^{33} ʐu^{21}
快 速 斧 头 拿
快 快 拿 斧 头

vi̱^{33} lu^{21} go^{21} dæ^{33} kʻa^{21}
花 朵 门 打 开
打 开 花 园 门

vi̱^{33} lu^{21} ni^{55} go^{21} ŋa^{33}
花 朵 看 玩 要
我 要 去 赏 花

ʂɤ^{55} lɤ^{55} be̱^{33} gɤ^{21} no^{33}
这 样 说 了 呢
这 样 把 话 说

xa^{21} tsʻɿ^{33} kɤ^{55} ʐu̱^{33} le^{21}
皇 亲 那 位 来
那 一 个 皇 亲

tʻa^{21} ȵe^{21} nɤ^{55} bi^{55} bi^{55}
脸 嘴 红 彤 彤
面 颜 红 彤 彤

xo^{21} dʐe^{21} mu^{33} kʻæ^{21} de̱^{33}
魂 掉 天 上 去
惊 魂 飞 上 天

kɤ^{55} ɣo^{55} gɤ^{21} xo^{55} do^{21}
那 样 以 后 呀
那 样 以 后 呀

tʂa^{33} ɣo^{21} tʂo^{55} fu^{21} le^{21}
张 龙 赵 虎 来
张 龙 和 赵 虎

le̱^{21} no^{33} no^{55} dzu̱^{33} ʐu^{21}
手 呀 斧 头 拿
手 里 拿 斧 头

dʐʅ̱^{33} gɤ^{21} dʐʅ̱^{33} ma^{21} gɤ^{21}
砍 后 砍 不 停
用 力 打 开 门

po^{33} lo^{21} ʐe^{21} sʅ̱^{33} ni^{21}
包 老 爷 的 呢
大 爷 包 大 人

ve^{21} ve^{21} to^{55} tʂ'a^{21} ni^{55}
团 团 干 查 看
四 周 细 查 看

n̥e̱^{21} tʂ'ɤ^{21} sʅ̱^{21} t'e^{21} bɤ^{21}
土 十 新 一 堆
有 堆 新 色 土

n̥e̱^{21} tʂ'ɤ^{21} kɤ^{55} bɤ^{21} k'æ^{21}
土 块 那 堆 上
那 堆 新 土 上

vi̱^{33} lu^{21} tæ^{55} to^{33} lo^{21}
花 朵 栽 置 了
鲜 花 栽 上 面

po^{33} lo^{21} ʐe^{21} sʅ̱^{33} ni^{21}
包 老 爷 的 呢
青 天 包 大 人

t'e^{21} tɕe^{33} be̱^{33} le^{21} no^{33}
一 句 说 来 呢
开 口 把 话 说

xa^{21} tɕ'e^{21} na^{21} tʂa^{33} ɕa^{55}
皇 亲 你 在 上
国 丈 你 在 上

ŋo^{21} mi^{21} ŋa^{21} no^{55} lo^{21}
我 话 语 听 好
请 你 听 我 说

ŋo^{21} go^{21} tɕe̱^{21} k'o^{21} le^{21}
我 菜 园 里 来
我 的 花 园 中

ve^{21} dʐo^{33} vi̱^{33} lu^{21} le^{21}
别 样 花 朵 来
其 他 的 花 草

lɤ^{33} lɤ^{33} ŋo^{21} dʐa^{21} ni^{21}
样 样 我 有 呢
样 样 我 都 有

vi̱^{33} lu^{21} tsʅ^{55} ʂa^{33} dzæ^{55}
花 朵 这 三 棵
这 三 棵 花 草

ŋa^{21} ma^{21} fæ^{55} ɣo^{21} ŋɤ^{21}
见 不 过 了 是
我 还 没 见 过

vi̱^{33} dzæ^{21} tsʅ^{55} ʂa^{33} dzæ^{55}
花 草 这 三 棵
这 三 棵 花 草

t‘a^{21} dʑæ^{21} bi^{55} ŋɤ^{21} le^{21}
实 在 美 是 来
实 在 太 漂 亮

p‘e̠^{21} no^{33} ni^{21} tɤ̠^{33} pɤ^{55}
叶 呀 二 层 堆
叶 子 分 两 层

vi̠^{33} no^{33} t‘e^{21} pu^{33} vi̠^{33}
花 呀 一 朵 开
鲜 花 开 一 朵

p‘u^{33} dɤ̠^{21} no^{33} p‘u^{33} bi^{55}
奴 戴 呀 奴 美
丫 环 戴 此 花

bi^{55} ni^{21} bi^{55} ɣa^{21} le^{21}
美 呀 美 了 来
也 是 美 无 比

xa^{21} tɕ‘e^{33} ŋo^{21} ɕa^{21} lo^{21}
皇 亲 我 赏 呀
求 你 赏 给 我

t‘e^{21} tɕe^{33} be̠^{33} le^{21} no^{33}
一 句 说 来 呢
这 样 把 话 说

tʂ‘o^{33} kɤ^{55} tʂa^{33} sɿ̠^{33} ni^{21}
曹 国 丈 的 呢
那 个 曹 国 丈

ma^{21} do^{21} ko^{55} ko^{55} do^{21}
不 行 挣 扎 行
强 把 精 神 振

t‘e^{21} tɕe^{33} pu̠^{33} le^{21} no^{33}
一 句 反 来 呢
回 答 包 爷 道

vi̠^{33} lu^{21} tsɿ^{55} ʂa^{33} dʑæ^{55}
花 朵 这 三 棵
这 三 棵 花 草

tʂo^{33} ko^{33} na^{21} na^{21} le^{21}
正 宫 娘 娘 来
是 正 宫 娘 娘

kɤ^{55} ŋo^{21} tæ^{55} bi^{21} ŋɤ^{21}
她 我 栽 给 是
让 我 代 她 栽

ʔa^{55} dʑe^{55} ɕe^{55} p‘e̠^{21} ni^{21}
明 日 早 后 日
以 后 哪 一 天

kɤ^{55} t‘a^{33} ŋa^{33} le^{21} no^{33}
她 若 要 来 呢
若 是 她 来 找

ʔa^{55} tʂ‘ɤ^{21} ʐu^{21} kɤ^{55} bi^{21}
什 么 拿 她 给
拿 什 么 给 她

ŋo^{21} na^{21} bi^{21} ma^{21} no^{55}
我 你 给 不 好
不 便 赏 给 你

kɤ^{55} ɣa^{55} be̠^{33} gɤ^{21} no^{33}
那 样 说 后 呢
那 样 把 话 答

po^{33} lo^{21} ʐe^{21} sɿ̱^{33} ni^{21}
包 老 爷 的 呢
大 爷 包 大 人

t'e^{21} tɕe^{33} be̱^{33} du̱^{33} le^{33}
一 句 说 出 来
开 口 把 话 说

na^{21} vi̱^{33} ŋo^{21} ma^{21} ŋa^{33}
你 花 我 不 要
不 要 你 的 花

ŋo^{21} zi̱^{21} me̱^{21} zi̱^{21} nɯ^{55}
我 睡 梦 睡 呢
昨 夜 睡 觉 时

t'e^{21} ȵe^{55} me̱^{21} lo^{33} ʂu^{55}
一 梦 梦 了 呢
做 了 一 个 梦

vi̱^{33} lu^{21} dʑæ^{21} ts'ɿ^{21} k'ɯ^{55}
花 朵 树 脚 下
这 棵 花 树 下

t'u^{21} bu̱^{21} ɣa^{21} sæ^{55} bu̱^{21}
银 坛 与 金 坛
金 贯 和 银 贯

ʂa^{33} bu̱^{21} tɤ^{21} lo^{33} dʐɤ^{33}
三 贯 埋 了 呀
三 贯 在 土 里

ŋo^{21} kɤ^{55} du^{33} ʂa^{55} ni^{21}
我 它 挖 的 呀
把 它 挖 出 来

tʂ'o^{33} ʐe^{21} vɤ^{55} ni^{21} dɯ^{21}
曹 爷 分 的 想
也 分 你 曹 爷

kɤ^{55} ʂa^{55} be̱^{33} le^{21} no^{33}
那 样 说 来 呀
不 及 话 说 完

tʂa^{33} lo^{21} tʂo^{55} fu^{21} ni^{21}
张 龙 赵 虎 呢
张 龙 和 赵 虎

tʂ'ɤ^{21} k'u^{21} ʐu^{21} ʂa^{55} ni^{21}
锄 头 拿 的 呢
锄 头 拿 过 来

du^{33} gɤ^{21} du^{33} ma^{21} gɤ^{21}
挖 个 挖 不 停
挖 个 不 停 歇

du^{33} k'ɤ^{55} tɕe^{55} lɤ^{21} ʂu^{55}
挖 它 去 去 呢
继 续 挖 下 去

ȵe̱^{21} gɤ^{21} tʂa^{33} du̱^{33} le^{33}
土 后 砖 出 来
土 下 挖 出 砖

tʂa^{33} gɤ^{21} ɕi^{55} fu^{21} ŋa^{21}
砖 后 石 灰 见
砖 下 现 石 灰

ɕi^{55} fu^{21} ŋa^{21} ɣo^{55} do^{21}
石 灰 见 以 后
挖 出 石 灰 后

tʂa^{33}	ʂʅ^{55}	ʐu^{21}	du̠^{33}	le^{33}
张	氏	拿	出	来
挖	出	一	尸	首

tsʻæ^{21}	ni^{21}	po^{33}	ʐe^{21}	ɣɤ^{21}	ɣa^{55}	to^{33}
抬	呀	包	爷	前	呀	放
抬	尸	放	在	包	爷	前

po^{33}	tʂʻɤ^{21}	çe^{55}	sʅ̠^{33}	ni^{21}
包	丞	相	的	呢
大	爷	包	丞	相

tʂa^{33}	ʂu^{55}	gɯ^{21}	mo^{21}	ŋa^{21}
张	氏	身	子	见
看	见	张	氏	尸

tʻe^{21}	tçe^{33}	be̠^{33}	le^{21}	no^{33}
一	句	说	来	呢
开	口	把	话	说

xa^{21}	tçʻe^{33}	tʂʻo^{33}	kɤ^{55}	tʂa^{33}
皇	亲	曹	国	丈
皇	亲	曹	国	丈

na^{21}	no^{33}	xa^{21}	tçʻe^{33}	dʐa^{21}
你	呢	皇	亲	是
你	身	为	皇	亲

tʂo^{33}	ko^{33}	na^{21}	na^{21}	le^{21}
正	宫	娘	娘	来
正	宫	娘	娘	她

na^{21}	ʔa^{21}	mæ^{33}	dʐa^{21}	mu^{55}
你	姑	娘	是	做
她	是	你	女	儿

na^{21}	le^{21}	ma^{21}	tʂʻo^{55}	no^{33}
你	理	不	错	呢
你	若	不	犯	错

tsʻʅ^{21}	ka^{33}	ɣo^{33}	mu^{33}	mu^{21}
亲	官	皇	帝	做
高	官	你	来	当

na^{21}	la^{33}	kʻo^{55}	ʂɤ^{21}	gu^{21}
你	上	如	何	做
无	人	敢	罚	你

mu^{21}	ma^{21}	kɯ̠^{21}	ve^{55}	le^{21}
做	不	会	的	来
无	人	敢	动	你

na^{21}	fæ^{55}	ma^{21}	tʂʻo^{55}	no^{33}
你	犯	不	错	呢
你	若	不	犯	错

ʔa^{21}	ʂu^{33}	kɤ^{55}	to^{55}	kɯ^{33}
哪	个	他	断	敢
谁	敢	动	你	身

tsʅ^{55}	tʂʻɤ^{21}	lo^{21}	kʻo^{21}	dʐa^{21}
京	城	城	里	住
你	住	在	衙	门

dʐo^{33}	ba^{21}	tʂʻa^{21}	sʅ^{21}	ŋɤ^{21}
随	便	人	杀	是
随	便	把	人	杀

ɣo^{33}	mu^{33}	va^{21}	fa^{21}	le^{21}
皇	帝	王	法	来
皇	帝	有	王	法

ma^{21} bi^{21} le^{21} ma^{21} do^{21}
不 给 来 不 行
要 依 王 法 办

bi^{21} le^{21} be̱^{33} de^{21} no^{33}
给 来 说 了 呢
要 照 王 法 行

va^{21} fa^{21} tʂ'o^{55} xɤ^{21} le^{21}
王 法 犯 了 来
你 犯 了 王 法

ma^{21} to^{55} ni^{21} ma^{21} do^{21}
不 断 呀 不 行
不 得 不 判 你

de^{21} ni^{21} be̱^{33} da^{55} no^{33}
说 呀 说 了 呢
这 样 把 话 说

kɤ^{55} gɤ^{21} xo^{55} do^{21} no^{33}
那 后 以 后 呀
那 样 以 后 呀

tʂa^{33} lo^{21} tʂo^{55} fu^{21} ʔɤ^{55}
张 龙 赵 虎 喊
让 张 龙 赵 虎

tʂ'o^{33} kɤ^{55} tʂa^{33} ts'ɿ̱^{21} k'æ^{21}
曹 国 丈 捆 绑
捆 绑 曹 国 丈

k'æ^{21} ni^{21} kɤ^{55} ɣa^{55} to^{33}
捆 呀 那 里 放
捆 绑 放 一 旁

ʐu^{21} ni^{21} ɬi^{33} tʂ'ɤ^{21} dæ^{33}
拿 呀 四 十 打
打 他 四 十 杖

kɤ^{55} gɤ^{21} xo^{55} do^{21} no^{33}
那 后 以 后 呀
那 样 以 后 呀

po^{33} tʂ'ɤ^{21} çe^{55} dʐʅ^{33} mɛ^{21}
包 丞 相 官 吏
大 官 包 丞 相

t'e^{21} tɕe^{33} fɤ^{33} fu^{55} le^{21}
一 句 吩 咐 来
开 口 吩 咐 道

tʂa^{33} lo^{21} tʂo^{55} fu^{21} le^{21}
张 龙 赵 虎 来
张 龙 和 赵 虎

xa^{21} tɕ'e^{33} xe^{21} k'o^{21} gɤ^{33}
皇 亲 房 里 进
走 进 皇 亲 府

ta^{55} ʂʅ^{21} la^{21} xe^{21} k'o^{21} lɤ^{21} da^{55}
快 速 牢 房 里 去 后
快 快 走 进 牢 房 里

le^{21} ʂʅ^{55} tsɿ^{55} ʔɤ^{55} le^{21}
刘 志 敬 喊 来
救 出 刘 志 敬

k'ɤ^{55} mæ^{21} tʂa^{33} ʂʅ^{55} ŋa^{21}
他 妻 张 氏 见
看 见 妻 张 尸 首

ŋa21 p'e21 çe̱21 ma21 xo55
见 了 以 不 会
以 为 难 相 见

ma21 ku̱21 ni̱33 ʂo33 ŋɯ55
不 甘 心 伤 哭
伤 心 泪 淋 淋

mæ21 ʂʅ21 ʐu̱33 ma21 sɛ̱21
妻 死 夫 不 知
妻 死 夫 不 知

ʐu̱33 ʂʅ21 mæ21 ma21 ŋa21
夫 死 妻 不 见
夫 死 妻 难 见

ʔi55 xɤ21 lu̱21 le21 mu55
这 样 成 来 呢
这 般 凄 又 惨

ʐu̱33 ni21 mæ21 ŋa21 ŋɯ55
夫 呀 妻 见 哭
志 敬 哭 妻 子

ŋɯ55 ŋɯ55 no33 ma21 ku̱21
哭 哭 停 不 会
哭 个 不 停 歇

ma21 do21 ko55 do21 do21
不 行 挣 扎 地
伤 心 哭 断 肠

t'e21 tɕe33 be̱33 du̱33 le21
一 句 说 出 来
边 哭 边 诉 说

ʔi55 mo21 no33 ȵe̱21 dʑæ21
阿 妈 呀 饿 饥
阿 妈 受 饥 饿

ʐo33 læ21 no33 dʑe̱33 dʑæ21
儿 小 呀 冷 寒
儿 子 受 寒 冷

ʔi55 mo21 ʐo33 ʂʅ55 tsʅ55
阿 妈 儿 志 敬
夫 君 我 志 敬

ʂo33 lo33 p'e21 ŋɤ21 da55
穷 了 的 是 呢
家 中 贫 又 寒

mæ21 ɬo55 tʂa33 ça21 tɕe21
妻 贤 张 小 姐
贤 妻 张 小 姐

li̱33 dʑæ21 vi̱33 lu21 ɣo21
街 市 花 朵 卖
出 门 去 卖 花

tʂ'o33 kɤ55 tʂa33 dʐʅ33 mɛ̱21
曹 国 丈 官 人
皇 亲 曹 国 丈

k'ɤ55 ni̱33 ȵe̱33 da55 no33
他 心 黑 了 呢
心 黑 手 又 狠

dæ33 sʅ̱21 vi̱33 lu21 dʑæ21 k'ɯ55 te33
打 死 花 朵 树 下 埋
打 死 妻 子 埋 花 下

mæ^{21} ma^{21} dʐa^{21} xo^{55} du^{21}
妻 不 有 之 后
没 有 了 妻 子

ʂʅ^{21} tʂɤ^{55} k‘u^{21} ʔi^{55} mo^{21}
七 十 岁 阿 妈
七 十 的 阿 妈

ʂa^{33} k‘u^{21} lu^{21} ʐo^{33} næ^{55}
三 岁 满 儿 好
三 岁 的 儿 子

ɳe^{21} no^{33} dʐo^{21} ma^{21} tʂo^{33}
饿 呀 饭 不 吃
饿 了 没 饭 吃

dʑe^{33} no^{33} t‘a^{21} ma^{21} vi^{21}
冷 呀 衣 不 穿
冷 了 无 衣 穿

ko^{55} ʂo^{33} ʂo^{33} mu^{55} ni^{21}
可 怜 怜 的 呢
不 知 多 可 怜

ʔa^{21} næ^{21} lɤ^{21} tsʅ^{55} dʐa^{21}
现 好 去 如 今
到 了 现 如 今

mæ^{21} ɬo^{55} tʂa^{33} ça^{21} tçe^{21}
妻 贤 张 小 姐
贤 妻 张 小 姐

t‘e^{21} sʅ^{55} mi^{21} ma^{21} do^{21}
一 世 忘 不 行
今 世 忘 不 了

t‘e^{21} dzæ^{21} mi^{21} ma^{21} do^{21}
一 代 忘 不 了
今 生 永 难 忘

mæ^{21} do^{21} dɯ^{21} da^{55} no^{33}
妻 后 想 了 呢
想 念 贤 妻 子

ʂʅ^{55} tsʅ^{55} ka^{33} sʅ^{21} ŋɯ^{55}
志 敬 高 死 哭
志 敬 哭 声 惨

kɤ^{55} le^{21} p‘a^{33} ŋa^{21} no^{33}
他 来 若 见 呢
看 他 悲 痛 样

tʂ‘ɤ^{21} çe^{55} ɳe^{33} zi^{21} du^{33}
丞 相 眼 水 出
丞 相 流 下 泪

tʂ‘ɤ^{21} çe^{55} ʂɤ^{21} t‘e^{33} t‘e^{21} te^{55} ŋɯ^{55}
丞 相 一 起 一 次 哭
丞 相 同 他 哭 一 场

ŋo^{21} ʐa^{21} mu^{21} k‘o^{21} tʂ‘ɤ^{21} lɤ^{21} no^{33}
我 衙 门 里 到 了 呢
回 到 包 爷 衙 门 里

kɤ^{55} ʂa^{33} be^{33} gɤ^{21} no^{33}
那 样 说 后 呢
包 爷 把 话 说

tʂa^{33} ʂʅ^{55} pa^{55} ɣa^{21} ni^{21}
张 氏 背 呀 呢
背 张 氏 尸 首

pa^{55} fa^{33} kʻo^{21} ɣa^{21} to^{33}
班 房 里 呀 放
放 在 班 房 中

le^{21} ʂʅ^{55} tsʅ^{55} sɿ̱^{33} ni^{21}
刘 志 敬 的 呢
那 个 刘 志 敬

pa^{55} fa^{33} kʻo^{21} ɣa^{21} xo^{55}
班 房 里 呀 守
守 在 班 房 里

po^{33} ʐe^{21} tʻe^{21} tɕe^{33} be̱^{33}
包 爷 一 句 说
包 爷 把 话 说

tʂʻo^{33} kɤ^{55} tʂa^{33} tsʅ^{55} lɤ^{33}
曹 国 丈 这 个
这 个 曹 国 丈

ʐu^{21} ni^{21} ta^{55} tʻa^{21} kʻo^{21}
拿 呀 大 堂 里
送 上 大 堂 来

kɤ^{55} ɣa^{21} to^{33} da^{55} no^{33}
那 里 放 了 呢
押 在 大 堂 中

ŋo^{21} kʻɤ^{55} fæ^{55} ʂʅ^{21} ŋa^{33}
我 他 案 审 要
我 要 审 问 他

po^{33} ʐe^{21} kʻɤ^{55} fæ^{55} ʂʅ^{21}
包 爷 他 案 审
包 爷 审 案 子

fæ^{55} næ^{55} ʂʅ̱^{21} du̱^{33} le^{33}
案 好 审 出 来
认 真 来 审 问

dʐʅ^{33} ɣæ^{33} me̱^{21} næ^{55} le^{21}
官 大 吏 小 来
大 官 和 小 吏

lɤ^{33} lɤ^{33} tʂʅ̱^{21} xo^{21} gɤ^{21}
个 个 集 合 后
个 个 都 来 到

po^{33} tʂʻɤ^{21} ɕe^{55} dʐʅ^{33} me̱^{21}
包 丞 相 官 吏
大 官 包 丞 相

tʻa^{21} kʻæ^{21} ni^{21} da^{55} no^{33}
堂 上 坐 了 呢
端 坐 大 堂 上

xa^{21} tɕʻe^{33} mi^{55} ʐe^{21} kɯ^{33}
皇 亲 地 上 跪
皇 亲 跪 地 上

fæ^{55} næ^{55} tʻe^{21} dʐa^{21} ʂʅ^{21}
案 好 一 次 审
包 爷 审 案 子

tʂʻo^{33} kɤ^{55} tʂa^{33} sɿ̱^{33} ni^{21}
曹 国 丈 的 呢
那 个 曹 国 丈

ko^{33} tʂʻa^{21} mi^{21} ma^{21} be̱^{33}
脖 子 话 不 说
低 头 不 作 声

po^{33} tʂʻɤ^{21} ɕe^{55} dzʅ^{33} mɛ^{21}
包 丞 相 官 吏
大 官 包 丞 相

tɕʻe^{21} ɬi^{33} pa^{55} ga^{21} le^{21}
签 四 棵 拉 来
洒 签 拔 四 根

lu^{33} ni^{21} mi^{55} ɣa^{21} dzʅ^{21}
丢 呀 地 上 置
丢 在 大 堂 上

pa^{55} ɕa^{33} ʔɤ^{55} bɤ^{21} bɤ^{21}
仪 仗 喊 阵 阵
杖 吏 大 声 吼

xa^{21} tɕʻe^{33} tʂʻo^{33} kɤ^{55} tʂa^{33}
皇 亲 曹 国 丈
皇 亲 曹 国 丈

ʐu^{21} ni^{21} ɬi^{33} tʂʻɤ^{21} dæ^{33}
拿 呀 四 十 打
打 他 四 十 杖

tsʻʅ^{21} tʂʅ^{55} le^{21} tʂu^{55} tɤ^{21}
脚 指 手 指 戴
手 脚 戴 镣 铐

la^{21} xe^{21} kʻo^{21} ʐo^{33} te^{33}
牢 房 里 拿 装
打 入 牢 房 中

kɤ^{55} ɣo^{55} gɤ^{21} xo^{55} do^{21}
那 样 后 以 后
那 样 以 后 呀

tʂʻo^{33} kɤ^{55} tʂa^{33} mæ^{21} le^{21}
曹 国 丈 妻 来
曹 国 丈 妻 子

kʻɤ^{55} mæ^{21} kɯ^{33} ʐu^{33} le^{21}
他 妻 九 位 来
他 的 九 个 妻

ʐu^{33} ku^{55} pɤ^{21} tʻe^{21} pɤ^{21}
夫 顾 本 一 本
写 一 本 奏 本

tʻe^{21} pɤ^{21} tʂʻu^{33} da^{55} no^{33}
一 本 写 了 后
写 好 奏 本 后

ʐɤ^{21} tʂo^{33} tʂu^{21} bɤ^{55} te^{33}
仁 宗 主 处 装
呈 报 给 仁 宗

ʐɤ^{21} tʂo^{33} tʂʅ^{21} sʅ^{33} ni^{21}
仁 宗 主 的 呢
仁 宗 大 皇 帝

dæ^{33} kʻa^{21} ni^{55} le^{21} dʐɤ^{33}
打 开 看 来 呀
打 开 看 一 看

ta^{55} ʂʅ^{21} ʂu^{33} ʂu^{33} tʻɤ^{21}
快 速 书 文 放
快 快 写 书 文

ve^{21} dʐo^{33} mi^{21} ma^{21} tʻɛ^{21}
匆 忙 话 不 成
匆 忙 传 话 道

tʂʻo^{33} tʂa^{55} na^{21} tʻa^{21} sɿ̱^{21}
曹 丈 你 莫 杀
不 准 杀 国 丈

po^{33} ʐe^{21} ʂu^{21} ʂu^{21} ɬo^{33}
包 爷 书 文 迎
包 爷 迎 圣 旨

ʂo^{55} tʂʻu^{55} kʻɯ^{33} lɯ^{33} lɯ^{33}
香 烧 烟 袅 袅
烧 香 烟 袅 袅

me^{33} tu̱^{21} nɤ^{55} do^{21} do^{21}
火 燃 红 形 形
点 烛 红 形 形

kɤ^{55} ɣa^{55} kɯ^{33} da^{21} no^{33}
那 样 跪 了 呢
双 膝 跪 地 上

ɣo^{33} mu^{33} ʂu^{33} ʂu^{21} ni^{55}
皇 帝 书 文 看
认 真 看 圣 旨

ʂu^{33} ʂu^{21} nɯ^{55} gɤ^{21} no^{33}
书 文 看 后 呀
看 完 圣 旨 后

po^{33} tʂʻɤ^{21} ɕe^{55} sɿ̱^{33} ni^{21}
包 丞 相 的 呢
大 人 包 丞 相

tʻe^{21} tɕe^{33} be̱^{33} le^{21} no^{33}
一 句 说 来 呢
恼 怒 把 话 说

ɣo^{33} mu^{33} ʂu^{33} ʂu^{21} le^{21}
皇 帝 书 文 来
皇 帝 传 圣 旨

væ^{21} dʐo^{21} tʻɤ^{21} do^{21} ni^{21}
匆 忙 放 来 呢
快 快 放 国 丈

tʻe^{21} tɕe^{33} be̱^{33} le^{21} no^{33}
一 句 说 来 呢
接 着 把 话 说

ɣa^{21} tsʻɿ^{33} tʂʻa^{21} dæ^{33} sɿ̱^{21}
皇 亲 人 打 死
皇 亲 打 死 人

tʂʻa^{21} dæ^{33} sɿ̱^{21} ma^{21} tʂɿ^{55}
人 打 死 不 治
不 治 他 的 罪

ɣo^{33} mu^{33} va^{21} fa^{21} le^{21}
皇 帝 王 法 来
王 法 放 哪 里

ʔa^{21} ʂu^{33} kɤ^{55} ʐo^{21} do^{21}
谁 人 他 饶 行
谁 人 敢 饶 他

kʻæ^{21} no^{33} xa^{21} tsʻɿ^{33} ʂɿ^{21}
上 呀 皇 亲 使
玉 帝 差 下 我

kʻɯ^{55} no^{33} tʂʻɤ^{21} ɕe^{55} dʐa^{21}
下 呀 丞 相 有
人 间 做 丞 相

ŋo^{21} ni̠^{33} p'a^{33} tʂʅ^{33} no^{33}
我 心 若 气 呢
若 让 我 生 气

ʐa^{21} mu^{21} dʐa^{21} ma^{21} p'e^{21}
衙 门 有 不 该
衙 门 也 难 保

ts'ʅ^{33} ka^{33} dzʅ^{33} mɛ̠^{21} le^{21}
清 官 官 吏 来
包 爷 大 清 官

kɤ^{55} ɣa^{55} be̠^{33} ʂa^{55} ni̠^{21}
那 样 说 了 呢
那 样 把 话 说

po^{33} la^{21} ʐe^{21} sʅ^{55} ni̠^{21}
包 老 爷 的 呢
青 天 包 大 人

tʂa^{55} pɤ^{21} gu^{21} ʂa^{55} ni̠^{21}
奏 本 做 了 呢
写 一 本 奏 本

ʐɤ^{21} tʂo^{33} bɤ^{55} tɕ'i^{21} pɤ^{21}
仁 宗 处 请 本
上 奏 仁 宗 皇

ʐɤ^{21} tʂo^{33} ɣo^{21} tʂu^{21} mu^{21}
仁 宗 皇 主 做
仁 宗 皇 帝 他

dæ^{33} k'a^{21} ni^{55} le^{21} tɕe̠^{21}
打 开 看 来 的
打 开 奏 本 看

tʂo^{33} ko^{33} na^{21} na^{21} le^{21}
正 宫 娘 娘 来
正 宫 娘 娘 她

le^{21} ʂɤ^{33} dʐo^{33} da^{55} no^{33}
来 了 闻 了 呢
听 闻 有 奏 本

ta^{55} ʂʅ^{55} te^{55} k'æ^{21} tʂ'ɤ^{21}
快 速 殿 上 到
快 速 到 殿 堂

tʂo^{33} ko^{33} na^{21} na^{21} le^{21}
正 宫 娘 娘 来
正 宫 娘 娘 她

t'e^{21} tɕe^{33} be̠^{33} le^{21} no^{33}
一 句 说 来 呢
开 口 把 话 说

ɣo^{33} mu^{33} ŋo^{21} tʂu^{21} le^{21}
皇 帝 我 主 来
我 主 大 皇 帝

ŋo^{21} pɤ^{21} tʂa^{55} ko^{55} le^{21}
我 本 奏 过 来
我 曾 奏 过 本

ŋo^{21} la^{33} ku^{55} dʐo^{21} ba^{21}
我 上 顾 话 有
答 应 要 救 人

kɤ^{55} ʂa^{55} be̠^{33} gɤ^{21} no^{33}
那 样 说 过 呢
那 样 把 话 说

ɣo^{33} mu^{33} ʐɤ^{21} tʂo^{33} tʂu^{21}
皇 帝 仁 宗 主
皇 帝 仁 宗 主

na^{21} na^{21} be̱^{33} mi^{21} dzæ^{21}
娘 娘 说 话 信
听 信 娘 娘 言

kɤ^{55} gɤ^{21} lɤ^{21} xo^{55} do^{21}
那 后 去 以 后
那 样 以 后 呀

tʂo^{33} ko^{33} na^{21} na^{21} le^{21}
正 宫 娘 娘 来
正 宫 娘 娘 她

tʂo^{33} tʂu^{21} po^{21} pe^{55} xɤ^{21}
珍 珠 宝 贝 拿
带 珍 珠 宝 贝

po^{21} pe^{55} tʂo̱^{21} bɤ^{21} dzæ^{33}
宝 贝 轿 子 坐
坐 在 轿 子 中

kɤ^{55} ɣa^{55} le^{21} da^{55} no^{33}
那 呀 来 了 呢
来 找 包 丞 相

tʂo^{33} ko^{33} na^{21} na^{21} ni^{21}
正 宫 娘 娘 她
正 宫 娘 娘 她

po^{33} tʂʻɤ^{21} ɕe^{55} ŋa^{21} ʂu^{55}
包 丞 相 见 呢
见 了 包 丞 相

ȵe̱^{33} mæ^{33} dzæ^{21} vu^{21} vu^{21}
眼 尾 愁 瞅 瞅
眼 里 藏 怒 火

tʻe^{21} tɕe^{33} be̱^{33} le^{21} no^{33}
一 句 说 来 呢
开 口 把 话 说

tʂʻo^{33} kɤ^{55} tʂa^{33} na^{21} le^{21}
曹 国 丈 你 来
曹 国 丈 与 你

ʔa^{21} xɤ^{33} ʐe^{33} tʂʻɤ^{21} dʐa^{21}
什 么 冤 仇 有
结 下 何 冤 仇

ŋo^{21} tʂʅ^{55} na^{21} sɛ^{21} no^{33}
我 知 你 知 呢
你 心 里 清 楚

tʂʻɤ^{21} tʂɤ^{21} tɕʻe^{21} tʻu^{21} væ^{21}
郑 州 米 白 买
郑 州 去 买 米

ŋo^{21} mo^{55} ni^{21} fæ^{55} sʅ̱^{21}
我 兄 二 位 杀
杀 我 两 个 兄

mo^{55} sʅ̱^{21} ni̱^{33} ma^{21} ʂʅ^{21}
哥 杀 心 不 死
你 还 不 死 心

ʔa^{21} næ^{21} na^{21} gu̱^{21} le^{21}
现 在 你 回 来
现 在 你 回 来

ŋo^{33} ba^{33} ŋa^{33} sɿ̱^{21} dʐɤ^{33}
我 爸 要 杀 呀
要 杀 我 父 亲

ta^{55} ʂʅ^{21} ŋo^{21} p'o^{21} t'ɤ^{21}
快 速 我 父 放
快 快 放 我 父

ŋo^{21} p'o^{21} p'a^{33} t'ɤ^{21} no^{33}
我 父 若 放 呢
只 要 你 放 他

t'e^{21} tʂ'o^{33} ʂʅ^{55} ma^{21} dʐa^{21}
一 点 事 不 有
就 当 没 事 了

ŋo^{21} p'o^{21} ma^{21} t'ɤ^{21} no^{33}
我 父 不 放 呢
你 若 不 放 他

na^{21} tʂ'ɤ^{21} ɕe^{55} dʐʅ^{33} mɛ̱^{21}
你 丞 相 官 吏
丞 相 这 官 职

ma^{21} ɣo̱^{21} mu^{21} ma^{21} sɛ̱^{21}
不 得 当 不 知
让 你 当 不 成

kɤ^{55} ʂa^{55} be̱^{33} gɤ^{21} no^{33}
那 样 说 过 呢
那 样 把 话 说

na^{21} ʐa^{21} po^{33} tʂ'ɤ^{21} ɕe^{55}
你 衙 包 丞 相
清 官 包 丞 相

t'e^{21} tɕe^{33} be̱^{33} le^{21} no^{33}
一 句 说 来 呀
开 口 回 答 道

tɕo^{55} ma^{21} dʐa^{21} ti^{55} no^{33}
罪 不 有 的 呢
若 是 不 犯 罪

xa^{21} ts'ɿ^{33} na^{21} ŋɤ^{21} ti^{55}
皇 亲 你 是 的
曹 家 是 皇 亲

na^{21} ʂʅ^{21} dʐe^{33} ma^{21} dʐa^{21}
你 死 的 不 有
不 会 有 死 罪

na^{21} ba^{33} tʂ'o^{33} kɤ^{55} tʂa^{33}
你 爸 曹 国 丈
你 父 曹 国 丈

ni^{33} mo^{21} bɤ^{21} ɣa^{21} xɛ̱^{21}
心 里 山 呀 大
野 心 大 如 山

ni^{33} t'e̱^{33} sæ^{21} ma^{21} dʐa^{21}
心 跳 肝 不 有
有 心 无 肝 肺

kɤ^{55} p'a^{33} ŋɤ^{21} gɤ^{21} sɿ̱^{33}
他 若 是 过 呢
他 是 这 类 人

le^{33} do^{33} kɤ^{55} ma^{21} tʂ'a^{21}
理 伦 他 不 依
伦 理 他 不 依

na^{33} ba^{33} ku^{55} dʐa^{21} ŋɤ^{21}

你 父 顾 有 是

你 还 想 救 他

ŋo^{21} dzɿ^{33} mɛ̠^{21} tsɿ^{55} mæ^{55}

我 官 吏 这 职

我 这 丞 相 职

ma^{21} mu^{21} ni^{21} do^{21} ti^{55}

不 做 也 行 的

不 当 也 没 事

na^{21} ba^{33} tʂʻo^{33} kɤ^{55} tʂa^{33}

你 爸 曹 国 丈

你 父 曹 国 丈

le^{21} lo^{21} ma^{21} tsɿ^{55} mu^{21}

理 伦 不 依 做

伦 理 他 不 依

ʔa^{55} ʐe^{55} ŋo^{21} tʂʻɤ^{21} ɕe^{55}

阿 爷 我 丞 相

我 做 丞 相 爷

tʂʻɤ^{21} ɕe^{55} ma^{21} ŋɤ^{21} no^{33}

丞 相 不 是 呢

如 果 不 是 我

ʔa^{21} ʂu^{33} kɤ^{55} ʂʅ^{21} kɯ^{33}

谁 人 他 审 敢

谁 敢 治 他 罪

ŋo^{33} dzɿ^{33} ʐe^{21} lo^{21} va^{21}

阴 官 阎 罗 王

阴 官 阎 罗 王

ŋo^{33} sɿ̠^{21} sæ^{21} ʔa^{55} nɯ^{55}

阴 杀 手 阿 尼

杀 人 鬼 阿 尼

kʻɤ^{55} bo^{21} lɤ^{21} da^{55} no^{33}

那 靠 去 了 呢

让 他 到 那 里

na^{21} ʐɤ^{21} tɕʻe̠^{21} be̠^{33} lɤ^{21}

你 寿 命 说 去

去 索 寿 命 吧

ʔi^{55} mo^{21} ʐo^{33} tʂo^{33} tʂɤ^{21}

阿 妈 儿 忠 臣

人 间 忠 臣 我

ʂʅ^{21} tʂa^{33} ni^{21} du^{21} to^{55}

七 十 二 件 断

断 案 七 十 二

kʻa^{55} tʻe^{21} do^{21} tʂʻo^{55} lo^{21}

哪 一 事 错 了

无 一 断 错 案

na^{21} na^{21} ŋo^{21} da^{21} dzæ^{21}

娘 娘 我 话 信

娘 娘 相 信 我

kʻa^{55} tʂʻa^{21} tɕo^{55} ni^{21} le^{21}

他 人 罪 有 来

他 是 有 罪 人

ni^{21} ba^{33} tʂʻo^{33} kɤ^{55} tʂa^{33}

你 爸 曹 国 丈

你 父 曹 国 丈

le^{33} ma^{21} dʑa^{21} tsɿ^{55} mu^{55}
理 不 有 这 做
做 尽 缺 德 事

tʂʻa^{21} sɿ̱^{21} ʔu̱^{33} ka^{55} gɤ^{21}
人 杀 头 命 过
杀 人 夺 性 命

le^{21} lo^{21} kɤ^{55} ma^{21} xɤ^{21}
理 伦 他 不 拿
伦 理 他 不 依

ŋo^{21} tʂɿ^{21} tsʻɿ^{33} po^{55} tɕe^{55}
我 主 赐 宝 剑
皇 帝 赐 宝 剑

tʻe^{21} pʻe̱^{33} ŋo^{21} tʂʻɿ^{33} lo^{33}
一 剑 我 赐 了
宝 剑 交 给 我

ma^{21} ʂɿ^{21} na^{21} ma^{21} tɕe̱^{33}
不 死 你 不 判
不 能 不 定 罪

ni̱^{33} tʂʻɿ^{33} tʻe^{21} tɕe^{33} kɛ̱^{33}
心 气 一 句 骂
开 口 吩 咐 道

tʂa^{33} lo^{21} tʂo^{55} fu^{21} le^{21}
张 龙 赵 虎 来
张 龙 和 赵 虎

ta^{55} ʂɿ^{21} la^{21} xe^{21} lɤ^{21}
快 速 牢 房 去
快 快 去 牢 房

tʂʻo^{33} kʻɤ^{55} tʂa^{33} sæ^{21} du̱^{33}
曹 国 丈 拉 出
拉 出 曹 国 丈

po^{33} tʂʻɤ^{21} ɕe^{55} dʑɿ^{33} mɛ̱^{21}
包 丞 相 官 吏
大 官 包 丞 相

ta^{55} tʻa^{21} kʻæ^{21} ɣa^{21} ni̱^{21}
大 堂 上 呀 坐
坐 在 大 堂 上

xa^{21} tsʻɿ^{33} mi̱^{55} ɣa^{21} kɯ^{33}
皇 亲 地 呀 跪
皇 亲 跪 地 上

pa^{55} ɕa^{33} ʔɤ^{55} bɤ^{21} bɤ^{21}
大 号 声 阵 阵
大 号 如 蜂 鸣

ɕe^{21} tɕe̱^{33} lo^{33} sæ^{55} næ^{21}
铁 链 龙 黄 响
铁 链 声 阵 阵

dzæ^{21} nɯ^{55} do^{33} ʐo^{33} lɯ^{33}
鼓 绿 蜂 儿 鸣
鼓 声 震 天 响

mo^{55} pʻɤ^{21} pɤ^{21} tʻa^{21} tʂʻu^{55}
竹 签 抛 下 来
洒 签 丢 在 地

go^{21} ɣɤ^{21} dʑɿ^{33} ɣa^{21} mɛ̱^{21}
门 前 官 和 吏
大 官 和 大 吏

ni^{21} pʻa^{21} pe^{33} xɣ̠^{21} dʐʅ^{21}
两 旁 边 站 齐
站 立 在 两 旁

xa^{21} tsʻʅ^{33} mi^{55} ɣa^{21} kɯ^{33}
皇 亲 地 上 跪
皇 亲 跪 地 上

po^{33} tʂʻɣ^{21} ɕe^{55} dʐʅ^{33} mɛ̠^{21}
包 丞 相 官 吏
大 官 包 丞 相

fæ^{55} næ^{55} ʂʅ^{21} du̠^{33} le^{33}
案 好 审 出 来
开 始 来 治 罪

tʻe^{21} tɕe^{33} be̠^{33} le^{21} no^{33}
一 句 说 来 呢
开 口 把 话 讲

na^{21} le^{21} ŋo^{21} tʻe̠^{21} ɣæ^{33}
你 来 我 上 大
官 职 比 我 大

na^{21} fæ^{55} ɣo̠^{33} le^{21} no^{33}
你 案 得 来 呢
只 因 犯 大 罪

na^{21} fæ^{55} ʂʅ^{21} ŋa^{33} ŋɣ^{33}
你 案 审 要 是
我 要 治 你 罪

tʂʻo^{33} kɣ^{55} tʂa^{33} sʅ̠^{33} ni^{21}
曹 国 丈 的 呢
那 个 曹 国 丈

ku^{21} tɯ^{33} mi^{21} ma^{21} be̠^{33}
脖 低 话 不 说
低 头 不 言 语

po^{33} tʂʻɣ^{21} ɕe^{55} sʅ̠^{33} ni^{21}
包 丞 相 的 呢
官 人 包 丞 相

ni̠^{33} tʂʻʅ^{33} tʻe^{21} tɕe^{33} kɛ̠^{33}
心 气 一 句 骂
大 声 地 说 道

ta^{55} ʂɣ^{33} tsʻʅ̠^{21} kʻæ^{21} lɣ^{21}
快 速 捆 上 去
捆 他 拉 出 去

kɣ^{55} gɣ^{21} xo^{55} do^{21} no^{33}
那 样 以 后 呢
那 样 以 后 呀

sæ^{21} ni^{21} li̠^{33} ka^{55} to^{33}
拉 呀 街 子 置
拉 他 到 街 上

kɣ^{55} ɣa^{55} to^{33} lɣ^{21} no^{33}
那 呀 置 去 呢
放 在 大 街 上

tʻe^{21} tʻe^{33} dʐʅ̠^{33} tɕe^{55} lɣ^{21}
一 起 砍 去 了
一 刀 砍 下 去

tʂʻo^{33} kɣ^{55} tʂa^{33} ʔu̠^{33} ka^{55}
曹 国 丈 头 命
皇 亲 曹 国 丈

ʔu̠^{33}	kɤ^{55}	mi^{55}	ɣa^{21}	tɕe^{21}
头	壳	地	上	掉
人	头	落	地	上

ka^{55}	tsʻɿ̠^{33}	ŋo^{33}	kʻɤ̠^{33}	xa^{21}
命	断	阴	府	去
命	断	奔	黄	泉

ɕe̠^{21}	tsʻɿ̠^{33}	ŋo^{33}	de^{21}	du̠^{33}
气	断	阴	坝	出
气	绝	奔	阴	府

lɤ^{33}	lɤ^{33}	de^{21}	ʂu^{55}	ni^{21}
个	个	说	人	呢
众	人	都	在	说

tʂʻo^{33}	kɤ^{55}	tʂa^{33}	tsɿ^{55}	lɤ^{33}
曹	国	丈	这	个
这	个	曹	国	丈

dʐa^{21}	no^{33}	lo^{33}	ʂɤ^{21}	dʐa^{21}
活	呀	龙	像	活
活	着	像	条	龙

ʂɿ^{21}	no^{55}	tsʻɿ^{33}	ma^{21}	pʻu^{33}
死	呀	狗	不	值
死	了	不	如	狗

bɤ^{21}	kʻæ^{21}	lo̠^{21}	ʐu^{21}	xo^{21}
山	上	虎	拿	掉
除	掉	山	中	虎

dɤ^{21}	mi^{55}	ɣo^{33}	lo^{33}	tʂʻa^{21}
阳	间	人	庶	人
四	方	老	百	姓

lɤ^{33}	lɤ^{33}	de^{21}	ʂu^{55}	ni̠^{21}
个	个	说	了	呢
个	个	笑	开	怀

be̠^{33}	gɤ^{21}	lo^{21}	ma^{21}	mæ^{55}
说	过	了	不	及
此	事	且	莫	表

tʂo^{33}	ko^{33}	na^{21}	na^{21}	le^{21}
正	宫	娘	娘	来
正	宫	娘	娘	她

ma^{21}	ku^{21}	tsɿ^{55}	fæ^{55}	le^{21}
不	甘	这	样	来
实	在	不	服	气

ni̠^{33}	no^{21}	dʑæ^{21}	ma^{21}	do^{21}
心	痛	了	不	行
伤	心	又	气	恼

po^{21}	tʂa^{33}	na^{21}	ma^{21}	tʂa^{55}
本	章	你	不	照
有	旨	你	不	依

ŋo^{21}	ba^{33}	ni̠^{21}	ŋo^{21}	mo^{55}
我	爸	与	我	哥
我	的	父	和	兄

ʂa^{55}	ʐu̠^{33}	sɿ̠^{21}	xo^{21}	la^{33}
三	人	杀	掉	了
全	被	你	杀	掉

ŋo^{21}	na^{21}	tʻe^{21}	ma^{21}	xɯ^{55}
我	你	告	不	愿
圣	旨	你	不	从

kɤ^{55} gɤ^{21} xo^{55} do^{21} no^{33}
那 后 以 后 呀
那 样 以 后 呀

tʂo^{33} ko^{33} na^{21} na^{21} le^{21}
正 宫 娘 娘 来
正 宫 娘 娘 她

pu̠^{33} ɣo^{55} tʂʻo^{33} xe^{21} gu̠^{21}
返 了 自 房 回
无 奈 把 家 还

na^{21} dʐe^{33} po^{33} ta^{55} ʐɤ^{21}
你 奴 包 大 人
青 天 包 大 人

ʂʅ^{21} dʐe^{33} pʻa^{33} tɕʻe^{21} gɤ^{21}
案 事 若 审 后
审 完 案 子 后

tʂʻo^{33} kʻo^{33} lɤ^{21} da^{55} ni^{21}
朝 里 去 了 呢
要 回 朝 堂 里

ɣo^{33} mu^{33} tʻa^{21} ŋa^{21} lɤ^{21}
皇 帝 面 见 去
去 面 见 皇 帝

tʻe^{21} tɕe^{33} be̠^{33} le^{21} no^{33}
一 句 说 来 呢
开 口 吩 咐 道

tʂa^{33} lo^{33} tʂo^{55} fu^{21} ni^{21}
张 龙 赵 虎 呢
张 龙 和 赵 虎

tʂa^{33} ʂʅ^{55} tsʻæ^{21} ɣa^{21} ni^{21}
张 氏 抬 呀 呢
抬 来 张 氏 尸

po^{33} ʐe^{21} ɣɤ^{21} ɣa^{21} to^{33}
包 爷 前 呀 放
放 在 包 爷 前

po^{33} tʂʻɤ^{21} ɕe^{55} sʅ̠^{33} ni^{21}
包 丞 相 的 呢
青 天 包 丞 相

tʂa^{33} ʂʅ^{55} gɯ^{21} mo^{21} kæ^{21}
张 氏 身 子 上
张 氏 的 尸 体

væ^{21} væ^{21} to^{55} tʂʻu^{55} ni^{55}
团 团 千 查 看
认 真 来 查 看

tʻe^{21} tɕe^{33} be̠^{33} le^{21} no^{33}
一 句 说 来 呢
开 口 把 话 说

tʂa^{33} ʂʅ^{55} lu^{55} tɤ^{21} kʻo^{21}
张 氏 坑 洞 里
张 氏 埋 坑 里

ʂʅ^{21} ni^{21} ʂʅ^{21} xe̠^{33} tɤ^{21}
七 日 七 夜 埋
已 有 七 昼 夜

mæ^{21} ɣo^{33} mo^{21} tsʅ^{55} lɤ^{33}
妻 妇 女 这 个
这 一 个 妇 女

ŋo^{21} le^{21} kɤ^{55} ʂu^{55} bi^{21}
我 来 她 活 给
让 她 活 过 来

mæ^{21} ʐu̱^{21} mu^{21} pu̱^{33} bi^{21}
妻 夫 做 还 给
让 他 们 夫 妻

mæ^{21} ʐu̱^{21} dʐɤ^{21} dʑe^{33} tʂʻa^{21}
妻 夫 双 的 人
重 新 再 团 圆

dʐa^{21} no^{33} be̱^{33} dʑe^{33} tʂʻa^{21}
活 呀 说 的 人
阳 世 一 道 走

ʂʅ^{21} no^{33} ŋo^{33} de̱^{33} tʂʻa^{21}
死 呀 阴 上 人
死 也 同 路 行

kɤ^{55} ʂa^{55} be̱^{33} gɤ^{21} ni^{21}
那 样 说 后 呢
这 样 以 后 呀

tʂa^{55} lo^{21} tʂo^{55} fu^{21} ni^{21}
张 龙 赵 虎 呢
张 龙 和 赵 虎

vi̱^{33} la^{33} ko^{21} ʔa^{21} ni^{21}
前 呀 走 呀 呢
快 步 走 过 来

tʂa^{33} lo^{21} tʂo^{55} fu^{21} ni^{21}
张 龙 赵 虎 呢
张 龙 和 赵 虎

tʂa^{33} ʂʅ^{55} tsʻæ^{21} ʔa^{21} ni^{21}
张 氏 抬 呀 呢
抬 出 张 氏 来

ʂu^{55} dʑe^{21} mo^{21} ka^{55} to^{33}
活 床 大 中 放
放 还 阳 床 上

kɤ^{55} ɣa^{55} zi̱^{21} lo^{33} ʂu^{55}
那 样 睡 了 呢
让 她 躺 床 上

tʻe^{21} tɕʻe̱^{33} pʻa^{33} to^{33} sʅ̱^{33}
一 时 若 置 呢
没 有 过 多 久

tʂa^{33} ɕa^{21} tɕe^{21} sʅ^{33} ni^{21}
张 小 姐 的 呢
贤 女 张 小 姐

ɳe̱^{33} du^{33} kʻa^{21} tʻɤ^{21} le^{21}
眼 睛 睁 开 来
睁 开 了 眼 睛

le̱^{21} ni^{21} tɕʻi^{21} to̱^{21} le^{21}
手 与 脚 起 来
手 脚 也 能 动

ma^{21} do^{21} ko^{55} do^{21} do^{21}
不 行 使 行 行
用 尽 全 身 力

to̱^{21} le^{21} ɳe̱^{33} kʻa^{21} ni^{55}
起 来 眼 开 看
睁 眼 看 四 周

kʻɤ^{55} ʐu̱^{33} ʂʅ^{55} tsʅ^{55} le^{21}

她 夫 志 敬 来

丈 夫 刘 志 敬

mæ^{21} tʻo^{33} to̱^{21} le^{21} le^{21}

妻 竖 起 来 来

搀 扶 起 妻 子

tʻo^{33} to̱^{21} to^{33} ɣo^{21} ʂu^{55}

扶 起 来 以 后

扶 起 妻 子 来

ʂʅ^{55} tsʅ^{55} ni^{21} ɕa^{21} tɕe^{21}

志 敬 与 小 姐

志 敬 和 小 姐

mæ^{21} ʐu̱^{21} lu̱^{21} ma^{21} xo^{55}

妻 夫 成 不 料

未 料 再 团 圆

ʔa^{21} næ^{21} tsʅ^{55} dʑa^{21} no^{33}

现 在 这 时 呢

到 了 现 如 今

mæ^{21} ʐu̱^{21} lu̱^{21} pu̱^{33} le^{21}

妻 夫 成 重 来

夫 妻 再 团 圆

lu̱^{21} pu̱^{33} le^{21} da^{55} no^{33}

成 重 来 了 呢

又 得 团 圆 了

mæ^{21} ʐu̱^{21} dʐɤ^{33} dʑe^{33} ni^{21}

妻 夫 双 对 呢

夫 妻 成 双 对

tʂʻɤ^{21} ɕe^{55} tsʻʅ^{21} ɣa^{21} kɯ^{33}

丞 相 脚 下 跪

跪 在 丞 相 前

ŋɯ^{55} sʅ^{55} sʅ^{55} mu^{55} ni^{21}

哭 泣 泣 的 呢

哭 泣 不 成 声

tʻe^{21} tɕe^{33} be̱^{33} le^{21} no^{33}

一 句 说 来 呢

开 口 把 话 说

tsʻʅ^{33} tʻe^{21} ta^{55} ʐɤ^{21} na^{21}

青 天 大 人 您

青 天 包 大 人

na^{21} la^{33} na^{55} vu^{55} ka^{33}

您 上 谢 谢 了

万 分 感 谢 您

be̱^{33} gɤ^{21} lo^{21} ma^{21} mæ^{55}

说 过 了 不 及

这 样 以 后 呀

po^{33} ʑe^{21} tʂa^{55} pɤ^{21} le^{21}

包 爷 奏 本 来

包 爷 上 奏 本

tʂa^{33} ʂʅ^{55} sæ^{21} da^{55} ni^{21}

张 氏 牵 了 呢

带 着 张 氏 女

ɣo^{33} mu^{33} tʻa^{21} ŋa^{21} lɤ^{21}

皇 帝 面 见 去

去 拜 见 皇 帝

ɣo^{33} mu^{33} ʐɤ^{21} tʂo^{33} va^{21}
皇 帝 仁 宗 王
仁 宗 大 皇 帝

lo^{33} dʑe^{33} kʻæ^{21} ɣa^{21} ni^{21}
龙 椅 上 呀 坐
坐 在 龙 椅 上

po^{33} tʂʻɤ^{21} ɕe^{55} sɿ^{33} ni^{21}
包 丞 相 的 呢
包 爷 包 丞 相

lo^{33} dʑe^{33} tsʻɿ^{21} ɣa^{21} kɯ^{33}
龙 椅 下 呀 跪
跪 在 龙 椅 下

tʻe^{21} tɕe^{33} be^{33} le^{21} no^{33}
一 句 说 来 呢
开 口 禀 报 道

tsʻɿ^{33} ʂa^{33} ɣa^{55} ŋo^{21} tʂu^{21}
青 山 万 我 主
我 主 万 万 岁

tʂʻɤ^{21} ɕe^{55} mi^{21} no^{55} lo^{21}
丞 相 话 听 请
请 听 臣 报 禀

tʂʻɤ^{21} ɕe^{55} ni^{33} ɣæ^{33} xɤ^{21} ma^{21} ŋɤ^{21}
丞 相 心 大 的 不 是
井 非 丞 相 胆 子 大

tʂʻo^{33} kɤ^{55} tʂa^{33} tsɿ^{55} ʐu^{21}
曹 国 丈 这 个
这 个 曹 国 丈

ni^{33} mo^{21} bɤ^{21} xɛ^{21} dʐa^{21}
心 母 山 样 有
野 心 大 如 山

le^{21} lo^{21} kɤ^{55} ma^{21} tʂʻa^{21}
理 伦 他 不 依
伦 理 他 不 依

va^{21} fa^{21} da^{55} tsɿ^{55} xɤ^{21}
王 法 的 这 种
王 法 不 容 情

ma^{21} bi^{21} ni^{21} ma^{21} do^{21}
不 给 的 不 行
不 得 不 治 罪

zi^{21} mo^{21} tʻe^{21} sɿ^{55} ʂɤ^{33}
水 母 一 世 流
依 法 依 规 矩

tʻe^{21} ɕi^{55} mæ^{33} ma^{21} tsʻɿ^{33}
一 世 尾 不 断
天 下 得 太 平

tʂɤ^{55} ko^{33} mæ^{21} ɣo^{33} mo^{21}
正 宫 妻 子 大
正 宫 娘 娘 她

vi^{33} ɡæ^{21} dʐɿ^{21} tsɿ^{55} le^{21}
快 步 牙 咬 来
咬 牙 又 切 齿

tʻe^{21} tɕe^{33} be^{33} le^{21} no^{33}
一 句 说 来 呢
自 言 自 语 道

po^{33} tʂʻɤ^{21} çe^{55} tɕi^{55} lɤ^{33}
包 丞 相 这 个
这 个 包 丞 相

kʻɤ^{55} ni̱^{33} pʻa^{33} ɣæ^{33} pʻe^{21}
他 心 若 大 了
胆 子 他 不 小

ʂa^{55} ʐu̱^{33} sɿ̱^{21} la^{33} ʂu^{55}
三 位 杀 了 呢
杀 我 父 和 兄

ʂɿ^{21} tʻo^{21} tʂʻɤ^{21} ɣa^{21} le^{21}
死 时 到 了 来
犯 下 死 罪 了

be̱^{33} gɤ^{21} lo^{21} ma^{21} mæ^{55}
说 过 了 不 及
不 及 念 叨 完

vi̱^{21} la^{33} te^{55} kʻæ^{21} tʂʻɤ^{21}
快 快 殿 上 到
快 速 到 金 殿

tʻe^{21} tɕe^{33} be̱^{33} le^{21} no^{33}
一 句 说 来 呢
开 口 把 话 骂

tʂʻɤ^{21} dʑe^{33} ʐe^{21} na^{21} le^{21}
丞 奴 爷 你 来
你 这 老 奴 才

ŋo^{21} mo^{55} ni^{21} fæ^{55} sɿ̱^{21}
我 兄 二 位 杀
杀 我 两 兄 长

ʔa^{21} ni^{21} ŋo^{21} ba^{33} sɿ̱^{21}
昨 日 我 父 杀
又 杀 我 父 亲

tsʻɿ^{33} li^{21} ʐɤ^{21} ma^{21} do^{21}
这 理 饶 不 行
无 法 再 饶 你

kɤ^{55} lo^{33} be̱^{33} gɤ^{21} no^{33}
那 样 说 过 呢
这 样 把 话 骂

na^{21} na^{21} mi̱^{21} no^{33} gɤ^{21}
娘 娘 话 停 后
等 她 骂 完 话

po^{33} tʂʻɤ^{21} çe^{55} sɿ̱^{33} ni̱^{21}
包 丞 相 的 呢
包 爷 包 丞 相

tʻe^{21} tɕe^{33} be̱^{33} le^{21} no^{33}
一 句 说 来 呢
开 口 把 话 说

na^{21} na^{21} na^{21} tʂa^{55} ʂa^{55}
娘 娘 您 在 上
娘 娘 您 在 上

ŋo^{21} mi̱^{21} ŋa^{21} no^{55} lo^{21}
我 话 语 听 了
请 您 听 我 说

ŋo^{21} le^{21} fæ^{55} ʂɿ^{21} le^{21}
我 来 案 断 来
我 来 断 案 子

ʂʅ^{21} tʂɤ^{55} ni^{21} du^{33} to^{55}

七 十 二 件 断

断 案 七 十 二

kʻa^{55} tʻe^{21} do^{33} tʂʻo^{55} lo^{33}

哪 一 件 错 了

错 案 没 一 桩

ni^{21} ba^{33} le^{33} ma^{21} tʂʻa^{21}

你 父 理 不 依

国 丈 不 依 理

lo^{21} ma^{21} tʂʻa^{21} tsɿ^{55} mu^{55}

伦 不 依 的 呢

王 法 他 不 从

ʂu^{21} mæ^{21} tʂʻa^{21} lo^{33} ʂu^{55}

人 妻 抢 了 呢

抢 霸 他 人 妻

kʻɤ^{55} mæ^{21} næ^{55} ŋa^{33} mu^{21}

他 妻 小 要 做

要 做 他 妻 子

tʂa^{33} ʂʅ^{55} kɤ^{55} ȵe̱^{21} xɯ^{33}

张 氏 他 嘴 反

张 氏 顶 撞 他

tʂa^{33} ʂʅ^{55} dæ^{33} sɿ̱^{21} ŋɤ^{21}

张 氏 打 死 是

他 把 她 打 死

vi̱^{33} lu^{21} dzæ^{21} kʻɯ^{55} tɤ^{21}

花 朵 树 下 埋

埋 在 花 树 下

dɤ^{21} mi^{55} ʐo^{33} lo^{33} pʻo^{21}

世 间 儿 百 姓

贫 穷 老 百 姓

dʐʅ^{33} mɛ̱^{21} le̱^{21} ʂʅ^{21} gɤ^{21}

官 吏 手 死 后

死 在 他 手 下

po^{33} ʐe^{21} ma^{21} ŋɤ^{21} no^{33}

包 爷 不 是 呢

不 是 包 爷 我

ʔa^{21} ʂu^{55} kɤ^{55} sɛ̱^{21} pʻe^{21}

谁 人 它 知 该

案 情 无 人 知

ʔa^{21} ʂu^{33} kɤ^{55} be̱^{33} kɯ^{33}

谁 人 他 说 敢

无 人 敢 审 案

po^{33} ʐe^{21} dʐa^{21} dʐɤ^{55} dʐɤ^{21}

包 爷 有 只 要

有 我 包 爷 在

no^{55} no^{55} fɤ^{33} tɕʻe^{21} kɯ^{33}

好 好 分 清 了

好 坏 要 分 清

tʂʻɤ^{21} ɕe^{55} ʂʅ^{21} ma^{21} dzu̱^{33}

丞 相 死 不 怕

包 爷 不 怕 死

ʂʅ^{21} ma^{21} dzu̱^{33} tʂo^{33} tʂʻɤ^{21}

死 不 怕 忠 臣

怕 死 不 忠 臣

kɤ^{55} ɤo^{55} gɤ^{21} xo^{55} do^{21}
那 样 以 后 呀
那 样 以 后 呀

na^{21} na^{21} gu̱^{21} do^{33} xo^{21}
娘 娘 回 去 了
娘 娘 无 话 说

po^{33} tʂʻɤ^{21} mi^{21} ŋa^{21} be̱^{33}
包 丞 话 说 说
丞 相 报 禀 道

tsʻɿ^{33} ʂa^{33} va^{21} ŋo^{21} tʂu^{21}
青 山 万 我 主
我 主 万 万 岁

le^{21} ʂɿ^{55} tsɿ^{55} ɕa^{21} tɕe^{21}
刘 志 敬 小 姐
刘 志 敬 夫 妻

tɕi^{55} tʻe̱^{21} tʂʻɤ^{21} le^{21} ka^{33}
这 里 到 来 了
已 到 殿 堂 外

le^{33} sɛ^{21} do^{33} sɛ^{21} ʐo^{33}
理 知 礼 知 人
知 书 又 识 礼

ni^{21} fæ^{55} ŋɤ^{21} to^{55} le^{21}
二 位 是 了 来
都 是 识 礼 人

dʑɿ^{33} mɛ^{21} tʻe^{21} mæ^{55} bi^{21}
官 吏 一 名 给
求 主 封 官 职

mæ^{55} da^{33} ɤæ^{33} bi^{21} lo^{21}
名 声 大 给 求
传 扬 他 品 德

ʐɤ^{21} tʂo^{33} xa^{21} ti^{55} le^{21}
仁 宗 皇 帝 来
仁 宗 皇 帝 他

tʻe^{21} tɕe^{33} be̱^{33} le^{21} no^{33}
一 句 说 来 呢
开 口 传 谕 旨

le^{21} ʂɿ^{55} tsɿ^{55} sɿ^{55} ni^{21}
刘 志 敬 的 呢
丈 夫 刘 志 敬

tʂɿ^{33} fu^{21} tʻe^{21} mæ^{55} fo^{33}
知 府 一 名 封
封 他 为 知 府

tʂa^{33} ɕa^{21} tɕe^{21} sɿ^{55} ni^{21}
张 小 姐 的 呢
妻 子 张 小 姐

ʔɤ^{55} pʻe^{21} fu^{33} ʐɤ^{21} fo^{33}
二 品 夫 人 封
封 二 品 夫 人

mæ^{55} da^{33} du̱^{33} bi^{21} dʑɤ^{33}
名 声 出 给 呀
品 德 要 宣 扬

kɤ^{55} ʂa^{55} fo^{33} da^{55} no^{33}
那 样 封 了 呢
夫 妻 被 封 职

tʂa^{33} ʂʅ^{55} ni^{21} mæ^{21} ʐu̠^{33}

张 氏 二 妻 夫

张 氏 夫 妻 俩

lo^{33} dʐe^{33} tsʻɿ^{21} ɣa^{21} kɯ^{33}

龙 椅 下 呀 跪

跪 在 龙 椅 下

ʔu̠^{33} tʻɣ̠^{21} næ^{55} ŋɣ^{33} ŋɣ^{33}

头 磕 弯 腰 腰

磕 头 谢 皇 恩

po^{33} tʂʻɣ^{21} ɕe^{55} sɿ̠^{33} ni^{21}

包 丞 相 的 呢

青 天 包 丞 相

tʂʻɣ^{21} ɕe^{55} ʔu̠^{33} tʻɣ̠^{21} gɣ^{21}

丞 相 头 磕 后

谢 过 仁 宗 皇

pu̠^{33} ni^{21} po^{33} xe^{21} gu̠^{21}

返 呀 包 房 回

返 回 本 府 来

ʂʅ^{55} tsɿ^{55} ni^{21} ɕa^{21} tɕe^{21}

志 敬 与 小 姐

志 敬 和 小 姐

mo^{33} me̠^{33} tʻe^{21} xo^{21} xæ^{21}

马 兵 一 百 领

带 领 着 兵 马

dʐo^{21} mi^{55} gu̠^{21} le^{21} ka^{33}

住 地 回 来 了

返 回 家 乡 来

tʂa^{33} ɕa^{21} tɕe^{21} sɿ̠^{33} ni^{21}

张 小 姐 的 呢

贤 妻 张 小 姐

ʂʅ^{21} lɣ^{21} ŋo^{33} mi^{55} gɣ^{33}

死 去 阴 间 进

曾 经 死 一 次

ʔa^{21} næ^{21} dɣ^{21} mi^{55} dʐo^{21} gu̠^{21} le^{21}

如 今 阳 世 住 回 来

如 今 复 活 又 团 圆

彝文《卖花记》意译

张小姐故事，
我来讲一讲。

仁宗皇帝时，
兵强马又壮，
城墙筑得高，
围栏做得牢，
大臣讲法纪，
大吏明是非，
黎民勤耕作，
国泰天下平。

梧桐村子中，
那个刘员外，
娶得一贤妻，
妻是陈氏女。
员外夫妻俩，
行善积阴德，
生有三个儿。
员外夫妻俩，
送儿去读书。
兄弟不和睦，
相互不团结，
各行各的道。
那个大儿子，
贩马做买卖，
路过黄河时，
黄河涨洪水，
命断洪水中。
老二也一样，
落水溺水亡。
只剩下小儿，
小儿刘志敬，
七岁去读书，
机灵又聪颖，
文章把名扬。

小儿刘志敬，
年满十五岁，
娶得一妻子。
张员外之女，
闺女张小姐，
就是他妻子。
公公和婆婆，
数她会孝敬。

不久的一天，
那个刘员外，
阳寿走到头，
寿终又正寝。

儿子刘志敬，
死了父亲后，
福气实在差，
灾祸不间断，
房屋被火烧，
奴仆也跑光，
马亡粮歉收，
事事不如愿，
家道渐衰落。
饿了没饭吃，
冷了没衣穿，
贫穷又饥寒。

突然有一天，
河南开封府，
差役派一对，
来到梧桐村，
传话刘志敬。
那个刘志敬，

跟随两差役，
心惊又胆战，
来到河南府。
河南知府爷，
吩咐刘志敬：
“派你刘志敬，
负责送皇粮。
皇粮十二驮，
随行人十三，
同你一路行。
皇银和皇粮，
送到纳铁去，
送给仁宗皇。”

那个刘志敬，
暗自心中想：
铁水不能喝，
官令不能违，
妈的儿子我，
纳铁大京城，
不去不行了；
皇银和皇粮，
不送不行了，
不能误大事。

那个刘志敬，
头戴红缨帽，
赶马向前行。
马蹄声阵阵，
马铃响叮当，
皇粮十二驮，
要驮到京城。

蛇行不要脚，
蛙行靠四肢，
不停把路走，
一程又一程，
来到黄河边。

黄河大河水，
泛滥四处流，
水声如雷鸣。
那个刘志敬，
暗暗细思量：
事事可耽搁，
皇粮和皇钱，
大事不能误！

志敬和随从，
赶马入水中，
赶进黄河里。
来到河中央，
洪水浪涛涛，
水流湍又急，
十二驮皇粮，
随从兵和马，
全被水冲走。
那个刘志敬，
叫天天不应，
叫地地不灵，
大声喊救命。

志敬呼救声，
传到天宫里。
天宫太白星，
听闻呼救声，
变出一小船，
放在他旁边，
救了刘志敬。

那个刘志敬，
来到纳铁城，
禀帖写一张，
呈报给皇帝。
那张禀帖里，
这样记述道：
“我主万万岁！
我是刘志敬，
住在梧桐村，
家父刘员外。

河南张知府，
他来派遣奴，
让奴解皇粮。
皇粮十二驮，
奴才误不起。
奴才和随从，
出来送皇粮，
来到黄河边，
黄河大河水，
泛滥四处流，
洪水滔滔滚，
汹涌又湍急，
领了这差事，
不得不过河，
如是不过河，
皇粮急着送，
奴才无奈何，
赶马入水中。
皇粮沉水底，
随从被水冲，
个个被淹死，
就剩奴一人。
我主万万岁，
奴才狗性命，
求主饶恕奴。”
志敬跪地上，
不停把头磕。
皇帝开隆恩，
回话刘志敬：
“曾经有耳闻，
你是员外子；
你妻子张氏，
张员外之女。
刘张两员外，
都是贤德人，
不看僧面目，
也要看佛面，
死罪可饶你，
皇粮要赔还，
十二驮皇粮，
你要全赔偿。”

那个刘志敬，
看到金谕旨，
心里舒坦坦，
脸上挂笑容。
快快往家赶，
返回到家中，
见了娘和妻，
哭泣不成声。
贤妻张小姐，
开口来问道：
“夫君莫哭泣，
为了何事愁?”
丈夫刘志敬，
回答妻子道：
“河南张知府，
派我解皇粮。
皇粮十二驮，
要送纳铁城，
送给仁宗皇。
衙役十三人，
随夫一路行，
来到黄河边，
随从和马帮，
赶入河水中，
黄河涨洪水，
个个被冲走，
皇银沉水底，
随从被水淹，
就我还活着。
我在水里游，
挣扎在水中，
大声喊救命，
声音传天庭。
神仙闻呼救，
仙人太白星，
来到人世间，
变出一小船，
他来救了我。

我到纳铁城，
求主开隆恩。
吾皇仁宗主，
谕旨传夫道：
皇粮十二驮，
衙役十三人，
皇家金和银，
要我来偿还。”
贤妻张小姐，
开口把话说：
“我的好夫君，
请听妻子言，
生命最要紧，
只要人活着，
总会有办法。
先来卖祖业，
再卖粮和屋，
样样都出卖，
财产和房屋，
还可苦回来；
皇粮和皇银，
一定要偿还。”
贤妻张小姐，
接着把话说：
“我的好夫君，
请听妻子言，
布告写四张，
东南西北方，
各方贴一张，
贴出布告去，
快把田产卖，
卖祖业田产，
卖祖传房屋，
卖奴卖丫鬟，
样样要出卖，
皇银和皇粮，
一定要偿还。”

偿还皇家银，
赔偿了皇粮，
志敬和妻子，
还有儿和娘，
饿了无饭吃，
冷了没衣穿，
没有安身处，
伤心又流泪。
贤妻张小姐，
心灵又手巧，
反复慎思量，
对夫把话说：
“七十母娘亲，
膝盖当耳朵，
坐着缩成团，
皱纹如梯田，
看娘这模样，
让人心酸痛；
三岁小儿子，
饿了无饭吃，
冷了无衣穿，
看儿这模样，
让人心发慌。
岂能有此理？
不该是这样。
我的好丈夫，
请你帮个忙，
你去街子上，
买回纸张来，
我来剪纸花，
拿到街上卖，
卖花养老小。”

丈夫刘志敬，
开口把话答：
“贤妻张小姐，
怎能这样想！
家父刘员外，
岳父张员外，
有脸有面人，
你做卖花人，
会毁父声名。”

刘志敬的娘，
也来开口道：
“贤媳张小姐，
你是官家女，
如今虽然穷，
你疼娘和儿，
卖花万不能！
卖花街坊中，
别人会笑话，
此事切莫为。”
儿媳张小姐，
开口回答道：
“阿妈呀阿妈，
我家变穷人，
自有原和因，
贫穷非赌钱，
也非去打牌，
变卖田和产，
是为赔皇粮，
若是人笑话，
自有道理讲。”

贤妻张小姐，
不听丈夫劝，
不听娘亲说，
不照娘意行，
来到街子上，
买回纸张来，
买回剪子来，
把纸剪成花。
剪成百种花，
剪成千种花，
剪成万种花，
全部剪出来。
白花丽又艳，
金花亮闪闪。
贤女张小姐，
手艺胜蜜蜂，
纸花爱煞人。
花放红盘中，
抬到街上卖，
来到街子中。
一伙读书人，
跟在小姐后，
不是来买花，
是来看小姐，
街头到街尾，
跟随小姐后。
贤女张小姐，
开口把话说：
“几位小阿哥，
买花你就买，
不要跟着我。”
读书人说道：
“不是要买花，
鲜花与你比，
鲜花不如你。”
小姐把话说：
“你们偷看我，
有失你身份。
你们也有妻，
会让他人看？
你们有姐妹，
会给他人瞧？”
那伙读书人，
羞得脸发红，
个个回家去。

贤女张小姐，
街头到街尾，
从东卖到西，
从南卖到北，
东南西北方，
十二条街道，
她都走个遍。

天神太白星，
变成卖菜人，
下来到人间，
肩挑一担菜，

来到街上卖。
天神太白星，
看见张小姐，
开口把话说：
“贤女张小姐，
你上街卖花，
从东卖到西，
从南卖到北，
四方任你卖，
曹国丈衙门，
切莫去卖花。”
贤女张小姐，
开口把话说：
“曹家是皇亲，
当官做大吏，
不会害奴家。”
天神太白星，
开口劝说道：
“大官曹国丈，
伦理他不讲，
抢霸他人妻，
如不从他意，
会死他手下。”
贤女张小姐，
开口回答道：
“大爷你说话，
不能随便讲，
他家是皇亲，
身为大官人，
不会去抢人，
不会有此事。”
天神太白星，
开口又说道：
“贤女张小姐，
把话说给你，
信不信由你。”
天神太白星，
把话劝说完，
朝前走过去，
犹如天上星，
消失影无踪。

贤女张小姐，
往前走一程，
曹国丈衙门，
出现在前方。
大官曹国丈，
走出衙门来，
看见张小姐，
衙役派两位，
去喊张小姐。
衙役走过来，
开口喊小姐：
“快快拿花来，
官爷要买花。”
贤女张小姐，
跟随衙役后，
一堂连二堂，
二堂连三堂，
走入国丈府。

大官曹国丈，
坐在金椅上，
头上戴金冠，
金冠金闪闪；
身上穿长袍，
长袍亮堂堂，
脚穿绸缎鞋，
缎鞋黑又亮。
国丈见小姐，
开口把话问：
“卖花小姐你，
父亲是哪个？
母亲又是谁？
兄长是哪个？
姐弟有没有？”
贤女张小姐，
开口回答道：
“大人你买花，
不该问这些。”

那个曹国丈，
开口把话说：
“你这卖花女，
实在太漂亮，
我家九个妻，
没有一个人，
能够赶上你。”
那个曹国丈，
接着把话说：
“漂亮小美人，
你卖什么花？
我家金银花，
戴也戴不完，
我买你的花，
拿它有何用？
把你喊入府，
没有其他事，
你是何方人？
哪家好闺女？
快快告诉我。”

贤女张小姐，
回答国丈道：
“老爷大官人，
小人奴婢我，
开封府内人，
家住梧桐村，
家父是张姓。
老爷快买花，
莫误奴家身，
七十岁的娘，
三岁小儿子，
在家等着我。”

国丈开口道：
“今天入我府，
你是造化大。
我有九个妻，
无人及你身。
你做我妻子，
莫做穷人妻。
你做穷人妻，
有失你身份。
我若娶了你，
你的丈夫他，
没有说理处，
皇亲国戚我，
无人告得倒。
你若听我话，
身穿绸缎衣，
吃的是美味，
喝的比蜜甜，
耳戴金耳环，
双手戴金镯，
在家使丫鬟，
出门坐轿子。
即使你家里，
丈夫千百个，
我也不怕他。”

贤女张小姐，
气愤把话说：
“老爷大官人，
让你做主子，
让你做官人，
你说这些话，
有失你身份。
我是穷苦人，
一介老百姓，
你说这些话，
损我好名声。
一匹好骏马，
只能配一鞍，
岂能配双鞍？
一个好女人，
只能嫁一人，
岂能嫁二夫？
你是富贵人，
你当你的官；
我是穷苦人，

我做我的事。
主人大官人，
不能胡乱讲，
莫惹人笑话。”
不及说完话，
国丈翻脸道：
“你这贱女人，
说的什么话？
天上雷鼓响，
一切依天意，
难得看上你，
定要做夫妻！
我非一般人，
我是曹国丈，
皇帝老岳父。
仁宗皇帝他，
他是我女婿；
正宫娘娘她，
就是我女儿。
你如不依我，
我可让你活，
也可让你死，
皇帝老岳父，
谁敢告发我？
无人告得倒！”

贤女张小姐，
开口把话说：
“你是大官爷，
我是穷苦人，
刘志敬的妻，
不做你妻子。
我夫刘志敬，
他会告发你。”
那个曹国丈，
开口把话说：
“我是皇家亲，
天子是女婿，
你有千万人，
也难告倒我。”

贤女张小姐，
开口把话说：
“我夫刘志敬，
刘员外之子；
我也有声名，
家父张员外。
丈夫若知晓，
告到京城里，
给你奏一本，
你的狗性命，
难说活不成。”
未及说完话，
那个曹国丈，
开口骂她道：
“你这贱奴婢，
说的什么话？
除了皇帝大，
就是我最大，
何处去奏我？
告我无去处，
还是依了我。
如是不依我，
我要打死你。”

那个张小姐，
心中自言语：
娘的闺女我，
没料会这样。
卖花路途中，
那一位老者，
曾经对我说：
贤女张小姐，
上街来卖花，
从东卖到西，
从南卖到北，
四方可以卖，
曹国丈衙门，
你莫去那里。
大官曹国丈，
他是大恶霸，

会抢他人妻。
年轻小女子，
容貌漂亮者，
进了他衙门，
不会再出来。
这样奉劝我，
我还不相信。
娘的女儿我，
不做他妻子！
贤女张小姐，
回答国丈道：
“宁在刀下死，
我也不从你！
你家有姐妹，
你去找她们。
你若打死我，
我的亲和戚，
丈夫刘志敬，
他会告发你，
你难保性命。”
不及说完话，
大官曹国丈，
怒火心中起，
喊来两衙役，
绳索拿过来，
捆绑张小姐，
捆住她的手，
捆住她的脚。

贤女张小姐，
流泪哭泣道：
“年轮到今日，
自投鬼门关，
不死不行了。
七十岁的娘，
谁找给她吃？
三岁小儿子，
谁去养育他？
丈夫刘志敬，
妻子要辞别。”
不及哭诉完，
那个曹国丈，
衙役派两人，
手里拿铁锤，
拿给曹国丈，
国丈拿铁锤，
打个不停歇，
贤女张小姐，
命断奔阴府，
气绝奔黄泉。
那个曹国丈，
开口吩咐道：
“这个贱女人，
拉到菜园中，
小花园里面，
挖个大深坑，
把她埋土中。
嘴里钉铜钉，
心脏钉铜签，
让她绝子孙。
她的尸体上，
石灰盖一层，
又盖一层土，
土上压砖石，
砖上又盖土，
土上栽鲜花。”

不表张小姐，
又说她家事。
丈夫刘志敬，
对娘把话说：
“阿妈呀阿妈，
只因家里穷，
你的儿媳妇，
出门去卖花，
不见她回来，
孩儿渴奶水，
不见她归家。
你这儿媳妇，
年轻貌又娇，

难说随他人，
嫌贫去爱富，
做了他人妻。”
刘志敬的娘，
对儿把话说：
“你莫这样想，
你的妻子她，
不是那种人，
十二条街子，
她都未走过，
也许迷路了。
待到明日早，
不会不回来。”
娘亲才说完，
儿子刘志敬，
不见妻回来，
眼泪流下来：
“我的贤良妻，
你到街子上，
出门去卖花，
难道遇不测？
家中小儿子，
今年才三岁，
不能没有娘。”
哭过一阵子，
昏昏入梦中。
志敬才入睡，
娇妻张小姐，
人死魂不散，
小姐的冤魂，
来到森罗殿，
面见阎罗王。
阴君阎罗王，
开口问她道：
“何事要申冤？”
贤女张小姐，
冤屈细细说。
阴君阎罗王，
吩咐鬼役差。
尼莫阿尼鬼，
查看生死簿，
簿上无张氏：
“张氏小姐她，
死在他人手，
被人打死了，
阳寿还未完。”
阎王吩咐道：
“贤女张小姐，
阳寿还未尽，
福分还未完，
要让她复活，
重回阳世间，
让她回家去，
快快把冤申。”

张小姐冤魂，
犹如一阵风，
快快返回来，
鼓打三更时，
回到窖洞里，
托梦刘志敬，
泪水伴言语，
开口把话说：
“我的丈夫君，
你的妻子我，
昨日去上街，
上街去卖花，
万万没料想，
错入死亡道。
那个曹国丈，
看见你妻我，
衙役派两个，
过来把我喊，
说是他主子，
要买我的花。
把我带入府，
让我坐堂中。
国丈不买花，
逼奴做妻子，
奴不从他意。

我爱我丈夫，
敬夫守贞节，
不做他妻子，
他把奴打死，
拉到后院里，
挖坑花园中，
把奴埋土里。
你的妻子我，
人死魂不散，
奴魂到阴府，
申冤森罗殿，
阴君阎罗王，
把奴放回来，
让我来申冤。
京城皇宫里，
不能去告状，
那个曹国丈，
国丈是皇亲，
奴家托梦你，
好好记心里。”

不觉鸡已鸣，
开始有行人，
天已快明亮，
志敬醒过来，
原来是个梦。
那个刘志敬，
眼泪流不停，
哭个不停歇。
志敬哭泣声，
惊醒老母亲，
母亲闻哭声，
开口问儿道：
“我儿刘志敬，
天还未发亮，
为何要哭泣？”
志敬回答道：
“阿妈呀阿妈，
你的儿媳她，
昨晚托梦我，
不像是托梦，
仿佛是真事。
妻子张氏她，
托梦对我说，
皇帝岳丈人，
那个曹国丈，
把她打死了，
让我去申冤，
去找包丞相。
丞相我不识，
不知怎么办。”
母亲把话说：
“苦命我儿子，
此事不像梦，
快快上街去，
你去看一看，
梦中这件事，
也许是真事。
认真去打听，
如是找到她，
带她回家来。”

志敬按娘意，
出门找妻子，
十二条街子，
全部都走到，
不见贤良妻。
找到一店主，
打听一声道：
“请问店主你，
昨日我妻子，
出来把花卖，
是否看见她？”
店主回答道：
“看见一女子，
昨日来卖花，
大官曹国丈，
把她带府中。
若是你妻子，
莫说是一个，

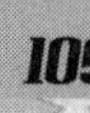

十个难出门。
进去有路走，
出门无路行，
皇亲曹国丈，
会抢他人妻。”

志敬听闻后，
自言自语道：
“阿妈呀阿妈，
原来不是梦，
我的妻子她，
果真出事了。”
那个刘志敬，
快快写状子，
写好告状信，
要呈包丞相。

状纸才写好，
国丈坐轿子，
出门来烧香，
走在街道上。
那个刘志敬，
误认是包爷，
跪在轿子前，
呈递状纸道：
“青天包大爷，
请你快救命！
奴的妻张氏，
那个张小姐，
出门去卖花，
从东卖到西，
从南卖到北，
东南西北方，
到处都去卖。
卖花到衙门，
大官曹国丈，
派来两差役，
来喊我妻子，
喊她到府中，
逼她从他意，
要做他妻子。
我妻不从他，
被他打死了，
包爷快救命！”

国丈听他讲，
生气把话骂：
“你这小妖猴，
说的什么话？
张氏你妻子，
哪个会要她？
谁会要贱人？
不要你妻子。
空口无凭据，
你来告皇亲，
我不放过你！
我是曹国丈，
我要打死你，
你非我对手，
死路你自找。”
吩咐两衙役，
把他捆起来。
衙役那两个，
捆绑刘志敬，
送到衙门里，
打他四十棒，
送入水牢里。

那个刘志敬，
伤心落下泪，
哭泣不成声：
“寒冬腊月里，
把我关水牢，
不是被饿死，
也要被冻死。
娘亲生我时，
遭了多少罪，
辛苦把我养；
爸的儿子我，
就要别人世。

贤妻张小姐，
妻死在一方，
夫死在一方，
妻死夫不知，
夫死妻不晓。
七十岁的娘，
儿要辞别了，
如何丢下娘？
儿死不瞑目，
如何别人世？”

鼓打三更时，
那个刘志敬，
不觉睡着了。
张小姐冤魂，
来到水牢中，
对夫把话说：
“丈夫刘志敬，
夫君你莫急。
我找包大爷，
若不是包爷，
冤案申不了。
只要把冤申，
国丈判死罪。
夫君不用急，
妻魂去告状，
来救我夫君。”

张小姐冤魂，
快快返回来，
来到开封府，
来找包大人。
大官包丞相，
开口问她道：
“你来开封府，
有何冤案申？”
张小姐冤魂，
跪在包爷前，
开口回言道：
“青天大老爷，
求你快救命！
奴家受人害，
人死心不死，
我死不瞑目。”
小姐的冤魂，
快快呈状纸，
递给包丞相。

大官包丞相，
打开状纸看，
冤情现眼前：
“奴家我姓张，
家住梧桐村，
公公刘百万，
婆是陈氏女，
丈夫刘志敬，
明媒又正娶，
这样成了家。
丈夫刘志敬，
官家一后生。
公公去世后，
房屋被火烧，
又遇灾和祸。
河南知府爷，
派遣我夫君，
解粮去纳铁。
皇粮十二驮，
交他来押送。
来到黄河边，
黄河大河水，
正在涨洪水，
洪水涌滔滔，
十二驮皇粮，
随行十三人，
全部被水冲。
唯有我夫君，
有幸得生还。
夫君到纳铁，
求皇帝开恩，
虽免他死罪，

皇粮要赔偿。
卖田又卖房，
祖业全卖完，
赔还皇银粮，
全家无住处，
来到瓦窑中，
住在窑洞里。
难忍饥和饿，
年迈的婆婆，
还有三岁儿，
从早哭到黑，
从夜哭到亮，
奴家太心疼。
我来剪纸花，
来到街上卖，
卖花求个饱。
奴家走错路，
大官曹国丈，
他来哄骗我，
骗我入府中，
对奴把话说，
要做他妻子。
奴家张氏我，
出生官宦门，
不依曹国丈。
大官曹国丈，
不听奴家言，
手里拿铁锤，
把奴打死了。
他家花园中，
挖个大深坑，
嘴里钉铜钉，
心脏钉铜签，
石灰盖一层，
土上压石砖，
砖上又盖土，
土上栽鲜花，
这样把我埋。
奴家张氏我，
人死心不甘，
来到森罗殿，
十殿阎罗王，
吩咐奴家道：
‘你还有阳寿，
阳世把冤申。’
奴魂返回来，
回来到阳世，
托梦给丈夫，
让他去申冤，
梦中细交代。
夫君去申冤，
来到街道上，
遇到曹国丈，
以为是包爷，
未料呈错状。
那个曹国丈，
打他四十棒，
打入水牢中，
关在水牢里。
求青天作主，
救救奴家人。”

官人包丞相，
开口回答道：
“冤魂入阴府，
死也难瞑目。
你先出门去，
明日天明亮，
我去审皇亲。”
包爷交代完，
张小姐冤魂，
相信包大爷，
走出包爷府。

青天包大爷，
反复慎思量：
这桩人命案，
青天丞相我，
怎么去审理？
不见小姐尸，

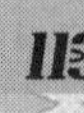

如何审皇亲？
不便审问他。
思去又想来，
想不出办法。
次日天明亮，
青天包老爷，
吩咐衙役道：
“有一位妇女，
冤魂来到殿，
前来把冤申，
她来告皇亲。
冤魂申诉说，
皇亲打死她，
西边花房中，
埋葬在那里，
包爷丞相我，
这桩人命案，
不查不行了。”

青天包大爷，
要去查皇亲，
胆战心也惊，
不知怎么办。
包爷慎思想，
想出一办法，
开口吩咐道：
“曹家大花园，
听说美景多，
转告曹国丈，
我要去赏花。”
吩咐完毕后，
青天包大爷，
亲笔写帖子，
细细作交代。
张龙与赵虎，
手里拿帖子，
来到国丈府，
送给曹国丈。
那个曹国丈，
看完了帖子，
胆战心慌张，
心里暗自想：
如不让他来，
此事挡不住；
如是让他来，
后果难预料。
思前又想后，
想不出对策。
大官曹国丈，
回话送帖人：
“二位回衙门，
代我传个话，
明日一大早，
欢迎包爷来，
随便走一走。”
国丈交代完，
胆战又心惊。
张龙与赵虎，
转回丞相府。

大官曹国丈，
心里难安宁，
自言自语道：
“这个包丞相，
难道有线索？
如是无线索，
不会来本府。”
暗自思忖完，
心中主意生，
西边花房门，
快快锁起来，
罪证藏起来，
宽心好几分。
东边的花园，
快快扫干净，
大官曹国丈，
东边花房里，
摆设红桌子，
椅子团团放，
木凳摆出来，

碗筷都备齐，
绿碗红盘里，
装满酒和菜，
设宴花房中。
样样都备齐，
等待包大人。

包爷大队伍，
兵勇走在前，
红伞映天际，
红冠如缨花，
唢呐声阵阵，
大官和大吏，
走在包爷前，
两边是护卫，
高举回避牌，
包爷在中间。
青天包大爷，
坐在轿子里，
前来国丈府。

大官曹国丈，
等候在大堂，
差官和衙役，
站立在两旁。
国丈迎包爷，
走进正厅里，
倒出三碗茶，
奉承包大人。
包爷开口道：
“皇亲曹大人，
我前往郑州，
前去把米买，
回来到府中，
心里生烦闷。
贵府花园美，
前来散散心，
请你行方便。”
大官曹国丈，
回言称不敢。

寒暄几句后，
包爷一路走，
一路细细看，
走进东花房。
丞相坐下来，
倒上一杯酒，
酒壶如蘑菇，
斟酒如蝶舞，
奉承包大人。
大爷包大人，
用手接杯子，
眼睛看四周，
包爷细观察，
不见有异样。
仔细想一想，
这是东花房，
不是西花房。
大人包丞相，
心中生一计，
开口把话说：
“大人你在上，
请听我的话，
西边的花园，
听说更漂亮，
西边花房里，
要去看一看，
大人莫阻拦。”
那个曹国丈，
开口把话说：
“西边的花园，
专供女人用，
夫人和小姐，
她们在里面，
男人不便入。”
包爷把话说：
“莫说是夫人，
皇后在里面，
我也要看看。
在此花房中，
有件小事情，

大人莫阻拦。”
青天包大人，
开口吩咐道：
“张龙和赵虎，
快拿斧头来，
打开花园门，
我要去赏花。”
皇亲曹国丈，
面颜红彤彤，
魂魄飞天外。
张龙和赵虎，
手里拿斧头，
打开花园门。
青官包大人，
四周细查看，
有堆新色土。
那堆新土上，
鲜花栽上面。
青天包大人，
开口把话说：
“国丈你在上，
请你听我说，
我的花园中，
各种花和草，
样样我家有，
这三棵花草，
我还没见过，
三棵奇花草，
实在太漂亮，
叶子分两层，
鲜花开在上，
丫鬟戴此花，
也是美无比，
求你赏给我。”

那个曹国丈，
强把精神振，
回答包爷道：
“三棵奇花草，
正宫娘娘她，
让我代她栽，
以后哪一天，
她来找花草，
无法拿给她，
不便赏给你。”
青天包大人，
开口把话说：
“不要你的花，
昨夜睡觉时，
做了一个梦，
这棵花树下，
埋着金和银，
金银在土里，
把它挖出来，
也分你曹爷。”

不及话说完，
张龙和赵虎，
锄头拿过来，
挖个不停歇。
继续挖下去，
土下挖出砖，
砖下现石灰，
挖出石灰后，
挖出一尸首。
青天包丞相，
看见张氏尸，
开口把话说：
“大人曹国丈，
你身为皇亲，
正宫娘娘她，
她是你女儿，
你若不犯错，
高官你来当，
无人敢治罪，
无人敢动你，
你若不犯错，
谁敢动你身？
你住衙门里，
随便把人杀，

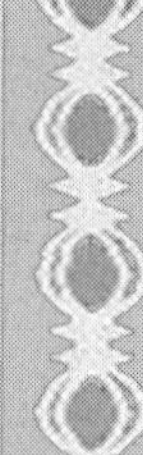

皇帝有王法，
要依王法办，
国丈犯王法，
要治你的罪。”

张龙和赵虎，
捆绑曹国丈，
打他四十杖，
等待送衙门。
大官包丞相，
又来吩咐道：
“张龙和赵虎，
快去后院里，
快快开牢房，
救出刘志敬。”
那个刘志敬，
看见妻尸首，
哭个不停歇。
妻死夫不知，
夫苦妻难见。
小姐真凄惨，
悲情不多见。

那个刘志敬，
伤心哭不停，
边哭边诉道：
“阿妈受饥饿，
儿子受寒冷，
夫君我志敬，
家中贫又寒。
贤妻张小姐，
出门去卖花，
皇亲曹国丈，
心狠又手辣，
打死我妻子，
埋在花树下。
没有了妻子，
七十的阿妈，
三岁的儿子，
饿了没饭吃，
冷了无衣穿。
贤妻张小姐，
夫君想念你，
永世忘不了。”
志敬哭声惨，
伤心哭断肠，
丞相流下泪，
同他哭一场。

青天包大爷，
回到衙门里；
张氏的尸首，
放在班房中，
那个刘志敬，
守在班房里。

包爷开口道：
“皇亲曹国丈，
送上大堂来，
押在大堂中，
我要审问他。”
包爷审案子，
大官和小吏，
个个都来到。
大官包丞相，
端坐大堂上，
国丈跪地上。
那个曹国丈，
低头不作声。
大官包丞相，
洒签拔四根，
丢在大堂上，
杖吏大声吼，
皇亲曹国丈，
打他四十棒，
手脚戴镣铐，
打入牢房中。

国丈投牢里，
他的九个妻，

奏本写一本，
呈报给皇帝。
仁宗大皇帝，
打开看一看，
快快写文书，
传话包大人，
不准杀国丈。
包爷迎圣旨，
烧香烟袅袅，
点烛红彤彤，
双膝跪地上，
认真看圣旨。
看完金圣旨，
大人包丞相，
愤怒把话说：
“皇帝传圣旨，
晓谕放国丈。
皇亲打死人，
不治他的罪，
王法放哪里？
谁人敢饶他！
玉帝差下我，
人间做丞相，
惹我生怒火，
衙门也难保。”

青天包大人，
奏本写一本，
上奏仁宗皇。
仁宗皇帝他，
打开奏本看。
正宫娘娘她，
听闻有奏本，
快快到殿堂，
开口把话说：
“我主大皇帝，
我曾奏过本，
你也答应过，
要救我父爷。”
皇帝仁宗主，
依从娘娘言，
答应救国丈。

正宫娘娘她，
带珍珠宝贝，
坐进轿子中，
来找包丞相。
正宫娘娘她，
见了包丞相，
眼里藏怒火，
开口把话说：
“我父曹国丈，
与你有何仇？
郑州去买米，
杀我两个兄，
你还不死心。
现在你回来，
要杀我父亲。
快快把人放！
放了我父亲，
此事算了事；
你若不放他，
丞相这官职，
让你当不成。”

清官包丞相，
开口回答道：
“若是不犯罪，
曹家是皇亲，
不会有死罪。
你父曹国丈，
胆子大如山，
无心无肝肺，
王法他不依，
你还想救他？
我这丞相职，
不任也没事。
你父曹国丈，
礼伦他不依，
不是我丞相，

谁敢治他罪?
让他找阎王,
去找杀人鬼,
让他到阴府,
去索寿命吧。
人间忠臣我,
断案七十二,
从未断错案。
娘娘相信我,
他是有罪人,
你父曹国丈,
做尽缺德事,
杀人夺性命,
王法他不依。
皇帝赐宝剑,
宝剑交给我,
不能不定罪。"

青天包丞相,
开口吩咐道:
"张龙和赵虎,
快快去牢房,
拉出曹国丈。"
大官包丞相,
坐在大堂上,
皇亲跪地上,
大号如蜂鸣,
铁链声阵阵,
鼓声震天响,
洒签丢在地,
大官和大吏,
站立在两旁。
大官包丞相,
开始来治罪,
开口把话讲:
"罪人曹国丈,
官职你最大,
只因犯大罪,
要治你的罪。"
那个曹国丈,
低头不言语。
青天包丞相,
大声怒吼道:
"把他拉出去,
砍下他的头。"
几位行刑手,
拉他到街上,
押到大街中,
一刀砍下去,
皇亲曹国丈,
人头落地上,
命断奔黄泉,
气绝奔阴府。

国丈被治罪,
百姓众人乐:
"这个曹国丈,
活着像条龙,
死了不如狗。"
除掉山中虎,
四方老百姓,
个个笑开怀。

此事且莫表,
正宫娘娘她,
实在不服气,
怒火万万千,
流泪骂包爷:
"有旨你不依,
圣旨你不从,
我的父和兄,
都被你杀害。"
正宫娘娘她,
无奈把家还。

青天包大人,
审理完案子,
要回朝堂里,
去面见皇上。
张龙和赵虎,

抬来张氏尸，
放在包爷前。
青天包丞相，
张氏的尸体，
认真细查看，
开口把话说：
“张氏埋坑里，
虽埋七昼夜，
身躯尚完好。
这个贤良人，
阳寿还未完，
要让她复活，
恩爱夫和妻，
让她再团圆，
人间一道走，
死也同路行。”
张龙和赵虎，
快步走过去，
抬出张氏来，
还阳床上放。
没有过多久，
贤女张小姐，
睁开了眼睛，
手脚也能动，
用尽全身力，
睁眼看四周。
丈夫刘志敬，
搀扶张小姐，
扶起妻子来。
志敬和妻子，
复活再团圆。

丈夫刘志敬，
妻子张小姐，
夫妻成双对，
跪在丞相前，
哭泣不成声，
开口把话说：
“青天包大人，
万分感谢您。”

包爷上奏本，
带着张氏女，
拜见仁宗皇。
仁宗大皇帝，
坐在龙椅上，
包爷包丞相，
跪在龙椅下，
开口禀报道：
“我主万万岁，
请听臣报禀。
并非臣胆大，
罪人曹国丈，
胆子大如山，
王法他不依，
抢霸他人妻，
要治他的罪，
天下得太平。”

正宫娘娘她，
咬牙又切齿，
自言自语道：
“这个包丞相，
胆子真不小，
杀我父和兄，
犯下死罪了。”
不及念叨完，
快速到金殿，
开口把话骂：
“你这老奴才，
杀我两兄长，
又杀我父亲，
无法饶恕你。”
等她骂完话，
青天包丞相，
开口把话说：
“娘娘您在上，
请您听我讲，
臣来判案子，
判案七十二，

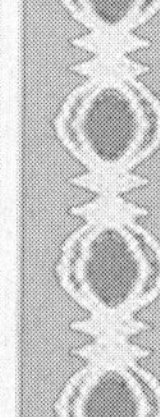
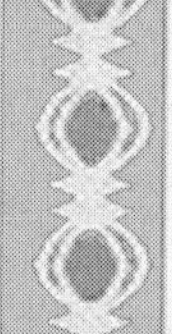

错案没一桩。
国丈不依理，
王法他不依，
抢霸他人妻。
张氏顶撞他，
他把她打死，
埋在花树下，
贫穷老百姓，
死在他手下，
不是丞相我，
案情无人知，
无人敢审案。
有我丞相在，
好坏要分清。
忠臣不怕死，
怕死非忠臣。”
包爷讲道理，
娘娘无话说。

青天包丞相，
报禀皇帝道：
“我主万万岁，
刘志敬夫妻，
已候殿堂外，
知书又识礼，
都是识礼人，
求主封官职，
传扬他品德。”
仁宗皇帝他，
开口传谕旨：
“丈夫刘志敬，
封他为知府；
妻子张小姐，
封二品夫人，
品德要传扬。”
夫妻封官职，
张氏夫妻俩，
跪在龙椅下，
磕头谢皇恩。
青天包丞相，
谢过仁宗皇，
返回本府来。
志敬和小姐，
带领兵和马，
返回家乡来。
贤女张小姐，
曾经死一次，
复活又团圆，
故事传四方。

张四姐

普学旺 刘艳芳 刘 琳◆译注

彝文《张四姐》四行译注

gɯ^{33} dʑʅ^{33} sæ^{55} sæ^{21} p'o^{33}
更 兹 金 主 人
玉 帝 策 更 兹

ȵe^{21} mu^{33} ko^{55} ka^{55} dʑo^{21}
天 宫 里 中 住
住 在 天 宫 里

t'o^{33} lo^{33} tʂ'ʅ^{21} k'æ^{21} xɤ^{21}
宇 宙 尖 上 站
建 殿 苍 宇 间

t'u^{21} xe^{21} sæ^{55} xe^{21} tʂ'u^{33}
银 房 金 房 建
有 金 殿 银 殿

vu^{55} xe^{21} dzu^{33} xe^{21} to^{21}
琉 房 璃 房 起
有 琉 璃 殿 堂

tɕe^{33} tʂu^{21} po^{21} pe^{55} k'æ^{21} ɣa^{21} ni^{21}
珍 珠 宝 贝 上 呀 坐
各 种 珍 珠 和 宝 贝

t'u^{21} k'ɤ^{33} sæ^{55} k'ɤ^{33} pɤ^{55}
银 柜 金 柜 堆
金 子 和 银 子

vu^{55} k'ɤ^{33} dzu^{33} kɯ^{55} to^{33}
琉 柜 璃 那 置
堆 在 殿 堂 里

to^{55} lɯ^{33} lɯ^{33} po^{21} pe^{55}
千 动 动 宝 贝
成 千 的 宝 贝

tsʅ^{55} ɕe^{21} ɕe^{21} po^{21} vu^{21}
所 样 样 宝 物
上 万 的 宝 物

lɤ^{33} lɤ^{33} kɤ^{55} ba^{21} gɤ^{21}
个 个 他 富 有
样 样 他 富 有

to^{55} lɯ^{33} lɯ^{33} k'æ^{21} dʑʅ^{33}
千 动 动 上 管
千 样 归 他 管

tsʅ^{55} ɕe^{21} ɕe^{21} k'æ^{21} dʑʅ^{33}
所 样 样 上 管
万 物 归 他 管

ʑe^{21} lo^{21} va^{33} k'æ^{21} dʑʅ^{33}
阎 罗 王 上 管
他 管 阎 罗 王

lo^{33} t'a^{21} tsɿ^{55} k'æ^{21} dʐʅ^{33}
龙 塔 纪 上 管
他 管 龙 塔 纪

t'e^{21} dzʅ^{21} mi^{55} ȵe̱^{33} ka^{55}
地 上 地 黑 中
黑 土 大 地 上

mi^{55} ȵe̱^{33} t'e^{21} dzʅ^{21} k'æ^{21}
地 黑 地 上 中
大 地 黑 土 上

zæ^{21} bɤ^{21} ɬi^{33} lɤ^{33} mo^{55}
柱 山 四 座 高
高 山 有 四 座

vu^{55} xɤ^{21} ɬi^{33} lɤ^{33} ȵe̱^{21}
洋 海 四 个 深
深 海 有 四 个

ɣo^{33} mu^{33} ɬi^{33} ʐu̱^{33} ɣæ^{33}
皇 帝 四 位 大
皇 帝 有 四 位

ɣo^{33} mu^{33} k'æ^{21} ɣa^{21} dʐʅ^{33}
皇 帝 上 呀 管
全 归 更 兹 管

de^{21} ʂu^{55} t'ɯ^{55} ŋɤ^{21} dʐɤ^{33}
说 人 的 是 呀
古 人 这 样 说

gɤ^{33} dʐʅ^{33} sæ^{55} sæ^{21} p'o^{33}
更 兹 金 主 人
玉 帝 策 更 兹

ʐo^{33} næ^{55} ȵe^{55} næ^{55} dʐa^{21}
儿 好 女 好 有
有 儿 又 有 女

ʐo^{33} næ^{55} dʑe^{33} ma^{21} t'e^{21}
儿 好 的 不 讲
不 讲 儿 的 事

ȵe^{55} næ^{55} ʂʅ^{21} fæ^{55} ba^{21}
女 好 七 位 有
他 有 七 闺 女

ȵe^{55} ɣæ^{33} dʑe^{33} ma^{21} t'e^{21}
女 大 的 不 讲
不 讲 大 女 儿

ȵe^{55} ɬi^{33} dʑe^{33} ma^{21} t'e^{21}
女 二 的 不 讲
不 讲 二 女 儿

ȵe^{55} læ^{21} dʑe^{33} ma^{21} t'e^{21}
女 三 的 不 讲
不 讲 三 女 儿

ȵe^{55} tʂo̱^{33} tʂa^{33} ɕi^{55} tɕe^{21}
女 四 张 四 姐
四 女 张 四 姐

t'e^{21} xɤ^{21} t'e^{21} go^{21} ni^{21}
一 首 讲 玩 来
就 讲 她 的 事

ȵe^{55} tʂo̱^{21} tʂa^{33} ɕi^{33} tɕe^{21}
女 四 张 四 姐
四 女 张 四 姐

mu^{33} k'æ^{21} dʑa^{21} lo^{33} ʂu^{55}

天 上 在 了 呢

生 活 在 天 宫

dʑa^{21} ma^{21} di̱^{33} ʂa^{55} ni^{21}

在 不 愿 的 呢

不 愿 住 天 庭

mu^{33} t'u^{21} ka^{55} k'o^{21} ʑe̱^{21}

天 白 中 里 烦

烦 闷 住 天 宫

lɤ̱^{33} de^{21} dɤ^{21} mi^{55} do^{21} le^{21} ʂu^{55}

去 呀 阳 世 落 来 呢

来 到 阳 世 大 地 上

na^{55} t'e^{55} lo^{21} mo^{21} k'o^{21}

纳 铁 城 大 里

纳 铁 京 城 里

kɤ^{55} ɣa^{55} xɤ̱^{21} to^{33} lo^{21}

那 呀 站 置 了

她 来 到 那 里

ma^{21} ŋa^{21} ʂu^{55} le^{21} ŋa^{21}

不 见 人 来 见

看 见 一 个 人

tʂa^{33} ɕi^{55} tɕe^{21} ɕi^{55} ni^{21}

张 四 姐 的 呢

仙 女 张 四 姐

tʂ'u̱^{33} vɤ^{21} ɕe^{55} le^{21} ŋa^{21}

崔 文 顺 来 见

看 见 崔 文 顺

tʂ'u̱^{33} vɤ^{21} ɕe^{55} ɕi^{55} ni^{21}

崔 文 顺 的 呢

崔 文 顺 母 子

mo^{21} no^{33} dʑo^{21} lu^{33} mu^{21}

母 呀 饭 讨 做

母 亲 去 讨 饭

ʑo^{33} no^{33} sɿ^{33} vu^{21} dʑo^{33}

儿 呀 柴 卖 吃

儿 子 去 卖 柴

sɿ^{33} ta^{55} sɿ^{33} vu^{21} dʑo^{33}

柴 抬 柴 卖 吃

靠 卖 柴 为 生

ma^{21} mu^{33} tʂ'ɤ^{21} t'e^{21} ni^{21}

不 天 到 一 天

不 久 有 一 天

tʂ'u̱^{33} vɤ^{21} ɕe^{55} ɕi^{55} ni^{21}

崔 文 顺 的 呢

那 个 崔 文 顺

sɿ^{33} tʂo̱^{33} du̱^{33} lɤ^{21} ʂu^{55}

柴 砍 出 去 呢

出 门 去 砍 柴

tæ^{55} ʂo̱^{33} fe̱^{21} nɤ^{55} k'æ^{21}

林 险 崖 红 上

在 那 险 崖 上

tʂ'ɤ^{21} ni^{21} tæ^{55} mo^{21} ka^{55}

十 日 林 大 中

崖 顶 森 林 中

tʻu^{21} dɣ̱^{21} bo^{21} le^{33} le^{33}
银 戴 亮 堂 堂
银 饰 亮 闪 闪

sæ^{55} dɣ̱^{21} dʑe^{21} la^{21} la^{21}
金 戴 坠 亮 亮
金 饰 闪 金 光

tʻu^{21} dɣ̱^{21} sæ^{55} xa^{21} ȵe^{55}
银 饰 金 染 女
头 戴 金 银 饰

ma^{21} ʂɣ^{21} ȵe^{55} tʻe^{21} ʐu̱^{33}
不 像 女 一 位
一 位 非 凡 女

tʻɯ^{55} ɣa^{55} dʐa^{21} to^{33} lo^{21}
这 呀 在 置 了
站 在 森 林 里

tʂa^{33} ʂʅ^{55} tɕe^{21} mi:^{21} ŋa^{21}
张 四 姐 话 语
仙 女 张 四 姐

tʻe^{21} tɕe^{33} be̱^{33} le^{21} no^{33}
一 句 说 来 呢
开 口 把 话 说

tʂʻu̱^{33} vɣ^{21} ɕe^{55} ko^{33} na^{21}
崔 文 顺 哥 你
阿 哥 崔 文 顺

na^{21} no^{33} na^{21} tʻe^{21} lɣ^{33}
你 呀 你 一 个
你 是 一 个 人

ŋo^{21} no^{33} ŋo^{21} tʻe^{21} ʐu̱^{33}
我 呀 我 一 个
我 也 是 单 身

mæ^{21} tɣ^{33} dʐa^{21} ma^{21} bi^{55}
女 单 在 不 美
单 身 女 不 美

ʐu̱^{33} tɣ^{33} dʐa^{21} ma^{21} ʐo̱^{21}
夫 单 在 不 美
孤 男 不 光 彩

na^{21} ni:^{21} ŋo^{21} ni:^{21} ʐu̱^{33}
你 和 我 二 位
你 和 我 两 个

mæ^{21} ʐu̱^{21} mu^{21} lɣ^{21} ni:^{21}
妻 夫 做 去 吧
就 做 夫 妻 吧

tʂʻu̱^{33} vɣ^{21} ɕe^{55} mi:^{21} ŋa^{21}
崔 文 顺 话 语
那 个 崔 文 顺

tʂa^{33} ɕi^{55} tɕe^{21} ɣa^{21} be̱^{33}
张 四 姐 上 说
回 答 张 四 姐

ŋo^{21} no^{33} ʂo^{33} pʻo^{21} ŋɣ^{21}
我 呀 穷 人 是
我 是 穷 苦 人

dʐo^{21} na^{21} tʂo^{33} du^{21} ma^{21} dʐa^{21}
饭 你 吃 处 不 有
无 力 让 你 吃 饱

tʂa33 ɕi55 tɕe21 mi21 ŋa21
张 四 姐 话 语
仙 女 张 四 姐

tʂʻu̱33 vɣ21 ɕe55 ɣa21 be̱33
崔 文 顺 上 说
对 文 顺 说 道

na21 ŋo21 da21 ŋa33 dʑæ21
你 我 说 要 信
你 听 我 的 话

ŋo21 da21 ma21 dʑæ21 no33
我 话 不 信 呀
你 若 不 听 话

ʂʅ21 bi21 ni21 ŋo21 dɣ̱21
死 给 也 我 随
我 可 让 你 死

ʂu55 bi21 ni21 ŋo21 dɣ̱21
活 给 也 我 随
也 可 让 你 活

tʻe21 tɕe33 be̱33 le21 ʂu55
一 句 说 来 呢
这 样 把 话 说

tʂʻu̱33 vɣ21 ɕe55 mi21 ŋa21
崔 文 顺 话 语
柴 夫 崔 文 顺

tʂa33 ɕi55 tɕe21 ɣa21 be̱33
张 四 姐 上 说
回 答 仙 女 道

na21 ni̱33 tʻa21 tʂʻʅ33 sʅ33
你 心 莫 气 呢
请 你 莫 生 气

ŋo21 ʂo33 dʑe33 na21 la33 tʻe21 sʅ33
我 穷 的 你 上 讲 呢
我 的 苦 楚 讲 给 你

na21 ŋo21 ɣɣ̱21 pe̱33 mu21 le21 no33
你 我 家 伴 做 来 呢
你 来 与 我 做 夫 妻

ŋo21 xe21 ŋo21 ko55 ni21 ma21 dʐʅa21
我 房 我 屋 也 不 有
我 是 无 家 可 归 人

ŋo21 ʔi55 ba33 ni21 ma21 dʐʅa21
我 阿 爸 也 不 有
父 亲 早 已 亡 身

ŋo21 vi̱21 ŋo21 næ21 ni21 ma21 dʐʅa21
我 亲 我 戚 也 不 有
家 里 亲 戚 也 没 有

ŋo21 ʔi55 mo21 tʻe21 lɣ33 dʐʅa21
我 阿 妈 一 个 有
我 一 人 养 娘 亲

ŋo21 le21 mu33 ni21 no33
我 来 白 日 呢
白 日 天 亮 时

li̱33 dʑæ21 ka55 ɣa55 tʂʻɣ21
街 子 中 呀 到
我 到 街 子 上

dʐo^{21} lɯ^{33} dʐo^{33} dʐa^{21} ti^{55}
饭 讨 吃 有 呢
乞 讨 来 谋 生

mu^{33} tsʻɿ^{21} tʂʻɤ^{21} lɤ^{21} no^{33}
天 黑 到 了 呢
到 了 天 黑 时

bu̠^{33} xe^{21} kʻo^{21} ɤa^{21} zɿ^{21} dʐa^{21} ti^{55}
庙 房 里 呀 睡 在 的
我 就 住 在 庙 房 里

mæ^{21} ʐu̠^{21} kʻo^{55} ʂɤ^{21} mu^{21} pʻe^{21} le^{21}
妻 丈 如 何 做 的 来
如 何 和 你 做 夫 妻

tʂa^{33} ɕi^{55} tɕe^{21} ɕi^{55} ni^{21}
张 四 姐 的 呢
仙 女 张 四 姐

tʻe^{21} tɕe^{33} be̠^{33} le^{21} no^{33}
一 句 说 来 呢
她 开 口 说 道

tʂʻu̠^{33} vɤ^{21} ɕe^{55} ɕi^{55} ni^{21}
崔 文 顺 的 呢
阿 哥 崔 文 顺

na^{21} ŋo^{21} da^{21} pʻa^{33} dzæ^{21} no^{33}
你 我 话 若 信 呀
你 若 是 相 信 我

to^{55} dʑe^{33} ni^{21} ɲe^{21} dʑe^{33}
千 样 与 万 样
所 需 和 所 缺

ma^{21} dʐa^{21} ni^{21} ma^{21} kæ^{55}
不 有 的 不 怕
不 用 你 操 心

ma^{21} dʐo^{33} na^{21} tʻa^{21} tsʻɿ^{55}
不 吃 你 莫 愁
吃 的 你 莫 愁

ma^{21} vi̠^{21} na^{21} tʻa^{21} tsʻɿ^{55}
不 穿 你 莫 愁
穿 的 你 莫 愁

tʻe^{21} tɕe^{33} be̠^{33} le^{21} no^{33}
一 句 说 来 呢
这 样 把 话 说

tʂʻu̠^{33} vɤ^{21} ɕe^{55} ɕi^{55} ni^{21}
崔 文 顺 的 呢
柴 夫 崔 文 顺

tʂa^{33} ɕi^{55} tɕe^{21} da^{21} dzæ^{21}
张 四 姐 话 信
听 信 她 的 话

ɕi^{55} tɕe^{21} la^{33} xæ^{21} da^{55}
四 姐 上 领 着
带 上 张 四 姐

bu̠^{33} xe^{21} kʻo^{21} tʂʻɤ^{21} le^{21}
庙 房 里 到 来
回 到 寺 庙 里

tʂa^{33} ɕi^{55} tɕe^{21} ɕi^{55} ni^{21}
张 四 姐 的 呢
仙 女 张 四 姐

tʻe^{21} ni^{55} tʻo^{33} le^{21} ʂu^{55}
一 看 时 来 呢
看一看四周

bu̱^{33} xe^{21} tɕi^{55} ʂo^{21} kʻo^{21}
庙 房 这 座 里
这座寺庙里

dʑe^{33} mo^{21} zɿ^{21} do^{21} ni^{21} ma^{21} dʐa^{21}
床 大 睡 处 也 不 有
没床没有睡觉处

tʂa^{33} ɕi^{55} tɕe^{21} ɕi^{55} ni^{21}
张 四 姐 的 呢
仙女张四姐

sæ^{55} dʐo^{21} ta^{33} ʐu^{21} ni^{21}
金 钗 子 拿 呢
手摘金钗子

tʻe^{21} tʻɛ̱^{33} gu^{21} tɕe^{55} lɤ^{21}
一 下 做 了 去
使出法术来

mu^{33} ȵe̱^{33} mi^{55} ȵe̱^{33} tʻe^{21} dʐa^{21} dzæ^{21}
天 黑 地 黑 一 次 生
忽然间天昏地暗

kɤ^{55} gɤ^{21} ɣo^{55} do^{21} no^{33}
那 后 以 后 呀
那样以后呀

dʑe^{33} mo^{21} ni^{55} zæ^{21} zæ^{21}
床 大 绿 油 油
两张宽大床

ni^{21} tʂo^{33} dʐa^{21} to^{33} lo^{33}
两 张 有 置 了
呈现在眼前

dʐɿ^{21} xɯ^{33} ni^{21} tɤ^{55} dʐa^{21}
盖 被 二 床 有
床上有被子

sæ^{55} kʻa^{33} tʻu^{21} ni^{21} tɤ^{55}
金 垫 白 二 床
还有软垫子

dʑe^{33} mo^{21} kʻæ^{21} ɣa^{21} dʐa^{21} to^{33} lo^{21}
床 大 上 呀 有 置 了
样样放在大床上

ma^{21} dʑe^{21} ʔu̱^{33} tʻe^{21} lɤ^{33} tʂa^{21}
不 离 枕 一 个 随
还有一个枕头

tʂa^{33} ɕi^{55} tɕe^{21} ɣa^{21} tʂʻu̱^{33} vɤ^{21} ɕe^{55}
张 四 姐 与 崔 文 顺
张四姐和崔文顺

mæ^{21} ʐu^{21} tʻe^{21} dʐa^{21} mu^{21}
妻 夫 一 次 做
做一对夫妻

tʻe^{21} xe^{33} kɤ^{55} ɣa^{55} zɿ^{21}
一 夜 那 里 睡
同室住一夜

mu^{33} dzæ^{21} tʂʻɤ^{21} lɤ^{21} no^{33}
天 亮 到 来 呢
次日天明亮

ʈʂa^{33}	ɕi^{55}	tɕe^{21}	mi^{21}	ŋa^{21}
张	四	姐	话	语
仙	女	张	四	姐

ʈʂ'u̱^{33}	vɤ^{21}	ɕe^{55}	ɣa^{21}	be̱^{33}
崔	文	顺	上	说
对	文	顺	说	道

ʔa^{55}	mo^{21}	t'e^{21}	lɤ^{33}	dʐ̩a^{21}	de^{21}	ni^{21}
阿	妈	一	个	有	说	呢
既	然	还	有	位	娘	亲

ʔa^{55}	mo^{21}	ʂo̱^{21}	k'u̱^{21}	lɤ^{21}
阿	妈	找	回	来
把	她	找	回	来

ŋo^{21}	ʔa^{55}	mo^{21}	ŋa^{33}	pɛ^{55}
我	阿	妈	要	拜
我	要	拜	见	她

t'e^{21}	tɕe^{33}	be̱^{33}	du̱^{33}	le^{33}
一	句	说	出	来
这	样	把	话	说

ʈʂ'u̱^{33}	vɤ^{21}	ɕe^{55}	ɕi^{55}	ni^{21}
崔	文	顺	的	呢
柴	夫	崔	文	顺

mæ^{21}	da^{21}	dʑæ^{21}	ʂa^{55}	ni^{21}
妻	话	信	了	呢
听	信	妻	子	言

mo^{21}	ʂo̱^{21}	du̱^{33}	lɤ^{21}	ʂu^{55}
母	找	出	去	了
出	去	找	娘	亲

li̱^{33}	dʑæ^{21}	ka^{55}	ɣa^{55}	ʈʂ'ɤ^{21}	lɤ^{21}	no^{33}
街	子	中	呀	到	了	呢
文	需	来	到	街	子	上

mo^{21}	no^{33}	ʐo^{33}	la^{33}	p'ɤ^{21}
母	呀	儿	上	遇
母	亲	遇	见	儿

ʐo^{33}	no^{33}	mo^{21}	la^{33}	p'ɤ^{21}
儿	呀	母	上	遇
儿	子	遇	见	娘

ʈʂ'u̱^{33}	vɤ^{21}	ɕe^{55}	mi^{21}	ŋa^{21}
崔	文	顺	话	语
儿	子	崔	文	顺

ɣæ^{21}	sɿ^{33}	sɿ^{33}	mu^{55}	ni^{21}
笑	眯	眯	的	呢
他	面	带	笑	容

mo^{21}	la^{33}	t'e^{21}	du̱^{33}	le^{33}
母	上	告	出	来
告	诉	娘	亲	道

ʔa^{55}	mo^{21}	le^{21}	ʔa^{55}	mo^{21}
阿	妈	来	阿	妈
阿	妈	呀	阿	妈

ʔa^{21}	ni^{21}	li̱^{33}	dʑæ^{21}	ka^{55}
昨	日	街	子	中
昨	日	去	上	街

dʐ̩o^{21}	lɯ^{33}	du̱^{33}	lɤ^{21}	ʂu^{55}
饭	讨	出	去	呢
儿	出	去	讨	饭

ʔa21 mæ33 ʐo33 tʻe21 lɤ33
女 人 儿 一 个
有 一 位 姑 娘

ŋo21 la33 pʻɤ21 le21 ʂu55
我 上 遇 来 呢
她 来 缠 住 我

mæ55 no33 tʂa33 ɕi55 tɕe21 ɣa21 mæ55
名 呀 张 四 姐 的 名
名 字 就 叫 张 四 姐

kʻu̱21 no33 tʂʻɤ21 tʂʻu̱21 kʻu̱33 ɣa21 lu̱21
年 呀 十 六 岁 的 满
她 的 芳 龄 十 六 岁

tʻe21 lɤ33 dʐa21 ŋɤ21 le21
一 个 有 是 来
这 一 位 姑 娘

ʔa21 næ21 ŋo21 do21 le21
现 在 我 随 来
现 在 跟 随 我

ɣɤ̱21 pe̱33 mu21 lo33 ŋɤ21
家 伴 做 了 是
配 成 了 夫 妻

ʔi55 mo21 ʂo̱21 le21 ŋɤ33
阿 妈 找 来 是
儿 来 找 娘 亲

gu̱21 lɤ21 ni21 ʔi55 mo21
回 去 呢 阿 妈
同 儿 回 家 去

tʻe21 tɕe33 be̱33 le21 no33
一 句 说 来 呢
这 样 把 话 说

tʂʻu̱33 vɤ21 ɕe55 ʔi55 mo21
崔 文 顺 阿 妈
文 顺 的 娘 亲

gɯ21 sæ21 sæ21 mu55 ni21
高 兴 兴 做 呢
高 高 兴 兴 地

tʻe21 tɕe33 be̱33 du̱33 le33
一 句 说 出 来
对 儿 把 话 说

tsɿ55 no33 mu33 mi55 tʂʻa21 kʻo33 tsʻæ21
这 呀 天 地 人 威 抬
这 是 天 地 在 护 佑

dʐɿ21 xo21 tʂʻa21 ɳe̱33 ŋa21
日 月 人 眼 看
日 月 在 护 佑

ʐe21 ʂo21 tʂʻa21 dʐo21 tʂo33
依 朔 人 饭 吃
依 朔 护 佑 人

xɤ21 dʐa21 du̱33 le33 ka33
佑 有 出 来 了
神 灵 在 帮 助

tʂʻu̱33 vɤ21 ɕe55 ʔi55 mo21
崔 文 顺 阿 妈
崔 文 顺 的 娘

ŋo^{33} tʂʻɤ^{21} kʻu̱^{33} lu̱^{21} lo^{33}
五 十 岁 满 了
年 岁 上 五 十

dʑu̱^{33} gɤ^{21} gɤ^{21} mu^{55} ni^{21}
怕 怯 怯 做 呢
心 虚 又 胆 怯

bu̱^{33} xe^{21} kʻo^{21} ɣa^{21} tʂʻɤ^{21} lɤ^{21} no^{33}
庙 房 里 呀 到 了 呢
和 儿 来 到 寺 庙 里

tʂa^{33} ɕi^{55} tɕe^{21} ɕi^{55} ni^{21}
张 四 姐 的 呢
仙 女 张 四 姐

mo^{21} la^{33} pɛ^{55} du̱^{33} le^{33}
母 上 拜 出 来
出 来 拜 见 娘

tʂʻu̱^{33} vɤ^{21} ɕe^{55} ʔi^{55} mo^{21}
崔 文 顺 阿 妈
文 顺 的 娘 亲

tʂa^{33} ɕi^{55} tɕe^{21} ɣa^{21} be̱^{33}
张 四 姐 上 说
对 张 四 姐 道

na^{21} le^{21} ʔa^{21} xɤ^{33} ȵe^{55} dʐa^{21} le^{21}
你 来 何 姓 女 是 来
姑 娘 你 是 何 氏 女

na^{21} ba^{33} dʐa^{21} dʐa^{21} le^{21}
你 爸 有 有 来
是 否 有 父 亲

na^{21} mo^{21} dʐa^{21} dʐa^{21} le^{21}
你 妈 有 有 来
是 否 有 娘 亲

na^{21} tɤ^{33} tɤ^{33} mu^{55} ni^{21}
你 单 单 做 呢
孤 单 你 一 人

kʻa^{33} tʂʻa^{21} le^{21} lo^{33} le^{21}
你 从 来 了 来
为 何 来 到 此

tʻe^{21} tɕe^{33} be̱^{33} du̱^{33} le^{33}
一 句 说 出 来
这 样 把 话 说

tʂa^{33} ɕi^{55} tɕe^{21} mi^{21} ŋa^{21}
张 四 姐 话 语
仙 女 张 四 姐

mo^{21} la^{33} tʻe^{21} du̱^{33} le^{33}
母 上 告 出 来
告 诉 母 亲 道

ŋo^{21} dʐa^{21} do^{21} de^{21} ni^{21}
我 住 处 说 呢
我 家 居 住 地

tʂʻɤ^{21} pʻe̱^{21} vu^{55} xɤ^{21} ka^{55}
初 比 武 海 中
住 遥 远 海 边

ŋo^{21} xɤ^{21} tʂa^{33} tʂa^{33} xɤ^{21}
我 姓 张 张 姓
姓 氏 为 张 氏

ŋo21 ʔa55 ba33 de21 no33
我 阿 爸 的 呢
我 的 老 父 亲

tʂa33 pɣ̠21 va55 mæ55 ti55
张 百 万 名 的
名 叫 张 百 万

ŋo21 ʔa55 mo21 de21 no33
我 阿 妈 的 呢
我 的 母 娘 亲

tʂa33 li21 na21 na21 mæ55
姓 李 娘 娘 名
就 是 李 娘 娘

ŋo21 vi̠21 ŋo21 læ21 ʂʅ21 fæ55 ba21
我 姐 我 妹 七 位 有
我 家 有 七 位 姊 妹

tʂo̠21 lɣ33 ŋo21 dʐa21 ti55
四 个 我 有 呢
老 四 就 是 我

k'u̠21 dɣ55 xo21 ga33 dʐɣ33
年 坏 月 遇 呀
遇 到 灾 荒 年

tʂ'a21 be33 gɣ21 dʐɣ21 no33
人 散 后 了 呢
各 自 去 逃 命

ŋo21 tɣ55 dʑe21 ti55 ka33
我 单 剩 的 了
孤 单 我 一 人

tʂ'u̠33 vɣ21 ɕe55 ko33 le21
崔 文 顺 哥 来
找 到 文 顺 哥

ŋo21 ʐu̠21 mu21 lo33 ŋɣ21
我 夫 做 了 是
就 做 了 夫 妻

t'e21 tɕe33 be̠33 le21 no33
一 句 说 出 来
这 样 把 话 说

tʂ'u33 vɣ21 ɕe55 ʔi55 mo21
崔 文 顺 阿 妈
崔 文 顺 的 娘

gɯ21 sæ21 sæ21 mu55 ni21
高 兴 兴 做 呢
高 高 兴 兴 地

tʂa33 ɕi55 tɕe21 ɣa21 be̠33
张 四 姐 上 说
对 张 四 姐 说

na21 le21 ŋo21 ʐo33 do21
你 来 我 儿 随
你 来 找 我 儿

ɣɣ̠21 p'e̠33 mu21 le21 no33
家 做 做 来 呢
配 对 做 夫 妻

dʐo21 lɯ33 na21 tʂo33 da55 t'a21 be̠33
饭 讨 你 吃 的 莫 说
莫 笑 讨 饭 给 你 吃

ŋo^{21} ʂo^{33} da^{55} tʻa^{21} be̱^{33}

我 穷 的 莫 说

莫 说 我 家 穷

ŋo^{21} ʂo^{33} da^{55} tʻa^{21} ɣæ^{21}

我 穷 的 莫 笑

莫 笑 我 家 穷

be̱^{33} gɤ^{21} lo^{21} ma^{21} mæ^{55}

说 过 了 不 及

不 及 说 完 话

tʂa^{33} ɕi^{55} tɕe^{21} ɕi^{55} ni^{21}

张 四 姐 的 呢

仙 女 张 四 姐

mo^{21} n̥e̱^{21} tʻe^{21} tɕe^{33} pu̱^{33}

母 嘴 一 句 回

仙 女 回 答 道

ŋo^{21} dʐa^{21} dʐɤ^{21} dʐɤ^{21} no^{33}

我 在 只 要 呀

只 要 我 在 此

ŋo^{21} ʐu̱^{33} ʂo^{33} ma^{21} do^{21}

我 夫 穷 不 行

家 里 穷 不 了

tʂa^{33} ɕi^{55} tɕe^{21} ɕi^{55} ni^{21}

张 四 姐 的 呢

仙 女 张 四 姐

tʂʻu̱^{33} vɤ^{21} ɕe^{55} ɣa^{21} be̱^{33}

崔 文 顺 上 说

对 丈 夫 说 道

bu̱^{33} xe^{21} tɕi^{55} ʂo^{21} kʻo^{21}

庙 房 这 座 里

这 座 寺 庙 里

dʐa^{21} mæ^{33} tʻa^{21} sæ^{55} ka^{33}

住 时 不 长 了

不 要 居 住 了

ʔa^{21} ɣɤ^{21} dʐo^{21} do^{21} mi^{55}

从 前 住 处 地

从 前 居 住 地

ko^{55} tʻe̱^{21} dʐa^{21} ni^{21} le^{21}

哪 里 有 的 来

故 乡 在 何 方

kɤ^{55} ʔa^{55} gu̱^{21} lɤ^{21} ni^{21}

那 呀 回 去 呀

我 们 回 家 去

tʂʻu̱^{33} vɤ^{21} ɕe^{55} ɕi^{55} ni^{21}

崔 文 顺 的 呢

丈 夫 崔 文 顺

mæ^{21} da^{21} dʐæ^{21} ʂa^{55} ni^{21}

妻 说 信 的 呢

相 信 妻 的 话

ʂɤ^{33} ni^{21} dʐo^{21} do^{21} mi^{55} ɣa^{55} tʂʻɤ^{21}

走 呀 住 处 地 呀 到

走 路 回 到 原 住 地

tʂa^{33} ɕi^{55} tɕe^{21} ɕi^{55} ni^{21}

张 四 姐 的 呢

仙 女 张 四 姐

t'e^{21} ni^{55} t'o^{33} lɤ^{21} ʂu^{55}
一 看 时 去 呢
四 周 看 一 看

t'e^{21} dʑe^{33} ni^{21} ma^{21} dʑa^{21}
一 样 也 不 有
什 么 也 没 有

tʂa^{33} ɕi^{55} tɕe^{21} ɕi^{55} ni^{21}
张 四 姐 的 呢
仙 女 张 四 姐

t'e^{21} tɕe^{33} be̠^{33} le^{21} no^{33}
一 句 说 来 呢
开 口 交 代 道

ʔa^{55} mo^{21} na^{21} mo^{21} ʐo^{33}
阿 妈 你 母 子
阿 妈 你 母 子

sɿ^{33} tu̠^{21} p'ɤ^{21} mo^{21} ka^{55}
柴 火 塘 大 烤
烧 火 来 取 暖

ʂɿ^{33} ni^{55} dʑɛ̠^{21} mo^{21} k'a^{33}
青 草 席 大 铺
青 草 当 席 子

ʂa^{55} xe^{33} bu̠^{33} mo^{21} dʑɿ^{21}
山 风 被 大 盖
山 风 当 被 盖

mu^{33} væ^{21} zi^{21} mi^{55} ts'ɿ^{21}
天 晚 今 晚 上
今 天 晚 上 呀

ȵe̠^{33} pi^{21} ȵe̠^{33} tʂ'o^{33} ʐa^{21}
眼 闭 眼 开 了
闭 眼 好 好 睡

t'a^{21} dʑu̠^{33} t'a^{21} pa^{21} lɤ^{21}
莫 惊 莫 跑 去
莫 惊 莫 乱 跑

ɕe^{21} t'ɤ^{21} pa^{55} ʑe^{55} ka^{55}
夜 半 半 夜 里
到 了 夜 三 更

kɤ^{55} tɕ'e̠^{33} k'a^{55} tʂ'ɤ^{21} sɿ^{33}
那 时 的 到 了
到 了 那 时 候

tʂa^{33} ɕi^{55} tɕe^{21} ɕi^{55} ni^{21}
张 四 姐 的 呢
仙 女 张 四 姐

sæ^{55} dʑo^{21} ta^{33} ʐu^{21} ni^{21}
金 钗 子 拿 呢
拿 出 金 钗 子

t'e^{21} t'ɛ̠^{33} ʂu^{21} tɕe^{55} lɤ^{21}
一 下 做 去 去
使 出 法 术 来

mu^{33} ȵe̠^{33} mi^{55} ȵe̠^{33} ȵe̠^{33}
天 黑 地 黑 黑
天 昏 地 黑 暗

xo^{21} mo^{21} tʂ'o^{33} p'e̠^{21} xɛ̠^{21}
雨 大 盐 白 样
雨 滴 如 盐 白

xo^{21} ts'æ^{55} lo^{33} tsɛ̲^{21} ʂʅ^{33}
雨 丝 牛 牵 钓
雨 丝 如 牵 钓

ka^{55} xo^{21} ko^{55} no̲^{21} xo^{21}
大 雨 多 少 雨
暴 雨 下 不 停

t'e^{21} t'e̲^{33} no^{33} ma^{21} dɣ̲^{21}
一 滴 呀 不 沾
不 湿 他 母 子

t'e^{21} k'a^{21} ni^{55} tɕe^{55} ʂu^{55}
一 开 看 去 呢
睁 眼 看 一 眼

xe^{21} tse^{55} xe^{21} gu^{21} p'o^{21}
房 盖 房 建 人
一 伙 建 房 人

tʂ'a^{21} ʔu̲^{33} n̥i^{33} ʔu̲^{33} dɣ̲^{21}
人 头 牛 头 长
有 的 长 牛 头

ts'ʅ^{33} ʔu̲^{33} ve̲^{21} ʔu̲^{33} dɣ̲^{21}
狗 头 猪 头 长
长 着 猪 狗 头

xe̲^{33} ʔu̲^{33} ʐe̲^{33} ʔu̲^{33} dɣ̲^{33}
鼠 头 鸡 头 长
长 着 鸡 鼠 头

po^{21} pe^{55} ʂʅ^{21} lɣ^{33} t'ɣ^{21}
宝 杯 七 个 放
她 的 七 宝 杯

t'e^{21} t'ɛ̲^{33} ɬɛ̲^{21} du̲^{33} le^{33}
一 下 变 出 来
忽 然 又 变 化

t'e^{21} ʐu̲^{33} no^{33} dʐo^{21} gu^{21}
一 位 呀 饭 做
一 人 来 做 饭

t'e^{21} ʐu̲^{33} no^{33} ɣa^{21} k'ɣ̲^{21}
一 位 呀 菜 盛
一 人 来 盛 菜

t'e^{21} ʐu̲^{33} no^{33} ɣa^{21} ta^{55}
一 位 呀 菜 抬
一 人 来 抬 菜

t'e^{21} ʐu̲^{33} no^{33} dʐʅ^{21} sɛ̲^{21}
一 位 呀 酒 盛
一 人 来 倒 酒

t'e^{21} ʐu̲^{33} lɯ^{33} fu^{21} ga^{21}
一 位 二 胡 拉
一 人 拉 二 胡

t'e^{21} ʐu̲^{33} ʂa^{33} ɕe^{21} bɛ^{33}
一 位 三 弦 弹
一 人 弹 三 弦

t'e^{21} ʐu̲^{33} le̲^{21} væ^{21} mu^{33}
一 位 笛 子 吹
一 人 吹 笛 子

tʂ'a^{55} tʂ'a^{55} vɣ^{33} vɣ^{33} mu^{33}
团 团 圆 圆 做
忙 个 不 停 歇

t‘ɤ^{21} dʐo^{33} t‘a^{21} ma^{21} ŋa^{21}
声 闻 脸 不 见
闻 声 不 见 脸

ʔu̠^{33} ŋa^{21} gɯ^{21} ma^{21} ŋa^{21}
头 见 身 不 见
见 头 不 见 身

le̠^{21} pu̠^{33} t‘e^{21} t‘ɤ^{21} ŋa^{21}
手 掌 一 段 见
只 看 见 手 掌

t‘e^{21} ɕe^{21} t‘e^{21} pa^{55} ʐe^{55}
一 夜 一 半 夜
忙 碌 了 一 夜

mu^{33} dʑæ^{21} ʔa^{55} dʑe^{55} ɕe^{55}
天 亮 明 天 早
翌 日 天 明 亮

kɤ^{55} tɕ‘e̠^{33} k‘a^{55} tʂ‘ɤ^{21} sɿ^{33}
那 时 的 到 了
到 了 天 亮 时

k‘a^{55} mo^{21} le^{21} k‘a^{21} ʐo^{33}
他 母 来 她 儿
文 顺 母 子 俩

t‘e^{21} da^{33} k‘a^{33} ni^{55} sɿ^{33}
一 下 开 看 呢
睁 眼 看 一 看

tʂa^{33} xe^{21} ni^{55} zæ^{21} zæ^{21}
瓦 房 绿 茵 茵
瓦 房 绿 茵 茵

vu^{55} xe^{21} dʑe^{21} tɕ‘e^{21} tɕ‘e^{21}
琉 房 坠 落 落
琉 璃 亮 闪 闪

dʑe^{33} xo^{21} tʂa^{33} t‘a^{21} nɤ^{33}
财 聚 家 堂 藏
家 有 聚 宝 盆

t‘e^{33} tʂɿ^{21} t‘u^{21} dzæ^{21} sæ^{55} dzæ^{21} tæ^{55}
天 井 银 树 金 树 栽
院 里 有 金 树 银 树

t‘e^{21} xe̠^{33} t‘e^{21} tɤ̠^{33} ts‘æ^{21}
一 夜 一 层 抬
一 夜 捡 一 盆

ni^{21} xe̠^{33} ni^{21} tɤ^{33} ts‘æ^{21}
二 夜 二 层 抬
两 夜 捡 两 盆

t‘u^{21} sæ^{55} bu̠^{21} dæ^{21} dæ^{21}
银 金 罐 满 满
金 银 满 坛 罐

ɕi^{55} tʂa^{33} xe^{21} t‘e^{21} ʂo^{21}
新 瓦 房 一 所
这 座 府 院 里

dʐo^{21} lu^{21} mo^{21} ʐo^{33} tʂ‘ɿ^{33}
吃 物 大 小 甜
食 物 富 又 多

dʐo^{21} kɤ^{55} do^{21} ma^{21} p‘e^{21}
吃 完 行 不 行
吃 也 吃 不 完

da^{21} kɤ^{55} do^{21} ma^{21} p'e^{21}
喝 完 行 不 行
喝 也 喝 不 完

ʂu^{55} mu^{55} dʐa^{21} lo^{33} ʂu^{55}
这 样 在 了 呢
是 这 般 富 有

tsɿ^{21} mo^{33} næ^{21} ɕi^{33} ɕi^{33}
驮 马 叫 鸣 鸣
骏 马 在 嘶 鸣

ni^{33} xa^{21} bu^{55} bɤ^{21} bɤ^{21}
牛 羊 圈 满 满
牛 羊 装 满 圈

ʔi^{55} lo^{33} næ^{21} ɕi^{33} ɕi^{33}
大 鹅 叫 叽 叽
大 鹅 叫 不 停

de^{21} xe^{21} de^{21} p'o^{21} p'o^{21}
鸽 子 飞 扑 扑
鸽 子 飞 扑 扑

p'u^{33} tsɿ^{55} dʑe^{33} lɤ^{21} dʐa^{21}
奴 使 仆 去 有
有 奴 有 丫 鬟

t'u^{21} dʑe^{33} sæ^{55} dʑe^{33} zɿ^{21}
银 床 金 床 睡
睡 的 金 银 床

t'u^{21} pe̱^{33} sæ^{55} pe̱^{33} dʐɤ^{33}
银 碗 金 碗 使
使 的 金 银 碗

t'u^{21} k'ɛ̱^{21} sæ^{55} k'ɛ̱^{21} ts'ʅ^{33}
银 盆 金 盆 洗
用 的 金 银 盆

dʐo^{21} lu^{21} mo^{21} ʐo^{33} tʂ'ʅ^{33}
吃 物 大 小 甜
食 物 多 又 多

t'e^{21} ni^{21} ʂa^{33} næ^{55} dʐo^{33}
一 日 三 甜 吃
一 日 吃 三 餐

t'e^{21} ni^{21} sɛ̱^{33} bi^{55} vi̱^{21}
一 日 三 美 穿
一 天 穿 三 套

ma^{21} te̱^{21} k'o^{33} t'u^{21} dʐo^{33}
不 舂 米 白 吃
不 舂 吃 白 米

ma^{21} k'ɤ̱^{21} zi^{21} nɯ^{55} da^{21}
不 舀 水 青 喝
不 挑 有 水 喝

dʑe^{21} næ^{33} ʂɤ^{33} ʂɤ^{33} no^{33}
周 好 走 走 呢
周 围 这 一 带

tʂ'u̱^{33} vɤ^{21} ɕe^{55} ba^{21} ga^{33}
崔 文 顺 富 了
崔 家 最 富 有

ma^{21} mu^{33} tʂ'ɤ̱^{21} t'e^{21} ni^{21}
不 久 到 一 天
不 久 有 一 天

mu^{33} tʂʻɤ^{21} lɤ^{21} tʻe^{21} xe̱^{33}
天 到 去 一 夜
不 久 有 一 夜

na^{55} tʻe^{55} lo^{21} mo^{21} kʻo^{21}
纳 铁 城 大 里
纳 铁 京 城 里

va^{21} ʐe^{21} va^{21} dʐʅ^{33} ʐo^{33}
王 员 外 官 人
官 人 王 员 外

mo^{33} sæ^{21} ɣa^{21} me̱^{21} sæ^{21}
马 牵 呀 兵 牵
骑 马 带 随 从

ɬi^{33} tʂʻɤ^{21} xi̱^{21} ʐu̱^{33} xæ^{21}
四 十 八 位 领
随 从 四 十 八

li̱^{33} dzæ^{21} ka^{55} vi^{55} tʻe̱^{21}
街 子 中 前 讲
来 到 街 子 上

tʻe^{21} tʻo^{33} ʂɤ^{33} le^{21} ʂu^{55}
一 时 走 来 呢
上 街 来 游 玩

xe^{21} mo^{21} tʻe^{21} ʂo^{21} ŋa^{21}
房 大 一 所 见
见 座 大 府 院

va^{21} ʐe^{21} va^{21} çi^{55} ni^{21}
王 员 外 的 呢
那 个 王 员 外

tʻe^{21} tɕe^{33} be̱^{33} le^{21} no^{33}
一 句 说 来 呢
开 口 问 随 从

xe^{21} mo^{21} kɤ^{55} ʂo^{21} le^{21}
府 大 那 院 来
这 座 大 府 院

ʔa^{21} ʂu^{33} xe^{21} dʐa^{21} le^{21}
谁 人 房 有 来
府 门 是 谁 家

tʂʻa^{21} ɬe̱^{21} be̱^{33} le^{21} no^{33}
人 青 说 来 呢
随 从 回 答 道

tʂʻu̱^{33} vɤ^{21} çe^{55} xe^{21} dʐa^{21}
崔 文 顺 府 是
这 是 崔 家 府

dʑe^{33} ba^{21} pʻo^{21} ʐa^{21} ŋɤ^{21}
财 富 人 呀 是
本 地 新 富 豪

va^{21} ʐe^{21} va^{21} çi^{55} ni^{21}
王 员 外 的 呢
那 个 王 员 外

tʻe^{21} tɕe^{33} be̱^{33} le^{21} no^{33}
一 句 说 来 呢
开 口 把 话 说

ŋo^{21} le^{21} tʂʻu̱^{33} vɤ^{21} çe^{55} xe^{21} ko^{55}
我 来 崔 文 顺 房 里
我 要 到 崔 文 顺 府

t'e21 t'ɛ̱33 ŋa33 nɯ55 go21 ŋɤ21 le21
一 下 要 看 玩 是 来
随 便 走 走 看 一 看

ʂu33 sæ55 t'e21 tʂo33 ti55
书 金 一 书 递
随 从 递 书 贴

tʂ'u̱33 vɤ21 çe55 xe21 tçe55
崔 文 顺 府 去
送 到 文 顺 府

tʂ'u̱33 vɤ21 çe55 çi55 ni21
崔 文 顺 的 呢
那 个 崔 文 顺

ʂu33 t'u21 ni55 ni55 no33
书 白 看 看 呢
看 一 看 书 贴

va21 ʐe21 va21 na21 le21
王 员 外 你 来
欢 迎 王 员 外

na21 ŋa33 le21 ti55 sɛ̱21
你 要 来 的 了
员 外 尽 管 来

t'e21 tʂo33 ti55 k'u̱21 tçe55
一 张 递 回 去
这 样 回 一 贴

tʂ'u̱33 vɤ21 çe55 ʔi55 mo21
崔 文 顺 阿 妈
文 顺 的 娘 亲

t'e21 tçe33 be̱33 le21 no33
一 句 说 来 呢
对 儿 交 代 说

va21 ʐe21 va21 dʐa21 no33
王 员 外 的 呢
富 人 王 员 外

tʂ'a21 ɬɯ55 dʐa21 ŋɤ21 le21
人 旧 有 是 来
他 是 老 旧 交

ts'æ33 gɤ33 le33 ti55 sɛ̱21
请 进 来 的 呢
请 他 进 府 来

tʂ'u̱33 vɤ21 çe55 çi55 ni21
崔 文 顺 的 呢
那 个 崔 文 顺

ts'æ33 ni21 ta55 t'a21 k'o21 ɤa21 te33
请 呀 大 堂 里 呀 放
请 员 外 坐 进 大 堂

sæ55 tʂa55 tçi33 no33 tæ55
金 桌 子 呀 摆
摆 开 金 桌 子

t'u21 sæ33 sæ55 sæ33 pe̱33
银 碗 金 碗 杯
摆 出 金 银 碗

tsæ55 du̱33 dʐʅ33 le21 ʂɤ21
星 出 齐 来 缘
金 杯 如 星 闪

tʻu21 dzʅ21 bæ21 no33 sɛ̱21
银 酒 壶 呀 盛
抬 出 银 酒 壶

sæ55 sæ33 kʻu̱21 kʻo21 te33
金 杯 子 里 装
倒 酒 金 杯 中

va21 ʑe21 va21 dʐʅ33 ʐo33
王 员 外 官 人
官 人 王 员 外

dzʅ21 du̱33 kʻɯ55 ɣa21 ni˙21
日 出 下 呀 坐
端 坐 在 东 边

tʂʻu̱33 vɤ21 çe55 ko33 no33
崔 文 顺 哥 呢
那 个 崔 文 顺

tsæ55 zʅ21 kʻɯ55 ɣa21 ni˙21
星 睡 下 呀 坐
他 坐 在 北 边

dzʅ21 næ55 ʂa55 pe̱33 da21
酒 好 三 碗 喝
喝 下 三 碗 酒

va21 ʑe21 va21 dʐʅ33 mɛ̱21
王 员 外 官 吏
官 人 王 员 外

tʂʻu̱33 vɤ21 çe55 ɣa21 be̱33
崔 文 顺 上 说
对 文 顺 问 道

na21 dʑe33 tʻu21 ɣa21 sæ55
你 的 银 与 金
你 家 的 金 银

ko55 no̱21 bu̱33 dʐa21 lo33
多 少 罐 有 呀
金 银 有 几 罐

tʂʻu̱33 vɤ21 çe55 çi˙55 ni˙21
崔 文 顺 的 呢
那 个 崔 文 顺

tʻe21 tçe33 be̱33 le21 no33
一 句 说 来 呢
回 答 员 外 道

ŋo21 le21 tʻu21 sæ55 to55 ɳe21 ba21
我 来 银 金 千 万 富
我 家 金 银 数 不 清

dzæ33 mo33 ma21 dʐɤ33 nɤ̱33
骑 马 不 增 藏
骡 马 也 成 群

dzæ33 mo33 ni˙21 ŋo21 ba21
骑 马 呀 我 富
骏 马 我 家 有

tçʻe21 lo21 kʻɤ̱21 dæ21 dæ21
谷 粮 柜 满 满
粮 食 堆 满 仓

lɤ33 lɤ33 ŋo21 ba21 gɤ21
个 个 我 富 有
样 样 我 家 有

va^{21} ʐe^{21} va^{21} dʐ̨ʅ^{33} mɛ̱^{21}
王 员 外 官 吏
官 人 王 员 外

ʈʂʻu̱^{33} vɤ^{21} ɕe^{55} ɣa^{21} be̱^{33}
崔 文 顺 上 说
对 文 顺 说 道

lo^{21} tsʅ^{55} lo^{21} kʻo^{21} no^{33}
城 这 城 里 呀
这 座 大 城 里

na^{21} pʻa^{33} ba^{21} ti^{55} ka^{33}
你 若 富 的 了
数 你 最 富 有

ʈʂʻu̱^{33} vɤ^{21} ɕe^{55} ɕi^{55} ni^{21}
崔 文 顺 的 呢
那 个 崔 文 顺

tʻe^{21} tɕe^{33} be̱^{33} le^{21} no^{33}
一 句 说 来 呢
夸 口 又 说 道

ŋo^{21} po^{21} pe^{55} ʂa^{55} dʑe^{33} dʐ̨a^{21}
我 宝 贝 三 样 有
我 还 有 三 样 宝

va^{21} ʐe^{21} va^{21} dʐ̨ʅ^{33} ʐo^{33}
王 员 外 官 人
官 人 王 员 外

tʻe^{21} tɕe^{33} be̱^{33} le^{21} no^{33}
一 句 说 来 呢
开 口 问 他 道

ʔa^{21} xɤ^{33} po^{21} pe^{55} dʐ̨a^{21}
什 么 宝 贝 有
还 有 什 么 宝

ŋo^{21} la^{33} tʻe^{21} lo^{21} le^{21}
我 上 讲 了 来
讲 给 我 听 听

ŋo^{21} no^{33} ʈʂʻa^{21} ka^{55} dʐ̨a^{21} ti^{55} le^{21}
我 呀 人 亲 有 的 来
我 和 你 家 是 亲 友

ŋo^{21} sɛ̱^{21} bi^{21} de^{21} no^{33}
我 知 给 的 呢
可 以 告 诉 我

ʔa^{21} xɤ^{33} be^{33} pʻe^{21} le^{21}
什 么 散 的 来
不 让 他 人 知

ʈʂʻu̱^{33} vɤ^{21} ɕe^{55} mi^{21} ŋa^{21}
崔 文 顺 话 语
那 个 崔 文 顺

va^{21} ʐe^{21} va^{21} la^{33} tʻe^{21}
王 员 外 上 讲
告 诉 员 外 道

ʂo^{21} lo^{21} xe^{21} go^{21} ni^{21} ŋo^{21} ba^{21}
幸 福 房 门 也 我 有
我 家 安 有 幸 福 门

tʻe^{21} go^{21} kʻa^{21} de^{21} no^{33}
一 门 开 的 呢
打 开 一 道 门

sæ55 ʑe̱33 bu55 du̱33 le55
金 鸡 鸣 出 来
听 闻 金 鸡 鸣

t'e21 go21 k'a21 lɤ21 no33
一 门 开 去 呢
打 开 另 一 门

xo55 xa21 næ21 du̱33 le33
凤 凰 鸣 出 来
听 闻 凤 凰 鸣

xe21 k'ɯ55 t'u21 zæ21 sæ55 dzæ21 dzu̱33
府 下 银 树 金 树 长
府 内 有 金 树 银 树

t'u21 sæ55 t'a21 dɤ̱21 no33
银 金 上 长 呢
树 上 长 金 银

sɛ̱33 ni21 ma21 tɤ̱33 xo21
三 日 不 撮 掉
三 日 不 捡 走

t'u21 lɯ33 xe21 go21 tʂ'ʅ21
银 滚 房 门 堵
银 子 堵 住 门

sæ55 lɯ33 xe21 tɕi55 du̱33
金 滚 房 的 出
金 子 滚 出 门

po21 pe55 ʂʅ21 lɤ33 ba21 ʔa21 sʅ33
宝 杯 七 个 有 了 呢
还 有 七 个 宝 杯 呢

t'e21 tɕe33 be̱33 du̱33 le33
一 句 说 出 来
这 样 把 话 说

va21 ʑe21 va21 dʐʅ̱33 mɛ̱21
王 员 外 官 吏
官 人 王 员 外

t'e21 tɕe33 be̱33 le21 no33
一 句 说 来 呢
开 口 把 话 说

na21 po21 pe55 tsʅ55 dʐɤ̱21 ba21
你 宝 贝 这 些 富
宝 物 如 此 众 多

ɣo33 mu33 bɤ55 tsʅ55 ko55
皇 帝 处 进 贡
进 贡 给 皇 帝

p'a33 tsʅ55 ko55 lɤ21 no33
若 进 贡 去 呢
若 是 去 进 贡

dʐʅ̱33 mɛ̱21 t'e21 mæ55 ɣo̱21 le21 no33
官 吏 一 名 得 来 呢
若 是 换 得 一 官 职

k'o55 no̱21 p'u33 p'e21 le21
多 少 值 的 来
不 知 值 多 少

tʂ'u̱33 vɤ21 ɕe55 mi21 ŋa21
崔 文 顺 话 语
那 个 崔 文 顺

t'e^{21} tɕe^{33} be̱^{33} le^{21} no^{33}
一 句 说 来 呢
又 来 把 话 说

ŋo^{21} po^{21} pe^{55} kɤ^{55} ʂʅ^{21} lɤ^{33}
我 宝 杯 那 七 个
我 那 七 个 宝 杯

dzʅ^{21} p'a^{33} sɛ̱^{21} te^{33} no^{33}
酒 若 斟 进 呢
把 酒 斟 进 杯

p'e^{21} dæ^{33} ʂa^{33} ts'ʅ^{21} kɯ̱^{21}
银 打 钵 打 会
忽 闻 锣 鼓 声

p'i^{33} pa^{33} ʂa^{33} ɕe^{21} ni^{21} bɛ^{33} kɯ̱^{21}
琵 琶 三 弦 也 弹 会
又 闻 三 弦 琵 琶 声

tʂ'a^{55} kɯ̱^{21} vu^{21} kɯ̱^{21} ŋɤ^{21}
唱 会 舞 会 是
会 唱 又 会 舞

kɤ^{55} xɤ^{21} ni^{21} ŋo^{21} ba^{21}
那 样 也 我 有
这 些 我 都 有

t'e^{21} tɕe^{33} t'e^{21} lɤ^{21} no^{33}
一 句 讲 去 呢
这 样 把 话 讲

va^{21} ʐe^{21} va^{21} mi^{21} ŋa^{21}
王 员 外 话 语
官 人 王 员 外

tʂ'u̱^{33} vɤ^{21} ɕe^{55} ɤa^{21} be̱^{33}
崔 文 顺 上 说
对 文 顺 说 道

na^{21} po^{21} pe^{55} kɤ^{55} ʂʅ^{21} lɤ^{33}
你 宝 杯 那 七 个
你 那 七 个 宝 杯

ŋo^{21} t'e^{21} t'ɛ̱^{33} ŋa^{33} ni^{55} go^{21}
我 一 下 要 看 玩
拿 来 给 我 看 看

k'o^{55} ʂɤ^{21} ʐe̱^{33} p'e^{21} le^{21}
如 何 样 的 来
到 底 是 何 物

tʂ'u̱^{33} vɤ^{21} ɕe^{55} mi^{21} ŋa^{21}
崔 文 顺 话 语
那 个 崔 文 顺

t'e^{21} tɕe^{33} be̱^{33} le^{21} no^{33}
一 句 说 来 呢
吩 咐 丫 鬟 道

po^{21} pe^{55} kɤ^{55} ʂʅ^{21} lɤ^{33} ʐu^{21}
宝 杯 那 七 个 拿
拿 出 七 个 宝 杯

dzʅ^{21} sɛ̱^{21} te^{33} gɤ^{21} no^{33}
酒 斟 满 后 呀
斟 满 酒 以 后

va^{21} ʐe^{21} va^{21} tɕ̱^{21} bi^{21} ŋa^{33}
王 员 外 喝 给 要
要 拿 给 员 外 喝

tʻe^{21}	tɕe^{33}	tɤ̱^{21}	du̱^{33}	le^{33}
一	句	吩	出	来
这	样	吩	咐	道

pʻu^{33}	mo^{21}	kɤ^{55}	tʻe^{21}	dʐɤ^{21}
仆	女	那	一	对
那	两	个	丫	鬟

vu^{55}	xe^{21}	kʻo^{21}	ɣa^{21}	gɤ^{33}
屋	房	里	呀	进
走	进	后	院	里

vu^{55}	xe^{21}	kʻo^{21}	ɣa^{21}	tʂʻɤ^{21}
屋	房	里	呀	到
来	到	后	院	里

tʻe^{21}	lɤ^{33}	ŋo^{21}	tʂu^{21}	mo^{21}
一	个	我	主	母
对	主	妇	说	道

ŋo^{21}	sæ^{21}	be̱^{33}	le^{21}	no^{33}
我	主	说	来	呢
男	主	来	吩	咐

po^{21}	pe^{55}	kɤ^{55}	ʂʅ^{21}	lɤ^{33}
宝	杯	那	七	个
要	拿	七	宝	杯

ʐu^{21}	pʻu^{33}	dʐʅ^{21}	tɕe^{55}	lo^{21}
拿	奴	酒	敬	去
斟	酒	敬	客	人

va^{21}	ʐe^{21}	va^{21}	ŋa^{33}	dʐʅ^{21}	pe̱^{33}	tɕe^{55}
王	员	外	要	酒	杯	敬
宝	杯	要	敬	王	员	外

dʐʅ^{21}	tɕe^{55}	tɛ̱^{21}	ŋɤ^{21}	dʐɤ^{33}
酒	敬	喝	是	呀
敬	酒	王	员	外

tʻe^{21}	tɕe^{33}	be̱^{33}	le^{21}	no^{33}
一	句	说	来	呢
这	样	把	话	传

tʂa^{33}	ɕi^{55}	tɕe^{21}	mi^{21}	ŋa^{21}
张	四	姐	话	语
仙	女	张	四	姐

tʂʻu̱^{33}	vɤ^{21}	ɕe^{55}	ɣa^{21}	kɛ^{33}
崔	文	顺	上	骂
开	口	骂	文	顺

ʔu^{33}	dɛ̱^{33}	ȵe^{33}	tsʅ^{55}	lɤ^{33}
头	割	人	这	个
这	个	掉	头	鬼

mæ^{55}	da^{33}	pʻa^{33}	ŋa^{33}	pʻe^{21}
名	声	若	要	呢
岂	能	图	虚	荣

po^{21}	tʂa^{55}	tʂa^{55}	tsʅ^{55}	mo^{55}
宝	藏	藏	这	个
这	一	组	宝	杯

dɤ^{21}	mi^{55}	tsʅ^{55}	xɤ^{21}	dʐa^{21}	ma^{21}	pʻe^{21}
阳	地	这	样	有	不	是
不	是	人	世	间	所	有

dɤ^{21}	mi^{55}	dʑe^{33}	ma^{21}	ŋɤ^{21}
阳	地	的	不	是
不	是	人	间	物

tʂʻɤ21 pʻe̠33 ʔu̠33 xɤ21 ka55
彻 比 武 海 中
无 边 大 海 中

lo33 tʻa21 tsɿ55 ʐo33 bɤ55
龙 塔 纪 儿 处
龙 王 的 儿 子

kɤ55 lɤ33 dʑe33 ŋɤ21 ti55
那 个 的 是 呢
宝 杯 是 他 的

ŋo21 kɤ55 do21 xo21 tʂʅ55
我 他 上 借 后
我 与 龙 子 借

xɤ21 le21 ŋɤ21 ti55 le21
拿 来 是 的 来
才 有 此 宝 藏

ŋo21 dɯ21 dɯ21 ni55 ʂu55
我 想 想 看 呢
心 里 想 一 想

ŋo21 po21 tʂa55 tsɿ55 mo55
我 宝 藏 这 个
我 这 组 宝 藏

ma21 ʐu21 bi21 de21 no33
不 拿 给 说 呢
如 不 拿 出 来

ŋo21 ʐu̠33 ɕe̠21 ta55 ka33
我 夫 害 羞 了
我 夫 丢 丑 了

ʐu21 ni21 bi21 le21 no33
拿 呀 给 来 呢
如 是 拿 出 去

va21 ʑe21 va21 kɤ55 ʐu̠33
王 员 外 这 位
这 个 王 员 外

ni33 ma21 næ55 tʻe21 ʐu̠33
心 不 好 一 位
不 怀 好 心 肠

ʐu21 ni21 pʻu33 mo21 bi21 tɕe55 lɤ21
拿 呀 奴 女 给 去 去
拿 出 宝 杯 给 丫 鬟

pʻu33 mo21 kɤ55 tʻe21 dʐɤ21
奴 女 那 一 对
那 两 个 丫 鬟

po21 pe55 xɤ21 du̠33 le33
宝 杯 拿 出 来
拿 出 宝 杯 来

tʂʻu̠33 vɤ21 ɕe55 ɣɤ21 tæ55
崔 文 顺 前 摆
放 在 文 顺 前

tʂʻu̠33 vɤ21 ɕe55 ɕi55 ni21
崔 文 顺 的 呢
那 个 崔 文 顺

sæ55 sæ33 kʻu̠21 ʐu21 ni21
金 杯 子 拿 呀
拿 来 金 杯 子

t'u^{21} tʂa^{55} tʂʅ^{33} k'æ^{21} to^{33}
银 桌 子 上 放
放 在 银 桌 上

t'u^{21} dzʅ^{21} bæ^{21} no^{33} sɛ̱^{21}
银 酒 壶 呀 斟
抬 起 银 酒 壶

sæ^{55} sæ^{33} k'u̱^{21} k'o^{21} te^{33}
金 杯 子 里 装
倒 酒 金 杯 中

sæ^{55} sæ^{33} kɤ^{55} ʂʅ^{21} pe̱^{33}
金 杯 那 七 个
那 七 个 金 杯

tʂ'a^{55} kɯ̱^{21} vu^{21} kɯ̱^{21} le^{21}
唱 会 舞 会 来
唱 歌 又 跳 舞

p'e^{21} dæ^{33} ɕa^{33} tɕ'i^{21} le^{21}
锣 打 铜 打 来
敲 锣 又 打 钵

p'i^{33} p'a^{33} ʂa^{33} ɕe^{21} bɛ̱^{33} du̱^{33} le^{33}
琵 琶 三 弦 弹 出 来
又 弹 琵 琶 和 三 弦

t'e^{21} ʐu̱^{33} ɕe^{21} zi^{21} ɕɛ̱^{21}
一 人 开 水 倒
一 人 倒 开 水

t'e^{21} ʐu̱^{33} ɣa^{21} ts'æ^{21} lɤ^{21}
一 人 呀 抬 来
一 人 抬 开 水

t'e^{21} ʐu̱^{33} no^{33} dʐo^{21} gu^{21}
一 位 呀 饭 做
一 人 去 做 饭

t'e^{21} ʐu̱^{33} no^{33} dʐo^{21} ts'æ^{21}
一 人 呀 饭 抬
一 人 来 抬 饭

t'e^{21} ʐu̱^{33} no^{33} ɣa^{21} dɤ̱^{33}
一 人 呀 菜 舀
一 人 去 舀 菜

t'e^{21} ʐu̱^{33} ʂa^{33} ɕe^{21} bɛ̱^{33}
一 人 三 弦 弹
一 人 弹 三 弦

t'e^{21} ʐu̱^{33} lu^{55} ɕe^{21} ga^{21}
一 人 二 胡 拉
一 人 拉 二 胡

tʂ'a^{55} xɤ^{21} tʂ'a^{55} bɛ̱^{33} xɤ^{21}
人 唱 人 弹 样
吹 拉 又 弹 唱

de^{21} ni^{21} du̱^{33} lɤ^{21} ʂu^{55}
这 呀 出 去 呢
这 般 奇 妙 景

t'ɤ^{21} dʐo^{33} t'a^{21} ma^{21} ŋa^{21}
声 闻 脸 不 见
闻 声 不 见 脸

le̱^{21} pu̱^{33} t'e^{21} t'ɤ^{21} ŋa^{21}
手 掌 一 只 见
只 看 见 手 掌

tʻɯ55 ɣa55 dʐa21 lɤ21 ʂu55
这 呀 有 了 呢
是 这 般 情 景

va21 ʐe21 va21 ɕi55 ni21
王 员 外 的 呢
那 个 王 员 外

ko33 tsʻæ21 ni55 lɤ21 ʂu55
脖 抬 看 去 呢
定 睛 看 一 看

sæ55 sæ33 kɤ55 ʂʅ21 lɤ33
金 杯 那 七 个
那 七 个 宝 杯

ma21 dɤ̱21 zi21 ma21 dʐa21
不 长 影 不 有
百 影 在 其 中

dʑe̱21 ʂɤ21 xo21 ʂɤ21 bo21 le33 le33
日 像 月 像 亮 堂 堂
就 像 日 月 亮 闪 闪

va21 ʐe21 va21 mi21 ŋa21
王 员 外 话 语
那 个 王 员 外

tʂʻu̱33 vɤ21 ɕe55 ɣa21 be̱33
崔 文 顺 上 说
对 文 顺 说 道

po21 pe55 kɤ55 ʂʅ21 lɤ33
宝 杯 那 七 个
这 七 个 宝 杯

tsʅ55 na21 dʑe33 ma21 ŋɤ21
这 那 的 不 是
这 不 是 你 的

tsʅ55 no33 kʻɤ33 kʻɯ33 dʑe33 dʐa21
这 呀 偷 盗 的 有
你 是 偷 盗 来 的

na21 kʻɤ33 kʻɯ33 dæ33 sʅ21 xo21
你 他 偷 打 死 掉
你 是 打 死 他 人

xɤ21 le21 xɤ21 ŋɤ21 dʐɤ33
拿 来 拿 是 呀
偷 盗 过 来 的

tʂʻu̱33 vɤ21 ɕe55 mi21 ŋa21
崔 文 顺 话 语
那 个 崔 文 顺

tʻe̱21 tɕe33 be̱33 le21 no33
一 句 说 来 呢
回 答 员 外 道

po21 tʂa55 tʂa55 tsʅ55 mo55
宝 藏 藏 这 个
这 一 组 宝 杯

kʻɤ33 kʻɯ33 dʑe33 ma21 ŋɤ21
偷 盗 的 不 是
不 是 偷 盗 来

ʔa21 mæ33 ʐo33 tʻe21 ʐu̱33
女 妻 人 一 位
有 一 位 女 人

ŋo^{21} la^{33} ɣɤ̱^{21} pe̱^{33} mu^{21} le^{21} ŋɤ^{21}
我 上 家 伴 做 来 是
她来做我的妻子

kɤ^{55} ʐu̱^{33} xɤ^{21} le^{21} xɤ^{21} dʐa^{21} ti^{55}
那 人 拿 来 拿 有 的
宝杯是她拿来的

t'e^{21} tɕe^{33} be̱^{33} le^{21} no^{33}
一 句 说 来 呢
这样把话说

va^{21} ʑe^{21} va^{21} ɕi^{55} ni^{21}
王 员 外 的 呢
那个王员外

t'e^{21} tɕe^{33} be̱^{33} le^{21} no^{33}
一 句 说 来 呢
对文顺说道

kɤ^{55} xɤ^{21} ŋɤ^{21} ti^{55} no^{33}
那 样 是 的 呢
既然是那样

na^{21} kɤ^{55} ts'æ^{33} du̱^{33} le^{33}
你 她 请 出 来
把她请出来

ŋo^{21} t'e^{21} t'ɛ̱^{33} ŋa^{33} ni^{55} go^{21} le^{21}
我 一 下 要 看 玩 来
让我看一看实情

tʂ'u̱^{33} vɤ^{21} ɕe^{55} ɕi^{55} ni^{21}
崔 文 顺 的 呢
那个崔文顺

p'u^{33} mo^{21} k'æ^{21} tsɿ^{55} du̱^{33}
奴 女 上 使 出
派丫鬟进屋

tʂa^{33} ɕi^{55} tɕe^{21} ʔɤ^{55} bi^{21}
张 四 姐 喊 给
去请张四姐

p'u^{33} mo^{21} kɤ^{55} t'e^{21} dʐɤ^{21}
奴 女 那 一 对
那两个丫鬟

vu^{55} xe^{21} k'o^{21} ɣa^{21} gɤ^{33}
屋 房 里 呀 进
走进后院里

vu^{55} xe^{21} k'o^{21} ɣa^{21} tʂ'ɤ^{21}
屋 房 里 呀 到
来到后院说

t'e^{21} lɤ^{33} ŋo^{21} tʂu^{21} mo^{21}
一 个 我 主 母
主妇呀主妇

sæ^{21} næ^{55} be̱^{33} le^{21} ʂu^{55}
主 好 说 来 呢
男主人交代

va^{21} ʑe^{21} va^{21} dʐɿ^{21} pe̱^{33}
王 员 外 酒 杯
要给王员外

ŋa^{33} tɛ^{21} lɤ^{21} dʐɤ^{33} le^{21}
要 喝 去 喂 来
出去敬杯酒

de^{21} ni^{21} be̱^{33} le^{21} ŋɤ^{21}
说 呀 说 来 是
这 样 把 话 说

tʂa^{33} ɕi^{55} tɕe^{21} mi^{21} ŋa^{21}
张 四 姐 话 语
仙 女 张 四 姐

tʂ'u̱^{33} vɤ^{21} ɕe^{55} ɣa^{21} kɛ̱^{33}
崔 文 顺 上 骂
骂 崔 文 顺 道

ŋo^{21} le^{21} t'e^{21} dʑe̱^{21} ɳe^{55} ma^{21} ŋɤ^{21}
我 来 地 上 女 不 是
我 不 是 凡 间 女 人

k'o^{55} ʂɤ^{21} va^{21} ʐe^{21} va^{21} bɤ^{55}
如 何 王 员 外 处
如 何 给 王 员 外

dzɿ^{21} pe̱^{33} tɕe^{55} lɤ^{21} le^{21}
酒 杯 敬 去 来
给 他 敬 酒 呢

ma^{21} du̱^{33} lɤ^{21} de^{55} no^{33}
不 出 去 的 呢
若 是 不 出 去

ŋo^{21} ʐu̱^{33} ɕe̱^{21} ta^{55} ka^{33}
我 夫 害 羞 了
丈 夫 丢 丑 了

ŋo^{21} du̱^{33} lɤ^{21} de^{55} no^{33}
我 出 去 的 呢
我 若 不 出 去

va^{21} ʐe^{21} va^{21} ni̱^{33} ʂɿ^{21}
王 员 外 心 死
员 外 不 死 心

t'e^{21} dɯ^{21} t'o^{33} ni^{55} ʂu^{55}
一 想 时 看 呢
这 样 想 一 想

du̱^{33} lɤ^{21} mo^{55} ti^{55} ka^{33}
出 去 高 的 了
只 好 走 出 去

tʂa^{33} ɕi^{55} tɕe^{21} gɯ^{21} mo^{21}
张 四 姐 身 子
仙 女 张 四 姐

vu^{55} bæ^{21} vu^{55} ɕe^{21} vi̱^{21}
头 衣 腰 衣 穿
身 穿 漂 亮 衣

vu^{55} bæ^{21} bo^{21} le^{33} le^{33}
头 衣 亮 闪 闪
衣 服 亮 闪 闪

vu^{55} ɕe^{21} næ^{21} sɛ̱^{33} sɛ̱^{33}
腰 饰 响 叮 叮
腰 饰 响 叮 当

ʔu̱^{33} no^{33} tɕe^{55} tʂo^{55} k'u̱^{33}
头 呀 鸡 冠 帽
头 戴 鸡 冠 帽

tɕe^{55} tʂo^{55} dzɿ^{21} tɕ'e^{21} tɕ'e^{21}
鸡 冠 坠 垂 垂
缨 子 垂 下 来

tsɿ^{21} no^{33} sæ^{55} nɤ^{33} dɤ^{21}
脚 呀 金 鞋 穿
脚 穿 金 子 鞋

go^{21} ti^{55} mo^{55} næ^{55} du^{33}
门 口 高 低 出
走 出 后 院 门

ta^{55} t'a^{21} k'o^{21} vi^{55} t'e^{21}
大 堂 里 的 前
来 到 大 堂 里

da^{55} de^{21} xɤ^{21} du^{33} le^{33}
快 的 站 出 来
站 在 大 堂 里

va^{21} ʐe^{21} va^{21} ɕi^{55} ni^{21}
王 员 外 的 呢
那 个 王 员 外

ko^{33} ts'æ^{21} t'e^{21} ni^{55} t'o^{33}
脖 抬 一 看 时
抬 头 看 一 看

t'e^{21} ni^{55} t'o^{33} le^{21} ʂu^{55}
一 看 时 来 呢
看 一 看 她 呀

dʑe^{21} du^{33} ʐe^{21} le^{21} ʂɤ^{21}
日 出 亮 来 像
如 同 太 阳 出

ma^{21} kɯ^{33} pu^{33} ɣo^{55} gu^{21}
不 敢 返 回 来
快 快 返 回 去

va^{21} ʐe^{21} va^{21} ɕi^{55} ni^{21}
王 员 外 的 呢
那 个 王 员 外

vu^{55} xe^{21} tʂ'ɤ^{21} lɤ^{21} no^{33}
屋 房 到 了 呢
回 到 了 家 中

k'ɤ^{55} tʂ'a^{21} ɬe^{21} ɣa^{21} be^{33}
他 人 轻 上 说
对 下 人 说 道

k'ɤ^{55} po^{21} pe^{55} kɤ^{55} ʂɿ^{21} lɤ^{33}
他 宝 杯 那 七 个
他 那 七 个 宝 杯

ma^{21} ɣo^{21} ni^{21} do^{21} ti^{55}
不 得 也 行 的
得 不 到 也 可

k'ɤ^{55} mæ^{21} næ^{55} kɤ^{55} ʐu^{33}
他 妻 好 那 位
他 的 那 妻 子

ŋo^{21} p'a^{33} ɣo^{21} ti^{55} no^{33}
我 若 得 的 呢
我 若 能 得 到

k'o^{55} no^{21} p'u^{33} p'e^{21} le^{21}
多 少 值 的 来
不 知 值 多 少

va^{21} ʐe^{21} va^{21} dʐɿ^{33} mɛ^{21}
王 员 外 官 吏
官 人 王 员 外

tʂ'u̱^{33} vɤ^{21} çe^{55} ts'æ^{33} le^{21}
崔 文 顺 请 来
来 请 崔 文 顺

tʂ'u̱^{33} vɤ^{21} çe^{55} çi^{55} ni^{21}
崔 文 顺 的 呢
那 个 崔 文 顺

do^{21} væ^{21} mu^{21} du̱^{33} lɤ^{21}
客 宴 做 出 去
要 出 门 赴 宴

tʂa^{33} çi^{55} tçe^{21} mi^{21} ŋa^{21}
张 四 姐 话 语
妻 子 张 四 姐

tʂ'u̱^{33} vɤ^{21} çe^{55} ɣa^{21} ve̱^{33}
崔 文 顺 上 说
劝 说 丈 夫 道

t'a^{21} lɤ^{21} le^{21} ʐu̱^{33} næ^{55}
莫 去 来 夫 好
夫 君 不 能 去

kɤ^{55} na^{21} ts'æ^{33} da^{55} no^{33}
他 你 请 来 呢
他 派 人 请 你

ŋo^{21} t'u^{21} sæ^{55} dʑe^{33} tʂo^{21} ni^{21}
我 银 金 上 念 呢
是 看 上 了 金 银

k'ɤ^{55} ni̱^{33} dɯ^{21} dzæ^{21} ŋɤ^{33}
他 心 想 念 是
他 在 做 盘 算

tʂ'u̱^{33} vɤ^{21} çe^{55} çi^{55} ni^{21}
崔 文 顺 的 呢
那 个 崔 文 顺

tʂa^{33} çi^{55} tçe^{21} n̥e̱^{21} xɛ̱^{21}
张 四 姐 嘴 返
顶 撞 妻 子 道

na^{21} dʐa^{21} kɤ^{55} t'a^{21} be̱^{33}
你 随 便 莫 说
你 莫 这 样 说

kɤ^{55} xɤ^{21} ŋɤ^{21} ma^{21} p'e^{21}
那 样 是 不 该
不 该 是 那 样

tʂa^{33} çi^{55} tçe^{21} mi^{21} ŋa^{21}
张 四 姐 话 语
妻 子 张 四 姐

tʂ'u̱^{33} vɤ^{21} çe^{55} ɣa^{21} çe̱^{33}
崔 文 顺 上 说
对 文 顺 说 道

ma^{21} xɯ^{55} lɤ^{21} ŋa^{33} no^{33}
不 愿 去 要 呢
如 是 非 要 去

ŋo^{21} ʐe^{33} mu^{21} ni^{55} sɿ^{33}
我 占 做 看 呢
我 占 卦 看 看

no^{55} no^{33} lɤ^{21} ti^{55} sɿ^{33}
好 呀 去 的 呢
吉 卦 你 就 去

ma^{21} no^{55} na^{21} tʻa^{21} lɤ^{21}
不 好 你 莫 去
凶 卦 就 莫 去

ʈʂa^{33} ɕi^{55} tɕe^{21} ɕi^{55} ni^{21}
张 四 姐 的 呢
妻 子 张 四 姐

dʐʅ^{33} ʐo^{33} ʂa^{55} lɤ^{33} ʐu̱^{21}
铜 子 三 个 拿
拿 三 个 铜 钱

le̱^{21} ʐo^{33} ka^{55} ɣa^{21} te^{33}
手 掌 中 呀 放
放 在 手 掌 心

tʻe^{21} dʐi̱^{33} tʻo^{21} ni^{55} ʂu^{55}
一 卦 卜 看 呢
占 卦 看 一 看

dʐʅ^{33} ʐo^{33} kɤ^{55} ʂa^{33} lɤ^{33}
铜 子 那 三 个
那 三 个 铜 钱

tʻe^{21} lɤ^{33} no^{33} gu̱^{21} le^{21}
一 个 呀 回 来
一 个 往 回 走

ni^{21} lɤ^{33} no^{33} lɤ^{21} do^{33}
二 个 呀 去 出
二 个 往 前 行

ʐe^{33} tsʅ^{55} kʻo^{33} ma^{21} no^{55}
卦 这 课 不 好
此 卦 不 吉 利

tʻa^{21} lɤ^{21} le^{21} ʐu̱^{33} næ^{55}
莫 去 来 夫 好
夫 君 不 能 去

ʐu̱^{33} næ^{55} ʈʂʻu̱^{33} vɤ^{21} ɕe^{55}
夫 好 崔 文 顺
夫 君 崔 文 顺

na^{21} ma^{21} dʐæ^{21} xɯ^{55} lɤ^{21} no^{33}
你 不 信 愿 去 呢
你 若 是 非 要 去

ma^{21} ʂʅ^{21} mu^{33} dʐa^{21} ni^{21}
不 死 的 有 呢
就 是 不 死 人

ma^{21} ʂo^{33} mu^{33} ma^{21} dʐa^{21}
不 险 的 不 有
也 要 受 苦 罪

ʈʂʻu̱^{33} vɤ^{21} ɕe^{55} ɕi^{55} ni^{21}
崔 文 顺 的 呢
丈 夫 崔 文 顺

mæ^{21} ɳe̱^{21} xɛ̱^{21} da^{55} no^{33}
妻 嘴 顶 了 呢
不 听 妻 子 言

do^{21} væ^{21} mu^{21} du̱^{33} lɤ^{21}
客 宴 做 出 去
出 门 去 赴 宴

va^{21} ʐe^{21} va^{21} xe^{21} ʈʂʻɤ^{21}
王 员 外 府 到
来 到 员 外 府

va^{21} ʐe^{21} va^{21} ɕi^{55} ni^{21}
王 员 外 的 呢
那 个 王 员 外

tʂ'u̱^{33} vɣ^{21} ɕe^{55} t'a^{21} ŋa^{21}
崔 文 顺 面 见
看 见 崔 文 顺

va^{21} ʐe^{21} va^{21} dʐʅ^{33} ʐo^{33}
王 员 外 官 人
官 人 王 员 外

tʂu^{21} zi^{55} ɣæ^{33} ŋɣ^{21} da^{55}
主 义 大 是 呀
阴 谋 真 不 小

ŋo^{21} kɣ^{55} ʐu^{21} ʔa^{21} ni^{21}
我 他 抓 了 呀
我 把 他 抓 住

tʂa^{33} dʐʅ^{33} mɛ̱^{21} bɣ^{55} te^{33}
张 官 吏 处 装
送 到 张 知 府

dæ^{33} sʅ^{21} xo^{21} bi^{21} ŋa^{33}
打 死 掉 给 要
把 他 判 死 罪

k'ɣ^{55} mæ^{21} næ^{55} dʐe^{33} næ^{55} ʂɣ^{21} ʂɣ^{21}
他 妻 好 财 好 所 有
他 的 妻 子 和 财 富

ŋo^{21} ma^{21} ɣo̱^{21} ma^{21} dʐa^{21}
我 不 得 不 有
就 是 我 的 了

k'ɣ̱^{21} t'u^{21} k'ɣ̱^{21} sæ^{55} k'ɣ̱^{21}
他 银 柜 金 柜
他 的 金 和 银

t'u^{21} pu^{33} t'u^{21} zæ^{21} no^{33}
银 绸 银 缎 呢
还 有 绸 和 缎

ŋo^{21} p'a^{33} ɣo^{21} ti^{55} no^{33}
我 若 得 到 呢
如 是 我 得 到

k'o^{55} no̱^{21} p'u^{33} p'e^{21} le^{21}
多 少 值 的 来
不 知 值 多 少

dæ^{21} ni^{21} dɯ^{21} da^{55} no^{33}
说 呢 想 到 呢
想 到 了 这 里

va^{21} ʐe^{21} va^{21} dʐʅ^{33} ʐo^{33}
王 员 外 官 人
官 人 王 员 外

ɣo^{21} ɕa^{21} ɣo^{21} ɕa^{21} mu^{55}
越 想 越 想 做
偷 偷 想 诡 计

tʂ'u̱^{33} vɣ^{21} ɕe^{55} xe^{21} te^{33}
崔 文 顺 房 进
领 文 顺 进 屋

dʐʅ^{21} ne^{55} ʂa^{55} pe̱^{33} tɛ^{21}
酒 好 三 碗 喂
劝 喝 三 碗 酒

va^{21} ʐe^{21} va^{21} ɕi^{55} ni^{21}
王 员 外 的 呢
官 人 王 员 外

kɤ^{55} tʂʻa^{21} tsʻæ^{33} da^{21} no^{33}
那 样 请 了 呢
那 样 请 文 顺

kʻɤ^{55} ȵe̲^{21} tʂʻa^{21} tsʻæ^{33} ni^{21}
他 嘴 人 请 呢
他 嘴 上 请 人

kʻɤ^{55} ni̲^{33} tʂʻa^{21} ma^{21} tsʻæ^{33}
他 心 人 不 请
并 非 真 心 请

ʐo^{33} nɤ^{55} ni^{21} ʐu̲^{33} tsɿ^{55}
儿 小 二 位 派
他 派 两 衙 役

tʻu^{21} kʻɤ̲^{21} sæ^{55} kɤ̲^{21} kʻa^{21}
银 柜 金 柜 开
打 开 金 银 柜

tʻu^{21} sæ^{55} pu^{33} zæ^{21} kʻɯ^{33} kʻɯ^{33} xɤ^{21}
银 金 绸 缎 悄 悄 拿
悄 悄 抬 金 银 绸 缎

dʐo^{21} tʂʻa^{21} tʻu^{21} sæ^{55} pʻe^{21}
路 上 银 金 抛
一 路 撒 金 银

tʂʻu̲^{33} vɤ^{21} ɕe^{55} xe^{21} tʂʻɤ^{21}
崔 文 顺 房 到
撒 到 文 顺 家

kɤ^{55} gɤ^{21} ɤo^{55} do^{21} no^{33}
那 样 以 后 呀
那 样 以 后 呀

ʐo^{33} nɤ^{55} kɤ^{55} ni^{21} ʐu̲^{33}
儿 小 那 二 位
那 两 位 衙 役

gu̲^{21} le^{21} tʻe^{21} tɕe^{33} po^{55}
回 来 一 句 报
回 来 报 禀 道

sæ^{21} pʻo^{33} le^{21} sæ^{21} pʻo^{33}
主 人 来 主 人
主 人 呀 主 人

xe^{21} kʻo^{21} tʻu^{21} ni^{21} sæ^{55}
房 里 银 与 金
我 家 的 金 银

ʂu^{21} le^{21} kʻɯ^{33} xo^{21} ka^{33}
人 来 偷 掉 了
被 人 偷 走 了

tʂʻu̲^{33} vɤ^{21} ɕe^{55} tsɿ^{55} lɤ^{33}
崔 文 顺 这 个
这 个 崔 文 顺

kʻɯ^{33} tʂʻa^{21} ŋɤ^{21} lo^{33} to^{55}
偷 人 是 来 呢
原 来 是 小 偷

va^{21} ʐe^{21} va^{21} ɕi^{55} ni^{21}
王 员 外 的 呢
那 个 王 员 外

t‘e^{21} tɕe^{33} be̱^{33} le^{21} no^{33}
一 句 说 来 呢
开 口 把 话 说

tsʅ^{55} tʂ‘a^{21} ŋɤ^{21} ma^{21} p‘e^{21}
这 样 是 不 该
不 该 这 样 啊

ʐo^{33} nɤ^{55} ni^{21} ʐu̱^{33} tsʅ^{55}
儿 小 二 位 派
派 两 位 衙 役

tʂ‘u̱^{33} vɤ^{21} ɕe^{55} ga^{21} k‘æ^{21}
崔 文 顺 捆 绑
捆 绑 崔 文 顺

tʂa^{33} dʐʅ^{33} mɛ̱^{21} bɤ^{55} te^{33}
张 官 吏 处 装
押 送 张 知 府

tʂa^{33} dʐʅ^{33} mɛ̱^{21} ɕi^{55} ni^{21}
张 官 吏 的 呢
那 个 张 知 府

fæ^{55} næ^{55} ʂʅ^{21} du̱^{33} le^{33}
案 好 审 出 来
升 堂 审 案 子

næ^{55} dɤ^{21} xɤ^{21} du̱^{33} le^{33}
好 坏 分 出 来
要 审 个 是 非

pa^{55} ɕa^{33} ni^{21} ts‘æ^{21} sæ^{55}
吏 仗 呀 声 长
仗 吏 一 声 吼

mo^{55} p‘ɤ^{21} ni^{21} t‘a^{21} pɤ^{21}
竹 签 呀 堂 丢
酒 签 丢 堂 下

tʂ‘u̱^{33} vɤ^{21} ɕe^{55} be̱^{33} no^{33}
崔 文 顺 说 呢
崔 文 顺 说 道

ŋo^{21} k‘ɤ^{55} t‘u^{21} sæ^{55} ʔa^{21} xɤ^{33} mu^{21}
我 他 银 金 何 处 做
我 偷 金 银 有 何 用

ŋo^{21} t‘u^{21} sæ^{55} to^{55} ɳe^{33} ba^{21}
我 银 金 千 万 有
金 银 我 富 有

dʑæ^{33} mo^{33} ma^{21} dʐɤ^{33} nɤ̱^{33}
骑 马 多 多 藏
骏 马 我 不 愁

t‘u^{21} dʑæ^{21} sæ^{55} dʑæ^{21} ni^{21} ŋo^{21} ba^{21}
银 树 金 树 也 我 有
银 树 金 树 我 家 有

sɛ̱^{33} ni^{21} ma^{21} tɤ̱^{33} xo^{21} no^{33}
三 日 不 撮 掉 呀
三 日 不 收 金 银

t‘u^{21} lɯ^{33} xe^{21} go^{21} tʂ‘ʅ^{21}
银 滚 房 门 堵
银 子 堵 住 门

sæ^{55} lɯ^{33} go^{21} ti^{55} tu̱^{33}
金 滚 门 口 顶
金 子 堵 门 口

ma^{21} bo^{33} kʻɤ^{55} vi^{55} ɣɤ^{21}

不 止 他 这 前

何 止 这 一 些

po^{21} tʂa^{55} ʂʅ^{21} lɤ^{33} ba^{21}

宝 藏 七 个 有

还 有 七 宝 杯

ʂo^{21} lo^{21} go^{21} ni^{21} ŋo^{21} ba^{21}

幸 福 门 也 我 有

家 里 有 幸 福 门

tʻe^{21} go^{21} kʻa^{21} le^{21} no^{33}

一 门 开 来 呢

打 开 一 扇 门

sæ^{55} ʐe^{33} bu^{55} du̱^{33} le^{33}

金 鸡 鸣 出 来

听 闻 金 鸡 鸣

tʻe^{21} go^{21} kʻa^{21} le^{21} no^{33}

一 门 开 来 呢

打 开 另 一 门

xo^{55} xa^{21} næ^{21} du̱^{33} le^{33}

凤 凰 鸣 出 来

可 闻 凤 凰 鸣

tʻe^{21} go^{21} kʻa^{21} le^{21} no^{33}

一 门 开 来 呢

打 开 第 三 门

po^{21} pe^{55} xe^{21} ma^{21} de^{21}

宝 贝 房 不 容

宝 贝 装 满 屋

ŋo^{21} tʻu^{21} sæ^{55} dʐɤ^{33} gɤ^{55} ma^{21} do^{21}

我 银 金 使 完 不 行

我 家 金 银 用 不 完

ŋo^{21} kʻɤ^{55} tʻu^{21} sæ^{55} ʔa^{55} tʂʻɤ^{21} mu^{21}

我 他 银 金 何 处 做

我 偷 金 银 有 何 用

tʻe^{21} tɕe^{33} be̱^{33} le^{21} no^{33}

一 句 说 来 呢

这 样 把 话 说

tʂa^{33} dʐʅ^{33} mɛ^{21} mi^{21} ŋa^{21}

张 官 吏 话 语

那 个 张 知 府

tʻe^{21} tɕe^{33} be̱^{33} le^{21} no^{33}

一 句 说 来 呢

开 口 把 话 说

tʂʻu̱^{33} vɤ^{21} ɕe^{55} na^{21} ni^{21}

崔 文 顺 你 呀

你 这 崔 文 顺

dʑe^{33} ba^{21} tʻe^{21} ɣɤ̱^{33} dʐa^{21}

财 富 一 家 有

是 户 富 贵 人

tʂʻu̱^{33} vɤ^{21} ɕe^{55} tʻɤ^{21} xo^{21}

崔 文 顺 放 掉

释 放 崔 文 顺

va^{21} ʐe^{21} va^{21} ʐu^{21} lo^{33}

王 员 外 提 了

抓 来 王 员 外

la^{21} k'o^{21} te^{33} tɕe^{55} lɤ^{21}
牢 里 装 去 呀
关 进 牢 房 中

va^{21} ʑe^{21} va^{21} kɤ^{55} ʐu̱^{33}
王 员 外 那 位
那 个 王 员 外

t'u^{21} sæ^{55} t'e^{21} xo^{21} ʐu^{21}
银 金 一 百 拿
金 银 备 一 百

tʂa^{33} dʐʅ^{33} mɛ̱^{21} bɤ^{55} te^{33}
张 官 吏 处 给
送 给 张 知 府

tʂa^{33} dʐʅ^{33} mɛ̱^{21} ɕi^{55} ni^{21}
张 官 吏 的 呢
那 个 张 知 府

va^{21} ʑe^{21} va^{21} t'ɤ^{21} xo^{21}
王 员 外 放 掉
放 了 王 员 外

tʂ'u̱^{33} tʂ'a^{21} t'e^{21} dʐɤ^{21} tsʅ^{55}
衙 人 一 对 使
派 两 个 衙 役

tʂ'u̱^{33} tʂ'a^{21} kɤ^{55} dʐɤ^{21} le^{21}
衙 人 那 对 来
那 两 个 衙 役

xo^{21} p'e^{21} t'e^{21} lɤ^{33} xɤ^{21}
镣 铐 一 个 拿
带 一 副 镣 铐

tʂ'u̱^{33} vɤ^{21} ɕe^{55} ʐu^{21} bi^{21}
崔 文 顺 拿 给
来 抓 崔 文 顺

tʂa^{33} dʐʅ^{33} mɛ̱^{21} ɕi^{55} ni^{21}
张 官 吏 的 呢
那 个 张 知 府

fæ^{55} næ^{55} ʂʅ^{21} du̱^{33} le^{33}
案 好 审 出 来
又 来 审 案 子

tʂ'u̱^{33} vɤ^{21} ɕe^{55} ɕi^{55} ni^{21}
崔 文 顺 的 呢
那 个 崔 文 顺

k'ɯ^{33} dʑe^{33} te^{21} ma^{21} xɯ^{55}
偷 的 认 不 愿
就 是 不 招 认

tʂ'u̱^{33} vɤ^{21} ɕe^{55} ɕi^{55} ni^{21}
崔 文 顺 的 呢
那 个 崔 文 顺

t'e^{21} t'o^{33} dɯ^{21} ni^{55} ʂu^{55}
一 时 想 看 呢
细 细 想 一 想

tsʅ^{55} tʂ'a^{21} ŋɤ^{21} ma^{21} p'e^{21}
这 样 是 不 该
如 此 受 苦 刑

ʐɤ^{55} ni^{21} ʂʅ^{21} le^{21} ti^{55}
认 呀 死 来 呢
招 了 会 死 人

ma^{21} ʐɤ^{55} ʂʅ^{21} le^{21} ti^{55}
不 认 死 来 呢
不 招 也 是 死

ʐɤ^{55} mu^{55} dʐa^{21} ti^{55} ka^{33}
认 做 有 呢 了
只 有 招 认 了

te^{21} dzʅ^{33} la^{33} ni^{21} la^{33}
一 点 轻 呀 轻
免 得 受 苦 刑

ma^{21} di̠^{33} di̠^{33} mu^{55} ʐɤ^{55}
不 愿 意 的 认
违 心 地 招 认

pʻa^{33} ʐɤ^{55} gɤ^{21} xo^{55} do^{21}
若 认 后 之 后
招 认 了 之 后

ʐu^{21} ni^{21} la^{21} kʻo^{21} te^{33}
抓 呀 牢 里 装
抓 他 关 牢 里

ʐɤ^{21} tʂʻa^{21} tʂʻɤ^{21} ʐu̠^{33} tsʅ^{55}
衙 人 十 位 派
派 十 个 衙 役

tʂa^{33} ɕi^{55} tɕe^{21} ʐu^{21} bi^{21}
张 四 姐 抓 给
去 抓 张 四 姐

ʐɤ^{21} tʂʻa^{21} kɤ^{55} tʂʻɤ^{21} ʐu̠^{33}
衙 人 那 十 人
那 十 个 衙 役

tʂʻu̠^{33} vɤ^{21} ɕe^{55} xe^{21} ko^{55}
崔 文 顺 家 里
赶 往 文 顺 家

tʂʻɤ^{21} ɣa^{21} mo^{55} lu^{21} no^{33}
到 呀 到 了 呢
来 到 了 那 里

tʂa^{33} ɕi^{55} tɕe^{21} ɕi^{55} ni^{21}
张 四 姐 的 呢
仙 女 张 四 姐

tʻe^{21} ni^{55} tʻo^{33} lɤ^{21} ʂu^{55}
一 看 时 去 呢
出 来 看 一 看

tʂa^{33} dʐʅ^{33} mɛ̠^{21} ʐɤ^{21} tɕe^{21}
张 官 吏 衙 役
知 县 派 衙 役

ŋo^{21} kʻæ^{21} ʐu^{21} le^{21} no^{33}
我 上 捉 来 呢
赶 来 捉 拿 我

tʂa^{33} ɕi^{55} tɕe^{21} ni̠^{33} tʂʻʅ^{33}
张 四 姐 心 气
四 姐 生 了 气

ʐɤ^{21} tɕʻe^{21} kɤ^{55} tʂʻɤ^{21} ʐu̠^{33}
衙 役 那 十 位
那 十 个 衙 役

ʐu^{21} ni^{21} dæ^{33} sʅ^{21} xo^{21}
捉 呀 打 死 掉
九 个 被 打 死

t'e^{21} ʐu^{33} t'ɤ^{21} k'u^{21} tɕe^{55}
一 位 放 回 去
放 一 人 回 去

t'ɤ^{21} k'u^{21} tɕe^{55} kɤ^{55} ʐu^{33}
放 回 去 那 人
放 回 去 那 人

tʂa^{33} dʐʅ^{33} mɛ^{21} bɤ^{55} t'e^{21}
张 官 吏 上 告
报 告 张 知 府

tʂa^{33} dʐʅ^{33} mɛ^{21} ni^{33} mo^{21}
张 官 吏 心 里
那 个 张 知 府

dʐa^{21} ma^{21} ʂo^{21} da^{21} no^{33}
在 不 畅 的 呢
张 知 府 大 怒

mo^{33} me^{33} ŋo^{33} xo^{21} xæ^{21}
马 兵 五 百 带
带 五 百 兵 马

dzæ^{21} nɯ^{55} do^{33} ʐo^{33} lɯ^{33}
鼓 绿 蜂 儿 鸣
鼓 声 如 蜂 鸣

mæ^{33} pɤ^{21} mu^{33} tsɛ^{33} dʐʅ^{21}
火 铳 天 炸 劈
火 铳 震 天 响

tɛ^{21} xæ^{21} næ^{21} sæ^{21} sæ^{21}
大 号 鸣 阵 阵
大 号 声 阵 阵

dzæ^{33} ga^{21} ɕe^{55} zi^{33} ne^{33}
矛 拉 阴 影 黑
长 矛 黑 压 压

tu^{21} ga^{21} mu^{33} da^{21} bo^{21}
盾 拉 天 影 亮
盾 影 映 天 空

ʔu^{33} tʂo^{21} me^{33} nɤ^{55} lɯ^{33}
头 帽 缨 红 映
帽 如 马 缨 花

ɕe^{33} de^{21} to^{21} ʂa^{55} ni^{21}
快 快 起 的 呢
快 快 去 出 征

tʂa^{33} ɕi^{55} tɕe^{21} ʐu^{21} bi^{21}
张 四 姐 捉 给
捉 拿 张 四 姐

tʂ'u^{33} vɤ^{21} ɕe^{55} xe^{21} tʂ'ɤ^{21}
崔 文 顺 房 到
来 到 崔 家 府

tʂa^{33} dʐʅ^{33} mɛ^{21} mo^{33} me^{33}
张 官 吏 马 兵
张 知 府 官 兵

tʂa^{33} ɕi^{55} tɕe^{21} k'o^{55} nɤ^{33}
张 四 姐 尾 藏
四 姐 在 家 里

t'e^{21} ni^{55} t'o^{33} lɤ^{21} ʂu^{55}
一 看 时 去 呢
出 门 看 一 看

ɣo^{21} ni^{55} ɣo^{21} ni̱^{33} tʂʻɿ^{33}
越 看 越 心 气
越 看 越 生 气

tʂa^{33} ɕi^{55} tɕe^{21} mi^{21} ŋa^{21}
张 四 姐 话 语
仙 女 张 四 姐

tʂa^{33} dʐɿ^{33} mɛ̱^{21} ɣa^{21} kɛ̱^{33}
张 官 吏 上 骂
她 开 口 骂 道

ŋo^{21} na^{21} pʻo^{21} sɿ^{21} dʑe^{33} ma^{21} bu^{21}
我 你 父 杀 的 不 有
你 我 没 有 杀 父 仇

mo^{33} me̱^{33} tsɿ^{55} dʐɣ^{21} xæ^{21}
马 兵 这 多 领
你 带 众 兵 马

ŋo^{21} ʐu^{21} le^{21} lo^{33} ŋɣ^{21}
我 捉 来 了 是
前 来 捉 拿 我

tʻe^{21} tɕe^{33} be̱^{33} du̱^{33} le^{33}
一 句 说 出 来
这 样 把 话 说

tʂa^{33} dʐɿ^{33} mɛ̱^{21} mi̱^{21} ŋa^{21}
张 官 吏 话 语
那 个 张 知 县

tʂa^{33} ɕi^{55} tɕe^{21} ɣa^{21} kɛ̱^{33}
张 四 姐 上 骂
骂 张 四 姐 道

va^{21} ʑe^{21} va^{21} tʻu^{21} sæ^{55}
王 员 外 银 金
员 外 家 金 银

na^{21} dʐɣ^{33} kʻɯ^{33} dʐɣ^{33} ʂu^{55}
你 的 偷 使 呢
你 偷 去 使 用

ʂɿ^{21} dʑe^{33} ba^{21} lo^{33} mu^{55}
死 的 有 了 呢
你 获 死 罪 了

na^{21} kʻa^{55} ʑe̱^{33} ɣa^{21} ni̱^{21}
你 何 了 的 呢
你 已 这 样 了

ŋo^{21} tʂʻa^{21} dæ^{33} sɿ^{21} xo^{21}
我 人 打 死 掉
打 死 我 的 人

tʻe^{21} tɕe^{33} be̱^{33} le^{21} no^{33}
一 句 说 来 呢
这 样 把 话 说

tʂa^{33} ɕi^{55} tɕe^{21} ɕi^{55} ni̱^{21}
张 四 姐 的 呢
仙 女 张 四 姐

tʂa^{33} dʐɿ^{33} mɛ̱^{21} ɣa^{21} be̱^{33}
张 官 吏 上 说
对 张 知 府 道

ni̱^{33} tʂʻɿ^{33} dʑa^{21} ma^{21} do^{21}
心 气 有 不 得
你 让 我 怒 火

fɛ̱33 tu̱21 dʑe33 du̱33 le33
法 术 使 出 来
使 出 法 术 来

tʂa̱33 tʂʅ33 fu21 ʐu̱21 ni21
张 知 府 捉 呀
捉 住 张 知 府

çe21 nɤ55 ka55 ɣa21 kɯ33
铁 红 中 呀 跪
红 铁 板 上 跪

tʂa̱33 tʂʅ33 fu21 çi55 ni21
张 知 府 的 呢
那 个 张 知 府

ma21 çe̱21 tsʅ33 dʑe33 mu21
不 久 狗 的 做
狗 一 样 乞 求

ʔu̱33 ka55 væ21 lo33 ʂu55
头 命 买 了 呢
求 你 留 条 命

ŋo21 gu̱21 lɤ21 da55 no33
我 回 去 了 呢
待 我 回 去 后

çe55 ko33 tʻɤ21 kʻu̱21 ni21
相 公 放 回 来
放 回 相 公 来

tʂa̱33 çi55 tçe21 çi55 ni21
张 四 姐 的 呢
仙 女 张 四 姐

tʻe21 dɯ21 tʻo33 ȵi55 ʂu55
一 想 时 看 呢
心 里 想 一 想

ŋo21 kɤ55 sʅ21 xo21 no33
我 他 杀 掉 呢
我 如 杀 了 他

mæ55 da33 ɣæ33 le21 ka33
名 声 大 来 了
四 方 把 名 扬

ma21 sʅ21 to33 de21 no33
不 杀 留 了 呢
如 是 不 杀 他

ni̱33 tʂʅ33 dʐa21 ma21 do21
心 气 有 不 行
难 息 心 中 火

tʂa̱33 çi55 tçe21 mi21 ŋa21
张 四 姐 话 话
仙 女 张 四 姐

tʻe21 tçe33 be̱33 le21 no33
一 句 说 来 呢
对 他 把 话 说

tʂa̱33 tʂʅ33 fu21 na21 le21
张 知 府 你 来
你 这 张 知 府

ŋo21 ʐu̱33 ta33 ʂʅ55 tʻɤ21 kʻu̱21 lo21
我 夫 快 速 放 回 来
快 放 我 丈 夫 回 来

ŋo21 ni33 t'a21 tʂ'ʅ33 bi21
我 心 莫 气 给
让 我 莫 生 气

kɤ55 ʂɤ21 kɛ33 gɤ21 no33
那 样 骂 后 呀
这 样 以 后 呀

tʂa33 tʂʅ33 fu21 ɕi55 ni21
张 知 府 的 呢
那 个 张 知 府

la33 tʂ'o33 pu33 ɣo55 gu21
快 快 返 回 回
快 速 返 回 家

vu55 xe21 tʂ'ɤ21 lɤ21 ni21
屋 房 到 了 呢
回 到 了 家 里

t'e21 dɯ21 t'o33 ni55 ʂu55
一 想 时 看 呢
心 里 想 一 想

tʂa55 pa55 ko55 lo33 ʔɤ55
张 巴 古 罗 喊
召 张 巴 古 罗

ʔɤ55 ni21 dʐɤ33 dʐe33 mu21
喊 呀 商 量 做
共 同 商 量 好

po33 ta55 t'e21 tʂo33 tʂ'u33
本 奏 一 张 写
写 一 本 奏 章

po33 tʂ'ɤ21 ɕe55 bɤ55 te33
包 丞 相 处 报
报 给 包 丞 相

t'e21 tɕe33 be33 le21 no33
一 句 说 来 呢
这 样 以 后 呀

tʂa33 ɕi55 tɕe21 ɕi55 ni21
张 四 姐 的 呢
仙 女 张 四 姐

t'e21 tɕe33 be33 le21 no33
一 句 说 来 呢
对 娘 把 话 说

ʔi55 mo21 xe21 k'ɯ55 xo55
阿 妈 房 下 守
娘 亲 你 守 家

ŋo21 ma21 lɤ21 de55 no33
我 不 去 的 呢
如 果 我 不 去

na21 ʐo33 ʂo21 k'u21 lɤ21 ni21 ʂo33
你 儿 找 回 来 的 难
你 儿 子 难 回 家 了

be33 gɤ21 lo21 ma21 mæ55
说 后 及 不 及
不 及 说 完 话

tʂa33 ɕi55 tɕe21 ɕi55 ni21
张 四 姐 的 呢
仙 女 张 四 姐

tæ^{55} ȵe̱^{33} tʻe^{21} go^{21} dzæ^{33}
云 里 一 朵 骑
骑 在 祥 云 上

ȵe̱^{33} tsʻɿ^{33} lo^{21} ma^{21} mæ^{55}
眼 闭 来 不 及
眨 眼 的 工 夫

tʂa^{33} tʂɿ^{33} fu^{21} xe^{21} tʂʻɤ^{21}
张 知 府 房 到
来 到 张 知 府

dzɿ^{21} du̱^{33} la^{21} kʻo^{21} ni^{55}
日 出 牢 里 看
看 看 东 边 牢

ʐu̱^{33} næ^{55} tʻa^{21} ma^{21} ŋa^{21}
夫 好 面 不 见
不 见 丈 夫 君

ʂɿ^{21} na^{21} la^{21} kʻo^{21} ni^{55}
南 方 牢 里 看
看 看 南 边 牢

ʐu̱^{33} næ^{55} kʻɤ^{55} ma^{21} dʐa^{21}
夫 好 他 不 在
没 看 见 丈 夫

dzɿ^{21} dɤ^{21} la^{21} kʻo^{21} ni^{55}
日 落 牢 里 看
看 看 西 边 牢

kɤ^{55} tʻe̱^{21} ni^{21} ma^{21} dʐa^{21}
那 里 也 不 在
不 见 丈 夫 君

tsæ^{55} dzɿ^{21} la^{21} kʻo^{21} ni^{55}
星 齐 牢 里 看
看 看 北 边 牢

ʐu̱^{33} næ^{55} tʂʻu̱^{33} vɤ^{21} ɕe^{55}
夫 好 崔 文 顺
丈 夫 崔 文 顺

kɤ^{55} ɣa^{55} dʐa^{21} to^{33} lo^{33}
那 呀 有 的 了
就 关 在 那 里

tʂa^{33} ɕi^{55} tɕe^{21} ɕi^{55} ni^{21}
张 四 姐 的 呢
仙 女 张 四 姐

la^{21} go^{21} dæ^{33} kʻa^{21} tɕe^{55}
牢 门 打 开 去
砸 开 了 牢 门

tʂʻu̱^{33} vɤ^{21} ɕe^{55} ko^{33} no^{33}
崔 文 顺 哥 呢
郎 哥 崔 文 顺

ɕe^{21} tɕe̱^{33} tʻe^{21} to^{55} tsæ^{55}
铁 链 一 千 斤
千 斤 大 铁 链

kɤ^{55} kʻæ^{21} ni^{21} tsʻɿ^{21} xo^{21}
他 上 呀 解 开
快 帮 他 解 开

tsʻɿ^{21} tʂu^{33} le̱^{21} tʂu^{33} ni^{21} ɬɤ̱^{33} xo^{21}
脚 镣 手 镣 也 脱 掉
打 开 脚 镣 和 手 镣

la^{21} xe^{21} kɤ^{55} ʂo^{21} k'o^{21}
牢 房 那 座 里
那 座 牢 房 里

fa^{55} ʐɤ^{21} t'e^{21} to^{55} lɤ^{33}
犯 人 一 千 个
犯 人 一 千 个

kɤ^{55} ɣa^{55} te^{33} to^{33} lo^{33}
那 呀 关 在 呢
都 关 在 那 里

lɤ^{33} lɤ^{33} tʂa^{33} ɕi^{55} tɕe^{21}
个 个 张 四 姐
个 个 求 四 姐

ɣa^{21} ts'ɿ^{33} dʑe^{33} mu^{21} lo^{21}
呀 求 的 做 了
求 四 姐 救 命

ʔu̱^{33} ka^{55} tʂu^{55} lo^{21} ɕi^{33}
头 命 救 了 呢
救 得 这 一 命

ʂo^{55} tʂ'u^{55} ɣa^{21} mi^{33} tu̱^{21}
香 烧 与 火 点
烧 香 又 点 烛

na^{21} la^{33} ko^{55} ti^{55} ka^{33}
你 上 供 的 了
不 忘 供 奉 你

fa^{55} ʐɤ^{21} gɤ^{55} t'e^{21} to^{55}
犯 人 那 一 千
那 犯 人 一 千

lɤ^{33} lɤ^{33} tʂa^{33} ɕi^{55} tɕe^{21}
个 个 张 四 姐
四 姐 都 帮 忙

tɕe̱^{33} ni^{21} ts'ɿ^{21} xo^{21} kɤ^{21}
链 呀 取 掉 完
个 个 取 枷 锁

tʂa^{33} ɕi^{55} tɕe^{21} ɕi^{55} ni^{21}
张 四 姐 的 呢
仙 女 张 四 姐

zi^{21} dʑe̱^{21} t'e^{21} mu^{55} mu^{55}
水 冷 一 口 含
含 一 口 仙 水

fɛ^{33} tu̱^{21} dʑɤ^{33} du̱^{33} le^{33}
法 术 使 出 来
使 出 法 术 来

zi^{21} dʑe̱^{21} kɤ^{55} t'e^{21} mu^{55}
水 冷 那 一 口
那 一 口 仙 水

mæ^{33} ʂu^{55} t'e^{21} p'ɤ^{21} ɬɛ^{21}
火 活 一 把 变
变 成 一 把 火

la^{21} xe^{21} kɤ^{55} t'e^{21} ʂo^{21}
牢 房 那 一 所
那 一 座 牢 房

lɤ^{33} lɤ^{33} tʂ'u^{55} xo^{21} gɤ^{21}
个 个 烧 掉 完
忽 然 成 灰 烬

tʂa33 ɕi55 tɕe21 ɕi55 ni21
张 四 姐 的 呢
仙 女 张 四 姐

tæ55 t'u21 t'e21 go21 dzæ33
云 的 一 朵 骑
骑 一 朵 祥 云

pu̱33 ɣo55 gu̱21 dɤ33 lɤ21
返 回 回 了 去
返 回 到 家 中

vu55 xe21 k'o21 ɣa21 tʂ'ɤ21
屋 房 里 呀 到
回 到 家 里 后

t'e21 dɯ21 t'o33 ni55 ʂu55
一 想 时 看 呢
心 里 想 一 想

va21 ʐe21 va21 dʐʅ33 me̱21
王 员 外 官 吏
这 个 王 员 外

ma21 sʅ21 to33 de21 no33
不 杀 留 了 呢
若 不 杀 了 他

ni̱33 ma21 ʂʅ21 sʅ21 le21
心 不 死 的 来
实 在 不 甘 心

tæ55 ne̱33 t'e21 go21 dzæ33
云 黑 一 朵 骑
乘 一 朵 祥 云

ne̱33 ts'ʅ33 lo21 ma21 mæ55
眼 闭 来 不 及
眨 眼 的 工 夫

va21 ʐe21 va21 ʐu21 le21
王 员 外 捉 来
捉 来 王 员 外

ɬi33 ts'ʅ21 dzʅ33 no55 t'e̱21
四 脚 铜 钉 钉
四 肢 钉 铜 钉

tu̱21 ga21 le̱21 ka55 tɯ̱33
火 拉 手 中 放
炭 火 放 掌 中

sʅ21 ni21 kɤ55 ɣa55 xo21
杀 呀 那 呀 掉
把 他 杀 死 了

dʐʅ33 ʐo33 va21 ʐe21 va21
官 人 王 员 外
那 个 王 员 外

ka55 ts'ʅ33 ŋo33 k'ɤ̱33 xa21
命 断 阴 府 过
命 断 奔 黄 泉

ɕe21 dzʅ33 ŋo33 de21 du33
气 绝 阴 坝 出
气 绝 奔 阴 府

tʂa33 ɕi55 tɕe21 ɕi55 ni21
张 四 姐 的 呢
仙 女 张 四 姐

pu̠33 ɣo55 gu̠21 dɤ21 lɤ21
返 回 回 了 去
返 回 到 家 中

dʐʅ33 ʐo33 tʂa33 dʐʅ33 mɛ̠21
官 人 张 官 吏
那 个 张 知 府

tʻe21 dɯ21 to33 ni55 ʂu55
一 想 时 看 呢
心 里 想 一 想

tʂa33 pa21 ko55 lo21 ʔɤ55
张 巴 古 罗 喊
喊 张 巴 古 罗

ʔɤ55 ʔɤ55 dʐʅɤ33 dʑe33 mu21
喊 喊 商 量 做
一 起 商 量 后

po21 ta55 tʻe21 tʂo33 tʂʻu̠33
本 奏 一 张 写
写 一 本 奏 文

po33 tʂʻɤ21 ɕe55 bɤ55 po55
包 丞 相 处 报
报 给 包 丞 相

ʂu33 tʻu21 kɤ55 tʂa33 xɤ21
书 白 那 张 拿
带 着 那 奏 文

lo21 go21 xo55 pʻo21 bi21
城 门 守 人 给
送 给 守 门 人

lo21 go21 xo55 pʻo21 no33
城 门 守 人 呢
那 个 守 门 人

ʂu33 ʂo21 kɤ55 tʂa33 xɤ21
书 文 那 张 拿
拿 着 那 奏 文

tʂʻa21 ʂu33 ko55 lo21 bi21
曹 书 古 罗 给
交 曹 书 古 罗

tʂʻa21 ʂu33 ko55 lo21 no33
曹 书 古 罗 呀
曹 书 古 罗 他

ʂu33 ʂo21 kɤ55 tʂa33 xɤ21
书 文 那 张 拿
带 上 那 奏 文

po33 tʂʻɤ21 ɕe55 bɤ55 te33
包 丞 相 处 投
呈 报 包 丞 相

po33 tʂʻɤ21 ɕe55 ɕi55 ni21
包 丞 相 的 呢
官 人 包 丞 相

dæ33 kʻa21 ni55 le21 dʐʅɤ33
打 开 看 来 呀
打 开 奏 文 看

tʂa33 lo21 tʂo55 fu21 tsʅ55
张 龙 赵 虎 派
派 张 龙 赵 虎

tʂa^{33} tʂʅ^{33} fu^{21} ʔɤ^{55} bi^{21}
张 知 府 喊 给
去 喊 张 知 府

tʂa^{33} tʂʅ^{33} fu^{21} tʂʻɤ^{21} le^{21}
张 知 府 到 来
张 知 府 来 到

tʂʻɤ^{21} ɕe^{55} tʻa^{33} ŋa^{21} no^{33}
丞 相 面 见 呢
看 见 了 丞 相

kɯ^{33} gɤ^{21} kɯ^{33} ma^{21} gɤ^{21}
跪 后 跪 不 过
急 急 忙 下 跪

tʻe^{21} tɕe^{33} be̠^{33} le^{21} no^{33}
一 句 说 来 呢
开 口 禀 报 道

tɕʻe̠^{33} ʐo^{33} kɤ^{55} tɕʻe̠^{33} ka^{55}
村 小 那 村 中
那 个 村 寨 中

ʐu^{21} tsʅ^{55} tʻe^{21} lɤ^{33} du̠^{33} le^{33} ŋɤ^{21}
妖 精 一 个 出 来 是
出 了 一 个 小 妖 精

ʔa^{21} mæ^{55} ʐo^{33} tʻe^{21} ʐu̠^{33}
女 姑 儿 一 位
是 个 小 女 妖

lu̠^{21} no^{33} tʂʻɤ^{21} tʂʻu̠^{21} kʻu̠^{33} ɣa^{21} lu̠^{21}
足 呀 十 六 岁 呀 足
妖 精 年 龄 十 六 岁

xɤ^{21} no^{33} tʂa^{33} tʂa^{33} xɤ^{21}
姓 呀 张 家 姓
妖 精 姓 张 氏

tʻe^{21} ʐu̠^{33} ŋɤ^{21} ti^{55} le^{21}
一 位 是 的 来
情 况 是 这 样

fɛ̠^{33} tu̠^{21} dʑe^{21} du̠^{33} le^{33}
法 术 使 出 来
她 会 用 法 术

ŋo^{21} le^{21} me̠^{33} ʐo^{33} ŋo^{33} xo^{21} xæ^{21}
我 来 兵 勇 五 百 领
我 带 领 五 百 兵 马

kɤ^{55} ʐu^{21} lɤ^{21} lo^{33} ʂu^{55}
她 捉 去 了 呢
去 捉 拿 此 妖

ʐu^{21} ni^{21} ɣo̠^{21} ma^{21} do^{21}
捉 呀 得 不 行
我 去 捉 拿 她

fɛ̠^{33} tu̠^{21} dʐɤ^{33} du̠^{33} le^{33}
法 术 使 出 来
她 会 使 法 术

ŋo^{21} le^{21} ma^{21} nɯ^{33} ȵe^{55} mu^{55}
我 来 不 醒 觉 做
使 我 瞬 间 昏 迷

tʻe^{21} tɕʻe̠^{33} tɕe̠^{33} dʐa^{21} mu^{55}
一 时 过 有 做
一 时 昏 昏 沉

kɤ^{55} ɣa^{55} ʐu^{21} ʔa^{21} ni^{21}
她 呀 捉 了 呢
兵 丁 被 她 捉

lɤ^{33} lɤ^{33} sɿ^{21} xo^{21} ɣa^{21}
个 个 杀 掉 呀
个 个 被 她 杀

fa^{55} ʐɤ^{21} tʻe^{21} to^{55} ʐu^{33}
犯 人 一 千 位
犯 人 一 千 个

lɤ^{33} lɤ^{33} kɤ^{55} ɣa^{55} tʻɤ^{21} xo^{21} gɤ^{21}
个 个 她 呀 放 掉 了
个 个 被 她 放 跑 了

va^{21} ʐe^{21} va^{21} dʐɿ^{33} ʐo^{33}
王 员 外 官 人
官 人 王 员 外

kɤ^{55} ɣa^{55} sɿ^{21} lo^{33} ŋɤ^{33}
她 呀 杀 了 是
也 被 她 杀 死

tʻe^{21} lɤ^{33} ŋo^{21} va^{21} tʂu^{21}
一 个 我 王 主
官 人 包 丞 相

mo^{33} me^{33} dʑe^{21} da^{55} no^{33}
马 兵 赶 了 呢
带 领 兵 和 马

ʐu^{21} lɤ^{21} no^{55} ti^{55} ka^{33}
捉 去 好 的 了
去 捉 妖 精 吧

kɤ^{55} ma^{21} ʐu^{21} xo^{21} no^{33}
她 不 捉 掉 呀
不 捉 除 此 妖

tʻe^{21} ʂa^{55} pʻi^{21} ma^{21} do^{21}
天 下 平 不 行
天 下 不 平 安

tʻe^{21} tɕe^{33} be^{33} lɤ^{21} no^{33}
一 句 说 了 呢
这 样 把 话 讲

po^{33} tʂʻɤ^{21} ɕe^{55} ɕi^{55} ni^{21}
包 丞 相 的 呢
官 人 包 丞 相

tʂa^{33} tʂɿ^{33} fu^{21} ɣa^{21} be^{33}
张 知 府 上 说
对 张 知 府 道

ŋo^{21} na^{55} tʻe^{55} lo^{21} mo^{21} kʻo^{21}
我 纳 铁 城 大 里
我 在 纳 铁 京 城

tʂʻɤ^{21} ɕe^{55} mu^{21} lo^{33} ʂu^{55}
丞 相 做 了 呢
在 任 丞 相 爷

ʐo^{33} tsɿ^{33} dʐa^{21} ma^{21} dʐo^{33}
妖 精 有 不 闻
未 闻 有 妖 精

tʂa^{33} tʂɿ^{33} fu^{21} ɣa^{21} le^{21}
张 知 府 呀 来
张 知 府 的 话

dzɿ^{33} ŋa^{55} dzæ^{21} ma^{21} sɛ̱^{21}
假 与 真 不 知
不 知 真 与 假

tʂa^{33} tʂʅ^{33} fu^{21} ʐu^{21} ni^{21}
张 知 府 捉 呀
捉 住 张 知 府

la^{21} k'o^{21} te^{33} tɤ^{33} lɤ^{21}
牢 里 投 留 下
关 在 大 牢 中

lɤ^{21} ni^{21} ni^{55} da^{55} no^{33}
去 呀 看 去 呢
待 我 去 查 看

ʐo^{21} tsɿ^{55} ma^{21} dʐa^{21} no^{33}
妖 精 不 有 呀
如 没 有 妖 精

dʐʅ^{33} næ^{55} na^{21} ʔu̱^{33} ka^{55}
官 小 你 头 命
小 官 你 的 头

ma^{21} sɿ^{21} mu^{55} ma^{21} dzæ^{21}
不 杀 做 不 信
不 能 不 杀 了

t'e^{21} tɕe^{33} be̱^{33} tɤ^{33} lɤ^{21}
一 句 说 留 下
这 样 把 话 说

po^{33} tʂ'ɤ^{21} ɕe^{55} ɕi^{55} ni^{21}
包 丞 相 的 呢
官 爷 包 丞 相

ɳe̱^{21} be̱^{33} ni̱^{33} ma^{21} ʂo^{21}
嘴 说 心 不 快
心 中 没 有 底

ni̱^{33} mo^{21} næ^{55} do^{21} do^{21}
心 里 惊 奇 奇
半 信 又 半 疑

dʐʅ^{33} ɣæ^{33} mɛ̱^{21} næ^{55} xæ^{21}
官 大 吏 小 带
带 领 官 和 吏

mo^{33} to^{55} me̱^{21} ne^{33} dʑe̱^{21}
马 千 兵 万 赶
带 领 兵 和 将

ʐo^{33} tsɿ^{33} ʐu^{21} du̱^{33} lɤ^{21}
妖 精 捉 出 去
出 去 捉 妖 精

go^{21} k'a^{21} dzæ^{21} nɯ^{55} dæ^{33}
门 开 鼓 绿 打
敲 锣 又 打 鼓

ʂa^{21} dæ^{33} mu^{33} p'e̱^{21} nɤ^{55}
伞 打 天 边 红
红 伞 映 天 际

p'æ^{33} tɕ'e^{21} sɛ̱^{21} ʐɤ^{21} ʐɤ^{21}
旗 掉 长 坠 坠
旌 旗 长 长 飘

ʔu̱^{33} tʂo^{21} me̱^{33} nɤ^{55} tæ^{55}
头 帽 缨 红 栽
帽 如 马 缨 花

dʑæ^{21} ga^{21} çe^{55} zi̱^{21} ne̱^{33}
矛 拉 阴 影 黑
长 矛 黑 压 压

tu̱^{21} ga^{21} mu^{33} p'e̱^{21} bo^{21}
盾 拉 天 边 亮
盾 影 映 天 空

no^{55} t'e̱^{21} ʂo^{55} ɣɯ^{33} du̱^{33}
箭 只 麦 杆 出
箭 多 如 麦 秆

ta^{55} p'o^{21} mu^{33} tsɛ̱^{33} dʑʅ^{21}
大 炮 天 边 失
大 炮 震 天 响

mæ^{33} pɤ^{21} t'u^{21} ku^{21} du̱^{33}
火 铳 半 花 出
火 铳 响 不 停

ti^{55} ta^{55} do^{33} ʐo^{33} lɯ^{33}
唢 呐 蜂 儿 鸣
唢 呐 如 蜂 鸣

tɛ^{21} xæ^{21} næ^{21} çe̱^{33} çe̱^{33}
大 号 鸣 阵 阵
大 号 声 阵 阵

dʐʅ^{33} ɣæ^{33} lɤ^{21} mɛ̱^{21} næ^{55}
官 大 与 吏 小
大 官 和 小 吏

ʂa^{33} xo^{21} ʐu̱^{33} le^{21} xæ^{21}
三 百 人 来 带
带 上 三 百 人

mo^{33} sæ^{21} ɣa^{21} me̱^{21} sæ^{21}
马 主 与 兵 主
随 行 兵 和 马

ʂa^{33} to^{55} ʐu̱^{33} le^{21} xæ^{21}
三 千 人 来 带
带 上 三 千 人

çe^{21} de^{21} to̱^{21} ʂa^{55} ni^{21}
快 速 起 了 呢
快 快 去 出 征

tʂ'u̱^{33} vɤ^{21} çe^{55} xe^{21} tʂɤ^{21}
崔 文 顺 家 到
来 到 崔 家 府

tʂ'u̱^{33} vɤ^{21} çe^{55} xe^{21} ko^{55}
崔 文 顺 房 屋
崔 家 的 府 院

ʂa^{33} tʂ'ɤ^{21} tɤ^{33} mu^{55} tɤ^{21}
三 十 层 的 堵
包 围 三 十 层

tʂa^{55} ni^{21} væ^{21} lo^{33} tɤ^{21}
转 呀 团 了 堵
团 团 地 围 住

tʂ'u̱^{33} vɤ^{21} çe^{55} tʂ'a^{21} no^{33}
崔 文 顺 人 呀
那 个 崔 文 顺

dzu^{33} ni^{21} t'e^{21} dʐa^{21} ʂʅ^{21}
怕 呀 一 次 死
吓 得 昏 死 去

tʂʻu̠^{33} vɤ^{21} ɕe^{55} mi^{21} ŋa^{21}
崔 文 顺 话 语
那 个 崔 文 顺

tʂa^{33} ɕi^{55} tɕe^{21} ɤa^{21} be̠^{33}
张 四 姐 上 说
对 妻 把 话 说

ʔa^{21} ʂa^{21} na^{21} dʐɤ^{33} ni^{21}
从 前 你 去 呀
不 久 你 出 门

va^{21} ʐe^{21} va^{21} dæ^{33} sɿ^{21}
王 员 外 打 死
打 死 王 员 外

ʔa^{21} næ^{21} po^{33} tʂʻɤ^{21} ɕe^{55}
现 在 包 丞 相
如 今 包 丞 相

mo^{33} to^{55} me̠^{21} ȵe^{21} xæ^{21}
马 千 兵 万 领
带 领 千 兵 马

ŋo^{21} lo^{21} tʂa^{55} væ^{21} ka^{33}
我 府 围 团 了
包 围 我 府 院

mo^{21} ȵe^{55} tʂa^{33} ɕi^{55} tɕe^{21}
母 姑 张 四 姐
妻 子 张 四 姐

ɤæ^{21} sɿ^{33} sɿ^{33} mu^{55} ni^{21}
笑 嘻 嘻 的 呢
她 笑 眯 眯 地

tʂʻu̠^{33} vɤ^{21} ɕe^{55} ɤa^{21} be̠^{33}
崔 文 顺 上 说
对 文 顺 说 道

ma^{21} kæ^{55} le^{21} ma^{21} kæ^{55}
不 怕 来 不 怕
你 不 用 害 怕

ma^{21} kæ^{55} na^{21} tʻa^{21} dʑu̠^{33}
不 怕 你 莫 急
你 不 用 惊 慌

na^{21} dʑu̠^{33} ma^{21} dʐa^{21} le^{21}
你 急 不 用 来
你 不 用 着 急

na^{21} xe^{21} kʻɯ^{55} dʐa^{21} lɤ^{21}
你 屋 下 在 去
你 就 在 家 里

kɤ^{55} ŋo^{21} ʐu^{21} le^{21} ŋa^{55}
他 我 捉 来 要
是 他 捉 拿 我

ŋo^{21} kɤ^{55} ʐu^{21} ma^{21} sɛ̠^{21}
我 他 捉 不 知
还 是 我 捉 他

na^{21} ni^{55} go^{21} to^{33} lo^{21}
你 看 玩 的 了
你 等 着 看 吧

tʻe^{21} tɕe^{33} be̠^{33} le^{21} no^{33}
一 句 说 来 呢
这 样 把 话 说

tʂa^{33} ɕi^{55} tɕe^{21} ɕi^{55} ni^{21}
张 四 姐 的 呢
妻 子 张 四 姐

t'e^{21} ni^{55} t'o^{33} le^{21} no^{33}
一 看 去 来 呢
好 好 看 一 看

po^{33} tʂ'ɤ^{21} ɕe^{55} tsɿ^{55} lɤ^{33}
包 丞 相 这 个
那 个 包 丞 相

tʂa^{55} ni^{55} ʂu^{21} ʐu^{21} tɯ̱^{33}
照 看 人 拿 着
拿 着 照 宝 镜

kɤ^{55} ɣa^{55} xɤ̱^{21} to^{33} lo^{33}
那 呀 站 立 了
站 立 在 那 里

po^{33} tʂ'ɤ^{21} ɕe^{55} mo^{33} me̱^{33}
包 丞 相 马 兵
包 丞 相 兵 马

t'e^{21} ni^{55} t'o^{33} le^{21} ʂu^{55}
一 看 去 来 呢
看 看 他 的 兵

mo^{21} ȵe^{55} tʂa^{33} ɕi^{55} tɕe^{21}
母 姑 张 四 姐
仙 女 张 四 姐

k'ɛ̱^{21} de^{21} ɣæ^{21} du̱^{33} le^{33}
嘻 地 笑 出 来
不 禁 笑 出 声

tʂa^{33} ɕi^{55} tɕe^{21} ɕi^{55} ni^{21}
张 四 姐 的 呢
仙 女 张 四 姐

po^{33} tʂ'ɤ^{21} ɕe^{55} ɣa^{21} kɛ̱^{33}
包 丞 相 上 骂
骂 包 丞 相 道

ŋo^{21} le^{21} na^{55} ba^{33} sɿ^{21}
我 来 你 父 杀
我 没 杀 你 父

kɤ^{55} xɤ^{21} ni^{21} ma^{21} ŋɤ^{21}
那 样 的 不 是
与 你 无 冤 仇

mo^{33} me̱^{33} tsɿ^{55} dʐɤ^{21} dʑe^{21}
马 兵 这 多 赶
带 众 多 兵 马

ŋo^{21} ʐu^{21} ʔa^{21} xɤ^{33} mu^{21}
我 捉 什 么 做
为 何 要 抓 我

po^{33} tʂ'ɤ^{21} ɕe^{55} mi^{21} ŋa^{21}
包 丞 相 话 语
那 个 包 丞 相

tʂa^{33} ɕi^{55} tɕe^{21} ɣa^{21} be̱^{33}
张 四 姐 上 说
对 四 姐 说 道

na^{21} no^{33} ʐo^{21} tsɿ^{33} dʐa^{21}
你 呀 妖 精 是
你 是 个 妖 精

ŋo^{21} na^{21} ʐu^{21} le^{21} ŋɤ^{33}
我 你 捉 来 是
我 要 捉 拿 你

po^{33} tʂʻɤ^{21} ɕe^{55} mi^{21} ŋa^{21}
包 丞 相 话 语
那 个 包 丞 相

ʂa^{55} tɕe^{33} ʔɤ^{55} lɤ^{21} no^{33}
三 句 喊 去 呀
大 吼 三 声 后

tʂa^{55} po^{21} tɕe^{55} ʐu^{21} lo^{33}
照 宝 镜 拿 了
拿 出 照 宝 镜

ʔa^{21} xɤ^{33} ʐu^{21} tsɿ^{33} dʐa^{21}
什 么 妖 精 是
是 何 方 妖 精

tʻe^{21} tʻɛ̱^{33} tʂa^{55} ni^{55} ni^{21}
一 下 照 看 呢
好 好 照 一 照

tʂa^{33} ɕi^{55} tɕe^{21} mi^{21} ŋa^{21}
张 四 姐 话 语
仙 女 张 四 姐

po^{33} tʂʻɤ^{21} ɕe^{55} ɤa^{21} be̱^{33}
包 丞 相 上 说
对 包 丞 相 道

tʂa^{55} po^{21} tɕe^{55} pʻa^{33} tʂa^{55} ni^{55} no^{33}
照 宝 镜 若 照 着 呢
你 用 照 宝 镜 照 我

dzu̱^{33} tsʻɿ^{33} tsʻɿ^{33} mu^{55} ni^{21}
怕 惊 惊 的 了
胆 战 又 心 惊

tʻe^{21} tʻɛ̱^{33} tʂa^{55} ni^{55} ʂu^{55}
一 下 照 看 呢
好 好 照 照 看

tʂa^{33} ɕi^{55} tɕe^{21} mi^{21} ŋa^{21}
张 四 姐 话 语
仙 女 张 四 姐

ɕe^{33} ʐɤ^{21} dʐa^{21} ti^{55} ka^{33}
仙 人 有 的 是
乃 是 仙 人 身

tʻa^{21} dzæ^{21} dzæ^{21} mu^{55} ni^{21}
莫 信 信 的 呢
她 亭 亭 玉 立

po^{33} tʂʻɤ^{21} ɕe^{55} dʐɿ^{33} mɛ̱^{21}
包 丞 相 官 吏
官 人 包 丞 相

ɕe^{21} ʂu^{55} tʻe^{21} pʻe̱^{33} tɯ̱^{33}
铁 块 一 把 拿
手 拿 大 铁 叉

tʻe^{21} tʻe^{33} dzɿ^{33} tɕe^{55} lɤ^{21}
一 下 砍 去 了
用 力 砍 过 来

tʂa^{33} ɕi^{55} tɕe^{21} ɕi^{55} ni^{21}
张 四 姐 的 呢
仙 女 张 四 姐

sæ^{55} dʐo^{21} ta^{33} ʐu^{21} ni^{21}
金 钗 抬 拿 呢
拿 出 金 宝 钗

tʻe^{21} tʻɛ̲^{33} gu^{21} tɕe^{55} lɤ^{21}
一 下 做 去 了
变 出 法 术 来

tʂa^{33} ɕi^{55} tɕe^{21} vi^{55} ɣɤ^{21}
张 四 姐 前 面
张 四 姐 前 面

lo^{33} mo^{33} tʻe^{21} tu^{33} le^{21}
龙 马 一 匹 来
现 一 匹 龙 马

kʻɤ^{21} vi^{55} ɣɤ^{21} xɤ̲^{21} to^{33} lo^{21}
她 前 面 站 立 着
站 立 在 她 面 前

po^{33} tʂʻɤ^{21} ɕe^{55} ɕi^{55} ni^{21}
包 丞 相 的 呢
官 人 包 丞 相

ko^{55} dʐa^{21} ni^{55} ma^{21} kɯ^{33}
脖 有 看 不 敢
不 敢 抬 头 看

dʐu̲^{33} ni^{21} tʻe^{21} dʐa^{21} ʂɿ^{21}
怕 呀 一 次 死
差 点 被 吓 死

ko^{55} tʻe̲^{21} mi^{21} ma^{21} be̲^{33}
那 里 话 不 说
包 爷 不 言 语

la^{33} tʂʻo^{33} pu̲^{33} ɣo^{55} gu̲^{21}
快 回 返 回 回
快 快 来 撤 兵

vu^{55} xe^{21} tʂʻɤ^{21} ma^{21} mæ^{55}
屋 房 到 不 及
不 及 回 到 府

tʂa^{33} ɕi^{55} tɕe^{21} ɕi^{55} ni^{21}
张 四 姐 的 呢
仙 女 张 四 姐

tæ^{55} tʻu^{21} tʻe^{21} go^{21} dʐæ^{33}
云 白 一 朵 骑
乘 一 朵 祥 云

po^{33} tʂʻɤ^{21} ɕe^{55} do^{21} te^{21}
包 丞 相 随 追
追 赶 包 丞 相

po^{33} tʂʻɤ^{21} ɕe^{55} ga^{21} kʻæ^{21}
包 丞 相 捆 绑
捆 绑 包 丞 相

tsʻɿ^{21} ni^{21} ta^{55} tʻa^{21} to^{33}
捆 呀 大 堂 放
放 在 大 堂 里

tʂa^{33} ɕi^{55} tɕe^{21} mi^{21} ŋa^{21}
张 四 姐 话 语
仙 女 张 四 姐

tʂʻu^{33} vɤ^{21} ɕe^{55} ɣa^{21} be̲^{33}
崔 文 顺 上 说
对 丈 夫 说 道

tʂʻa^{21} ɬo^{55} ŋo^{21} ʐu̱^{33} næ^{55}
人 聪 我 夫 君
我 的 好 夫 君

po^{33} tʂʻɤ^{21} ɕe^{55} kɤ^{55} lɤ^{33}
包 丞 相 那 个
那 个 包 丞 相

tsʻɿ^{21} ni^{21} ta^{55} tʻa^{21} kʻo^{21}
捆 呀 大 堂 里
捆 在 大 堂 里

kɤ^{55} ɣa^{21} to^{33} ŋɤ^{21} le^{21}
那 呀 放 是 来
放 在 那 里 了

ma^{21} sɿ^{21} to^{33} de^{21} no^{33}
不 杀 放 的 呢
如 果 不 杀 他

ni̱^{33} tʂʻʅ^{33} dʐa^{21} ma^{21} do^{21}
心 气 有 不 行
实 在 难 消 气

ŋo^{21} kɤ^{55} sɿ^{21} de^{21} no^{33}
我 他 杀 的 呀
我 若 杀 了 他

ʐɤ^{21} tʂo^{33} ɣo^{21} le^{21} dʐɿ^{33}
仁 宗 皇 手 下
仁 宗 朝 廷 里

tʻo^{21} ka^{55} dʐʅ^{33} mɛ̱^{21} tʻe^{21} ʐu̱^{33} dʐa^{21}
清 官 官 吏 一 人 有
他 是 一 清 官 大 人

mu^{33} tʻu^{21} tsɿ^{55} tɤ^{33} kʻɯ^{55}
天 白 这 层 下
这 个 青 天 下

tʂʻɤ^{21} ɕe^{55} ma^{21} dʐa^{21} no^{33}
丞 相 不 有 呀
不 能 没 有 他

ʐu̱^{33} næ^{55} tʂʻɤ^{21} ɕe^{55} ko^{33}
夫 君 崔 相 公
夫 君 崔 文 顺

tʻe^{21} tɕe^{33} be̱^{33} le^{21} no^{33}
一 包 说 来 呢
对 妻 子 说 道

na^{21} kɤ^{55} sɿ^{21} xo^{21} no^{33}
你 他 杀 了 呢
你 若 杀 了 他

ʐɤ^{21} tʂo^{33} tʂu^{21} ɣo^{21} te̱^{21} le^{21}
仁 宗 主 皇 帝 来
京 城 仁 宗 皇 帝

kɤ^{55} pʻa^{33} sɛ̱^{21} de^{21} no^{33}
他 若 知 了 呢
他 若 知 道 了

ʂɿ^{21} dʐe^{33} no^{55} ma^{21} pʻe^{21}
死 的 好 不 了
会 震 怒 朝 廷

tʂa^{33} ɕi^{55} tɕe^{21} ɕi^{55} ni^{21}
张 四 姐 的 呢
仙 女 张 四 姐

tʂʻu̱^{33} vɤ^{21} ɕe^{55} da^{21} dʑæ^{21}
崔 文 顺 话 信
听 信 夫 君 言

po^{33} tʂʻɤ^{21} ɕe^{55} tʻɤ^{21} kʻu̱^{21}
包 丞 相 放 回
放 了 包 丞 相

po^{33} tʂʻɤ^{21} ɕe^{55} ɕi^{55} ni^{21}
包 丞 相 的 呢
官 人 包 丞 相

la^{33} tʂʻo^{33} pu̱^{33} ɤo^{55} gu̱^{21}
快 快 返 回 回
快 快 返 回 去

vu^{55} xe^{21} kʻo^{21} ɤa^{21} ni^{21}
屋 房 里 呀 坐
坐 在 大 堂 里

tʻe^{21} dɯ^{21} tʻo^{33} ni^{55} ʂu^{55}
一 想 时 看 呢
好 好 想 一 想

ʐɤ^{21} tʂo^{33} ɤo^{21} te̱^{21} bɤ^{55}
仁 宗 皇 帝 处
要 禀 报 皇 帝

tʂʻɤ^{21} ɤa^{21} mo^{55} lu^{21} no^{33}
到 呀 高 低 呢
来 到 皇 宫 里

kɯ^{33} gɤ^{21} kɯ^{33} ma^{21} gɤ^{21}
跪 后 跪 不 后
跪 拜 皇 帝 后

tʻe^{21} tɕe^{33} be̱^{33} le^{21} ʂu^{55}
一 句 说 来 呢
开 口 报 禀 道

tsʅ^{21} ɕa^{33} ŋo^{21} tʂu^{21} le^{21}
青 山 我 主 来
我 主 万 万 岁

na^{55} tʻe^{55} lo^{21} mo^{21} kʻo^{21}
纳 铁 城 大 里
纳 铁 京 城 里

ʐo^{21} tsʅ^{33} du̱^{33} le^{21} ŋɤ^{21}
妖 精 出 来 是
出 了 妖 精 了

xɤ^{21} no^{33} tʂa^{33} tʂa^{33} xɤ^{21}
姓 呀 张 家 姓
妖 精 姓 张 氏

kʻu̱^{21} no^{33} tʂʻɤ^{21} tʂʻu̱^{21} kʻu̱^{33} ɤa^{21} lu̱^{21}
年 呀 十 六 岁 呀 满
她 的 年 龄 十 六 岁

mæ^{55} no^{33} tʂa^{33} ɕi^{55} tɕe^{21} ɤa^{21} mæ^{55}
名 呀 张 四 姐 呀 取
她 的 名 叫 张 四 姐

tʻe^{21} lɤ^{33} dʐa^{21} ŋɤ^{21} le^{21}
一 个 有 是 来
这 样 一 个 妖

ʐu^{21} lɤ^{21} no^{55} ti^{55} ka^{33}
捉 去 好 的 了
要 把 她 捉 拿

tʂa^{33} tʂʅ^{33} fu^{21} xe^{21} ko^{55}
张 知 府 房 屋
张 知 府 房 屋

kɤ^{55} ɣa^{21} tʂ'u^{55} xo^{21} kɤ^{21}
她 呀 烧 掉 完
被 她 全 烧 毁

la^{21} k'o^{21} tʂ'a^{21} ko^{55} ni^{21}
牢 里 人 的 有
所 有 的 犯 人

kɤ^{55} le^{21} k'ɤ^{55} t'ɤ^{21} xo^{21} kɤ^{55}
她 来 她 放 掉 完
被 她 全 部 放 跑

va^{21} ʐe^{21} va^{21} ɕi^{55} ni^{21}
王 员 外 的 呢
官 人 王 员 外

kɤ^{55} le^{21} sʅ^{21} xo^{21} gɤ^{21} lo^{33} ka^{33}
她 来 杀 掉 后 了 呢
也 是 被 她 杀 死 了

ts'ʅ^{21} ʂa^{33} ŋo^{21} tʂu^{21} le^{21}
青 山 我 主 来
我 主 大 皇 帝

ma^{21} sʅ^{21} xo^{21} da^{55} no^{33}
不 杀 掉 的 呢
不 除 此 妖 精

t'e^{21} ʂa^{33} p'i^{21} ma^{21} do^{21}
天 下 平 不 行
天 下 不 太 平

ʐɤ^{21} tʂo^{33} tʂu^{21} ɣo^{33} mu^{33}
仁 宗 主 皇 帝
仁 宗 大 皇 帝

tɕe^{55} tʂ'ɤ^{21} tʂo^{33} tʂ'ɤ^{21} ʔɤ^{55}
敬 臣 忠 臣 喊
召 集 各 忠 臣

dʐʅ^{33} ɣæ^{33} mɛ̱^{21} næ^{55} ʔɤ^{55}
官 大 吏 小 喊
召 集 官 和 吏

tʂ'a^{21} ɕi^{55} ko^{55} lo^{21} ʔɤ^{55}
察 史 阁 老 喊
察 史 和 阁 老

ʔɤ^{55} ni^{21} to^{33} da^{55} no^{33}
喊 呀 放 了 呢
全 部 召 集 来

ʐɤ^{21} tʂo^{33} tʂo^{33} ɣo^{33} mu^{33}
仁 宗 主 皇 帝
皇 帝 仁 宗 主

t'e^{21} nɛ̱^{21} tɤ̱^{21} du̱^{33} le^{33}
一 事 吩 出 来
开 口 吩 咐 道

mo^{33} dʐe̱^{21} me̱^{21} dʐe̱^{21} ni^{21}
马 赶 兵 赶 呢
派 精 兵 强 将

ʐo^{21} tsʅ^{33} ʐu^{21} lɤ^{21} ni^{21}
妖 精 拿 去 呢
去 捉 拿 妖 精

ʐo^{21} tsɿ^{33} ʐu^{21} do^{21} xɤ^{21}
妖 精 捉 行 人
能 降 妖 的 人

dʐa^{21} dʐa^{21} pʻe^{21} ni^{21} le^{21}
有 有 该 的 来
是 否 找 得 到

be̱^{33} gɤ^{21} lo^{21} ma^{21} mæ^{55}
说 后 来 不 及
不 及 说 完 话

po^{33} tʂʻɤ^{21} ɕe^{55} ɕi^{55} ni^{21}
包 丞 相 的 呢
大 臣 包 丞 相

ʐɤ^{21} tʂo^{33} tʂu^{21} vi^{55} ɣɤ^{21}
仁 宗 主 前 面
跪 在 皇 帝 前

tʻe^{21} tɕe^{33} be̱^{33} le^{21} no^{33}
一 句 说 来 呢
开 口 禀 报 道

fu^{21} tɕe^{55} fu^{21} ʐe^{21} tɕʻe^{21}
呼 家 呼 延 庆
将 军 呼 延 庆

ʐa^{21} tʂa^{55} ʐa^{21} vɤ^{21} ka^{33}
杨 家 杨 文 广
还 有 杨 文 广

kɤ^{55} ni^{21} nɤ^{33} ma^{21} ŋɤ^{21}
那 二 个 不 是
不 是 那 两 个

ʐo^{21} tsɿ^{33} ʐu^{21} ma^{21} do^{21}
妖 精 捉 不 行
无 力 降 妖 精

tʻe^{21} tɕe^{33} be̱^{33} le^{21} no^{33}
一 句 说 来 呢
这 样 把 话 说

ɣo^{33} mu^{33} sæ^{55} ȵe̱^{21} kʻa^{21}
皇 帝 金 嘴 开
皇 帝 开 金 口

pʻa^{55} ʂu^{33} tʻe^{21} tʂo^{33} tʂʻu̱^{33}
派 书 一 张 写
传 下 一 圣 旨

tʻe^{21} po^{21} fu^{21} lo^{21} kʻo^{21}
天 波 府 城 里
送 到 天 波 府

ʐa^{21} vɤ^{21} ka^{33} bɤ^{55} tɕe^{55}
杨 文 广 处 生
送 给 杨 文 广

ʐa^{21} vɤ^{21} ka^{33} ʔi^{55} mo^{21}
杨 文 广 阿 妈
杨 文 广 的 娘

ʂu^{33} sæ^{55} le̱^{21} ɣa^{21} tɯ̱^{33}
书 金 手 上 拿
手 里 拿 圣 旨

kʻa^{21} ni^{21} ni^{55} le^{21} ʂu^{55}
开 呀 看 来 呢
打 开 看 一 看

na^{55} t'e^{55} lo^{21} mo^{21} k'o^{21}
纳 铁 城 大 里
纳 铁 京 城 里

ʐo^{21} tsɿ^{33} t'e^{21} lɤ^{33} du̱^{33}
妖 精 一 个 出
出 了 妖 精 了

mo^{33} me̱^{33} dʑe^{21} ʂa^{55} ni^{21}
马 兵 赶 的 呢
带 着 兵 和 将

ʐo^{21} tsɿ^{33} ʐu^{21} lɤ^{21} le^{21}
妖 精 捉 去 来
快 来 降 妖 精

ʐa^{21} vɤ^{21} ka^{33} ɣa^{21} t'e^{21}
杨 文 广 上 告
告 知 杨 文 广

no^{21} tʂa^{33} ʐa^{21} vɤ^{21} ka^{33}
大 将 杨 文 广
将 军 杨 文 广

mo^{33} me̱^{33} dʑe^{21} ʂa^{55} ni^{21}
马 兵 赶 了 呢
召 集 兵 和 将

tu̱^{21} ga^{21} mu^{33} p'e̱^{33} bo^{21}
盾 拉 天 边 亮
盾 牌 亮 闪 闪

go^{21} k'a^{21} ta^{55} p'o^{55} t'ɤ^{21}
门 开 大 炮 放
大 炮 震 天 响

mæ^{33} bɛ̱^{33} mu^{33} tsɛ̱^{33} dʐɿ^{33}
火 炮 天 炸 裂
火 炮 声 阵 阵

çe̱^{21} de^{21} to̱^{21} ʂa^{55} ni^{21}
快 快 起 了 呢
快 速 上 战 场

tʂ'u̱^{33} vɤ^{21} çe^{55} xe^{21} ko^{55}
崔 文 顺 房 府
崔 文 顺 门 院

ʂa^{33} tʂ'ɤ^{21} tɤ̱^{33} mu^{55} tɤ^{21}
三 十 层 的 堵
四 周 都 围 住

tʂa^{55} ni^{21} væ^{21} lo^{33} ʂu^{55}
转 呀 团 了 呢
团 团 围 起 来

tʂ'u̱^{33} vɤ^{21} çe^{55} çi^{55} ni^{21}
崔 文 顺 的 呢
丈 夫 崔 文 顺

tʂa^{33} çi^{55} tçe^{21} ɣa^{21} be^{33}
张 四 姐 上 说
对 妻 把 话 说

tʂ'ɤ^{21} çe^{55} ma^{21} dæ^{33} ni^{21}
丞 相 不 打 呢
未 曾 打 丞 相

ʂɿ^{21} dʑe^{33} ni^{21} ma^{21} dʐa^{21}
死 的 呀 不 有
不 会 得 死 罪

be̱^{33} gɤ^{21} lo^{21} ma^{21} mæ^{55}
说 后 了 不 及
没 等 话 说 完

tʂa^{33} ɕi^{55} tɕe^{21} ɕi^{55} ni^{21}
张 四 姐 的 呢
妻 子 张 四 姐

ȵe^{21} no^{33} ɤæ^{21} sɿ^{33} sɿ^{33}
嘴 呀 笑 眯 眯
笑 着 对 夫 说

t‘a^{21} ts‘ɿ^{33} le^{21} ʐu̱^{33} næ^{55}
莫 愁 来 夫 君
夫 君 不 要 愁

tʂa^{33} ɕi^{55} tɕe^{21} ɕi^{55} ni^{21}
张 四 姐 的 呢
妻 子 张 四 姐

fɛ̱^{33} tu̱^{21} dʐɤ^{33} du̱^{33} le^{33}
法 术 使 出 来
使 出 法 术 来

ȵe^{21} no^{21} k‘æ^{21} ɤa^{21} xɤ^{21}
天 空 上 呀 站
站 在 天 空 中

t‘e^{21} t‘ɛ̱^{33} ni^{55} lɤ^{21} ʂu^{55}
一 下 看 去 呢
看 一 看 阵 势

dʐɿ^{33} ʐo^{33} ʐa^{21} vɤ^{21} ka^{33}
官 人 杨 文 广
将 军 杨 文 广

tʂa^{33} ɕi^{55} tɕe^{21} ɤa^{21} be̱^{33}
张 四 姐 上 说
对 四 姐 说 道

na^{55} t‘e^{55} lo^{21} mo^{21} k‘o^{21}
纳 铁 城 大 里
纳 铁 京 城 里

pu̱^{33} le^{21} na^{21} ŋɤ^{21} dʐɤ^{33}
反 来 你 是 呀
你 来 反 朝 廷

t‘e^{21} tɕe^{33} be̱^{33} lɤ^{21} no^{33}
一 句 说 来 呀
这 样 把 话 说

tʂa^{33} ɕi^{55} tɕe^{21} ni^{33} tʂ‘ɿ^{33}
张 四 姐 心 气
张 四 姐 大 怒

fɛ̱^{33} tu̱^{21} dʐɤ^{33} du̱^{33} le^{33}
法 术 使 出 来
使 出 法 术 来

zi^{21} dʐe̱^{21} t‘e^{21} mu^{55} mu^{55}
水 冷 一 口 含
仙 水 含 一 口

t‘e^{21} t‘ɛ̱^{33} p‘u^{21} tɕe^{55} lɤ^{21}
一 下 喷 出 去
喷 到 半 空 中

lo^{33} mo^{33} t‘e^{21} tu^{33} le^{21}
龙 马 一 匹 来
忽 然 现 龙 马

k'ɤ^{55} vi^{21} xɤ^{21} to^{33} lo^{21}
她 前 站 放 了
站 在 她 面 前

sæ^{55} tɛ^{21} sæ^{55} ɣo^{21} ʂ'o^{21}
金 鞭 金 鞍 配
龙 马 配 金 鞍

kɤ^{55} ɣa^{55} dʐa^{21} to^{33} lo^{21}
那 呀 有 放 了
站 在 她 面 前

sæ^{55} dʐo^{21} ta^{33} zu^{21} ni^{21}
金 钗 子 拿 呀
她 拿 金 宝 钗

fɛ^{33} tu^{21} dʐɤ^{33} du^{33} le^{33}
法 术 使 出 来
使 出 法 术 来

dʐʅ^{33} zo^{33} fu^{21} ʑe^{21} tɕ'e^{21}
官 人 呼 延 庆
将 军 呼 延 庆

ni^{33} tʂ'ʅ^{33} dʐa^{21} ma^{21} do^{21}
心 气 有 不 得
实 在 太 生 气

tɯ^{21} ga^{21} le^{21} ka^{55} tɯ^{33}
剑 拉 手 中 拿
手 里 拿 宝 剑

t'e^{21} t'e^{33} dzʅ^{33} tɕe^{55} lɤ^{21}
一 次 砍 过 去
向 四 姐 砍 去

dʐʅ^{33} zo^{33} za^{21} vɤ^{21} ka^{33}
官 人 杨 文 广
将 军 杨 文 广

dzæ^{21} ʂu^{55} t'e^{21} pa^{55} tʂ'ɤ^{21}
矛 的 一 把 戳
手 中 握 长 矛

t'e^{21} t'ɛ^{33} tʂ'ɤ^{21} tɕe^{55} lɤ^{21}
一 下 戳 过 去
向 四 姐 打 来

tʂa^{33} ɕi^{55} tɕe^{21} ni^{33} tʂ'ʅ^{33}
张 四 姐 心 气
四 姐 生 怒 火

tæ^{55} ȵe^{33} t'e^{21} go^{21} dzæ^{33}
云 黑 一 朵 骑
换 乘 祥 云 上

sæ^{55} dʐo^{21} ta^{33} zu^{21} ni^{21}
金 钗 子 拿 呀
拿 出 金 宝 钗

t'e^{21} t'ɛ^{33} t'o^{21} tɕe^{55} lɤ^{21}
一 下 通 去 了
空 中 划 一 下

mu^{33} ȵe^{33} mi^{55} ȵe^{33} t'e^{21} dʐa^{21} dzʅ^{33}
天 黑 地 黑 一 次 有
忽 然 天 昏 又 地 暗

mu^{33} tɯ^{21} mu^{33} ɕe^{33} do^{21}
天 响 天 劈 落
闪 电 又 打 雷

mu^{33} k'æ^{21} ʐe^{21} lo^{21} mo^{33} ʂʅ^{21}

天 上 神 王 母 死

仿 佛 天 宫 出 丧

mu^{33} k'æ^{21} ʂu̱^{21} dʑæ^{21} tæ^{55}

天 上 柏 树 栽

天 上 搭 祭 棚

mi^{55} t'e̱^{21} nu̱^{21} nɯ^{55} to^{21} le^{21} ʂɤ^{21}

地 上 云 彩 起 来 像

地 上 乌 云 罩 一 般

kɤ^{55} gɤ^{21} xo^{55} do^{21} no^{33}

那 样 以 后 呀

那 样 以 后 呀

sæ^{55} dʐo^{21} ta^{33} ʐu^{21} ni^{21}

金 钗 子 拿 呀

四 姐 拿 宝 钗

t'e^{21} t'ɛ̱^{33} gu^{21} tɕe^{55} lɤ^{21}

一 下 做 去 了

再 次 做 法 术

lu̱^{33} bɤ^{21} lo^{33} xo^{33} do^{21}

石 头 龙 雨 落

下 阵 石 头 雨

mo^{33} to^{55} me̱^{21} ȵe^{21} dæ^{33} sɿ^{21} xo^{21}

马 千 兵 万 打 死 掉

上 千 兵 马 被 打 死

dʐʅ^{33} ʐo^{33} ʐa^{21} vɤ^{21} ka^{33}

官 人 杨 文 广

将 军 杨 文 广

dæ^{33} ni^{21} t'e^{21} dʐa^{21} ʂʅ^{21}

打 呀 一 次 死

也 被 打 昏 迷

dʐʅ^{33} ʐo^{33} fu^{21} ʐe^{21} tɕ'e^{21}

官 人 呼 延 庆

将 军 呼 延 庆

mu^{33} mi^{55} k'o^{55} ma^{21} ts'æ^{33}

天 地 威 不 抬

天 地 不 护 他

dʐʅ^{21} xo^{21} ȵe̱^{33} ma^{21} ŋa^{21}

日 月 眼 不 见

日 月 不 救 他

ʐe^{21} ʂo^{21} dʐo^{21} ma^{21} tʂo^{33}

依 朔 饭 不 吃

神 灵 不 顾 他

ʐɤ^{21} lɤ^{21} do^{21} ma^{21} dʐa^{21}

去 去 处 不 有

没 有 躲 藏 处

xo^{21} dʑe^{33} lo^{33} lo^{33} ʂʅ^{21}

百 样 样 样 死

样 样 被 砸 坏

tʂa^{33} ɕi^{55} tɕe^{21} ɕi^{55} ni^{21}

张 四 姐 的 呢

仙 女 张 四 姐

fɛ̱^{33} tu̱^{21} dʑe^{21} du̱^{33} le^{33}

法 术 使 出 来

使 一 阵 法 术

mu^{33} ȵe^{33} mi^{55} ȵe^{33} tsʻɿ^{33}
天 黑 地 黑 夜
天 昏 地 黑 暗

dʑʅ^{33} ʐo^{33} fu^{21} ʑe^{21} tɕʻe^{21}
官 人 呼 延 庆
将 军 呼 延 庆

xa^{21} tʻa^{21} tʻa^{21} ɣa^{21} le^{21}
憨 楞 楞 的 来
摸 头 不 着 脑

kɤ^{55} gɤ^{21} xo^{55} do^{21} no^{33}
那 样 以 后 呀
那 样 以 后 呀

mo^{21} ȵe^{55} tʂa^{33} ɕi^{55} tɕe^{21}
母 女 张 四 姐
仙 女 张 四 姐

ʔa^{55} bu^{21} tʻe^{21} lɤ^{33} ʐu^{21}
瓶 子 一 个 拿
拿 出 收 魂 瓶

ʐa^{21} tʂa^{33} dʐo^{21} tʻe^{21} ɣɤ^{33}
杨 家 住 一 家
那 个 杨 将 军

fu^{21} tʂa^{33} kɤ^{55} ni^{21} ɣɤ^{33}
呼 家 他 二 家
那 个 呼 将 军

mo^{33} to^{55} ɣa^{21} me^{21} ne^{33} dʑe^{21}
马 千 与 兵 万 赶
还 有 全 部 兵 马

ʐu^{21} ni^{21} bu^{21} kʻo^{21} te^{33}
捉 呀 罐 里 装
收 进 宝 瓶 里

ŋo^{33} ʐu^{33} tʻɤ^{21} kʻu^{21} tɕe^{55}
五 位 放 回 去
放 五 人 回 去

tsɿ^{55} ʂu^{55} ɬe^{21} ŋo^{33} ʐu^{33}
使 人 轻 五 位
那 五 个 兵 丁

la^{33} tʂʻo^{33} pu^{33} ɣo^{55} gu^{21}
快 速 返 回 回
快 速 逃 回 去

ʐɤ^{21} tʂo^{33} ɣo^{21} te^{21} bɤ^{55}
仁 宗 皇 帝 处
快 速 往 皇 宫

tʂʻɤ^{21} ɣa^{21} mo^{55} lu^{21} no^{33}
到 呀 高 里 呢
来 到 金 殿 上

bo^{21} tsɿ^{21} mi^{55} ɣa^{21} kɯ^{33}
膝 盖 地 上 跪
双 膝 跪 地 上

ʐɤ^{21} tʂo^{33} tʂu^{21} bɤ^{55} tʻe^{21}
仁 宗 主 处 报
禀 报 仁 宗 道

tsʻɿ^{33} ʂa^{33} ŋo^{21} tʂu^{21} le^{21}
青 山 我 主 来
我 主 万 万 岁

ʐo^{21} tsɿ^{33} kɤ^{55} tʻe^{21} lɤ^{33}
妖 精 那 一 个
那 一 个 妖 精

sæ^{55} dʐo^{21} ta^{33} ʐu^{21} ni^{21}
金 钗 子 拿 呢
手 拿 金 宝 钗

tʻe^{21} tʻɛ̱^{33} gu^{21} tɕe^{55} lɤ^{21}
一 下 做 去 了
变 出 法 术 来

kʻɤ^{55} le̱^{21} tʻe^{21} tʻɛ̱^{33} fɤ^{55}
她 手 一 下 甩
她 甩 一 下 手

mo^{33} me̱^{21} lɤ^{33} lɤ^{33} ʐu^{21}
马 兵 个 个 捉
所 有 兵 和 马

ʐu^{21} ni^{21} ʔa^{55} bu̱^{21} kʻo^{21} ɣa^{21} te^{33}
捉 呀 宝 罐 里 呀 装
全 部 收 进 宝 瓶 里

fɛ̱^{33} tu^{21} ɬo^{55} pʻo^{21} pʻo^{21}
法 术 舌 扑 扑
法 术 无 人 敌

dʐɿ^{33} zo^{33} ʐa^{21} vɤ^{21} ka^{33}
官 人 杨 文 广
将 军 杨 文 广

dʐɿ^{33} zo^{33} fu^{21} ʐe̱^{21} tɕʻe^{21}
官 人 呼 延 庆
将 军 呼 延 庆

ʂɿ^{21} ŋa^{21} ʂu^{55} ma^{21} sɛ̱^{21}
死 呀 活 不 知
不 知 死 与 活

tʻe^{21} tɕe^{33} tʻe^{21} tɤ^{33} lɤ^{21}
一 句 诉 留 下
这 样 把 话 禀

ʐɤ^{21} tʂo^{33} va^{21} tʂɿ^{21} ni^{21}
仁 宗 王 主 呢
仁 宗 皇 帝 他

mu^{33} mi^{55} ko^{55} lo^{33} tʂʻɤ^{21} ɕe^{55} ʔɤ^{55}
天 地 阁 老 丞 相 喊
召 集 阁 老 和 丞 相

dʐɿ^{33} ɣæ^{33} mɛ̱^{21} næ^{55} ʔɤ^{55}
官 大 吏 小 喊
召 集 官 和 吏

ʔɤ^{55} ni^{21} to^{33} da^{55} no^{33}
喊 呀 放 了 呢
召 集 在 一 起

dʐɤ^{33} dʑe^{33} tʻe^{21} kʻo^{33} mu^{21}
商 量 一 次 做
一 起 来 商 议

tʻe^{21} tɕe^{33} be̱^{33} le̱^{21} no^{33}
一 句 说 来 呢
皇 帝 开 口 问

dʐɿ^{33} ɣæ^{33} lɤ^{21} mɛ̱^{21} næ^{55}
官 大 去 吏 小
各 位 将 和 臣

ʐo^{21} tsɿ^{33} ʐu^{21} do^{21} xɤ^{21}
妖 精 捉 行 的
能 降 妖 的 人

dʐa^{21} dʐa^{21} p'e^{21} çe̱^{21} le^{21}
有 有 该 的 来
哪 里 能 找 到

be̱^{33} gɤ^{21} lo^{21} ma^{21} mæ^{55}
说 后 了 不 及
未 等 话 说 完

po^{33} tʂ'ɤ^{21} çe^{55} çi^{55} ni^{21}
包 丞 相 的 呢
大 臣 包 丞 相

t'e^{21} tçe^{33} be̱^{33} le^{21} no^{33}
一 句 说 来 呢
开 口 回 答 道

ʐa^{21} ʐɿ^{21} na^{21} na^{21} ni^{21}
杨 依 娘 娘 呢
杨 依 娘 娘 她

lu̱^{33} bɤ^{21} dʑe̱^{21} to̱^{21} kɯ̱^{21}
石 头 赶 起 会
会 飞 沙 走 石

bæ^{33} ʂɿ^{21} me̱^{21} ɬɛ̱^{21} kɯ̱^{21}
打 死 兵 变 会
会 变 出 兵 丁

xi^{33} dzæ^{33} tæ^{55} dzæ^{33} kɯ̱^{21}
风 骑 云 骑 会
会 乘 风 骑 云

kɤ^{55} lɤ^{33} ma^{21} ŋɤ^{21} no^{33}
那 个 不 是 呀
如 果 不 是 她

ʐo^{21} tsɿ^{33} ʐu^{21} mu^{21} do^{21}
妖 精 捉 不 行
无 力 捉 妖 精

ʐɤ^{21} tʂo^{33} tʂo̱^{33} çi^{55} ni^{21}
仁 宗 主 的 呢
仁 宗 皇 帝 他

ʂu^{33} tʂ'u̱^{33} n̥e̱^{33} zæ^{21} zæ^{21}
书 写 黑 压 压
快 快 写 圣 旨

ʐa^{21} tʂa^{33} va^{21} xe^{21} k'ɯ^{55}
杨 将 王 府 下
送 到 杨 家 府

ʐa^{21} tʂa^{33} p'o^{21} lɤ^{21} bi^{21}
杨 将 人 上 给
送 给 杨 家 人

ʐa^{21} ʐɿ^{21} na^{21} na^{21} no^{33}
杨 依 娘 娘 呢
杨 依 娘 娘 她

ʂu^{33} sæ^{55} t'e^{21} tʂa^{33} ʐu^{21}
书 金 一 张 拿
打 开 圣 旨 看

t'e^{21} ni^{55} t'o^{33} lɤ^{21} ʂu^{55}
一 看 去 了 呢
看 完 了 圣 旨

dʐʅ^{33} ʐo^{33} ʐa^{21} vɤ^{21} ka^{33}
官 人 杨 文 广
将 军 杨 文 广

dʐʅ^{33} ʐo^{33} fu^{21} ʐe^{21} tɕʻe^{21}
官 人 呼 延 庆
将 军 呼 延 庆

lɤ^{33} lɤ^{33} tʂa^{33} ɕi^{55} ʐu^{21}
个 个 张 氏 捉
个 个 被 妖 捉

ʐu^{21} ni^{21} sʅ^{21} xo^{21} gɤ^{21}
捉 呀 杀 害 了
被 女 妖 杀 害

de^{21} ni^{21} be̱^{33} to^{33} ʂu^{55}
说 呢 说 放 呢
圣 旨 这 样 说

ʐa^{21} ʐʅ^{21} na^{21} na^{21} ni^{21}
杨 依 娘 娘 呢
杨 依 娘 娘 她

ni̱^{33} mo^{21} fæ^{55} tʻɤ^{21} tʻɤ^{21}
心 中 跳 不 停
心 跳 如 击 鼓

ɬo^{55} ʂu^{33} sɛ̱^{33} ʔɤ^{55} ni^{21}
聪 人 知 喊 呢
召 强 兵 强 将

tʻe^{33} po^{33} fu^{21} lo^{21} kʻo^{21}
天 波 府 城 里
在 天 波 府 城

dzæ^{21} dæ^{33} næ^{55} mu^{33} tɯ^{21}
鼓 打 春 雷 鸣
鼓 声 如 春 雷

ta^{55} pʻo^{55} mu^{33} tsɛ̱^{33} dʐʅ^{21}
大 炮 天 炸 裂
大 炮 震 天 响

mo^{33} me̱^{33} tsʅ^{21} du̱^{33} le^{33}
马 兵 集 出 来
集 结 兵 和 马

ʐo^{21} tsʅ^{33} ʐu^{21} lɤ^{21} ni^{21}
妖 精 捉 去 呢
要 去 捉 妖 精

ʐa^{21} vɤ^{21} ka^{33} ʔi^{55} mo^{21}
杨 文 广 阿 妈
杨 文 广 的 娘

ʐo^{33} do^{21} dɯ^{21} ʂa^{55} le^{21}
儿 处 想 的 来
想 念 她 儿 子

ŋɯ^{55} ɕi^{33} ɕi^{33} mu^{21} ni^{21}
哭 泣 泣 的 呢
大 声 哭 泣 道

ʐa^{21} vɤ^{21} ka^{33} tʂʻa^{21} ɬo^{55}
杨 文 广 人 能
我 儿 杨 文 广

ʂʅ^{21} ŋa^{21} ʂu^{55} ma^{21} sɛ^{21}
死 了 活 不 知
不 知 死 与 活

ŋa^{21} ma^{21} do^{21} mu^{55} le^{21}

见 不 能 的 来

难 能 再 相 见

ʐa^{21} ʐʅ^{21} na^{21} ɕi^{55} ni^{21}

杨 依 娘 的 呢

杨 依 娘 娘 她

tʻe^{21} tɕe^{33} be̠^{33} du̠^{33} le^{33}

一 句 说 出 来

自 言 自 语 道

tʂʻa^{21} ɬo^{55} ŋo^{21} ʐu̠^{33} næ^{55}

人 贤 我 夫 好

贤 人 我 夫 君

ʂʅ^{21} ŋa^{21} ʂu^{55} ma^{21} sɛ̠^{21}

死 与 活 不 知

不 知 死 与 活

ŋo^{21} le^{21} mo^{33} me̠^{33} tsʅ^{21} ʂa^{55} ni^{21}

我 来 马 兵 集 的 呢

我 要 集 结 兵 和 马

ŋo^{21} ʐu̠^{21} ku^{55} lɤ^{21} ni^{21}

我 夫 顾 去 呢

要 去 救 丈 夫

de^{21} ni^{21} dɯ^{21} lo^{33} ʂu^{55}

这 样 想 了 呢

心 里 这 样 想

ʐa^{21} ʐʅ^{21} na^{21} na^{21} ni^{21}

杨 依 娘 娘 呢

杨 依 娘 娘 她

na^{55} tʻe^{55} lo^{21} mo^{21} kʻo^{21}

纳 铁 城 大 里

来 到 纳 铁 城

ʐɤ^{21} tʂo^{33} tʂu^{21} bɤ^{55} tʂʻɤ^{21}

仁 宗 主 处 到

来 到 金 殿 上

ʐɤ^{21} tʂo^{33} tʂu^{21} ɕi^{55} ni^{21}

仁 宗 主 的 呢

仁 宗 皇 帝 他

tʻe^{21} tɕe^{33} be̠^{33} le^{21} no^{33}

一 句 说 来 呢

开 口 把 话 说

ʐa^{21} tʂa^{33} na^{21} tʻi^{21} lɤ^{33}

杨 家 你 一 位

爱 卿 杨 家 将

ʐo^{21} tsʅ^{33} kɤ^{55} tʻe^{21} lɤ^{33}

妖 精 那 一 个

那 一 个 妖 精

pʻa^{33} ʐu^{21} xo^{21} kɯ̠^{21} no^{33}

若 捉 掉 会 呢

若 是 能 捉 住

mæ^{55} da^{33} mu^{33} ʂɤ^{21} mo^{55}

名 声 天 如 高

名 声 大 如 山

ʐa^{21} ʐʅ^{21} na^{21} na^{21} ni^{21}

杨 依 娘 娘 呢

杨 依 娘 娘 她

ʐa^{21} ʂa^{33} ne^{55} ʔɤ^{55} ni^{21}
杨 三 娘 喊 呀
带 上 杨 三 娘

tʂʻa^{21} tʂʻa^{21} tʂo^{55} ku^{55} ni^{21}
相 互 照 顾 呢
齐 心 又 协 力

ʐa^{21} tʂa^{33} kɤ^{55} ni^{21} ʐu̱^{33}
杨 家 那 二 位
二 位 杨 家 将

mo^{33} me̱^{33} lɤ^{33} lɤ^{33} xæ^{21}
马 兵 个 个 带
带 上 兵 和 马

ʐa^{21} ʐʅ^{21} na^{21} na^{33} no^{33}
杨 依 娘 娘 呢
杨 依 娘 娘 她

ʔu^{33} no^{33} sæ^{55} tʂo^{55} kʻu̱^{33}
头 呀 金 盖 帽
头 戴 金 盔 甲

tɛ̱^{21} xæ^{21} næ^{55} dæ^{33} dæ^{33}
大 号 叫 不 停
大 号 声 阵 阵

dzæ^{21} ga^{21} ɕe^{55} zʅ̱^{21} tæ^{55}
矛 拉 阴 影 立
长 矛 黑 压 压

tu̱^{21} ga^{21} mu^{33} pʻe̱^{33} bo^{21}
盾 拉 天 边 亮
盾 牌 亮 闪 闪

dzæ^{21} nɯ^{55} do^{33} ʐo^{33} lɯ^{33}
鼓 绿 蜂 儿 鸣
鼓 声 如 蜂 鸣

go^{21} kʻa^{21} ta^{55} pʻo^{55} tʻɤ^{21}
门 开 大 炮 放
大 炮 震 天 响

tʂa^{33} ɕi^{55} tɕe^{21} ʐu^{21} du̱^{33} lɤ^{21}
张 四 姐 捉 出 去
前 去 捉 张 四 姐

tʂa^{33} ɕi^{55} tɕe^{21} xe^{21} ko^{55}
张 四 姐 房 屋
张 四 姐 府 院

tʂʻɤ^{21} ɣa^{21} mo^{55} lu^{21} no^{33}
到 呀 高 了 呢
来 到 了 那 里

ʂa^{33} tʂʻɤ^{21} tɤ̱^{33} mu^{21} tɤ^{21}
三 十 层 的 堵
四 面 都 包 围

tʂa^{55} ni^{21} væ^{21} da^{55} no^{33}
转 呀 团 的 呢
团 团 围 府 门

tʂʻu̱^{33} vɤ^{21} ɕe^{55} ɕi^{55} ni^{21}
崔 文 顺 的 呢
夫 君 崔 文 顺

tʂa^{33} ɕi^{55} tɕe^{21} ɣa^{21} be̱^{33}
张 四 姐 上 说
对 妻 把 话 说

tʂa^{55} ʐʅ^{21} na^{21} na^{21} no^{33}
杨 依 娘 娘 呢
杨 依 娘 娘 她

ʐa^{21} ʂa^{33} ne^{55} ɕi^{55} ni^{21}
杨 三 娘 的 呢
还 有 杨 三 娘

no^{55} tʂa^{55} ni^{21} ʐu̱^{33} tʂʻa^{21}
大 将 二 位 人
两 位 女 将 军

mo^{33} to^{55} me̱^{21} ne̱^{21} xæ^{21}
马 千 兵 万 领
带 领 千 兵 马

tʂa^{55} ni^{21} væ^{21} lo^{33} ka^{33}
转 呀 团 了 呢
包 围 我 家 了

tʻe^{21} tɕe^{33} be̱^{33} le^{21} no^{33}
一 句 说 来 呢
这 样 把 话 说

tʂa^{33} ɕi^{55} tɕe^{21} ɕi^{55} ni^{21}
张 四 姐 的 呢
仙 女 张 四 姐

tʻe^{21} tɕe^{33} be̱^{33} du̱^{33} le^{33}
一 句 说 出 来
开 口 把 话 说

ʐa^{21} tʂa^{33} no^{55} tʂa^{33} na^{21}
杨 家 大 将 你
杨 家 大 将 军

mo^{33} me̱^{21} tsʅ^{55} dʐɤ^{21} tsʅ^{21}
马 兵 这 多 集
带 兵 又 遣 将

ŋo^{21} ni̱^{33} tʂʻʅ^{33} xɤ^{21} ŋɤ^{21}
我 心 气 了 是
实 在 让 人 气

tʂa^{33} ʐʅ^{21} na^{21} na^{21} ni^{21}
杨 依 娘 娘 呢
杨 依 娘 娘 她

dʐʅ^{33} ʐo^{33} ʐa^{21} vɤ^{21} ka^{33} mæ^{21}
官 人 杨 文 广 妻
杨 文 广 的 妻 子

tʂa^{33} ɕi^{55} tɕe^{21} ɣa^{21} be̱^{33}
张 四 姐 上 说
对 四 姐 说 道

na^{21} ŋo^{21} tʂʻa^{21} tʻɤ^{21} kʻu̱^{21}
你 我 人 放 回
快 放 我 家 人

na^{21} ŋo^{21} tʂʻa^{21} ma^{21} tʻɤ^{21} kʻu̱^{21} no^{33}
你 我 人 不 放 回 呢
你 若 不 放 我 家 人

ŋo^{21} na^{21} ŋa^{33} sʅ^{21} xo^{21}
我 你 要 杀 害
我 要 杀 了 你

na^{21} no^{33} ʐo^{21} tsʅ^{33} dʐa^{21}
你 呢 妖 精 有
你 是 女 妖 精

ŋo^{21} na^{21} ʐu^{21} le^{21} ŋɤ^{21}
我 你 捉 来 是
我 来 捉 拿 你

t'e^{21} tɕe^{33} be̠^{33} du̠^{33} le^{33}
一 句 说 出 来
这 样 把 话 说

tʂa^{33} ɕi^{55} tɕe^{21} ɕi^{55} ni^{21}
张 四 姐 的 呢
仙 女 张 四 姐

t'e^{21} tɕe^{33} be̠^{33} le^{21} no^{33}
一 句 说 来 呢
开 口 把 话 说

ŋo^{21} ni^{21} ba^{33} sɿ^{21} dʑe^{33} ma^{21} bu^{21}
我 你 父 杀 的 不 通
我 们 没 有 杀 父 仇

na^{21} mo^{33} me̠^{33} ʔɤ^{55} k'u̠^{21}
你 马 兵 喊 回
快 快 撤 去 兵

ŋo^{21} ni̠^{33} t'a^{21} tʂ'ʅ^{33} bi^{21}
我 心 莫 气 给
莫 让 我 生 气

t'e^{21} tɕe^{33} be̠^{33} le^{21} no^{33}
一 句 说 来 呢
这 样 把 话 说

ŋo^{21} ni̠^{33} p'a^{33} tʂ'ʅ^{33} no^{33}
我 心 若 气 呀
若 让 我 生 气

na^{55} t'e^{55} lo^{21} tsɿ^{55} lo^{21}
纳 铁 城 这 城
纳 铁 城 的 人

ŋo^{21} lɤ^{21} sɿ^{21} ma^{21} lu̠^{21}
我 去 杀 不 够
还 不 够 我 杀

t'e^{21} tɕe^{33} de^{21} lɤ^{21} no^{33}
一 句 说 来 呢
这 样 把 话 讲

tʂa^{33} ɕi^{55} tɕe^{21} ɕi^{55} ni^{21}
张 四 姐 的 呢
仙 女 张 四 姐

ni̠^{33} mo^{21} fæ^{55} t'ɤ^{21} t'ɤ^{21}
心 里 急 怒 怒
心 里 生 怒 火

ni̠^{33} tʂ'ʅ^{33} dʐa^{21} ma^{21} do^{21}
心 气 有 不 行
难 把 怒 火 熄

fɛ^{33} tu̠^{21} dʑe^{21} du̠^{33} le^{33}
法 术 使 出 来
变 出 法 术 来

mu^{33} t'u^{21} ka^{55} ɣa^{21} xɤ̠^{21}
天 白 中 呀 站
站 立 在 空 中

tʂ'a^{21} ʐu^{21} tʂ'a^{21} dʐo^{33} sæ^{21}
人 捉 人 吃 神
变 个 吃 人 神

ʔu^{33}	no^{33}	ʂa^{55}	lɣ^{33}	dɣ^{21}
头	呢	三	个	长
长	有	三	个	头

tsɿ^{21}	tʂʻu^{21}	le^{21}	ʂɿ^{21}	dɣ^{21}
脚	六	手	七	长
有	七	手	六	脚

tʻe^{21}	ʐu^{33}	ɬɛ^{21}	du^{33}	le^{33}
一	位	变	出	来
这	样	变	出	来

tʂa^{33}	ɕi^{55}	tɕe^{21}	ɕi^{55}	ni^{21}
张	四	姐	的	呢
仙	女	张	四	姐

dʐo^{33}	lo^{21}	ʂa^{33}	dʐɣ^{21}	ɬɛ^{21}
吃	虎	三	双	变
又	变	九	只	虎

ʐa^{21}	ʐɿ^{21}	na^{21}	na^{21}	ni^{21}
杨	依	娘	娘	呢
杨	依	娘	娘	她

vi^{21}	la^{33}	ko^{21}	du^{33}	le^{33}
快	速	走	出	来
快	速	走	出	来

tʂa^{33}	ɕi^{55}	tɕe^{21}	ɣa^{21}	be^{33}
张	四	姐	上	说
对	四	姐	说	道

vi^{33}	la^{33}	ŋo^{21}	ʐu^{33}	tsæ^{55}	tʻɣ^{21}	kʻu^{21}
快	速	我	夫	君	放	回
快	快	放	回	我	丈	夫

na^{21}	ʔu^{33}	ka^{55}	væ^{21}	ka^{33}
你	头	命	买	了
可	饶	你	的	命

tʂa^{33}	ɕi^{55}	tɕe^{21}	ma^{21}	dʑu^{33}
张	四	姐	不	怕
四	姐	不	怕	她

ʐa^{21}	ʐɿ^{21}	na^{21}	na^{21}	ni^{21}
杨	依	娘	娘	呢
杨	依	娘	娘	她

ni^{33}	tʂɿ^{33}	dʐa^{21}	ma^{21}	do^{21}
心	气	有	不	行
怒	火	胸	中	起

ne^{21}	no^{21}	lu^{33}	dʑe^{21}	to^{21}
天	空	石	头	起
飞	沙	又	走	石

lu^{33}	tɕʻe^{21}	lo^{33}	xo^{33}	do^{21}
石	落	龙	雨	落
下	阵	石	头	雨

tʂa^{33}	ɕi^{55}	tɕe^{21}	ɕi^{55}	ni^{21}
张	四	姐	的	呢
仙	女	张	四	姐

ni^{33}	tʂɿ^{33}	dʐa^{21}	ma^{21}	do^{21}
心	气	有	不	行
也	是	怒	火	生

ɕe^{21}	bæ^{21}	du^{21}	ʐu^{21}	ni^{21}
铁	锤	子	拿	呢
手	中	拿	铁	锤

ȵe̱^{21} no^{21} lu̱^{33} dæ^{33} p'i^{55}
天 空 石 打 碎
打 碎 了 石 头

tʂa^{33} ɕi^{55} tɕe^{21} ɕi^{55} ni^{21}
张 四 姐 的 呢
仙 女 张 四 姐

k'ɛ̱^{21} de^{21} ɣæ^{21} du̱^{33} le^{33}
哈 的 笑 出 来
得 意 笑 哈 哈

ʐa^{21} ʐʅ^{21} na^{21} na^{21} ni^{21}
杨 依 娘 娘 呢
杨 依 娘 娘 她

mu^{33} xe^{33} t'e^{21} go^{21} dʐæ^{33}
天 风 一 阵 骑
骑 在 风 上 面

mu^{33} t'u^{21} t'u^{21} t'e^{21} k'ɤ^{55}
天 白 白 上 空
飞 到 半 空 中

k'ɤ^{55} gɯ^{21} t'e^{21} t'ɛ̱^{33} ko^{55}
她 身 一 下 抖
她 抖 动 身 子

mo^{33} me̱^{33} ʂa^{33} ȵe̱^{33} du̱^{33} pu̱^{33} le^{21}
马 兵 三 万 出 变 来
忽 然 变 出 三 万 兵

tæ^{55} ne̱^{33} tʂ'a^{21} ʂɤ^{33} le^{21}
云 黑 随 走 来
一 起 杀 过 来

tʂa^{33} ɕi^{55} tɕe^{21} ɕi^{55} ni^{21}
张 四 姐 的 呢
仙 女 张 四 姐

fɛ̱^{33} tu̱^{21} mu^{21} du̱^{33} le^{33}
法 术 变 出 来
使 出 法 术 来

mu^{33} ȵe̱^{33} mi^{55} ȵe̱^{33} dʐʅ^{21}
天 黑 地 黑 的
天 昏 又 地 暗

mu^{33} tɯ^{21} mu^{33} ɕɛ̱^{33} do^{21}
天 雷 天 劈 落
电 闪 又 雷 鸣

dæ^{33} ni^{21} lo^{33} lo^{33} ʂʅ^{21}
打 呀 个 个 死
敌 兵 被 打 死

fu^{21} ʑe^{21} tɕ'e^{21} k'ɤ^{21} mæ^{21}
呼 延 庆 他 妻
呼 延 庆 妻 子

la^{33} fo^{55} ɕe^{21} tɕe^{21} ni^{21}
兰 凤 小 姐 呢
兰 凤 小 姐 她

tʂ'a^{33} tʂ'a^{33} tʂa^{55} ku^{55} lɤ^{21}
朋 友 照 顾 去
快 速 来 助 阵

mo^{33} me̱^{33} ʂa^{33} to^{55} ɬɛ̱^{21}
马 兵 三 千 变
她 带 三 千 兵

xɤ^{21} de^{21} to̱^{21} ʂa^{55} le^{21}
快 速 起 了 来
快 速 赶 过 来

tʂa^{33} ɕi^{55} tɕe^{21} xe^{21} ko^{55}
张 四 姐 房 府
张 四 姐 府 院

tʂa^{55} ni^{21} væ^{21} lo^{33} ka^{33}
围 呀 团 了 的
团 团 围 起 来

tʂa^{33} ɕi^{55} tɕe^{21} ɕi^{55} ni^{21}
张 四 姐 的 呢
仙 女 张 四 姐

sæ^{55} dʐo^{21} ta^{33} ʐu^{21} ni^{21}
金 钗 子 拿 来
手 拿 金 宝 钗

ȵe̱^{21} go^{21} k'æ^{21} ɣa^{21} xɤ̱^{21}
天 门 上 呀 站
站 在 半 空 中

ʔi^{55} vi̱^{21} læ^{21} ʂʅ^{21} fæ^{55}
阿 姐 妹 七 位
先 变 七 姐 妹

t'e^{21} ʐu̱^{33} tʂ'ɤ^{21} ʐu̱^{33} ɬɛ̱^{21}
一 人 十 人 变
一 人 变 十 人

tʂ'ɤ^{21} ʐu̱^{33} xo^{21} ʐu̱^{33} ɬɛ̱^{21}
十 人 百 人 变
十 人 变 百 人

xo^{21} ʐu̱^{33} to^{55} ʐu̱^{33} ɬɛ̱^{21}
百 人 千 人 变
百 人 变 千 人

to^{55} ʐu̱^{33} ȵe̱^{21} ʐu̱^{33} ɬɛ̱^{21}
千 人 万 人 变
千 人 变 万 人

t'e^{21} dʐa^{21} sʅ^{21} go^{21} ni^{21}
一 次 杀 玩 呢
厮 杀 一 阵 子

tʂa^{33} ɕi^{55} tɕe^{21} ɕi^{55} ni^{21}
张 四 姐 的 呢
仙 女 张 四 姐

k'ɤ^{55} le̱^{21} t'e^{21} bu̱^{33} fɤ^{55}
她 手 一 罐 甩
拿 出 收 魂 瓶

mo^{33} to^{55} ɣa^{21} me̱^{21} ȵe̱^{21}
马 千 呀 兵 万
千 军 与 万 马

lɤ^{33} lɤ^{33} ʐu^{21} xo^{21} gɤ^{21}
个 个 捉 掉 了
个 个 被 活 捉

ʂɤ^{55} fu^{21} p'i^{21} k'o^{21} te^{33}
收 魂 瓶 里 装
收 入 收 魂 瓶

t'e^{21} ʐu̱^{33} t'ɤ^{21} k'u̱^{21} tɕe^{55}
一 人 放 回 去
放 一 人 回 去

t'ɤ21 k'u̱21 tɕe55 kɤ55 ʐu̱33
放 回 去 那 人
放 他 去 报 信

lɤ̱33 de21 pu̱33 ɤo55 gu̱21
快 快 返 了 回
那 人 逃 回 去

ʐɤ21 tʂo33 ɤo21 te̱21 bɤ55
仁 宗 皇 帝 处
回 到 京 城 里

tʂ'ɤ21 ɤa21 mo55 lu21 no33
到 呀 高 了 呢
报 告 皇 帝 道

ts'ɿ33 ʂa33 ŋo21 tʂu21 le21
青 山 我 主 来
我 主 万 万 岁

ʐa21 tʂa33 fu21 tʂa33 ni21
杨 家 呼 家 呢
杨 家 和 呼 家

tʂa33 ɕi55 tɕe21 sɿ21 xo21
张 四 姐 杀 害
都 被 妖 精 害

ʐu21 xo21 gɤ21 ɤa21 le21
捉 掉 了 的 来
被 她 捉 走 了

t'e21 tɕe33 t'e21 tɤ33 lɤ21
一 句 诉 留 下
这 样 来 禀 报

ts'ɿ33 ʂa33 ʐɤ21 tʂo33 tʂu21
青 山 仁 宗 主
仁 宗 皇 帝 他

lo33 dʑe33 k'æ21 ɤa21 ni21
龙 椅 上 呀 坐
坐 在 龙 椅 上

t'e21 tɕe33 be̱33 le21 no33
一 句 说 来 呢
开 口 来 说 道

dʐɿ33 ɤæ33 lɤ21 mɛ̱21 næ55
官 大 与 吏 小
大 官 和 大 吏

tʂ'a21 ʂɤ33 ɤa21 ko55 lo21
察 史 与 阁 老
察 史 和 阁 老

tɕe55 tʂ'ɤ21 ɤa21 tʂo33 tʂ'ɤ21
敬 臣 与 忠 臣
各 位 大 忠 臣

ko55 lɤ33 ʐu21 kɯ̱21 le21
何 人 捉 会 来
谁 能 把 妖 捉

tʂa33 ɕi55 tɕe21 ʐu21 gu̱21 lo21
张 四 姐 捉 回 来
谁 捉 到 张 四 姐

ʐu21 gu̱21 le21 kɤ55 ʐu̱33
捉 回 来 那 位
谁 能 捉 到 她

ŋo^{21} no^{33} dʐʅ^{33} mu^{21} dʐa^{21}
我 呀 官 做 有
我 来 做 大 臣

kɤ^{55} no^{33} ɣo^{21} te̠^{21} bi^{21}
他 呀 皇 帝 给
让 他 当 皇 帝

tʻe^{21} tɕe^{33} be̠^{33} le^{21} ʂu^{55}
一 句 说 来 呢
这 样 把 话 说

dʐʅ^{33} ɣæ^{33} lɤ^{21} mɛ̠^{21} næ^{55}
官 大 与 吏 小
大 官 和 大 吏

xa^{21} tʻa^{21} tʻa^{21} mu^{21} ni^{21}
憨 楞 楞 的 呢
个 个 没 办 法

tsʅ^{55} ʂɤ^{21} le^{33} ma^{21} dʐa^{21}
这 样 理 不 有
没 有 这 般 理

do^{33} ma^{21} ba^{21} ve^{55} de^{21}
理 不 有 的 说
岂 能 有 此 理

po^{33} tʂʻɤ^{21} ɕe^{55} ɕi^{55} ni^{21}
包 丞 相 的 呢
大 臣 包 丞 相

tʻe^{21} dɯ^{21} tʻo^{33} ni^{55} ʂu^{55}
一 想 通 看 呢
心 里 想 一 想

no^{55} tʂa^{33} tsʅ^{55} ni^{21} lɤ^{33}
良 将 这 二 人
两 位 大 将 军

ʐo^{21} tsʅ^{33} ʐu^{21} ma^{21} do^{21} ti^{55} no^{33}
妖 精 捉 不 行 的 呢
他 们 都 无 力 捉 妖

dɤ^{21} mi^{55} ʐo^{33} tsʅ^{33} ʐu^{21} do^{21}
阳 地 妖 精 捉 行
能 捉 拿 妖 精 者

kɤ^{55} xɤ^{21} tʂʻa^{21} dʐa^{21} ma^{21} pʻe^{21}
那 样 人 有 不 该
人 间 不 会 有 了

po^{33} tʂʻɤ^{21} ɕe^{55} ɕi^{55} ni^{21}
包 丞 相 的 呢
大 臣 包 丞 相

ʐɤ^{21} tʂo^{33} tʂu^{21} ɣa^{21} be̠^{33}
仁 宗 主 上 说
禀 报 皇 帝 道

ŋo^{21} le^{21} ʐo^{21} tsʅ^{33} kɤ^{55} tʻe^{21} lɤ^{33}
我 来 妖 精 那 一 个
要 查 妖 来 自 何 方

tʂʻa^{21} ni^{55} sʅ^{33} ʔa^{21} le^{21}
查 看 的 呀 来
我 要 查 清 楚

ʐɤ^{21} tʂo^{33} tʂu^{21} ɕi^{55} ni^{21}
仁 宗 主 的 呢
仁 宗 皇 帝 他

ni^{33} mo^{21} çe^{21} læ^{21} læ^{21}

心 里 松 爽 爽

松 了 一 口 气

dʑʅ^{21} næ^{55} ʂa^{55} pe^{33} sɛ^{21}

酒 好 三 碗 斟

斟 三 碗 御 酒

tʂʻɤ^{21} çe^{55} tɛ^{21} tɕe^{55} lɤ^{21}

丞 相 喝 给 去

赠 给 丞 相 喝

po^{33} tʂʻɤ^{21} çe^{55} çi^{55} ni^{21}

包 丞 相 的 呢

大 臣 包 丞 相

tʻe^{21} tʂʻa^{21} ɬɛ^{21} du^{33} le^{33}

一 次 变 出 来

灵 魂 做 变 化

tæ^{55} tʻu^{55} tʻe^{21} go^{21} dzæ^{33}

云 白 一 朵 骑

乘 一 朵 白 云

ʐe^{21} lo^{21} va^{33} dʐo^{21} tʂʻɤ^{21}

阎 罗 王 处 到

来 到 阎 王 府

ŋo^{33} dʐʅ^{33} ʐe^{21} lo^{21} va^{33}

阴 君 阎 罗 王

阴 君 阎 罗 王

tʻe^{21} tɕe^{33} be^{33} le^{21} no^{33}

一 句 说 来 呢

开 口 问 他 道

po^{33} tʂʻɤ^{21} çe^{55} na^{21} le^{21}

包 丞 相 你 来

丞 相 来 地 府

ʔa^{21} xɤ^{33} ʂʅ^{21} dʐe^{33} dʐa^{21}

什 么 事 情 有

何 事 让 你 急

po^{33} tʂʻɤ^{21} çe^{55} mi^{21} ŋa^{21}

包 丞 相 话 语

大 臣 包 丞 相

ʐe^{21} lo^{21} va^{33} bɤ^{55} tʻe^{21}

阎 罗 王 处 诉

禀 报 阎 王 道

dɤ^{21} mi^{55} ʐo^{33} tsʅ^{33} du^{33} le^{21} ʂu^{55}

阳 地 妖 精 出 来 了

阳 间 出 了 女 妖 精

tʂʻa^{21} ɬo^{55} tʂa^{33} tʂʅ^{33} fu^{21}

人 贤 张 知 府

贤 官 张 知 府

kɤ^{55} tɕe^{21} sʅ^{21} xo^{21} ka^{33}

她 来 杀 掉 了

也 被 她 杀 害

fɛ^{33} tu^{21} ɬo^{55} pʻo^{21} pʻo^{21}

法 术 吹 扑 扑

法 术 不 一 般

ʐo^{21} tsʅ^{33} tʂʻa^{21} le^{21} ŋɤ^{21}

妖 精 查 来 是

来 查 妖 来 历

ʐe^{21} lo^{21} va^{33} sæ^{21} p'o^{33}
阎 罗 王 主 人
阴 君 阎 罗 王

ŋo^{33} mi^{55} k'ɤ^{55} le̱^{21} dʐʅ^{33}
阴 地 他 手 管
他 所 管 辖 地

t'e^{21} ni^{55} t'o^{33} lɤ^{21} ʂu^{55}
一 看 去 了 呢
全 部 都 看 完

to^{55} lɯ̱^{33} lɯ̱^{33} dʐa^{21} gɤ^{21}
千 动 动 在 后
各 路 鬼 和 魔

tsʅ^{55} ɕe̱^{21} ɕe̱^{21} dʐa^{21} gɤ^{21}
万 物 物 在 后
全 部 在 阴 间

ŋo^{33} mi^{55} ʐo^{21} tsʅ^{33} ma^{21} ŋɤ^{21}
阴 地 妖 精 不 是
不 是 阴 间 妖 精

bu̱^{33} mo^{21} ʐo^{21} tsʅ^{33} ni^{21} ma^{21} ŋɤ^{21}
佛 大 妖 精 也 不 是
也 不 是 来 自 佛 国

po^{33} tʂ'ɤ^{21} ɕe^{55} ɕi^{55} ni^{21}
包 丞 相 的 呢
大 臣 包 丞 相

vi̱^{33} la^{33} tæ^{55} ʐu^{21} dzæ^{33}
快 速 云 拿 骑
骑 在 白 云 上

ȵe̱^{21} no̱^{21} de̱^{33} dɤ^{21} lɤ^{21}
天 宫 上 去 了
来 到 天 宫 里

ta^{55} ti^{55} ɣo^{33} mu^{33} dʐo^{21}
大 帝 皇 帝 处
玉 帝 灵 霄 殿

tʂ'ɤ^{21} ɣa^{21} mo^{55} lu^{21} no^{33}
到 呀 高 去 呢
来 到 了 那 里

fu^{21} tʂʅ^{33} ʐe^{21} ɕi^{55} ni^{21}
夫 则 依 的 呢
天 神 夫 则 依

lo^{21} go^{21} xo^{55} to^{33} lo^{33}
门 大 守 置 呢
守 在 大 门 口

fu^{21} tʂʅ^{33} ʐe^{21} ɕi^{55} ni^{21}
夫 则 依 的 呢
天 神 夫 则 依

po^{33} tʂ'ɤ^{21} ɕe^{55} xæ^{21} ni^{21}
包 丞 相 领 呀
带 领 包 丞 相

ta^{55} ti^{55} sæ^{55} t'a^{21} ŋa^{21}
大 帝 金 面 见
去 拜 见 玉 帝

po^{33} tʂ'ɤ^{21} ɕe^{55} ɕi^{55} ni^{21}
包 丞 相 的 呢
大 臣 包 丞 相

kɯ^{33} gɤ^{21} kɯ^{33} ma^{21} gɤ^{21}
跪 够 跪 不 够
跪 在 玉 帝 前

tɤ̱^{21} gɤ^{21} t'ɤ̱^{21} ma^{21} gɤ^{21}
磕 够 磕 不 够
不 停 把 头 磕

ni^{21} tʂɤ^{55} ɬi^{55} ku^{21} t'ɤ̱^{21}
二 十 四 次 磕
磕 了 二 十 四

pɛ^{55} gɤ^{21} pɛ^{55} ma^{21} gɤ^{21}
拜 够 拜 不 够
拜 个 不 停 歇

ʂa^{33} tʂ'ɤ^{21} xi̱^{21} ku^{21} pɛ^{55}
三 十 八 次 拜
叩 拜 三 十 八

ʐu^{21} xa^{21} ta^{55} ti^{55} ni^{21}
玉 皇 大 帝 呢
玉 皇 大 帝 他

sæ^{55} n̡e^{21} k'a^{21} du̱^{33} le^{33}
金 口 开 出 来
他 张 开 金 口

po^{33} tʂ'ɤ^{21} ɕe^{55} ɣa^{21} be̱^{33}
包 丞 相 呀 说
对 丞 相 说 道

ʐɤ^{21} tʂo^{33} ɣo^{33} mu^{33} bɤ^{55}
仁 宗 皇 帝 处
仁 宗 皇 帝 处

ʐɤ^{21} po^{21} tɕe^{55} bi^{21} ʂu^{55}
去 保 驾 给 呢
让 你 去 保 驾

na^{21} le^{21} ʔa^{21} xɤ^{33} ʂʅ^{21} dʑe^{33} dʐa^{21}
你 来 什 么 事 的 有
你 来 天 宫 有 何 事

ŋo^{21} bɤ^{55} tʂ'ɤ^{21} le^{21} ni^{21}
我 处 到 来 呢
为 何 来 到 此

po^{33} tʂ'ɤ^{21} ɕe^{55} ɕi^{55} ni^{21}
包 丞 相 的 呢
大 臣 包 丞 相

be̱^{33} kɯ^{33} be̱^{33} ma^{21} kɯ^{33}
说 敢 说 不 敢
战 战 兢 兢 地

t'e^{21} tɕe^{33} be̱^{33} du̱^{33} le^{33}
一 句 说 出 来
奏 禀 玉 帝 道

ʐɤ^{21} tʂo^{33} ɣo^{21} te̱^{21} bɤ^{55}
仁 宗 皇 帝 处
仁 宗 皇 帝 处

tʂ'ɤ^{21} ɣa^{21} mo^{55} lu^{21} no^{33}
到 呀 高 的 呢
派 我 到 那 里

tʂ'ɤ^{21} ɕe^{55} mu^{21} lo^{33} ʂu^{55}
丞 相 做 了 呢
做 他 的 大 臣

na^{55} t'e^{55} lo^{21} mo^{21} k'o^{21}

纳 铁 城 大 里

纳 铁 大 城 里

ʐo^{21} tsɿ^{33} t'e^{21} lɤ^{33} du̱^{33}

妖 精 一 个 出

出 了 一 妖 精

ŋo^{21} le^{21} ʐo^{21} tsɿ^{33} tʂ'a^{21} le^{21} ŋɤ^{21}

我 来 妖 精 查 来 是

我 来 查 询 妖 来 历

ʐa^{21} tʂa^{33} fu^{21} tʂa^{33} va^{21}

杨 家 呼 家 王

杨 呼 两 家 将

lɤ^{33} lɤ^{33} ʐu^{21} do^{33} gɤ^{21}

个 个 捉 去 了

都 被 她 捉 拿

ŋo^{21} le^{21} ʐo^{21} tsɿ^{33} tʂ'a^{21} le^{21} ŋɤ^{21}

我 来 妖 精 查 来 是

我 来 查 找 妖 来 历

t'e^{21} tɕe^{33} be̱^{33} le^{21} no^{33}

一 句 说 来 呢

这 样 把 话 说

gɤ^{33} dʐɿ^{33} sæ^{55} sæ^{21} p'o^{33}

更 兹 金 主 人

玉 帝 策 更 兹

t'e^{33} pe^{33} t'e^{33} tɕe^{55} ni^{55} lɤ^{21} gɤ^{21}

天 兵 天 将 看 去 了

查 看 天 兵 和 天 将

pɤ^{55} ɕe^{21} ʂɿ^{21} ʂu^{33} ni^{21} dʐa^{21} gɤ^{21}

八 宿 七 星 都 在 了

七 星 八 宿 都 齐 全

ɬi^{33} tʂɤ^{21} xi̱^{21} sæ^{21} ni^{21} no^{55} ni^{55}

四 十 八 神 也 问 看

四 十 八 神 也 都 在

ʐu^{21} xa^{21} ta^{55} ti^{55} ni^{21}

玉 皇 大 帝 呢

玉 皇 大 帝 他

t'e^{21} nɛ̱^{21} ka^{33} le^{21} ŋɤ^{21}

一 事 告 来 是

金 口 吩 咐 道

tɤ^{21} no̱^{21} ko^{33} k'o^{21} la^{33}

斗 牛 宫 里 上

到 斗 牛 宫 里

t'e^{21} tʂ'a^{21} t'o^{21} ni^{55} ʂu^{55}

一 查 去 看 呢

去 查 查 看 看

ɕi^{55} tɕe^{21} dʐa^{21} ma^{21} ŋa^{21}

四 姐 有 不 见

不 见 张 四 姐

mu^{33} k'æ^{21} ni^{21} nɛ̱^{21} le^{21}

天 上 呀 失 来

她 不 在 天 庭

gɤ^{33} dʐɿ^{33} sæ^{55} sæ^{21} p'o^{33}

更 兹 金 主 人

玉 帝 策 更 兹

t'e21 tɕe33 tɤ̠21 du̠33 le33
一 句 吩 出 来
金 口 吩 咐 道

vi̠21 la33 mo33 me̠33 dʑe̠21
快 速 马 兵 赶
快 速 派 兵 将

ɕi55 tɕe21 ʐu21 gu̠21 le21
四 姐 捉 回 来
捉 回 张 四 姐

t'e21 tɕe33 be̠33 le21 no33
一 句 说 来 呢
这 样 把 话 说

no33 tʂa33 t'e21 ʐu̠33 tsɿ55
大 将 一 位 派
派 一 位 主 将

vɤ33 tʂa33 ɕe21 ka33 tsɿ55
后 将 星 官 派
派 一 位 副 将

ʂɤ33 ɕi55 t'e21 tɕe33 ʔɤ55
星 宿 天 将 喊
再 带 上 星 官

t'e33 pe33 t'e33 tɕe55 tʂ'ɤ21 xi̠21 ʐu̠33
天 兵 天 将 十 八 位
天 兵 天 将 带 十 八

mo33 me̠33 ʂa33 tʂ'ɤ21 dʑe̠21
马 兵 三 十 赶
士 兵 带 三 十

ta55 ʂɿ55 ɕi55 tɕe21 ʐu21 gu̠21 lo21
快 速 四 姐 捉 回 了
快 速 捉 回 张 四 姐

t'e21 nɛ̠21 tɤ̠21 lɤ21 ʂu55
一 事 吩 去 呢
这 样 吩 咐 完

po33 tʂ'ɤ21 ɕe55 ɕi55 ni21
包 丞 相 的 呢
大 臣 包 丞 相

ni̠33 gɯ21 ɕe21 læ21 læ21
心 喜 舒 畅 畅
心 情 舒 又 畅

n̠e21 gɯ21 ɣæ21 ɕi33 ɕi33
嘴 喜 笑 眯 眯
喜 笑 颜 开 怀

la33 tʂ'o33 pu̠33 ɣo55 gu̠21
速 快 返 回 回
快 速 返 回 来

ʐɤ21 tʂo33 ɣo21 te̠21 bɤ55
仁 宗 皇 帝 处
仁 宗 皇 帝 处

tʂ'ɤ21 ɣa21 mo55 lu21 no33
到 呀 高 的 呢
来 到 了 那 里

lo33 dʑe33 tsɿ21 ɣa21 kɯ33
龙 椅 下 呀 跪
跪 在 龙 椅 下

tʻe21 tɕe33 be̱33 du̱33 le21
一 句 说 出 来
开 口 奏 禀 道

ŋo21 le21 mu33 kʻæ21 tʂʻa21 lɤ21 ʂu55
我 去 天 上 查 去 呢
为 臣 去 天 上 查 诊

ta55 ti55 sæ55 sæ21 pʻo33
大 帝 金 主 人
玉 帝 策 更 兹

tʻe21 tʂʻa21 xo21 lɤ21 ʂu55
一 查 完 去 呢
吩 咐 去 查 访

to55 lɯ̱33 lɯ̱33 dʐa21 gɤ21
千 动 动 在 后
各 神 都 在 位

tɤ21 mi21 ɤa21 ko55 no̱21
斗 牛 呀 宫 天
斗 牛 宫 里 面

tʂa33 ɕi55 tɕe21 de21 ni21
张 四 姐 的 呢
仙 女 张 四 姐

ʂa33 ni21 dʐa21 ma21 ŋa21
三 天 在 不 见
离 宫 已 三 天

ʐu21 xa21 ta55 ti55 sæ55 sæ21 pʻo33
玉 皇 大 帝 金 主 人
玉 皇 大 帝 策 更 兹

mo33 dʑe21 me̱21 dʑe21 to̱21
马 赶 兵 赶 起
派 遣 兵 和 将

ʐu21 do33 gɤ21 lo33 ka33
捉 去 后 的 了
已 去 捉 拿 她

tʻe21 tɕe33 tʻe21 tɤ33 lɤ21
一 句 告 留 下
这 样 把 话 禀

ʐɤ21 tʂo33 tʂu21 ɕi55 ni21
仁 宗 主 的 呢
仁 宗 大 皇 帝

ni̱33 mo21 ʂo21 la21 la21
心 里 畅 舒 舒
心 情 舒 又 爽

ʔa21 næ21 tsɿ55 dʐa21 no33
如 今 这 时 呀
讲 到 了 这 里

tʂa33 ɕi55 tɕe21 dʑe33 tʻe21
张 四 姐 事 讲
又 讲 张 四 姐

tʂa33 ɕi55 tɕe21 ɕi55 ni21
张 四 姐 的 呢
仙 女 张 四 姐

vu55 xe21 kʻo21 ɤa21 tʂʻɤ21
尾 房 里 呀 到
在 房 中 歇 息

dzʅ^{33} ʐo^{33} t'e^{21} lɤ^{33} ʐu^{21}
钱 小 一 个 拿
拿 一 个 铜 钱

le̱^{21} ʐo^{33} ka^{55} ɣa^{21} tɯ̱^{33}
手 儿 中 呀 拿
放 在 手 掌 中

ʐe^{33} næ^{55} t'e^{21} k'o^{33} mu^{21}
占 好 一 课 做
占 一 卦 看 看

mu^{33} k'æ^{21} mo^{33} me̱^{33} du̱^{33}
天 上 马 兵 出
玉 帝 差 兵 马

ŋo^{21} ʐu^{21} le^{21} lo^{33} ka^{33}
我 捉 来 的 了
要 来 捉 拿 我

be̱^{33} gɤ^{21} lo^{21} ma^{21} mæ^{55}
说 后 来 不 及
话 音 还 未 落

t'e^{33} pe^{33} t'e^{33} tʂa^{33} na^{21}
天 兵 天 将 你
天 兵 和 天 将

xɤ^{21} de^{21} da^{21} le^{21} lo^{21}
快 说 到 来 了
正 在 降 下 来

tʂ'u̱^{33} vɤ^{21} ɕe^{55} ɕi^{55} ni^{21}
崔 文 顺 的 呢
丈 夫 崔 文 顺

ɳe̱^{33} k'a^{21} ni^{55} ma^{21} kɯ^{33}
眼 睁 看 不 敢
眼 也 不 敢 睁

tʂa^{33} ɕi^{55} tɕe^{21} ɕi^{55} ni^{21}
张 四 姐 的 呢
仙 女 张 四 姐

ʂʅ^{21} tʂ'ʅ^{21} t'e^{21} ni^{55} t'o^{33}
努 力 一 看 时
抬 头 看 一 看

mu^{33} ɳe̱^{33} mi^{55} ɳe̱^{33} le^{21}
天 黑 地 黑 来
天 空 乌 云 密

xa^{21} ɕe^{55} tɤ^{33} ka^{33} ni^{21}
哈 斯 得 官 呢
天 将 哈 斯 得

mæ^{33} ʂu^{55} t'e^{21} tʂo^{33} ɬɛ^{21}
火 活 一 把 变
变 成 大 火 把

nɤ^{55} ɕo^{21} ɕo^{21} mu^{55} ni^{21}
红 形 形 的 呢
火 光 红 形 形

kɤ^{55} ʂɤ^{21} le^{21} dʐa^{21} dʐɤ^{33}
那 样 来 有 呀
来 到 四 姐 前

t'e^{21} tɕe^{33} be̱^{33} le^{21} no^{33}
一 句 说 来 呢
对 仙 女 说 道

tʂa^{33} ɕi^{55} tɕe^{21} na^{21} le^{21}
张 四 姐 你 来
仙 女 张 四 姐

ŋo^{21} da^{21} dʑæ^{21} no^{55} ti^{55}
我 话 信 好 的
请 听 我 的 话

ŋo^{21} na^{21} xæ^{21} da^{55} no^{33}
我 你 领 了 呢
我 来 把 你 领

mu^{33} k'æ^{21} gu̱^{21} lɤ^{21} ni^{21}
天 上 回 去 呢
返 回 天 宫 去

tʂa^{33} ɕi^{55} tɕe^{21} ɕi^{55} ni^{21}
张 四 姐 的 呢
仙 女 张 四 姐

be̱^{33} le^{21} k'ɤ^{21} ni̱^{33} tʂ'ʅ^{33}
说 来 她 心 气
听 了 很 生 气

ʂɤ^{33} fu^{21} p'i^{33} ʐu^{21} ni^{21}
收 魂 瓶 拿 呢
拿 出 收 魂 瓶

xa^{21} ɕe^{33} tɤ^{21} ka^{33} ni^{21}
哈 斯 得 官 呢
把 那 哈 斯 得

dæ^{33} ni^{21} ʂɤ^{33} fu^{21} p'i^{21} k'o^{21} te^{33}
打 呢 收 魂 瓶 里 装
打 入 收 魂 瓶 里 面

ɕe^{21} ʂu^{55} tʂo̱^{21} kɤ^{55} lɤ^{33}
孙 行 者 那 个
天 将 孙 行 者

tʂa^{33} ɕi^{55} tɕe^{21} ɣa^{21} kɛ̱^{33}
张 四 姐 上 骂
骂 张 四 姐 道

mu^{33} k'æ^{21} sʅ^{33} ʐɤ^{21} ɳe^{55} dʐa^{21} ti^{55}
天 上 仙 人 女 是 的
你 本 是 天 上 仙 女

k'o^{55} ʂɤ^{21} dɤ^{21} mi^{55} tʂ'a^{21} dʐa^{21} le^{21}
为 何 阳 地 人 是 来
为 何 来 到 人 世 间

ɣɤ^{21} mu^{21} tʂ'u̱^{33} dʐa^{21} le^{21}
家 做 成 是 来
与 凡 人 成 亲

na^{21} ŋo^{21} da^{21} ma^{21} dʑæ^{21}
你 我 话 不 信
你 若 不 听 话

ŋo^{21} na^{21} sʅ^{21} xo^{21} ŋa^{33}
我 你 杀 掉 要
我 要 打 死 你

ŋo^{21} ni̱^{33} p'a^{33} tʂ'ʅ^{33} no^{33}
我 心 莫 气 呢
莫 让 我 生 气

ŋo^{21} tɕe^{33} ku^{21} tsʅ^{55} pa^{55}
我 金 箍 这 棒
我 的 金 箍 棒

ɬi^{33} ȵe^{21} xi^{21} to^{55} ŋo^{33} tʂ'ɤ^{21} ȵe^{21}
四 万 八 千 五 十 万
重 达 四 万 八 千 五

tsɿ^{55} pa^{55} p'a^{33} dæ^{33} no^{33}
这 棒 若 打 呢
打 在 你 身 上

na^{21} ɬo^{55} to^{21} ma^{21} do^{21}
你 接 起 不 行
你 招 架 不 住

tʂa^{33} ɕi^{55} tɕe^{21} mi^{21} ŋa^{21}
张 四 姐 话 语
仙 女 张 四 姐

ɕe^{21} ɕi^{55} tʂo^{21} ɣa^{21} kɛ^{33}
孙 行 者 上 骂
骂 孙 行 者 道

na^{21} tɕe^{33} ku^{21} kɤ^{55} pa^{55}
你 金 箍 那 棒
你 的 金 箍 棒

k'o^{55} no^{21} ni^{21} ma^{21} ŋɤ^{21}
多 少 呀 不 是
仙 女 我 不 怕

ɕe^{21} ɕi^{55} tʂo^{21} ni^{33} tʂ'ɿ^{33}
孙 行 者 心 气
孙 行 者 怒 火

k'ɤ^{55} nu^{33} t'e^{21} pa^{55} ɕe^{21}
他 毛 一 根 拔
拔 下 一 根 毛

t'e^{21} t'ɛ^{33} dʑɛ^{21} tɕe^{55} lɤ^{21}
一 下 法 变 去
忽 然 做 变 化

k'ɤ^{55} nu^{33} kɤ^{55} t'e^{21} pa^{55}
他 毛 那 一 根
他 的 那 根 毛

mo^{33} me^{33} t'e^{21} lɤ^{33} ɬɛ^{21}
马 兵 一 个 变
变 成 一 战 马

tʂa^{33} ɕi^{55} tɕe^{21} ni^{33} tʂ'ɿ^{33}
张 四 姐 心 气
张 四 姐 发 怒

sæ^{55} dʐo^{21} ta^{33} ʐu^{21} ni^{21}
金 钗 子 拿 呢
拿 出 金 宝 钗

t'e^{21} t'ɛ^{33} gu^{21} tɕe^{55} lɤ^{21}
一 下 做 去 了
变 出 法 术 来

mu^{33} ȵe^{33} mi^{55} ȵe^{33} ts'ɿ^{33}
天 黑 地 黑 夜
忽 然 天 昏 暗

mu^{33} tɯ^{21} mu^{33} sɛ^{33} do^{21}
天 闪 天 劈 落
电 闪 又 雷 鸣

ɕe^{21} ɕi^{33} tʂo^{21} kɤ^{55} lɤ^{33}
孙 行 者 那 个
那 个 孙 行 者

tɕe^{33} ku^{21} kɤ^{55} pa^{55} xɤ^{21}
金 箍 那 棒 拿
拿 着 金 箍 棒

kɤ^{55} ni^{21} bæ^{33} xo^{21} gɤ^{21}
他 呀 打 合 去
迎 战 张 四 姐

mo^{21} ȵe^{55} tʂa^{33} ɕi^{55} tɕe^{21}
母 女 张 四 姐
仙 女 张 四 姐

t'e^{21} tɕe^{33} be̱^{33} du̱^{33} le^{21}
一 句 说 出 来
开 口 把 话 说

ta^{55} ti^{55} ɣa^{21} be̱^{33} lɤ^{21}
大 帝 上 说 去
你 回 去 禀 报

tʂ'a^{21} ɬo^{55} mo^{33} me̱^{33} t'a^{21} dæ^{33} sʅ^{21}
人 贤 马 兵 莫 打 死
莫 这 样 打 来 打 去

ŋo^{21} ni̱^{33} t'a^{21} tʂ'ʅ^{33} bi^{21}
我 心 莫 气 给
莫 让 我 生 气

be̱^{33} gɤ^{21} lo^{21} ma^{21} mæ^{55}
说 完 了 不 及
未 等 话 说 完

t'e^{33} pe^{33} ɣa^{21} t'e^{33} tɕe^{55}
天 兵 呀 天 将
天 兵 和 天 将

ȵe̱^{21} no̱^{21} de̱^{33} gu̱^{21} lɤ^{21}
天 宫 上 回 去
返 回 到 天 庭

tʂ'ɤ^{21} gɯ^{33} dʐʅ^{33} go^{21} tʂ'ɤ^{21}
策 更 兹 门 到
来 到 灵 霄 殿

kɯ^{33} gɤ^{21} kɯ^{33} ma^{21} gɤ^{21}
跪 完 跪 不 完
磕 头 又 跪 拜

t'e^{21} tɕe^{33} be̱^{33} du̱^{33} le^{33}
一 句 说 出 来
禀 报 玉 帝 道

tʂa^{33} ɕi^{55} tɕe^{21} kɤ^{55} lɤ^{33}
张 四 姐 那 个
那 个 张 四 姐

fɛ^{33} tu̱^{21} ɬo^{55} p'o^{21} p'o^{21}
法 术 舌 扑 扑
法 术 无 人 敌

mu^{33} k'æ^{21} ʂa^{33} ʔu̱^{33} tʂo̱^{21} ni^{21} ba^{21}
天 上 三 头 帽 也 有
她 有 天 宫 收 魂 瓶

mu^{33} mi^{55} tsʅ^{21} nɤ̱^{33} t'e^{21} dʐɤ^{55} ba^{21}
天 地 鞋 子 一 双 有
还 有 一 双 宝 鞋 子

tsʅ^{21} nɤ̱^{33} kɤ^{55} dʐɤ^{55} t'a^{55} dɤ̱^{21} no^{33}
鞋 子 那 双 若 穿 呢
她 穿 起 天 地 宝 鞋

kʻɤ55 le̱21 tʻe21 tʻɛ̱33 fɤ55
她 手 一 下 甩
她 甩 一 甩 手

mo33 me̱33 ʈʂo̱21 gɤ21 do21
马 兵 罩 进 去
兵 马 收 入 瓶

tʻe21 tɕe33 tʻɤ21 tɤ33 lɤ21
一 句 诉 留 下
这 样 来 禀 报

mo55 ʐe21 ʈʂʻɤ21 gɤ33 dʐʅ33
高 尊 策 更 兹
天 尊 策 更 兹

xa21 tʻa21 tʻa21 ɣa21 le21
木 呆 呆 的 来
目 瞪 口 发 呆

ɣo33 mu33 dɯ21 ɳe55 be̱33 gɤ21 no33
王 母 想 想 说 来 呢
王 母 想 想 开 口 道

ʈʂa33 ɕi55 tɕe21 kɤ55 lɤ33
张 四 姐 那 个
仙 女 张 四 姐

kʻɤ21 ni̱33 tʻa21 ʈʂʻʅ33 bi21
她 心 莫 气 给
莫 惹 她 生 气

kʻɤ21 ni̱33 ma21 ʈʂʻʅ33 no33
她 心 不 气 呀
莫 让 她 生 气

pu̱33 gu̱21 le21 ma21 sɛ̱21
返 回 来 不 知
我 劝 她 回 宫

kʻɤ21 ni̱33 pʻa33 pu̱33 no33
她 心 若 返 呀
若 她 翻 了 脸

mu33 tʻu21 mu55 dɯ̱21 dɯ̱21
天 白 黑 沉 沉
天 空 乌 云 布

mi55 ɳe̱33 tɕʻe21 va33 va33
地 黑 沉 压 压
大 地 阴 沉 沉

tʻo33 lo33 pʻi21 ma21 mo55
宇 宙 平 不 了
难 得 太 平 了

dʑe33 ɬo55 no33 tʻa21 dæ33
牲 贤 呀 莫 打
牲 贤 莫 用 鞭

ʈʂʻa21 ɬo55 no33 tʻa21 kɛ̱33
人 贤 呀 莫 骂
人 贤 不 能 骂

ŋo21 tɯ33 lɤ21 da55 no33
我 下 去 的 呢
我 到 凡 间 去

kʻɤ55 vi̱21 kʻɤ55 læ21 xæ21
她 姐 她 妹 领
带 她 的 姐 妹

ʂo^{33} de̱^{33} gu̱^{21} le^{21} ni^{21}
找 上 回 来 呢
劝 她 回 天 宫

ta^{55} ti^{55} sæ^{55} n̥e̱^{21} k'a^{21}
大 帝 金 口 开
玉 帝 开 金 口

t'e^{21} tɕe^{33} be̱^{33} le^{21} no^{33}
一 句 说 来 呢
开 口 把 话 说

ma^{21} ʂo̱^{21} gu̱^{21} ma^{21} kɯ̱^{21}
不 找 回 不 会
不 能 不 回 宫

ma^{21} ʂo̱^{21} gu̱^{21} le^{21} no^{33}
不 找 回 来 呢
若 她 不 回 宫

dɣ̱^{21} mu^{33} ɕe̱^{21} tu̱^{21} k'ɯ^{33}
戴 天 铁 火 偷
取 出 天 火 来

ŋa^{33} sɿ^{21} xo^{21} ti^{55} ka^{33}
要 杀 掉 的 呢
只 有 灭 了 她

t'e^{21} tɕe^{33} be̱^{33} tɣ^{33} lɣ^{21}
一 句 说 留 下
玉 帝 吩 咐 完

ɣo^{21} mo^{21} na^{21} na^{21} ni^{21}
王 母 娘 娘 呢
王 母 娘 娘 她

tɯ^{33} le^{33} tsɿ^{55} dʐɣ^{21} tʂ'ɣ^{21}
下 来 这 样 到
速 速 下 凡 尘

tʂ'u̱^{33} vɣ^{21} ɕe^{55} xe^{21} ko^{55}
崔 文 顺 房 里
崔 文 顺 家 里

tʂa^{33} ɕi^{55} tɕe^{21} ɕi^{55} ni^{21}
张 四 姐 的 呢
仙 女 张 四 姐

ɣæ^{21} sɿ^{33} sɿ^{33} mu^{55} ni^{21}
笑 眯 眯 的 呢
她 面 带 笑 容

dzɿ^{33} ʐo^{33} ʂa^{55} lɣ^{33} ʐu^{21}
铜 儿 三 个 拿
拿 三 个 铜 钱

le̱^{21} ʐo^{33} ka^{55} ɣa^{21} te^{33}
手 儿 中 呀 放
放 在 手 掌 心

ʐe^{33} næ^{55} t'e^{21} k'o^{33} mu^{21}
占 好 一 课 做
随 便 占 一 卦

do^{33} næ^{55} t'e^{21} k'o^{33} dʑe^{21}
卦 好 一 课 卜
占 得 一 吉 卦

t'e^{21} ni^{55} t'o^{33} lɣ^{21} ʂu^{55}
一 看 去 了 呢
看 一 看 卦 象

mu^{33} k'æ^{21} na^{21} na^{21} tɯ^{33} le^{21} ka^{33}
天 上 娘 娘 下 来 了
娘 亲 正 在 来 凡 尘

tʂa^{33} ɕi^{55} tɕe^{21} ɕi^{55} ni^{21}
张 四 姐 的 呢
仙 女 张 四 姐

tʂ'u̱^{33} vɤ^{21} ɕe^{55} ɣa^{21} be̱^{33}
崔 文 顺 上 说
对 文 顺 说 道

tʂ'u̱^{33} vɤ^{21} ɕe^{55} ko^{33} na^{21}
崔 文 顺 哥 你
阿 哥 崔 文 顺

ŋo^{21} le^{21} na^{21} do^{21} tʂ'a^{21}
我 来 你 随 跟
我 来 跟 随 你

ʂa^{33} k'u̱^{21} mæ^{21} ʐu̱^{21} mu^{21}
三 年 妻 夫 做
夫 妻 做 三 年

na^{21} ŋo^{21} ma^{21} sɛ̱^{21} ɕi^{33}
你 我 不 识 呢
你 还 不 知 道

ŋo^{21} le^{21} ʂɤ^{33} sɿ^{33} ȵe^{55} dʐa^{21} ti^{55}
我 来 神 仙 女 是 的
我 是 天 神 的 女 儿

ŋo^{21} mo^{21} tɯ^{33} le^{21} ka^{33}
我 母 下 来 了
我 的 母 娘 亲

ŋo^{21} vi̱^{21} ŋo^{21} næ^{21} xæ^{21}
我 姐 我 妹 带
带 着 姐 和 妹

dɤ^{21} mi^{55} tɯ^{33} le^{21} no^{33}
阳 地 下 来 呢
正 在 来 凡 间

ŋo^{21} mo^{21} ŋo^{21} xɯ^{21} ko^{55} ʂo^{33} ʂo^{33}
我 母 我 养 多 辛 苦
我 娘 养 我 太 辛 苦

ŋo^{21} le^{21} mu^{33} k'æ^{21} gu̱^{21} lɤ^{21} la^{33}
我 来 天 上 回 去 了
我 要 回 天 上 去 了

ʐu̱^{33} næ^{55} tʂ'u̱^{33} vɤ^{21} ɕe^{55}
夫 好 崔 文 顺
夫 君 崔 文 顺

xe^{21} k'ɯ^{55} no^{55} no^{55} xo^{55}
房 下 好 好 守
好 好 守 护 家

t'e^{21} tɕe^{33} be̱^{33} tɤ^{33} lɤ^{21}
一 句 说 留 下
这 样 交 代 完

ʐu̱^{33} næ^{55} tʂ'u̱^{33} vɤ^{21} ɕe^{55}
夫 好 崔 文 顺
丈 夫 崔 文 顺

ŋɯ^{55} ɕi^{33} ɕi^{33} mu^{21} ni^{21}
哭 泣 泣 的 呢
哭 泣 不 成 声

t‘e21 tɕe33 be̠33 le21 no33
一 句 说 来 呢
对 妻 把 话 说

na21 le21 mu33 k‘æ21 gu̠21
你 来 天 上 回
你 要 回 天 庭

ŋo21 ni21 mu33 k‘æ21 gu̠21
我 也 天 上 回
我 也 跟 随 你

na21 tʂ‘a21 gu̠21 lɤ21 ti55
你 随 回 去 的
同 你 回 天 庭

tʂa33 ɕi55 tɕe21 ɕi55 ni21
张 四 姐 的 呢
妻 子 张 四 姐

t‘e21 tɕe33 be̠33 le21 no33
一 句 说 事 呢
对 夫 把 话 说

t‘a21 ŋɯ55 le21 ʐu̠33 næ55
莫 哭 了 夫 好
丈 夫 莫 伤 心

ŋo21 ma21 xæ21 ti55 sɛ21
我 你 带 的 呢
我 会 带 你 走

tʂa33 ɕi55 tɕe21 ɕi55 ni21
张 四 姐 的 呢
妻 子 张 四 姐

ʂɤ33 fu21 p‘i21 k‘a21 t‘ɤ21
收 魂 瓶 开 放
打 开 收 魂 瓶

ʐa21 tʂa33 fu21 tʂa33 ʐo̠21
杨 家 呼 家 人
杨 家 呼 家 人

lɤ33 lɤ33 t‘ɤ21 tɕe55 xo21
个 个 放 回 去
个 个 放 出 来

ʐa21 tʂa33 fu21 va21 dʐʅ33 ʐo33
杨 家 呼 家 官 人
杨 家 呼 家 官 兵

ts‘ʅ21 t‘a21 mi55 ma21 mæ21
脚 底 地 不 着
拔 腿 往 家 跑

p‘e̠21 fɛ33 pu̠33 le21 ʂɤ33
叶 干 返 来 像
跑 回 家 中 去

tʂa33 ɕi55 tɕe21 ɕi55 ni21
张 四 姐 的 呢
仙 女 张 四 姐

ʂu33 ʂu33 lɤ21 ɕe̠33 ɕe̠33
快 快 与 速 速
快 速 作 收 拾

ʂɤ33 fu21 p‘i21 ʐu21 to̠21
收 魂 瓶 拿 收
收 好 收 魂 瓶

xe^{21} mo^{21} ni^{21} ʂo^{21} ni^{21}
房 大 二 所 呢
两 座 大 房 子

tʻu^{21} dzæ^{21} sæ^{55} dzæ^{21} ni^{21}
银 树 金 树 呢
银 树 和 金 树

lɤ^{33} lɤ^{33} kæ^{33} to̲^{21} gɤ^{21}
个 个 收 起 后
全 部 收 起 来

ʂɤ^{33} kæ^{33} ʂʅ^{21} po^{33} kʻo^{21} ɣa^{21} te^{33}
收 起 七 宝 里 呀 装
收 起 七 只 稀 世 杯

va^{21} mo^{21} na^{21} na^{21} ni^{21}
王 母 娘 娘 呢
天 宫 王 母 娘

ȵe^{55} næ^{55} ʈʂʻu̲^{21} fæ^{55} xæ^{21}
女 好 六 位 领
带 着 六 闺 女

çe̲^{33} de^{21} tɯ^{33} ʈʂʻɤ^{21} le^{21}
快 速 下 到 了
来 到 大 地 上

ȵe^{55} næ^{55} ʈʂʻu̲^{21} fæ^{55} no^{33}
女 好 六 位 呢
六 位 姐 和 妹

lɤ^{33} lɤ^{33} ʈʂa^{33} çi^{55} tçe^{21} ɣæ^{21} le^{21}
个 个 张 四 姐 笑 来
个 个 笑 话 张 四 姐

ʈʂa^{33} çi^{55} tçe^{21} çi^{55} ni^{21}
张 四 姐 的 呢
仙 女 张 四 姐

mo^{21} ŋa^{21} gɯ^{21} sæ^{21} sæ^{21}
母 见 高 兴 兴
见 娘 心 欢 喜

tʻe^{21} tçe^{33} be̲^{33} le^{21} no^{33}
一 句 说 来 呢
对 娘 把 话 说

ʔi^{55} mo^{21} ŋo^{21} be̲^{33} na^{21} no^{55} lo^{21}
阿 母 我 说 你 听 求
阿 妈 请 你 听 我 说

ŋo^{21} le^{21} dɤ^{21} mi^{55} ʈʂʻa^{21}
我 来 凡 间 人
我 与 凡 间 人

mæ^{21} ʐu̲^{21} mu^{21} de^{21} ni^{21}
妻 夫 做 了 呢
已 经 配 夫 妻

ŋo^{21} ʐu̲^{33} ʈʂʻu̲^{33} vɤ^{21} çe^{55}
我 夫 崔 文 顺
丈 夫 崔 文 顺

dɤ^{21} mi^{55} ʈʂʻa^{21} ma^{21} ŋɤ^{21}
凡 间 人 不 是
他 非 凡 间 人

mu^{33} kʻæ^{21} çe^{33} ʐɤ^{21} dʐa^{21} ti^{55} le^{21}
天 上 仙 人 有 的 来
他 也 是 仙 根 仙 种

ŋo^{21} le^{21} ʐu̠^{33} næ^{55} xæ^{21}
我 来 夫 好 带
我 要 带 丈 夫

mo^{21} tʂ'a^{21} gu̠^{21} lɤ^{21} ŋa^{33}
母 随 回 去 要
一 起 回 天 宫

ʔi^{55} mo^{21} k'o^{55} k'o^{55} ɬo^{55}
豹 子 何 等 强
豹 子 再 呈 强

ʥo^{33} lo̠^{21} k'æ^{21} ma^{21} ɬo^{55}
吃 虎 上 不 强
强 不 过 老 虎

mu^{55} tʂ'ʅ^{21} k'o^{55} k'o^{55} sɛ̠^{21}
牛 角 何 等 长
牛 角 长 得 长

tʂ'ʅ^{21} sɛ̠^{21} no^{55} no̠^{21} ʥɤ^{21} ma^{21} do^{21}
角 长 呀 天 起 不 过
再 长 也 顶 不 到 天

ʐo^{55} næ^{55} k'o^{55} k'o^{55} ɬo^{55}
儿 好 何 等 贤
儿 子 再 贤 能

p'o^{21} mo^{21} k'æ^{21} ma^{21} ɬo^{55}
父 母 上 不 贤
也 听 父 母 言

ȵe^{55} lu^{21} k'o^{33} k'o^{55} ɬo^{55}
女 儿 何 等 贤
女 儿 再 贤 能

mo^{21} ȵe̠^{21} xɛ̠^{21} ma^{21} kɯ^{33}
母 嘴 顶 不 敢
不 与 娘 顶 嘴

tʂa^{33} ɕi^{55} tɕe^{21} ɕi^{55} ni^{21}
张 四 姐 的 呢
仙 女 张 四 姐

ʐu̠^{33} næ^{55} xæ^{21} ʂa^{55} ni^{21}
夫 好 领 的 呢
带 上 好 夫 君

mo^{21} do^{21} tʂ'a^{21} ʂa^{33} ni^{21}
母 后 随 的 呢
跟 随 母 娘 亲

tæ^{55} t'u^{55} tæ^{55} ȵe̠^{33} ʥæ^{33}
云 白 云 黑 骑
骑 在 祥 云 上

ɕe̠^{33} de^{21} to̠^{21} ʂa^{33} ni^{21}
快 速 起 的 呢
快 速 回 天 庭

ȵe̠^{21} no̠^{21} de̠^{33} dɤ^{21} lɤ^{21}
天 宫 上 的 去
一 起 上 天 庭

lɤ^{21} zi^{21} ʥæ^{21} tʂ'u̠^{33} mo^{55} tʂ'ɤ^{21} no^{33}
到 水 清 河 高 到 呢
来 到 天 宫 清 水 河

zi^{21} ʥæ^{21} tʂ'u̠^{33} mo^{55} xɤ^{21}
水 清 河 高 湖
在 清 水 河 里

çi^{55} tɕe^{21} gɯ^{21} mo^{21} dæ^{33} tsʻɿ^{33} gɤ^{21}
四 姐 身 子 打 洗 后
文 顺 四 姐 把 身 洗

tʂʻʅ^{21} sæ^{21} lɤ^{33} lɤ^{33} tsʻɿ^{33} xa^{21} gɤ^{21}
肺 肝 个 个 洗 净 后
肝 肠 肺 肚 洗 干 净

çi^{55} tɕe^{21} ɣo^{21} xæ^{21} te^{55} kʻæ^{21} tʂʻɤ^{21}
四 姐 呀 领 殿 上 到
来 到 灵 霄 宝 殿 上

pʻo^{21} tʻa^{21} ŋa^{21} lɤ^{21} no^{33}
父 面 见 去 呢
去 拜 见 父 爷

ʔu̱^{33} tʻɤ̱^{21} ɣa^{21} le̱^{21} pɛ^{55}
头 磕 与 手 拜
磕 头 又 作 揖

kɯ^{33} gɤ^{21} kɯ^{33} ma^{21} gɤ^{21}
跪 够 跪 不 够
磕 个 不 停 歇

ni^{21} tʂɤ^{55} ɬi^{33} tu̱^{21} kɯ^{33}
二 十 四 次 跪
磕 头 二 十 四

pɛ^{55} gɤ^{21} pɛ^{55} ma^{21} gɤ^{21}
拜 够 拜 不 够
拜 个 不 停 歇

ɬi^{33} tʂʻɤ^{21} xi̱^{21} ku^{21} pɛ^{55}
四 十 八 次 拜
跪 拜 四 十 八

ʐu^{21} xa^{21} ta^{55} ti^{55} sæ^{55} ȵe̱^{21} kʻa^{21}
玉 皇 大 帝 金 口 开
玉 皇 大 帝 开 金 口

tʻe^{21} tɕe^{33} be̱^{33} le^{21} no^{33}
一 句 说 来 呢
开 口 问 女 儿

ŋo^{21} vu^{21} ʂɤ^{33} sɿ^{33} ȵe^{55} dʐa^{21} ʂu^{55}
我 肠 神 仙 女 有 呢
你 是 我 的 亲 生 女

kʻo^{55} ʂɤ^{21} dɤ^{21} mi^{55} tʂʻa^{21}
为 何 凡 间 人
为 何 到 凡 间

tʻe^{21} ɣɤ̱^{33} mu^{21} lɤ^{21} le^{21}
一 家 做 去 来
与 凡 人 成 亲

tʂa^{33} çi^{55} tɕe^{21} çi^{55} ni^{21}
张 四 姐 的 呢
仙 女 张 四 姐

pʻo^{21} ȵe̱^{21} tʻe^{21} dʐa^{21} tu̱^{33}
父 嘴 一 次 回
回 答 父 王 道

ŋo^{21} pʻo^{21} mu^{33} sæ^{21} na^{21}
我 父 天 神 你
我 的 天 尊 父

ŋo^{21} be̱^{33} na^{21} no^{55} lo^{21}
我 说 你 听 呀
请 听 我 禀 报

ŋo21 ʐu̱33 tʂʻu̱33 vɤ21 ɕe55

我 夫 崔 文 顺

我 夫 崔 文 顺

ʂɤ33 ʐɤ21 dʐa21 ti55 le21

仙 人 有 的 是

他 也 是 仙 根

ŋo21 le21 tɤ21 no̱21 ko33 lo21 ʂu55

我 来 斗 牛 宫 了 呢

我 在 天 宫 斗 牛 宫

tʂʻu̱33 vɤ21 ɕe55 ʂo̱33 ɤo̱21

崔 文 顺 穷 得

文 顺 在 受 苦

dɤ21 mi55 tɯ33 da55 no33

阳 间 下 的 呢

女 儿 下 凡 尘

na55 tʻe55 lo21 mo21 kʻo21

纳 铁 城 大 里

在 纳 铁 京 城

mæ21 ʐu̱21 mu21 ma21 mæ55

妻 夫 做 不 及

与 他 做 夫 妻

tʂʻɤ21 pʻe̱21 vu55 xɤ21 ka55

彻 比 武 海 中

彻 比 武 海 中

lu̱33 nɯ55 lu̱33 nɤ55 tsʻʅ21

石 绿 石 红 下

在 那 奇 石 林

tsʅ55 vu21 bu̱33 xe21 po33 dʑæ21 kʻo21

金 屋 佛 房 蛙 树 里

海 底 龙 宫 金 殿 里

tɕe33 tʂu̱33 po21 pe55 dʐa21

珍 珠 宝 贝 有

有 珍 珠 宝 贝

lo33 tʻa21 tsʅ55 ʐo33 bɤ55

龙 塔 纪 儿 处

找 到 龙 太 子

po21 pe55 tʂʻʅ33 tɕe55 le21

宝 贝 借 过 来

借 来 稀 世 宝

mæ21 ʐu̱21 mu21 lo33 ti55

妻 夫 做 了 的

与 他 成 了 亲

ma21 næ55 lɤ21 ma21 ŋɤ21

不 好 去 不 是

不 失 一 善 举

tʻe21 tɕe33 be̱33 le21 no33

一 句 说 来 呢

这 样 把 话 禀

mo55 ʐe21 tʂʻɤ21 gɤ33 dʐʅ33

高 尊 策 更 兹

天 尊 开 口 道

tʻɯ55 le21 ŋɤ21 de21 no33

这 来 是 说 呢

既 然 是 这 般

ʔa^{55} mæ^{33} ʔa^{55} dʐa^{21} do^{21}
各 自 呀 住 处
各 自 回 居 所

dʐa^{21} ni^{21} gu̠^{21} lɤ^{21} le^{21}
住 呀 回 去 来
各 司 各 职 责

mo^{21} ȵe^{55} tʂa^{33} ɕi^{55} tɕe^{21}
母 女 张 四 姐
仙 女 张 四 姐

tɤ^{21} no̠^{21} ko^{33} kʻo^{21} gu̠^{21}
斗 牛 宫 里 回
回 到 斗 牛 宫

tʂʻɤ^{21} gɤ^{33} dʐʅ^{33} ʔa^{21} mæ^{33}
策 更 兹 女 儿
玉 帝 的 女 儿

ȵe^{55} tʂo̠^{21} tʂa^{33} ɕi^{55} tɕe^{21}
女 四 张 四 姐
仙 女 张 四 姐

ʂo^{33} tʻe^{21} tʂʻa^{21} ŋɤ^{21} dʐɤ^{33}
事 讲 唱 是 呀
故 事 讲 到 此

ɤo^{33} mu^{33} ta^{55} ka^{33} tʂʻɤ^{21} ʂa^{33} kʻu̠^{21}
皇 帝 道 光 十 三 年
道 光 皇 帝 十 三 年

tʻe^{21} dʐa^{21} ŋɤ^{21} le^{21}
讲 有 是 来
抄 写 讲 述

kʻu̠^{21} no^{33} lo^{33} sæ^{55} kʻu̠^{21} dʐa^{21}
年 呀 龙 金 年 有
时 年 为 戊 辰 年

彝文《张四姐》意译

玉帝策更兹[①]，
住在天宫里，
金殿和银殿，
还有琉璃殿，
建在苍宇间。
珍珠和宝贝，
金子和银子，
成千的宝贝，
上万的宝物，
堆在殿堂里。
千样归他管，
万物归他管。
他管阎罗王，
他管龙塔纪。[②]
黑土大地上，
四座大山脉，
四个大海洋，
四位大皇帝，
全归更兹管。

玉帝策更兹，
有儿又有女。
不讲儿的事，
不讲七闺女，
不讲大女儿，
不讲二女儿，
不讲三女儿，
四女张四姐，
就讲她的事。

仙女张四姐，
生活在天宫，
不愿住天庭，
下凡来投情。
仙女张四姐，
来到纳铁城，
看见崔文顺。
崔文顺母子，
母亲去讨饭，
儿子去卖柴，
靠卖柴为生。

次日天明亮，
那个崔文顺，
出门去砍柴，
来到悬崖上。
崖顶森林中，
银饰亮闪闪，
金饰闪金光，
一位不凡女，
头戴金银饰，
站在森林里。

仙女张四姐，
开口把话说：
“阿哥崔文顺，
你是一个人，
我也是单身，
单身女不美，
孤男不光彩，
你和我两个，
就做夫妻吧。”
那个崔文顺，
回答张四姐：
“我是穷苦人，
无力供养你。”
仙女张四姐，
回答文顺道：
“你听我的话，
你若不听话，

我可让你死，
也可让你活。”
柴夫崔文顺，
回答仙女道：
“小姐莫生气，
我的酸和苦，
你还不知道，
我是穷苦人，
无房又无家，
父亲死得早，
亲戚也没有，
为养我娘亲，
白日去街上，
乞讨来谋生；
到了天黑时，
我住庙宇里。
无家又无室，
如何做夫妻。”
仙女张四姐，
开口回答道：
“阿哥崔文顺，
你就相信我，
所需和所缺，
不用你操心，
吃的你莫愁，
穿的你莫忧。”
柴夫崔文顺，
听信她的话，
带上张四姐，
回到寺庙里。

仙女张四姐，
看一看四周，
这座寺庙里，
没有睡觉处。
仙女张四姐，
手拿金钗子，
使出法术来，
忽然天昏暗，
两张宽大床，
呈现在眼前。
床上有被子，
还有软垫子，
还有个枕头。
四姐和文顺，
同室住一夜，
做一对夫妻。

次日天明亮，
仙女张四姐，
开口来说道：
“娘亲在哪里，
把她找回来，
我要拜见她。”
柴夫崔文顺，
听了妻子言，
出去找娘亲，
来到街子上，
母亲遇见儿，
儿子遇见娘。
儿子崔文顺，
满脸带笑容，
告诉娘亲道：
“阿妈呀阿妈，
昨日儿上街，
出门去讨饭，
一位好姑娘，
名叫张四姐，
芳龄十六岁，
她来跟随我，
要做儿的妻，
昨夜住庙里，
与儿做夫妻。
儿来找娘亲，
请娘回家去。”
文顺的娘亲，
高兴把话说：
“这是好事情，
天地在护佑，
日月在护佑，

依朔[3]护佑人，
神灵在帮助。”

崔文顺的娘，
年纪五十余，
心虚又胆怯，
来到寺庙里。
仙女张四姐，
出来拜见娘。
文顺的娘亲，
开口问四姐：
“你是何氏女，
是否有父亲，
是否有娘亲，
孤单你一人，
为何来到此？”

仙女张四姐，
回答娘亲道：
“我家居住地，
遥远大海边，
姓氏为张氏，
我的老父亲，
名叫张百万，
我的母娘亲，
就是李娘娘。
家有七姊妹，
老四就是我，
遇到灾荒年，
各自忙逃命，
孤单我一人，
找到文顺哥，
与他做夫妻。”

崔文顺的娘，
听了四姐言，
开口把话说：
“你来找我儿，
与他做夫妻，
讨饭给你吃，
莫嫌我家穷，
莫笑我家穷。”
不及说完话，
仙女张四姐，
回答娘亲道：
“有我在家里，
家里穷不了。”
仙女张四姐，
开口对夫道：
“这座寺庙里，
不要居住了，
从前居住地，
故乡在何方，
我们回家去。”
丈夫崔文顺，
相信妻的话，
带着妻和娘，
回到原住地。
仙女张四姐，
看一看四周，
什么也没有。
仙女张四姐
开口吩咐道：
“阿妈你母了，
烧火来取暖，
青草当席用，
山风当被盖，
夜晚天黑后，
会下大暴雨，
莫惊莫乱跑，
闭眼好好睡。”

到了夜三更，
仙女张四姐，
拿出金钗子，
使出法术来，
忽然天昏暗，
雨滴如盐白，
雨丝如牵绳，
暴雨下不停。

天上下大雨，
不湿他母子。
丈夫崔文顺，
偷偷看一眼，
一伙建房人，
有的长牛头，
长着猪狗头，
长着鸡鼠头。
四姐七宝杯，
忽然又变化，
一人来做饭，
一人来盛菜，
一人来抬菜，
一人来倒酒，
一人拉二胡，
一人弹三弦，
一人吹笛子，
忙个不停歇。
听得见声音，
看不见面目，
见头不见身，
见手不见脚，
不知忙个啥。

翌日天明亮，
文顺母子俩，
睁眼看一看，
一院大瓦房，
耸立在四周，
瓦房绿茵茵，
琉璃亮闪闪。
家有聚宝盆，
长有金银树，
金银落地上，
一夜捡一盆，
两夜捡两盆，
金银装满罐。
崔家府院里，
骏马在嘶鸣，
牛羊装满圈，
大鹅叫不停，
鸽子飞不停。
睡的金银床，
使的金银碗，
用的金银盆。
食物多又多，
吃也吃不完，
喝也喝不完，
吃的是白米，
一日吃三餐，
一天穿三套。
有奴有丫鬟，
周围这一带，
崔家最富有。

忽然有一天，
纳铁京城里，
官人王员外，
骑马带随从，
随从四十八，
来到街子上，
上街来游玩，
看见新府院，
那个王员外，
开口问随从：
“这座大府院，
府门是谁家?”
随从回答道：
“这是崔家府，
本地新富豪。”
那个王员外，
开口吩咐说：
“我要到崔府，
随便走一走。”
随从递书贴，
送到文顺府。
那个崔文顺，
看一看书贴，
急忙回书贴：
欢迎王员外，

员外尽管来。

文顺的娘亲，
对儿交代说：
“富人王员外，
他是老朋友，
请他进府来。”
那个崔文顺，
请他坐大堂，
摆开金桌子，
摆出金银碗，
抬出银酒壶，
倒酒金杯中，
金杯如星闪。

官人王员外，
端坐在东边，
那个崔文顺，
他坐在北边。
喝下三碗酒，
官人王员外，
开口来问道：
“你家金和银，
金银有几罐？”
那个崔文顺，
回答员外道：
“金银数不清，
骡马也成群，
骏马我家有，
粮食堆满仓，
样样我都有，
什么也不愁。”
官人王员外，
夸赞文顺道：
“这座城市里，
数你最富有。”

那个崔文顺，
夸口又说道：
“何止这一些，
还有三样宝。”
官人王员外，
开口问他道：
“还有什么宝？
讲来给我听。
我们是故友，
可以告诉我，
不会传他人。”
那个崔文顺，
告诉员外道：
“家有幸福门，
打开一道门，
听闻金鸡叫，
打开另一门，
听闻凤凰鸣。
我家院子里，
长有金银树，
树上长金银，
掉落的金银，
三日不捡走，
银子堵住门，
金子滚出门，
还有七宝杯。”
官人王员外，
开口把话说：
“宝物如此多，
进贡给皇帝，
换得一官职，
不知值多少。”

那个崔文顺，
又把话来说：
“那七个宝杯，
把酒斟进去，
发出锣鼓声，
三弦琵琶声，
悠扬又动听，
会唱又会舞。”
官人王员外，
开口来说道：

“你那七宝杯，
给我看一看，
到底是何物，
给我长见识。”
那个崔文顺，
吩咐丫鬟道：
“拿出七宝杯，
快快斟满酒，
拿给员外喝。”
两个小丫鬟，
走进后院去，
来到后院里，
对四姐说道：
“男主人吩咐，
要拿七宝杯，
斟酒敬客人，
敬酒王员外。”
仙女张四姐，
开口骂文顺：
“这个掉头鬼，
一时图虚荣，
样样说出口。
这一组宝杯，
不是凡间物，
龙宫稀世宝。
汪洋大海中，
龙王的儿子，
宝物借给我，
才有此宝藏。”
四姐想一想：
这一组宝杯，
如不拿出去，
我夫丢了脸。
如是拿出去，
这个王员外，
不怀好心肠。
仙女张四姐，
宝杯给丫鬟。
两个小丫鬟，
拿出宝杯来，
放在文顺前。
那个崔文顺，
拿来金杯子，
放在银桌上，
抬起银酒壶，
倒酒金杯中。
七个宝杯子，
忽然作变化，
唱歌又跳舞，
敲锣又打钵，
又是弹琵琶，
又是弹三弦，
一人倒开水，
一人抬开水，
一人去做饭，
一人去舀菜，
一人抬饭菜，
一人弹三弦，
一人拉二胡。
斟酒上菜时，
只听闻声音，
看不见身子。
只看见手掌，
看不见脸面。
那个王员外，
定睛看一看，
七个宝杯里，
百般奇妙景，
样样在其中，
就像日和月，
闪闪发亮光。
那个王员外，
开口来说道：
“七个稀世宝，
不该是你的，
你把人打死，
抢占他人物，
罪责你自找。”
那个崔文顺，
回答员外道：

"这组小宝杯，
不是偷盗来，
不久有一天，
一位美少女，
来做我妻子，
宝杯她带来。"
那个王员外，
开口又说道：
"既然是这般，
把她请出来，
让我看一看。"
那个崔文顺，
派两个丫鬟，
去请张四姐。
两个小丫鬟，
走进后院里，
开口把话说：
"主妇呀主妇，
男主人交代，
员外来做客，
请你到前堂，
出去敬杯酒。"
仙女张四姐，
暗自心中想：
我非凡间人，
如何能敬酒。
若是不出去，
丈夫丢了脸，
我若不出去，
员外不死心。
四姐想一想，
只好走出去。
仙女张四姐，
身穿漂亮衣，
衣服亮闪闪，
腰饰响叮当，
头戴鸡冠帽，
缨子垂下来，
脚穿金子鞋，
走出后院门，
来到大堂里。
那个王员外，
抬头看一看，
那个张四姐，
如同太阳般，
美丽难形容。

那个王员外，
快快返回去，
回到本府中，
吩咐下人道：
"他那七个杯，
我都不留恋，
他的那妻子，
我若能得到，
不知该多好。"
官人王员外，
派遣一家丁，
来请崔文顺，
府上去做客。
那个崔文顺，
急忙要赴宴。
妻子张四姐，
劝说丈夫道：
"夫君不能去，
员外来请你，
看上你金银，
他在做盘算。"
那个崔文顺，
顶撞妻子道：
"你莫这样说，
不该是那样。"
妻子张四姐，
劝说文顺道：
"如你非要去，
待我占个卦，
吉卦你就去，
凶卦就莫去。"
妻子张四姐，
铜钱拿三个，

放在手掌心，
占卦看一看，
那三个铜钱，
一个往回倒，
两个往前倒。
妻子张四姐，
对夫把话说：
“此卦不吉利，
夫君不能去，
你若非要去，
就算不死人，
也要受苦罪。”
丈夫崔文顺，
不听妻子言，
出门去赴宴，
来到员外府。

那个王员外，
看见崔文顺，
诡计上心头：
我把他捆绑，
送到张知府，
把他判死罪，
他的那妻子，
他的金和银，
还有绸和缎，
就是我的了。
想到这一切，
官人王员外，
心里多高兴。
把他领进屋，
劝喝三碗酒。
官人王员外，
嘴上请客人，
请客不真心。
他派两衙役，
打开金银柜，
悄悄抬金银，
还有绸和缎，
一路撒金银，
撒到文顺家。
做完这一切，
那两位衙役，
回堂报禀道：
“主人呀主人，
我家金和银，
被人偷走了，
这个崔文顺，
原来是小偷。”
那个王员外，
开口把话说：
“不该这样啊，
怎么能这样！”
派两位衙役，
捆绑崔文顺，
押送张知府。

那个张知府，
升堂审案子。
仗吏一声吼，
洒签丢堂下。
崔文顺说道：
“我偷金和银，
金银有何用？
金银我富有，
骏马我不愁，
金树我家有，
银树我家有，
三日不去收，
银子堵住门，
金子堵门口。
何止这一些，
还有七宝杯。
家有幸福门，
打开一扇门，
听闻金鸡叫，
打开另一门，
能闻凤凰鸣，
打开第三门，
宝贝装满屋，

金银用不完，
金银有何用？”
那个张知府，
开口把话说：
“你这崔文顺，
是个富贵人，
你讲这番话，
道理在其中。”
那个张知府，
释放崔文顺，
抓来王员外，
关进牢房中。
员外府衙役，
金银备一百，
送给张知府。
那个张知府，
放了王员外，
又派两衙役，
镣铐带一副，
来抓崔文顺。
那个张知府，
又来审案子，
那个崔文顺，
就是不招认。
那个崔文顺，
细细想一想：
如此受苦刑，
招了会死人，
不招也是死，
只有招认了，
免得受苦刑。
违心招认完，
抓他关牢里。
派十个衙役，
去抓张四姐。

那十个衙役，
赶往文顺家，
来抓张四姐。
仙女张四姐，
出来看一看，
知府派衙役，
前来捉拿她。
四姐生怒火，
那十个衙役，
九个被打死，
放一人回去，
让他去报信。
那一个衙役，
快快报知府，
那个张知府，
听了生怒火，
带五百兵马，
鼓声如蜂鸣，
火铳震天响，
大号声阵阵，
长矛黑压压，
盾影映天空，
帽如马缨花，
快快去出征，
捉拿张四姐。
张知府官兵，
来到崔家府。
四姐在家里，
出门看一看，
越看越生气。
仙女张四姐，
开口骂知府：
“你我不相识，
没有杀父仇，
你带众兵马，
为何捉拿我？”
那个张知府，
开口骂四姐：
“员外家金银，
被你偷去用，
你获死罪了，
不止这一些，
打死我的人，
我不放过你。”

仙女张四姐，
心里生怒火，
使出法术来，
捉住张知府，
烧红大铁板，
让他跪上面。
那个张知府，
狗一样乞求：
“求你留条命，
待我回去后，
放回相公来。”
仙女张四姐，
心里想一想：
我如杀了他，
四方把名扬，
如是不杀他，
难息心中愤。
仙女张四姐，
对他把话说：
“你这张知府，
快放我丈夫，
让我莫生气。”
这样以后呀，
那个张知府，
快速返回家，
回到府衙里，
召张巴古罗④，
共同来商议，
奏章写一本，
报给包丞相。

仙女张四姐，
对娘把话说：
“娘亲你守家，
我要出趟门，
如果我不去，
你儿难回家。”
不及说完话，
仙女张四姐，
骑在祥云上，
眨眼工夫间，
来到张知府，
看看东边牢，
不见丈夫君，
看看西边牢，
没看见丈夫，
看看南边牢，
不见丈夫君，
看看北边牢，
丈夫崔文顺，
关在北牢里。
仙女张四姐，
砸开牢房门。
千斤大铁链，
铸住文顺身，
仙女张四姐，
打开手脚镣。
那座牢房里，
犯人一千个，
个个求四姐，
求她救个命：
“救下这一命，
烧香又点烛，
不忘供奉你。”
犯人一千人，
四姐都帮忙，
个个解枷锁。
仙女张四姐，
仙水含一口，
使出法术来。
那一口仙水，
变成一把火，
那一座牢房，
忽然成灰烬。

仙女张四姐，
骑一朵祥云，
返回到家中，
心里想一想：

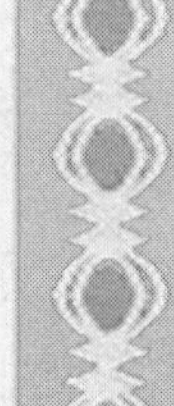

这个王员外，
若不杀了他，
怒火实难平。
她乘一朵云，
眨眼工夫间，
捉来王员外，
四肢钉铜钉，
炭火放掌中，
那个王员外，
命断奔黄泉，
气绝奔阴府。
仙女张四姐，
返回到家中。

那个张知府，
心里想一想，
喊张巴古罗，
一起来商量，
奏文写一本，
要报包丞相。
知府带奏本，
送给守门人。
那个守门人，
拿着那奏文，
交曹书古罗[⑤]。
曹书古罗他，
带上那奏文，
呈报包丞相。
官人包丞相，
打开奏文看，
派张龙赵虎，
去接张知府。
知府进堂来，
看见包丞相，
急急忙下跪，
开口禀报道：
“大人包大人，
辖地村寨中，
出了女妖精，
妖精年十六，
妖精姓张氏。
我带五百兵，
捉拿此妖精，
她会使法术，
瞬间我昏迷，
一时昏昏沉。
兵丁被她捉，
个个被她杀；
犯人一千个，
被她放跑了；
官人王员外，
也被她杀害。
官人包丞相，
带领兵和马，
快快去捉妖，
不除此妖精，
天下难平安。”
官人包丞相，
回答知府道：
“我在京城里，
未闻有妖精，
知府你的话，
不知真与假。
我要扣留你，
关在大牢中，
待我去查看，
如是没有妖，
小官你的头，
不能不杀了。”
官爷包丞相，
心中没有底，
半信又半疑，
带领官和吏，
带领兵和将，
前去捉妖精。
敲锣又打鼓，
红伞映天际，
旌旗长长飘，
帽如马缨花，
长矛黑压压，

盾影映天空，
箭多如麦秆，
大炮震天响，
火铳响不停，
唢呐如蜂鸣，
大号声阵阵。
大官和小吏，
带上三百人，
随行兵和马，
带上三千人，
快快去出征，
来到崔家府，
包围崔家院，
里外三十层。
那个崔文顺，
吓得昏死去，
对妻把话说：
“前久你出门，
打死王员外，
如今包丞相，
带领千兵马，
包围我府院。”
妻子张四姐，
对夫把话说：
“丈夫莫害怕，
不用你惊慌，
不用你着急，
你在家里看，
是他捉拿我，
还是我抓他，
你就等着看。”
仙女张四姐，
四周看一看，
那个包丞相，
拿着照宝镜，
站立在那里。
看看包丞相，
看看他的兵。
仙女张四姐，
不禁笑出声。

仙女张四姐，
对着丞相道：
“我没杀你父，
与你无冤仇，
你带众兵马，
为何要抓我？”
那个包丞相，
对着四姐道：
“你是个妖精，
我要捉拿你。”
那个包丞相，
大吼三声后，
拿出照宝镜，
好好照一照。
仙女张四姐，
对丞相说道：
“你用照宝镜，
尽管照个够。”
官人包丞相，
手拿大铁叉，
用力砍过来。
仙女张四姐，
拿出金宝钗，
变出法术来，
一匹大龙马，
站立她面前。
官人包丞相，
不敢抬头看，
差点被吓死。
包爷不言语，
快快来收兵，
不及回到府，
仙女张四姐，
乘一朵祥云，
追赶包丞相，
捆绑包丞相，
放在大堂里。

仙女张四姐，
对丈夫说道：

"我的好夫君，
那个包丞相，
捆在大堂里，
如果不杀他，
实在难消气，
我若杀了他，
仁宗朝廷里，
他是大清官，
这个青天下，
不能没有他。"
夫君崔文顺，
对妻子说道：
"你若杀了他，
仁宗皇帝他，
他若知道了，
朝廷难安宁。"
仙女张四姐，
听信夫君言，
放了包丞相。

官人包丞相，
快快返回府，
坐在大堂里，
想不出计策，
来到皇宫里，
跪拜皇帝前，
开口禀报道：
"我主万万岁，
纳铁京城里，
出了妖精了，
妖精姓张氏，
年龄十六岁，
名叫张四姐。
张知府衙门，
被她全烧毁，
牢里的犯人，
被她全放跑，
官人王员外，
也被她杀害。
我主大皇帝，
不除此妖精，
天下难太平。"
仁宗大皇帝，
召集各忠臣，
召集官和吏，
察史和阁老，
全部召集来。
皇帝仁宗主，
开口吩咐道：
"派精兵强将，
去捉拿妖精，
能降妖的人，
能否找得到？"
不及说完话，
大臣包丞相，
跪在皇帝前，
开口禀报道：
"将军呼延庆，
还有杨文广，
不是那两个，
无力降妖精。"

皇帝开金口，
传下一圣旨，
送到天波府，
送给杨文广。
杨文广的娘，
手里拿圣旨，
打开看一看，
京城在告急：
纳铁京城里，
出了女妖精，
带着兵和将，
快来降妖精。
杨文广的娘，
告知杨文广。
将军杨文广，
召集兵和将，
盾牌亮闪闪，
大炮震天响，

火炮声阵阵，
快速上战场，
崔文顺门庭，
四周都围住，
团团围起来。

丈夫崔文顺，
对妻把话说：
“未打死丞相，
不该得死罪。”
没等话说完，
妻子张四姐，
笑着对夫说：
“夫君不要愁，
为妻有办法。”
妻子张四姐，
使出法术来，
飞到天空中，
看一看阵势。
将军杨文广，
对四姐说道：
“你来纳铁城，
为何反朝廷？”
仙女张四姐，
怒火胸中起，
使出法术来：
仙水含一口，
喷到半空中，
忽然现龙马，
龙马配金鞍，
站在她面前。
她拿金宝钗，
使出法术来。
将军呼延庆，
实在太生气，
手里拿宝剑，
砍向四姐身。
将军杨文广，
手中握长矛，
刺向张四姐。

四姐生怒火，
换乘祥云上，
拿出金宝钗，
空中划一下，
忽然天昏暗，
闪电又打雷，
乌云罩大地。
四姐拿宝钗，
再次做法术，
下阵石头雨，
上千兵和马，
死在石雨下。
将军杨文广，
也被打昏迷。
将军呼延庆，
天地不护他，
日月不救他，
神灵不顾他，
没有躲藏处。
仙女张四姐，
使一阵法术，
天昏地黑暗，
将军呼延庆，
摸不着头脑。
仙女张四姐，
拿出收魂瓶，
那个杨将军，
那个呼将军，
全部兵和马，
收进宝瓶里，
放五人回去，
让他去传话。
五个小兵勇，
快速逃回去，
快快往皇宫，
来到金殿上，
双膝跪地上，
禀报仁宗道：
“我主万万岁，
那个女妖精，

手拿金宝钗，
变出法术来，
她甩一下手，
所有兵和马，
收进宝瓶里，
法术无人敌，
将军杨文广，
将军呼延庆，
不知死与活。”

仁宗皇帝他，
召集阁老来，
召集丞相来，
召集官和吏，
全部召集来，
一起来商议。
皇帝开口问：
“各位将和臣，
降妖大能人，
哪里能找到？”
未等话说完，
大臣包丞相，
开口回答道：
“杨依娘娘她，
会飞沙走石，
还会变出兵，
会乘风和云，
如果不是她，
无力捉妖精。”

仁宗皇帝他，
快快写圣旨，
送到杨家府，
送给杨家人。
杨依娘娘她，
打开圣旨看，
圣旨写得明：
将军杨文广，
将军呼延庆，
个个被妖捉，
请你快出兵，
捉拿女妖精。
杨依娘娘她，
心跳如击鼓。
天波府城里，
鼓声如春雷，
大炮震天响，
集结兵和马，
要去捉妖精。
杨文广的娘，
想念她儿子，
大声哭泣道：
“我儿杨文广，
不知死与活，
难能再相见。”
杨依娘娘她，
自言自语道：
“贤人我夫君，
将军杨文广，
不知死与活。
集结兵和马，
要去救丈夫。”
杨依娘娘她，
来到纳铁城，
来到金殿上。
仁宗皇帝他，
开口把话说：
“爱卿杨家将，
那个女妖精，
若是能捉住，
威名大如山。”
杨依娘娘她，
带上杨三娘。
二位杨家将，
带上兵和马。
杨依娘娘她，
头戴金盔甲。
大号声阵阵，
长矛黑压压，
盾牌亮闪闪，

鼓声如蜂鸣，
大炮震天响，
去捉女妖精。
来到四姐府，
四面都包围，
团团围府门。

夫君崔文顺，
对妻把话说：
“杨依娘娘她，
还有杨三娘，
两位女将军，
带领众兵马，
包围我家了。”
仙女张四姐，
开口把话说：
“杨家大将军，
带兵又遣将，
实在让人气。”
杨文广妻子，
杨依娘娘她，
对四姐说道：
“快放我家人，
你若不放人，
我要杀了你。
你是女妖精，
我来捉拿你。”
仙女张四姐，
开口把话说：
“我和你家人，
没有杀父仇，
快快撤去兵，
莫让我生气。
若让我生气，
纳铁城的人，
不够我杀戮。”
仙女张四姐，
心里生怒火，
变出法术来。
站立在空中，
变个吃人神，
长有三个头，
七手又六脚。
仙女张四姐，
又变九只虎。

杨依娘娘她，
快速走出来，
对四姐说道：
“快放我丈夫，
可饶你的命。”
四姐不怕她。
杨依娘娘她，
怒火胸中起，
飞沙又走石，
下阵石头雨。
仙女张四姐，
也是怒火生，
手中拿铁锤，
打碎了石头。
仙女张四姐，
得意笑哈哈。
杨依娘娘她，
骑在风上面，
飞到半空中，
抖一抖身子，
变出三万兵，
一起杀过来。
仙女张四姐，
使出法术来，
天昏又地暗，
电闪又雷鸣，
敌兵被打死。
呼延庆妻子，
兰凤小姐她，
快速来助阵，
她带三千兵，
快速赶过来，
张四姐府院，
团团围起来。

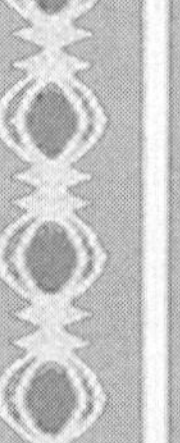

仙女张四姐，
手拿金宝钗，
站在半空中，
先变七姐妹，
一人变十人，
十人变百人，
百人变千人，
千人变万人，
厮杀一阵子。
仙女张四姐，
拿出收魂瓶，
千军与万马，
收入收魂瓶，
个个被活捉。
放一人回去，
让他去报信。
那人逃回去，
回到京城里，
报告皇帝道：
“我主万万岁，
杨家和呼家，
都被妖精捉，
被她捉走了。”
仁宗皇帝他，
坐在龙椅上，
开口来说道：
“大官和大吏，
察史和阁老，
各位大忠臣，
谁能把妖捉，
如能捉到她，
我来做大臣，
让他当皇帝。”
大官和大吏，
个个没办法。
大臣包丞相，
心里想一想：
两位大将军，
无力捉妖怪。
能捉妖精者，
人间没有了。
大臣包丞相，
禀报皇帝道：
“要查妖来历，
我要查清楚。”
仁宗皇帝他，
松了一口气，
御酒斟三碗，
赐给丞相喝。

大臣包丞相，
灵魂做变化，
乘一朵白云，
来到阎王府。
阴君阎罗王，
开口问他道：
“丞相来地府，
何事让你急？”
大臣包丞相，
禀报阎王道：
“凡间出妖精，
贤官张知府，
也被她杀害，
法术不一般，
来查妖来历。”
阴君阎罗王，
他所管辖地，
全部都查看，
各路鬼和魔，
全部在阴府。
此妖不寻常，
不是阴间妖。

大臣包丞相，
骑在白云上，
来到天宫里，
来到灵霄殿。
天神夫则依[⑥]，
守在大门口。
天神夫则依，

带领包丞相，
拜见玉皇帝。
大臣包丞相，
跪在玉帝前，
不停把头磕，
磕头二十四，
拜个不停歇，
叩拜三十八。
玉皇大帝他，
开口问丞相：
“仁宗皇帝处，
让你去保驾，
今日来天宫，
为了何事急？”

大臣包丞相，
胆战心惊慌，
奏禀玉帝道：
“仁宗皇帝处，
派我到那里，
做臣担保驾，
纳铁京城里，
出了女妖精，
我来查分明。
杨呼两家将，
都被她捉拿，
人间不太平。”
玉帝策更兹，
查看天兵将，
七星和八宿，
四十八神明，
个个在天庭。
玉皇大帝他，
金口吩附道：
“斗牛宫里面，
是否少哪个？”
总管去查看，
不见张四姐，
她不在天庭。
玉帝策更兹，
金口吩附道：
“快速派兵将，
召回张四姐。
派一位主将，
派一位副将，
再带上星官，
天将带十八，
勇士带三十，
召回张四姐。”

玉帝吩咐完，
大臣包丞相，
心情舒又畅，
喜笑颜开怀，
快速返人间，
回到京城里，
来到金殿上，
跪在龙椅下，
开口奏禀道：
“我主万万岁，
为臣天上查，
玉帝策更兹，
吩咐去查访。
各神都在位，
斗牛宫里面，
仙女张四姐，
离宫已三天。
玉帝策更兹，
派遣天兵将，
已去捉拿她。”
仁宗大皇帝，
听了心欢喜，
心情舒又爽。

此事且不表，
又讲张四姐。
仙女张四姐，
歇息在房中，
铜钱拿一个，
放在手掌中，

随便占一卦：
玉帝差兵马，
要来捉拿她，
天兵和天将，
正在从天降。
丈夫崔文顺，
看见天兵将，
眼也不敢睁。
仙女张四姐，
抬头看一看，
天空乌云密，
天将哈斯得⑦，
变成大火把，
火光红彤彤。
来到四姐前，
大声吼叫道：
“仙女张四姐，
请听我的话，
我来把你领，
返回天宫去。”
仙女张四姐，
听了生怒火，
拿出收魂瓶，
把那哈斯得，
打入收魂瓶。

天将孙行者，
开口骂四姐：
“你本天上仙，
为何来凡间，
你若不听话，
我要打死你。
我的金箍棒，
四万八千五，
打在你身上，
量你难招架。”
仙女张四姐，
骂孙行者道：
“你的金箍棒，
仙女我不怕。”
行者发怒火，
拔下一根毛，
忽然做变化，
他的那根毛，
变成一战马。
四姐也发怒，
拿出金宝钗，
变出法术来，
忽然天昏暗，
电闪又雷鸣。
那个孙行者，
拿着金箍棒，
迎战张四姐。

仙女张四姐，
吩咐行者道：
“行者去禀报，
打来又打去，
事情难解决，
莫让我生气。”
天兵和天将，
返回到天庭，
来到灵霄殿，
磕头又跪拜，
禀报玉帝道：
“那个张四姐，
法术无人敌，
她有收魂瓶，
脚穿神宝鞋。
她穿神宝鞋，
双手甩一甩，
兵马收入瓶。”
天尊策更兹，
目瞪口发呆。
王母开口道：
“仙女张四姐，
莫惹她生气，
她若翻了脸，
天空乌云布，
大地阴沉沉，

天下难太平。
牲贤莫用鞭，
人贤不能骂，
我带她姐妹，
下到凡间去，
劝她回天宫。”
玉帝开金口，
开口吩咐道：
“她若不回宫，
取出天火来，
灭她无影踪。”
王母娘娘她，
速速下凡尘。

崔文顺家里，
仙女张四姐，
脸面带笑容，
铜钱拿三个，
放在手掌心，
随便占一卦，
卦象呈吉兆：
娘亲在途中。
仙女张四姐，
对文顺说道：
“阿哥崔文顺，
我来跟随你，
夫妻做三年。
你还不知道，
我是天仙女，
我的母娘亲，
带着姐和妹，
下凡在途中。
娘亲养育我，
不顾辛与苦，
我要回天去。
夫君崔文顺，
好好守护家，
快乐过日子。”
丈夫崔文顺，
哭泣不成声，
对妻把话说：
“你要回天庭，
我也跟随你，
同你回天上！”
妻子张四姐，
对夫把话说：
“丈夫莫伤心，
我会带你走。”
妻子张四姐，
打开收魂瓶，
杨家呼家人，
个个放出来。
杨家呼家人，
拔腿往家跑，
跑回家中去。
仙女张四姐，
快速作收拾，
收好收魂瓶。
两栋大房子，
银树和金树，
七只稀世杯，
全部收起来。

天宫王母娘，
带着六闺女，
来到大地上，
六位姐和妹。
个个笑四姐。
仙女张四姐，
见娘心欢喜，
对娘把话说：
“阿妈听我说，
我与凡间人，
已经配夫妻。
丈夫崔文顺，
他非凡间人，
前代是仙根，
我要带丈夫，
一起回天宫。”
豹子再呈强，

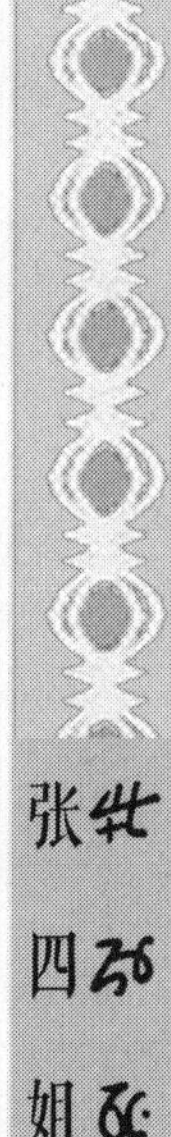

强不过老虎；
牛角长得长，
顶不到天上；
儿子再贤能，
也听父亲言；
女儿再贤能，
不与娘顶嘴。
仙女张四姐，
带上好夫君，
跟随母娘亲，
骑在祥云上，
快速回天庭。
天宫清水河，
呈现在前方，
文顺和四姐，
快快把身洗，
肝肠和肺肚，
全身洗干净。
文顺和四姐，
来到灵霄殿，
拜见父亲尊，
磕头又作揖，
跪个不停歇，
磕头二十四；
拜个不停歇，
跪拜四十八。
玉帝开金口，
开口问女儿：
“我的好闺女，
为何到凡间，
如何成了亲？”
仙女张四姐，
回答父王道：
“我的天尊父，
请听我禀报，
我夫崔文顺，
前代是仙根，
我在斗牛宫，
知他在受苦。
凡间深海中，
海底龙宫里，
龙有稀世宝。
找到龙太子，
借来稀世宝，
纳铁京城里，
与他做夫妻。
与他成了亲，
不失一善举。”
天尊开口道：
“既然是这般，
各自回居所，
各司各职责。”
仙女张四姐，
回到斗牛宫。
玉帝四女儿，
仙女张四姐，
四姐的故事，
暂时讲到此。

此书的抄写，
时年戊辰年，
道光十三年，
抄写又讲述。

注　释：

①策更兹：彝语音译，即玉皇大帝。
②龙塔纪：彝语音译，即龙王。
③依朔：彝语音译，天神名。
④张巴古罗：彝语音译，人名。
⑤曹书古罗：彝语音译，人名。
⑥夫则依：彝语音译，人名。
⑦哈斯得：彝语音译，人名。

红鱼姑娘

普学旺　刘艳芳
刘　琳◆译注

彝文《红鱼姑娘》四行译注

ʔa^{21} ʂa^{21} ʂa^{55} lɤ^{55} tʻo^{33}
从 前 三 个 时
远 古 那 时 候

ʂa^{55} lɤ^{55} ma^{21} tʻo^{33} no^{33}
三 个 不 时 呢
远 古 的 时 候

ʂu^{21} ʐe^{21} de^{21} lu^{21} le^{21}
人 智 说 着 来
智 者 如 此 讲

ŋo^{21} ʐe^{21} sɿ̠^{33} fæ^{55} ni^{21}
我 也 学 的 呢
我 也 学 着 讲

kɤ^{55} tʻo^{21} lɤ^{21} ɣɤ^{21} zæ^{21}
那 时 女 前 世
远 古 的 时 候

kɤ^{55} tʻo^{21} ʔa^{21} ɣɤ^{21} ɳe^{55}
那 时 远 古 事
远 古 的 故 事

kɤ^{55} tʻo^{21} ʥe^{33} le^{33} do^{33}
那 时 的 理 道
古 时 的 故 事

ʥɿ̠^{33} ku^{21} ʔa^{55} li^{55} ʥe^{33}
吉 古 阿 里 事
吉 古 阿 里 的

tʻi^{21} tsʻæ^{21} tʻe^{21} go^{21} sɿ̠^{33}
一 曲 讲 玩 呢
我 来 讲 一 曲

bɤ^{21} mo^{21} nɯ^{55} zæ^{21} zæ^{21}
山 大 绿 茵 茵
大 山 青 又 绿

tʂʻo^{21} pʻæ^{21} næ^{21} tsɛ̠^{33} tsɛ̠^{33}
画 眉 叫 喳 喳
画 眉 叫 喳 喳

næ^{55} mu^{33} ɬɤ̠^{21} tsɿ̠^{33} tsɿ̠^{33}
春 天 晒 炎 炎
春 天 烈 日 炎

ko^{21} xo^{21} næ^{21} bɤ^{21} bɤ^{21}
鹧 鸪 鸣 声 声
鹧 鸪 声 声 鸣

ʔa^{21} ɣɤ^{21} ɳe^{55} le^{33} do^{33}
远 古 的 理 道
祖 先 古 老 歌

ŋo^{21} le^{21} tʻe^{21} go^{21} sɿ̱^{33}
我 来 讲 玩 呢
听我来演唱

li̱^{33} ʂo̱^{21} bɤ^{21} mo^{21} kʻo^{21}
礼 社 山 大 里
礼社大山中

la^{33} mo^{21} tʻi^{21} pa^{55} dʐa^{21}
河 大 一 条 有
有一条大河

la^{33} mo^{21} tsɿ^{55} tʻi^{21} pa^{55}
河 大 这 一 条
这一条大河

næ^{55} tʻo^{21} tʂʻɤ^{21} le^{21} no^{33}
春 时 到 来 呢
每年到春季

la^{33} mo^{21} zɿ^{21} ma^{21} nɤ^{55}
河 大 水 不 红
河水不浑浊

çe^{55} tʻo^{21} tʂʻɤ^{21} le^{21} no^{33}
夏 时 到 来 呀
到了夏天时

la^{33} mo^{21} zɿ^{21} dzæ^{21} dzæ^{21}
河 大 水 清 清
河水更清澈

tʂʻo^{33} tʻo^{21} tʂʻɤ^{21} le^{21} no^{33}
秋 时 到 来 呀
到了秋季呢

la^{33} mo^{21} ni^{21} ma^{21} nɤ^{55}
河 大 也 不 红
河水也不浑

tʂʻo^{33} tʻo^{21} tʂʻɤ^{21} le^{21} no^{33}
冬 时 到 来 呢
到岁末冬季

la^{33} zɿ^{21} nɯ^{55} zæ^{21} zæ^{21}
河 水 绿 幽 幽
清澈能见底

la^{33} mo^{21} tsɿ^{55} pa^{55} kʻo^{21}
河 大 这 条 里
这条大河中

xɤ^{21} ʐo^{33} tʻi^{21} lɤ^{33} dʐa^{21}
潭 小 一 个 有
有一个深潭

xɤ^{21} ʐo^{33} tsɿ^{55} lɤ^{33} kʻo^{21}
潭 小 这 个 里
这个深潭里

zɿ^{21} lo^{33} tʻi^{21} pa^{55} dʐa^{21}
水 龙 一 条 有
住着一条龙

zɿ^{21} lo^{33} ku^{21} lo̱^{21} çe^{55}
水 龙 古 罗 些
龙王古罗些

ɲe^{55} næ^{33} tʻi^{21} fæ^{55} dʐa^{21}
女 善 一 个 有
生有一闺女

ȵe^{55} tɤ^{33} tsɿ^{55} tʻi^{21} ʐu̠^{33}
女 独 这 一 人
这 位 独 姑 娘

zɿ^{21} ȵe^{55} la^{55} tʻe^{21} mæ^{55}
鱼 妮 上 一 名
取 名 叫 鱼 妮

ȵe^{55} tɤ^{33} zɿ^{21} ȵe^{55} ni^{21}
女 独 鱼 妮 呢
独 闺 女 鱼 妮

ni^{21} ɕe^{21} xe^{21} kʻo^{21} dʐa^{21}
日 夜 屋 里 在
昼 夜 居 宫 里

dʐo^{33} no^{33} tʂʻɿ^{21} lo^{33} xo^{33}
吃 呀 麂 獐 肉
吃 的 是 野 味

da^{21} no^{33} lo^{33} zɿ^{21} da^{21}
喝 呀 龙 水 喝
饮 的 是 甘 泉

ʔu̠^{33} no^{33} tʻu^{21} sæ^{55} dɤ̠^{21}
头 呀 银 金 戴
头 上 戴 金 银

gɯ^{21} no^{33} pu^{33} zæ^{21} vi̠^{21}
身 呀 缎 绸 穿
身 着 绫 罗 衣

tsʻɿ^{21} no^{33} nɤ̠^{33} nɯ^{55} dɤ̠^{21}
脚 呀 鞋 绿 穿
脚 穿 金 绒 鞋

tsɿ^{55} ʂɤ^{21} dʐa^{21} ti^{55} dʐɤ^{33}
这 似 在 的 说
如 此 生 活 着

ȵe^{55} tɤ^{33} zɿ^{21} ȵe^{55} ni^{21}
女 独 鱼 妮 呢
鱼 妮 独 闺 女

tʂʻɤ^{21} ŋo^{33} kʻu̠^{21} ɣa^{21} lu̠^{21}
十 五 岁 而 足
年 满 十 五 岁

ni^{21} ɕe^{21} xe^{21} kʻo^{21} dʐa^{21}
日 夜 屋 里 在
日 日 居 龙 宫

xe^{21} sæ^{55} ni^{33} dʐa^{21} bu̠^{33}
屋 室 也 在 饱
龙 宫 已 住 烦

pu^{33} zæ^{21} ni^{21} vi̠^{21} bu̠^{33}
缎 绒 也 穿 饱
绫 罗 已 穿 够

tʻu^{21} sæ^{55} ni^{21} dɤ̠^{21} bu̠^{33}
银 金 也 戴 饱
金 银 已 戴 够

ȵe^{55} næ^{55} zɿ^{21} ȵe^{55} ȵi^{21}
女 善 鱼 妮 呢
闺 女 鱼 妮 她

pʻo^{21} la^{33} tʻi^{21} tɕe^{33} be̠^{33}
父 上 一 句 说
开 口 对 父 讲

ʔa^{55} ba^{33} le^{21} ʔa^{55} ba^{33}
阿 爸 呀 阿 爸
我 的 好 阿 爸

ʔa^{55} mo^{21} le^{21} ʔa^{55} mo^{21}
阿 妈 呀 阿 妈
我 的 好 阿 妈

p‘o^{21} mo^{21} ȵe^{55} la^{33} xæ^{21}
父 母 女 上 领
父 母 养 育 我

xɤ^{21} mo^{21} k‘o^{21} dʑa^{21} to^{33}
海 大 里 生 搁
生 在 湖 海 里

zɿ^{21} mo^{21} k‘o^{21} xæ^{21} to^{33}
水 大 里 领 搁
长 在 江 河 中

ʔa^{21} næ^{21} tʂ‘ɤ^{21} le^{21} no^{33}
而 今 到 来 呢
到 了 如 今 呢

ȵe^{55} tʂ‘ɤ^{21} ŋo^{33} k‘u̱^{21} lu̱^{21}
女 十 五 岁 足
女 儿 十 五 岁

zɿ^{21} mo^{21} k‘o^{21} sɛ̱^{21} dʑa^{21}
水 大 何 长 有
大 河 有 多 长

ȵe^{55} næ^{55} ni^{21} ma^{21} sɛ̱^{21}
女 善 也 不 晓
闺 女 不 知 晓

zɿ^{21} mo^{21} k‘o^{21} fe^{21} dʑa^{21}
水 大 何 宽 有
河 面 有 多 宽

ȵe^{55} næ^{33} ŋo^{21} ma^{21} ts‘æ^{33}
女 善 我 不 知
女 儿 也 不 知

zɿ^{21} mo^{21} k‘o^{21} ȵe̱^{21} dʑa^{21}
水 大 何 深 有
大 河 有 多 深

ȵe^{55} næ^{55} ni^{21} ma^{21} sɛ̱^{21}
女 善 也 不 晓
闺 女 不 明 白

zɿ^{21} mo^{21} tsɿ^{55} ti^{21} pa^{55}
水 大 这 一 条
这 一 条 大 河

xɤ^{21} ʐo^{33} k‘o^{21} no̱^{21} dʑa^{21}
潭 小 何 多 有
深 潭 有 几 个

ȵe^{55} næ^{33} ma^{21} sɛ̱^{21} sɿ̱^{33}
女 善 不 晓 还
闺 女 没 有 谱

ʔa^{55} ba^{33} le^{21} ʔa^{55} mo^{21}
阿 爸 呀 阿 妈
我 的 好 爸 妈

ȵe^{55} næ^{55} ŋo^{21} sɿ̱^{33} ni^{21}
女 善 我 还 呢
做 闺 女 的 我

de^{21} mi^{55} du̠^{33} ʐɤ^{21} da^{33}
凡 间 出 走 呀
要 去 人 世 间

ʐʅ^{21} mo^{21} ni^{55} ʐɤ^{21} ŋa^{33}
水 大 看 去 要
去 看 看 江 河

ʐʅ^{21} lo^{33} ku^{21} lo̠^{21} ɕe^{55}
水 龙 古 罗 些
龙 王 古 罗 些

tʻi^{21} tɕe^{33} be̠^{33} du̠^{33} le^{33}
一 句 说 出 来
规 劝 女 儿 说

ȵe^{55} næ^{55} le^{33} ȵe^{55} næ^{55}
女 善 呀 女 善
我 的 好 闺 女

de^{21} mi^{55} du̠^{33} ma^{21} do^{21}
凡 间 出 不 得
不 能 去 人 世

pʻo^{21} do^{21} dʐa^{21} ŋa^{33} ti^{55}
父 处 在 要 的
留 在 父 身 边

mo^{21} do^{21} ʔu^{55} ŋa^{33} ti^{55}
妈 处 在 要 的
陪 在 母 身 旁

tʻu^{21} tʂo̠^{21} sæ^{55} le̠^{21} dʐo^{21}
银 镯 金 手 镯
银 镯 金 戒 指

na^{21} xa^{55} lɤ^{33} ŋa^{33} no^{33}
你 那 个 要 呢
只 要 你 喜 爱

xa^{55} lɤ^{33} ʐu^{21} dɤ^{21} lɤ^{21}
那 个 捉 戴 去
任 你 去 挑 选

pu^{33} tʻa^{21} ɣa^{21} zæ^{21} tʻa^{21}
缎 衣 而 绸 衣
绫 罗 绸 缎 衣

na^{21} xa^{55} tʻɤ̠^{33} ŋa^{33} no^{33}
你 那 件 要 呢
你 爱 穿 哪 件

xa^{55} tʻɤ̠^{33} ʐu^{21} vi̠^{21} lɤ^{21}
那 件 捉 穿 去
任 选 穿 哪 件

ʐo̠^{21} ʐo̠^{21} xe^{21} kʻo^{21} dʐa^{21}
样 样 屋 里 有
家 里 样 样 有

de^{21} mi^{55} du̠^{33} ma^{21} do^{21}
凡 间 出 不 得
何 必 去 人 间

de^{21} mi^{55} du̠^{33} ʐɤ^{21} no^{33}
凡 间 出 去 呢
出 游 去 人 间

la^{33} mo^{21} ni^{21} bo^{33} ȵe̠^{21}
河 大 两 岸 边
大 河 的 两 岸

tæ55 mo21 nɯ55 zæ21 zæ21
林 大 绿 茵 茵
林 深 不 见 天

tæ55 mo21 k'o21 ɣa21 no33
林 大 里 而 呢
大 森 林 里 面

lo̱21 mo21 zʅ̱21 mo21 dʐa21
虎 大 豹 大 有
有 老 虎 豹 子

dʐo33 lo̱21 dʐa21 ti55 le21
吃 虎 有 的 呀
有 各 种 野 兽

zʅ21 ba33 ve̱21 nɯ55 dʐa21
老 熊 野 猪 有
有 野 猪 老 熊

lo̱21 mo21 ɣa21 zʅ̱21 mo21
虎 大 而 豹 大
老 虎 和 豹 子

ȵe55 la33 tʂ'ɣ̱21 le21 ti55
女 上 咬 来 的
会 伤 害 女 儿

zʅ21 ba33 ɣa21 ve̱21 nɯ55
老 熊 而 猪 野
老 熊 和 野 猪

ȵe55 la33 ts'æ21 ti55 dʐɣ33
女 上 抬 的 说
会 袭 击 女 儿

de21 mi55 ʐɣ21 ma21 do21
凡 间 去 不 得
不 能 去 人 世

de21 mi55 du̱33 ma21 do21
凡 间 出 不 得
不 能 到 人 间

ȵe55 næ33 zʅ21 ȵe55 ni21
女 善 鱼 妮 呢
妙 龄 女 鱼 妮

t'i21 tɕe33 be̱33 du̱33 le33
一 句 说 出 来
接 着 把 话 讲

ʔa55 ba33 le21 ʔa55 mo21
阿 爸 呀 阿 妈
我 的 爹 和 娘

bɣ21 k'o21 tʂ'o33 p'æ21 ʐo33
笼 里 画 眉 小
笼 中 金 画 眉

næ21 gɣ21 næ21 ma21 gɣ21
叫 过 叫 不 过
鸣 叫 声 不 停

ni21 no33 tʂa55 pɛ21 dʐo33
日 呀 蚱 蚂 吃
白 天 吃 蚂 蚱

ɕe21 no33 lo33 zʅ21 da21
夜 呀 龙 水 喝
夜 晚 饮 琼 液

bɤ^{21} kʻo^{21} tʂʻo^{33} pʻæ^{21} ʐo^{33}
笼 里 画 眉 小
笼 中 金 画 眉

ni^{21} ɕe^{21} næ^{21} tsɛ̱^{33} tsɛ^{33}
日 夜 鸣 喳 喳
昼 夜 唱 不 停

gɯ^{21} sæ^{21} næ^{21} ma^{21} ŋɤ^{21}
欢 喜 唱 不 是
不 是 唱 欢 歌

ʂo^{33} xɤ^{21} tʻe^{21} dʐa^{21} ti^{55}
苦 情 讲 在 的
是 在 诉 哭 情

ŋɯ^{55} dʐa^{21} ti^{55} dʐɤ^{33} le^{21}
哭 在 的 说 来
哭 泣 过 日 子

ʔa^{55} ba^{33} le^{21} ʔa^{55} mo^{21}
阿 爸 呀 阿 妈
阿 爹 呀 阿 妈

ȵe^{55} la^{33} tʻi^{21} dʐa^{21} xæ^{21}
女 上 一 回 领
辛 苦 生 养 我

ni^{21} ɕe^{21} xe^{21} ka^{55} to^{33}
日 夜 屋 中 搁
让 我 在 宫 中

go^{21} ti^{55} du̱^{33} ma^{21} do^{21}
门 槛 出 不 能
不 让 跨 出 门

tʂʻo^{33} pʻæ^{21} mo^{21} la^{33} ʂɤ^{21}
画 眉 大 上 似
如 同 画 眉 鸟

ʔa^{55} ba^{33} le^{21} ʔa^{55} mo^{21}
阿 爸 呀 阿 妈
阿 爹 阿 妈 呀

ȵe^{55} næ^{55} sæ^{55} ni̱^{33} mo^{21}
女 善 金 心 脏
女 儿 我 的 心

xe^{21} kʻo^{21} ni^{21} ma^{21} dʐa^{21}
屋 里 也 不 在
早 已 出 龙 宫

de^{21} mi^{55} tʂʻɤ^{21} do^{33} xo^{21}
凡 间 到 达 掉
飞 到 人 世 间

ȵe^{55} la^{33} de^{21} mi^{55} ʐɤ^{21}
女 上 凡 间 去
让 儿 去 人 间

ʔa^{55} dzʅ^{33} me^{21} ŋɤ^{21} be̱^{33}
阿 鹦 话 语 说
鹦 鹉 虽 会 说

pa^{21} ko^{33} la^{33} ma^{21} no̱^{21}
八 哥 上 不 如
讲 不 过 八 哥

pʻo^{21} mo^{21} be̱^{33} kɯ̱^{21} ni^{33}
父 母 说 会 呢
父 母 虽 会 讲

ȵe^{55} næ^{55} la^{33} ma^{21} no̠^{21}
女 善 上 不 如
说 不 过 女 儿

ȵe^{55} tɤ^{33} zɿ^{21} ȵe^{55} ni^{33}
女 独 鱼 妮 呢
独 闺 女 鱼 妮

p'o^{21} mo^{21} kɤ^{55} la^{33} tʂ'a^{21}
父 母 他 上 从
父 母 依 从 她

de^{21} mi^{55} ɣo̠^{21} du̠^{33} ka^{33}
凡 间 得 出 了
允 许 到 人 世

t'e^{21} ni^{21} mu^{33} tʂ'o^{33} ɕe^{55}
一 日 天 早 晨
有 一 日 早 晨

ȵe^{55} næ^{55} zɿ^{21} ȵe^{55} ni^{33}
女 善 鱼 妮 呢
闺 女 鱼 妮 她

ȵe̠^{21} to̠^{21} dʐo^{21} ɣa^{21} dʑe^{21}
早 起 饭 菜 煮
早 起 煮 饭 菜

dʐo^{21} ɣa^{21} bu̠^{33} bu̠^{33} dʐo^{33}
饭 菜 饱 饱 吃
饭 菜 饱 饱 吃

lo^{21} zɿ^{21} bu̠^{33} bu̠^{33} da^{21}
茶 水 饱 饱 喝
茶 水 饱 饱 喝

dʐo^{33} bu̠^{33} da^{21} bu̠^{33} gɤ^{21}
吃 饱 喝 饱 后
吃 饱 喝 足 后

go^{21} ti^{55} mo^{55} næ^{33} du̠^{33}
门 槛 高 低 出
出 龙 宫 门 槛

ȵe^{55} næ^{55} zɿ^{21} ȵe^{55} ni^{33}
女 善 鱼 妮 呢
闺 女 鱼 妮 她

ŋo^{21} nɤ^{55} t'i^{21} pa^{55} t'ɛ̠^{21}
鱼 红 一 条 变
变 一 条 红 鱼

la^{33} tʂ'a^{21} zɿ^{21} tʂ'a^{21} ʂɤ^{33}
河 顺 水 顺 走
沿 河 顺 水 游

ȵe^{55} næ^{33} zɿ^{21} ȵe^{55} ni^{21}
女 善 鱼 妮 呢
闺 女 鱼 妮 她

ȵe̠^{33} ts'æ^{21} t'i^{21} t'ɛ̠^{33} ni^{55}
眼 抬 一 下 看
举 目 来 观 看

la^{33} bo^{33} tæ^{55} mo^{21} k'o^{21}
河 岸 林 大 里
河 岸 森 林 中

vi̠^{33} lu^{21} nɤ^{55} do^{55} do^{55}
花 朵 红 彤 彤
花 开 红 彤 彤

bi^{55} lu^{21} lu^{21} mu^{21} ni^{33}
美 丽 丽 做 呢
鲜 艳 又 夺 目

ȵe^{55} næ^{33} zʅ^{21} ȵe^{55} ni^{33}
女 善 鱼 妮 呢
闺 女 鱼 妮 她

la^{33} mo^{21} k'ɤ^{21} sɛ̱^{21} dʐa^{21}
河 大 多 长 有
大 河 有 多 长

ȵi̱^{33} mo^{21} k'o^{21} ma^{21} te^{33}
心 脏 里 不 装
无 心 去 测 量

la^{33} mo^{21} k'ɤ^{21} fe^{21} dʐa^{21}
河 大 多 宽 有
大 河 有 多 宽

ni̱^{33} mo^{21} k'o^{21} ma^{21} dɯ^{21}
心 脏 里 不 想
更 无 心 去 想

la^{33} mo^{21} k'ɤ^{21} ȵe̱^{21} dʐa^{21}
河 大 多 深 有
河 水 有 多 深

ni̱^{33} k'o^{21} ma^{21} dɯ^{21} xa^{21}
心 里 不 想 起
早 已 不 在 乎

ma^{21} dɯ^{21} xa^{21} ti^{55} ka^{33}
不 想 起 的 了
全 没 记 心 上

vi̱^{33} lu^{21} ni^{55} ni^{55} no^{33}
花 朵 看 看 呀
眼 看 着 鲜 花

ts'ɛ̱^{33} no^{55} no^{55} mu^{21} ni^{33}
采 好 好 做 呢
心 想 把 花 采

p'o^{21} mo^{21} be̱^{33} me^{21} ŋɤ^{21}
父 母 说 话 语
父 母 说 的 话

ko^{55} be̱^{33} ni^{21} me^{21} xo^{21}
所 说 也 忘 掉
全 都 忘 了 怀

la^{33} bo^{21} zʅ^{21} lo̱^{21} dʐa^{21}
河 岸 豹 虎 有
岸 边 有 虎 豹

ma^{21} dɯ^{21} xa^{21} ti^{55} ka^{33}
不 想 起 的 了
忘 记 了 警 惕

la^{33} mo^{21} tæ^{55} mo^{21} k'o^{21}
河 大 林 大 里
河 边 森 林 间

bɛ̱^{33} ʐo^{33} t'i̱^{21} lɤ^{33} du̱^{33}
射 人 一 个 出
出 现 一 猎 人

no^{33} næ^{55} tɕ'e̱^{33} næ^{55} xɤ^{21}
箭 善 弩 善 拿
佩 带 着 弩 箭

zɿ^{21}	lo^{21}	bɛ^{33}	du^{33}	le^{33}
豹	虎	射	出	来
来	山	上	打	猎

bɛ^{33}	ʐo^{33}	tsɿ^{55}	t'i^{21}	lɤ^{33}
射	人	这	一	个
这	一	位	猎	人

zɿ^{21}	lo^{21}	ni^{21}	ma^{21}	ŋa^{21}
豹	虎	也	不	见
没	有	见	虎	豹

zɿ^{21}	lo^{21}	ma^{21}	bɛ^{33}	ɣo^{21}
豹	虎	不	射	得
没	猎	获	虎	豹

ʔa^{21}	pe^{55}	ni^{21}	zɿ^{21}	sɿ^{21}
肚	子	饿	水	渴
饥	饿	又	干	渴

la^{33}	bo^{21}	k'o^{21}	tɯ^{33}	le^{33}
河	岸	里	下	来
下	来	到	河	边

zɿ^{21}	dʑe^{21}	t'i^{21}	mu^{55}	da^{21}
水	冷	一	口	喝
下	来	喝	口	水

bɛ^{33}	ʐo^{33}	tsɿ^{55}	ti^{21}	lɤ^{33}
射	人	这	一	个
这	一	位	猎	人

la^{33}	mo^{21}	k'o^{21}	ɣa^{21}	tʂ'ɤ^{21}
河	大	里	而	到
来	到	了	河	边

t'i^{21}	t'ɛ^{33}	ni^{55}	lɤ^{21}	no^{33}
一	下	看	去	呢
双	眼	看	河	中

ŋo^{33}	nɤ^{55}	t'i^{21}	pa^{55}	ŋa^{21}
鱼	红	一	尾	见
见	一	条	红	鱼

tɕ'e^{21}	no^{55}	næ^{21}	tsɛ^{33}	tsɛ^{33}
弩	箭	响	扎	扎
拉	弩	又	搭	箭

ŋo^{33}	la^{33}	t'i^{21}	no^{55}	bɛ^{33}
鱼	上	一	箭	射
朝	红	鱼	射	去

ŋo^{33}	nɤ^{55}	tsɿ^{55}	t'i^{21}	pa^{55}
鱼	红	这	一	尾
那	一	条	红	鱼

ʔa^{55}	fæ^{21}	ȵe^{33}	ɣa^{21}	ʐa^{21}
阿	左	眼	而	中
左	眼	被	射	中

t'i^{21}	t'o^{21}	lu^{21}	ma^{21}	mæ^{55}
一	时	足	不	及
眨	眼	的	工	夫

la^{33}	mo^{21}	zɿ^{21}	nɤ^{55}	to^{21}
河	大	水	红	起
大	河	起	浪	涛

bɛ^{33}	ʐo^{33}	kɤ^{55}	lɤ^{33}	ni^{21}
射	人	那	个	呢
那	一	个	猎	人

ŋo^{33} nɤ^{55} ni^{21} ma^{21} ɣo̲^{21}
鱼 红 也 不 得
没 得 到 红 鱼

ȵe^{55} næ^{55} zɿ^{21} ȵe^{55} ni^{21}
女 善 鱼 妮 呢
闺 女 鱼 妮 她

væ^{21} ȵe̲^{33} bɛ̲^{33} tɛ̲^{33} xo^{21}
左 眼 射 瞎 掉
左 眼 被 射 瞎

ȵe^{55} næ^{55} zɿ^{21} ȵe^{55} ni^{21}
女 善 鱼 妮 呢
鱼 妮 小 千 金

bɤ^{21} dʑe^{21} tʻi^{21} pa^{55} tʻɛ^{21}
子 虾 一 只 变
变 成 一 只 虾

la^{33} de^{21} pu̲^{33} ɣo^{21} gu̲^{21}
迅 急 返 里 回
快 快 返 回 宫

ʔa^{55} ba^{33} ȵe^{55} la^{33} ŋa^{21}
阿 爸 女 上 见
阿 爸 见 女 儿

tʻi^{21} tɕe^{33} be̲^{33} du̲^{33} le^{33}
一 句 说 出 来
开 口 把 话 问

ȵe^{55} næ^{55} le^{21} ȵe^{55} næ^{55}
女 善 呀 女 善
我 的 好 闺 女

de^{21} mi^{55} du̲^{33} ʐɤ^{21} no^{33}
阳 间 出 动 呢
你 出 游 人 间

lo̲^{21} mo^{21} ȵe^{55} la^{33} tʂʻɤ^{21}
虎 大 女 上 咬
山 间 的 虎 豹

ȵe^{55} la^{33} tʂʻɤ^{21} tʂʻɤ^{21} lo^{33}
女 上 咬 咬 了
伤 女 儿 没 有

la^{33} mo^{21} ni^{55} ʐɤ^{21} no^{33}
河 大 看 去 呀
你 出 去 看 河

la^{33} mo^{21} kʻɤ^{21} sɛ̲^{21} dʐa^{21}
河 大 多 长 有
大 河 有 多 长

la^{33} mo^{21} kʻɤ^{21} ȵe̲^{21} dʐa^{21}
河 大 多 深 有
河 水 有 多 深

la^{33} mo^{21} kʻɤ^{21} fe^{55} dʐa^{21}
河 大 多 宽 有
河 面 有 多 宽

tʻi^{21} tʻɛ̲^{33} no^{55} ni^{55} le^{21}
一 下 问 试 来
这 样 来 问 道

ȵe^{55} næ^{33} zɿ^{21} ȵe^{55} ni^{21}
女 善 鱼 妮 呢
鱼 妮 好 闺 女

p‘o^{21}	ɣa^{21}	mo^{21}	la^{33}	ŋa^{21}
父	而	母	上	见
见	到	父	母	面

t‘i^{21}	tɕe^{33}	ŋɯ^{55}	du̱^{33}	le^{33}
一	句	哭	出	来
呜	呜	哭	出	声

ʔa^{55}	ba^{33}	le^{21}	ʔa^{55}	mo^{21}
阿	爸	呀	阿	妈
阿	爸	呀	阿	妈

zɿ^{21}	ni^{21}	de^{21}	mi^{55}	du̱^{33}
今	日	阳	间	出
今	日	游	人	世

bɛ̱^{33}	ʐo^{33}	t‘i^{21}	lɤ^{33}	ŋa^{21}
射	人	一	个	见
遇	见	一	猎	人

tɕ‘e^{21}	no^{55}	næ^{21}	tsɛ̱^{33}	tsɛ̱^{33}
弩	箭	响	扎	扎
拉	弩	又	搭	箭

bɛ̱^{33}	ʐo^{33}	ŋo^{21}	la^{33}	bɛ̱^{33}
射	人	我	上	射
猎	人	把	我	射

ŋo^{21}	ȵe^{33}	du̱^{33}	t‘i^{21}	p‘e^{33}
我	眼	睛	一	只
我	的	一	只	眼

kɤ^{55}	la^{55}	bɛ̱^{33}	tɛ̱^{33}	xo^{21}
他	上	射	瞎	掉
被	他	射	瞎	了

zɿ^{21}	lo^{33}	ku^{21}	lo̱^{21}	ɕe^{55}
水	龙	古	罗	些
龙	王	古	罗	些

no^{21}	ts‘ɿ^{33}	ʂo̱^{21}	xɤ^{21}	le^{21}
病	药	找	拿	来
找	来	治	眼	药

ȵe^{55}	næ^{33}	ȵe^{33}	du̱^{33}	gu^{21}
女	善	眼	睛	治
替	囡	治	眼	睛

no^{55}	k‘æ^{21}	no^{21}	ts‘ɿ^{33}	dɤ^{21}
箭	上	病	药	带
箭	头	有	毒	药

ȵe^{33}	du̱^{33}	no^{55}	ma^{21}	kɯ̱^{21}
眼	睛	愈	不	会
眼	伤	难	治	愈

no^{55}	ma^{21}	kɯ̱^{21}	ti^{55}	ka^{33}
好	不	会	的	了
治	愈	无	指	望

ȵe^{55}	næ^{55}	zɿ^{21}	ȵe^{55}	ni^{21}
女	善	鱼	妮	呢
闺	女	鱼	妮	她

ȵe^{33}	du̱^{33}	tɛ̱^{33}	xo^{21}	ka^{33}
眼	睛	瞎	掉	了
左	眼	已	瞎	了

zɿ^{21}	lo^{33}	ku^{21}	lo̱^{21}	ɕe^{55}
水	龙	古	罗	些
龙	王	古	罗	些

tʻi^{21} tɕe^{33} be̱^{33} du̱^{33} le^{33}
一 句 说 出 来
愤 愤 把 话 说

de^{21} mi^{55} tsɿ^{55} tʂʻa̱^{21} kʻæ^{21}
凡 间 这 层 上
人 间 大 地 上

ɣo^{33} lo^{33} tʂʻa̱^{21} ʐo^{33} dʐɤ^{21}
世 间 人 儿 些
人 间 这 些 人

lɤ^{33} lɤ^{33} ni̱^{33} ma^{21} næ^{55}
个 个 心 不 善
个 个 坏 心 肠

ni^{33} tʻe̱^{33} ɣa^{21} mo^{33} tʻe̱^{33}
牛 粪 而 马 粪
牲 畜 牛 马 粪

la^{33} mo^{21} kʻo^{21} xo^{21} te^{33}
河 大 里 屙 放
都 往 河 里 投

ŋo^{21} la^{33} ni^{21} da^{21} bi^{21}
我 上 呀 喝 给
让 我 喝 污 水

tsɿ^{55} ʂɤ^{21} tʻa^{21} be̱^{33} sɿ^{33}
这 似 莫 说 呢
莫 说 这 一 些

tɕʻe̱^{33} næ^{55} no^{55} næ^{55} xɤ^{21}
弩 吉 箭 吉 拿
手 握 弩 和 箭

ŋo^{21} ȵe^{55} næ^{55} la^{33} bɛ̱^{33}
我 女 善 上 射
射 伤 我 闺 女

ȵe̱^{33} du̱^{33} bɛ̱^{33} tɛ̱^{33} xo^{21}
眼 睛 射 瞎 掉
射 瞎 了 眼 睛

de^{21} mi^{55} kʻæ^{21} tʂʻa̱^{21} ʐo^{33}
凡 间 上 人 儿
世 间 的 凡 人

lɤ^{33} lɤ^{33} ni̱^{33} ma^{21} næ^{55}
个 个 心 不 善
个 个 心 肠 坏

tʻi^{21} tɕe^{33} be̱^{33} du̱^{33} le^{33}
一 句 说 出 来
愤 怒 把 话 说

tsɿ^{55} gɤ^{21} ɣo^{21} do^{21} no^{33}
这 后 说 的 呀
此 事 且 不 说

zɿ^{21} mo^{21} tsɿ^{55} pa^{55} bo^{33}
水 大 这 条 旁
这 条 大 河 边

bɤ^{21} mo^{21} tʻi^{21} lɤ^{33} dʑa^{21}
山 大 一 个 有
有 一 座 大 山

bɤ^{21} mo^{21} pa^{55} kʻæ^{21} no^{33}
山 大 座 上 呀
这 座 大 山 上

tɕe̱^{33} ʐo^{33} tʻi^{21} tɕʻe̱^{33} dʐa^{21}
村 小 一 村 有
有 一 小 村 寨

tɕʻe̱^{33} ʐo^{33} tsɿ^{55} tɕʻe̱^{33} xo^{21}
村 小 这 村 里
这 个 村 寨 里

ʐo^{33} tʂʻɿ^{33} tʻi^{21} lɤ^{33} dʐa^{21}
儿 孤 一 个 有
有 一 个 孤 儿

ɣɤ^{21} no^{33} mo^{55} ma^{21} dʐa^{21}
前 呀 哥 不 有
前 没 有 兄 长

ɣɤ^{21} no^{33} vi̱^{21} ma^{21} dʐa^{21}
前 呀 姐 不 有
也 没 有 姐 姐

do^{21} no^{33} næ^{21} ma^{21} dʐa^{21}
后 呀 弟 不 有
后 没 有 弟 妹

pʻo^{21} mo^{21} ʂɿ^{21} do^{21} sæ^{55}
父 母 死 得 长
父 母 死 得 早

ʐo^{33} tʂʻɿ^{33} tsɿ^{55} tʻi^{21} lɤ^{33}
儿 孤 这 一 个
这 个 小 孤 儿

xɤ^{21} no^{33} tsɿ^{55} ku^{21} xɤ^{21}
姓 呀 吉 古 姓
姓 为 吉 古 姓

ʔa^{55} li^{55} tʻi^{21} mæ^{55} mæ^{55}
阿 里 一 名 叫
小 名 叫 阿 里

ʔa^{55} li^{55} ʂa^{33} kʻu̱^{21} lu̱^{21}
阿 里 三 岁 足
阿 里 三 岁 时

ʂa^{33} kʻu̱^{21} lu̱^{21} ma^{21} mæ^{33}
三 岁 足 不 及
三 岁 还 未 足

ʐu̱^{33} mo^{21} ŋo^{33} mi̱^{55} gɤ^{33}
生 母 阴 间 进
生 母 入 黄 泉

ʐu̱^{33} vi̱^{55} ŋo^{33} kʻu̱^{21} lu̱^{21}
生 之 五 岁 足
到 了 五 岁 时

ʐu̱^{33} pʻo^{21} ni̱^{33} ʂɿ^{21} xo^{21}
生 父 也 死 掉
生 父 又 去 世

ʐo^{33} tʂʻɿ^{33} tɤ^{33} lɤ^{21} lɤ^{21}
儿 孤 独 零 零
成 了 个 孤 儿

ʂɿ^{33} xe^{21} kʻo^{21} ɣa^{21} dʐa^{21}
草 屋 里 而 居
独 自 居 草 屋

tɕʻe̱^{33} ʐo^{33} tsɿ^{55} tɕʻe̱^{33} xo^{21}
村 小 这 村 里
这 个 小 村 里

tʂʻa^{21} ma^{21} tʻi^{21} lɤ^{33} dʐa^{21}
人 老 一 个 有
有 一 位 老 人

tʂʻa^{21} ma^{21} tsʅ^{55} tʻi^{21} lɤ^{33}
人 老 这 一 个
这 一 位 老 人

ʐo^{33} ȵe^{55} ni^{21} ma^{21} dʐa^{21}
儿 女 也 不 有
无 儿 又 无 女

ma^{21} mu^{33} tʂʻɤ^{21} tʻe^{21} ni^{21}
不 久 到 一 天
不 久 有 一 天

tʂʻa^{21} ma^{21} kɤ^{55} tʻi^{21} pa^{55}
人 老 那 一 位
那 一 位 老 人

ʔa^{55} li^{55} ʐo^{33} la^{33} ʔɤ^{55}
阿 里 儿 上 叫
邀 约 小 阿 里

ŋo^{33} dʐʅ^{21} pɤ^{21} ɣa^{21} xɤ^{21}
鱼 网 篓 而 拿
身 背 捕 鱼 具

la^{33} mo^{21} kʻo^{21} tʂʻɤ^{21} le^{21}
河 大 里 到 来
来 到 大 河 里

ŋo^{33} ʐo^{33} dʐʅ^{21} du̱^{33} le^{33}
鱼 儿 网 出 来
顺 河 把 鱼 捕

ma^{21} mu^{33} tʂʻɤ^{21} tʻe^{21} ni^{21}
不 天 到 一 天
突 然 有 一 天

ʔa^{55} nɯ^{55} fu̱^{33} bɤ^{21} bɤ^{21}
阿 雾 罩 山 山
大 山 雾 蒙 蒙

tʂʻa^{21} ma^{21} ɣa^{21} ʔa^{55} li^{55}
人 老 而 阿 里
老 人 和 阿 里

la^{33} tʂʻa^{21} ŋo^{33} ʐo^{33} dʐʅ̱^{21}
河 顺 鱼 儿 网
河 中 来 捕 鱼

ȵe̱^{21} lu̱^{21} ka^{55} ɣa^{21} tʂʻɤ^{21}
中 午 中 而 到
直 至 中 午 时

ŋo^{33} ʐo^{33} ma^{21} dʐʅ̱^{21} ɣo̱^{21}
鱼 儿 不 砍 得
没 有 捕 获 鱼

tsʅ^{55} gɤ^{21} ɣo^{55} do^{21} no^{33}
这 过 面 后 呢
这 样 以 后 呢

ȵe^{55} næ^{55} zʅ^{21} ȵe^{55} ni^{21}
女 善 鱼 妮 呢
龙 女 鱼 妮 她

xe^{21} kʻo^{21} xo^{21} ɣa^{21} dʐa^{21}
屋 里 面 而 在
住 在 龙 宫 中

ȵe̠33 du̠33 no55 gɤ21 no33
眼 睛 好 过 呢
眼 睛 好 了 后

vi̠33 nɤ55 bi55 lu21 la33
花 红 花 朵 上
那 河 岸 鲜 花

vi̠33 lu21 dɯ21 xa21 le21
花 朵 想 起 来
浮 现 在 脑 海

bɤ21 dʑe21 tʻi21 pa55 tʻɛ̠21
子 虾 一 只 变
变 成 一 只 虾

go21 ti55 mo55 næ55 du̠33
门 槛 高 低 出
跨 出 龙 宫 门

la33 mo21 kʻo21 ɣa21 le21
河 大 里 而 来
游 往 大 河 里

du̠33 le33 vi̠33 lu21 tsʻɛ̠33
出 来 花 朵 采
欲 采 花 来 戴

la33 mo21 kʻo21 tʂʻɤ21 le21
河 大 里 到 来
来 到 大 河 中

tʂʻa21 ma21 tʻi21 lɤ33 ŋa21
人 老 一 个 见
看 见 一 老 人

ɬe̠21 ʐo33 tʻi21 lɤ33 ŋa21
伙 小 一 个 见
还 有 一 小 伙

ɬe̠21 ʐo33 kɤ55 lɤ33 la33
伙 小 那 个 上
对 着 那 小 伙

sɿ55 sɿ55 ni55 ni55 no33
细 细 看 看 呀
细 细 看 一 看

bi55 la21 la21 mu21 ni21
漂 亮 亮 做 呢
一 表 好 人 材

ʔu̠33 la33 ni55 ni55 no33
头 上 看 看 呢
看 看 他 的 头

ʔu̠33 tɕʻe21 ȵe̠33 zæ21 zæ21
头 发 黑 黝 黝
头 发 黑 黝 黝

ȵe̠33 la33 ni55 ni55 no33
眼 上 看 看 呢
看 看 他 的 眼

ȵe̠33 du̠33 tsæ55 ʂɤ21 ʐe21
眼 睛 星 似 亮
眼 睛 如 星 闪

no55 la33 ni55 ni55 no33
鼻 上 看 看 呢
看 看 他 的 鼻

no^{55} ko̱^{21} ts'ɛ̱^{33} ʐo^{33} ȵe̱^{21}
鼻 梁 剪 小 口
鼻 如 小 剪 刀

ɣæ^{21} no^{33} dʑæ^{21} t'u^{21} sɿ^{21}
笑 呀 齿 白 皙
笑 口 露 白 牙

ȵe^{55} næ^{55} zɿ^{21} ȵe^{55} ni^{21}
女 善 鱼 妮 呢
闺 女 鱼 妮 她

ɬe̱^{21} ʐo^{33} la^{33} ŋa^{21} no^{33}
伙 小 上 见 呀
看 见 了 阿 里

ni̱^{33} k'o^{21} dɯ^{21} du̱^{33} le^{33}
心 里 爱 出 来
深 爱 在 心 头

de^{21} mi^{55} k'æ^{21} tʂ'a^{21} ʐo^{33}
凡 间 上 人 儿
阳 世 间 的 人

tsɿ^{55} ʂɤ^{21} bi^{55} lo^{33} p'e^{21}
这 似 美 了 该
原 来 如 此 美

tsɿ^{55} ʂɤ^{21} bi^{55} p'e^{21} to^{33}
这 似 美 该 如
长 得 如 此 俊

ȵe^{55} næ^{55} zɿ^{21} ȵe^{55} ni^{21}
女 善 鱼 妮 呢
龙 女 鱼 妮 她

ŋo^{33} ʐo^{33} te^{21} du̱^{33} le^{33}
鱼 儿 追 出 来
赶 来 各 种 鱼

tʂ'a^{21} ma^{21} la^{33} dʑɿ̱^{21} bi^{21}
人 老 上 捕 给
让 给 老 人 捕

ɬe̱^{21} ʐo^{33} la^{33} dʑɿ̱^{21} bi^{21}
伙 小 上 捕 给
让 给 小 伙 捕

ʔa^{55} li^{55} ʂu^{21} næ^{55} ʐo^{33}
阿 里 人 善 儿
善 良 人 阿 里

t'i^{21} t'ɛ̱^{33} lu̱^{21} ma^{21} mæ^{55}
一 下 足 不 及
不 多 一 会 儿

ŋo^{33} ʐo^{33} t'i^{21} pɤ̱^{33} dʑɿ̱^{21}
鱼 儿 一 背 捕
捕 获 一 箩 鱼

tʂ'a^{21} ma^{21} kɤ^{55} t'i^{21} lɤ^{33}
人 老 那 一 个
那 一 位 老 人

t'i^{21} t'o^{21} lu̱^{21} ma^{21} mæ^{55}
一 时 足 不 及
不 足 一 时 辰

t'i^{21} pɤ̱^{33} ni^{21} dʑɿ̱^{21} ɣo̱^{21}
一 背 也 捕 得
也 捕 得 一 箩

tʂʻa^{21} ma^{21} ɣa^{21} ʔa^{55} li^{55}
人 老 而 阿 里
老 人 和 阿 里

ŋo^{33} ʐo^{33} bu^{21} gu̱^{21} le^{21}
鱼 儿 背 回 来
背 鱼 把 家 归

ȵe^{55} næ^{55} zɿ^{21} ȵe^{55} ni^{21}
女 善 鱼 妮 呢
龙 女 鱼 妮 她

pu̱^{33} ɣo^{21} xe^{21} sæ^{55} gu̱^{21}
返 后 屋 室 回
返 回 龙 宫 中

tʻu^{21} dʑe^{33} sæ^{55} dʑe^{33} kʻæ^{21}
银 床 金 床 上
爬 上 金 银 床

tʻu^{21} dʑe^{33} sæ^{55} dʑe^{33} zɿ^{21}
银 床 金 床 睡
熟 睡 在 床 上

zɿ^{21} me̱^{21} fu̱^{33} du̱^{33} le^{33}
睡 梦 做 出 来
做 起 美 梦 来

ʔa^{55} li^{55} ɬe̱^{21} ʐo^{33} la^{33}
阿 里 郎 小 上
心 上 人 阿 里

zɿ^{21} me̱^{21} fu̱^{33} ŋa^{21} le^{21}
睡 梦 做 见 来
浮 现 在 梦 中

ɬe̱^{21} la^{33} dɯ^{21} du̱^{33} le^{33}
郎 上 想 出 来
想 起 阿 里 来

ma^{21} mu^{33} tʂʻɤ^{21} tʻi^{21} ni^{21}
不 天 到 一 日
不 久 有 一 天

ʔa^{55} li^{55} ʂu̱^{21} næ^{55} ʐo^{33}
阿 里 人 善 儿
阿 里 小 伙 子

tʂʻa^{21} ma^{21} la^{33} ɣa^{21} ʔɤ^{55}
人 老 上 而 喊
主 动 邀 老 人

ŋo^{33} dʑɿ^{21} pɤ^{21} ni^{21} xɤ^{21}
鱼 捕 箩 也 拿
背 上 捕 鱼 具

la^{33} mo^{21} kʻo^{21} tʂʻɤ^{21} le^{21}
河 大 里 到 来
来 到 大 河 里

ʐɤ^{21} ni^{21} ŋo^{33} ʐo^{33} dʑɿ^{21}
去 也 鱼 小 捕
来 河 里 捕 鱼

la^{33} tʂʻa^{21} dʑɿ^{21} du̱^{33} le^{33}
河 顺 捕 出 来
顺 着 大 河 捕

tʻi^{21} tʻo^{21} gɤ^{21} lɤ^{21} no^{33}
一 时 过 去 呢
捕 了 大 半 天

ʔa^{55} li^{55} ʂu^{21} næ^{55} ʐo^{33}
阿 里 人 善 儿
阿 里 小 伙 子

ŋo^{33} ʐo^{33} ma^{21} dʐʅ̱^{21} ɣo̱^{21}
鱼 小 子 捕 得
没 有 捕 获 鱼

tʂʻa^{21} ma^{21} kɤ^{55} tʻi^{21} lɤ^{33}
人 老 那 一 个
那 一 位 老 人

ŋo^{33} ʐo^{33} ma^{21} dʐʅ̱^{21} ɣo̱^{21}
鱼 小 不 捕 得
同 样 空 着 网

ȵe^{55} næ^{55} zʅ^{21} ȵe^{55} ni^{21}
女 善 鱼 妮 呢
鱼 妮 小 千 金

ɬe̱^{21} ʐo^{33} la^{33} ɣa^{21} ŋa^{21}
郎 小 上 而 见
见 了 小 伙 子

ŋo^{33} nɤ^{55} tʻi^{21} pa^{55} tʻɛ̱^{21}
鱼 红 一 尾 变
变 条 小 红 鱼

ɬe̱^{21} ʐo^{33} la^{33} dʐʅ̱^{21} bi^{21}
郎 小 上 捕 给
特 意 让 他 捕

tʂʻa^{21} ma^{21} ŋo^{33} nɤ^{55} ŋa^{21}
人 老 鱼 红 见
老 人 见 红 鱼

pɤ^{21} xɤ^{21} ŋo^{33} nɤ^{55} dʐʅ̱^{21}
网 拿 鱼 红 捕
下 网 捕 红 鱼

tʂʻa^{21} ma^{21} kɤ^{55} tʻi^{21} lɤ^{33}
人 老 那 一 个
那 一 位 老 人

ŋo^{33} nɤ^{55} tʻi^{21} pa^{55} ɣo̱^{21}
鱼 红 一 尾 得
捕 获 小 红 鱼

ʔa^{55} li^{55} ɬe̱^{21} ʐo^{33} ni^{21}
阿 里 郎 小 呢
阿 里 小 伙 子

tʻe^{21} pɤ^{21} dæ^{33} tɕe̱^{21} tɕe^{55}
一 网 打 下 去
一 网 撒 下 去

ŋo^{33} tʻu^{21} ni^{21} pa^{55} ɣo̱^{21}
鱼 白 两 尾 得
获 两 条 白 鱼

ʔa^{55} li^{55} ʂu^{21} næ^{55} ʐo^{33}
阿 里 人 善 儿
阿 里 小 伙 子

tʻi^{21} tɕe^{33} be̱^{33} du̱^{33} le^{33}
一 句 说 出 来
对 老 人 说 道

ʔa^{55} po^{55} ni̱^{33} næ^{55} pʻo^{21}
阿 爷 心 善 人
善 良 老 大 爷

na^{21}	dʑe^{33}	ŋo^{33}	nɤ^{55}	pa^{55}
你	的	鱼	红	尾
你	那	条	红	鱼

po^{55}	ŋo^{21}	bi^{21}	le^{21}	lo^{21}
换	我	给	来	着
把	它	换	给	我

ŋo^{21}	ŋo^{33}	tʻu^{21}	ni^{21}	pa^{55}
我	鱼	白	两	尾
我	用	两	白	鱼

na^{21}	la^{33}	bi^{21}	ti^{55}	ʂa^{33}
你	上	给	的	好
与	你	作	交	换

tʂʻa^{21}	ma^{21}	kɤ^{55}	tʻi^{21}	lɤ^{33}
人	老	那	一	个
那	一	位	老	人

tʻi^{21}	tɕe^{33}	be̠^{33}	du̠^{33}	le^{33}
一	句	说	出	来
开	口	把	话	说

ni^{21}	pa^{55}	tʻi^{21}	pa^{55}	po^{55}
两	条	一	条	换
两	条	换	一	条

na^{21}	la^{33}	po^{55}	bi^{21}	ʂa^{33}
你	上	换	给	了
可	以	换	给	你

ʔa^{55}	li^{55}	ʂu^{21}	næ^{55}	ʐo^{33}
阿	里	人	善	儿
阿	里	小	伙	他

ŋo^{33}	nɤ^{55}	po^{55}	gɤ^{21}	no^{33}
鱼	红	换	后	呀
换	得	了	红	鱼

ŋo^{33}	nɤ^{55}	tsɿ^{55}	tʻi^{21}	pa^{55}
鱼	红	这	一	尾
这	一	条	红	鱼

ʔa^{55}	væ^{21}	n̥e̠^{33}	tɛ̠^{33}	xo^{21}
阿	左	眼	瞎	掉
左	眼	已	瞎	了

ʔa^{55}	ʐo^{33}	n̥e̠^{33}	du^{33}	no^{33}
阿	右	眼	孔	呀
红	鱼	的	右	眼

tsæ^{55}	mo^{21}	no̠^{21}	ʂɤ^{21}	ʐe^{21}
星	大	样	似	亮
亮	如	天	上	星

ʔa^{55}	li^{55}	ɬe̠^{21}	ʐo^{33}	ni^{21}
阿	里	郎	小	呢
阿	里	小	伙	子

fa^{55}	te^{55}	xɤ^{21}	le^{21}	ni^{21}
砍	刀	拿	来	呢
拿	出	砍	刀	来

mo^{55}	po^{33}	tʻi^{21}	tʻɤ^{21}	dzɿ^{33}
竹	筒	一	截	砍
砍	一	节	竹	筒

mo^{55}	po^{33}	zɿ^{21}	dʑæ^{21}	kʻɤ̠^{21}
竹	筒	水	清	舀
竹	筒	盛	清	水

ŋo^{33} nɤ^{55} po^{33} k'o^{21} te^{33}
鱼 红 筒 内 装
红 鱼 装 筒 内

la^{55} de^{21} pu̠^{33} ɣo^{21} gu̠^{21}
迅 急 返 里 回
快 速 把 家 归

xe^{21} sæ^{55} tʂ'ɤ^{21} le^{21} no^{33}
屋 室 到 来 呀
回 到 家 里 后

ŋo^{33} nɤ^{55} xɤ^{21} t'ɯ̠^{21} le^{21}
鱼 红 拿 出 来
拿 出 小 红 鱼

zɿ^{21} ga^{33} k'o^{21} ɣa^{21} t'ɤ^{21}
水 耕 里 而 放
放 养 水 缸 中

t'i^{21} ni^{21} mu^{33} tʂ'o^{33} ɕe^{55}
一 日 天 早 晨
有 一 天 早 晨

ʔa^{55} li^{55} to̠^{21} do^{21} ȵe̠^{21}
阿 里 起 得 早
阿 里 起 得 早

dʑo^{33} bu̠^{33} da^{21} bu̠^{33} gɤ^{21}
吃 饱 喝 饱 后
吃 过 早 饭 后

no^{55} dzu̠^{33} tʂɤ^{21} k'u^{21} ve̠^{21}
斧 子 锄 头 扛
扛 锄 头 斧 子

go^{21} ti^{55} mo^{55} mæ^{33} du̠^{33}
门 槛 高 低 出
跨 出 家 门 槛

du̠^{33} ʐɤ^{21} mi^{55} ga^{33} lɤ^{21}
出 去 地 耕 去
出 门 去 做 活

ȵe̠^{21} dʐɿ^{21} bɤ^{21} k'æ^{21} tæ^{55}
太 阳 山 上 置
太 阳 落 西 山

ʔa^{55} li^{55} pu̠^{33} ɣo^{21} gu̠^{21}
阿 里 返 里 回
阿 里 往 家 回

xe^{21} sæ^{55} tʂ'ɤ^{21} le^{21} no^{33}
屋 室 到 来 呢
回 到 了 家 里

dʐo^{21} ɣa^{21} dʑe^{21} me̠^{21} dʐa^{21}
饭 菜 煮 熟 在
饭 菜 已 煮 熟

dʑe^{21} me̠^{21} dʐa^{21} lo^{33} ka^{33}
煮 熟 在 了 啦
样 样 煮 熟 了

dʐo^{21} no^{33} me^{33} bɤ^{21} bɤ^{21}
饭 呀 温 暖 暖
米 饭 热 腾 腾

ɣa^{21} no^{33} ʂo^{55} t'ɯ^{33} t'ɯ^{33}
菜 呀 香 喷 喷
菜 肴 香 喷 喷

ʔa55 li55 ʂu21 næ55 ʐo33
阿 里 人 善 儿
阿 里 小 伙 子

t'i21 ni̱33 dɯ21 du̱33 le33
一 心 想 出 来
心 里 心 里 想

tɕ'e̱33 ʐo33 tsɿ55 tɕ'e̱33 k'o21
村 小 这 村 里
这 个 小 村 里

ŋo21 no33 ʐo33 tʂɿ33 ŋɤ21
我 呀 儿 孤 是
我 是 个 孤 儿

vi̱21 næ21 dʑe21 lo33 ŋa55
姐 弟 煮 了 吗
亲 戚 帮 的 忙

ka55 tɕe21 dʑe21 lo33 le21
亲 戚 煮 了 来
邻 里 煮 的 饭

ʔa55 li55 ɬe̱21 ʐo33 ni21
阿 里 郎 小 呢
阿 里 小 伙 子

dʐo21 k'ɤ̱21 bu̱33 bu̱33 dʐo33
饭 添 饱 饱 吃
盛 起 饭 就 吃

dʐo33 gɤ21 da21 gɤ21 no33
吃 过 喝 过 呀
吃 饱 喝 足 后

dʑe33 mo21 k'æ21 ɣa21 zɿ̱21
床 大 上 而 睡
上 床 去 睡 觉

mu33 çe55 tʂ'ɤ21 lɤ21 no33
早 晨 到 去 呀
到 翌 日 清 早

ʔa55 li55 dʐo21 ɣa21 dʑe21
阿 里 饭 菜 煮
阿 里 做 饭 菜

dʐo33 bu̱33 da21 bu̱33 gɤ21
吃 饱 喝 饱 后
吃 饱 喝 足 后

tʂɤ21 k'u21 no55 dzu̱33 xɤ21
锄 头 斧 子 拿
拿 锄 头 斧 子

go21 ti55 mo55 næ55 du̱33
门 槛 高 低 出
跨 出 家 门 槛

ʐɤ21 ni21 mi55 ga33 lɤ21
去 也 地 耕 去
去 地 里 劳 动

ni21 dzɿ̱21 bɤ21 k'æ21 tæ55
日 阳 山 上 置
太 阳 落 西 山

ʔa55 li55 ɬe̱21 ʐo33 ni21
阿 里 郎 小 呢
阿 里 小 伙 他

la^{33} de^{21} pu̱^{33} ɣo^{21} gu̱^{21}
迅 疾 返 里 归
收 工 把 家 回

xe^{21} sæ^{55} tʂʻɤ^{21} le^{21} no^{33}
屋 室 到 来 呀
回 到 家 里 面

dʐo^{21} no^{33} me^{33} bɤ^{21} bɤ^{21}
饭 呀 温 暖 暖
饭 已 热 乎 乎

ɣa^{21} no^{33} ʂo^{33} tʻɯ^{33} tʻɯ^{33}
菜 呀 香 喷 喷
菜 香 味 扑 鼻

tsɿ^{55} ɣa^{21} dʐa^{21} to^{33} lo^{21}
这 样 在 搁 着
看 这 般 情 景

ʔa^{55} li^{55} ɬe̱^{21} ʐo^{33} ni^{21}
阿 里 郎 小 呢
阿 里 小 伙 子

zɿ^{21} ga^{33} kʻo^{21} ɣa^{21} ni^{55}
水 耕 里 而 看
看 看 水 缸 里

zɿ^{21} ga^{33} zɿ^{21} dæ^{21} dæ^{21}
水 耕 水 满 满
水 缸 水 也 满

ŋo^{33} nɤ^{55} ʂu^{55} lɯ̱^{33} lɯ̱^{33}
鱼 红 活 动 动
红 鱼 在 欢 游

tʻi^{21} ni^{21} mu^{33} tʂʻo^{33} çe^{55}
一 日 天 早 晨
又 一 天 早 晨

sɿ̱^{33} ve̱^{21} pu̱^{33} ɣo^{21} gu̱^{21}
柴 挑 返 里 归
挑 柴 回 到 家

dʐo^{21} no^{33} me^{33} bɤ^{21} bɤ^{21}
饭 呀 温 暖 暖
饭 已 热 乎 乎

ɣa^{21} no^{33} ʂo^{55} tʻɯ^{33} tʻɯ^{33}
菜 呀 香 喷 喷
菜 香 味 扑 鼻

tsɿ^{55} ɣa^{21} dʐa^{21} to^{33} lo^{21}
这 样 在 搁 着
同 样 是 这 般

ʔa^{55} li^{55} ʂu^{21} næ^{55} ʐo^{33}
阿 里 人 善 儿
阿 里 小 伙 子

tʻi^{21} ni̱^{33} dɯ^{21} du̱^{33} le^{33}
一 心 想 出 来
心 里 在 思 量

tʻi^{21} ni^{21} gɤ^{21} tʻi^{21} ni^{21}
一 日 过 一 日
一 日 又 一 日

vi̱^{21} næ^{21} ɣa^{21} ka^{55} tɕe̱^{21}
姐 弟 和 亲 戚
家 人 和 亲 戚

ŋo^{21} dʑe^{33} dʐo^{21} ɣa^{21} dʑe^{21}
我 的 饭 菜 煮
为 我 煮 饭 菜

ʔa^{21} ʂu^{33} ni̱^{33} næ^{55} mo^{21}
谁 人 心 善 女
谁 在 发 善 心

ʐo^{33} tʂʻʅ^{33} ŋo^{21} la^{33} ʂo^{21}
儿 孤 我 上 怜
怜 悯 孤 儿 我

ŋo^{21} pa^{33} dʐo^{21} ɣa^{21} dʑe^{21}
我 帮 饭 菜 煮
替 我 煮 饭 菜

ʔa^{55} li^{55} ʂu^{21} næ^{55} ʐo^{21}
阿 里 人 善 儿
阿 里 小 伙 子

tʻi^{21} ni̱^{33} dɯ^{21} gɤ^{21} no^{33}
人 心 想 过 呀
心 里 这 样 想

ʐɤ^{21} le^{21} tɕʻe̱^{33} ka^{55} tʂʻɤ^{21}
去 来 村 中 到
走 到 村 子 中

vi̱^{21} næ^{21} la^{33} tʻi^{21} tɕe^{33}
姐 弟 上 一 句
找 邻 里 亲 戚

tʻi^{21} tɕe^{33} be̱^{33} du̱^{33} le^{33}
一 句 说 出 来
对 他 们 说 道

vi̱^{21} næ^{21} ɣa^{21} ka^{55} tɕe̱^{21}
姐 弟 而 亲 戚
邻 里 和 亲 友

ŋo^{21} dʑe^{33} dʐo^{21} ɣa^{21} dʑe^{21}
我 的 饭 菜 煮
替 我 煮 饭 菜

na^{33} bɤ^{21} tʻa^{21} dʑe^{21} ka^{33}
你 们 莫 煮 了
请 莫 费 心 了

ŋo^{21} gu̱^{21} le^{21} gɤ^{21} dʑe^{21}
我 回 来 后 煮
等 我 回 家 来

vi^{55} vi^{55} dʑe^{21} ti^{55} ʂa^{21}
自 己 煮 的 了
自 己 会 煮 的

tʻi^{21} tɕe^{33} be̱^{33} ma^{21} mæ^{55}
一 句 说 不 及
没 等 话 说 完

vi̱^{21} næ^{21} ɣa^{21} ka^{55} tɕe̱^{21}
姐 弟 而 亲 戚
邻 里 和 亲 友

tʻi^{21} tɕe^{33} be̱^{33} du̱^{33} le^{33}
一 句 说 出 来
同 声 回 答 道

ŋo^{33} bɤ^{21} ma^{21} dʑe^{21} dʐa^{21}
我 们 不 煮 有
我 们 没 有 煮

na^{21} mi^{55} ga^{33} du̠^{33} gɤ^{21}
你 地 耕 出 过
你 出 工 之 后

na^{21} dʑe^{33} xe^{21} sæ^{55} k'ɯ^{55}
你 的 屋 室 内
你 的 家 里 面

ȵe^{55} næ^{55} t'i^{21} fæ^{55} ni^{21}
女 善 一 个 有
有 一 位 姑 娘

na^{21} dʑe^{33} dʐo^{21} ɣa^{21} dʑe^{21}
你 的 饭 菜 煮
为 你 煮 饭 菜

dʑe^{21} dʐa^{21} ti^{55} ŋɤ^{33} le^{21}
煮 在 的 是 呀
这 是 她 煮 的

na^{21} ma^{21} da^{21} dʑæ^{21} no^{33}
你 不 相 信 呀
你 若 不 相 信

ȵe̠^{21} lu̠^{21} ka^{55} tʂ'ɤ^{21} no^{33}
中 午 中 到 呀
到 了 中 午 时

na^{21} gu̠^{21} le^{21} ni^{55} ʂa^{21}
你 回 来 看 嘛
你 回 来 看 看

ʔa^{55} li^{55} ʂu^{21} næ^{55} ʐo^{33}
阿 里 人 善 儿
阿 里 小 伙 子

tɕ'e^{33} ȵe̠^{21} p'i^{33} ɣa^{21} tʂ'ɤ^{21}
村 前 边 而 到
又 走 到 村 边

t'i^{21} tɕe^{33} be̠^{33} du̠^{33} le^{33}
一 句 说 出 来
反 复 又 说 道

vi^{21} næ^{21} ɣa^{21} ka^{55} tɕe̠^{21}
姐 弟 而 亲 戚
邻 里 和 亲 友

ŋo^{21} dʑe^{33} dʐo^{21} ni^{21} ɣa^{21}
我 的 饭 与 菜
我 的 饭 和 菜

na^{33} bɤ^{21} t'a^{21} dʑe^{21} ka^{33}
你 们 莫 煮 了
你 们 莫 煮 了

ŋo^{21} gu̠^{21} le^{21} dʑe^{21} ʂa^{21}
我 回 来 煮 吧
回 来 我 会 煮

t'i^{21} tɕe^{33} be̠^{33} ma^{21} mæ^{55}
一 句 说 不 及
没 等 话 说 完

ka^{55} tɕe̠^{21} t'i^{21} tɕe^{33} be̠^{33}
亲 戚 一 句 说
亲 友 回 答 说

ŋo^{33} bɤ^{21} ma^{21} dʑe^{21} dʐa^{21}
我 们 不 煮 有
不 是 我 们 煮

na^{21} mi^{55} ga^{33} du̱^{33} gɤ^{21}
你 地 耕 出 后
你 出 门 之 后

na^{21} dʑe^{33} xe^{21} sæ^{55} kʻɯ^{55}
你 的 屋 室 内
你 的 家 里 面

ȵe^{55} næ^{55} tʻi^{21} fæ^{55} ni^{21}
女 善 一 个 有
有 一 位 姑 娘

bi^{55} la^{21} la^{21} mu^{33} ni^{21}
美 丽 丽 做 呢
长 得 很 漂 亮

na^{21} dʑe^{33} dʐo^{21} ni^{21} ɣa^{21}
你 的 饭 与 菜
你 的 饭 和 菜

kɤ^{55} le^{21} dʑe^{21} dʐa^{21} ti^{55}
她 来 煮 在 的
是 她 为 你 煮

zɿ^{21} kɤ^{55} ve̱^{21} dʐa^{21} ti^{55}
水 她 挑 在 的
水 也 是 她 挑

na^{21} ma^{21} da^{21} dʑæ^{21} no^{33}
你 不 相 信 呀
你 若 不 相 信

ȵe̱^{21} lu̱^{21} ka^{55} tʂʻɤ^{21} no^{33}
中 午 中 到 呀
到 中 午 时 候

gu̱^{21} le^{21} tʻɛ^{21} ni^{55} ʂa^{21}
回 来 探 看 嘛
回 来 看 一 看

ʔa^{55} li^{55} ɬe^{21} ʐo^{33} ni^{21}
阿 里 郎 小 呢
阿 里 小 伙 子

pu̱^{33} ɣo^{21} xe^{21} sæ^{55} gu̱^{21}
返 里 屋 室 归
返 回 到 家 中

tʻi^{21} ni̱^{33} dɯ^{21} du̱^{33} le^{33}
一 心 想 出 来
反 复 在 思 量

tsɿ^{55} ʂɤ^{21} le^{33} ma^{21} dʐa^{21}
这 似 理 不 有
这 不 合 情 理

do^{33} ma^{21} ba^{21} ve^{55} le^{33}
道 不 有 的 呀
不 可 能 这 样

dʐo^{21} ɣa^{21} me̱^{21} dʐa^{33} to^{33}
饭 菜 熟 有 搁
饭 菜 有 人 煮

gu̱^{21} le^{21} ni^{55} ŋa^{33} ti^{55}
回 来 看 见 的
要 查 个 究 竟

tʻi^{21} ni̱^{33} dɯ^{21} gɤ^{21} no^{33}
一 心 想 过 呀
想 好 主 意 后

dʑe^{33} mo^{21} k'æ^{21} ɣa^{21} zʅ^{21}
床 上 大 而 睡
上 床 睡 大 觉

t'i^{21} ni^{21} mu^{33} tʂ'o^{33} ɕe^{55}
一 天 天 早 晨
一 日 的 早 晨

ʔa^{55} li^{55} ʂu^{21} næ^{55} ʐo^{33}
阿 里 人 善 儿
阿 里 小 伙 子

dʐo^{33} bu̱^{33} da^{21} bu̱^{33} gɤ^{21}
吃 饱 喝 饱 后
吃 饱 喝 足 后

tʂɤ^{55} k'u^{21} no^{55} dʐu̱^{33} xɤ^{21}
锄 头 斧 子 拿
抬 锄 头 斧 子

go^{21} ti̱^{55} mo^{55} næ^{55} du̱^{33}
门 槛 高 低 出
跨 出 家 门 槛

du̱^{33} ʐɤ^{21} mi^{55} ga^{33} lɤ^{21}
出 去 地 耕 去
出 门 去 劳 动

ȵe̱^{21} lu̱^{21} ka^{55} ɣa^{21} tʂ'ɤ^{21}
中 午 中 而 到
到 了 中 午 时

ʔa^{55} li^{55} ʂu^{21} næ^{55} ʐo^{33}
阿 里 人 善 儿
阿 里 小 伙 子

la^{33} de^{21} pu̱^{33} ɣo^{21} gu̱^{21}
迅 疾 返 里 归
提 前 把 家 回

ʔa^{55} li^{55} go^{21} ɣɤ^{21} tʂ'ɤ^{21}
阿 里 门 前 到
阿 里 到 门 口

xe^{21} sæ^{55} k'o^{21} ɣa^{21} gɯ^{33}
屋 室 里 而 进
快 步 进 屋 中

ȵe^{55} næ^{55} t'i^{21} fæ^{55} ŋa^{21}
女 善 一 个 见
见 一 个 姑 娘

ȵe^{55} næ^{55} kɤ^{55} t'i^{21} lɤ^{33}
女 善 那 一 个
那 一 位 姑 娘

gɯ^{21} no^{33} t'a^{21} nɤ^{55} vi̱^{21}
身 呀 衣 红 穿
身 着 红 色 衣

pu^{33} zæ^{33} nɤ^{55} do^{55} do^{55}
缎 绒 红 彤 彤
绸 衣 多 鲜 艳

ʔu̱^{33} k'æ^{21} sæ^{55} ɣɤ̱^{21} tʂ'ɤ̱^{33}
头 上 金 针 插
头 上 插 金 钗

sæ^{55} ɣɤ̱^{21} ʐe^{21} la^{21} la^{21}
金 针 亮 闪 闪
金 钗 闪 金 光

ȵe̱^{33}	la^{33}	ni^{55}	ni^{55}	no^{33}
眼	上	看	看	呀
看	看	她	的	眼

ne̱^{33}	no^{33}	tsɛ^{55}	ʂɤ^{21}	ʐe̱^{21}
眼	呀	星	似	亮
眼	睛	如	星	闪

no^{55}	la^{33}	ni^{55}	ni^{55}	no^{33}
鼻	上	看	看	呀
看	看	她	的	鼻

no^{55}	ko̱^{21}	tsʻɛ̱^{33}	ʐo^{33}	ȵe̱^{21}
鼻	梁	剪	小	嘴
鼻	如	剪	刀	嘴

ȵe̱^{21}	la^{33}	ni^{55}	ni^{55}	no^{33}
嘴	上	看	看	呀
看	看	她	的	嘴

ȵe̱^{21}	pʻi^{33}	ʔa^{55}	bɤ^{55}	xɤ̱^{33}
嘴	唇	小	贝	壳
嘴	像	小	贝	壳

xo^{33}	ɕe^{21}	ʂa^{21}	vɤ^{33}	vi̱^{33}
肉	色	桃	子	花
皮	肤	桃	花	色

ʔa^{55}	li^{55}	ɬe̱^{21}	ʐo^{33}	ni^{21}
阿	里	郎	小	呢
阿	里	小	伙	子

zɿ^{21}	ga^{33}	kʻo^{21}	ni^{55}	no^{33}
水	缸	里	看	呀
看	看	水	缸	里

ŋo^{33}	nɤ^{55}	zɿ^{21}	kʻæ^{21}	bu^{21}
鱼	红	水	上	漂
红	鱼	浮	水	面

ʔa^{55}	li^{55}	ʂɿ^{21}	næ^{55}	ʐo^{33}
阿	里	人	善	儿
阿	里	小	伙	子

ŋo^{33}	nɤ^{55}	ʐu^{21}	du̱^{33}	le^{33}
鱼	红	捉	出	来
把	鱼	抓	出	来

ŋo^{33}	nɤ^{55}	tʻa^{33}	ni^{55}	no^{33}
鱼	红	面	看	呀
那	条	小	红	鱼

ŋo^{33}	nɤ^{55}	dzɿ^{55}	tʻi^{21}	tɤ^{33}
鱼	红	皮	一	层
原	来	是	鱼	皮

tʻi^{21}	tɤ̱^{33}	ŋɤ^{21}	to^{33}	lo^{21}
一	层	是	的	着
只	剩	红	鱼	壳

kɤ^{55}	gɤ^{21}	ɣo^{55}	do^{21}	no^{33}
那	过	面	后	呀
那	样	以	后	呀

ȵe^{55}	næ^{55}	kɤ^{55}	tʻi^{21}	fæ^{55}
女	善	那	一	个
那	位	小	姑	娘

ʔa^{55}	li^{55}	ɬe̱^{21}	la^{33}	ŋa^{21}
阿	里	郎	上	见
看	见	了	阿	里

t‘i21 tɕe33 be̱33 du̱33 le33
一句说出来
开口把话说

ʔa55 mo55 ʔa55 li55 ɬe̱21
阿哥阿里郎
阿哥小阿里

ŋo21 t‘a21 no33 ŋo21 t‘a21
鱼皮呀我衣
鱼皮是我衣

ŋo21 t‘a21 ŋɤ21 ti55 le55
我衣是的呀
是我的衣服

ŋo21 t‘a21 ŋo21 la33 k‘u̱21
我衣我上还
衣服还给我

ʔa55 li55 ɬe̱21 ʐo33 ni21
阿里郎不呢
阿里小伙他

t‘i21 tɕe33 be̱33 du̱33 le33
一句说出来
开口回答说

ŋo33 nɤ55 ŋo21 dʐʅ̱21 ɣo̱21
鱼红我捕得
红鱼是我的

t‘i21 tɕe33 be̱33 ma21 mæ55
一句说不及
没等话说完

ŋo33 dzʅ55 ko55 to21 k‘o21
鱼皮灶塘里
鱼皮丢灶窝

ko55 k‘o21 tʂ‘u55 te33 xo21
灶里烧进了
焚烧灶窝中

ŋo33 dzʅ55 næ21 tsɛ̱33 tsɛ̱33
鱼皮响喳喳
只听滋滋响

k‘o21 mu21 t‘ɛ̱21 do33 xo21
火灰变去了
鱼皮成灰烬

ȵe55 næ55 zʅ21 ȵe55 ni21
女善鱼妮呢
龙女鱼妮她

t‘i21 tɕe33 be̱33 du̱33 le33
一句说出来
开口诉说道

ʔa55 mo55 le21 ʔa55 mo55
阿哥呀阿哥
阿哥呀阿哥

ŋo33 nɤ55 no33 ŋo21 ŋɤ21
鱼红呀我是
红鱼就是我

ŋo33 nɤ55 ŋo21 t‘ɛ̱21 ti55
鱼红我变的
鱼是我化身

ŋo^{33} nɤ^{55} dʑɿ^{55} ŋo^{21} tʻa^{21}
鱼 红 皮 我 衣
鱼 皮 是 我 衣

ʔa^{21} næ^{33} tsɿ^{55} dʐa^{21} no^{33}
而 今 这 回 呀
事 已 到 如 今

ŋo^{21} tʻa^{21} ma^{21} dʐa^{21} ka^{33}
我 衣 不 有 了
我 没 了 衣 服

ŋo^{21} xe^{21} la^{33} mo^{21} kʻo^{21}
我 屋 河 大 里
我 家 在 河 里

ŋo^{21} tʻa^{21} ma^{21} dʐa^{21} no^{33}
我 衣 不 有 呀
我 没 了 衣 服

ŋo^{21} xe^{21} kʻo^{21} gu̱^{21} ʂo^{33}
我 屋 里 回 难
没 法 回 我 家

gu̱^{21} ma^{21} kɯ̱^{21} ka^{33} le^{21}
回 不 会 了 来
无 法 回 家 了

ŋo^{21} na^{21} do^{21} tʂʻa^{21} dʐa^{21}
我 你 后 参 在
我 同 你 生 活

dɤ^{21} mi^{55} dʐa^{21} ka^{33} le^{33}
阳 处 在 了 来
同 住 在 人 间

ʔa^{55} li^{55} ɬe̱^{21} ʐo^{33} ni^{21}
阿 里 郎 小 呢
阿 里 小 伙 他

tʻi^{21} tɕe^{33} be̱^{33} du̱^{33} le^{33}
一 句 说 出 来
开 口 把 话 说

na^{21} no^{33} tʂʻa^{21} ba^{21} pʻo^{21}
你 呀 人 富 人
你 是 富 贵 人

ba^{21} pʻo^{21} ȵe^{55} ŋɤ^{21} ti^{55}
富 人 女 是 的
富 贵 千 金 女

ŋo^{21} no^{33} tʂʻa^{21} ʂo^{33} ʐo^{33}
我 呀 人 穷 儿
我 是 穷 苦 人

ʐo^{33} tʂʅ^{33} ʐo^{33} ŋɤ^{21} mu^{55}
儿 孤 儿 是 的
无 父 又 无 母

go^{33} tʂʅ^{55} ɣa^{21} go^{33} kʻa^{33}
荞 甜 与 荞 苦
甜 荞 和 苦 荞

tʻi^{21} do^{21} ɕe^{33} ma^{21} do^{21}
一 处 撒 不 能
不 能 种 一 处

ȵe^{55} næ^{55} zɿ^{21} ȵe^{55} ni^{21}
女 善 鱼 妮 呢
鱼 妮 千 金 女

t'i^{21} tɕe^{33} be̱^{33} du̱^{33} le^{33}
一 句 说 出 来
开 口 把 话 答

go^{33} tʂ'ɿ^{55} ɣa^{21} go^{33} k'a^{33}
荞 甜 与 荞 苦
甜 荞 和 苦 荞

t'i^{21} do^{21} ɕe^{33} do^{21} ni^{21}
一 处 撒 能 呢
可 以 撒 一 处

ɬi^{33} ɣæ^{33} ɬi^{55} le^{21} no^{33}
风 大 刮 来 呀
狂 风 刮 来 时

go^{33} tʂ'ɿ^{55} ɣa^{21} go^{33} k'a^{33}
荞 甜 与 荞 苦
甜 荞 和 苦 荞

ɬi^{55} pɤ^{21} ma^{21} kɯ̱^{21} ni^{21}
风 倒 不 会 呢
狂 风 吹 不 倒

t'i^{21} do^{21} ɕe^{33} do^{21} ti^{55}
一 处 撒 得 的
可 以 撒 一 处

ʔa^{55} li^{55} ʂu^{21} næ^{55} ʐo^{33}
阿 里 人 善 儿
阿 里 小 伙 子

t'i^{21} tɕe^{33} be̱^{33} du̱^{33} le^{33}
一 句 说 出 来
又 来 把 话 说

ŋo^{21} xe^{21} t'u^{21} ma^{21} dʑa^{21}
我 屋 银 没 有
我 家 没 有 银

t'u^{21} sæ^{55} dɤ̱^{21} ma^{21} dʑa^{21}
银 金 戴 不 有
没 有 金 银 戴

pu^{33} zæ^{21} ni^{21} ma^{21} dʑa^{21}
缎 绒 也 不 有
绸 缎 也 没 有

pu^{33} zæ^{21} vi̱^{21} ma^{21} dʑa^{21}
缎 绒 穿 不 有
没 有 绸 缎 穿

ŋo^{21} do^{21} dʑo^{21} ti^{55} no^{33}
我 跟 住 的 呢
与 我 同 生 活

na^{21} dʑa^{21} dʑa^{21} do^{21} p'e^{21}
你 在 在 行 否
怕 你 吃 不 消

ȵe^{55} næ^{55} zɿ^{21} ȵe^{55} ni^{21}
女 善 鱼 妮 呢
鱼 妮 小 姑 娘

t'i^{21} tɕe^{33} be̱^{33} du̱^{33} le^{33}
一 句 说 出 来
继 续 表 情 意

t'u^{21} zæ^{55} ŋo^{21} ma^{21} ŋa^{33}
银 金 我 不 要
金 银 我 不 要

pu^{33} zæ^{21} ŋo^{21} ma^{21} ŋa^{33}
缎 绒 我 不 要
绸 缎 我 不 要

t'u^{21} sæ^{55} ŋo^{21} xe^{21} dʐa^{21}
银 金 我 屋 前
金 银 我 家 有

pu^{33} zæ^{21} p'o^{21} mo^{21} dʐa^{21}
缎 绒 父 母 有
绸 缎 父 母 有

ŋo^{21} p'o^{21} mo^{21} dʐa^{21} ti^{55}
我 父 母 有 的
我 有 父 和 母

t'u^{21} sæ^{55} p'a^{33} dɯ^{21} no^{33}
银 金 若 想 呀
我 若 图 金 银

pu^{33} zæ^{21} p'a^{21} dɯ^{21} no^{33}
缎 绒 若 想 呀
我 若 爱 绸 缎

de^{21} mi^{55} ma^{21} tʂ'ɤ^{21} le^{21}
凡 间 不 到 来
不 会 来 人 间

xe^{21} sæ^{55} k'o^{21} ɣa^{21} dʐa^{21}
屋 室 里 而 在
深 居 在 龙 宫

tʂ'ʅ^{21} lo^{33} næ^{55} xo^{33} dʐo^{33}
鹿 獐 美 肉 吃
吃 美 味 佳 肴

ȵe̱^{21} ma^{55} dʐo^{33} la^{33} ʂɤ^{21}
泥 土 吃 像 似
犹 如 吃 泥 土

lo^{33} zʅ^{21} tʂ'ʅ^{55} zʅ^{21} da^{21}
龙 水 甜 水 喝
喝 龙 琼 浆 液

mo^{33} sʅ^{55} da^{21} la^{33} ʂɤ^{21}
马 尿 喝 像 似
犹 如 喝 马 尿

dʐo^{33} no^{33} ȵe̱^{21} ma^{21} næ^{55}
吃 呀 嘴 不 甜
吃 了 不 养 身

da^{21} no^{33} ni̱^{33} dʐa^{21} ʂo^{33}
喝 呀 心 在 难
喝 了 心 烦 乱

ʔa^{55} mo^{55} le^{21} ʔa^{55} mo^{55}
阿 哥 呀 阿 哥
阿 哥 呀 阿 哥

na^{21} do^{21} dʐa^{21} da^{33} no^{33}
你 处 住 了 呀
同 你 住 一 处

dʐo^{21} no^{33} go^{33} k'a^{33} dʐo^{33}
饭 呀 荞 苦 吃
口 吃 苦 荞 饭

go^{33} k'a^{33} do^{33} zʅ^{21} ʂɤ^{21}
荞 苦 蜂 水 似
苦 荞 如 蜜 甜

do33 zɿ33 da21 ʂɤ21 tʂʻɿ55
蜂 水 喝 似 甜
甜 如 吃 蜂 蜜

dʐo21 no33 nɯ55 ȵe̱21 dʐo33
饭 呀 绿 嘴 吃
野 菜 当 饭 吃

nɯ55 ȵe̱21 xo33 xɤ21 næ55
绿 嘴 肉 似 好
野 菜 比 肉 香

ŋo21 la33 na21 tʻa21 te21
我 上 你 莫 追
你 莫 把 我 赶

na21 do21 dʐa21 bi21 ʂa21
你 处 在 给 了
让 我 同 你 住

ʔa55 li55 ʂu21 næ55 ʐo33
阿 里 人 善 儿
阿 里 小 伙 子

ni33 gɯ21 ɣæ21 sɿ33 sɿ33
心 喜 笑 嘻 嘻
心 里 乐 滋 滋

mu33 tsʻɿ21 tʂʻɤ21 lɤ21 no33
天 黑 到 去 呀
到 了 天 黑 时

ʔa55 li55 ɣa21 zɿ21 ȵe55
阿 里 和 鱼 妮
阿 里 和 鱼 妮

dʑe33 mo21 kʻæ21 ɣa21 zɿ21
床 大 上 而 睡
同 睡 共 枕 眠

tʂʻo33 çe55 tʂʻɤ21 lɤ21 no33
早 晨 到 去 呀
到 了 天 明 亮

ʔa55 li55 ɣa21 zɿ21 ȵe55
阿 里 和 鱼 妮
阿 里 和 鱼 妮

dʐo33 bu̱33 da21 bu̱33 gɤ21
吃 饱 喝 饱 后
吃 过 早 饭 后

ʔa55 li55 no55 dzu̱33 xɤ21
阿 里 斧 子 拿
阿 里 提 斧 子

zɿ21 ȵe55 mo55 pɤ̱33 bu21
鱼 妮 竹 箩 背
鱼 妮 背 竹 箩

bɤ21 de̱33 sɿ̱33 ʂo55 du̱33
山 上 柴 找 出
上 山 砍 柴 禾

ʔa55 li55 ʂu21 næ55 ʐo33
阿 里 人 善 儿
阿 里 小 伙 子

ʔa21 ʂɤ21 tʻi21 tsʻæ21 tsɛ̱21
阿 色 一 曲 唱
唱 一 曲 阿 色

ȵe^{55} næ^{55} zʅ^{21} ȵe^{55} ni^{21}
女 善 鱼 妮 呢
龙 女 鱼 妮 她

t'i^{21} ts'æ^{21} da^{21} k'u̱^{21} le^{21}
一 曲 答 回 来
她 来 答 一 曲

ȵi^{21} dʐʅ̱^{21} bɤ^{21} k'æ^{21} tæ^{55}
日 阳 山 上 置
太 阳 落 西 山

ʔa^{55} li^{55} ɣa^{21} zʅ^{21} ȵe^{55}
阿 里 和 鱼 妮
阿 里 和 鱼 妮

la^{33} de^{21} pu̱^{33} ɣo^{21} gu̱^{21}
迅 疾 返 里 回
快 快 把 家 回

xe^{21} sæ^{55} tʂ'ɤ^{21} le^{21} no^{33}
屋 室 到 来 呀
回 到 草 屋 中

dʐo^{33} bu̱^{33} da^{21} bu̱^{33} gɤ^{21}
吃 饱 喝 饱 后
吃 饱 喝 足 后

dʑe^{33} mo^{21} k'æ^{21} ɣa^{21} zʅ̱^{21}
床 大 上 呀 睡
上 床 共 枕 眠

ʔa^{55} li^{55} zʅ̱^{21} ʂʅ^{21} gɤ^{21}
阿 里 睡 死 后
阿 里 睡 着 后

ȵe^{55} næ^{55} zʅ^{21} ȵe^{55} ni^{21}
女 善 鱼 妮 呢
鱼 妮 好 姑 娘

to̱^{21} le^{21} go^{21} ti^{55} du̱^{33}
起 来 门 槛 出
起 来 走 出 门

ʐɤ^{21} ni^{21} ʐɤ^{21} ʂa^{55} le^{21}
去 呢 去 又 来
快 快 向 前 走

xe^{33} tʂ'a^{21} xo^{33} tʂ'a^{21} ʂɤ^{33}
风 顺 雨 顺 走
顺 着 风 雨 行

la^{33} mo^{21} k'o^{21} tʂ'ɤ^{21} le^{21}
河 大 里 到 来
来 到 大 河 中

xe^{21} sæ^{55} k'o^{21} ɣa^{21} gu̱^{21}
屋 室 里 而 回
回 到 龙 宫 里

ʔa^{55} ba^{33} ku^{21} lo̱^{21} çe^{55}
阿 爸 古 罗 些
阿 爸 古 罗 些

ȵe^{55} la^{33} t'i^{21} t'ɛ̱^{33} ŋa^{21}
女 上 一 下 见
看 见 了 女 儿

t'i^{21} tɕe^{33} no^{55} du̱^{33} le^{33}
一 句 问 出 来
开 口 问 女 儿

ȵe^{55} næ^{55} le^{21} ȵe^{55} næ^{55}
女 善 呀 女 善
闺 女 呀 闺 女

ʂa^{33} ni^{21} xe^{21} ma^{21} gu̠^{21}
三 天 屋 不 归
三 天 未 回 家

kʻɤ^{21} mi^{55} de^{55} ʐɤ^{21} lo^{33}
何 地 方 去 了
你 到 哪 里 了

na^{21} sæ^{55} gɯ^{21} pʻe^{21} kʻæ^{21}
你 金 身 体 上
你 的 身 体 上

tʂʻa^{21} dzæ^{33} ɕe̠^{21} bi̠^{21} nɤ^{55}
人 生 气 臭 闻
有 股 生 人 味

kʻɤ^{55} mi^{55} ʐɤ^{21} lo^{33} le^{21}
何 地 去 了 来
你 到 哪 里 了

tʻi^{21} tɕe^{33} be̠^{33} ma^{21} mæ^{55}
一 句 说 不 及
没 等 话 问 完

ȵe^{55} næ^{55} zɿ^{21} ȵe^{55} ni^{21}
女 善 鱼 妮 呢
闺 女 鱼 妮 她

pʻo^{21} vi̠^{21} ɣɤ^{21} ɣa^{21} kɯ^{33}
父 自 前 而 跪
双 膝 跪 父 前

tʻi^{21} tɕe^{33} be̠^{33} du̠^{33} le^{33}
一 句 说 出 来
讲 出 实 话 来

ʔa^{55} ba^{33} le^{21} ʔa^{55} mo^{21}
阿 爸 呀 阿 妈
我 的 爹 和 妈

ȵe^{55} næ^{55} de^{21} mi^{55} ʐɤ^{21}
女 善 阳 间 去
闺 女 去 人 间

de^{21} mi^{55} ʐɤ^{21} lo^{33} ti^{55}
阳 间 去 了 的
我 去 了 人 间

de^{21} mi^{55} kʻæ^{21} tʂʻɤ^{21} no^{33}
阳 间 上 到 呀
到 了 人 间 后

ȵe^{55} dʑe^{33} ŋo^{33} nɤ^{55} tʻa^{21}
女 的 鱼 红 衣
我 的 红 鱼 衣

mæ^{33} tu̠^{21} tʂʻu^{55} xo^{21} ka^{33}
火 燃 烧 掉 了
已 被 火 烧 毁

zɿ^{21} lo^{33} ku^{21} lo̠^{21} ɕe^{55}
水 龙 古 罗 些
龙 王 古 罗 些

tʻi^{21} tɕe^{33} kɛ̠^{33} du̠^{33} le^{33}
一 句 骂 出 来
开 口 把 囡 骂

ȵe55 næ55 na21 tsɿ55 lɤ33
女 善 你 这 个
你 这 个 闺 女

de21 mi55 k'æ21 ɣa21 ʐɤ21
阳 间 上 而 去
独 自 去 人 间

p'o21 la33 ni21 ma21 t'e21
父 上 也 不 讲
也 不 告 诉 父

na21 ʥe33 ŋo33 nɤ55 t'a21
你 的 鱼 红 衣
你 的 红 鱼 衣

mæ33 tu̱21 tʂ'u55 xo21 no33
火 燃 烧 掉 呀
已 经 被 火 烧

na21 no33 de21 mi55 k'æ21
你 呀 凡 间 上
你 已 成 凡 人

tʂ'a21 ʐo33 t'ɛ̱21 ti55 ka33
人 儿 变 的 了
已 成 凡 人 了

de21 mi55 k'æ21 tʂ'a21 ʐo33
凡 间 上 人 儿
人 间 的 凡 人

ŋo21 xe21 t'a21 gɯ33 le33
我 屋 莫 进 来
莫 入 我 龙 宫

ti21 tɕe33 kɛ̱33 du̱33 le33
一 句 骂 出 来
这 样 把 她 骂

ȵe55 næ55 zɿ21 ȵe55 ni21
女 善 鱼 妮 呢
龙 女 鱼 妮 她

p'o21 la33 t'i21 tɕe33 be̱33
父 上 一 句 说
恳 求 父 亲 道

ʔa55 ba33 le21 ʔa55 mo21
阿 爸 呀 阿 妈
我 的 好 爸 妈

ȵe55 næ55 tʂ'o55 lo33 ka33
女 善 错 了 了
女 儿 已 知 错

ȵe55 næ55 de21 mi55 ʐɤ21
女 善 阳 间 去
女 儿 去 人 间

p'o21 mo21 la33 ma21 t'e21
父 母 上 不 讲
没 告 诉 父 母

ʔa21 næ33 tsɿ55 ʥa21 no33
如 今 这 回 呀
到 了 现 如 今

ȵe55 næ55 t'a21 ma21 ʥa21
女 善 衣 不 有
女 儿 没 仙 衣

de^{21} mi^{55} tʂʻa^{21} tʻɛ̱^{21} ka^{33}
阳 间 人 变 了
变 成 凡 人 了

ʔa^{55} ba^{33} le^{21} ʔa^{55} mo^{21}
阿 爸 呀 阿 妈
阿 爸 呀 阿 妈

ʔa^{55} ba^{33} ʔu̱^{33} gɤ^{21} kʻæ^{21}
阿 爸 头 枕 上
阿 爸 枕 头 边

vɤ^{33} du^{55} kɤ^{55} tʻi^{21} pa^{55}
金 竹 那 一 根
那 根 金 竹 子

ȵe^{55} la^{33} tʻi^{21} pe̱^{33} bi^{21}
女 上 一 半 给
赐 女 儿 一 半

tʻi^{21} pe̱^{33} bi^{21} lo^{21} sɿ^{33}
一 半 给 着 求
一 半 给 女 儿

ʔa^{55} ba^{33} ku^{21} lo̱^{21} çe^{55}
阿 爸 古 罗 些
阿 爸 古 罗 些

tʻi^{21} tɕe^{33} be̱^{33} du̱^{33} le^{33}
一 句 说 出 来
开 口 把 话 说

ɬɛ̱^{21} kʻo^{21} ni^{33} dʑe^{33} mo^{33}
厩 里 牛 畜 马
厩 里 的 牛 马

na^{21} xo^{55} ŋa^{33} no^{33} te^{21}
你 需 要 呀 赶
随 便 你 去 拉

na^{21} xo^{55} ŋa^{33} no^{33} sæ^{21}
你 需 要 呀 牵
随 便 你 去 牵

bɤ^{21} kʻo^{21} ve̱^{21} ɣa^{21} tsʻɿ̱^{21}
圈 里 猪 与 羊
圈 里 的 猪 羊

na^{21} xo^{55} ŋa^{33} no^{33} sæ^{21}
你 需 要 呀 牵
随 便 你 去 牵

bu̱^{21} kʻo^{21} tʻu^{21} ɣa^{21} sæ^{55}
罐 里 银 与 金
罐 中 的 金 银

na^{21} xo^{55} ŋa^{33} no^{33} xɤ^{21}
你 需 要 呀 拿
任 你 随 便 取

ʔu̱^{33} gɤ^{21} kʻæ^{21} vɤ^{33} du^{55}
头 枕 上 金 棒
枕 边 金 竹 棒

bi^{21} ma^{21} do^{21} ti^{55} le^{33}
给 不 得 的 来
不 能 送 给 你

ku^{21} lo̱^{21} çe^{55} mæ^{21} næ^{55}
古 罗 些 妻 善
古 罗 些 的 妻

tʻi^{21} tɕe^{33} be̱^{33} du̱^{33} le^{33}
一 句 说 出 来
为 女 儿 求 情

ɲe^{55} tɤ^{33} tʂʅ^{55} tʻi^{21} lɤ^{33}
女 独 这 一 个
一 个 独 闺 女

pʻo^{21} dʐe^{33} ʂʅ^{33} ŋɤ^{21} ti^{55}
父 的 血 是 的
是 生 父 血 脉

mo^{21} dʐe^{33} xo^{33} ŋɤ^{21} ti^{55}
母 的 肉 是 的
是 生 母 心 肝

vɤ^{33} du^{55} ɲe^{55} ma^{21} bi^{21}
金 竹 女 不 给
金 竹 不 给 儿

ʔa^{21} ʂu^{33} bi^{21} dɯ^{21} dʐa^{21}
阿 谁 给 想 在
想 要 给 哪 个

ʔa^{55} ba^{21} ku^{21} lo̱^{21} ɕe^{55}
阿 爸 古 罗 些
水 龙 古 罗 些

tʻi^{21} ni̱^{33} dɯ^{21} ni^{55} no^{33}
一 心 想 看 呀
心 中 想 一 想

vɤ^{33} du^{55} xɤ^{21} du̱^{33} le^{33}
金 棒 拿 出 来
取 出 金 竹 来

fa^{33} te^{55} xɤ^{21} le^{21} da^{55}
砍 刀 拿 来 呀
拿 出 砍 刀 来

ɲe^{55} la^{33} tʻi^{21} pe̱^{33} bi^{21}
女 上 一 半 给
砍 一 半 给 囡

ɲe^{55} næ^{55} zʅ^{21} ɲe^{55} ni^{21}
女 善 鱼 妮 呢
鱼 妮 好 闺 女

ʔu^{33} tʻɤ̱^{21} næ^{55} ŋɤ̱^{33} ŋɤ̱^{33}
头 叩 低 躬 躬
跪 地 谢 父 母

pʻo^{21} mo^{21} la^{33} pæ^{55} xo^{21}
父 母 上 拜 掉
拜 别 父 和 母

go̱^{21} ti^{55} mo^{55} næ^{55} du̱^{33}
门 槛 高 低 出
跨 出 龙 宫 门

de^{21} mi^{55} gu̱^{21} tʂʻɤ^{21} le^{21}
阳 间 回 到 来
返 回 人 间 来

ʔa^{55} li^{55} ɬe^{21} ʐo^{33} ni^{21}
阿 里 郎 小 呢
阿 里 小 伙 子

dʐe^{33} mo^{21} kʻæ^{21} ɣa^{21} zʅ̱^{21}
床 大 上 而 睡
熟 睡 在 床 上

ȵe^{55}	næ^{55}	zʅ^{21}	ȵe^{55}	ni^{21}
女	善	鱼	妮	呢
龙	女	鱼	妮	她

vɤ^{33}	du^{55}	ɬi^{55}	pe^{33}	kʻæ^{33}
金	竹	四	半	破
金	竹	劈	四	片

dʑʅ̱^{21}	du̱^{33}	tʻi^{21}	pa^{55}	to^{33}
日	出	一	根	搁
东	边	插	一	片

dʑʅ̱^{21}	dɤ^{21}	tʻi^{21}	pa^{55}	to^{33}
日	落	一	根	搁
西	边	插	一	片

ʂʅ^{21}	na^{21}	tʻi^{21}	pa^{55}	to^{33}
北	斗	一	根	搁
北	边	插	一	片

tsæ^{55}	zʅ̱^{21}	tʻi^{21}	pa^{55}	to^{33}
星	睡	一	根	搁
南	边	插	一	片

tʻi^{21}	tʻɛ̱^{33}	lu̱^{21}	ma^{21}	mæ^{55}
一	下	足	不	及
不	多	一	会	儿

tʂa^{33}	xe^{21}	tʻi^{21}	ʂo^{21}	tʻɛ^{21}
瓦	房	一	所	成
草	房	变	瓦	房

dʑʅ̱^{21}	du̱^{33}	xe^{21}	tʻi^{21}	pa^{55}
日	出	屋	一	幢
东	边	一	幢	屋

dʑʅ̱^{21}	dɤ^{21}	xe^{21}	tʻi^{21}	ʂo^{21}
日	落	屋	一	所
西	边	一	座	房

ʂʅ^{21}	na^{21}	xe^{21}	tʻi^{21}	pa^{55}
北	斗	屋	一	幢
北	边	一	幢	屋

tsæ^{55}	zʅ̱^{21}	xe^{21}	tʻi^{21}	lɤ^{33}
星	睡	屋	一	个
南	边	一	座	房

ka^{55}	no^{33}	tʻe^{33}	tʂʅ^{21}	ŋɤ^{21}
中	呀	天	井	是
中	间	是	天	井

xe^{21}	dʑe^{55}	no^{33}	ni^{33}	ɬɛ̱^{21}
屋	边	后	牛	厩
屋	后	牛	马	圈

ni^{33}	mo^{33}	ɬɛ̱^{21}	dæ^{21}	dæ^{21}
牛	马	厩	满	满
圈	里	有	牛	马

tsʻʅ^{21}	ve̱^{21}	bɤ^{21}	dæ^{21}	dæ^{21}
山	猪	圈	满	满
圈	中	满	猪	羊

ʑe^{33}	ʔɤ̱^{33}	bɤ^{21}	dæ^{21}	dæ^{21}
鸡	鸭	圈	满	满
圈	中	满	鸡	鸭

ʑe^{33}	ʔɤ̱^{33}	næ^{21}	bɤ^{21}	bɤ^{21}
鸡	鸭	叫	声	声
鸡	猪	牛	马	声

ʥe^{33} mo^{33} næ^{21} sɿ^{55} sɿ^{55}
畜 马 叫 嘘 嘘
骏 马 在 嘶 鸣

ʔa^{55} li^{55} ɬe̠^{21} ʐo^{33} ni^{21}
阿 里 郎 小 呢
阿 里 小 伙 子

tʻi^{21} tʻɛ̠^{33} nɯ^{33} le^{21} no^{33}
一 下 醒 来 呀
一 觉 醒 过 来

tʂa^{33} xe^{21} kʻo^{21} ɣa^{21} dʐa^{21}
瓦 房 里 而 在
睡 在 瓦 房 中

kʻo^{21} ɣa^{21} dʐa^{21} to^{33} lo^{21}
里 而 在 搁 着
人 在 瓦 房 里

go^{21} du̠^{33} tʻi^{21} tʻɛ̠^{33} ni^{55}
门 出 一 下 看
出 门 看 一 看

væ^{21} no^{33} mo^{33} ɬɛ̠^{21} ŋɤ^{21}
左 呀 马 厩 是
左 边 是 马 厩

mo^{33} no^{33} ɬɛ̠^{21} dæ^{21} dæ^{21}
马 呀 厩 满 满
厩 里 关 满 马

ʐo^{33} no^{33} ni^{33} ɬɛ̠^{21} ŋɤ^{21}
右 呀 牛 厩 是
右 边 是 牛 圈

ni^{33} nɯ^{55} ɬɛ̠^{21} dæ^{21} dæ^{21}
牛 呀 厩 满 满
黄 牛 关 满 圈

tsʻɿ̠^{21} bɤ^{21} tʻi^{21} lɤ^{33} dʐa^{21}
羊 圈 一 个 有
还 有 一 羊 圈

tsʻɿ̠^{21} xa^{21} bɤ^{21} dæ^{21} dæ^{21}
羊 绵 圈 满 满
圈 里 关 满 羊

ʔa^{55} li^{55} ɬe̠^{21} ʐo^{33} ni^{21}
阿 里 郎 小 呢
阿 里 小 伙 他

xe^{21} mo^{21} kʻo^{21} ɣa^{21} gu̠^{21}
屋 大 里 而 回
回 到 堂 屋 里

mæ^{21} næ^{55} zɿ^{21} ȵe^{55} la^{33}
妻 善 鱼 妮 上
对 鱼 妮 贤 妻

tʻi^{21} tɕe^{33} no^{55} du̠^{33} le^{33}
一 句 问 出 来
开 口 把 话 问

tʂa^{33} xe^{21} tsɿ^{55} tʻi^{21} ʂo^{21}
瓦 房 这 一 所
这 幢 大 瓦 房

sæ^{21} pʻo^{33} ʔa^{21} ʂu^{33} ŋɤ^{21}
主 人 谁 人 是
主 人 是 哪 个

sæ^{21} mo^{21} ʔa^{21} ʂu^{55} ŋɤ^{21}
主 妇 谁 人 是
主 妇 是 哪 个

mæ^{21} næ^{55} zʅ^{21} ȵe^{55} ni^{21}
妻 善 鱼 妮 呢
贤 妻 鱼 妮 她

t'i^{21} tɕe^{33} be̱^{33} du̱^{33} le^{33}
一 句 说 出 来
回 答 丈 夫 说

ʈʂa^{33} xe^{33} ʦʅ^{55} t'i^{21} ʂo^{21}
瓦 房 这 一 所
这 幢 大 瓦 房

sæ^{21} p'o^{33} na^{21} ŋɤ^{21} ti^{55}
主 人 你 是 的
主 人 就 是 你

ŋo^{21} zʅ̱^{21} nɯ^{33} le^{33} no^{33}
我 睡 醒 来 呀
我 睡 醒 来 时

ʂʅ^{33} xe^{21} ʈʂa^{33} xe^{21} t'ɛ̱^{21}
草 屋 瓦 房 变
草 屋 变 瓦 房

t'ɛ̱^{21} dʐa^{21} lo^{33} ti^{55} ka^{33}
变 在 了 的 了
变 成 这 样 子

p'u^{33} p'i^{33} na^{21} ni^{55} ti^{55}
祖 妣 你 看 的
祖 宗 护 佑 你

na^{21} fu̱^{21} dʐa^{21} lo^{33} ti^{55}
你 福 有 了 的
是 你 有 福 运

na^{21} t'a^{21} dɯ^{21} ʂo^{33} ka^{33}
你 莫 想 苦 了
你 莫 再 猜 疑

na^{21} dʑe^{33} xe^{21} ŋɤ^{21} ti^{55}
你 的 屋 是 的
这 是 你 的 房

ʔa^{55} li^{55} ɬe̱^{21} ʐo^{33} ni^{21}
阿 里 郎 小 呢
阿 里 小 伙 他

t'u^{21} sæ^{55} bu̱^{21} dæ^{21} dæ^{21}
银 金 罐 满 满
金 银 装 满 罐

pu^{33} zæ^{21} k'ɣ̱^{21} dæ^{21} dæ^{21}
缎 绒 柜 满 满
绸 缎 装 满 柜

dʑe^{33} mo^{33} ɬɛ̱^{21} dæ^{21} dæ^{21}
畜 马 厩 满 满
牲 畜 关 满 圈

ʦ'ʅ̱^{21} ve̱^{21} bɤ^{21} dæ^{21} dæ^{21}
羊 猪 圈 满 满
猪 羊 关 满 圈

do^{21} du̱^{33} no^{33} mo^{33} dʑæ^{33}
门 出 呀 马 骑
出 门 骑 骏 马

mo^{33} no^{33} sæ^{55} ɣo̱^{21} ʂo̱^{21}
马 呀 金 鞍 配
骏 马 配 金 鞍

sæ^{55} ɣo̱^{21} ʐe^{21} la^{21} la^{21}
金 鞍 亮 闪 闪
金 鞍 闪 金 光

li̱^{33} dʑæ^{21} tʻu^{21} sæ^{55} xɤ^{21}
街 集 银 金 拿
赶 集 带 金 银

pu^{33} tʻa^{21} zæ^{21} tʻa^{21} vi̱^{21}
缎 衣 绒 衣 穿
穿 绫 罗 绸 缎

væ^{21} næ^{55} tʂʻɤ^{21} le^{21} no^{33}
客 善 到 来 呀
客 人 来 到 家

tsʻɿ̱^{21} sɿ̱^{21} væ^{21} næ^{55} tsʻæ^{33}
羊 杀 客 善 请
宰 羊 来 宴 请

ka^{55} tɕe̱^{21} tʂʻɤ^{21} le^{21} no^{33}
亲 戚 到 来 呀
亲 戚 来 到 家

dʐɿ^{21} xɤ^{21} ka^{55} tɕe̱^{21} tɛ^{21}
酒 拿 亲 戚 灌
用 好 酒 招 待

lɤ^{33} lɤ^{33} ni^{21} ɣa^{21} dʐ̱a^{21}
个 个 也 而 有
什 么 都 不 缺

ʐo̱^{21} ʐo̱^{21} ni^{21} ɣa^{21} dʐ̱a^{21}
样 样 也 而 有
样 样 都 富 有

tsɿ^{55} gɤ^{21} ɣo^{55} do^{21} no^{33}
这 过 面 后 呀
这 样 以 后 呀

tɕʻe̱^{33} zo^{33} tsɿ^{55} tɕʻe̱^{33} kʻo^{21}
村 小 这 村 里
这 个 村 寨 中

dʑe^{33} bɛ̱^{33} pʻo^{21} tʻi^{21} lɤ^{33}
赌 弹 人 一 个
有 个 赌 钱 汉

dʑe^{33} bɛ̱^{33} pʻo^{21} kɤ^{55} lɤ^{33}
赌 弹 人 那 个
那 一 个 赌 徒

mæ^{55} no^{33} ʔa^{55} lɤ^{33} kɤ̱^{33}
名 呀 阿 勒 革
名 叫 阿 勒 革

ʔa^{55} lɤ^{21} kɤ^{33} sɿ̱^{33} ni^{21}
阿 勒 革 他 呢
这 个 阿 勒 革

ȵe^{55} næ^{55} ni^{21} fæ^{55} dʐ̱a^{21}
女 善 两 个 有
生 有 两 闺 女

ɣæ^{33} no^{33} tʂʻɤ^{21} xe̱^{21} kʻu̱^{33}
大 呀 十 八 岁
大 的 十 八 岁

næ^{55} nɤ^{33} tʂʻɤ^{21} tʂʻu^{21} kʻu^{33}
小 呀 十 六 岁
小 的 十 六 岁

ȵe^{55} næ^{33} tsɿ^{55} ni^{21} fæ^{55}
女 善 这 两 个
这 两 个 闺 女

no^{55} ko^{21} tsʻɛ^{33} ʐo^{33} ȵe^{21}
鼻 梁 剪 小 嘴
鼻 如 剪 刀 形

ȵe^{21} pʻi^{33} ʔa^{55} bɤ^{55} xɤ^{33}
嘴 唇 小 贝 壳
唇 如 小 贝 壳

ȵe^{33} sæ^{33} tsæ^{55} ʂɤ^{21} ʐe^{21}
眼 睛 星 似 亮
眼 珠 如 星 闪

ɣæ^{21} no^{33} dzæ^{21} tʻu^{55} sɿ^{21}
笑 呀 齿 白 皙
微 笑 露 白 牙

xo^{33} ɕe^{21} ʂa^{21} vɤ^{33} vi^{33}
肉 色 桃 子 花
肤 色 如 桃 花

bi^{55} la^{21} la^{21} mo^{21} ni^{21}
美 丽 丽 的 呢
相 貌 多 美 丽

me^{33} vi^{33} lu^{21} ɣa^{21} ʂɤ^{21}
缨 花 朵 而 像
如 同 马 缨 花

mæ^{55} da^{33} vɤ^{33} mi^{55} du^{33}
名 誉 远 地 出
美 名 传 远 乡

ʔa^{55} lɤ^{21} kɤ^{33} sɿ^{33} ni^{21}
阿 勒 革 的 呢
赌 徒 阿 勒 革

ʔa^{55} li^{55} tʂa^{33} xe^{21} ŋa^{21}
阿 里 瓦 房 见
见 阿 里 的 房

tʻu^{21} sæ^{55} bu^{21} dæ^{21} ŋa^{21}
银 金 坛 满 见
看 见 他 富 有

dʑe^{33} mo^{33} ɬɛ^{21} dæ^{21} ŋa^{21}
畜 马 厩 满 见
看 见 牛 和 马

tsʻɿ^{21} ve^{21} bɤ^{21} dæ^{21} ŋa^{21}
羊 猪 圈 满 见
看 见 猪 和 羊

tʻi^{21} ni^{33} dɯ^{21} ni^{55} no^{33}
一 心 想 看 呀
心 里 暗 盘 算

ma^{21} mu^{33} tʂʻɤ^{21} tʻi^{21} ni^{21}
不 日 到 一 天
不 久 有 一 天

ʔa^{55} lɤ^{21} kɤ^{33} sɿ^{55} ni^{21}
阿 勒 革 的 呢
赌 徒 阿 勒 革

ɣo̱^{21} mo^{21} tʻi^{21} pa^{55} sɿ̱^{21}
鸡 母 一 只 杀
宰 杀 一 母 鸡

ʔa^{55} li^{55} la^{33} ɣa^{21} tsʻæ^{33}
阿 里 上 而 请
特 意 请 阿 里

ʔa^{55} lɤ^{21} kɤ^{33} sɿ^{55} ni^{21}
阿 勒 革 的 呢
那 个 阿 勒 革

dzɿ^{21} næ^{55} tʻi^{21} sæ^{33} da^{21}
酒 善 一 碗 喝
先 干 一 碗 酒

tʻi^{21} tɕe^{33} be̱^{33} du̱^{33} le^{33}
一 句 说 出 来
随 后 把 话 说

ʔa^{55} li^{55} ɬe̱^{21} ʐo^{33} na^{21}
阿 里 郎 儿 你
阿 里 小 伙 子

tʻu^{21} sæ^{55} bu̱^{21} dæ^{21} dæ^{21}
银 金 坛 满 满
金 银 满 坛 罐

tɕʻe^{21} lo^{21} ba^{33} dæ^{21} dæ^{21}
谷 物 仓 满 满
五 谷 装 满 仓

pu^{33} zæ^{21} kʻɤ̱^{21} dæ^{21} dæ^{21}
缎 绒 柜 满 满
绸 缎 装 满 柜

dʑe^{33} mo^{33} ɬɛ̱^{21} dæ^{21} dæ^{21}
牲 马 厩 满 满
牛 马 关 满 厩

tsʻɿ̱^{21} ve̱^{21} bɤ^{21} dæ^{21} dæ^{21}
羊 猪 圈 满 满
猪 羊 关 满 圈

ʐo^{21} ʐo̱^{21} na^{21} xe^{21} dʐa^{21}
样 样 你 屋 有
样 样 你 都 有

tʂʻa^{21} ba^{21} pʻo^{21} ŋɤ^{21} ti^{55}
人 富 人 是 的
你 是 大 富 人

tʂʻa^{21} ba^{21} pʻo^{21} xe^{21} kʻo^{21}
人 富 人 屋 里
大 富 人 家 里

bi^{55} lu^{21} tæ^{55} ŋa^{33} le^{21}
花 卉 栽 要 呀
需 要 栽 好 花

kʻɤ̱^{21} kʻo^{21} pu^{33} ɣa^{21} zæ^{21}
柜 里 缎 与 绒
柜 里 的 绸 缎

ȵe^{55} bi^{55} fi̱^{21} ŋa^{33} ti^{55}
女 美 穿 要 呢
要 让 美 人 穿

kʻɤ̱^{21} kʻo^{21} sæ^{55} no^{21} lo^{33}
柜 里 金 耳 环
柜 里 金 耳 环

ȵe^{55} bi^{55} tɤ̱^{21} ŋa^{33} ti^{55}
女 美 戴 要 的
要 让 美 人 戴

k'ɤ̱^{21} k'o^{21} t'u^{21} le̱^{21} dʐo^{21}
柜 里 银 手 镯
柜 里 银 手 镯

ȵe^{55} bi^{55} ʐo^{33} dɤ̱^{21} dɯ^{33}
女 美 人 戴 称
美 人 才 配 戴

na^{21} mæ^{21} ȵe̱^{33} tɛ̱^{33} mo^{21}
你 妻 眼 瞎 女
你 那 瞎 眼 妻

kɤ^{55} lɤ^{33} ma^{21} dɤ̱^{21} dɯ^{33}
那 个 不 戴 称
不 配 戴 这 些

ʔa^{55} li^{55} ʂu^{21} næ^{55} ʐo^{33}
阿 里 人 善 儿
阿 里 小 伙 子

t'i^{21} tɕe^{33} no^{55} gɤ^{21} no^{33}
一 句 听 后 呀
听 了 一 席 话

næ^{55} mu^{33} ni̱^{33} k'o^{21} tɯ^{21}
春 天 心 里 雷
心 中 打 闷 雷

ʔa^{55} lɤ^{21} kɤ^{33} sɿ^{55} ni^{21}
阿 勒 革 的 呢
那 个 阿 勒 革

t'i^{21} tɕe^{33} be̱^{33} du̱^{33} le^{33}
一 句 说 出 来
接 着 把 话 说

ʔa^{55} li^{55} ɬe̱^{21} ʐo^{33} na^{21}
阿 里 郎 小 你
阿 里 小 伙 子

ŋo^{21} ȵe^{55} ni^{21} fæ^{55} dʐa^{21}
我 女 两 个 有
我 有 两 闺 女

ɣæ^{33} no^{33} tʂ'ɤ^{21} xe̱^{21} k'u̱^{33}
大 呀 十 八 岁
大 的 十 八 岁

næ^{55} no^{33} tʂ'ɤ^{21} tʂ'u̱^{21} k'u̱^{33}
小 呀 十 六 岁
小 的 十 六 岁

na^{21} mæ^{21} ȵe̱^{33} tɛ̱^{33} mo^{21}
你 妻 眼 瞎 女
你 那 瞎 眼 妻

kɤ^{55} la^{33} te^{21} xo^{21} no^{33}
她 上 撵 跑 呀
你 把 她 撵 走

ŋo^{21} ȵe^{55} na^{21} la^{33} bi^{21}
我 女 你 上 给
我 囡 就 嫁 你

ȵe^{55} ɣæ^{33} p'a^{33} ŋa^{33} no^{33}
女 大 若 要 呀
若 要 大 女 儿

ȵe^{55} ɣæ^{33} na^{21} la^{33} bi^{21}

女 大 你 上 给

就 嫁 大 女 儿

ȵe^{55} læ^{21} pʻa^{33} ŋa^{33} no^{33}

女 么 若 要 呀

若 要 小 闺 女

ȵe^{55} læ^{21} na^{21} la^{33} bi^{21}

女 么 你 上 给

小 囡 就 许 你

tsʅ^{55} ɣa^{21} tʻi^{21} tɕe^{33} be̱^{33}

这 而 一 句 说

这 样 把 话 说

ʔa^{55} li^{55} ɬe̱^{21} ʐo^{33} ni^{21}

阿 里 郎 儿 呢

阿 里 小 伙 子

dʐʅ^{21} da^{21} dʐʅ^{21} ɕe^{33} mu^{55}

酒 喝 酒 醉 呢

喝 得 醉 醺 醺

xe^{21} sæ^{55} kʻo^{21} gu̱^{21} le^{21}

屋 室 里 回 来

返 回 到 家 里

mæ^{21} la^{33} tʻi^{21} tʻɛ̱^{33} ŋa^{21}

妻 上 一 下 见

看 见 了 妻 子

tʻi^{21} tɕe^{33} kɛ̱^{33} du̱^{33} le^{33}

一 句 骂 出 来

劈 头 骂 妻 子

na^{21} ȵe̱^{33} tɛ̱^{33} tsʅ^{55} lɤ^{33}

你 眼 瞎 这 个

你 这 瞎 眼 婆

ŋo^{21} xe^{21} tʻa^{21} dʐa^{21} le^{21}

我 屋 莫 在 来

不 要 在 我 家

ŋo^{21} dʑe^{33} sæ^{55} no^{21} lo^{33}

我 的 金 耳 环

我 的 金 耳 环

ȵe^{55} bi^{55} tɣ̱^{21} ŋa^{33} ti^{55}

女 美 戴 要 的

要 让 美 人 戴

ŋo^{21} dʑe^{33} tʻu^{21} le̱^{21} dʐo^{21}

我 的 银 手 镯

我 的 银 手 镯

ȵe^{55} bi^{55} la^{33} tɣ̱^{21} ŋa^{33}

女 美 上 戴 要

要 让 美 人 戴

ŋo^{21} xe^{21} pu^{33} ɣa^{21} zæ^{21}

我 屋 缎 与 绒

我 家 绸 和 缎

ȵe^{55} bi^{55} la^{33} fi̱^{21} ŋa^{33}

女 美 上 穿 要

要 让 美 人 穿

ʔa^{55} lɤ^{21} kɤ^{33} ȵe^{55} næ^{55}

阿 勒 革 女 善

阿 勒 革 家 女

ŋo^{21} la^{33} bi^{21} ti^{55} dʐɣ^{33}
我 上 给 的 说
答 应 嫁 给 我

ȵe^{55} næ^{55} tsɿ^{55} ni^{21} lɣ^{33}
女 善 这 两 个
那 两 个 闺 女

bi^{55} la^{21} la^{21} mu^{21} ni^{21}
美 丽 丽 做 呢
美 丽 又 可 爱

mæ^{55} da^{33} vɣ^{33} mi^{55} du̱^{33}
名 誉 远 地 出
美 名 传 远 乡

na^{21} gu̱^{21} ʐɣ^{21} ʂa^{21} ka^{33}
你 回 去 好 了
你 回 你 家 去

na^{21} pʻa^{33} gu̱^{21} gɣ^{21} no^{33}
你 若 回 后 呀
你 回 去 之 后

ŋo^{21} ʐɣ^{21} do^{21} vɛ^{21} tsʻæ^{33}
我 去 人 客 请
我 宴 请 宾 客

ȵe^{55} næ^{55} tʂʻɣ^{21} gɯ^{33} le^{33}
女 善 娶 进 来
娶 美 人 进 屋

ȵe^{55} næ^{55} zɿ^{21} ȵe^{55} ni^{21}
女 善 鱼 妮 呢
龙 女 鱼 妮 她

no^{55} gɣ^{21} lo^{21} ma^{21} mæ^{55}
听 后 着 不 及
听 了 阿 里 话

ȵe̱^{33} no^{33} ŋɯ^{55} sɿ^{55} sɿ^{55}
眼 呀 哭 泣 泣
眼 泪 流 不 止

ȵe̱^{33} zɿ^{21} nu̱^{33} sæ^{33} bæ^{21}
眼 水 豆 子 掉
泪 水 似 豆 落

go̱^{21} ti^{55} mo^{55} næ^{55} du̱^{33}
门 槛 高 低 出
跨 出 家 门 槛

pu̱^{33} ɣo^{55} xe^{21} sæ^{55} gu̱^{21}
返 里 屋 室 回
返 回 龙 宫 中

tʻi^{21} tʻɛ̱^{33} lu̱^{21} ma^{21} mæ^{55}
一 下 足 不 及
不 多 一 会 儿

ɬɛ̱^{21} kʻo^{21} ni^{33} ɣa^{21} mo^{33}
厩 里 牛 与 马
圈 里 的 牛 马

bɣ^{33} kʻo^{21} tsʻɿ^{21} ɣa^{21} ve̱^{21}
圈 里 羊 与 猪
圈 中 的 猪 羊

bɣ^{21} kʻo^{21} ʑe̱^{33} ɣa^{21} ʔɣ̱^{33}
圈 里 鸡 而 鸭
圈 里 的 鸡 鸭

ni^{33} mo^{33} bu^{55} bɤ^{21} bɤ^{21}
牛 马 吼 声 声
牛 马 大 声 吼

ʑe̱^{33} ʔɤ̱^{33} næ^{21} tsɛ̱^{33} tsɛ̱^{33}
鸡 鸭 叫 喳 喳
鸡 鸭 叫 喳 喳

ȵe^{55} næ^{33} zʅ^{21} ȵe^{55} do^{21}
女 善 鱼 妮 后
跟 随 鱼 妮 后

ni^{33} mo^{33} tæ^{55} tʻu^{55} to̱^{21}
牛 马 云 白 起
扬 尘 如 白 云

do^{21} tʂʻa^{21} gu̱^{21} ti^{55} ka^{33}
后 参 回 的 了
返 回 龙 宫 去

ȵe^{55} næ^{55} zʅ^{21} ȵe^{55} ni^{21}
女 善 鱼 妮 呢
龙 女 鱼 妮 她

la^{33} mo^{21} kʻo^{21} ɣa^{21} gɯ^{33}
河 大 里 而 进
游 入 大 河 里

xe^{21} sæ^{55} kʻo^{21} gu̱^{21} tʂʻɤ^{21}
屋 室 里 回 到
回 到 龙 宫 中

ʔa^{55} ba^{33} ku^{21} lo̱^{21} ɕe^{55}
阿 爸 古 罗 些
阿 爸 古 罗 些

tʻi^{21} tɕe^{33} be̱^{33} du̱^{33} le^{33}
一 句 说 出 来
开 口 把 话 问

ȵe^{55} næ^{55} na^{21} tsʅ^{55} lɤ^{33}
女 善 你 这 个
我 的 好 闺 女

ȵe̱^{21} no^{33} ŋɯ^{55} sʅ^{55} sʅ^{55}
嘴 呀 哭 泣 泣
面 容 哭 泣 泣

xe^{21} sæ^{55} kʻo^{21} gu̱^{21} le^{21}
屋 室 里 回 来
回 来 龙 宫 里

ʔa^{21} xɤ^{33} ŋa^{33} lo^{33} ti^{55}
什 么 要 了 的
你 需 要 什 么

ȵe^{55} næ^{55} zʅ^{21} ȵe^{55} ni^{21}
女 善 鱼 妮 呢
龙 女 鱼 妮 她

tʻi^{21} tɕe^{33} be̱^{33} du̱^{33} le^{33}
一 句 说 出 来
开 口 诉 苦 情

ʔa^{55} ba^{33} mu^{33} tɯ^{21} pʻo^{21}
阿 爸 天 雷 人
青 天 我 阿 爸

ʔa^{55} mo^{21} mi^{55} ȵe̱^{33} mo^{21}
阿 妈 地 黑 母
赤 地 我 阿 妈

ʔa^{55} li^{55} ɬe̱^{21} ʐo^{33} ni^{33}
阿 里 郎 小 呢
阿 里 小 伙 子

ŋo^{21} te^{21} gu̱^{21} lo^{33} ti^{55}
我 撵 回 了 的
把 我 撵 回 来

ʔa^{55} ba^{33} ku^{21} lo̱^{21} ɕe^{55}
阿 爸 古 罗 些
阿 爸 古 罗 些

tʻi^{21} tɕe^{33} kɛ̱^{33} du̱^{33} le^{33}
一 句 骂 出 来
气 愤 地 骂 道

de^{21} mi^{55} tʂʻa^{21} tsɿ^{55} tɤ̱^{33}
凡 间 人 这 层
凡 间 这 代 人

le^{33} do^{33} ni^{21} ma^{21} ŋa^{33}
理 道 也 不 要
道 理 他 不 讲

ȵe^{55} næ^{55} ȵe̱^{33} bɛ̱^{33} tɛ̱^{33}
女 善 眼 射 瞎
射 瞎 女 儿 眼

ȵe^{55} næ^{55} tʻa^{21} tʂʻu^{55} xo^{21}
女 善 衣 烧 掉
焚 烧 女 儿 衣

ȵe^{55} næ^{55} te^{21} gu̱^{21} le^{21}
女 善 撵 回 来
撵 女 儿 回 来

tsɿ^{55} ʂɤ^{21} le^{33} ma^{21} dʐa^{21}
这 似 理 不 有
如 此 不 讲 理

de^{21} mi^{55} tʂʻa^{21} tsɿ^{55} tɤ̱^{33}
凡 间 人 这 层
凡 间 这 代 人

ma^{21} mu^{33} tʂʻɤ^{21} tʻi^{21} ni^{21}
不 天 到 一 天
总 会 有 一 天

zɿ^{21} dæ^{21} mu^{33} tu̱^{33} bi^{21}
水 满 天 齐 给
会 遭 洪 水 淹

kɤ^{55} gɤ^{21} ɣo^{21} do^{21} no^{33}
那 过 面 后 呀
自 从 撵 走 妻

ʔa^{55} li^{55} ɬe̱^{21} ʐo^{33} ni^{21}
阿 里 郎 小 呢
阿 里 小 伙 子

dʐe^{33} mo^{21} kʻæ^{21} ɣa^{21} zɿ^{21}
床 大 上 而 睡
熟 睡 在 床 上

tʻi^{21} tʻɛ̱^{33} nɯ^{33} le^{33} no^{33}
一 下 醒 来 呀
等 他 睡 醒 时

tʂʻa^{33} xe^{21} ma^{21} dʐa^{21} ka^{33}
瓦 屋 不 在 了
瓦 房 不 见 了

ʂʅ33 xe21 dʐa21 lo33 to55
草 房 在 了 搁
草 房 还 了 原

go21 ɣɤ21 tʻi21 tʻɛ33 ni55
门 前 一 下 看
出 门 看 一 看

ɬɛ21 kʻo21 ga21 la21 la21
厩 里 空 落 落
厩 里 空 空 的

ni33 mo33 ni21 ma21 dʐa21
牛 马 也 不 有
圈 里 没 牛 马

bɤ21 kʻo21 tʻi21 tɛ33 ni55
圈 里 一 下 看
再 看 圈 里 面

bɤ21 kʻo21 ga21 la21 la21
圈 里 空 落 落
圈 里 空 落 落

tsʻʅ21 ve21 ni21 ma21 dʐa21
山 猪 也 不 有
圈 内 无 猪 羊

ʑe33 ʔɤ33 ni21 ma21 dʐa21
鸡 鸭 也 不 有
鸡 鸭 也 没 有

kʻɤ21 kʻa21 tʻi21 ni55 tʻo33
柜 开 一 看 时
打 开 柜 子 看

pu33 zæ21 ni21 ma21 dʐa21
缎 绸 也 不 有
柜 中 无 绸 缎

bu21 kʻa21 tʻi21 ni55 tʻo21
罐 开 一 看 时
罐 里 看 一 看

tʻu21 sæ55 ni21 ma21 dʐa21
银 金 也 不 有
没 有 金 和 银

ʔa55 li55 ɬe21 ʐo33 ni21
阿 里 郎 小 呢
阿 里 小 伙 子

ʔa55 lɤ21 kɤ33 xe21 tʂʻɤ21
阿 勒 革 屋 到
找 到 阿 勒 革

tʻi21 tɕe33 be33 du33 le33
一 句 说 出 来
开 口 把 话 说

ʔa55 ba33 ɣæ33 tʂʻa21 ma21
阿 爸 大 人 老
大 爹 阿 大 爹

mæ21 næ55 ɲe33 tɛ33 mo21
妻 善 眼 瞎 女
我 把 瞎 眼 妻

te21 gu21 xo21 ti55 ka33
撵 回 掉 的 了
撵 回 她 家 去

ŋo^{21} le^{21} na^{21} ȵe^{55} ɣæ^{33}
我 来 你 女 大
我 来 领 你 囡

xæ^{21} le^{21} dʐa^{21} ti^{55} le^{21}
领 来 在 的 呀
让 她 做 我 妻

ʔa^{55} lɤ^{21} kɤ^{33} sɿ^{55} ni^{21}
阿 勒 革 的 呢
那 个 阿 勒 革

tʻi^{21} tɕe^{33} be̱^{33} du̱^{33} le^{33}
一 句 说 出 来
开 口 把 话 说

tʂʻa^{21} ʂo^{33} na^{21} tsɿ^{55} lɤ^{33}
人 穷 你 这 个
一 个 穷 光 蛋

ni^{33} mo^{33} ni^{21} ma^{21} dʐa^{21}
牛 马 也 不 有
牛 马 你 没 有

tsʻɿ^{21} ve̱^{21} ni^{21} ma^{21} dʐa^{21}
山 猪 也 不 有
猪 羊 你 没 有

ʑe̱^{33} ʔɤ^{33} ni^{21} ma^{21} dʐa^{21}
鸡 鸭 也 不 有
鸡 鸭 你 没 有

tʻu^{21} sæ^{55} ni^{21} ma^{21} dʐa^{21}
银 金 也 不 有
金 银 你 没 有

pu^{33} zæ^{21} ni^{21} ma^{21} dʐa^{21}
缎 绒 也 不 同
绸 缎 你 没 有

ŋo^{21} ȵe^{55} næ^{55} ni^{21} fæ^{55}
我 女 善 两 个
我 家 两 闺 秀

tʂʻa^{21} ba^{21} la^{33} bi^{21} ti^{55}
人 富 上 给 的
只 嫁 富 人 家

tʂʻa^{21} ʂo^{33} la^{33} ma^{21} bi^{21}
人 穷 上 不 给
不 嫁 穷 小 子

na^{21} ʐo^{33} tʂʻɿ^{33} tsɿ^{55} lɤ^{33}
你 儿 孤 这 个
你 这 个 孤 儿

ŋo^{21} xe^{21} sæ^{55} tʻa^{21} le^{21}
我 屋 室 莫 来
莫 来 我 的 家

tʻi^{21} tɕe^{33} be̱^{33} du̱^{33} le^{33}
一 句 说 出 来
这 样 把 话 说

ʔa^{55} li^{55} ɬe̱^{21} ʐo^{33} ni^{21}
阿 里 郎 小 呢
阿 里 小 伙 子

pu̱^{33} ɣo^{55} xe^{21} sæ^{55} gu̱^{21}
返 里 屋 室 回
返 回 草 屋 里

ȵe̠^{21} no^{33} ŋɯ^{55} sɿ̠^{33} sɿ̠^{33}
嘴 呀 哭 泣 泣
双 眼 流 出 泪

t'i^{21} tɕe^{33} ŋɯ^{55} du̠^{33} le^{33}
一 句 哭 出 来
流 泪 哭 泣 道

mæ^{21} næ^{55} le^{21} mæ^{21} næ^{55}
妻 善 呀 妻 善
贤 妻 呀 贤 妻

mæ^{21} næ^{55} te^{21} tʂ'o^{55} ka^{33}
妻 善 撵 错 了
丈 夫 我 错 了

na^{21} ʐu^{33} ŋo^{21} t'i^{21} lɤ^{21}
你 夫 我 一 个
你 的 蠢 夫 我

ʔa^{55} lɤ^{21} kɤ^{33} da^{21} dzæ^{21}
阿 勒 革 相 信
听 信 他 人 话

mæ^{21} næ^{55} kɛ^{33} tʂ'o^{55} xo^{21}
妻 善 骂 错 掉
骂 错 贤 妻 了

kɤ^{55} gɤ^{21} ɣo^{55} do^{21} no^{33}
那 过 面 后 呀
这 样 以 后 呀

ʔa^{55} li^{55} ɬe̠^{21} ʐo^{33} ni^{21}
阿 里 郎 小 呢
阿 里 小 伙 子

fa^{55} te^{55} dʑu̠^{21} tsɿ̠^{21} pe̠^{21}
砍 刀 腰 椎 别
身 上 挎 腰 刀

go^{21} t'i^{55} mo^{55} næ^{55} du̠^{33}
门 槛 高 低 出
走 出 草 屋 门

mæ^{21} næ^{55} ʂo^{21} du̠^{33} le^{33}
妻 善 找 出 来
出 来 找 妻 子

ʐɤ^{21} ni^{33} ʐɤ^{21} ʂa^{33} le^{21}
去 也 去 又 来
一 程 又 一 程

dʐo^{21} ka^{55} tʂ'ɤ^{21} le^{21} no^{33}
路 中 到 来 呀
来 到 半 路 上

tʂ'o^{33} p'æ^{21} t'i^{21} lɤ^{33} ŋa^{21}
画 眉 一 个 见
见 一 只 画 眉

tʂ'o^{33} p'æ^{21} mo^{21} sɿ^{55} ni^{21}
画 眉 大 的 呢
那 只 画 眉 鸟

t'i^{21} tɕe^{33} no^{55} du̠^{33} le^{33}
一 句 问 出 来
开 口 来 问 他

ʔa^{55} li^{55} ɬe̠^{21} ʐo^{33} na^{21}
阿 里 郎 小 你
阿 里 小 伙 子

ŋɯ^{55} sɿ^{55} sɿ̱^{55} mu^{21} ni^{21}
哭 泣 泣 做 呢
一 副 哭 丧 脸

ʔa^{21} xɤ^{21} ʂo^{33} dʐa^{21} le^{21}
什 么 难 有 来
遇 到 什 么 事

ʔa^{55} li^{55} ʂu^{21} næ^{55} ʐo^{33}
阿 里 人 善 儿
阿 里 小 伙 子

tʻi^{21} tɕe^{33} tʻe^{21} du̱^{33} le^{33}
一 句 讲 出 来
回 答 画 眉 道

ʔa^{55} lɤ^{21} kɤ^{33} sɿ^{55} ni^{33}
阿 勒 革 的 呢
那 个 阿 勒 革

ŋo^{21} da^{21} be̱^{33} le^{21} no^{33}
我 对 说 来 呀
他 曾 对 我 说

ŋo^{21} mæ^{21} te^{21} gu̱^{21} no^{33}
我 妻 撵 回 呀
撵 走 我 妻 子

kɤ^{55} ȵe^{55} ŋo^{21} la^{33} bi^{21}
他 女 我 上 给
他 女 儿 嫁 我

ʔa^{21} næ^{21} tsɿ^{55} dʐa^{21} no^{33}
如 今 这 回 呀
可 是 到 如 今

ŋo^{21} mæ^{21} te^{21} gu̱^{21} xo^{21}
我 妻 撵 回 掉
我 撵 走 妻 子

kɤ^{55} ȵe^{55} ȵæ^{55} ni^{21} fæ^{55}
他 女 善 两 个
他 家 两 女 儿

ŋo^{21} la^{33} ma^{21} bi^{21} dʐɤ^{33}
我 上 不 给 说
反 悔 不 嫁 我

ŋo^{21} la^{33} mo^{21} kʻo^{21} ʐɤ^{21}
我 河 大 里 去
我 要 去 河 里

mæ^{21} næ^{55} la^{33} ʂo̱^{21} ʐɤ^{21}
妻 善 上 找 去
要 去 找 妻 子

tʂʻo^{33} pʻæ^{21} mo^{21} sɿ̱^{33} ni^{21}
画 眉 大 的 呢
林 中 画 眉 鸟

tʻi^{21} tɕe^{33} da^{21} kʻu̱^{21} le^{21}
一 句 答 回 来
开 口 把 话 答

ʔa^{55} li^{55} ʂu^{21} næ^{55} ʐo^{33}
阿 里 人 善 儿
阿 里 小 伙 子

ŋo^{21} no^{33} tæ^{55} kʻo^{21} dʐa^{21}
我 呀 林 里 在
我 是 林 中 鸟

zɿ^{21} k'o^{21} ŋo^{21} ma^{21} kɯ̱^{21}
水 里 我 不 会
入 水 我 外 行

na^{21} mæ^{21} næ^{55} ʂo̱^{21} no^{33}
你 妻 善 找 呀
你 要 找 妻 子

ŋo^{21} ʂo̱^{21} bi^{21} ma^{21} kɯ̱^{21}
我 找 给 不 会
我 帮 不 了 你

ʔa^{55} li^{55} ʂu^{21} næ^{55} ʐo^{33}
阿 里 人 善 儿
阿 里 小 伙 子

ʐɤ^{21} ni^{21} ʐɤ^{21} ʂa^{33} le^{21}
去 也 去 又 来
拔 腿 又 上 路

t'i^{21} t'o^{21} dʐɤ^{21} lɤ^{21} no^{33}
一 时 过 去 呀
走 过 一 段 路

bɤ^{55} xɤ̱^{21} mo^{21} lɤ^{33} ŋa^{21}
蚂 蚁 它 个 见
遇 见 一 蚂 蚁

bɤ^{55} xɤ̱^{21} mo^{21} kɤ^{55} lɤ^{33}
蚂 蚁 它 那 个
那 一 只 蚂 蚁

t'i^{21} tɕe^{33} no^{55} du̱^{33} le^{33}
一 句 问 出 来
开 口 问 阿 里

ʔa^{55} li^{55} ɬe̱^{21} ʐo^{33} na^{21}
阿 里 郎 小 你
阿 里 小 伙 子

n̥e̱^{21} no^{33} ŋɯ^{55} sɿ^{55} sɿ^{55}
嘴 呀 哭 泣 泣
满 脸 悲 愁 样

ʔa^{21} xɤ^{33} ʂo^{33} dʐa^{21} lo^{33}
什 么 难 有 呀
遇 到 什 么 事

p'o^{21} mo^{21} ʂɿ^{21} lo^{33} ŋa^{55}
父 母 死 了 吗
是 因 父 母 死

p'o^{21} mo^{21} no^{21} dʐa^{21} le^{21}
父 母 病 有 来
还 是 双 亲 病

ʔa^{55} li^{55} ɬe̱^{21} ʐo^{33} ni^{21}
阿 里 郎 儿 呢
阿 里 小 伙 子

t'i^{21} tɕe^{33} t'e^{21} du̱^{33} le^{33}
一 句 讲 出 来
实 话 讲 出 来

p'o^{21} mo^{21} ma^{21} ʂɿ^{21} lo^{33}
父 母 不 死 呀
不 是 父 母 死

p'o^{21} mo^{21} dʐa^{21} ma^{21} n̥e̱^{21}
父 母 疾 不 生
也 非 父 母 病

ʔa^{55} lɤ^{21} kɤ^{33} kɤ^{55} lɤ^{33}
阿 勒 革 那 个
那 个 阿 勒 革

ŋo^{21} do^{21} be̠^{33} le^{21} no^{33}
我 处 说 来 呀
亲 口 对 我 说

ŋo^{21} mæ^{21} te^{21} gu̠^{21} no^{33}
我 妻 撵 回 呀
撵 走 我 妻 子

kɤ^{55} n̠e^{55} næ^{55} ni^{21} fæ^{55}
他 女 善 两 个
他 的 两 闺 女

ŋo^{21} la^{33} bi^{21} ti^{55} dʑɤ^{33}
我 上 给 的 说
可 以 许 配 我

ʔa^{21} næ^{33} tsɿ^{55} dʑa^{21} no^{33}
阿 今 这 次 呀
到 了 现 如 今

kɤ^{55} n̠e^{55} ŋo^{21} ma^{21} bi^{21}
他 女 我 不 给
他 囡 不 嫁 我

ŋo^{21} ʐɤ^{21} mæ^{21} næ^{55} ʂo̠^{21}
我 去 妻 善 找
我 去 找 妻 子

bɤ^{21} xɤ̠^{21} mo^{21} kɤ^{55} lɤ^{33}
蚂 蚁 它 那 个
那 只 大 蚂 蚁

t'i^{21} tɕe^{33} be̠^{33} du̠^{33} le^{33}
一 句 说 出 来
同 情 把 话 说

ʔa^{55} li^{55} ʂu^{21} næ^{55} ʐo^{33}
阿 里 人 善 儿
阿 里 小 伙 子

ŋo^{21} no^{33} mi^{55} k'o^{21} dʑa^{21}
我 呀 地 里 在
我 生 在 地 上

zɿ^{21} k'o^{21} gɯ^{33} ma^{21} kɯ̠^{21}
水 里 进 不 会
入 水 我 不 行

na^{21} mæ^{21} næ^{55} ʂo̠^{21} no^{33}
你 妻 善 找 呀
你 要 找 贤 妻

ŋo^{21} ʂo̠^{21} bi^{21} ma^{21} kɯ̠^{21}
我 找 给 不 会
难 帮 你 的 忙

t'i^{21} tɕe^{33} be̠^{33} gɤ^{21} no^{33}
一 句 说 后 呀
这 样 把 话 说

ʔa^{55} li^{55} ɬe̠^{21} ʐo^{33} ni^{21}
阿 里 郎 小 呢
阿 里 小 伙 子

n̠e^{33} no^{33} ŋɯ^{55} sɿ^{55} sɿ^{55}
嘴 呀 哭 泣 泣
一 路 哭 着 走

tʂʻo^{33} po^{33} ni^{21} ŋɯ^{55} ʂʅ^{21}
嗓 管 也 哭 哑
声 音 也 哭 哑

la^{33} bo^{33} n̥e̱^{21} tʂʻɤ^{21} le^{21}
河 岸 口 到 来
来 到 大 河 边

ma^{21} ŋa^{21} ʂu^{55} le^{21} ŋa^{21}
不 见 之 来 见
又 遇 见 一 事

ʔa^{55} po^{33} tʻi^{21} lɤ^{33} ŋa^{21}
蛤 蟆 一 个 见
见 一 只 蛤 蟆

ʔa^{55} po^{33} nɤ^{55} dʐʅ^{55} ni^{21}
蛤 蟆 癞 皮 呢
那 只 癞 蛤 蟆

tʻi^{21} tɕe^{33} be̱^{33} du̱^{33} le^{33}
一 句 说 出 来
开 口 问 阿 里

ʔa^{55} li^{55} ɬe̱^{21} ʐo^{33} na^{21}
阿 里 郎 小 你
阿 里 小 伙 子

la^{33} bo^{33} n̥e̱^{21} tʂʻɤ^{21} le^{21}
河 岸 口 到 来
来 到 河 岸 边

ʔa^{21} xɤ^{33} ʂo^{33} dʐa^{21} le^{21}
什 么 难 有 来
有 何 伤 心 事

pʻo^{21} mo^{21} zʅ^{21} do^{21} lo^{33}
父 母 水 落 了
父 母 落 了 水

ʔa^{21} ʂu^{33} zʅ^{21} do^{21} lo^{33}
谁 人 水 落 了
哪 个 溺 水 亡

ʔa^{55} li^{55} ɬe̱^{21} ʐo^{33} ni^{21}
阿 里 郎 小 呢
阿 里 小 伙 子

tʻi^{21} tɕe^{33} be̱^{33} du̱^{33} le^{33}
一 句 说 出 来
回 答 蛤 蟆 道

pʻo^{21} mo^{21} zʅ^{21} ma^{21} do^{21}
父 母 水 不 落
父 母 没 落 水

ʔa^{21} ʂu^{33} zʅ^{21} ma^{21} do^{21}
谁 人 水 不 落
无 人 溺 水 亡

la^{33} mo^{21} kʻo^{21} tʂʻɤ^{21} le^{21}
河 大 里 到 来
来 到 大 河 里

ŋo^{21} mæ^{21} ʂo̱^{21} le^{21} ti^{55}
我 妻 找 来 的
我 来 找 我 妻

ʔa^{55} lɤ^{21} kɤ^{33} kɤ^{55} lɤ^{33}
阿 勒 革 那 个
那 个 阿 勒 革

ŋo^{21} la^{33} be̱^{33} le^{21} no^{33}

我 上 说 来 呀

曾 经 对 我 说

ŋo^{21} mæ^{21} te^{21} k'u̱^{21} no^{33}

我 妻 撵 回 呀

我 把 妻 撵 走

kɤ^{55} ȵe^{55} næ^{55} ni^{21} fæ^{55}

他 女 善 两 个

他 的 两 闺 女

ŋo^{21} la^{33} t'i^{21} fæ^{55} bi^{21}

我 上 一 个 给

随 我 选 一 个

tsɿ^{55} ɣa^{21} be̱^{33} ʥa^{21} ti^{55}

这 而 说 在 的

如 此 说 好 的

ʔa^{21} næ^{33} tsɿ^{55} ʥa^{21} no^{33}

现 今 这 次 呀

到 了 现 如 今

kɤ^{55} ȵe^{55} ŋo^{21} ma^{21} bi^{21}

他 女 我 不 给

悔 约 不 嫁 我

ŋo^{21} mæ^{21} ʂo̱^{21} le^{21} lo^{33}

我 妻 找 来 了

我 来 找 妻 子

ʔa^{55} po^{33} nɤ^{55} dʐɿ̱^{33} ni^{21}

蛤 蟆 癞 皮 呢

那 只 癞 蛤 蟆

t'i^{21} tɕe^{33} be̱^{33} du̱^{33} le^{33}

一 句 说 出 来

听 后 把 话 说

na^{21} mæ^{21} ʂo̱^{21} ʑɤ^{21} no^{33}

你 妻 找 去 呀

你 要 找 妻 子

na^{21} xe^{21} ʔa^{21} xɤ^{33} ʥa^{21}

你 屋 什 么 有

家 里 有 何 物

xɤ^{21} le^{21} ŋo^{21} tʂo^{33} le^{33}

拿 来 找 喂 来

拿 出 给 我 吃

ŋo^{21} na^{21} ʂo̱^{21} bi^{21} ʂa^{21}

我 你 找 给 嘛

我 来 帮 助 你

ʔa^{55} li^{55} ɬe̱^{21} ʑo^{33} ni^{21}

阿 里 郎 小 呢

阿 里 小 伙 子

pu̱^{33} ɣo^{55} xe^{21} sæ^{33} gu̱^{21}

返 里 屋 室 回

即 刻 返 回 家

ʑe̱^{33} bɤ^{21} k'o^{21} ɣa^{21} ni^{55}

鸡 圈 里 而 看

看 看 鸡 圈 里

ʑe̱^{33} mo^{21} t'i^{21} ts'æ^{55} ʥa^{21}

鸡 母 一 只 有

一 只 老 母 鸡

ʐe̠^{33} fu^{21} mu̠^{33} lo^{33} to^{33}
鸡 蛋 孵 了 搁
孵 蛋 在 窝 里

ʐe^{33} sʅ̠^{21} ʔa^{55} po^{33} tʂo^{33}
鸡 杀 蛤 蟆 喂
杀 鸡 给 蛤 蟆

ʔa^{55} po^{33} nɤ^{55} dʐʅ̠^{33} ni^{21}
蛤 蟆 癞 皮 呢
那 只 癞 蛤 蟆

tʻi^{21} tɕe^{33} be̠^{33} du̠^{33} le^{33}
一 句 说 出 来
开 口 把 话 说

ŋo^{21} le^{21} zʅ^{21} da^{21} fæ^{55}
我 来 水 喝 干
我 把 水 喝 干

na^{21} no^{33} xɤ^{21} kʻo^{21} gɯ^{33}
你 呀 潭 里 进
你 快 走 进 潭

xɤ^{21} ʐo^{33} kʻo^{21} gɤ^{33} no^{33}
潭 小 里 进 呀
走 进 深 潭 里

na^{21} mæ^{21} ʂo̠^{21} ŋa^{21} do^{21}
你 妻 找 见 得
你 可 找 到 妻

ŋo^{21} xɤ^{21} zʅ^{21} da^{21} fæ^{55}
我 潭 水 喝 干
我 把 水 喝 干

na^{21} ɣæ^{21} ma^{21} do^{21} ti^{55}
你 笑 不 得 的
你 切 莫 发 笑

tʻi^{21} tɕe^{33} be̠^{33} ma^{21} mæ^{55}
一 句 说 不 及
没 等 话 说 完

ʔa^{55} po^{33} nɤ^{55} dʐʅ̠^{33} ni^{21}
蛤 蟆 癞 皮 呢
那 只 癞 蛤 蟆

xɤ^{21} zʅ^{21} da^{21} fæ^{55} xo^{21}
潭 水 喝 干 掉
把 水 全 喝 干

ʔa^{55} li^{55} ʂu^{21} næ^{55} ʐo^{33}
阿 里 人 善 儿
阿 里 小 伙 子

ʔa^{55} po^{33} nɤ^{55} dʐʅ̠^{33} la^{33}
蛤 蟆 癞 皮 上
看 看 蛤 蟆 样

tʻi^{21} ni^{55} tʻo^{33} lɤ^{21} no^{33}
一 看 时 去 呀
双 眼 看 见 它

po^{33} pe^{55} xe^{21} mo^{21} xɛ̠^{21}
蛤 肚 屋 大 大
肚 子 似 房 屋

ʔa^{55} li^{55} ʂu^{21} næ^{55} ʐo^{33}
阿 里 人 善 儿
阿 里 小 伙 子

t'i^{21} tɕe^{33} ɣæ^{21} du̱^{33} le^{33}
一 句 笑 出 来
忍 不 住 发 笑

t'i^{21} tɕe^{33} ɣæ^{21} ma^{21} mæ^{55}
一 句 笑 不 及
笑 声 还 未 停

ʔa^{55} po^{33} nɣ^{55} dʐʅ̱^{33} ni^{21}
蛤 蟆 癞 皮 呢
那 只 癞 蛤 蟆

zʅ^{21} ŋo^{55} xɣ^{21} k'o^{21} k'u̱^{21}
水 倒 潭 里 还
吐 水 回 深 潭

ʔa^{55} po^{33} nɣ^{55} dʐʅ̱^{33} ni^{21}
蛤 蟆 癞 皮 呢
那 只 癞 蛤 蟆

ti^{21} tɕe^{33} be̱^{33} du̱^{33} le^{33}
一 句 说 出 来
开 口 斥 责 道

ŋo^{21} me^{21} ŋɣ^{21} ma^{21} no^{55}
我 语 语 不 听
不 听 我 的 话

na^{21} mæ^{21} ʂo̱^{21} ŋa^{21} ʂo^{33}
你 妻 找 见 难
难 见 你 妻 子

na^{21} xe^{21} sæ^{55} k'o^{21} gu̱^{21}
你 屋 室 里 回
快 快 回 家 去

ʔa^{21} xɣ^{33} dʐa^{21} lo^{33} no^{33}
什 么 有 了 呀
看 看 还 有 啥

xɣ^{21} le^{21} ŋo^{21} la^{33} tʂo^{33}
拿 来 我 上 喂
拿 来 给 我 吃

ʔa^{55} li^{55} ʂu̱^{21} næ^{55} ʐo^{33}
阿 里 人 善 儿
阿 里 小 伙 子

pu̱^{33} ɣo^{55} xe^{21} sæ^{55} gu̱^{21}
返 里 屋 室 回
返 回 到 家 中

k'ɣ^{21} k'o^{21} t'a^{21} ni^{55} no^{33}
柜 里 底 看 呀
看 看 柜 子 里

nu̱^{33} sæ^{33} t'i^{21} ʂɣ^{55} dʐa^{21}
豆 子 一 升 有
有 一 升 黄 豆

ʔa^{55} li^{55} ɬe̱^{21} ʐo^{33} ni^{21}
阿 里 郎 小 呢
阿 里 小 伙 子

nu̱^{33} sæ^{33} ɬu^{55} me̱^{21} ni^{21}
豆 子 炒 熟 呢
把 豆 子 炒 熟

ʔa^{55} po^{33} la^{33} ɣa^{21} tʂo^{33}
蛤 蟆 上 而 喂
拿 给 蛤 蟆 吃

ʔa^{55} po^{33} nɤ^{55} dʐʅ̱^{33} ni^{21}
蛤 蟆 癞 皮 呢
那 只 癞 蛤 蟆

tʻi^{21} tɕe^{33} be̱^{33} du̱^{33} le^{33}
一 句 说 出 来
反 复 来 交 代

na^{21} pʻa^{33} ɣæ^{21} ti^{55} no^{33}
你 若 笑 的 呀
你 若 是 再 笑

mæ^{21} ʂo̱^{21} ma^{21} do^{21} ka^{33}
妻 找 不 得 了
难 见 你 妻 子

na^{21} ɣæ^{21} ma^{21} do^{21} ti^{55}
你 笑 不 得 的
切 莫 再 笑 了

tʻi^{21} tɕe^{33} be̱^{33} gɤ^{21} no^{33}
一 句 说 过 呀
交 待 完 毕 后

xɤ^{21} zʅ^{21} da^{21} fæ^{55} xo^{21}
潭 水 喝 干 掉
喝 干 潭 中 水

ʔa^{55} li^{55} ɬe̱^{21} ʐo^{33} ni^{21}
阿 里 郎 小 呢
阿 里 小 伙 子

xɤ^{21} ʐo^{33} kʻo^{21} ɣa^{21} gɯ^{33}
池 小 里 而 进
走 进 深 潭 底

tʻi^{21} tʻɛ^{33} lu̱^{21} ma^{21} mæ^{55}
一 下 足 不 及
不 多 一 会 儿

xe^{21} mo^{21} tʻi^{21} lɤ^{33} ŋa^{21}
屋 大 一 个 见
见 一 幢 大 房

ŋo^{33} ɣɯ^{33} zæ^{21} mu^{21} tæ^{55}
鱼 骨 柱 做 栽
鱼 骨 当 柱 栽

ŋo^{33} ti̱^{33} tʂa^{33} mu^{21} pi^{21}
鱼 鳞 瓦 做 盖
鱼 鳞 当 瓦 盖

go^{21} ʔu̱^{33} lo^{33} zʅ̱^{33} dɤ̱^{21}
门 头 龙 影 有
门 头 雕 彩 龙

go^{21} pʻe^{21} bɤ^{21} dʐe^{21} dɤ̱^{21}
门 板 虾 子 有
门 板 刻 龙 虾

ʔa^{55} li^{55} ɬe̱^{21} ʐo^{33} ni^{21}
阿 里 郎 小 呢
阿 里 小 伙 子

xe^{21} mo^{21} kʻo^{21} ɣa^{21} gɯ^{33}
屋 大 里 而 进
走 进 大 屋 内

mæ^{21} næ^{55} la^{33} ɣa^{21} ŋa^{21}
妻 善 上 而 见
见 到 了 贤 妻

mæ^{21} næ^{55} zɿ^{21} ȵe^{55} ni^{21}
妻 善 鱼 妮 呢
鱼 妮 贤 妻 她

tʻe^{33} tʂɿ^{21} kʻo^{21} ɣa^{21} dʐa^{21}
天 井 里 而 在
坐 在 院 子 中

ɣɤ̱^{21} nɛ̱^{21} mu^{21} dʐa^{21} to^{33}
针 活 做 在 搁
在 做 针 线 活

ʔa^{55} li^{55} ɬe̱^{21} ʐo^{33} ni^{21}
阿 里 郎 小 呢
阿 里 小 伙 子

mæ^{21} næ^{55} ɣɤ^{21} ɣa^{21} kɯ^{33}
妻 善 前 而 跪
跪 在 妻 面 前

tʻi^{21} tɕe^{33} be̱^{33} du̱^{33} le^{33}
一 句 说 出 来
开 口 认 错 道

mæ^{21} næ^{55} le^{33} mæ^{21} næ^{55}
妻 善 呀 妻 善
贤 妻 呀 贤 妻

næ^{55} dɤ^{21} ʐu̱^{33} ma^{21} sɛ̱^{21}
善 恶 夫 不 晓
好 坏 我 不 分

mæ^{21} næ^{55} kɛ̱^{33} tʂʻo^{55} xo^{21}
妻 善 骂 错 掉
骂 错 妻 子 了

mæ^{21} te^{21} tʂo^{55} xo^{21} ka^{33}
妻 搼 错 掉 啦
搼 错 妻 子 了

mæ^{21} næ^{55} le^{33} mæ^{21} næ^{55}
妻 善 呀 妻 善
贤 妻 呀 贤 妻

ŋo^{21} xe^{21} sæ^{55} gu̱^{21} ʐɤ^{21}
我 屋 室 回 去
跟 我 回 家 去

ȵe^{55} næ^{33} zɿ^{21} ȵe^{55} ni^{21}
女 善 鱼 妮 呢
贤 妻 鱼 妮 她

ʐu̱^{33} la^{33} tʻi^{21} tʻɛ̱^{33} ŋa^{21}
夫 上 一 下 见
看 见 了 丈 夫

ȵe̱^{21} no^{33} ŋɯ^{55} sɿ^{55} sɿ^{55}
嘴 呀 哭 泣 泣
双 眼 落 下 泪

ʐo^{33} le̱^{21} ʐu̱^{33} la^{33} sæ^{21}
右 手 夫 上 牵
右 手 牵 丈 夫

væ^{21} le̱^{21} ȵe̱^{33} zɿ^{21} ʂɿ^{33}
左 手 眼 水 揩
左 手 揩 泪 水

kɤ^{55} gɤ^{21} yo^{55} do^{21} no^{33}
那 过 面 后 呀
那 样 以 后 呀

ni^{21} dʐʅ^{21} bɤ^{21} k'æ^{21} tæ^{55}
日 阳 山 上 置
太 阳 落 西 山

ʔa^{55} ba^{33} ku^{21} lo^{21} çe^{55}
阿 爸 古 罗 些
阿 爸 古 罗 些

ts'ʅ̱^{21} ɬu̱^{21} xe^{21} sæ^{55} gu̱^{21}
羊 放 屋 室 回
放 羊 回 来 了

xe^{21} sæ^{55} gu̱^{21} tʂ'ɤ^{21} le^{21}
屋 室 回 到 来
回 到 了 家 里

ȵe^{55} næ^{55} zʅ^{21} ȵe^{55} ni^{21}
女 善 鱼 妮 呢
闺 女 鱼 妮 她

ʐu̱^{33} tɕ'e̱^{33} p'ɤ^{33} k'o^{21} tsæ^{55}
夫 囤 箩 里 藏
夫 藏 匿 箩 中

ʔa^{55} ba^{33} ku^{21} lo̱^{21} çe^{55}
阿 爸 古 罗 些
阿 爸 古 罗 些

t'i^{21} tɕe^{33} be̱^{33} du̱^{33} le^{33}
一 句 说 出 来
开 口 把 话 说

xe^{21} sæ^{55} k'o^{21} ɣa^{21} no^{33}
屋 室 里 而 呀
这 个 家 里 面

tʂ'a^{21} dʑæ^{33} çe̱^{21} bi̱^{21} nɤ^{55}
人 生 味 气 闻
有 股 生 人 味

k'o^{55} ȵe̱^{33} tʂ'a^{21} k'ɯ^{33} tsæ^{55}
何 处 人 偷 藏
何 处 把 人 藏

ȵe^{55} næ^{55} zʅ^{21} ȵe^{55} ni^{21}
女 善 鱼 妮 呢
小 女 鱼 妮 她

p'o^{21} vi̱^{21} ɣɤ^{21} ɣa^{21} kɯ^{33}
父 面 前 而 跪
跪 在 父 亲 前

t'i^{21} tɕe^{33} be̱^{33} du̱^{33} le^{33}
一 句 说 出 来
说 出 了 实 情

ʔa^{55} ba^{21} mu^{33} tɯ^{21} p'o^{21}
阿 爸 天 雷 人
青 天 我 阿 爸

na^{21} ȵe^{55} ʐu̱^{33} næ^{55} no^{33}
你 女 夫 善 呀
女 儿 的 丈 夫

xe^{21} sæ^{55} k'o^{21} tʂ'ɤ^{21} le^{21}
屋 室 里 到 来
已 来 到 龙 宫

ȵe^{55} la^{33} xæ^{21} le^{21} lo^{33}
女 上 领 来 着
来 领 闺 女 了

ȵe55 xæ21 de21 mi55 g̱u21
女 领 阳 间 回
要 回 人 间 去

g̱u21 la55 be̱33 ʥa21 ti55
回 的 说 在 的
要 返 回 人 间

ʐu̱33 la33 tʻa21 kɛ̱33 lo21
夫 上 莫 骂 着
请 莫 骂 丈 夫

zɿ21 lo33 ku21 lo̱21 ɕe55
水 龙 古 罗 些
龙 王 古 罗 些

tʻi21 tɕe33 kɛ̱33 du̱33 le33
一 句 骂 出 来
开 口 大 骂 道

de21 mi55 tsɿ55 tʂʻa21 kʻæ21
阳 间 这 场 上
这 个 人 世 间

tʂʻa21 ʐo33 tsɿ55 tʻi21 tɤ33
人 儿 这 一 层
这 一 代 人 类

lɤ33 lɤ33 ni̱33 ma21 næ55
个 个 心 不 善
心 肠 不 善 良

va21 la21 pe̱21 tsɿ55 lɤ33
万 老 鳖 这 个
这 个 万 老 鳖

ŋo21 xe21 tʂʻɤ21 le21 no33
我 屋 到 来 呀
既 然 到 宫 里

ŋo21 kɤ55 la33 sɿ̱21 ŋa33
我 他 上 杀 要
我 要 杀 了 他

ŋo33 ʐo33 ɣa21 bɤ21 ʥe21
鱼 儿 而 虾 子
喂 给 鱼 和 虾

kɤ55 la33 tʂo̱33 ŋa33 ti55
它 上 喂 要 的
让 它 们 饱 餐

ȵe55 næ55 zɿ21 ȵe55 ni21
女 善 鱼 妮 呢
龙 女 鱼 妮 她

tʻi21 tɕe33 be̱33 du̱33 le33
一 句 说 出 来
开 口 对 父 说

ʔa55 ba33 mu33 tɯ21 pʻo21
阿 爸 天 雷 人
青 天 我 阿 爸

ʔa55 mo21 mi55 ȵe̱33 mo21
阿 妈 地 黑 女
赤 地 我 阿 妈

ʐu̱33 tsæ55 sɿ̱21 ma21 do21
夫 丈 杀 不 得
不 能 杀 了 他

ma^{21} sɿ^{21} ma^{21} do^{21} no^{33}
不 杀 不 得 呀
若 非 杀 不 可

ȵe^{55} la^{33} sɿ^{21} ʂa^{21} ka^{33}
女 上 杀 好 了
就 杀 女 儿 吧

zɿ^{21} lo^{33} ku^{21} lo^{21} çe^{55}
水 龙 古 罗 些
龙 王 古 罗 些

tʻi^{21} tɕe^{33} be^{33} du^{33} le^{33}
一 句 说 出 来
对 儿 把 话 说

ȵe^{55} næ^{55} le^{21} ȵe^{55} næ^{55}
女 善 呀 女 善
闺 女 呀 闺 女

de^{21} mi^{55} tʂʻa^{21} tsɿ^{55} lɤ^{33}
阳 间 人 这 个
这 个 阳 间 人

na^{21} dʑe^{33} tʻa^{21} tʂʻu^{55} xo^{21}
你 的 衣 烧 掉
焚 烧 你 衣 服

na^{21} te^{21} xe^{21} sæ^{55} kʻu^{21}
你 撵 屋 室 回
驱 逐 你 回 宫

le^{33} do^{33} ni^{21} ma^{21} ŋa^{33}
理 道 也 不 要
道 理 他 不 讲

ni^{33} mo^{21} ni^{21} ma^{21} næ^{55}
心 脏 也 不 善
心 肠 他 不 好

kɤ^{55} la^{33} to^{33} ma^{21} do^{21}
他 上 搁 不 得
不 可 放 了 他

tʻi^{21} tɕe^{33} be^{33} gɤ^{21} no^{33}
一 句 说 完 呀
这 样 把 话 说

ȵe^{55} næ^{55} zɿ^{21} ȵe^{55} ni^{21}
女 善 鱼 妮 呢
龙 女 鱼 妮 她

ŋɯ^{55} sɿ^{55} sɿ^{55} mu^{21} ni^{21}
哭 泣 泣 做 呢
两 眼 泪 汪 汪

tʻi^{21} tɕe^{33} be^{33} du^{33} le^{33}
一 句 说 出 来
开 口 又 说 道

ʔa^{55} ba^{33} mu^{33} tɯ^{21} pʻo^{21}
阿 爸 天 雷 人
青 天 我 阿 爸

ʔa^{55} mo^{21} mi^{55} ȵe^{33} mo^{21}
阿 妈 地 黑 女
赤 地 我 阿 妈

ʔa^{55} li^{33} ʐo^{33} tʂʻɿ^{33} ŋɤ^{21}
阿 里 儿 孤 是
阿 里 是 孤 儿

ʂu21 pʻi21 da21 dzæ21 lo33
人 骗 话 信 了
听 信 他 人 骗

n̡e55 tʻa21 tʂʻu55 xo21 ka33
女 衣 烧 掉 了
囡 的 衣 已 毁

de21 mi55 tʂʻa21 tʻɛ̠21 xo21
阳 间 人 变 了
我 已 成 凡 人

na21 n̡e55 de21 mi55 gu̠21
你 女 阳 间 回
儿 要 回 人 间

ma21 gu̠21 ma21 do21 ti55
不 回 不 得 的
迟 早 要 回 去

ʐu̠33 tsæ55 pʻa33 sɿ̠21 xo21
夫 丈 若 杀 掉
若 把 他 杀 了

na21 n̡e55 de21 mi55 gu̠21
你 女 阳 间 回
女 儿 回 人 间

gu̠21 ma21 kɯ̠21 ti55 ka33
回 不 会 的 了
就 回 不 去 了

ʐu̠33 la33 tʻa21 sɿ̠21 lo21
夫 上 莫 杀 着
切 莫 杀 了 他

tʻi21 tɕe33 be̠33 gɤ21 no33
一 句 说 过 呀
这 样 劝 说 后

zɿ21 lo33 ku21 lo̠21 ɕe55
水 龙 古 罗 些
龙 王 古 罗 些

tʻi21 ni̠33 dɯ21 ni55 no33
一 心 想 看 呀
再 三 来 思 量

n̡e55 la33 tʻi21 tɕe33 be̠33
女 上 一 句 说
转 身 对 女 说

na21 kɤ̠55 ʔɤ55 du̠33 le33
你 他 叫 出 来
你 让 他 出 来

n̡e55 næ55 zɿ21 n̡e55 ni21
女 善 鱼 妮 呢
龙 女 鱼 妮 她

ʔa55 li55 ɬe̠21 xæ21 tʻɯ̠21
阿 里 郎 领 出
领 出 阿 里 来

ʔa55 li55 ɬe̠21 ʐo33 ni21
阿 里 郎 小 呢
阿 里 小 伙 子

ʔa55 ba33 vi55 ɣɤ21 kɯ33
阿 爸 面 前 跪
跪 在 岳 父 前

t‘i^{21} tɕe^{33} be̱^{33} du̱^{33} le^{33}
一 句 说 出 来
开 口 把 话 说

ʔa^{55} ba^{33} mu^{33} tɯ^{21} p‘o^{21}
阿 爸 天 雷 人
青 天 我 阿 爸

ʔa^{55} mo^{21} mi^{55} ȵe̱^{33} mo^{21}
阿 妈 地 黑 大
赤 地 我 阿 妈

ʔa^{55} lɤ^{21} kɤ^{21} kɤ^{55} lɤ^{33}
阿 勒 革 那 个
那 个 阿 勒 革

ŋo^{21} la^{33} be̱^{33} le^{33} no^{33}
我 上 说 来 呀
曾 经 对 我 说

mæ^{21} næ^{55} te^{21} gu̱^{21} no^{33}
妻 善 撵 回 呀
只 要 赶 走 妻

kɤ^{55} ȵe^{55} ni^{21} fæ^{55} dʑ̩a^{21}
他 女 两 个 有
他 有 两 闺 女

ŋo^{21} la^{33} t‘i^{21} lɤ^{33} bi^{21}
我 上 一 个 给
许 配 我 一 个

tsɿ^{55} ɣa^{21} be̱^{33} gɤ^{21} no^{33}
这 而 说 后 呀
这 样 说 好 后

mæ^{21} næ^{55} te^{21} gu̱^{21} xo^{21}
妻 善 撵 回 掉
我 撵 走 贤 妻

mæ^{21} næ^{55} kɛ̱^{33} tʂ‘o^{55} xo^{21}
妻 善 骂 错 掉
错 骂 贤 妻 了

te^{21} tʂ‘o^{55} xo^{21} ti^{55} ka^{33}
撵 错 掉 的 了
撵 错 贤 妻 了

kɤ^{55} gɤ^{21} ɣo^{21} do^{21} no^{33}
那 过 面 后 呀
自 打 那 以 后

zɿ^{21} lo^{33} ku^{21} lo̱^{21} çe^{55}
水 龙 古 罗 些
龙 王 古 罗 些

dʑe^{33} mo^{21} k‘æ^{21} ɣa^{21} zɿ^{21}
床 大 上 而 睡
睡 在 龙 床 上

t‘i^{21} ni^{33} dɯ^{21} du̱^{33} le^{33}
一 心 想 出 来
反 复 在 思 量

de^{21} mi^{55} tsɿ^{55} lɤ^{33} k‘æ^{21}
凡 间 这 个 上
这 个 人 世 间

tʂ‘a^{21} ʐo^{33} tsɿ^{55} t‘i^{21} tɤ̱^{33}
人 儿 这 一 层
这 一 代 人 类

lɤ^{33} lɤ^{33} ni̱^{33} ma^{21} næ^{55}
个 个 心 不 善
心 肠 不 善 良

ŋo^{21} ȵe^{55} næ^{55} zɿ^{21} ȵe^{55}
我 女 善 鱼 妮
我 闺 女 鱼 妮

de^{21} mi^{55} ma^{21} gṳ^{21} bi^{21}
凡 间 不 回 给
不 能 回 人 间

va^{55} la^{21} pe̱^{33} tsɿ^{55} lɤ^{33}
万 老 鳖 这 个
这 个 万 老 鳖

xe^{21} sæ^{55} to^{33} ma^{21} do^{21}
屋 室 搁 不 得
不 能 留 宫 里

t'i^{21} ni̱^{33} dɯ^{21} gɤ^{21} no^{33}
一 心 想 后 呀
打 定 主 意 后

t'i^{21} ni^{21} mu^{33} tʂ'o^{33} çe^{55}
一 日 天 早 晨
有 一 日 早 晨

zɿ^{21} lo^{33} ku^{21} lo̱^{21} çe^{55}
水 龙 古 罗 些
龙 王 古 罗 些

dʐo^{33} bṳ^{33} da^{21} bṳ^{33} gɤ^{21}
吃 饱 喝 饱 后
吃 过 早 饭 后

t'i^{21} tçe^{33} be̱^{33} du̱^{33} le^{33}
一 句 说 出 来
开 口 把 话 说

ʐo^{33} næ^{55} ɬe̱^{21} ʐo^{33} na^{21}
儿 善 郎 小 你
女 婿 小 伙 你

zɿ^{21} ni^{21} tæ^{55} k'o^{21} gɯ^{33}
今 日 林 里 进
今 日 进 森 林

ŋo^{21} ʐɤ^{21} p'a^{21} nɤ̱^{33} no^{33}
我 去 跑 躲 呀
我 先 去 躲 藏

na^{21} ŋo^{21} la^{33} ʂo̱^{21} le^{21}
你 我 上 找 来
你 来 寻 找 我

p'a^{33} ʂo̱^{21} ŋa^{21} kɯ̱^{21} no^{33}
若 找 见 会 呀
若 是 找 得 到

ȵe^{55} næ^{55} na^{21} xæ^{21} k'ṳ^{21}
女 善 你 领 回
闺 女 你 领 走

ʂo̱^{21} ŋa^{21} ma^{21} kɯ̱^{21} no^{33}
找 见 不 会 呀
若 是 找 不 着

na^{21} gṳ^{21} t'ɤ̱^{21} ma^{21} do^{21}
你 回 成 不 能
你 就 不 能 回

zɿ^{21}	lo^{33}	ku^{21}	lo̱^{21}	çe^{55}
水	龙	古	罗	些
龙	王	古	罗	些

be̱^{33}	gɤ^{21}	lo^{21}	ma^{21}	mæ^{55}
说	后	着	不	及
说	后	没	多	久

ts'ɿ̱^{21}	bɤ^{21}	k'o^{21}	ɣa^{21}	ʐɤ^{21}
羊	圈	里	而	去
走	到	羊	圈	里

xa^{21}	mu^{33}	t'i^{21}	lɤ^{33}	t'ɛ̱^{21}
苍	蝇	一	个	变
变	一	只	苍	蝇

ts'ɿ̱^{21}	no^{55}	pa^{55}	k'o^{21}	nɤ̱^{33}
羊	耳	朵	里	躲
躲	在	羊	耳	中

ʔa^{55}	li^{55}	ɬe̱^{21}	ʐo^{33}	ni^{21}
阿	里	郎	小	呢
阿	里	小	伙	子

mæ^{21}	la^{33}	t'i^{21}	tɕe^{33}	be̱^{33}
妻	上	一	句	说
来	问	妻	子	道

ʔa^{55}	ba^{33}	p'a^{21}	nɤ̱^{33}	do^{33}
阿	爸	藏	躲	去
阿	爸	去	躲	藏

ŋo^{21}	la^{33}	ʂo̱^{21}	be̱^{33}	ti^{55}
我	上	找	说	的
让	我	去	找	他

p'a^{33}	ʂo̱^{21}	ŋ'a^{21}	kɯ̱^{21}	no^{33}
若	找	见	会	呀
若	是	找	得	到

na^{21}	xæ^{21}	de^{21}	mi^{55}	gu̱^{21}
你	领	凡	间	回
可	领	你	回	去

ʂo̱^{21}	ŋa^{21}	ma^{21}	kɯ̱^{21}	no^{33}
找	见	不	会	呀
找	是	找	不	着

gu̱^{21}	t'ɤ̱^{21}	ma^{21}	do^{21}	dʐɤ^{33}
回	成	不	能	说
不	能	领	你	回

ŋo^{21}	k'o^{55}	ȵe^{33}	ʂo̱^{21}	p'e^{21}
我	何	处	找	该
我	到	哪	里	找

mæ^{21}	næ^{55}	zɿ^{21}	ȵe^{55}	ni^{21}
妻	善	鱼	妮	呢
贤	妻	鱼	妮	她

t'i^{21}	tɕe̱^{21}	be̱^{33}	du̱^{33}	le^{21}
一	句	说	出	来
开	口	回	答	道

ni^{21}	dʐɿ^{21}	bɤ^{21}	k'æ^{21}	tæ^{55}
日	阳	山	上	置
太	阳	落	西	山

na^{21}	ts'ɿ̱^{21}	bɤ^{21}	ɣɤ^{21}	tʂ'ɤ^{21}
你	羊	圈	前	到
你	到	羊	圈	前

ts'ɿ^{21} xa^{21} p'a^{33} gu^{21} le^{21}
羊 绵 若 回 来
羊 群 回 圈 时

vi^{21} ɣɤ^{21} kɤ^{55} pa^{55} ʐu^{21}
先 前 那 只 捉
捉 住 领 头 羊

bo^{33} me^{33} ʂa^{55} sɛ^{33} dæ^{33}
脸 面 三 下 打
打 它 三 耳 光

ʔa^{55} ba^{33} t'i^{21} tɕe^{33} ʔɤ^{55}
阿 爸 一 句 喊
喊 一 声 阿 爸

ʂo^{21} ŋa^{21} do^{21} ti^{55} ka^{33}
找 见 得 的 了
就 可 找 到 他

ni^{21} dzɿ^{21} bɤ^{21} k'æ^{21} tæ^{55}
日 阳 山 上 落
待 太 阳 落 山

ʔa^{55} li^{55} ɬe^{21} ʐo^{33} ni^{21}
阿 里 郎 小 呢
阿 里 小 伙 子

ts'ɿ^{21} bɤ^{21} ɣɤ^{21} ɣa^{21} tʂ'ɤ^{21}
羊 圈 前 而 到
来 到 羊 圈 前

ts'ɿ^{21} xa^{21} gu^{21} le^{21} no^{33}
羊 绵 回 来 呀
见 羊 群 归 来

vi^{21} ɣɤ^{21} kɤ^{55} pa^{55} ʐu^{21}
先 前 那 只 捉
抓 住 领 头 羊

bo^{33} me^{33} ʂa^{55} sɛ^{33} dæ^{33}
脸 面 三 下 打
打 三 下 耳 光

ʔa^{55} ba^{33} t'i^{21} tɕe^{33} ʔɤ^{55}
阿 爸 一 句 喊
喊 一 声 阿 爸

ʔa^{55} ba^{33} ku^{21} lo^{21} ɕe^{55}
阿 爸 古 罗 些
阿 爸 古 罗 些

ts'ɿ^{21} no^{55} k'o^{21} du^{33} le^{21}
羊 耳 里 出 来
从 羊 耳 出 来

t'i^{21} ni^{21} mu^{33} tʂ'o^{33} ɕe^{55}
一 日 天 早 晨
又 一 天 清 早

zɿ^{21} lo^{33} ku^{21} lo^{21} ɕe^{55}
水 龙 古 罗 些
龙 王 古 罗 些

dʐo^{33} bu^{33} da^{21} bu^{33} gɤ^{21}
吃 饱 喝 饱 后
吃 过 早 饭 后

t'i^{21} tɕe^{33} be^{33} du^{33} le^{33}
一 句 说 出 来
开 口 把 话 说

zɿ^{21} ni^{21} ŋo^{21} p'a^{21} nɣ̱^{33}
今 天 我 藏 躲
今 日 我 躲 藏

na^{21} ŋo^{21} la^{33} ʂo̱^{21} le^{21}
你 我 上 找 来
你 来 把 我 找

p'a^{33} ʂo̱^{21} ŋa^{21} kɯ̱^{21} no^{33}
若 找 见 会 呀
若 是 找 得 到

ȵe^{55} na^{21} xæ^{21} ɡu̱^{21} bi^{21}
女 你 领 回 给
闺 女 你 带 走

ʂo̱^{21} ŋa^{21} ma^{21} kɯ̱^{21} no^{33}
找 见 不 会 呀
若 是 找 不 着

na^{21} ɡu̱^{21} t'ɣ̱^{21} ma^{21} do^{21}
你 回 成 不 能
你 就 回 不 去

be̱^{33} ɡɣ^{21} lo^{21} ma^{21} mæ^{55}
说 后 着 不 及
说 后 没 多 久

zɿ^{21} lo^{33} ku^{21} lo̱^{21} çe^{55}
水 龙 古 罗 些
龙 王 古 罗 些

ɡo^{21} ti^{55} mo^{55} næ^{55} du̱^{33}
门 槛 高 低 出
走 出 龙 宫 门

ni^{33} bɣ^{21} k'o^{21} tʂ'ɣ^{21} le^{21}
牛 圈 里 到 来
走 到 牛 圈 里

xa^{21} mu^{33} t'i^{21} lɣ^{33} t'ɛ̱^{21}
苍 蝇 一 个 变
变 一 只 苍 蝇

ni^{33} no^{55} pa^{55} k'o^{21} nɣ̱^{33}
牛 耳 朵 里 躲
躲 进 牛 耳 里

ʔa^{55} li^{55} ɬe̱^{21} zo^{33} ni^{21}
阿 里 郎 小 呢
阿 里 小 伙 子

mæ^{21} la^{33} t'i^{21} tçe^{21} be̱^{33}
妻 上 一 句 说
对 妻 把 话 说

ʔa^{55} ba^{33} p'a^{21} nɣ̱^{33} do^{33}
阿 爸 藏 躲 去
阿 爸 去 躲 藏

ŋo^{21} kɣ^{55} ʂo̱^{21} ŋa^{33} dʐɣ^{33}
我 他 找 要 说
要 我 去 找 他

tæ^{55} mo^{21} nɯ^{55} zæ^{21} zæ^{21}
林 大 绿 茵 茵
林 深 不 见 天

k'ɣ^{55} ȵe^{21} ʂo̱^{21} p'e^{21} le^{21}
何 处 找 该 来
我 到 哪 里 找

be̱^{33} gɤ^{21} lo^{21} ma^{21} mæ^{55}

说 后 着 不 及

没 等 他 说 完

mæ^{21} na^{55} zɿ^{21} ȵe^{55} ni^{21}

妻 善 鱼 妮 呢

鱼 妮 贤 惠 妻

tʻi^{21} tɕe^{33} be̱^{33} du̱^{33} le^{33}

一 句 说 出 来

开 口 回 答 道

na^{21} ni̱^{33} ʂo^{33} ma^{21} dʐa^{21}

你 心 愁 不 有

你 不 必 发 愁

na^{21} ŋo^{21} do^{21} xe^{21} dʐa^{21}

你 我 处 屋 在

同 我 在 家 中

ni^{21} dzɿ̱^{21} bɤ^{21} tæ^{55} no^{33}

日 阳 山 落 呀

待 太 阳 落 山

ni^{33} ɬɛ̱^{21} go^{21} ɣɤ^{21} tʂʻɤ^{21}

牛 圈 门 前 到

到 牛 圈 门 前

ni^{33} nɤ^{55} gu̱^{21} le^{21} no^{33}

牛 黄 回 来 呀

牛 群 回 来 时

ʔa^{55} vi̱^{21} kɤ^{55} ni^{21} pa^{55}

阿 前 那 两 条

最 前 两 条 牛

ɣo^{21} do^{21} kɤ^{55} pa^{55} ʐu^{21}

面 后 那 条 捉

抓 住 第 二 条

bo^{33} me^{33} ʂa^{55} sɛ̱^{33} dæ^{33}

脸 面 三 下 打

打 它 三 耳 光

ʔa^{55} ba^{33} tʻi^{21} tɕe^{33} ʔɤ^{55}

阿 爸 一 句 喊

接 着 喊 阿 爸

ʂo̱^{21} ŋa^{21} do^{21} ti^{55} ka^{33}

找 见 得 的 了

就 可 找 到 他

ni^{21} dzɿ̱^{21} bɤ^{21} kʻæ^{21} tæ^{55}

日 阳 山 上 落

太 阳 落 山 时

ʔa^{55} li^{55} ɬe̱^{21} ʐo^{33} ni^{21}

阿 里 郎 小 呢

阿 里 小 伙 子

ni^{33} ɬɛ̱^{21} ɣɤ^{21} ɣa^{21} tʂʻɤ^{21}

牛 圈 前 而 到

来 到 牛 圈 前

ni^{33} nɤ^{55} gu̱^{21} le^{21} no^{33}

牛 红 回 来 呀

牛 群 回 来 时

ni^{33} ʐu^{21} ʂa^{55} sɛ̱^{33} dæ^{33}

牛 捉 三 下 打

捉 牛 打 三 下

ʔa^{55} ba^{33} tʻi^{21} tɕe^{33} ʔɤ^{55}
阿 爸 一 句 喊
接 着 喊 阿 爸

zɿ^{21} lo^{33} ku^{21} lo̱^{21} ɕe^{55}
水 龙 古 罗 些
龙 王 古 罗 些

ni^{33} no^{55} kʻo^{21} ɣa̱^{21} du̱^{33}
牛 耳 里 而 出
走 出 牛 耳 来

tʻi^{21} ni^{21} mu^{33} tʂʻo̱^{33} ɕe^{55}
一 日 天 早 晨
又 一 日 早 晨

zɿ^{21} lo^{33} ku^{21} lo̱^{21} ɕe^{55}
水 龙 古 罗 些
龙 王 古 罗 些

dʐo^{33} bu̱^{33} da^{21} bu̱^{33} gɤ^{21}
吃 饱 喝 饱 后
吃 过 早 饭 后

tʻi^{21} tɕe^{33} be̱^{33} du̱^{33} le^{33}
一 句 说 出 来
开 口 把 话 说

ʐo^{33} næ^{55} ɬe̱^{21} ʐo^{33} na^{21}
儿 善 郎 小 你
年 轻 女 婿 你

zɿ^{21} ni^{21} na^{21} pʻa^{21} nɤ̱^{33}
今 日 你 跑 躲
今 日 你 躲 藏

ŋo^{21} le^{21} na^{21} la^{33} ʂo̱^{21}
我 来 你 上 找
我 来 寻 找 你

ʂo̱^{21} ŋa^{21} ma^{21} kɯ̱^{21} no^{33}
找 见 不 会 呀
倘 若 找 不 到

ȵe^{55} næ^{55} na^{21} xæ^{21} kʻu̱^{21}
女 善 你 领 回
闺 女 你 带 走

pʻa^{33} ʂo̱^{21} ŋa^{21} kɯ̱^{21} no^{33}
若 找 见 会 呀
倘 若 找 到 了

na^{21} gu̱^{21} tʻɤ^{21} ma^{21} do^{21}
你 回 成 不 能
你 就 回 不 了

ʔa^{55} li^{55} ɬe̱^{21} ʐo^{33} no^{33}
阿 里 郎 小 呀
阿 里 小 伙 子

mæ^{21} la^{33} tʻi^{21} tɕe^{33} be̱^{33}
妻 上 一 句 说
又 来 对 妻 讲

ʔa^{55} ba^{33} be̱^{33} le^{21} no^{33}
阿 爸 说 来 呀
阿 爸 吩 咐 我

ŋo^{21} pʻa^{21} nɤ̱^{33} ŋa^{33} dʐɤ^{33}
我 跑 躲 要 说
要 我 去 躲 藏

kɤ^{55} le^{21} ŋo^{21} la^{33} ʂo̱^{21}
他 来 我 上 找
他 要 来 找 我

ʂo̱^{21} ŋa^{21} ma^{21} kɯ̱^{21} no^{33}
找 见 不 会 呀
若 是 找 不 着

ŋo^{21} na^{21} la^{33} xæ^{21} no^{33}
我 你 上 领 呀
允 许 我 领 你

de^{21} mi^{55} ɣo̱^{21} gu̱^{21} do^{21}
阳 间 得 回 能
回 到 人 世 间

pʻa^{33} ʂo̱^{21} ŋa^{21} ti̱^{55} no^{33}
若 找 见 的 呀
倘 若 找 到 了

ɣo̱^{21} gu̱^{21} ma^{21} tʻɤ^{21} dʐɤ^{33}
得 回 不 成 说
无 望 回 人 间

tsɿ^{55} ʂɤ^{21} be̱^{33} dʐa^{21} ti̱^{55}
这 些 说 在 的
如 此 交 代 我

mæ^{21} næ^{33} zɿ^{21} ȵe^{55} ni^{21}
妻 善 鱼 妮 呢
鱼 妮 贤 妻 她

tʻi^{21} tɕe^{33} be̱^{33} du̱^{33} le^{33}
一 句 说 出 来
开 口 回 答 道

na^{21} dɯ^{21} ʂo^{33} ma^{21} dʐa^{21}
你 想 愁 不 有
你 不 必 发 愁

na^{21} ŋo^{21} do^{21} xe^{21} dʐa^{21}
你 我 处 屋 在
你 就 陪 伴 我

xe^{21} sæ^{55} kʻo^{21} ɣa^{21} dʐa^{21}
屋 室 里 而 在
陪 我 在 家 里

xe^{21} sæ^{55} kʻo^{21} pʻa^{21} nɤ̱^{33}
屋 室 里 藏 躲
在 家 可 躲 藏

pʻa^{21} nɤ̱^{33} do^{21} dʐa^{21} ti^{55}
跑 躲 处 有 的
家 中 有 藏 处

mæ^{21} næ^{55} zɿ^{21} ȵe^{55} ni^{21}
妻 善 鱼 妮 呢
贤 妻 鱼 妮 她

le̱^{21} xɤ^{21} ʔa^{55} li^{55} kʻæ^{21}
手 拿 阿 里 上
用 手 拍 阿 里

ɬe^{21} la^{33} tʻi^{21} sɛ^{33} dæ^{33}
郎 上 一 下 打
轻 轻 拍 一 下

ʔa^{55} li^{55} ɬe̱^{21} ʐo^{33} ni^{21}
阿 里 郎 小 呢
阿 里 小 伙 子

sæ^{55} ɣɣ̠^{21} tʻi^{21} pa^{55} tʻɛ^{21}
金 针 一 根 变
立 刻 变 成 针

kɤ^{55} gɤ^{21} ɣo^{55} do^{21} no^{33}
那 过 面 后 呀
那 样 以 后 呀

zɿ^{21} lo^{33} ku^{21} lo̠^{21} çe^{55}
水 龙 古 罗 些
龙 王 古 罗 些

ʔa^{55} li^{55} ɬe̠^{21} la^{33} ʂo̠^{21}
阿 里 郎 上 找
出 门 找 阿 里

ŋo^{33} tsɛ^{21} ʂo̠^{21} gu̠^{21} le^{21}
五 架 找 回 来
找 遍 五 座 山

ŋo^{33} la^{33} ʂo̠^{21} du̠^{33} lɤ^{21}
五 箐 找 出 去
寻 遍 五 条 箐

tæ^{55} ŋo^{33} lɤ^{33} ʂo̠^{21} gu̠^{21}
林 五 个 找 回
找 遍 五 片 林

ʔa^{55} li^{55} la^{33} ma^{21} ŋa^{21}
阿 里 上 不 见
找 不 到 阿 里

tsʻɿ^{21} tʻa^{21} ʔa^{55} dʐɤ^{21} te̠^{21}
脚 底 阿 刺 戳
脚 底 被 刺 戳

gɯ^{21} pʻe^{21} ʔa^{55} dʐɤ^{21} te̠^{21}
身 体 签 刺 戳
身 体 被 刺 划

ʂo̠^{21} ŋa^{21} ma^{21} kɯ̠^{21} ni^{21}
找 见 不 会 呢
找 不 到 阿 里

xe^{21} sæ^{55} kʻo^{21} gu̠^{21} le^{21}
屋 室 里 回 来
疲 惫 回 龙 宫

ȵe^{55} næ^{55} la^{33} ŋa^{21} no^{33}
女 善 上 见 呀
看 见 了 闺 女

tʻi^{21} tɕe^{21} be̠^{33} du̠^{33} le^{33}
一 句 说 出 来
对 囡 把 话 说

ȵe^{55} næ^{55} le^{21} ȵe^{55} næ^{55}
女 善 呀 女 善
闺 女 呀 闺 女

ʔa^{55} dʐɤ^{21} kɛ^{21} bi^{21} le^{21}
签 刺 挑 给 来
替 我 挑 挑 刺

va^{21} la^{21} pe^{33} tsɿ^{55} lɤ^{33}
万 老 鳖 这 个
这 个 万 老 鳖

kʻɤ^{55} ȵe̠^{33} nɤ̠^{33} ma^{21} sɛ^{21}
何 处 躲 不 晓
不 知 躲 何 处

ŋo^{21} ʂo̱^{21} ŋa^{21} ma^{21} kɯ̱^{21}
我 找 见 不 会
实 在 找 不 着

ȵe^{55} næ^{55} zɿ^{21} ȵe^{55} ni^{21}
女 善 鱼 妮 呢
龙 女 鱼 妮 她

sæ^{55} ɣɤ̱^{21} xɤ^{21} tɕe^{55} le^{55}
金 针 拿 来 过
拿 出 金 针 来

p'o^{21} la^{33} dʑɤ^{21} kɛ̱^{21} bi^{21}
父 上 刺 挑 给
帮 父 挑 尖 刺

ʔa^{55} dʑɤ^{21} kɛ̱^{21} t'ɯ̱^{21} no^{33}
阿 刺 挑 出 呀
挑 完 尖 刺 后

sæ^{55} ɣɤ̱^{21} go^{21} ti^{55} t'ɯ̱^{21}
金 针 门 槛 出
金 针 丢 门 外

ʔa^{55} li^{55} ʂu^{21} næ^{55} ʐo^{33}
阿 里 人 善 儿
阿 里 小 伙 子

go^{21} ɣɤ^{21} gɯ^{33} gu̱^{21} le^{21}
门 前 进 回 来
从 门 外 进 来

zɿ^{21} lo^{33} ku^{21} lo̱^{21} ɕe^{55}
水 龙 古 罗 些
龙 王 古 罗 些

ʔa^{55} li^{55} la^{33} ŋa^{21} no^{33}
阿 里 上 见 呀
眼 见 了 阿 里

t'i^{21} tɕe^{33} no^{55} du̱^{33} le^{33}
一 句 问 出 来
开 口 问 阿 里

ʐo^{33} næ^{55} ɬe̱^{21} ʐo^{33} na^{21}
儿 善 郎 儿 你
年 轻 女 婿 你

k'ɤ^{55} ȵe^{33} p'a^{21} nɤ̱^{33} lo^{33}
何 处 藏 躲 了
躲 藏 在 哪 里

ŋo^{33} tsɛ^{21} ʂo̱^{21} gu̱^{21} le^{21}
五 架 找 回 来
找 遍 五 座 山

ŋo^{33} tæ^{55} ʂo̱^{21} gu̱^{21} le^{21}
五 林 找 回 来
寻 遍 五 片 林

ŋo^{33} de^{21} ʂo̱^{21} gu̱^{21} le^{21}
五 坝 找 回 来
找 遍 五 个 坝

na^{21} la^{33} ŋa^{21} ma^{21} kɯ̱^{21}
你 上 见 不 会
都 没 找 到 你

ʔa^{55} li^{55} ɬe̱^{21} ʐo^{33} ni^{21}
阿 里 郎 小 呢
阿 里 小 伙 子

tʻi^{21} tɕe^{33} be̱^{33} du̱^{33} le^{33}
一 句 说 出 来
开 口 把 话 答

ʔa^{55} ba^{33} mu^{33} tɯ^{21} pʻo^{21}
阿 爸 天 雷 人
青 天 我 阿 爸

na^{21} gu̱^{21} le^{21} kɤ^{55} tʻo^{21}
你 回 来 那 时
你 回 宫 那 时

ŋo^{21} na^{21} ʔa^{55} dʐɤ^{21} kɛ^{21}
我 你 阿 刺 挑
我 为 你 挑 刺

kɛ^{21} bi^{21} lo^{33} ti^{55} sɿ^{33}
挑 给 了 的 呢
帮 你 挑 了 刺

tʻi^{21} tɕe^{33} be̱^{33} ma^{21} mæ^{55}
一 句 说 不 及
没 等 话 音 落

zɿ^{21} lo^{21} ku^{33} lo̱^{21} ɕe^{55}
水 龙 古 罗 些
龙 王 古 罗 些

tʻi^{21} tɕe^{33} be̱^{33} du̱^{33} le^{33}
一 句 说 出 来
后 悔 地 说 道

sæ^{55} ɣɤ̱^{21} kɤ^{55} tʻi^{21} pa^{55}
金 针 那 一 根
那 一 根 金 针

me^{33} pʻɤ^{21} kʻo^{21} ma^{21} te^{33}
火 盆 里 不 放
该 丢 火 塘 里

ma^{21} ɣo̱^{21} tʂʻu^{55} te^{33} tɕe^{55}
不 得 烧 进 去
该 把 针 烧 化

tʻi^{21} ni^{21} mu^{33} tʂʻo^{33} ɕe^{55}
一 天 天 早 晨
又 一 日 早 晨

zɿ^{21} lo^{33} ku^{21} lo̱^{21} ɕe^{55}
水 龙 古 罗 些
龙 王 古 罗 些

tʻi^{21} tɕe^{33} be̱^{33} du̱^{33} le^{33}
一 句 说 出 来
对 婿 把 话 说

zɿ^{21} ni^{21} na^{21} pʻa^{21} nɤ̱^{33}
今 天 你 藏 躲
今 日 你 躲 藏

ŋo^{21} le^{21} na^{21} la^{33} ʂo̱^{21}
我 来 你 上 找
我 来 寻 找 你

ʂo̱^{21} ŋa^{21} ma^{21} kɯ̱^{21} no^{33}
找 见 不 会 呀
若 是 找 不 着

ɳe^{55} næ^{55} na^{21} xæ^{21} gu̱^{21}
女 善 你 领 回
闺 女 你 带 走

pʻa^{33} ʂo̱^{21} ŋa^{21} ti^{55} no^{33}
若 找 见 的 呀
若 是 找 到 你

na^{21} gu̱^{21} tʻɤ̱^{21} ma^{21} do^{21}
你 回 成 不 能
你 莫 想 回 去

tʻi^{21} tɕe^{33} be̱^{33} gɤ^{33} no^{33}
一 句 说 过 呀
把 话 说 过 后

ʔa^{55} li^{55} ɬe̱^{21} ʐo^{33} ni^{21}
阿 里 郎 小 呢
阿 里 小 伙 子

mæ^{21} la^{33} tʻi^{21} tɕe^{33} be̱^{33}
妻 上 一 句 说
来 问 妻 子 道

ʔa^{55} ba^{33} be̱^{33} le^{21} no^{33}
阿 爸 说 来 呀
阿 爸 又 说 了

ŋo^{21} ʐɤ^{21} pʻa^{21} nɤ̱^{33} dʐɤ^{33}
我 去 跑 藏 说
让 我 去 躲 藏

ʂo̱^{21} ŋa^{21} ma^{21} kɯ̱^{21} no^{33}
找 见 不 会 呀
若 是 找 不 到

na^{21} xæ^{21} de^{21} mi^{55} gu̱^{21}
你 领 阳 间 回
我 可 带 你 走

pʻa^{33} ʂo̱^{21} ŋa^{21} kɯ̱^{21} no^{33}
若 找 见 会 呀
若 被 找 到 了

gu̱^{21} tʻɤ̱^{21} ma^{21} do^{21} dʐɤ^{33}
回 成 不 得 说
无 望 回 人 间

mæ^{21} næ^{55} zʅ^{21} ȵe^{55} ni^{21}
妻 善 鱼 妮 呢
鱼 妮 贤 妻 她

tʻi^{21} tɕe^{33} be̱^{33} du̱^{33} le^{33}
一 句 说 出 来
回 答 丈 夫 道

na^{21} ni̱^{33} ʂo^{33} ma^{21} dʐa^{21}
你 心 愁 不 有
你 不 必 担 心

ŋo^{21} do^{21} xe^{21} sæ^{55} dʐa^{21}
我 跟 屋 室 在
同 我 在 家 中

xe^{21} kʻo^{21} nɤ̱^{33} dʐa^{21} ti^{55}
屋 里 躲 在 的
家 中 有 藏 处

be̱^{33} gɤ^{21} lo^{21} ma^{21} mæ^{55}
说 后 着 不 及
刚 把 话 说 完

mæ^{21} næ^{55} zʅ^{21} ȵe^{55} ni^{21}
妻 善 鱼 妮 呢
鱼 妮 贤 妻 她

ʔa^{55} li^{55} tʻi^{21} sɛ̱^{33} dæ^{33}
阿 里 一 下 打
拍 一 掌 阿 里

ʔa^{55} li^{55} ɬe̱^{21} ʐo^{33} ni^{21}
阿 里 郎 小 呢
阿 里 小 伙 子

dʐo^{21} po^{33} tʻe^{21} lɤ^{33} tʻɛ̱^{21}
饭 蒸 一 个 变
变 成 木 甑 子

zɿ^{21} lo^{33} ku^{21} lo^{21} ɕe^{55}
水 龙 古 罗 些
龙 王 古 罗 些

go^{21} ti^{55} mo^{55} næ^{55} du̱^{21}
门 槛 高 低 出
跨 出 家 门 槛

ʂɿ^{21} tæ^{55} ʂo̱^{21} gu̱^{21} le^{21}
七 林 找 回 来
找 遍 七 片 林

ʂɿ^{21} la^{33} ʂo̱^{21} gu̱^{21} le^{21}
七 箐 找 回 来
寻 遍 七 个 箐

ʂɿ^{21} tsɛ̱^{21} ʂo̱^{21} gu̱^{21} le^{21}
七 岭 找 回 来
找 遍 七 座 山

ʔa^{21} pe^{55} ni̱^{21} tsɿ̱^{33} tsɿ̱^{33}
肚 子 饿 饥 饥
肚 子 饥 又 饿

ʔa^{55} li^{55} la^{33} ma^{21} ŋa^{21}
阿 里 上 不 见
找 不 到 阿 里

pu̱^{33} ɣo^{55} xe^{21} sæ^{55} gu̱^{21}
返 里 屋 室 回
失 望 把 家 回

ȵe^{55} næ^{55} la^{33} ɣa^{33} ŋa^{21}
女 善 上 而 见
见 到 女 儿 面

tʻi^{21} tɕe^{33} be̱^{33} du̱^{33} le^{33}
一 句 说 出 来
忙 对 女 儿 说

ȵe^{55} næ^{55} le^{21} ȵe^{55} næ^{55}
女 善 呀 女 善
闺 女 呀 闺 女

dʑo^{21} ni̱^{21} dʑa^{21} ma^{21} do^{21}
饭 饿 在 不 得
实 在 饥 饿 了

dʑo^{21} kʻɤ̱^{21} pʻo^{21} tʂo^{33} le^{33}
饭 盛 父 喂 来
盛 饭 给 我 吃

va^{21} la^{21} pe^{33} tsɿ^{55} lɤ^{33}
万 老 鳖 这 个
这 个 万 老 鳖

kʻɤ^{55} nɤ̱^{33} do^{33} ma^{21} sɛ̱^{21}
何 躲 去 不 晓
不 知 躲 何 处

ŋo^{21} ʂo̱^{21} ŋa^{21} ma^{21} kɯ̱^{21}
我 找 见 不 会
我 找 不 到 他

ȵe^{55} næ^{55} zɿ^{21} ȵe^{55} ni^{21}
女 善 鱼 妮 呢
龙 女 鱼 妮 她

dʐo^{21} po^{33} tsʻæ^{21} du̱^{33} le^{33}
饭 筒 抬 出 来
抬 出 甑 子 来

dʐo^{21} kʻɤ̱^{21} pʻo^{21} ɣa^{21} tʂo^{33}
饭 盛 父 而 喂
盛 饭 给 父 吃

kɤ^{55} gɤ^{21} ɣo^{55} do^{21} no^{33}
那 过 面 后 呀
吃 过 饭 以 后

dʐo^{21} po^{33} ko^{55} kʻæ^{21} to^{33}
饭 筒 灶 上 搁
抬 甑 放 灶 台

ʔa^{55} li^{55} ɬe̱^{21} ʐo^{33} ni^{21}
阿 里 郎 小 呢
阿 里 小 伙 子

ko^{55} xe^{21} kʻo^{21} du̱^{33} le^{33}
灶 房 里 出 来
走 出 灶 房 来

zɿ^{21} lo^{33} ku^{21} lo̱^{21} ɕe^{55}
水 龙 古 罗 些
龙 王 古 罗 些

ʔa^{55} li^{55} la^{33} ɣa^{21} ŋa^{21}
阿 里 上 而 见
看 见 了 阿 里

tʻi^{21} tɕe^{33} no^{55} du̱^{33} le^{33}
一 句 问 出 来
开 口 问 他 道

ʐo^{33} mæ^{55} ɬe̱^{21} ʐo^{33} na^{21}
儿 善 郎 小 你
小 伙 女 婿 你

kʻɤ^{55} ȵe̱^{33} nɤ^{33} lo^{33} le^{21}
何 处 躲 了 来
你 躲 在 何 处

ʂɿ^{21} tsɛ̱^{21} ʂo̱^{21} gu̱^{21} le^{21}
七 岭 找 回 来
找 遍 七 座 山

ʂɿ^{21} tæ^{55} ʂo̱^{21} gu̱^{21} le^{21}
七 林 找 回 来
寻 遍 七 片 林

ʂɿ^{21} la^{33} ʂo̱^{21} gu̱^{21} le^{21}
七 箐 找 回 来
找 遍 七 个 箐

na^{21} la^{33} ŋa^{21} ma^{21} kɯ̱^{21}
你 上 见 不 会
没 法 找 到 你

ʔa^{55} li^{55} ɬe̱^{21} ʐo^{33} ni^{21}
阿 里 郎 小 呢
阿 里 小 伙 子

tʻi^{21} tɕe^{33} be̱^{33} du̱^{33} le^{33}
一 句 说 出 来
开 口 把 话 答

ʔa^{55} ba^{33} mu^{33} tɯ^{21} pʻo^{21}
阿 爸 天 雷 人
尊 贵 的 阿 爸

na^{21} gu̱^{21} le^{21} kɤ^{55} tʻo^{21}
你 回 来 那 时
你 回 来 那 时

ŋo^{21} dʑo^{21} kʻɤ̱^{21} na^{21} tʂo^{33}
我 饭 盛 你 喂
我 还 盛 了 饭

na^{21} la^{33} tʂo^{33} lo^{33} sɿ^{33}
你 上 喂 了 呢
盛 饭 给 你 吃

be̱^{33} gɤ^{21} lo^{21} ma^{21} mæ^{55}
说 过 着 不 及
没 等 话 说 完

zɿ^{21} lo^{33} ku^{21} lo̱^{21} ɕe^{55}
水 龙 古 罗 些
龙 王 古 罗 些

tʻi^{21} tɕe^{33} be̱^{33} du̱^{33} le^{33}
一 句 说 出 来
后 悔 地 说 道

dʑo^{21} po^{33} ma^{21} ɣo̱^{21} tsʻæ^{21}
饭 筒 不 得 抬
该 把 甑 子 抬

mæ^{33} pʻɤ^{21} kʻo^{21} ma^{21} tʂʻu^{55}
火 盆 里 不 烧
丢 进 火 塘 里

ma^{21} ɣo̱^{21} tʂʻu^{55} te^{33} tɕe^{55}
不 得 烧 进 去
把 甑 烧 成 灰

tʻi^{21} ni^{21} mu^{33} tʂʻo^{33} ɕe^{55}
一 日 天 早 晨
又 一 日 早 晨

zɿ^{21} lo^{33} ku^{21} lo̱^{21} ɕe^{55}
水 龙 古 罗 些
龙 王 古 罗 些

tʻi^{21} tɕe^{33} be̱^{33} du̱^{33} le^{33}
一 句 说 出 来
又 来 把 话 说

ʐo^{33} næ^{55} ɬe̱^{21} ʐo^{33} na^{21}
儿 善 郎 小 你
小 伙 我 女 婿

zɿ^{21} ni^{21} na^{21} pʻa^{21} nɤ̱^{33}
今 日 你 藏 躲
今 日 你 躲 藏

ŋo^{21} le^{21} na^{21} la^{33} ʂo̱^{21}
我 来 你 上 找
我 来 寻 找 你

ʂo̱^{21} ŋa^{21} ma^{21} kɯ̱^{21} no^{33}
找 见 不 会 呀
若 是 找 不 到

ȵe^{55} næ^{33} na^{21} xæ^{21} k'u̱^{21}
女 善 你 领 回
闺 女 你 带 走

p'a^{33} ʂo̱^{21} ŋa^{21} ti^{55} no^{33}
若 找 见 的 呀
若 是 找 到 你

na^{21} gu̱^{21} t'ɣ̱^{21} ma^{21} do^{21}
你 回 成 不 能
你 就 莫 想 走

ʔa^{55} li^{55} ɬe̱^{21} ʐo^{33} ni^{21}
阿 里 郎 小 呢
阿 里 小 伙 子

mæ^{21} la^{33} t'i^{21} tɕe^{33} be̱^{33}
妻 上 一 句 说
告 诉 妻 子 说

ʔa^{55} ba^{33} be̱^{33} le^{21} no^{33}
阿 爸 说 来 呀
阿 爸 交 代 说

ŋo^{21} p'a^{21} nɣ̱^{33} ŋa^{33} dʑɣ^{33}
我 跑 藏 要 说
要 我 去 躲 藏

kɣ^{55} le^{21} ŋo^{21} la^{33} ʂo̱^{21}
他 来 我 上 找
他 来 寻 找 我

ʂo̱^{21} ŋa^{21} ma^{21} kɯ̱^{21} no^{33}
找 见 不 会 呀
若 是 找 不 到

ŋo^{21} na^{21} xæ^{21} da^{33} no^{33}
我 你 领 了 呀
允 许 我 带 你

de^{21} mi^{55} ɣo̱^{21} gu̱^{21} do^{21}
阳 间 能 回 得
回 到 人 世 间

p'a^{33} ʂo̱^{21} ŋa^{21} kɯ̱^{21} no^{33}
若 找 见 会 呀
若 被 他 找 到

gu̱^{21} t'ɣ̱^{21} ma^{21} do^{21} dʑɣ^{33}
回 成 不 得 了
无 望 回 人 间

be̱^{33} gɣ^{21} lo^{21} ma^{21} mæ^{55}
说 后 着 不 及
不 及 说 完 话

mæ^{21} næ^{55} zɿ^{21} ȵe^{55} ni^{21}
妻 善 鱼 妮 呢
贤 妻 鱼 妮 她

t'i^{21} tɕe^{33} be̱^{33} du̱^{33} le^{33}
一 句 说 出 来
回 答 丈 夫 道

na^{21} ni^{33} ʂo^{33} ma^{21} dʑa^{21}
你 心 愁 不 用
不 用 你 发 愁

ŋo^{21} do^{21} xe^{21} k'o^{21} dʑa^{21}
我 跟 屋 里 在
陪 我 在 家 中

xe^{21} k'o^{21} nɣ̱^{33} do^{21} dʐa^{21}
屋 里 躲 处 有
家 中 有 藏 处

be̱^{33} gɣ^{21} lo^{21} ma^{21} mæ^{55}
说 后 着 不 及
不 及 说 完 话

ȵe^{55} næ^{55} zɿ^{21} ȵe^{55} ni^{21}
女 善 鱼 妮 呢
贤 妻 鱼 妮 她

ʔa^{55} li^{55} t'i^{21} sɛ̱^{33} dæ^{33}
阿 里 一 下 打
拍 一 下 阿 里

ʔa^{55} li^{55} ɬe̱^{21} ʐo^{33} ni^{21}
阿 里 郎 小 呢
阿 里 小 伙 子

ʔa^{55} p'e^{55} t'i^{21} pa^{55} t'ɛ^{21}
水 瓢 一 根 变
立 刻 变 成 瓢

zɿ^{21} lo^{33} ku^{21} lo̱^{21} ɕe^{55}
水 龙 古 罗 些
龙 王 古 罗 些

go^{21} ti^{55} mo^{55} næ^{55} du̱^{33}
门 槛 高 低 出
跨 出 龙 宫 门

kɯ^{33} tsɛ^{21} ʂo̱^{21} gu̱^{21} le^{21}
九 岭 找 回 来
找 遍 九 架 山

kɯ^{33} tæ^{55} ʂo̱^{21} gu̱^{21} le^{21}
九 林 找 回 来
寻 遍 九 片 林

kɯ^{55} la^{33} ʂo̱^{21} gu̱^{21} le^{21}
九 箐 找 回 来
找 遍 九 个 箐

ʂo̱^{21} ŋa^{21} ma^{21} kɯ̱^{21} ni^{21}
找 见 不 会 呢
没 找 到 阿 里

pu̱^{33} ɣo^{55} xe^{21} sæ^{55} gu̱^{21}
返 里 屋 室 回
疲 惫 返 回 宫

ȵe^{55} næ^{55} la^{33} ɣa^{21} ŋa^{21}
女 善 上 而 见
看 见 了 闺 女

t'i^{21} tɕe^{33} be̱^{33} du^{33} le^{33}
一 句 说 出 来
开 口 把 话 说

ȵe^{55} næ^{55} le^{21} ȵe^{55} næ^{55}
女 善 呀 女 善
闺 女 呀 闺 女

zɿ^{21} k'ɣ̱^{21} ŋo^{21} tɛ^{21} le^{21}
水 舀 我 灌 来
舀 水 给 我 喝

va^{21} la^{21} pe^{33} tsɿ^{55} lɣ^{33}
万 老 鳖 这 个
这 个 万 老 鳖

k‘o^{55} nɤ̠^{33} do^{33} ma^{21} sɛ^{21}

何 躲 处 不 晓

不 知 躲 何 处

ȵe^{55} næ^{55} zɿ^{21} ȵe^{55} ni^{21}

女 善 鱼 妮 呢

闺 女 鱼 妮 她

zɿ^{21} k‘ɤ̠^{21} p‘o^{21} la^{33} tɛ^{21}

水 舀 父 上 灌

舀 水 给 父 喝

kɤ^{55} gɤ^{21} ɣo^{55} do^{21} no^{33}

那 过 面 后 呀

喝 过 水 以 后

ʔa^{55} p‘e^{55} ko^{55} k‘æ^{21} to^{33}

阿 瓢 灶 上 搁

瓢 放 灶 台 上

ʔa^{55} li^{55} ɬe̠^{21} ʐo^{33} ni^{21}

阿 里 郎 小 呢

阿 里 现 原 形

ko^{55} xe^{21} k‘o^{21} du̠^{33} le^{33}

灶 房 里 出 来

走 出 灶 房 来

zɿ^{21} lo^{33} ku^{21} lo̠^{21} ɕe^{55}

水 龙 古 罗 些

龙 王 古 罗 些

ʔa^{55} li^{55} la^{33} ɣa^{21} ŋa^{21}

阿 里 上 而 见

看 见 了 阿 里

t‘i^{21} tɕe^{33} be̠^{33} du̠^{33} le^{33}

一 句 说 出 来

开 口 问 阿 里

ʐo^{33} næ^{55} ɬe̠^{21} ʐo^{33} na^{21}

儿 善 郎 小 你

小 伙 女 婿 你

k‘ɤ^{55} ȵe̠^{33} nɤ̠^{33} lo^{33} le^{21}

何 处 躲 了 呀

躲 藏 在 哪 里

kɯ^{33} tsɛ̠^{21} ʂo̠^{21} gu̠^{21} le^{21}

九 架 找 回 来

找 遍 九 架 山

kɯ^{55} la^{33} ʂo̠^{21} gu̠^{21} le^{21}

九 箐 找 回 来

寻 遍 九 个 箐

kɯ^{33} tæ^{55} ʂo̠^{21} gu̠^{21} le^{21}

九 林 找 回 来

找 遍 九 片 林

na^{21} la^{33} ŋa^{21} ma^{21} kɯ̠^{21}

你 上 见 不 会

都 没 找 到 你

ʔa^{55} li^{55} ɬe̠^{21} ʐo^{33} ni^{21}

阿 里 郎 儿 呢

阿 里 小 伙 子

t‘i^{21} tɕe^{33} be̠^{33} du̠^{33} le^{33}

一 句 说 出 来

回 答 岳 父 道

ʔa^{55} ba^{33} mu^{33} tɯ^{21} p'o^{21}
阿 爸 天 雷 人
尊 贵 的 阿 爸

na^{21} gu̱^{21} le^{21} ʂɤ^{21} t'o^{33}
你 回 来 似 时
你 回 家 那 时

ŋo^{21} na^{21} zɿ^{21} k'ɤ̱^{21} tɛ̱^{21}
我 你 水 舀 喂
舀 水 让 你 喝

be̱^{33} gɤ^{21} lo^{21} ma^{21} mæ^{55}
说 过 着 不 及
话 音 还 未 落

zɿ^{21} lo^{33} ku^{21} lo̱^{21} ɕe^{55}
水 龙 古 罗 些
龙 王 古 罗 些

t'i^{21} tɕe^{33} be̱^{33} du̱^{33} le^{33}
一 句 说 出 来
后 悔 地 说 道

ʔa^{55} p'e^{55} tsɿ^{55} t'i^{21} pa^{55}
水 瓢 这 一 根
这 一 把 水 瓢

mæ^{33} p'ɤ^{21} k'o^{21} ma^{21} ɣo^{21}
火 盆 里 不 得
该 丢 火 塘 中

tʂ'u^{55} te^{33} ma^{21} ŋɤ^{21} ka^{33}
烧 进 不 是 了
把 它 烧 成 灰

t'i^{21} n̩i^{21} mu^{33} tʂ'o^{33} ɕe^{55}
一 天 天 早 晨
又 一 日 清 晨

zɿ^{21} lo^{33} ku^{21} lo̱^{21} ɕe^{55}
水 龙 古 罗 些
龙 王 古 罗 些

dʑo^{33} bu̱^{33} da^{21} bu̱^{33} gɤ^{21}
吃 饱 喝 饱 后
吃 饱 喝 足 后

t'i^{21} tɕe^{33} be̱^{33} du̱^{33} le^{33}
一 句 说 出 来
开 口 把 话 说

ʐo^{33} næ^{55} ɬe̱^{21} ʐo^{33} na^{21}
儿 善 郎 小 你
小 伙 我 女 婿

zɿ^{21} ni^{21} mi^{55} kɛ̱^{21} lɤ^{21}
今 日 地 挖 去
今 日 去 开 荒

ni^{21} dzɿ^{21} bɤ^{21} ma^{21} tæ^{55}
日 阳 山 不 落
太 阳 落 山 前

kɯ^{33} tsɛ̱^{21} kɛ̱^{21} xo^{21} ŋa^{33}
九 山 挖 掉 见
挖 完 九 座 山

kɯ^{33} tsɛ̱^{21} kɛ̱^{21} xo^{21} no^{33}
九 山 挖 掉 呀
若 是 挖 完 了

ȵe^{55} næ^{55} na^{21} xæ^{21} gu̱^{21}
女 善 你 领 回
闺 女 你 带 走

ma^{21} kɛ̱^{21} xo^{21} ti^{55} no^{33}
不 挖 掉 的 呀
若 是 挖 不 完

gu̱^{21} tʻɣ̱^{21} ma^{21} do^{21} ti^{55}
回 成 不 能 的
莫 指 望 回 去

ʔa^{55} li^{55} ɬe̱^{21} ʐo^{33} ni^{21}
阿 里 郎 小 呢
阿 里 小 伙 他

mæ^{21} næ^{55} la^{33} ɣa^{21} be̱^{33}
妻 善 上 而 说
对 贤 妻 说 道

ʔa^{55} ba^{33} be̱^{33} le^{21} no^{33}
阿 爸 说 来 呀
阿 爸 又 吩 咐

ni^{21} dʐʅ^{21} ma^{21} dɣ̱^{21} sɛ̱^{21}
日 阳 不 落 前
太 阳 落 山 前

kɯ^{33} tsɛ̱^{21} kɛ̱^{21} xo^{21} ŋa^{33}
九 岭 挖 掉 要
要 挖 九 座 山

kɯ^{33} tsɛ̱^{21} tʻa^{21} be̱^{33} sʅ^{33}
九 岭 莫 说 呢
莫 说 九 座 山

tʻi^{21} tsɛ̱^{21} kɛ̱^{21} ma^{21} do^{21}
一 岭 挖 不 得
一 山 难 挖 完

be̱^{33} gɣ^{21} lo^{21} ma^{21} mæ^{55}
说 后 着 不 及
没 等 话 音 落

mæ^{21} næ^{55} zʅ^{21} ȵe^{55} ni^{21}
妻 善 鱼 妮 呢
鱼 妮 贤 惠 妻

tʻi^{21} tɕe^{33} be̱^{33} du̱^{33} le^{33}
一 句 说 出 来
对 夫 把 话 说

na^{21} ni̱^{33} ʂo^{33} ma^{21} dʐa^{21}
你 心 愁 不 有
不 用 你 发 愁

tʂʻo^{21} ɕe^{55} tʂʻɣ^{21} lɣ^{21} no^{33}
早 晨 到 去 呀
到 了 明 日 早

dʐo^{21} bo^{21} kɯ^{33} bo^{21} dɣ̱^{33}
饭 盒 九 盒 装
包 九 盒 午 饭

tʂɣ^{21} kʻu^{21} kɯ^{33} pʻe̱^{33} xɣ^{21}
山 锄 九 把 拿
扛 九 把 锄 头

kɯ^{33} tsɛ̱^{21} kʻæ^{21} ɣa^{21} lɣ^{21}
九 岭 上 而 去
到 九 座 山 上

t'i^{21} bo^{21} t'i^{21} tsɛ̠^{21} to^{33}
一 盒 一 岭 搁
一 山 放 一 盒

t'i^{21} p'e̠^{33} t'i^{21} tsɛ̠^{21} to^{33}
一 把 一 岭 搁
一 山 放 一 锄

kɤ^{55} gɤ^{21} ɣo^{55} do^{21} no^{33}
那 过 面 后 呀
那 样 以 后 呀

bɤ^{21} k'æ^{21} zɿ̠^{21} mu^{55} do^{21}
山 上 睡 眠 睡
山 里 睡 大 觉

ʔa^{55} li^{55} ɬe̠^{21} ʐo^{33} ni^{21}
阿 里 郎 小 呢
阿 里 小 郎 他

dʐo^{21} bo^{21} kɯ^{33} bo^{21} dɣ̠^{33}
饭 盒 九 盒 装
装 了 九 盒 饭

tʂɤ^{21} k'u^{21} kɯ^{55} p'e̠^{33} xɤ^{21}
锄 头 九 把 拿
带 九 把 锄 头

bɤ^{21} mo^{21} k'æ^{21} ɣa^{21} de̠^{33}
山 大 上 而 登
来 到 高 山 上

t'i^{21} bo^{21} t'i^{21} tsɛ̠^{21} to^{33}
一 盒 一 岭 搁
一 山 放 一 盒

t'i^{21} p'e̠^{33} t'i^{21} tsɛ̠^{21} to^{33}
一 把 一 岭 搁
一 山 放 一 把

kɤ^{55} gɤ^{21} ɣo^{55} do^{21} no^{33}
那 过 面 后 呀
放 完 锄 和 饭

sɿ̠^{33} pu^{33} t'ɯ^{33} tɕe^{55} le^{21}
树 枝 折 过 来
折 枝 铺 地 上

bɤ^{21} k'æ^{21} zɿ̠^{21} mu^{55} do^{21}
山 上 睡 眠 睡
山 上 睡 大 觉

ʔa^{55} li^{55} nɯ^{33} le^{21} no^{33}
阿 里 醒 来 呀
待 到 醒 过 来

kɯ^{33} tsɛ̠^{21} kɛ̠^{21} ʔɤ^{55} xo^{21}
九 岭 挖 完 掉
九 山 开 垦 完

t'i^{21} ni^{21} mu^{33} tʂ'o^{33} ɕe^{55}
一 日 天 早 晨
又 一 日 早 晨

zɿ^{21} lo^{33} ku^{21} lo̠^{21} ɕe^{55}
水 龙 古 罗 些
龙 王 古 罗 些

t'i^{21} tɕe^{33} be̠^{33} du̠^{33} le^{33}
一 句 说 出 来
又 来 吩 咐 说

ʐo^{33} næ^{55} ɬe̱^{21} ʐo^{33} na^{21}
儿 善 郎 小 你
女 婿 小 伙 你

kɯ^{33} tsɛ̱^{21} dʑe^{33} sɿ̱^{33} dzæ^{21}
九 岭 的 树 木
九 山 的 树 木

ni^{21} dzɿ^{21} ma^{21} dɤ^{21} sɛ̱^{21}
日 阳 不 落 前
太 阳 未 落 前

kɯ^{33} tsɛ̱^{21} dzɿ̱^{33} xo^{21} ŋa^{33}
九 岭 砍 掉 要
全 部 要 砍 倒

na^{21} pʻa^{33} dzɿ̱^{33} xo^{21} no^{33}
你 若 砍 掉 呀
你 若 砍 得 完

ȵe^{55} næ^{55} na^{21} xæ^{21} gu̱^{21}
女 善 你 领 回
闺 女 你 带 走

dzɿ̱^{33} xo^{21} ma^{21} do^{21} no^{33}
砍 掉 不 能 呀
若 是 砍 不 完

na^{21} gu̱^{21} tʻɤ̱^{21} ma^{21} do^{21}
你 回 成 不 能
回 家 没 指 望

ʔa^{55} li^{55} ɬe̱^{21} ʐo^{33} ni^{21}
阿 里 郎 小 呢
阿 里 小 伙 子

mæ^{21} næ^{55} la^{33} ɣa^{21} be̱^{33}
妻 善 上 而 说
对 贤 妻 说 道

ʔa^{55} ba^{33} be̱^{33} le^{21} no^{33}
阿 爸 说 来 呀
阿 爸 吩 咐 说

kɯ^{33} tsɛ̱^{21} dʑe^{33} sɿ̱^{33} dzæ^{21}
九 岭 的 树 木
九 山 的 树 木

ni^{21} dzɿ^{21} ma^{21} dɤ^{21} sɛ̱^{21}
日 阳 不 落 前
太 阳 落 山 前

dzɿ̱^{33} xo^{21} ŋa^{33} ti^{55} dʐɤ^{33}
砍 掉 要 的 说
全 部 要 砍 倒

kɯ^{33} tsɛ̱^{21} tʻa^{21} be̱^{33} sɿ^{33}
九 岭 莫 说 呢
莫 说 九 座 山

tʻi^{21} tsɛ̱^{21} dzɿ̱^{33} ma^{21} do^{21}
一 岭 砍 不 能
一 山 难 砍 完

be̱^{33} gɤ^{21} lo^{21} ma^{21} mæ^{55}
说 后 着 不 及
没 等 话 说 完

mæ^{21} næ^{55} zɿ^{21} ȵe^{55} ni^{21}
妻 善 鱼 妮 呢
贤 妻 鱼 妮 她

t‘i^{21} tɕe^{33} be^{33} du^{33} le^{33}
一 句 说 出 来
安 慰 丈 夫 道

na^{21} ni^{33} ʂo^{33} ma^{21} dʐa^{21}
你 心 愁 不 有
不 用 你 发 愁

dʐo^{21} bo^{21} kɯ^{33} bo^{21} dɤ^{33}
饭 盒 九 盒 装
你 装 九 盒 饭

t‘i^{21} bo^{21} t‘i^{21} tsɛ^{21} to^{33}
一 盒 一 岭 搁
一 山 放 一 盒

no^{55} dzu^{33} kɯ^{55} p‘e^{33} ve^{21}
斧 子 九 把 扛
你 扛 九 把 斧

t‘i^{21} p‘e^{33} t‘i^{21} tsɛ^{21} to^{33}
一 把 一 岭 搁
一 山 放 一 把

kɤ^{55} gɤ^{21} ɣo^{21} do^{21} no^{33}
那 过 面 后 呀
那 样 以 后 呀

bɤ^{21} k‘æ^{21} zɿ^{21} mu^{55} do^{21}
山 上 睡 眠 睡
山 间 睡 大 觉

ʔa^{55} li^{55} ɬe^{21} zo^{33} ni^{21}
阿 里 郎 小 呢
阿 里 小 伙 子

dʐo^{21} bo^{21} kɯ^{33} bo^{21} dɤ^{33}
饭 盒 九 盒 装
装 九 盒 午 饭

t‘i^{21} bo^{21} t‘i^{21} tsɛ^{21} to^{33}
一 盒 一 岭 搁
一 山 放 一 盒

no^{55} dzu^{33} kɯ^{55} p‘e^{33} xɤ^{21}
斧 子 九 把 拿
扛 九 把 斧 头

t‘i^{21} p‘e^{33} t‘i^{21} tsɛ^{21} to^{33}
一 把 一 岭 搁
一 山 放 一 把

kɤ^{55} gɤ^{21} ɣo^{55} do^{21} no^{33}
那 过 而 后 呀
那 样 以 后 呀

sɿ^{33} pu^{33} t‘ɯ^{33} tɕe^{55} le^{55}
树 枝 折 过 来
折 枝 垫 地 上

bɤ^{21} k‘æ^{21} zɿ^{21} mu^{55} do^{21}
山 上 睡 眠 睡
山 上 睡 大 觉

ʔa^{55} li^{55} nɯ^{33} le^{21} no^{33}
阿 里 醒 来 呀
待 他 醒 过 来

kɯ^{33} tsɛ^{21} dʑe^{33} sɿ^{33} dzæ^{21}
九 岭 的 树 棵
九 山 的 树 木

ʥɿ̱^{33} pɤ^{21} xo^{21} ti^{55} ka^{33}
砍 倒 掉 的 了
全 部 被 砍 倒

tʻi^{21} ni^{21} mu^{33} tʂʻo^{33} ɕe^{55}
一 日 天 早 晨
又 一 日 早 晨

zɿ^{21} lo^{33} ku^{21} lo̱^{21} ɕe^{55}
水 龙 古 罗 些
龙 王 古 罗 些

tʻi^{21} tɕe^{33} be̱^{33} du̱^{33} le^{33}
一 句 说 出 来
又 出 难 题 道

ʐo^{33} næ^{55} ɬe̱^{21} ʐo^{33} na^{21}
儿 善 郎 小 你
女 婿 小 伙 你

kɯ^{33} tsɛ^{21} ʥe^{33} sɿ̱^{33} ʥæ^{21}
九 岭 的 树 木
九 山 砍 倒 树

ni^{21} ʥɿ̱^{21} ma^{21} dɤ^{21} sɛ^{21}
日 阳 不 落 前
太 阳 落 山 前

tʂʻu^{55} xo^{21} kɤ^{55} ŋa^{33} ti^{55}
烧 掉 完 要 的
要 把 树 烧 光

pʻa^{33} tʂʻu^{55} xo^{21} ti^{55} no^{33}
若 烧 掉 的 呀
若 是 烧 得 光

ȵe^{55} næ^{55} na^{21} xæ^{21} kʻu̱^{21}
女 善 你 领 回
闺 女 你 带 走

tʂʻu^{55} xo^{21} ma^{21} do^{21} no^{33}
烧 掉 不 能 呀
若 是 烧 不 完

na^{21} gu̱^{21} tʻɤ̱^{21} ma^{21} do^{21}
你 回 成 不 能
回 家 莫 指 望

ʔa^{55} li^{55} ɬe̱^{21} ʐo^{33} ni^{21}
阿 里 郎 小 呢
阿 里 小 伙 子

mæ^{21} næ^{55} la^{33} ɣa^{21} be̱^{33}
妻 善 上 而 说
对 贤 妻 说 道

ʔa^{55} ba^{21} be̱^{33} le^{21} no^{33}
阿 爸 说 来 呀
阿 爸 吩 咐 说

kɯ^{33} tsɛ^{21} ʥe^{33} sɿ̱^{33} ʥæ^{21}
九 岭 的 树 木
九 山 的 树 木

ni^{21} ʥɿ̱^{21} ma^{21} dɤ^{21} sɛ^{21}
日 阳 不 落 前
太 阳 落 山 前

tʂʻu^{55} xo^{21} ŋa^{33} ti^{55} dʐɤ^{33}
烧 掉 要 的 说
要 全 部 烧 完

kɯ^{33} tsɛ̱^{21} tʻa^{21} be̱^{33} sɿ̱^{33}
九 岭 莫 说 呢
莫 说 九 架 山

tʻi^{21} tsɛ̱^{21} tʂʻu^{55} ma^{21} do^{21}
一 岭 烧 不 得
一 山 难 烧 完

be̱^{33} gɣ^{21} lo^{21} ma^{21} mæ^{55}
说 后 着 不 及
没 等 话 说 完

mæ^{21} næ^{55} zɿ^{21} ȵe^{55} ni^{21}
妻 善 鱼 女 呢
鱼 妮 贤 妻 她

tʻi^{21} tɕe^{33} be̱^{33} du̱^{33} le^{33}
一 句 说 出 来
开 口 把 话 说

na^{21} ni̱^{33} ʂo^{33} ma^{21} dʐa^{21}
你 心 愁 不 有
不 用 你 发 愁

dʐo^{21} bo^{21} kɯ^{33} bo^{21} dɣ̱^{33}
饭 盒 九 盒 装
你 装 九 盒 饭

tʻi^{21} tsɛ̱^{21} tʻi^{21} bo^{21} to^{33}
一 岭 一 盒 置
一 山 放 一 盒

kɣ^{55} gɣ^{21} ɣo^{55} do^{21} no^{33}
那 过 面 后 呀
那 样 以 后 呀

bɣ^{21} kʻæ^{21} zɿ̱^{21} mu^{55} do^{21}
山 上 睡 眠 睡
山 间 睡 大 觉

ʔa^{55} li^{55} ɬe̱^{21} ʐo^{33} ni^{21}
阿 里 郎 小 呢
阿 里 小 伙 子

dʐo^{21} bo^{21} kɯ^{33} bo^{21} dɣ̱^{33}
饭 盒 九 盒 装
包 好 九 盒 饭

bɣ^{21} mo^{21} kʻæ^{21} ɣa^{21} tʂʻɣ^{21}
山 大 上 而 到
带 到 大 山 上

tʻi^{21} bo^{21} tʻi^{21} tsɛ̱^{21} to^{33}
一 盒 一 岭 搁
一 山 放 一 盒

kɣ^{55} gɣ^{21} ɣo^{55} do^{21} no^{33}
那 过 面 后 呀
那 样 以 后 呀

kɯ^{33} tsɛ̱^{21} dʑe^{33} sɿ̱^{33} dzæ^{21}
九 岭 的 树 木
砍 倒 的 树 木

tʂʻu^{55} xo^{21} gɣ^{21} ti^{55} ka^{33}
烧 掉 过 的 了
全 部 被 烧 光

tʻi^{21} ni^{21} mu^{33} tʂʻo^{33} çe^{33}
一 日 天 早 晨
又 一 日 早 晨

zɿ^{21} lo^{33} ku^{21} lo̲^{21} ɕe^{55}
水 龙 古 罗 些
龙 王 古 罗 些

dʐo^{33} bu̲^{33} da^{21} bu̲^{33} gɤ^{21}
吃 饱 喝 饱 后
吃 过 早 饭 后

t'i^{21} tɕe^{33} be̲^{33} du^{33} le^{33}
一 句 说 出 来
又 来 交 代 道

ʐo^{33} næ^{55} ɬe̲^{21} ʐo^{33} na^{21}
儿 善 郎 小 你
女 婿 小 伙 你

mi^{55} ts'æ^{55} tsɿ^{55} kɯ^{33} tʂ'o^{33}
地 生 这 九 块
九 块 新 开 地

go^{33} ɕe^{33} ŋa^{33} ti^{55} le^{21}
荞 撒 要 的 来
都 要 撒 上 荞

ni^{21} dʐɿ^{21} ma^{21} dɤ^{21} sɛ^{21}
日 阳 不 落 前
太 阳 落 山 前

mi^{55} kɯ^{33} tʂ'o^{33} ɕe^{33} xo^{21}
地 九 块 撒 掉
撒 完 九 座 山

p'a^{33} ɕe^{33} xo^{21} ti^{55} no^{33}
若 撒 掉 的 呀
若 能 撒 得 完

ɳe^{55} næ^{55} na^{21} xæ^{21} gu̲^{21}
女 善 你 领 回
闺 女 你 带 走

ɕe^{33} xo^{21} ma^{21} do^{21} no^{33}
撒 掉 不 得 呀
若 是 撒 不 完

na^{21} gu̲^{21} t'ɤ^{21} ma^{21} do^{21}
你 回 成 不 能
回 家 莫 指 望

ʔa^{55} li^{55} ɬe̲^{21} ʐo^{33} ni^{21}
阿 里 郎 小 呢
阿 里 小 伙 子

mæ^{21} næ^{55} la^{33} ɣa^{21} be̲^{33}
妻 善 上 呀 说
又 去 找 妻 说

ʔa^{55} ba^{33} be̲^{33} le^{21} no^{33}
阿 爸 说 来 呀
阿 爸 吩 咐 说

mi^{55} ts'æ^{55} tsɿ^{55} kɯ^{33} tʂ'o^{33}
地 生 这 九 块
九 山 新 开 地

ni^{21} dʐɿ^{21} ma^{21} dɤ^{21} sɛ̲^{21}
日 阳 不 落 前
太 阳 落 山 前

go^{33} ɕe^{33} xo^{21} ŋa^{33} dʐɤ^{33}
荞 撒 掉 要 说
要 撒 上 荞 种

pʻa^{33} ɕe^{33} xo^{21} ti^{55} no^{33}
若 撒 掉 的 呀
若 是 撒 得 完

ŋo^{21} na^{21} xæ^{21} ti^{55} no^{33}
我 你 领 了 呀
让 我 领 着 你

de^{21} mi^{55} ɣo̱^{21} gu̱^{21} do^{21}
阳 间 得 回 能
回 到 人 世 间

ɕe^{33} xo^{21} ma^{21} do^{21} no^{33}
撒 掉 不 能 呀
若 是 撒 不 完

ɣo̱^{21} gu̱^{21} ma^{21} do^{21} dʐɤ^{33}
得 回 不 能 说
不 给 回 家 去

tʻi^{21} tɕe^{33} be̱^{33} ma^{21} mæ^{55}
一 句 说 不 及
不 及 说 完 话

mæ^{21} næ^{55} zɿ^{21} ȵe^{55} ni^{21}
妻 善 鱼 妮 呢
贤 妻 鱼 妮 她

tʻi^{21} tɕe^{33} be̱^{33} du̱^{33} le^{33}
一 句 说 出 来
开 口 把 话 说

na^{21} ni̱^{33} ʂo^{33} ma^{21} dʐa^{21}
你 心 愁 不 有
不 用 你 发 愁

go^{33} ʂɿ^{21} kɯ^{33} tʂa^{55} xɤ^{21}
荞 种 九 袋 拿
荞 种 带 九 袋

tʻi^{21} tʂʻo^{55} tʻi^{21} tʂa^{55} to^{33}
一 块 一 袋 搁
一 山 放 一 袋

dʐo^{21} bo^{33} kɯ^{33} bo^{21} dɤ^{33}
饭 盒 九 盒 装
你 装 九 盒 饭

tʻi^{21} bo^{21} tʻi^{21} tʂʻo^{55} to^{33}
一 盒 一 块 搁
一 山 放 一 盒

tʂɤ^{21} kʻu^{21} kɯ^{33} pʻe̱^{21} ve^{21}
挖 锄 九 把 扛
扛 九 把 锄 头

tʻi^{21} pʻe̱^{33} tʻi^{21} tʂʻo^{55} to^{33}
一 把 一 块 搁
一 山 放 一 把

kɤ^{55} gɤ^{21} ɣo^{55} do^{21} no^{33}
那 过 面 后 呀
那 样 以 后 呀

bɤ^{21} kʻæ^{21} zɿ̱^{21} mu^{55} do^{21}
山 上 睡 眠 睡
山 上 睡 大 觉

ʔa^{55} li^{55} ɬe̱^{21} ʐo^{33} ni^{21}
阿 里 郎 小 呢
阿 里 小 伙 子

go^{33} ʂʅ^{21} kɯ^{33} tʂa^{55} xɤ^{21}
荞 种 九 袋 拿
荞种装九袋

t'i^{21} tʂ'o^{33} ti^{21} tʂa^{55} to^{33}
一 块 一 袋 搁
一山放一袋

tʂɤ^{21} k'u^{21} kɯ^{33} p'e̱^{33} xɤ^{21}
挖 锄 九 把 拿
扛九把锄头

t'i^{21} p'e̱^{33} t'i^{21} tʂ'o^{55} to^{33}
一 把 一 块 搁
一山放一把

dʑo^{21} bo^{21} kɯ^{33} bo̱^{21} dɤ^{33}
饭 盒 九 盒 装
又装九盒饭

t'i^{21} bo^{21} t'i^{21} tʂ'o^{55} to^{33}
一 盒 一 块 搁
一山放一盒

kɤ^{55} gɤ^{21} ɣo^{55} do^{21} no^{33}
那 样 面 后 呀
那样以后呀

sʅ^{33} pu^{33} t'ɯ^{33} tɕe^{55} le^{21}
树 枝 折 过 来
折枝垫地上

bɤ^{21} k'æ^{21} zʅ^{21} mu^{55} do^{21}
山 上 睡 眠 睡
山上睡大觉

ʔa^{55} li^{55} nɯ^{33} le^{21} no^{33}
阿 里 醒 来 呀
阿里醒过来

mi^{55} ts'æ^{55} kɤ^{55} kɯ^{33} tʂ'o^{33}
地 生 那 九 块
九块新开地

go^{33} ʂʅ^{21} ɕe^{33} xo^{21} ka^{33}
荞 种 撒 掉 了
撒上了荞种

t'i^{21} ni^{21} mu^{33} tʂ'o^{21} ɕe^{55}
一 日 天 早 晨
又一日早晨

zʅ^{21} lo^{33} ku^{21} lo̱^{21} ɕe^{55}
水 龙 古 罗 些
龙王古罗些

t'i^{21} tɕe^{33} be̱^{33} du̱^{33} le^{33}
一 句 说 出 来
又出难题道

ʐo^{33} næ^{55} ɬe^{21} ʐo^{33} na^{21}
儿 善 郎 小 你
女婿小伙你

mi^{55} ts'æ^{55} tsʅ^{55} kɯ^{33} tʂ'o^{55}
地 生 这 九 块
九块新开地

go^{33} ʂʅ^{21} ɕe^{33} ma^{21} do^{21}
荞 种 撒 不 得
不能种荞子

ʂo^{55} ʂʅ^{21} ɕe^{33} ŋa^{33} ti^{55}
麦 种 撒 要 的
要 改 种 小 麦

go^{33} ʂʅ^{21} kæ^{33} k'u̠^{21} le^{21}
荞 种 捡 回 来
荞 种 要 收 回

go^{33} ʂʅ^{21} p'a^{33} kæ^{33} k'u̠^{21}
荞 种 若 捡 回
你 捡 回 荞 种

ȵe^{55} næ^{55} na^{21} xæ^{21} gu̠^{21}
女 善 你 领 回
就 带 闺 女 走

kæ^{33} k'u̠^{21} ma^{21} kɯ̠^{21} no^{33}
捡 回 不 会 呀
若 是 捡 不 回

na^{21} gu̠^{21} t'ɤ^{21} ma^{21} do^{21}
你 回 成 不 能
回 家 就 无 望

tsʅ^{55} ɣa^{21} t'i^{21} tɕe^{33} be̠^{33}
这 而 一 句 说
这 样 把 话 说

ʔa^{55} li^{55} ɬe^{21} ʐo^{33} ni^{21}
阿 里 郎 小 呢
阿 里 小 伙 子

mæ^{21} næ^{55} la^{33} ɣa^{21} be̠^{33}
妻 善 上 呀 说
对 妻 子 说 道

ʔa^{55} ba^{33} be̠^{33} le^{21} no^{33}
阿 爸 说 来 呀
阿 爸 交 代 说

go^{33} ʂʅ^{21} kæ^{33} k'u̠^{21} ŋa^{33}
荞 种 捡 回 要
荞 种 要 捡 回

go^{33} ʂʅ^{21} mi^{55} ɕe^{33} xo^{21}
荞 种 地 撒 了
荞 种 撒 入 土

k'o^{21} ʂɤ^{21} kæ^{33} k'u̠^{21} le^{21}
何 似 捡 回 来
怎 么 捡 回 来

t'i^{21} tɕe^{33} be̠^{33} ma^{21} mæ^{55}
一 句 说 不 及
话 还 未 说 完

mæ^{21} næ^{55} ʐʅ^{21} ȵe^{55} ni^{21}
妻 善 鱼 妮 呢
贤 妻 鱼 妮 她

t'i^{21} tɕe^{33} be̠^{33} du̠^{33} le^{33}
一 句 说 出 来
回 答 丈 夫 道

na^{21} ni̠^{33} ʂo^{33} ma^{21} dʐa^{21}
你 心 愁 不 有
不 用 你 发 愁

tʂa^{55} te^{33} kɯ^{33} pa^{55} xɤ^{21}
口 袋 九 条 拿
备 九 条 口 袋

tʻi^{21} tsɛ̱^{21} tʻi^{21} pa^{55} to^{33}
一 山 一 条 搁
一 山 放 一 条

tʂʻɤ^{21} kʻu^{21} kɯ^{33} pʻe̱^{33} xɤ^{21}
拎 锄 九 把 拿
扛 上 九 把 锄

tʻi^{21} pʻe̱^{33} tʻi^{21} tsɛ̱^{21} to^{33}
一 把 一 岭 搁
一 山 放 一 把

dʐo^{21} bo^{21} kɯ^{33} bo^{21} dɤ̱^{33}
饭 盒 九 盒 装
你 装 九 盒 饭

tʻi^{21} bo^{21} tʻi^{21} tsɛ̱^{21} to^{33}
一 盒 一 岭 搁
一 山 放 一 盒

kɤ^{55} gɤ^{21} ɣo^{55} do^{21} no^{33}
那 过 面 后 呀
那 样 以 后 呀

bɤ^{21} kʻæ^{21} zɿ̱^{21} mu^{55} do^{21}
山 上 睡 眠 睡
山 上 睡 大 觉

ʔa^{55} li^{55} ɬe̱^{21} ʐo^{33} ni^{21}
阿 里 郎 小 呢
阿 里 小 伙 子

dʐo^{21} bo^{21} kɯ^{33} bo^{21} dɤ̱^{33}
饭 盒 九 盒 装
装 上 九 盒 饭

tʻi^{21} bo^{21} tʻi^{21} tsɛ̱^{21} to^{33}
一 盒 一 岭 搁
一 山 放 一 盒

tʂa^{55} te̱^{33} kɯ^{33} pa^{55} xɤ^{21}
口 袋 九 条 拿
带 九 条 口 袋

tʻi^{21} pa^{55} tʻi^{21} tsɛ̱^{21} to^{33}
一 条 一 岭 搁
一 山 放 一 条

tʂɤ^{21} kʻu^{21} kɯ^{55} pʻe̱^{33} xɤ^{21}
挖 锄 九 把 拿
扛 九 把 锄 头

tʻi^{21} pʻe̱^{33} tʻi^{21} tsɛ̱^{21} to^{33}
一 把 一 岭 搁
一 山 放 一 把

kɤ^{55} gɤ^{21} ɣo^{55} do^{21} no^{33}
那 过 面 后 呀
那 样 以 后 呀

sɿ^{33} pu^{33} tʻɯ^{33} tɕe^{55} le^{55}
树 枝 折 过 来
折 枝 垫 地 上

bɤ^{21} kʻæ^{21} zɿ̱^{21} mu^{55} do^{21}
山 上 睡 眠 睡
山 上 睡 大 觉

ʔa^{55} li^{55} nɯ^{33} le^{21} no^{33}
阿 里 醒 来 呀
待 他 醒 过 来

tʂa^{55} te̱^{33} kɯ^{33} pa^{55} kʻo^{21}
口 袋 九 条 里
九 条 口 袋 里

go^{33} ʂʅ^{21} dæ^{21} lo^{33} ka^{33}
荞 种 满 着 了
装 满 了 荞 种

ʔa^{55} li^{55} ɬe̱^{21} ʐo^{33} ni^{21}
阿 里 郎 小 呢
阿 里 小 伙 子

go^{33} ve̱^{33} xe^{21} sæ^{55} gu̱^{21}
荞 挑 屋 室 还
荞 种 挑 回 宫

tʻe^{21} ni^{21} mu^{33} tʂʻo^{33} ɕe^{55}
一 日 天 早 晨
又 一 日 清 早

zʅ^{21} lo^{33} ku^{21} lo̱^{21} ɕe^{55}
水 龙 古 罗 些
龙 王 古 罗 些

go^{33} ʂʅ^{21} ɣɤ^{21} ni^{55} no^{33}
荞 种 数 看 呀
清 点 荞 种 数

go^{33} ʂa^{33} tʻu^{55} ma^{21} dʐa^{21}
荞 三 粒 不 在
缺 少 三 粒 种

tʻi^{21} tɕe^{33} be̱^{33} du̱^{33} le^{33}
一 句 说 出 来
指 着 阿 里 说

ʐo^{33} næ^{55} ɬe̱^{21} ʐo^{33} na^{21}
儿 善 郎 小 你
女 婿 小 伙 你

go^{33} ʂʅ^{21} ʂa^{33} tʻu^{55} tʂʻa^{33}
荞 种 三 粒 差
荞 种 少 三 颗

ma^{21} kæ^{33} gu̱^{21} le^{21} no^{33}
不 捡 回 来 呀
若 是 找 不 回

na^{21} gu̱^{21} tɤ^{21} ma^{21} do^{21}
你 回 成 不 能
回 家 无 指 望

ʔa^{55} li^{55} ɬe̱^{21} ʐo^{33} ni^{21}
阿 里 郎 小 呢
阿 里 伙 子 他

mæ^{21} næ^{55} la^{33} ɣa^{21} be̱^{33}
妻 善 上 而 说
对 妻 把 话 说

ʔa^{55} ba^{33} be̱^{33} le^{21} no^{33}
阿 爸 说 来 呀
阿 爸 又 来 说

go^{33} ʂʅ^{21} ʂa^{33} tʻu^{55} tʂʻa^{33}
荞 种 三 粒 差
荞 种 差 三 颗

ma^{21} kæ^{33} gu̱^{21} lo^{33} dʐɤ^{33}
不 捡 回 了 说
没 有 捡 回 来

ʔa^{55} ʂɤ^{21} gu^{21} pʻe^{21} le^{21}
阿 如 办 该 来
不 知 怎 么 办

tʻi^{21} tɕe^{33} be̱^{33} ma^{21} mæ^{55}
一 句 说 不 及
话 音 还 未 落

mæ^{21} næ^{55} zɿ^{21} ȵe^{55} ni^{21}
妻 善 鱼 妮 呢
鱼 妮 贤 慧 妻

tʻi^{21} tɕe^{33} no^{55} du̱^{33} le^{33}
一 句 说 出 来
开 口 问 阿 里

na^{21} tɕʻe̱^{21} bɛ̱^{33} bɛ̱^{33} kɯ̱^{21}
你 弩 射 射 会
你 会 射 弩 吗

ʔa^{55} li^{55} be̱^{33} le^{21} no^{33}
阿 里 说 来 呀
阿 里 回 答 说

tɕʻe̱^{21} no^{55} ŋo^{21} bɛ̱^{33} kɯ̱^{21}
弩 箭 我 射 会
弩 弓 我 会 射

mæ^{21} næ^{55} tʻi^{21} tɕe^{33} be̱^{33}
妻 善 一 句 说
贤 妻 对 他 说

tɕʻe̱^{21} no^{55} bɛ̱^{33} kɯ̱^{21} no^{33}
弩 箭 射 会 呀
既 然 会 射 弩

mi^{55} tsʻæ^{55} kʻo^{21} ɣa^{21} ʐɤ^{21}
地 生 里 而 去
你 到 新 开 地

mi^{55} ȵe̱^{21} sɿ̱^{33} fɛ̱^{21} kʻæ^{21}
地 头 树 干 上
地 边 枯 树 上

do^{21} tsɿ^{55} ʂa^{33} pa^{55} no^{33}
斑 鸠 三 只 歇
有 三 只 斑 鸠

ʔa^{21} ka^{55} kɤ^{55} pa^{55} bɛ̱^{33}
间 中 那 只 射
射 中 间 那 只

go^{33} ʂɿ^{21} ʂa^{33} tʻu^{55} no^{33}
荞 种 三 粒 呀
那 三 粒 荞 子

kɤ^{55} pa^{55} dʐo^{33} lo^{33} ti^{55}
那 只 吃 了 的
就 在 它 肚 中

ʔa^{55} li^{55} ɬe^{21} ʐo^{33} ni^{21}
阿 里 郎 小 呢
阿 里 小 伙 子

tɕʻe̱^{21} næ^{55} no^{55} næ^{55} xɤ^{21}
弩 善 箭 善 拿
带 上 弩 和 箭

mi^{55} ȵe̱^{21} tʂʻɤ^{21} le^{21} no^{33}
地 头 到 来 呀
赶 来 到 地 边

sɿ^{33} fɛ^{21} dzæ^{21} mo^{21} k'æ^{21}
树 干 棵 大 上
那 棵 枯 树 上

do^{21} tsɿ^{55} ʂa^{33} pa^{55} ŋa^{21}
斑 鸠 三 只 见
有 三 只 斑 鸠

tɕ'e^{21} no^{55} næ^{21} tsɛ^{33} tsɛ^{33}
弩 箭 响 咯 咯
拉 弩 咯 咯 响

do^{21} tsɿ^{55} la^{33} ɣa^{21} bɛ^{33}
斑 鸠 上 而 射
向 斑 鸠 射 去

do^{21} tsɿ^{55} bɛ^{21} tɕe^{21} le^{21}
斑 鸠 掉 下 来
斑 鸠 掉 下 来

do^{21} tsɿ^{55} xɤ^{21} gu^{21} le^{21}
斑 鸠 拿 回 来
捡 回 斑 鸠 来

p'e^{55} k'a^{21} t'i^{21} t'ɛ^{33} ni^{55}
剖 开 一 下 看
剖 开 斑 鸠 看

go^{33} ʂɿ^{21} ʂa^{33} t'u^{55} no^{33}
荞 种 三 粒 呀
那 三 粒 荞 种

dʐo^{21} bu^{21} k'o^{21} dʐa^{21} to^{33}
饭 嗉 里 在 的
就 在 嗉 子 里

zɿ^{21} lo^{33} ku^{21} lo^{21} ɕe^{55}
水 龙 古 罗 些
龙 王 古 罗 些

t'i^{21} ni^{33} dɯ^{21} du^{33} le^{33}
一 心 想 出 来
心 中 细 思 量

de^{21} mi^{55} tʂ'a^{21} tsɿ^{55} lɤ^{33}
阳 间 人 这 个
这 个 凡 间 人

ʐo^{21} ʐo^{21} kɤ^{55} mu^{21} kɯ^{21}
样 样 他 做 会
事 事 都 内 行

tʂɿ^{55} ʂɤ^{21} le^{33} ma^{21} dʐa^{21}
这 似 理 不 有
不 该 是 这 样

ma^{21} mu^{33} tʂ'ɤ^{21} t'i^{21} ni^{21}
不 天 到 一 日
不 久 有 一 天

zɿ^{21} lo^{33} ku^{21} lo^{21} ɕe^{55}
水 龙 古 罗 些
龙 王 古 罗 些

t'i^{21} tɕe^{33} be^{33} du^{33} le^{33}
一 句 说 出 来
开 口 问 阿 里

ʐo^{33} næ^{55} ɬe^{21} ʐo^{33} na^{21}
儿 善 郎 小 你
小 伙 女 婿 你

na^{21} dʑu̱^{21} fa^{55} te^{55} pa^{55}
你 腰 砍 刀 把
你 身 上 腰 刀

ʔa^{21} xɤ^{33} la^{33} dʑʅ̱^{33} do^{21}
什 么 上 砍 能
可 以 砍 什 么

ʔa^{21} xɤ^{33} dʑʅ̱^{33} ma^{21} do^{21}
什 么 砍 不 得
不 能 砍 什 么

t'i^{21} tɕe^{33} no^{55} du̱^{33} le^{33}
一 句 问 出 来
这 样 来 问 道

ʔa^{55} li^{55} ɬe̱^{21} ʑo^{33} ni^{21}
阿 里 郎 小 呢
阿 里 小 伙 子

t'i^{21} tɕe^{33} be̱^{33} du̱^{33} le^{33}
一 句 说 出 来
随 口 回 答 道

ʔa^{55} ba^{33} mu^{33} tɯ^{21} p'o^{21}
阿 爸 天 雷 人
尊 敬 的 阿 爸

ŋo^{21} dʑe^{33} fa^{55} te^{55} no^{33}
我 的 砍 刀 呀
我 这 把 腰 刀

lu̱^{33} k'æ^{33} lu̱^{33} ni^{21} pe^{33}
石 劈 石 两 半
劈 石 成 两 半

sʅ̱^{33} dʑʅ̱^{33} sʅ̱^{33} ni^{21} t'ɤ^{21}
树 砍 树 两 截
砍 木 成 两 节

dʑʅ̱^{33} ma^{21} do^{21} dʑe^{33} no^{33}
砍 不 得 的 呀
不 能 砍 的 吗

p'ɤ^{21} nɛ^{21} dʑʅ̱^{33} ma^{21} do^{21}
瓜 藤 砍 不 得
只 有 那 瓜 藤

ȵe̱^{33} bɤ^{21} dʑʅ̱^{33} ma^{21} do^{21}
蕉 芭 砍 不 得
还 有 芭 蕉 树

zʅ^{21} lo^{33} ku^{21} lo̱^{21} ɕe^{55}
水 龙 古 罗 些
龙 王 古 罗 些

t'i^{21} ni̱^{33} dɯ^{21} ni^{55} no^{33}
一 心 想 看 呀
想 出 一 计 来

t'i^{21} tɕe̱^{33} be̱^{33} du^{33} le^{33}
一 句 说 出 来
把 话 交 代 道

ʑo^{33} næ^{55} ɬe̱^{21} ʑo^{33} na^{21}
儿 善 郎 小 你
女 婿 小 伙 你

zʅ^{21} ni^{21} ŋo^{21} do^{21} mæ^{55}
今 日 我 后 跟
今 日 跟 随 我

bɣ21	k'æ21	tʂ'ʅ21	lo33	te21
山	上	鹿	獐	撵
上	山	撵	獐	鹿

tʂ'ʅ21	lo33	bɛ̱33	ɣo̱21	no33
鹿	獐	射	得	呀
若	射	获	獐	鹿

n̥e55	næ55	na21	xæ21	gu̱21
女	善	你	领	回
闺	女	你	带	走

bɛ̱33	ɣo̱21	ma21	kɯ̱21	no33
射	得	不	会	呀
若	是	猎	不	到

gu̱21	t'ɣ̱21	ma21	do21	ti55
回	成	不	能	的
你	就	回	不	了

ʔa55	li55	ɬe̱21	ʐo33	ni21
阿	里	郎	小	呢
阿	里	小	伙	子

mæ21	næ55	la33	ɣa21	be̱33
妻	善	上	而	说
对	妻	把	话	说

ʔa55	ba33	be̱33	le21	no33
阿	爸	说	来	呀
阿	爸	吩	咐	我

zʅ21	ni21	tʂ'ʅ21	lo33	te21
今	日	鹿	獐	撵
今	日	去	撵	山

tʂ'ʅ21	lo33	p'a33	bɛ̱33	ɣo̱21
鹿	獐	若	射	得
若	猎	获	獐	鹿

na21	xæ21	de21	mi55	gu̱33
你	领	阳	间	回
可	带	你	回	去

bɛ̱33	ɣo̱21	ma21	kɯ̱21	no33
射	得	不	会	呀
猎	不	到	獐	鹿

gu̱21	t'ɣ̱21	ma21	do21	dʐɣ33
回	成	不	能	说
回	家	无	指	望

be̱33	gɣ21	lo21	ma21	mæ55
说	后	着	不	及
不	及	说	完	话

mæ21	næ55	zʅ21	n̥e55	ni21
妻	善	鱼	妮	呢
贤	妻	鱼	妮	她

t'i21	tɕe33	be̱33	du̱33	le33
一	句	说	出	来
担	心	把	话	说

zʅ21	ni21	tʂ'ʅ21	lo33	te21
今	日	鹿	獐	撵
今	日	撵	獐	鹿

na21	ʐɣ21	ma21	do21	ti55
你	去	不	得	的
你	可	不	能	去

ʔa^{55} ba^{33} na^{21} la^{33} sɿ̱^{21}
阿 爸 你 上 杀
阿 爸 要 害 你

sɿ̱^{21} la^{55} dɯ^{21} dʑa^{21} ka^{33}
杀 的 想 在 了
他 有 此 计 谋

ʔa^{55} li^{55} ɬe̱^{21} ʐo^{33} ni^{21}
阿 里 郎 小 呢
阿 里 小 伙 子

tʻi^{21} tɕe^{33} be̱^{33} du̱^{33} le^{33}
一 句 说 出 来
回 答 妻 子 道

tɕʻe̱^{21} no^{55} ŋo^{21} bɛ̱^{33} kɯ̱^{21}
弩 箭 我 射 会
弩 箭 我 内 行

tʂʅ^{21} lo^{33} bɛ̱^{33} ɣo̱^{21} kɯ̱^{21}
鹿 獐 射 得 会
獐 鹿 我 能 获

ŋo^{21} ma^{21} ʐɤ^{21} ma^{21} do^{21}
我 不 去 不 得
我 不 去 不 行

tʂʅ^{21} lo^{33} pʻa^{33} bɛ̱^{33} ɣo̱^{21}
鹿 獐 若 射 得
若 能 获 獐 鹿

na^{21} ŋo^{21} do^{21} tʂʻa^{21} la^{33}
你 我 后 参 了
你 我 可 相 伴

de^{21} mi^{55} ɣo̱^{21} gu̱^{21} do^{21}
阳 间 得 回 能
一 同 回 人 间

tʻi^{21} tɕe^{33} be̱^{33} gɤ^{21} no^{33}
一 句 说 过 呀
说 完 一 席 话

ʔa^{55} li^{55} ɬe̱^{21} ʐo^{33} ni^{21}
阿 里 郎 小 呢
阿 里 小 伙 子

dzu̱^{21} tsɿ̱^{21} fa^{55} te^{55} pe̱^{21}
腰 椎 砍 刀 别
身 上 佩 腰 刀

tɕʻe̱^{21} næ^{55} no^{55} næ^{55} xɤ^{21}
弩 善 箭 善 拿
手 持 弩 弓 箭

ʔa^{55} ba^{33} do^{21} tʂʻa^{21} ʐɤ^{21}
阿 爸 后 随 去
跟 随 老 岳 父

ʐɤ^{21} ni^{21} ʐɤ^{21} ʂa^{55} le^{55}
去 呢 去 又 来
上 路 去 狩 猎

bɤ^{21} mo^{55} kʻæ^{21} ɣa^{21} de̱^{33}
山 高 上 而 爬
爬 到 高 山 顶

la^{33} tɤ^{21} kʻo^{21} tʂʻɤ^{21} le^{21}
箐 洞 里 到 来
下 到 深 箐 底

zʅ^{21} lo^{33} ku^{21} lo̠^{21} ɕe^{55}
水 龙 古 罗 些
龙 王 古 罗 些

tʻi^{21} tɕe^{33} be̠^{33} du̠^{33} le^{33}
一 句 说 出 来
开 口 吩 咐 道

ʐo^{33} næ^{55} ɬe̠^{21} ʐo^{33} na^{21}
儿 善 郎 小 你
女 婿 小 伙 你

la^{33} tɤ^{21} kʻo^{21} ɣa^{21} tɤ^{21}
箐 洞 里 而 堵
你 堵 在 箐 口

ŋo^{21} ʐɤ^{21} la^{33} ʔu^{33} de̠^{33}
我 去 箐 头 上
我 到 箐 头 去

tʂʻʅ^{21} lo^{33} te^{21} tɕe̠^{21} le^{21}
麂 獐 撵 下 来
撵 下 獐 麂 来

na^{21} la^{33} bɛ̠^{33} bi^{21} ti^{55}
你 上 射 给 的
给 你 来 射 杀

tʻi^{21} tɕe^{33} be̠^{33} gɤ^{21} no^{33}
一 句 说 过 呀
吩 咐 完 毕 后

zʅ^{21} lo^{33} ku^{21} lo̠^{21} ɕe^{55}
水 龙 古 罗 些
龙 王 古 罗 些

la^{33} ʔu^{33} de̠^{33} tʂʻɤ^{21} le^{21}
箐 头 爬 到 来
顺 箐 到 山 顶

ʔa^{55} pʻɤ^{21} nɛ^{21} mo^{21} tʻɛ^{21}
南 瓜 藤 大 变
变 做 南 瓜 藤

ȵe^{33} bɤ^{21} dzæ^{21} mo^{21} tʻɛ^{21}
芭 蕉 树 大 变
又 变 芭 蕉 树

zʅ^{21} nɤ^{55} zʅ^{21} ɣæ^{33} tʻɛ^{21}
水 红 水 大 变
变 成 山 洪 水

la^{33} tʂʻa^{21} pu^{33} tɕe̠^{21} le^{21}
河 顺 滚 下 来
顺 箐 冲 下 来

ʔa^{55} li^{55} ɬe̠^{21} ʐo^{33} ni^{21}
阿 里 郎 小 呢
阿 里 小 伙 子

la^{33} tɤ^{21} kʻo^{21} ɣa^{21} xo^{55}
箐 谷 里 而 守
守 在 箐 沟 里

tʻi^{21} tʻɛ^{33} lu^{21} ma^{21} mæ^{55}
一 下 足 不 及
还 没 过 多 久

xe^{33} ɣæ^{33} ɬi^{55} bɤ^{21} bɤ^{21}
风 大 刮 飒 飒
大 风 呼 呼 刮

zɿ^{21} ʂɤ^{33} næ^{21} dʐo^{33} dʐo^{33}
水 走 响 闻 闻
洪 水 哗 哗 响

ʔa^{55} li^{55} ɬe̠^{21} ʐo^{33} ni^{21}
阿 里 郎 小 呢
阿 里 小 伙 子

tʻi^{21} tʻɛ̠^{33} ni^{55} lɤ^{21} no^{33}
一 下 看 去 呀
举 目 看 一 看

zɿ^{21} nɤ^{55} zɿ^{21} ɣæ^{33} to̠^{21}
水 红 水 大 起
洪 水 在 来 临

ʔa^{55} pʻɤ^{21} nɛ̠^{21} nɯ^{55} mo^{21}
南 瓜 藤 绿 大
粗 壮 南 瓜 藤

ȵe̠^{33} bɤ^{21} dzæ^{21} kʻæ^{21} li̠^{33}
芭 蕉 树 上 缠
缠 着 芭 蕉 树

la^{33} tʂʻa^{21} pu̠^{33} tɕe̠^{21} le^{21}
河 顺 翻 下 来
顺 箐 冲 下 来

ʔa^{55} li^{55} ɬe̠^{21} ʐo^{33} ni^{21}
阿 里 郎 小 呢
阿 里 小 伙 子

fa^{55} te^{55} ga^{21} tʻɯ̠^{21} le^{21}
砍 刀 拔 出 来
拔 出 腰 刀 来

ȵe̠^{33} bɤ^{21} dzæ^{21} ɣa^{21} dzɿ̠^{33}
芭 蕉 树 而 砍
砍 断 芭 蕉 树

ʔa^{55} pʻɤ^{21} næ̠^{21} ko̠^{21} dzɿ̠^{33}
南 瓜 藤 条 砍
砍 断 南 瓜 藤

nɛ̠^{21} dzɿ̠^{33} nɛ̠^{21} ni^{21} tʻɤ^{21}
藤 砍 藤 两 截
砍 藤 成 两 节

dzæ^{21} dzɿ̠^{33} dzæ^{21} ni^{21} tʻɤ^{21}
树 砍 树 两 截
芭 蕉 成 两 段

tʻi^{21} tʻɛ̠^{33} lu̠^{21} ma^{21} mæ^{55}
一 下 足 不 及
不 多 一 会 儿

ȵe̠^{33} dzæ^{21} ʂʅ^{33} nɤ^{55} du̠^{33}
蕉 树 血 红 出
芭 蕉 流 出 血

ʂʅ^{33} nɤ^{55} zɿ^{21} tʂʻa^{21} ʂɤ^{33}
血 红 水 顺 走
鲜 血 顺 水 流

pʻɤ^{21} nɛ̠^{21} ʂʅ^{33} nɤ^{55} du̠^{33}
瓜 藤 血 红 出
瓜 藤 流 出 血

la^{33} kʻo^{21} pu̠^{33} tɕe̠^{21} do^{33}
河 里 翻 下 去
翻 滚 冲 下 谷

la^{33} mo^{21} tsi^{55} pa^{55} bo^{21}
河 大 这 条 岸
那 条 河 谷 边

go^{33} tʂʻʅ^{55} tʻi^{21} tʂʻo^{55} dʐa^{21}
荞 甜 一 块 有
有 块 甜 荞 地

ʂʅ^{33} nɤ^{55} zʅ^{21} tʂʻa^{21} ʂɤ^{33}
血 红 水 顺 走
鲜 血 顺 水 流

go^{33} mi^{55} pu̠^{33} tɛ^{21} xo^{21}
荞 地 翻 填 掉
淹 没 了 荞 地

kɤ^{55} gɤ^{21} ɣo^{55} do^{21} no^{33}
那 过 面 后 呀
这 样 以 后 呀

go^{33} ɣɯ^{33} ʂʅ^{33} nɤ^{55} xa^{21}
荞 骨 血 红 染
荞 秆 被 血 染

go^{33} ɣɯ^{33} nɤ^{55} to̠^{21} ka^{33}
荞 骨 红 起 了
荞 秆 成 红 色

ʔa^{55} li^{55} ɬe̠^{21} ʐo^{33} ni^{21}
阿 里 郎 小 呢
阿 里 小 伙 子

pu̠^{33} ɣo^{55} xe^{21} sæ^{55} gu̠^{21}
返 里 屋 室 回
返 回 龙 宫 里

tʻi^{21} tɕe^{33} be̠^{33} du̠^{33} le^{33}
一 句 说 出 来
开 口 把 话 说

ʔa^{55} mo^{21} mi^{55} ɳe̠^{33} mo^{21}
阿 妈 地 黑 大
尊 敬 的 阿 妈

mæ^{21} næ^{55} le^{21} mæ^{21} næ^{55}
妻 善 呀 妻 善
贤 妻 呀 贤 妻

ʔa^{55} ba^{21} ŋo^{21} la^{33} xæ^{21}
阿 爸 我 上 领
阿 爸 带 领 我

bɤ^{21} mo^{55} tʂʅ^{21} lo^{33} te^{21}
山 高 鹿 獐 撵
山 上 猎 獐 鹿

la^{33} tɤ^{21} kʻo^{21} tʂʻɤ^{21} no^{33}
河 洞 里 到 呀
来 到 箐 沟 里

ʔa^{55} ba^{33} la^{33} ʔu̠^{33} de̠^{33}
阿 爸 河 头 上
阿 爸 上 山 顶

tʂʅ^{21} lo^{33} te^{21} do^{33} lɤ^{21}
鹿 獐 撵 出 去
去 把 獐 鹿 撵

ŋo^{21} no^{33} la^{33} mæ^{33} xo^{55}
我 呀 河 尾 守
让 我 守 箐 底

tʻi^{21} tʻɛ̱^{33} lu̱^{21} ma^{21} mæ^{55}
一 下 足 不 及
不 多 一 会 儿

zɿ^{21} nɤ^{55} ɣæ^{33} to̱^{21} le^{21}
水 红 大 下 来
洪 水 冲 下 来

ʔa^{55} pʻɤ^{21} nɛ̱^{21} ko̱^{21} nɯ^{55}
南 瓜 藤 条 绿
粗 壮 南 瓜 藤

ȵe̱^{33} bɤ^{21} ʥæ^{21} kʻæ^{21} li̱^{33}
芭 蕉 树 上 缠
缠 着 芭 蕉 树

ŋo^{21} la^{33} pu̱^{33} tɛ̱^{21} le^{21}
我 上 翻 填 来
朝 我 袭 过 来

ŋo^{21} le^{21} fa^{33} te^{55} xɤ^{21}
我 来 砍 刀 拿
我 拔 出 腰 刀

ʔa^{55} pʻɤ^{21} nɛ̱^{21} ko̱^{21} ʥɿ̱^{33}
南 瓜 藤 条 砍
奋 力 砍 瓜 藤

ȵe̱^{33} bɤ^{21} ʥæ^{21} mo^{21} ʥɿ̱^{33}
芭 蕉 树 大 砍
猛 砍 芭 蕉 树

tʻi^{21} tʻɛ̱^{33} lu̱^{21} ma^{21} mæ^{55}
一 下 足 不 及
不 多 一 会 儿

ʂɿ̱^{33} nɤ^{55} la^{21} dæ^{21} dæ^{21}
血 红 河 满 满
鲜 血 满 箐 沟

tsɿ^{55} ɣa^{21} pu̱^{33} tɕe̱^{21} do^{33}
这 而 翻 下 去
顺 谷 冲 下 来

ni^{21} ʥɿ^{21} bɤ^{21} kʻæ^{21} tæ^{55}
日 阳 山 上 置
太 阳 落 山 头

ʔa^{55} ba^{33} tʂʻɿ^{21} lo^{33} te^{21}
阿 爸 鹿 獐 撵
阿 爸 撵 獐 鹿

tʂʻɿ^{21} ma^{21} te^{21} tɕe̱^{21} le^{21}
鹿 不 撵 下 来
不 见 他 踪 影

ŋo^{21} gu̱^{21} le^{21} ti^{55} ka^{33}
我 回 来 的 了
我 就 回 来 了

zɿ^{21} lo^{33} mæ^{21} næ^{55} ni^{21}
水 龙 妻 善 呢
古 罗 些 的 妻

ȵe̱^{33} no^{33} ŋɯ^{55} sɿ^{55} sɿ^{55}
嘴 呀 哭 泣 泣
双 眼 流 出 泪

ȵe̱^{33} zɿ^{21} xo^{21} mo^{21} do^{21}
眼 水 雨 大 落
泪 如 倾 盆 雨

ȵe^{55} næ^{55} zɿ^{21} ȵe^{55} ni^{21}
女 善 鱼 妮 呢
龙 女 鱼 妮 她

ŋɯ^{55} sɿ^{55} sɿ^{55} mu^{21} ni^{21}
哭 泣 泣 做 呢
双 眼 流 出 泪

t'i^{21} tɕe^{33} be^{33} du̱^{33} le^{33}
一 句 说 出 来
开 口 把 话 说

ʔa^{55} ba^{33} ʂɿ^{21} xo^{21} ka^{33}
阿 爸 死 掉 了
阿 爸 已 死 了

tsɿ^{55} gɤ^{21} ɣo^{55} do^{21} no^{33}
这 过 面 后 呀
这 样 以 后 呀

ʔa^{55} li^{55} ɬe̱^{21} ʐo^{33} ni^{21}
阿 里 郎 小 呢
阿 里 小 伙 子

mæ^{21} næ^{55} la^{33} ɣa^{21} xæ^{21}
妻 善 上 而 领
带 着 龙 女 妻

mo^{21} næ^{55} la^{33} ɣa^{21} xæ^{21}
母 善 上 而 领
领 着 丈 母 娘

t'u^{21} ɣa^{21} sæ^{55} ni^{21} xɤ^{21}
银 而 金 也 拿
带 金 银 财 宝

ni^{33} ɣa^{21} mo^{33} ni^{21} sæ^{21}
牛 而 马 也 牵
牵 牛 又 拉 马

ts'ɿ^{21} ɣa^{21} ve̱^{21} ni^{21} sæ^{21}
羊 而 猪 也 牵
拉 猪 赶 羊 群

ʑe̱^{33} ɣa^{21} ʔɤ^{33} ni^{21} te^{21}
鸡 而 鸭 也 赶
抱 鸡 赶 鹅 鸭

pu^{33} ɣa^{21} zæ^{21} ni^{21} xɤ^{21}
缎 而 绒 也 拿
带 绫 罗 绸 缎

de^{21} mi^{55} k'æ^{21} gu̱^{21} le^{21}
阳 间 上 回 来
回 到 人 世 间

xe^{21} mo^{21} t'i^{21} lɤ^{33} tʂ'u^{33}
屋 大 一 个 盖
盖 幢 大 瓦 房

ɬɛ^{21} mo^{21} ɬɛ̱^{21} ʐo^{33} gu^{21}
圈 大 圈 小 做
又 修 牛 羊 圈

ni^{33} mo^{33} ɬɛ^{21} dæ^{21} dæ^{21}
牛 马 厩 满 满
牛 马 关 满 厩

ts'ɿ^{21} ve̱^{21} bɤ^{21} dæ^{21} dæ^{21}
羊 猪 圈 满 满
猪 羊 关 满 圈

pu^{33} zæ^{21} k'ɣ̱^{21} dæ^{21} dæ^{21}
缎 绒 柜 满 满
绸 缎 装 满 柜

t'u^{21} sæ^{55} bu̱^{21} dæ^{21} dæ^{21}
银 金 坛 满 满
金 银 装 满 罐

tsɿ^{55} ʂɣ^{21} dʐa^{21} ti^{55} ka^{33}
这 似 住 的 了
过 上 好 日 子

pɣ^{55} ʐo^{33} ŋo^{21} sɿ^{55} ni^{21}
毕 儿 我 这 个
小 小 毕 摩 我

ʐo^{33} nɣ^{55} sɿ̱^{33} ʂo^{55} ʂa^{55}
儿 孩 柴 找 学
娃 娃 学 砍 柴

ʔa^{21} k'æ^{21} t'i^{21} t'e^{33} dʐɿ̱^{33}
上 上 一 刀 砍
上 面 砍 一 刀

ʔa^{21} k'ɯ^{55} t'i^{21} t'e^{33} dʐɿ̱^{33}
下 下 一 刀 砍
下 面 砍 一 刀

pɣ^{55} ʐo^{33} ŋo^{21} tsɿ^{55} lɣ^{33}
毕 者 我 这 个
我 这 个 毕 摩

ʔa^{21} ɣɣ^{21} le^{33} do^{33} ts'ɿ̱^{21}
远 古 理 道 史
远 古 故 事 书

le^{33} do^{33} t'e^{21} ma^{21} kɯ̱^{21}
理 道 讲 不 会
故 事 讲 不 好

ŋo^{21} la^{33} t'a^{21} ɣæ^{21} sɿ̱^{33}
我 上 莫 笑 呢
请 莫 笑 话 我

næ^{55} no^{33} t'u^{21} mu^{21} ʐɣ^{33}
善 呀 银 做 使
好 的 当 银 使

ma^{21} næ^{55} ɳe̱^{21} ma^{55} mu^{21}
不 善 土 灰 做
不 好 当 土 丢

tsɿ^{55} ɣa^{21} t'e^{21} tɣ^{33} lɣ^{21}
这 而 讲 留 去
讲 到 这 里 了

te̱^{21} lo^{33} xo^{21} xo^{21} mo^{55}
鹰 龙 送 送 高
到 此 结 束 了

彝文《红鱼姑娘》意译

大山青又绿，
画眉立枝头，
声声把歌唱；
炎炎烈日下，
茂密丛林中，
传出鹧鸪声。
祖先古老歌，
远古故事书，
阿里的故事，
我来唱一首。

巍巍礼社山，[①]
有条清水河，
春天水不浑，
夏天水清澈，
秋天水不浊，
冬天清冽冽。

这条清河中，
有个深水潭，
住着一条龙，[②]
名叫古罗些。
龙王古罗些，
有个独生女，
名字叫鱼妮。
鱼妮住龙宫，
吃的是山珍，
喝的是甘泉，
头上戴金银，
身上穿绸缎，
脚穿金绒鞋。

闺女鱼妮她。
鱼妮年十五，
对父把话讲：
“我的好阿爸，
我的好阿妈，
父母养女儿，
生在清河中，
清河有多长，
儿还不知道；
清河有多宽，
心中还是谜；
清河有多深，
儿还不了解；
深潭有多少，
儿心也无谱。
我要出龙宫，
要把清河游。”

龙王古罗些，
对儿把话说：
“我的好闺女，
不能去人间，
你要陪伴父，
你要伴着娘。
各种金首饰，
还有银镯子，
你要戴哪个，
随你去挑选；
绸子和缎子，
你要穿哪种，
任你去挑选。
家里样样有，
何必要出游。
清水河两岸，
森林绿茵茵，
老虎和豹子，
老熊和豺狼，
出没森林中；

虎会把儿伤，
豹会把儿害，
熊会把儿咬，
狼会把儿袭。
不能去出游，
不能去人间。”

闺女鱼妮她，
接着把话讲：
“阿爸呀阿妈，
笼中金画眉，
吃的是蚂蚱，
喝的是山泉，
不愁吃和喝，
却在不停鸣。
不是唱欢歌，
是在诉苦楚。
阿妈把儿生，
阿爸把儿养，
如今儿长大，
不得出门去，
女儿的心呀，
早已离龙宫，
女儿的心哟，
早已出龙门，
飞到人世间。”

鹦鹉再会讲，
讲不过八哥，
父母再会说，
说不过鱼妮。

翌日一清早，
鱼妮妙龄女，
早早做饭菜，
吃饱又喝足，
走出龙宫门，
红鱼变一条，
来到清河中，
顺河去游玩。

龙女鱼妮她，
举目来观看，
河边森林中，
花开红艳艳。
龙女鱼妮她，
无心测水深，
无心量河长，
看着满山花，
心想把花采。
龙女鱼妮她，
忘了父亲言，
忘了有老虎，
忘了有豺狼，
忘记了警惕。

岸边森林间，
一个狩猎人，
佩带弩和箭，
狩猎来到此。
老虎未狩获，
豹子没猎到，
猎人饥又渴，
下河来喝水。
望见清河中，
一条小红鱼，
悠悠游上来。
猎人搭上箭，
射出一箭去，
射中鱼的眼。
眨眼工夫里，
清河涌浪涛，
那一个猎人，
没猎获红鱼。

龙女鱼妮她，
左眼受了伤，
变成一只虾，
返回龙宫中。
龙王古罗些，

看见了闺女，
开口把话问：
“我的好闺女，
你出龙宫门，
游览清水河，
清河有多长？
清河有多宽？
清河深多少？
山间虎和豹，
伤到儿没有？”

龙女鱼妮她，
看见父和母，
呜呜哭起来，
回答父亲道：
“今日去人间，
遇见一猎人，
猎人射箭来，
射瞎我眼睛。”

龙王古罗些，
找来治眼药，
帮囡把眼治。
箭上有毒药，
眼伤难治愈，
龙女鱼妮她，
左眼失了明。

龙王古罗些，
愤怒把话讲：
“凡人这些人，
个个坏心肠，
人人无良心，
牲畜牛马粪，
污秽倒河里，
让我喝污水，
弩箭又伤人，
射瞎闺女眼。”
此事且莫表，
继续往下说。

清水河岸边，
河边有座山，
山中有个寨。
这个村寨中，
有一个孤儿。
这个小孤儿，
吉古家后裔，
名字叫阿里。
到了三岁时，
母亲就亡故，
到了五岁时，
生父又归西，
没有姐和妹，
没有兄和弟，
一人孤单单，
独居草屋中。

这个村寨中，
有一位老人，
也是孤单人，
无妻又无子。
不久有一天，
天空雾蒙蒙，
那一位老人，
邀约小阿里，
身背捕鱼具，
来到清河中，
顺河把鱼捕，
直到中午时，
没有捕获鱼。

龙女鱼妮她，
返回龙宫中，
治好了眼睛。
左眼虽失明，
世间各种花，
琳琅现脑海。
变成一只虾，
游出龙宫门，

来到大河中，
望见一老人，
还有一小伙，
正在捕鱼忙。
那位小伙子，
一表好人才，
看看他的头，
头发黑黝黝，
看看他的眼，
就像星闪烁；
看看他的鼻，
就像小剪刀；
看见他微笑，
嘴里露白牙。

龙女鱼妮她，
看见了小伙，
心中涌浪涛，
赶来各种鱼，
让给小伙捕，
让给老人捕。
老人和阿里，
不足一时辰，
背篓装满鱼，
满载把家还。

龙女鱼妮她，
依依返回宫，
熟睡金床上，
梦见了小伙。

不久有一天，
老人和阿里，
肩上扛渔网，
又来把鱼捕。
捕了大半天，
阿里小伙子，
没有捕获鱼，
那一位老人，
同样空着网，
仍然无收获。

龙女鱼妮她，
看见了阿里，
变条小红鱼，
游到阿里前，
有意让他捕。
老人见红鱼，
急忙撒下网，
红鱼入网中。
小伙阿里他，
一网撒下去，
白鱼获两条。
阿里小伙子，
开口把话讲：
“尊敬的大爷，
我的两条鱼，
换你小红鱼，
你的小红鱼，
能否换给我？”

两条换一条，
老人笑哈哈，
拿出小红鱼，
换给了阿里。
那条小红鱼，
左眼虽失明，
右眼似星闪。

阿里小伙子，
拿出砍刀来，
砍来一竹筒，
筒中装清水，
鱼放竹筒中。
阿里回到家，
拿出小红鱼，
养在水缸中。

有一日清早，
阿里起得早，

吃过早饭后，
扛着斧和锄，
出门去做活。
太阳落山时，
阿里把家还，
阿里回到家，
饭菜已煮熟，
菜香扑鼻来。
阿里心中想：
“这个村子中，
唯我是孤儿，
乡亲邻里们，
帮了我的忙。”
阿里小伙子，
不去多思想，
舀出饭和菜，
忙把肚子填。
吃饱喝足够，
上床去睡觉。

第二日清早，
阿里起床来，
吃饱了肚子，
扛锄抬斧子，
出门去做活。
太阳落山时，
阿里把家还，
回到家里头，
饭也热乎乎，
菜肴香喷喷，
看看水缸中，
缸里水满满，
那条小红鱼，
游得喜又欢。

又一日清早，
阿里去砍柴，
肩上挑柴火，
回到茅屋中，
饭菜香喷喷，
香味鼻扑来。
阿里心中想：
“一日复一日，
哪家邻里人，
怜悯孤儿我，
为我做饭菜，
哪家好心人，
为我阿里忙？”
阿里小伙他，
来到村子中，
对邻里说道：
“邻里和乡亲，
莫要再帮忙，
请莫再费心。
烧火做饭菜，
等我回家来，
自己分内事。”
邻里回答说：
“不是我们煮，
不是我们帮，
你才出门去，
一位小姑娘，
帮你做饭菜，
你若不相信，
到了中午时，
自己回来看。”

阿里小伙子，
又到另一家，
开口又说道：
“邻里和亲戚，
我的饭和菜，
你们不要煮，
我会自己做。”
未等话说完，
邻里回答道：
“不是我们煮，
你才出门去，
一位小姑娘，
长得很漂亮，

帮你去挑水，
为你做饭菜，
你若不相信，
回来看一看。”

阿里小伙子，
返回到家中，
心里在思量：
“个个都在说，
有个小姑娘，
帮我做饭菜，
是真还是假，
定要弄明白。”

又一日清早，
阿里起得早，
喝够吃个饱，
扛着锄和斧，
出门去做活。
太阳正当空，
阿里把家还，
来到大门口，
快步进屋中，
看见一姑娘，
身穿红色衣，
绸衣艳又丽，
看看她头上，
头上戴金钗，
金钗亮闪闪；
看看她的眼，
眼睛似星闪；
看看她的鼻，
鼻似小剪刀；
看看她的嘴，
就像小贝壳；
看看她的脸，
脸色似桃花。
阿里小伙子，
看看水缸里，
看见红鱼皮，
漂在水面上。
阿里小伙子，
伸手拿红鱼。
少女见阿里，
急忙把话讲：
“阿里小阿哥，
不要拿鱼皮，
皮是我的衣，
请你还给我。”

阿里把话答：
“这是我的鱼，
河中捕来的。”
不等少女讲，
拿起小红鱼，
丢进灶窝里。
只听叭叭响，
鱼皮成灰烬。

龙女鱼妮她，
开口把话说：
“阿里小阿哥，
红鱼就是我，
鱼是我化身，
我家住河里，
鱼皮是我衣，
鱼皮已烧毁，
无法再回家，
只有同你住，
与你同生活。”

阿里把话答：
“你是富人女，
我是穷人娃，
无父又无母，
甜荞和苦荞，
怎能撒一地？”
龙女鱼妮她，
开口把话答：
“甜荞和苦荞，

可以撒一地，
狂风吹来时，
甜荞依苦荞，
苦荞靠甜荞。”

阿里小伙子，
接着把话说：
“我家没有金，
我家没有银，
没有金银戴；
我家无绸缎，
没有绸缎穿。
与我同生活，
怕你吃不消。”

鱼妮把话讲：
“金银不稀罕，
绸缎不稀奇，
金银和绸缎，
龙宫里面有。
若是为了金，
若是为了银，
不会到凡尘；
倘若恋绸子，
倘若恋缎子，
何必到人间？
阿哥呀阿哥，
生活龙宫里，
一人孤单单，
吃的是佳肴，
如同吃泥土，
喝的琼浆液，
如同饮马尿。
与哥在一起，
同你一起住，
虽是吃苦荞，
如同吃蜜糖；
虽是吃野菜，
胜过吃佳肴。
你莫把我赶，
让我同你住。”
阿里小伙子，
听完龙女言，
心里喜洋洋。
天空渐渐黑，
阿里和鱼妮，
共靠一个枕，
同睡一张床。

翌日天明亮，
吃过早饭后，
阿里扛着斧，
鱼妮背着箩，
上山砍柴火。
阿里小伙他，
唱起山歌来，
唱起阿色调，[③]
阿里唱一曲，
鱼妮答一首。

太阳落西山，
阿里和鱼妮，
双双背柴火，
返回到家中。
煮饭吃喝完，
阿里和鱼妮，
上床共枕眠。
阿里熟睡去，
龙女鱼妮她，
悄悄下床来，
跨出草屋门，
走路如生风，
返回清水河，
返回龙宫中。

龙王古罗些，
见了鱼妮女，
匆匆把话问：
“我的好闺女，
几日不归家，

到了何处去？
为何你身上，
有股生人味？”
没等话说完，
龙女鱼妮她，
跪在父亲前，
如何到人间，
鱼皮被火烧，
一一讲出来。

龙王古罗些，
愤愤骂囡道：
“独自去人间，
父母不知晓。
龙衣被烧毁，
你已成凡人，
我们和凡人，
怎能在一起！”

鱼妮恳求道：
“阿爸呀阿妈，
都是囡的错，
生米成熟饭，
后悔来不及，
阿爸枕头边，
那棵金竹子，
请送囡一节。”

父亲回答道：
“厩中牛和马，
随你去挑选；
圈里的猪羊，
随你去选择；
罐里的金银，
随你拿多少。
样样可给你，
金竹不能给。”

鱼妮的阿妈，
忙替囡求情：
“囡是父的血，
囡是娘心肝，
金竹不给囡，
不给亲骨肉，
留着要给谁？”

龙王古罗些，
听了妻子言，
渐渐息怒火。
拿出金竹来，
砍一节金竹，
金竹给鱼妮。
鱼妮好闺女，
谢别父和母，
走出龙宫门，
返回茅屋中。

阿里小伙他，
正在睡梦中。
龙女鱼妮她，
破开金竹子，
拿着四片竹，
茅屋的东边，
金竹放一片；
茅屋的西面，
金竹放一根；
南边放一节，
北边放一段。
瞬间工夫里，
茅屋变了样，
破烂茅草屋，
变成大瓦房，
南北各一楼，
东西各一幢，
中间大天井。
四周牲畜圈，
圈里有公牛，
不停地吼叫；
厩里有骏马，
不停地嘶鸣；

公鸡喔喔啼，
鸭子叫呱呱。
阿里小伙子，
一觉醒过来，
发现屋变样，
出门看一看，
左边是马厩，
骏马关满厩；
右边是牛圈，
黄牛关满圈；
接着是羊圈，
圈里关满羊。
阿里小伙他，
返回瓦房中，
开口问贤妻：
“这幢大瓦房，
主人是哪个?”

鱼妮把话答：
“主人就是你，
这是你的房。
清早我醒来，
房屋已变样，
你的老祖宗，
默默在护佑，
茅屋变瓦房，
该是你福分。”

阿里小伙他，
生活变了样，
出门骑骏马，
骏马配金鞍，
金鞍闪金光；
出门去赶集，
身穿绸和缎。
不愁无金银，
不愁没有吃，
不忧没有穿。
宾客到家来，
鸡鸭待贵客；
乡邻到家里，
斟酒敬乡邻。

这个村寨中，
有一户人家，
这家男主人，
名叫阿勒革，
是个老赌徒。
他有两闺女，
大囡满十八，
小囡十六岁，
大囡和小囡，
貌美身材好，
两只大眼睛，
就像星闪烁，
鼻似小剪刀，
嘴像小贝壳，
脸色似桃花，
微笑露白牙。
如同马缨花，
四方把名扬。

那个阿勒革，
看见大瓦房，
见到牛和羊，
见到猪和鸡，
见到了骏马，
心里在盘算。
不久有一天，
宰杀老母鸡，
特意请阿里。
那个阿勒革，
饮完一碗酒，
开口把话讲：
“阿里小伙子，
金银满坛罐，
粮食堆满仓，
牲口关满圈，
样样你家有，
福星照你家。

富贵人家里，
需要把花栽，
你家的绸缎，
该是美人穿；
你家金耳环，
该让美人戴；
柜里银手镯，
只配美人戴。
你和瞎眼女，
实在不相配。”

阿里小伙子，
听了一席话，
如同雷轰顶。
那个阿勒革，
接着把话讲：
“我家两闺女，
大的十八岁，
小的十六岁，
随你选一个，
赶走瞎眼女，
尽管来迎亲。”

孤儿阿里他，
喝得醉醺醺，
踉跄把家还。
见了鱼妮妻，
愤愤把话讲：
“你这瞎眼女，
不要在我家，
我家金耳环，
要给美人管；
我家银手镯，
要给美人戴；
我家绸和缎，
要给美人穿。
阿勒革他家，
闺女有两个，
如同马缨花，
四方美名扬。

两个漂亮女，
随我去挑选，
你回你家去，
我要娶新人。”
龙女鱼妮她，
听了阿里言，
眼泪流不止，
泪如豆子落。
鱼妮跑出门，
朝着龙宫奔。
不多一会儿，
圈里的黄牛，
厩里的骏马，
圈里的山羊，
厩里的鸡鸭，
纷纷往外跑。
鱼妮到哪里，
牲畜紧跟随，
牛马和鸡鸭，
扬起一路尘，
灰尘如白云，
跟随龙女她，
返回龙宫中。

鱼妮父母亲，
见囡泪汪汪，
忙来问究竟。
鱼妮诉苦情：
“青天我阿爸，
黑地我阿妈，
阿里小郎他，
把我赶出门。”
龙王古罗些，
愤怒把话讲：
“这代阳世人，
实在不讲理，
射瞎我囡眼，
烧毁我囡衣，
还嫌欺不够，
把我女儿赶。

迟早遭报应，
该遭洪水淹。”

阿里孤儿他，
熟睡在床上，
等他醒过来，
发现屋变样，
瓦房四合院，
还原茅草房。
出门去看看，
圈里没有牛，
厩里没有马，
圈中没有猪，
厩中没有羊，
鸡鸭也没有，
到处空落落；
打开柜子看，
柜里无绸缎，
打开罐子看，
罐里无金银。

孤儿阿里他，
找到阿勒革，
开口把话讲：
“大爹阿勒革，
妻子已走远，
我和你女儿，
何时把亲成？”
那个阿勒革，
开口把话答：
“一个穷光蛋，
穷得响叮当，
没有牛和马，
没有猪和羊，
没有鸡和鸭，
没有金和银，
没有绸和缎。
我家的闺女，
只嫁富人家，
不嫁穷苦人。
一个孤儿你，
莫来我家里。”

孤儿阿里他，
返回到家中，
后悔来不及，
双眼流出泪：
“贤妻啊贤妻，
丈夫我错了，
听信他人言，
骂错贤妻了。”
身上配腰刀，
走出草屋门，
出来找妻子。
来到半路上，
一只画眉鸟，
对他把话讲：
“阿里小伙子，
为何流眼泪，
何事让你愁？”
阿里把话答：
“那个阿勒革，
曾经对我说，
赶走我妻子，
他家两闺女，
随我选一个。
如今赶走妻，
闺女不嫁我，
我要到河里，
寻找我妻子。”
话眉把话说：
“阿里小伙子，
我是林间鸟，
水性我不好，
难帮你的忙。”

孤儿阿里他，
朝前把路赶，
走了一程路，
遇见一蚂蚁。

蚂蚁见阿里，
开口把话问：
“阿里小伙子，
为何在哭泣？
是父丧了身，
还是母亡故？”
阿里把话答：
“不是父丧身，
也非母亡故，
要到清水河，
寻找我妻子。
那个阿勒革，
曾经对我说，
撵走我妻子，
他的两闺女，
随我选一个，
如今他反悔，
闺女不嫁人。”
蚂蚁把话说：
“阿里小伙子，
我在地上生，
水性我不行，
难帮你的忙。”

孤儿阿里他，
一路哭着走，
泪水也哭干。
来到河岸边，
遇见癞蛤蟆。
蛤蟆把话问：
“阿里小伙子，
为何在悲切，
难道父溺水，
难道母受淹？”
阿里把话答：
“不是父溺水，
不是母受淹，
我来清水河，
来找我妻子。”
阿里小伙子，
一边流眼泪，
一边诉苦楚，
前因和后果，
详细讲分明。
那只癞蛤蟆，
接着把话讲：
“你要找妻子，
我可帮助你，
你家还有啥，
拿来给我吃。”

孤儿阿里他，
急忙返回家，
一只老母鸡，
孵蛋在窝里，
孵蛋老母鸡，
杀给蛤蟆吃。
那只癞蛤蟆，
带领着阿里，
来到水潭边，
交代阿里说：
“我把水吸干，
你就进深潭，
你进深潭时，
切莫笑出声。”
没等话说完，
那只癞蛤蟆，
张嘴把水吸，
瞬间工夫里，
深潭里的水，
全部被吸干。
癞蛤蟆肚子，
鼓得如房子，
小伙阿里他，
见了蛤蟆样，
噗噗笑出声。
蛤蟆肚中水，
倒回深潭中。
蛤蟆把话说：
“叫你莫出声，

不听我嘱咐，
你若不听嘱，
难见你妻子。
快快回家去，
看看还有啥，
拿来给我吃。”

阿里小伙子，
返回到家中，
看看柜子里，
黄豆有一升，
豆子全炒熟，
送给蛤蟆吃。

吃完一升豆，
蛤蟆把水吸，
孤儿阿里他，
不敢再出声，
趁水吸干时，
走入深潭中。
走了一程路，
豁然大开朗，
望见一幢房，
鱼骨当柱立，
鱼鳞当瓦盖，
门头雕彩龙，
门板雕虾鱼。
小伙阿里他，
走进大房中，
贤妻鱼妮她，
坐在院子里，
在做针线活。
阿里见鱼妮，
急忙走过去，
跪在鱼妮前，
开口把话讲：
“贤妻呀贤妻，
我受别人骗，
不知好和歹，
把你赶出门，
孤儿我阿里，
不能没有妻，
跟我回家去。”

龙女鱼妮她，
见到丈夫君，
双眼流出泪，
双手扶夫君，
讲述分离苦，
详叙离别情。

太阳快落山，
龙王古罗些，
吆着牛羊群，
返回龙宫来。
听见父声音，
龙女鱼妮她，
拉着丈夫君，
让他藏囤箩。

龙王古罗些，
回到家里来，
一股生人味，
朝鼻扑过来，
开口把话问：
“哪来生人味？
哪里藏凡人？”
龙女鱼妮她，
跪在父亲前，
开口来求情：
“阿爸呀阿爸，
你的女婿他，
来到龙宫中，
他来接女儿，
要回人世间。”

龙王古罗些，
愤怒把话讲：
“这代阳世人，
心地不善良，

这个万老鳖，[4]
自己来找死，
我要把他杀，
款待鱼和虾。”

龙女鱼妮她，
对父把话讲：
“阿爸呀阿爸，
切莫把他杀，
你的女儿我，
不能没有夫，
若是定要斩，
先把女儿杀。”

龙王古罗些，
对囡把话说：
“我的好女儿，
这个阳间人，
心肠他不好，
道理他不讲，
他烧你的衣，
把你赶出门，
不能放了他。”

鱼妮又求情：
“阿爸呀阿爸，
阿里是孤儿，
受了别人骗。
女儿的龙衣，
已被他焚毁。
囡已成凡人，
生活龙宫中，
时间长不了，
留他一条命，
让他领着囡，
返回人世间。”

女儿再三求，
龙王没话说。
龙女鱼妮她，
喊出阿里来。
阿里小伙子，
跪在岳父前，
阿勒革的事，
受骗做错事，
一一叙分明。
龙王古罗些，
躺在床上想：
“人间这代人，
心肠不善良，
我的好女儿，
怎能去人间！
这个万老鳖，
不能留宫里。”
冥思又苦想，
计在心里生。

一日大清早，
龙王起得早，
吃饱喝足后，
对婿把话讲：
“今日到山间，
我们捉迷藏。
我先去躲藏，
你来寻找我。
你若找到我，
闺女你带走；
若是找不着，
你就回不了。”

龙王说完话，
跨出家门槛，
来到羊群中，
变一只苍蝇，
躲在羊耳里。
阿里问妻子：
“阿爸去躲藏，
让我去寻找，
若是找不着，
不能带你走，

我到哪里找，
哪里找到他?”
鱼妮把话答：
“太阳落山时，
你到羊圈前，
等待羊群归。
羊群归来时，
抓起领头羊，
先打三巴掌，
然后喊阿爸，
就可找到他。”
太阳快落山，
阿里小伙子，
来到羊圈前，
等待羊群归。
羊群归来时，
抓起领头羊，
打羊三巴掌，
接着喊阿爸。
龙王古罗些，
飞出羊耳来。

又一日清早，
龙王古罗些，
吃过早饭后，
对婿把话讲：
“今日我躲藏，
你来把我找。
若是找到我，
闺女你带走；
若是找不着，
你就走不了。”

龙王古罗些，
走出龙宫门，
来到牛群中，
躲在牛耳里。
阿里小伙子，
对妻把话问：
“阿爸去躲藏，
叫我去寻找，
林深不见天，
我到哪里找?”
鱼妮回答说：
“此事不用愁，
同我在家中。
太阳落山时，
你到牛圈前，
等待牛群归。
牛群归来时，
抓住第二条，
打它三巴掌，
然后喊阿爸，
就可找到他。”
待到太阳落，
阿里小伙子，
来到牛圈前，
等待牛群归。
牛群归来时，
抓住第二条，
先打三巴掌，
接着喊阿爸。
龙王古罗些，
跳出牛耳来。

又一日早晨，
龙王古罗些，
吃过早饭后，
对婿把话讲：
“我的好女婿，
今日你躲藏，
我来把你找。
若是找不着，
闺女你带走；
若是找着你，
你就走不了。”

孤儿阿里他，
又来问贤妻：
“阿爸吩咐说，

要我去躲藏，
若是找到我，
回家无指望；
若是找不着，
可以带你走。”

龙女鱼妮说：
“此事不用急，
陪我在家中，
家中可躲藏。”
龙女鱼妮她，
用手拍阿里，
阿里小伙子，
立刻变成针。

龙王古罗些，
出门找阿里，
找遍五座山，
寻遍五条箐，
寻遍五片林，
找不到阿里。
脚板被刺戳，
全身被刺划，
找不到阿里，
返回龙宫中。
见了鱼妮女，
开口把话讲：
“我的好女儿，
帮我挑挑刺，
这个万老鳖，
不知躲哪里，
实在找不着。”

龙女鱼妮她，
拿来针线盒，
帮父把刺挑。
挑完了尖刺，
把针丢门外，
阿里还原形，
走进家里来。

龙王见阿里，
急忙把口开：
“年轻女婿你，
你到哪里藏？
找遍山和箐，
无法找到你。”

阿里把话答：
“岳父尊大人，
我在家中藏，
刚才你回来，
帮你挑了刺。”
龙王古罗些，
悔恨把话讲：
“那一棵金针，
该丢火塘中。”

又一日清早，
龙王古罗些，
对婿又说道：
“今日你躲藏，
我来把你找。
若是找不着，
闺女你带走；
若是找着了，
你就走不了。”

阿里问妻子：
“贤妻呀贤妻，
阿爸又吩咐，
要我去躲藏，
我到何处藏？”
龙女鱼妮她，
回答丈夫道：
“此事不用慌，
不用你着急，
你在家中坐，
家里可躲藏。”
才把话说完，
龙女鱼妮她，

朝夫拍三下，
阿里小伙子，
忽然成甑子。
龙王古罗些，
出门去寻找，
找遍七座山，
寻遍七条箐，
找遍七片林，
找不到阿里，
失望把家还。
龙王古罗些，
回到龙宫中，
对囡把话讲：
“我的好女儿，
盛饭给我吃，
那个万老鳖，
不知躲何处，
实在找不着。”

龙女鱼妮她，
抱出甑子来，
舀饭给父亲。
父亲吃完饭，
龙女鱼妮她，
甑放灶房中，
阿里小伙子，
走出灶房来。
龙王见阿里，
急忙把话问：
“小伙女婿你，
你藏哪里了？
找遍七座山，
寻遍七片林，
找遍七个箐，
无法找到你。”

阿里把话答：
“岳父尊大人，
我在家中藏，
父亲回来时，
我还盛了饭，
给你解饥饿。”
没等话说完，
龙王古罗些，
悔恨把话说：
“那个烂甑子，
该丢火塘中。”

又一日清早，
龙王古罗些，
对婿吩咐说：
“今日你躲藏，
我来寻找你。
倘若找不着，
闺女你带走，
若是找到你；
你就走不了。”

阿里问贤妻：
“阿爸对我说，
要我去躲藏，
他来寻找我，
若是找到我，
回家无指望；
若是找不着，
可以带你走。”

鱼妮对夫说：
“此事不用愁，
陪我在家中，
家中可躲藏。”
龙女鱼妮她，
轻轻拍夫君，
阿里小伙子，
立刻变成瓢。

龙王古罗些，
走出龙宫门，
找遍九座山，
寻遍九条箐，

寻遍九片林，
口干舌又燥，
找不到阿里，
疲惫把家还。
龙王把话说：
“我的好闺女，
舀水给我喝，
这个万老鳖，
不知躲何处，
实在找不着。”

龙女鱼妮她，
舀水给父喝。
父亲喝完水，
龙女鱼妮她，
水瓢放缸里，
阿里小伙子，
忽然现原形，
走出灶房来。
龙王见阿里，
开口把话问：
“小伙女婿你，
你到何处藏？
找遍九座山，
寻遍九条箐，
找遍七片林，
没法找到你。”

阿里把话答：
“尊贵我阿爸，
我在家中藏，
父亲回家时，
我还打了水，
给你解了渴。”
龙王古罗些，
悔恨把话讲：
“那一个水瓢，
该丢火塘中。”

又一日清早，
龙王古罗些，
吃过早饭后，
吩咐女婿说：
“今日挖荒山，
太阳落山前，
挖完九座山，
若是能挖完，
闺女你带走；
若是挖不完，
你就走不了。”

阿里问贤妻：
“阿爸吩咐我，
要去挖荒山，
太阳落山前，
要挖九座山，
莫说九座山，
一山难挖完。”
鱼妮回答说：
“此事不用愁，
到了明日早，
你装九盒饭，
一山放一盒；
你扛九把锄，
一山放一把。
做完这些事，
山上睡大觉。”
阿里小伙子，
照着妻吩咐，
装好九盒饭，
一山放一盒；
扛着九把锄，
一山放一把。
折枝铺地上，
山间把觉睡。
待他醒过来，
九座大荒山，
全部都挖完。

又一日清早，

龙王吩咐道：
“九山的树木，
太阳落山前，
全部要砍倒。
你若砍得完，
闺女你带走；
若是砍不完，
你就走不了。”

阿里问贤妻：
“九山的树木，
太阳落山前，
全部要砍光，
莫说九座山，
一山难砍完。”
贤妻鱼妮她，
回答丈夫道：
“此事不用愁，
你装九盒饭，
一山放一盒；
你扛九把斧，
一山放一把。
做完这些事，
树枝铺地上，
山间睡大觉。”
阿里照妻嘱，
装了九盒饭，
一山放一盒；
扛来九把斧，
一山放一把；
折来绿树枝，
山间睡大觉。
阿里睡醒来，
九山的树木，
全部都砍光。

又一日清早，
龙王古罗些，
对婿吩咐道：
“砍倒的树木，
太阳落山前，
全部要烧毁。
若是能烧毁，
闺女你带走；
若是烧不完，
你就走不了。”

阿里问贤妻：
“砍倒的树木，
太阳落山前，
全部要烧光，
莫说九架山，
一山难烧完。”
鱼妮安慰说：
“此事不用愁，
你带九盒饭，
一山放一盒，
做完这件事，
山间睡大觉。”
阿里小伙子，
按照妻嘱咐，
带上九盒饭，
一山放一盒。
折来绿树枝，
山间把觉睡。
待他睡醒来，
砍倒的树木，
全部已烧光。

又一日清早，
龙王古罗些，
吃过早饭后，
对婿把话讲：
“小伙女婿你，
九块新开地，
全部撒荞子，
太阳落山前，
荞种要撒完。
若是能撒完，
闺女你带走；

若是撒不完，
你就走不了。”

阿里小伙子，
又问鱼妮道：
“九块新开地，
全部撒荞子，
太阳落山前，
全都要撒完。”
龙女鱼妮她，
对夫把话答：
“此事不用愁，
荞种扛九袋，
一山放一袋；
你装九盒饭，
一山放一盒；
你扛九把锄，
一山放一把。
做完这些事，
山间睡大觉。”
阿里小伙子，
按照妻嘱咐，
扛来九把锄，
一山放一把；
荞种担九袋，
一山放一袋；
装好九盒饭，
一山放一盒。
折来绿树枝，
山间睡大觉。
待他睡醒来，
九块新开地，
荞种全撒完。

又一日清早，
龙王吩咐道：
“九块新开地，
不能撒荞子，
太阳落山前，
荞种要捡回。
若是捡回来，
闺女你带走；
若是捡不回，
你就走不了。”

阿里问鱼妮：
“撒下的荞种，
太阳落山前，
全部要捡回，
荞种已撒下，
如何捡回来？”
鱼妮回答说：
“此事不用愁，
此事你莫忧，
你带九麻袋，
一山放一袋；
你装九盒饭，
一盒放一山；
你扛九把锄，
一山放一把，
做完这一切，
山间睡大觉。”
阿里小伙子，
按照妻嘱咐，
装了九盒饭，
一盒放一山；
拿来九条袋，
一条放一山；
扛来九把锄，
一山放一把；
折来绿树枝，
山间睡大觉。
待他睡醒来，
九条大麻袋，
装得圆鼓鼓。
阿里挑荞种，
返回到龙宫。

第二日清早，
龙王数荞种，

数去又数来，
荞种少三颗。
龙王把话说：
“年轻女婿呀，
荞种少三颗，
若是能找回，
闺女你带走；
若是找不回，
你就走不了。”

阿里小伙子，
又来问贤妻：
“荞种少三颗，
没有捡回来，
不知怎么办？”
鱼妮对夫说：
“弓弩你会射，
不愁找不回，
你带弩和箭，
走到新开地。
地边枯树上，
三只野斑鸠，
就在树上面，
中间那一只，
荞种被它吃。”
阿里照妻嘱，
带上弩和箭，
来到新开地。
地边枯树上，
三只野斑鸠，
落在树枝头。
阿里拉满弩，
定睛细瞄准，
射出一箭去，
斑鸠落下来。
小伙阿里他，
返回龙宫中，
剖开斑鸠看，
荞种那三颗，
就在嗉子中。

一个个难题，
难不倒阿里，
龙王古罗些，
拿他没办法。
不久有一天，
龙王问阿里：
“阿里小伙子，
你的长腰刀，
可以砍什么，
不能砍什么？”
阿里顺口答：
“尊贵我阿爸，
我的长腰刀，
样样可以砍，
破石成两半，
砍树成两节。
不能砍的嘛，
只有南瓜藤，
还有芭蕉树。”
龙王古罗些，
心中有了底，
想出一计来。

又一日清早，
龙王古罗些，
吃过早饭后，
对婿把话讲：
“小伙女婿你，
今日跟随我，
上山去狩猎，
若是有收获，
闺女你带走；
若是无收获，
你就走不了。”

阿里问贤妻：
“阿爸吩咐我，
山间去狩猎，
若是获猎物，

我可带你走，
若是无收获，
回家无指望。”
贤妻鱼妮她，
担心把话说：
“今日去狩猎，
阿爸无好心，
阿爸要害你，
狩猎你莫去。”
阿里把话答：
“若不去狩猎，
我们夫妻俩，
不得回人间。
弓弩我在行，
狩猎我要去，
狩猎有收获，
带你回人间。”
阿里小伙子，
带着弩和箭，
身上佩腰刀，
跟随老岳父，
上山去狩猎。
一程又一程，
来到山箐里。
龙王古罗些，
对婿把话讲：
“你守箐沟底，
我到箐沟顶，
捧下猎物来，
让你来射杀。”

龙王吩咐完，
沿箐上山顶。
龙王到山顶，
变成芭蕉树，
变成南瓜藤，
变成山洪水，
滚滚冲下来。
孤儿阿里他，
守在箐沟底，
忽然刮大风，
洪水哗哗响，
举目看一眼，
滚滚山洪水，
粗壮南瓜藤，
缠着芭蕉树，
伴着山洪水，
朝他冲下来。
阿里拔腰刀，
砍向芭蕉树，
砍断南瓜藤。
那些芭蕉树，
鲜血流如注；
根根南瓜藤，
鲜血溅四方；
鲜血拌洪水，
滚滚冲下谷。
山脚河谷边，
有块甜荞地，
鲜血拌洪水，
流过甜荞地，
荞秆被血染，
自从这时起，
世上甜荞子，
荞秆成红色。

孤儿阿里他，
返回龙宫中，
对妻把话说：
“贤妻呀贤妻，
上山去狩猎，
来到箐沟里，
阿爸上山顶，
去把猎物捧，
让我守箐底。
不多一会儿，
洪水冲下来，
粗壮南瓜藤，
还有芭蕉树，
朝我冲下来。

我把瓜藤砍，
砍断芭蕉树，
鲜血流沟里，
顺谷冲下谷。
太阳落山头，
不见阿爸影。”
小伙阿里他，
从头叙到尾。

龙女鱼妮她，
知道父丧身，
双眼流出泪；
鱼妮母娘亲，
泪如豆子落。

鱼妮和阿里，
带着老娘亲，
带着金和银，
带着绸和缎，
赶着牛和马，
赶着猪和羊，
抱着鸡和鸭，
走出龙宫门，
返回人世间。
变幢大瓦房，
牛马关满厩，
猪羊关满圈，
粮食堆满仓，
金银满坛罐，
绸缎满柜子，
生活胜蜜糖。

小小毕摩我，[⑤]
就像小孩子，
山间学砍柴，
上面砍一刀，
下面砍一斧。
远古故事书，
今日我来讲，
唱诵古老歌，
一定有偏差，
对的当金藏，
错的当土丢。

注　释：
①礼社山：指今云南境内的哀牢山。
②彝族民间传说，凡有水的地方都有龙居住。
③阿色调：音译，是彝族青年唱诵的一种山歌曲调。
④万老鳖：音译，指猫头鹰。
⑤毕摩：彝族民间通晓彝文的祭司。

附

佤族《岩惹与龙女》译注

魏娟娟　鲍健昌 / 译注

ʔa̱i rai kɛ̱ˀ bu̱n si̱ ʑɔŋ
岩惹 与 女 龙
岩惹与龙女

di diˀ, mɤŋ va̱ˀ ko̱i kɔ̱n do̱i tit tiˀ ka̱ɯ̱ˀ
从前，地方 佤族 有 孤儿 某 一 个
从前，阿佤山上有一个孤儿，

ka̱ɯ̱ˀ ʔa̱i rai, nɔ̱h ʥaɯh ʑam ʔia̱k ʔa̱ŋ ko̱i mɛˀ ko̱i kɯi̱ŋ
叫 岩惹，他 从 时候 小 没 有 妈妈 有 爸爸
名叫岩惹，他从小就没有父母，

ʔa̱ŋ ko̱i da̱ɯ̱ˀ ʔo̱t da̱ɯ̱ˀ paɯŋ, ʔo̱t ŋɛ no̱ŋ
没 有 地方 在 地方 住宿，在 仅 单独
一个人无依无靠，孤苦伶仃地过日子，

grɔ̱ŋ ʔot grɔ̱ŋ ko̱i dai̱ŋ ho̱t dai̱ŋ ʨauˀ
生活 十分 贫穷 十分 破旧
生活十分艰难。

pui tiˀ bla̱h pi pra̱h da̱h rʰɔ̱m ka̱h nɔh
人 有些 看不起 于 他
有些人看不起他，

ria̱n su̱ ti̱ˀ lɔ̱ nɔ̱h。tiˀ ŋaiˀ
常常 故意 助词 捉弄 他。一 天
常常故意捉弄他。有一天，

nɔ̱h ʑauˀ hu̱ tɕɔ̱k pui da̱ɯ̱ˀ ʑa̱uŋ ka̱ˀ da̱ɯ̱ˀ klɔ̱ŋ rɔ̱m sa̱ɯ̱ŋ
他 看见 去 摸 人 里 寨子 鱼 里 小黑江
他看见寨子里的人都到小黑江里去摸鱼，

ka̱h sa̱ŋ mɛ ti̱ˀ hu̱ tɕɔ̱k na̱ŋ
也 要 想 助词 去 摸 亦
也想跟着去摸，

viaŋ mɔh na̱n nɔ̱h ʔa̱ŋ ko̱i graɯ tɯi ka̱ˀ
可是 他 没 有 笼子 拿 鱼
可是没有鱼笼。

nɔ̱h kɯ̱m hu̱ tɕʰɔ̱k pui tɕiˀ tai̱ŋ graɯ tɯi ka̱ˀ
他 就 去 问 人 会 编织 笼子 拿 鱼
他就去问会编鱼笼的人，

graɯ tɯi ka̱ˀ mɔh sa̱ŋ tai̱ŋ nɔ̱h ka̱h pa̱ ti̱ˀ
笼子 拿 鱼 是 要 编织 它 以 什么
究竟鱼笼是用什么东西编成的。

pui tiˀ bla̱h su̱ ti̱ˀ lʰe̱n nɔ̱h ni̱n
人 有的 故意 助词 骗 他 这样
有的人故意骗他：

graɯ tɯi ka̱ˀ tai̱ŋ nɔ̱h ka̱h mha̱
笼子 拿 鱼 编织 它 以 篾子
“鱼笼是用篾子编成的。

tɕa̱ mɔh kit ma̱iˀ ʔo̱ˀ ho̱ik piak mɔh mha̱
只要 砍 你 竹子 来 破 成 篾子
你只消把竹子砍来破成篾子，

vɛˀ ti̱ˀ ka̱ piaŋ ŋu
拿 助词 烤 上 火
再把篾子放到火上去烤，

ka̱ tɔ̱m krɔ̱h tɔ̱m grɔiŋ kɯ̱m tai̱ŋ ka̱h kʰa̱iˀ
烤 至 干 至 脆 就 编织 复指词 后
篾子烤干烤脆后再拿来编，

ʑuh ni̱n kɯ̱m ʔɯ̱ik tɕiˀ hɤ̱i
这样 就 正 可以 啊
这样就可以了啊！”

ʔa̱i rai si̱ gaɯˀ rʰɔ̱m ti̱ˀ hɔ̱ik ka̱h ȵɛˀ
岩惹 高兴 助词 回 向 家
岩惹高兴地回到家，

kɯ̱m hɔ̱t tɕɤ krai pui ti̱ˀ mʰɔ̱ŋ
就 照 方法 说 人 助词 听
就按照人家教给他的办法，

dʰa̱ ka̱ mʰa̱ krɔ̱h grɔiŋ piaŋ ŋu
先 烤 篾子 干 脆 上 火
把篾子都放到火上烤干脆了，

kʰa̱iˀ tɯ̱m gaɯ ti̱ˀ ta̱iŋ graɯ tɯi ka̱ˀ ka̱h。 viaŋ mɔh kɔ̱ˀ na̱n
后 就 学 助词 编织 笼子 拿 鱼复指篾子。可是
就开始学着编鱼笼。可是，

mʰa̱ hɔ̱ik ka̱ krɔ̱h kʰin pɛ taɯk sa̱ŋ ʥaɯh tɯ̱ˀ ta̱iŋ tɯ̱m ʔɯ̱ik pɔ̱t
篾子已经 烤 干 这些 连 才 要 开始 助词 编织 就 立即 断
烤干的篾子一编就断，

hɔ̱ik si̱ di̱a̱t ti̱ˀ ta̱iŋ mɛˀ ŋaiˀ mɔ̱ˀ ka̱h ʔa̱ŋ tɕiˀ mɔh
已经 连续 助词 编织 几 天 好 也 不 会 成
接连编了好几天都没有编成。

ʔa̱i rai bauˀ vɛˀ mʰa̱ hṳ tɕʰɔ̱k pui tɕiˀ ta̱iŋ graɯ tɯi ka̱ˀ
岩惹 又 拿 篾子 去 问 人 会 编织 笼子 拿 鱼
岩惹又拿着篾子来问会编鱼笼的人，

viaŋ mɔh na̱n pui to hɔ̱ik brɛˀ mɔ̱ˀ ti̱ˀ ta̱iŋ ta̱ŋ da̱ɯh
可是 人家 都 已经 悄悄 躲 助词 编织 别处
可人家都悄悄地躲到别的地方编去了，

ʔa̱ŋ tɕu ti̱ˀ krai nɔh mʰɔ̱ŋ tɕɤ ta̱iŋ graɯ tɯi ka̱ˀ
不 愿意 助词 告诉 他 听 方法 编织 笼子 拿 鱼
不愿意把编笼的方法告诉他。

nɔ̱h da̱iŋ sɔ̱ŋ rʰɔ̱m ŋɛ，ku̱m ti̱k mʰa̱ piaŋ tɛ̱ˀ
他 十分 生气 极，就 扔 篾子 上 地
他气极了，就把篾子扔地上，

tuk rʰɔ̱m ti̱ˀ ʑiam pra̱u̱k mʰa̱ hɔ̱ik piak mʰɔ̱m ʔa̱n li̱ŋ ŋaiˀ
伤心 助词 哭 旁边 篾子 已经 劈 好 那 成天
成天守着一堆劈好的篾子伤心地大哭了起来。

nɔ̱h ʑiam hɤ̱i，ʑiam hɤ̱i
他 哭 呀，哭 呀
他哭呀哭呀，

rɔ̱m ŋa̱i nɔ̱h lɔ̱k rɔ̱m lʰɛ̱ˀ na̱n ʥaɯ̱h piaŋ mʰa̱ kʰa̱n
水 眼睛 他 像 水 雨 那样 滴 上 篾子 那些
眼泪就像雨水一样地滴落在篾子上，

hɔ̱ik kʰɯ̱n mʰa̱ kʰa̱n ʔu̱ik
已经 淹没 篾子 那些 全部
结果把篾子都淹没了。

mʰa̱ kʰa̱n tɕe ti̱ˀ daɯ̱ˀ rɔ̱m ŋa̱i nɔ̱h
篾子 那些 浸泡 助词 里 水 眼睛 他
竹篾浸泡在泪水里，

ʔu̱ik kɔi kɔi tɛh ti̱ˀ ʔɔ̱n
正 慢慢 变 助词 软
慢慢地变软了。

ʑam sa̱ŋ tui nɔ̱h ti̱ˀ le̱h ti̱k mʰa̱ kʰa̱n
时候 要 拿 他 助词 折 丢 篾子 那些
当他要把篾子拿起来折断丢了的时候，

viaŋ nɔ̱h le̱h kɔ̱ˀ ʑuh ka̱h mɔ̱ˀ
无论 他 折 语气词 怎么
无论他怎么折，

mʰa̱ to ʔa̱ŋ tɕiˀ pɔ̱t。nɔ̱h kʰra̱n nauˀ ʑiam ti̱ˀ
篾子 都 不 会 断。他 连忙 停止 哭 自己
篾子都没有折断。他连忙止住了哭，

kṳm tɯi mʰa̱ kʰa̱n tɕo̱ˀ ta̱iŋ graɯ tɯi ka̱ˀ ka̱h
就 拿 篾子 那些 重新 编织 笼子 拿 鱼 （复指篾子）
就拿起篾子来重新编鱼笼。

bɔk ʔi̱n，mʰa̱ ʔa̱ŋ la̱i tɕiˀ po̱t
次 这，篾子 不再 会 断
这一下，篾子就不会断了，

nɔ̱h tṳm taɯk tɔŋ nɔ̱h pʰa̱u
他 就 才 明白 它 现在
他这才明白：

mʰa̱ ʔa̱ŋ pon vɛˀ ti̱ˀ ka̱ piaŋ ŋu，tɕɔ ti̱ˀ tɕe daṳˀ rɔ̱m
篾子 不 能 拿 助词 烤 上 火，必须 助词 浸泡 里 水
竹篾是不能拿到火上去烤，只能拿到水中去泡。

kʰa̱iˀ ʔi̱n，nɔ̱h kṳm ʔṳik tɕi̱ˀ ta̱iŋ graɯ tɯi ka̱ˀ hɤ̱i
后 这，他 就 已 会 编织 笼子 拿 鱼 语气词
从此，他就学会编鱼笼了。

ʔa̱i rai pɯih graɯ tɯi ka̱ˀ ta̱iŋ ti̱ˀ
岩惹 背 笼子 拿 鱼 编织 自己
岩惹背着自己编好的鱼笼，

hɔ̱t pui hɔ̱ik pra̱uk klɔ̱ŋ rɔ̱m saṳŋ
跟 别人 来 旁边 小黑江
跟着大家来到小黑江边，

pui hɔ̱ik brɛˀ mɔ̱ˀ graɯ tɯi ka̱ˀ ti̱ˀ laik daṳˀ klɔ̱ŋ
别人 已经 悄悄 藏 笼子 拿 鱼 自己 进 里 江
只见别人都悄悄地把鱼笼藏进江中去了，

nɔ̱h ʔa̱ŋ tɔŋ tɕɤ sa̱ŋ siau graɯ tɯi ka̱ˀ hṳ nɔ̱p ka̱ˀ
他 不 知道 方法 要 使用 笼子 拿 鱼 去 捕 鱼
他自己不知道该怎样用鱼笼去捕鱼。

kṳm hṳ tɕʰɔ̱k pui tɕiˀ nɔ̱p ka̱ˀ：pauˀ ke̱ nɔ̱p ka̱ˀ
就 去 问 人 会 捕 鱼： 阿哥 捕 鱼
他去问会捕鱼的人："捕鱼的阿哥，

pon gaɯ ma̱i̱ˀ ʔɤˀ ka̱h tɕɤ n̥ɔp ka̱ˀ la̱i̱h
能 教 你 我 于 方法 捕 鱼 吗
你能教教我怎样捕鱼吗？”

pui su̱ ti̱ˀ lʰe̱n nɔ̱h
别人 故意 助词 骗 他
别人故意骗他：

tɕa̱ mɔh vʰa̱k ma̱i̱ˀ graɯ tɯi ka̱ˀ
只要 挂 你 笼子 拿 鱼
“你只消把鱼笼挂

ʔo̱t ka̱h kʰa̱u̱ˀ tiŋ pra̱u̱k klɔ̱ŋ
在 于 树 大 旁边 江
到江边的大树上去，

ka̱ˀ tiŋ ku̱m ta̱ŋ tɕiˀ laik da̱u̱ˀ graɯ tɯi ka̱ˀ
鱼 大 就 各自 会 进 里 笼子 拿 鱼
到时候大鱼就会钻进鱼笼里去的。”

ʔa̱i̱ rai hɔ̱ik ŋʰi̱at lo̱ˀ krai pui
岩惹 已经 听 话 说 别人
岩惹听了别人的话，

ku̱m laɯk kʰa̱u̱ˀ tiŋ lʰa̱u̱ŋ、ʑu ʑih tiˀ gɔ
就 选 树 大 高 繁茂 一 棵
就选择了一棵又高又大、枝叶繁茂的大树，

vʰa̱k ti̱ˀ n̥ɔp ka̱ˀ ka̱h graɯ tɯi ka̱ˀ ka̱h kʰa̱u̱ˀ tiŋ kʰa̱i̱ˀ
挂 助词 捕 鱼 以 笼子 拿 鱼 于 树 大 后
把鱼笼挂在大树上捕鱼。

pui gaik tɕɤ ha̱u̱k vʰa̱k nɔ̱h graɯ tɯi ka̱ˀ ti̱ˀ
别人 看 情形 上 挂 他 笼子 拿 鱼 自己
别人看着他把鱼笼挂

ʔo̱t ka̱h kʰa̱u̱ˀ tiŋ, to brɛˀ ŋiah nɔ̱h
在 于 树 大，都 偷偷 嘲笑 他
在大树上，都偷偷地在一旁嘲笑他：

ruk mɔh pui da̱iŋ dɤˀ tiˀte
真的 是 人 十分 愚笨 实在
“真是个小憨包！

mɔ̱ˀ sa̱ˀ ʑauˀ ȵɔ̱p pui ka̱ˀ kah kʰa̱u̱ˀ
谁 曾 见 捕 人家 鱼 于 树
天下哪见到过大树上捉鱼的事。”

ʔa̱i rai ʔa̱ŋ dɤh tɕɤ bleh pui da̱ɯ̱ˀ rʰɔ̱m ti̱ˀ
岩惹 不 留 情形 讥笑 别人 里 心 自己
岩惹对别人的讥笑并不在意，

ta̱ŋ ʔiŋ ka̱h ȵɛˀ
自个 回 向 家
自个儿就回家来，

rian ti̱ˀ kɔi ho̱ik gaik gaɯ tɯi ka̱ˀ pon sa̱ˀ。pon sɔ̱m
准备 助词 慢 来 看 笼子 拿 鱼 明天。 夜里
准备明天再到树上去看鱼笼。夜里，

lʰɛ̱ˀ tiŋ lih，rɔ̱m klɔ̱ŋ tiŋ hu̱an
雨 大 下，水 江 大 涨
突然下起了一阵雨，江水猛涨暴涨，

ho̱ik kʰɯ̱n kʰa̱u̱ˀ tiŋ ʔo̱t pra̱u̱k klɔ̱ŋ ʔu̱ik
已经 淹没 树 大 在 旁边 江 全部
把岸边的大树都淹没了。

ka̱ˀ da̱ɯ̱ˀ klɔ̱ŋ ku̱m hɔ̱t rɔm hu̱an loi ti̱ˀ ha̱uk ka̱h
鱼 里 江 就 跟 水 涨 游 助词 上去 向
江里的鱼就随着上涨的江水游到

kʰa̱u̱ˀ pra̱u̱k klɔ̱ŋ。ŋaiˀ kʰa̱iˀ，lʰɛ̱ˀ ho̱ik nauˀ
树 旁边 江。天 后， 雨 已经 停
江旁的大树上。第二天，雨停了。

ko̱ik ra̱t ʥia̱t ʥʰɔ̱n ti̱ˀ piaŋ klɔ̱ŋ
阳光 热辣辣 正好 照 助词 上 江
一阵热辣辣的太阳照在大江上，

rɔ̱m klɔ̱ŋ ʔu̱i̱k kɔi kɔi tɛ̱h ti̱ˀ ʔi̱a̱k lɔ̱k ʑam ʔa̱ŋ hu̱a̱n
水 江 正 慢慢 减 助词 小 像 时候 不 涨
江水慢慢下落了

ʑuh na̱n，kʰa̱u̱ˀ tiŋ vʰa̱k ʔa̱i̱ rai graɯ tɯi ka̱ˀ ʔo̱t ka̱h ʔa̱n
这 样，树 大 挂 岩惹 笼子 拿 鱼 在 复指词 那
这样，岩惹挂鱼笼的那棵大树，

tɕa̱ kɔ̱n tɕuŋ bruŋ po̱t pra̱u̱k klɔ̱ŋ ta̱n
一直 还 伫立 仍 旁边 江 那里
又重新伫立在大江边上，

lih lo̱ˀ ʔa̱h sa sa sa na̱n da̱ɯ̱ˀ bʰa̱ɯ̱ŋ vɔ piaŋ klɔ̱ŋ
发出 声音 叫 沙沙沙 那样 里 风 吹 上 江
在江风中发出沙沙沙的声音。

pui ȵɔ̱p kaˀ to si̱ gaɯˀ rʰɔ̱m ti̱ˀ ta̱ŋ ho̱i̱k tɯi graɯ tɯi ka̱ˀ ti̱ˀ
人 捕 鱼 都 高兴 助词各自 来 拿 笼子 拿 鱼 自己
捕鱼的人们都高高兴兴地各自去拉鱼笼，

graɯ tɯi ka̱ˀ brɛˀ plɔ̱i̱ laik da̱ɯˀ klɔ̱ŋ kʰa̱n
笼子 拿 鱼 偷偷 放 进 里 江 那些
结果那些偷偷放进江里的鱼笼，

hɔ̱i̱k to tɕɔ rɔ̱m tiŋ si̱ ma̱n hu̱ ʔu̱i̱k
已经 都 被 水 大 冲 走 全部
一个个全被大水冲走了，

taɯk mɔh ŋɛ graɯ tɯi ka̱ˀ vʰa̱k ʔa̱i̱ rai ʔo̱t ka̱h kʰa̱u̱ˀ tiŋ
只 是 仅 笼子 拿 鱼 挂 岩惹 在 于 树 大
唯独只有岩惹挂在大树上的鱼笼，

pa tɕa̱ kɔ̱n mʰɔ̱m vʰa̱k po̱t ti̱ˀ ta̱n
的 一直 还 好 挂 仍 自己 那里
还高兴地悬挂在树梢上。

ʔa̱i̱ rai ha̱u̱k ka̱h kʰa̱u̱ˀ tiŋ
岩惹 爬 向 树 大
岩惹爬到大树上，

tɯi ti̱ˀ lih gaik graɯ tɯi ka̱ˀ
拿 助词 下来 看 笼子 拿 鱼
取下鱼笼一看，

ʔɣi̱! ka̱ˀ lɔ ra̱ mu̱ hɔ̱ik loi ti̱ˀ da̱ɯ̱ˀ graɯ tɯi ka̱ˀ
哟 鲤鱼 两 条 已经 游 助词 里 笼子 拿 鱼
哟！两条活蹦乱跳的鲤鱼钻进了鱼笼里。

ʔa̱i rai dai̱ŋ si̱ gaɯˀ rʰɔ̱m ŋɛ
岩惹 十分 高兴 极
岩惹高兴极了。

nɔ̱h brɛˀbrɔŋ ti̱ˀ pɯih graɯ tɯi ka̱ˀ ʔi̱ŋ ka̱h n̥ɛˀ
他 小心翼翼 助词 背 笼子 拿 鱼 回 向 家
他小心翼翼地背着鱼笼回到家，

plai̱k ti̱ˀ ʔɯ̱i ka̱ˀ lɔ nɛ mʰɔ̱m ʔa̱n tiˀ mu̱ da̱ɯ̱ˀ ŋɔi tiˀ mu̱
装进 助词 养 鲤鱼 更 好 那 一 条 里 坛子 一 个
将其中最好的一条鲤鱼养在一个坛子里，

ʔa̱n kʰa̱iˀ tiˀ mu̱ ŋa̱ik nɔ̱h si̱n da̱ɯ̱ˀ ʔɔ̱，ʔi̱h nɔ̱h kʰa̱iˀ
那 后 一 条 煮 它 熟 里 锅，吃 它 然后
将另外一条放到锅里煮熟了，美美地吃了一顿。

kʰa̱iˀ ku̱m klɔ̱m kʰɔ̱ kɔk vaik la̱ŋ hu̱ ʐuh kaiŋ ka̱h ma̱
然后 就 扛 锄头 挎 刀 长 去 干 活 于 地
然后就扛上锄头，挎上长刀到地里干活去了。

hɔ̱ik pla̱k bo，ʔa̱i rai hɔ̱ik kʰa̱iŋ ʐuh kaiŋ
到 傍晚， 岩惹 回来 从 干 活
到了傍晚，岩惹干完活收工回家里，

pa̱uh si vɛˀ laik da̱ɯ̱ˀ n̥ɛˀ
开 门 进 里 屋子
打开门一看，

ʐauˀ hɔ̱ik pi̱h da̱ɯ̱ˀ n̥ɛˀ ti̱ˀ si ŋa̱ˀ laiŋ laiŋ
看见 已经 扫 里 屋子 助词 干干净净
发现家里的地扫得干干净净，

krauɯŋ n̥ɛ$^{?}$ ka̱h hɔ̱ik prɛ̱$^{?}$ ti̱$^{?}$ m^{h}ɔ̱m laiŋ laiŋ
家具什物 也 已经 收拾 助词 整整齐齐
家具什物收拾得整整齐齐。

nɔ̱h bau$^{?}$ hu̱ gaik ma̱i lau̱h ŋu
他 再 去 看 附近 火塘
再往火塘旁边一看，

ŋu dau̱$^{?}$ lau̱h ŋu dʑi̱at m^{h}ɔ̱m tɕa̱p ŋɛ
火 里 火腿 正 好 旺 极
火塘里的火烧得旺旺的，

nɔ̱h pla̱k ti̱$^{?}$ ʑau$^{?}$ dɛp ʔɔ̱
他 打开 助词 看 盖子 锅
揭开锅盖，

ʔu̱p hɔ̱ik ku̱ih ti̱$^{?}$ m^{h}ɔ̱m dau̱$^{?}$ ʔɔ̱
饭 已经 煮 助词 好 里 锅
锅里已经煮好了香喷喷的饭，

tau̱$^{?}$ n̥ɔm dʑi̱at ʔu̱n ti̱$^{?}$ m^{h}ɔ̱m piaŋ grɛ$^{?}$
菜 好吃 正 放 助词 好 上 炕笆
炕笆上放着可口美味的菜。

ʔa̱i rai ʑau$^{?}$ grɔ̱ŋ k^{h}i̱n，ruk ʔu̱ik si̱ ʑau̱h si̱ gauɯ$^{?}$ ŋɛ
岩惹 看见 情况 这些，真的 正 惊奇 高兴 极
岩惹一看，真是又惊又喜。

nɔ̱h tu taik tu taik ŋa̱i ti̱$^{?}$
他 揉 揉 眼睛 自己
他揉了揉眼睛，

bau$^{?}$ gaik ti̱$^{?}$ ʑau$^{?}$ dau̱$^{?}$ n̥ɛ$^{?}$ ku dauk ku dɛm
又 看 助词 试 里 屋子 各个角落
朝屋里到处探望，

ʔa̱ŋ ʑau$^{?}$ pui ti$^{?}$ ka̱ɯ$^{?}$ kɔ̱$^{?}$
不 见 人 一 个 语气词
屋里一个人也没有。

nɔ̱h ʑauk ti̱ˀ ʑo ni̱n da̱ɯ̱ˀ ɳɛˀ
他 抬 助词 喊 这样 里 屋子
他诧异地朝着屋里喊道：

he！mɔh pui mʰɔ̱m rʰɔ̱m mɔ̱ˀ pa̱ hɔ̱ik ʑuh ʔɤ̱ˀ ʔi̱h prɛˀ
喂 是 人 好 心 谁 的 来 做 我 吃 饭
“喂！是哪位好心的人来给我煮的饭？

lih sɔ̱m ma̱i ʔɤ̱ˀ hɤ̱i！”da̱ɯ̱ˀ ɳɛˀ ʑi̱an ŋɛ
出来 吃饭 和 我 吧！”里 屋子 静悄悄
请你出来跟我一块吃吧！”屋里静悄悄的，

ʔa̱ŋ ko̱i pui pɔ̱k lo̱ˀ nɔ̱h。tiˀ ŋaiˀ、ra̱ ŋaiˀ、lo̱i ŋaiˀ
没 有 人 回答 话 他。一 天 二 天 三 天
没有人回答。一天、二天、三天……

si̱ ŋaiˀ hɔ̱ik luan ŋaiˀ mɔ̱ˀ ŋaiˀ ʔa̱n
日子 已经 远 一天天
日子过去了，

ʑam hɔ̱ik ʔa̱i rai kʰa̱iŋ ʑuh kaiŋ ku ŋaiˀ
时候 来 岩惹 从 干 活 每 天
岩惹每天做完活回来，

prɛˀ prɯm tɕa̱ hɔ̱ik ʑuh ti̱ˀ mʰɔ̱m pɔ̱t vɤi nɔ̱h
饭菜 照样 已经 做 助词 好 仍 前 他
家里都照样有人替他煮好了饭菜。

nɔ̱h ʔu̱ik nɛ da̱uˀ dɛ̱ŋ ka̱h ʑuh mɔ̱ˀ hɤ̱i
他 更加 奇怪 复指词 极其 语气词
他更加觉得奇怪了。

nɔ̱h kɤt ni̱n：kɔ̱n do̱i hɔ̱t tɕauˀ lɔ̱k ʔɤ̱ˀ ʑuh nin
他 想 这样：孤儿 穷苦 像 我 这样
心想：像我这样一个又苦又穷的孤儿，

pui mɔ̱ˀ tɕiˀ tɕu ti̱ˀ hɔ̱ik tu̱m ʔɤ̱ˀ pɔˀ
人 谁 会 愿意 助词 来 帮助 我 呢
又会有谁愿意来帮助我呢？

ku̱m mɔh ʑuh ka̱h mɔ̱ˀ ʑuh ni̱n
究竟 是 怎么 回事
这究竟是怎么回事？

ʔɤ̱ˀˋ tɕɔ ti̱ˀ ʑuh ti̱ˀ tɔŋ tɔ̱m si̱ dɔ̱ŋ。tiˀ ŋaiˀ
我 必须 助词 使 自己 知道 至 清楚。一 天
我必须把它弄个明白。有一天，

ʔa̱i rai su̱ ti̱ˀ kɔk vaik la̱ŋ klɔ̱m kʰɔ̱ hu̱ ʑuh kaiŋ
岩惹 假装 助词 挎 刀 长 扛 锄头 去 干 活
岩惹假装挎上长刀、扛着锄头要下地干活。

nɔ̱h hɔ̱ik luan kʰa̱iŋ ȵɛˀ tiˀ baɯˀ kra̱ˀ
他 已经 远 比 家 一 段 路
他出门后走了一截路，

ku̱m brɛˀ dɯih hɔ̱ik ka̱h ȵɛˀ
就 悄悄 返 回 向 家
就悄悄地折转回来，

ha̱u̱k mɔ̱ˀ ti̱ˀ pra̱u̱k gruˀ kʰi̱ˀ da̱ɯ̱ˀ si̱ pau̱ŋ
上去 藏 自己 旁边 堆 柴 里 阁楼
藏到屋楼上的柴堆后面，

brɛˀ bre ti̱ˀ liam da̱ɯ̱ˀ ȵɛˀ。pla̱k bo
偷偷 认真 助词 监视 里 屋子。傍晚
偷偷地监视屋里。傍晚，

pui ʔu̱ik ʥaɯh ti̱ˀ pʰru̱ ŋu ʑuh prɛˀ ku ȵɛˀ
人 正 开始 助词 生 火 做 饭 每 家
各家各户都开始烧火煮饭了。

mʰɔ̱ŋ ŋɛ lu̱ah da̱ɯ̱ˀ ŋɔi ʔɔ̱t tɕauŋ di̱ŋ ʔa̱h pʰi̱ li̱ˀ pʰa̱ la na̱n
听见 只 响 里 坛子 在 角落 墙 叫 噼里啪啦 那样
只听得放在房角的水坛里噼里啪啦一声响，

rɔ̱m da̱ɯ̱ˀ ŋɔi pʰru̱ pʰra̱t ti̱ˀ tɕʰi̱t ŋɛ
水 里 坛子 飞溅 助词 喷 极
坛里飞溅起片片水花，

tɕɤ　pa̱　prɯih　sɔ̱ŋ　pu　ti̱ˀ　lih　kʰa̱i̱ŋ　da̱ɯ̱ˀ　ŋɔi
东西 的　花　闪光　飞　助词 出来 从　里　坛子
只见从坛里飞出一个花花绿绿的东西来。

ʔo̱t　tiˀ　vut，ȵɔm　bu̱n　mʰɔ̱m　graŋ　tiˀ　ka̱ɯ̱ˀ　tɕuŋ　pra̱u̱k　ŋɔi
过　一　会儿，姑娘　漂亮　一　个　站　旁边　坛子
不一会儿，一个非常漂亮的姑娘站在坛子旁边，

tɕo̱ˀ　tɕo̱ˀ　kraɯŋ　ti̱ˀ，kʰa̱i̱ˀ　ku̱m　tɯi　bi̱h　pi̱h　ȵɛˀ
理 理　衣服　自己，然后　就　拿　扫帚 扫　家
理理衣服，就拿起扫帚扫起地来。

hɔ̱ik　pi̱h　ȵɛˀ，ku̱m　tɯi　bi̱a̱
已经　扫　家，就　拿　簸箕
扫完地后，她又拿起簸箕，

ŋɔm　ȵa̱k　ȵo̱　ti̱ˀ　sa̱t　ka̱i̱ŋ　ti̱ˀ　pra̱u̱k　bi̱a̱
蹲　助词　梳　头　自己 旁边　簸箕
蹲在簸箕旁边梳起头来。

nɔ̱h　sa̱t　nɔ̱h　ra̱　lo̱i　ta̱i̱ˀ
她　梳　它　两　三　下
她梳了几下，

pa̱　tɕot　da̱ɯ̱ˀ　bi̱a̱　mɔh　ga̱u̱ˀ　paiŋ tɕot tɕot；nɔ̱h　tɯi　tʰa̱m　tɛ̱ˀ
的　落　里　簸箕　是　米　白生生；　她　拿　瓦盆
落到簸箕里的是白生生的米；她又端过瓦盆，

pa̱　sa̱t　nɔ̱h　lih　da̱ɯ̱ˀ　tʰa̱m　tɛ̱ˀ　tɛh　ti̱ˀ　mɔh　ta̱ɯ̱ˀ　lʰa̱ˀ
的　梳　她　下来　里　瓦盆　变 助词 成　蔬菜
梳在盆里的东西很快变成了新鲜的蔬菜。

kʰa̱i̱ˀ　hɔ̱ik　sa̱t　nɔ̱h　ka̱i̱ŋ　ti̱ˀ
后　完　梳　她　头 自己
她梳完了头，

ku̱m　hɔ̱ik　pra̱u̱k　la̱ɯ̱h ŋu　pʰru̱　ŋu　ʑuh　prɛˀ
就　来　旁边　火塘　生　火　做　饭
就来到火塘边生火煮饭。

ʔa̱i rai nɛ gaik da̱ɯ̱ˀ rʰɔ̱m nɔ̱h nɛ si̱ gaɯˀ ka̱h
岩惹 越 看 里 心 他 越 高兴 复指词
岩惹越看心里越高兴，

si̱ gaɯˀ rʰɔ̱m tɔ̱m ʑauk ti̱ˀ ka̱u̱h si̱ dʑauˀ
高兴 得 抬 助词 起来 突然
激动得一下跳了起来。

kʰi̱ˀ ʔo̱t pra̱u̱k nɔ̱h tɕɔ nɔ̱h ʑuh tɕot da̱ɯ̱ˀ ɳɛˀ se̱n
柴 在 旁边 他 被 他 弄 掉 里 屋子 下边
结果把身边的柴块给弄倒了掉下堂屋里，

dʑia̱t tɕɔ ti̱ˀ tɕot piaŋ ŋɔi ʔo̱t tɕauŋ diŋ
正好 直 助词 掉 上 坛子 在 角落 墙
正好落在水坛子上，

tɔ̱k ŋɔi ma̱ˀ, rɔ̱m he̱h piaŋ tɛ̱ˀ ʔu̱ik
打 坛子 烂， 水 洒 上 地 全
把坛子给打烂了，水流满地。

ɳɔm bu̱n mʰo̱ŋ lo̱ˀ lu̱a̱h
姑娘 听到 声音 响
姑娘听到响声，

ʔu̱ik ʑa̱u̱h ŋɛ ma̱i vɯih ka̱iŋ ti̱ˀ si̱ dʑauˀ
正 惊吓 极 井 转 头 自己 突然
吓得猛一转头，

sa̱ŋ laik da̱ɯ̱ˀ ŋɔi, mɛˀ bra̱h mɛˀ brai̱ŋ hɤ̱i, ŋɔi hɔ̱ik ma̱ˀ
想要 进 里 坛子， 可惜 语气词，坛子 已经 烂
就想往坛子里钻，可惜，坛子已经烂了。

ɳɔm bu̱n ʔu̱ik lu̱ la̱ˀ rʰɔ̱m tɔm ʔaŋ la̱i tɔŋ tɕɤ sa̱ŋ ʑuh ti̱ˀ
姑娘 正 着急 得 不 知道 如何 做 自己
姑娘急得团团转

da̱ɯ̱ˀ ɳɛˀ。pʰa̱u̱
里 屋子。这时
在屋子里。这时，

ʔa̱i rai ʥaɯh da̱ɯ̱ʔ si̱ pau̱ŋ tʰi̱au̱ ti̱ʔ lih da̱ɯ̱ʔ ȵɛʔ se̱n
岩惹　从　里　阁楼　跳　助词 下 里　屋子 下边
岩惹从楼上噔地跳下来，

si̱ gaɯʔ rʰɔ̱m ti̱ʔ ʔa̱h nin ka̱h ȵɔm bu̱n
高兴　助词　说　这样　于　姑娘
高兴地对姑娘说：

ʑa̱！ȵɔm bu̱n mʰɔm rʰɔ̱m
呀　姑娘　好　心
“呀！好心的姑娘！

kʰe̱ʔ mɔh ma̱iʔ pa̱ ho̱ik ʑuh ʔɤ̱ʔ ʔi̱h prɛʔ ŋaiʔ kʰi̱n
原来　是　你　的　来　做　我　吃　饭　天　这些
原来这几天是你来给我煮的饭，

ruk da̱iŋ lauh lɛ ma̱iʔ hɤ̱i
真的　十分　感谢　你　呀
我真该多多地谢谢你呀！”

ȵɔm bu̱n niat ti̱ʔ vɯih ka̱ɯ̱ʔ ti̱ʔ pla̱k ʔa̱i rai
姑娘　连忙 助词　转　身子 自己　方向　岩惹
姑娘忙将身子转过去，

kaik ti̱ʔ ŋɯh ŋɯh ka̱iŋ ti̱ʔ
害羞 助词　点　点　头　自己
害羞地点了点头。

ʔa̱i rai ʔu̱ik nɛ ʨʰu̱h rʰɔ̱m hɤ̱i，kʰra̱n ʔa̱h ni̱n
岩惹　正　更　动　心　语气词，连忙 说 这样
岩惹更动心了，忙说：

sa，ȵɔm bu̱n mʰɔ̱m graŋ
哎呀　姑娘　美丽
“哎呀，美丽的姑娘！

ma̱iʔ gaik ʔɤ̱ʔ ʔa̱i rai mɔ̱h kɔ̱n do̱i ho̱t ʨauʔ ti̱ʔ ka̱ɯ̱ʔ
你　看　我　岩惹　是　孤儿　穷苦　一　个
瞧我岩惹是个又苦又穷的孤儿，

ku̠m mɔh ʔa̠ŋ ma̠iˀ pi pra̠h da̠h rʰɔ̠m ka̠h ʔɤˀ kɔ̠n dɔ̠i ʔi̠n na̠ŋ la̠ih
难道 不 你 看不起 于 我 孤儿 这也 吗
难道你也看得起我这个孤儿吗？”

ȵɔm bu̠n ŋɯh ŋɯh ka̠iŋ ti̠ˀ
姑娘 点 点 头 自己
姑娘点点头。

ʔa̠i rai si̠ gaɯˀ rʰɔ̠m ti̠ˀ tɕʰɔ̠k ni̠n
岩惹 高兴 助词 问 这样
岩惹高兴地问：

ȵɔm bu̠n，ruk tɕu ma̠iˀ ti̠ˀ ʔɔ̠t ma̠i ʔɤˀ la̠ih
姑娘，真的 愿意 你 助词 在 和 我 吗
“姑娘，你真的愿意和我在一起过日子吗？”

ȵɔm bu̠n bauˀ ŋɯh ŋɯh ŋɛ ka̠iŋ ti̠ˀ，kʰɯ̠ ni̠n
姑娘 又 点 点 仅 头 自己，就这样
姑娘又是点点头。就这样，

ʔa̠i rai kɛˀ ȵɔm bu̠n ʔi̠n ku̠m ʔu̠ik mɔh meˀ moiŋ hɤ̠i
岩惹 和 姑娘 这 就 成为 夫妻 语气词
岩惹就和这位姑娘结为夫妻。

kaiŋ hɔ̠ik pon tɕʰɔ̠k ʔa̠i rai ti̠ˀ moiŋ ȵɔm bu̠n mʰɔ̠m graŋ ʔi̠n
事情已经 能 讨 岩惹 助词 娶 姑娘 漂亮 这
岩惹娶了一个漂亮媳妇的事儿，

lɔ̠k bʰa̠ɯŋ praiˀ gɔŋ ʑuh nan pʰa̠i vɔ ti̠ˀ taɯh ku ȵɛˀ ku ʑa̠uŋ
像 风 山区 那样 快 吹 助词 遍及 各 家 各 寨子
像山风一样很快吹遍了所有的寨子。

pui da̠ɯˀ ʑa̠uŋ to kɛt si̠ gaɯˀ rʰɔ̠m ka̠h
人 里 寨子 都 很 高兴 复指词
寨里人都很高兴，

to hɔ̠ik ti̠ˀ tɔ̠ˀ bu̠an sɔ̠n ȵɛˀ ʔa̠i rai
都 来 助词 送 喜 家 岩惹
大家就都跑到岩惹家来贺喜。

pui ti^{ʔ} bla̱h ʑau^{ʔ} ho̱ik ʑu ʑap ȵɛ^{ʔ} plo̱ŋ ʔo̱t no̱h
人 有的 看见 已经 破烂 屋子 茅草 在 他
有的人看着他的草房已经破烂了，

l^{h}a̱t ȵɔm bṵn m^{h}ɔm r^{h}ɔm ʔin ko̱i kra̱^{ʔ} saɯ̱^{ʔ} r^{h}ɔm ka̱h
怕 姑娘 好 心 这 有 处 伤心 复指词
怕委屈了这位好心姑娘，

kṵm t^{h}ṵŋ pau^{ʔ} ti̱^{ʔ} p^{h}ɔ̱ lo̱^{ʔ} taɯ ʔa̱h sa̱ŋ ho̱ik
就 领 伙伴 自己 商量 一起 说 要 来
大家就商量着要来

tṵm gɔ ʔa̱i rai tɕo̱^{ʔ} ȵɛ^{ʔ}
帮助 岩惹 修 房子
帮岩惹重修房子。

k^{h}a̱i^{ʔ} ho̱ik mo̱h ʔa̱i rai kɛ̱^{ʔ} ȵɔm bṵn me^{ʔ} moiŋ
后 已经 成 岩惹 和 姑娘 夫妻
岩惹和姑娘结婚后，

me^{ʔ} hṵ ʑuh kaiŋ ku ŋai^{ʔ}, moiŋ ʑuh kaiŋ ȵɛ^{ʔ} ka̱h ȵɛ^{ʔ}
丈夫 去 干 活 每 天，妻子 做 活计 家 于 家
丈夫每天出外做活，妻子在家料理家务，

ʔṵik ȵɔm ʔo̱t si̱ ṵ ko̱i taɯ hɤ̱i
正 幸福快乐 一起 语气词
日子过得很美满。

grɤŋ ŋai^{ʔ} tit ti^{ʔ} ŋai^{ʔ}, ʔa̱i rai ʑuh kaiŋ ka̱h ma̱ rauk
中午 某 一 天， 岩惹 干 活 于 旱地
有一天中午，岩惹正在旱谷地里干活，

pa̱i ʔɔm kli̱a̱ ti̱^{ʔ} daṵ^{ʔ} rau ma̱ si̱ dʑau^{ʔ}
乌云 滚 自己 里 天空 突然
突然天上乌云滚滚，

b^{h}a̱ṵŋ kɯ vɔ ti̱^{ʔ} ho̱ik mɤŋ va̱^{ʔ}
大风 吹 助词 来 地方 佤族
佤山上刮起了一阵大风。

bʰa̱ɯ̱ŋ kɯ̱ tiŋ vɔ tə̱m ʑu̱ŋ ʑaŋ ka̱k kʰa̱u̱ˀ, po̱i ȵauˀ ȵa
大风 大 吹 得 摇晃 树枝， 飘 尘土
大风吹得树枝摇晃，沙土乱飞。

ʔa̱i rai da̱u̱ˀ de̱ŋ ka̱h, lih kɤt ʔo̱t moiŋ ti̱ˀ ka̱h ȵɛˀ
岩惹 奇怪 复指词，想起 在 妻子 自己 于 家
岩惹觉得有点儿奇怪，又想到家里的妻子，

kɯ̱m niat kʰra̱n to̱ ti̱ˀ ʔi̱ŋ ka̱h ȵɛˀ, nɔ̱h hɔ̱ik ka̱h ȵɛˀ
就 赶忙 跑 助词 回 向 家，他 来到 于 家
就赶忙跑回家来。他到家一看，

ȵɛˀ nɔ̱h hɔ̱ik tɕɔ bʰa̱ɯ̱ŋ kɯ̱ vɔ goih
房子 他 已经 被 大风 吹 倒
房子已被大风吹倒，

moiŋ nɔ̱h ka̱h ʔa̱ŋ tɔŋ hɔ̱ik hu̱ pla̱k mɔ̱ˀ
妻子 他 也 不 知道 已经 去 哪里
妻子也不知到哪儿去了。

nɔ̱h niat hu̱ sɔ̱k moiŋ ti̱ˀ pra̱u̱k si̱ vɛ ȵɛˀ
他 赶紧 去 找 妻子 自己 周围 房子
他连忙到房子周围找寻，

ʔa̱ŋ ʑauˀ。nɔ̱h ʑauk ti̱ˀ ʑo
没有 找到。他 使劲 助词 喊
没有找到。他放声大喊，

taɯk mʰɔ̱ŋ ŋɛ pɔ̱k moik lo̱ˀ ti̱ˀ。nɔ̱h sɔk dʑɯ sɔk blauŋ
才 听见 仅 回声 自己。他 找来找去
回答他的是大山的回声。他找来找去，

kʰa̱iˀ kɯ̱m ʑauˀ ble maɯ pra̱h moiŋ ti̱ˀ pra̱u̱k si̱ vɛˀ tiˀ mu̱
后 就 看见 手镯 银子 留下 妻子 自己 旁边 门 一 只
最后在门边找到了妻子留下的一只银手镯，

nɔ̱h gɛˀ ble ʔo̱t ma̱i na̱u̱k ti̱ˀ
他 揣 手镯 在 附近 胸膛 自己
他把手镯揣在怀里，

ʔu̱ik kʰi̱ to̱m ʑum pi ma̱i si̱ vɛˀ si̱ ʥauˀ
正 着急 得 昏倒 附近 门 突然
顿时急得昏倒在门外。

lo̱ˀ lauɯˀ rʰo̱m ʔa̱i rai ti̱ˀ ʑiam
声音 伤心 岩惹 助词 哭
岩惹伤心的哭声，

ʔu̱ik tɕʰu̱h ʑuh rʰo̱m rʰi ʑʰi̱a̱ rɯm tai ka̱h ʥʰe̱ŋ gɔŋ
正 触动 心 蜜蜂 采 花 于 山坡
感动了正在坡地里采花的蜜蜂。

ʑʰi̱a̱ tiˀ pʰu̱ŋ ku̱m pu̱ ti̱ˀ ho̱ik ka̱h ʔa̱i rai，tɕʰo̱k ni̱n
蜜蜂 一 群 就 飞 助词 来 向 岩惹，问 这样
一群蜜蜂就朝着岩惹飞了过来，问道：

ʔa̱i rai hɤi̱，ma̱iˀ pʰe̱ˀ ʑiam to̱m lauɯˀ rʰo̱m lauɯˀ rʰi̱
岩惹 呀 你 怎么 哭 得 伤心
“岩惹呀，你怎么哭得伤心，

ti̱ˀ ʑuh ni̱n，
自己 这样
自己如此。

kʰe̱ˀ mɔh si̱ pup ma̱iˀ kaiŋ ʔa̱ŋ pa̱uɯŋ rʰo̱m ti̱ˀ la̱ih
难道 是 遇到 你 事情 不 顺心 自己 吗
莫非遇到什么不顺心的事情吗？”

ʔa̱i rai ʑauˀ mɔh ʑʰi̱a̱ mʰo̱m rʰo̱m
岩惹 看见 是 蜜蜂 好 心
岩惹一看是好心肠的蜜蜂，

ku̱m nauˀ ʑiam ti̱ˀ，niat kʰra̱n ʔa̱h ni̱n
就 停止 哭 自己，连忙 说 这样
就止住哭，忙说：

ʑʰi̱a̱ mʰo̱m rʰo̱m hɤi̱
蜜蜂 好 心 呀
“好心的小蜜蜂呀，

moiŋ mʰɔ̱m graŋ ʔɤ̱ˀ ʔa̱n ʔa̱ŋ la̱i ʑauˀ
妻子 美丽 我 那 不 见
我那美丽的妻子不见了，

tɕɔ̱ˀ tɕiˀ ʔa̱ŋ kɛh ʔɤ̱ˀ tuk rʰɔ̱m hɤ̱i
怎么 会 不 让 我 伤心 呢
怎么不叫我伤心呢？”

ʔa̱, kʰe̱ˀ mɔh sɔk ma̱iˀ moiŋ ti̱ˀ? ʑʰi̱a̱ hɤ̱i
啊 原来 是 找 你 妻子 自己？蜜蜂 啊
“啊，原来你是在寻找妻子？”“蜜蜂啊，

pe̱ˀ rɯm tai da̱ɯ̱ˀ tiak ku ŋaiˀ
你们 采 花 山里 每 天
你们每天在山里采花，

ʑauˀ pe̱ˀ moiŋ ʔɤ̱ˀ hɔ̱ik tɕɔ pui pa̱ ti̱ˀ kʰra̱ŋ hu̱ la̱ih
看见 你们 妻子 我 已经 被 人 什么 抢 走 吗
你们看见我的妻子被什么人抢去了吗？”

ʔa̱i rai, ma̱iˀ pɔ kʰi̱, kɛh ʑi̱ˀ hu̱ tu̱m ma̱iˀ sɔk ʑa̱u̱ˀ
岩惹 你 别 着急，让 我们 去 帮助 你 找找
“岩惹，你别着急，让我们替你去找找看。”

ʑʰi̱a̱ ʔa̱h vu va vu va na̱n
蜜蜂 叫 嗡 嗡 那样
蜜蜂们嗡嗡地叫着，

kʰa̱iˀ ku̱m pu̱ ti̱ˀ hu̱ pla̱k vɔ bʰa̱ɯ̱ŋ
后 就 飞 助词 去 方向 吹 风
就朝着刮风的方向飞去了。

ʔa̱i rai niat kʰra̱n to̱ ti̱ˀ hɔ̱t ʑʰi̱a̱ hu̱
岩惹 连忙 跑 助词 跟随 蜜蜂 去
岩惹连忙起身跟着蜜蜂追了上去，

ʑʰi̱a̱ pu̱ ti̱ˀ ho̱ik pra̱u̱k du̱ŋ tiŋ tiˀ mu̱
蜜蜂 飞 助词 到 旁边 水塘 大 一 个
只见蜜蜂们飞到一个大水塘边，

ku̱m la̱u̱ˀ ti̱ˀ ta̱n ʔa̱ŋ la̱i pu
就 歇 自己 那里 不再 飞
就停住不动了。

kro̱ˀ ʔa̱i rai to̱ ti̱ˀ ho̱ik pra̱u̱k duŋ
等 岩惹 跑 助词 到 旁边 水塘
等岩惹追到水塘边，

ʑʰi̱a̱ bauˀ ʔa̱h "vu va vu va" na̱n ma̱i pu̱ ti̱ˀ hu̱
蜜蜂 又 叫 嗡 嗡 那样 并 飞 助词 走
蜜蜂又嗡嗡嗡地飞走了。

ʔa̱i rai sɔk ʑʰi̱a̱ ku si̱ da̱u̱h ʔa̱ŋ ʑauˀ
岩惹 找寻 蜜蜂 各 地方 不 见
岩惹四处找蜜蜂没有找到，

gaik rɔ̱m da̱u̱ˀ duŋ ra̱u̱ˀ ŋɛ
看 水 里 水塘 深 极
看着水塘里很深很深的水，

ʔaŋ tɔŋ tɕɤ saŋ ʑuh ti̱ˀ
不 知道 怎么办 自己
不知道该怎么办才好。

ʔa̱i rai tu̱m bauˀ kʰi̱ mai ŋɔm ti̱ˀ ʑiam pra̱u̱k duŋ
岩惹 就 又 着急 并 坐 助词 哭 旁边 水塘
岩惹又急得坐在水塘边哭了起来。

lo̱ˀ ʑiam nɔh si̱ blu̱a̱h ʑuh tiak kʰa̱u̱ˀ
声音 哭 他 震动 使 森林
哭声震动了大森林，

tɕa̱k kɯm lih kʰa̱i̱ŋ da̱u̱ˀ tiak kʰa̱u̱ˀ tiˀ mu̱
马鹿 就 出来 从 里 森林 一 只
就从大森林里走出一只马鹿。

tɕa̱k ho̱ik pra̱u̱k duŋ
马鹿 来到 旁边 水塘
马鹿来到水塘边，

tauɯk saŋ tɔ̱ʔ kai̱ŋ ti̱ʔ hu̱ n̥auɯʔ rɔ̱m duŋ
刚 要 伸 头 自己 去 喝 水 水塘
正想把头伸进水里饮水，

ʑauʔ ŋɔm pui ti̱ʔ ʑiam prau̱k duŋ tiʔ kau̱ʔ
发现 坐 人 助词 哭 旁边 水塘 一 个
发现塘边坐着一个人在哭，

ku̱m hu̱ tɕʰɔ̱k nɔ̱h
就 去 问 他
就走过去问：

kʰu̱n，mai̱ʔ tɕiʔ pʰe̱ʔ ʑiam tɔ̱m tuk rʰɔ̱m tuk rʰi̱ ti̱ʔ ʑuh ni̱n
阿哥，你 怎会 哭 得 伤心 自己 这样
“阿哥，你怎么哭得这样伤心？”

ʔai̱ rai ʔɔ̱t ʔɔ̱t rɔ̱m ŋai̱ ti̱ʔ ʔa̱h ni̱n
岩惹 拭 拭 水 眼睛 自己 说 这样
岩惹拭拭眼泪说：

moiŋ ʔɤ̱ʔ ʔa̱ŋ tɔŋ hɔ̱ik hu̱ pla̱k mɔ̱ʔ
妻子 我 不 知道 已经 去 哪里
“我的妻子不知道哪去了，

hɔ̱ik sɔk ʔɤ̱ʔ nɔ̱h mɛʔ dau̱ɯ̱h mɔ̱ʔ ʔa̱ŋ ʑauʔ
已经 找 我 她 几 处 好 没有 找到
我找了好几个地方都没有找到，

tɕɔ̱ʔ tɕiʔ ʔa̱ŋ kɛh ʔɤ̱ʔ lauʔ rʰɔ̱m hɤ̱i
怎么 会 不 让 我 伤心 呢
怎不叫我伤心呢？”

tɕa̱k ʔa̱h ni̱n ka̱h nɔ̱h：mai̱ʔ pɔ kʰi̱
马鹿 说 这样 对 他：你 别 着急
马鹿劝说道：“你不要着急，

tɔŋ ʔɤ̱ʔ ʔɔ̱t moiŋ mai̱ʔ dɯ mɔ̱ʔ
知道 我 在 妻子 你 何处
我知道你的妻子在什么地方。”

ʔa̱i rai mʰo̱ŋ ʔa̱h tɕa̱k ni̱n
岩惹 听到 说 马鹿 这样
岩惹一听，

niat kʰra̱n ka̱u̱h tɕuŋ ma̱i nap ʑa̱m ti̱ˀ ʔa̱h ni̱n ka̱h tɕa̱k
连忙 起来 站 并 尊敬 助词 说 这样 对 马鹿
忙站起来向马鹿施礼道：

tɕa̱k hɤ̱i，tɔŋ ma̱iˀ ʔɤ̱ˀ mɔh ko̱n do̱i tiˀ ka̱ɯ̱ˀ
马鹿 呀 知道 你 我 是 孤儿 一 个
“马鹿呀，你知道我是个孤儿，

pon tɕʰɔ̱k ti̱ˀ ko̱i moiŋ kɛt ʔa̱ŋ ʑɛ
能够 讨 助词 有 媳妇 很 不 容易
好不容易才讨了个媳妇，

pon tɯ̱m ma̱iˀ ʔɤ̱ˀ sɔk moiŋ ti̱ˀ ho̱ik la̱ih
能够 帮助 你 我 找 妻子 自己 回来 吗
你能帮助我找到妻子吗？”

tɕa̱k ʔa̱h ni̱n：“moiŋ ma̱iˀ mɔh ko̱n nbun ta̱ˀ si̱ ʑɔŋ
马鹿 说 这样：妻子 你 是 女儿 龙王
马鹿说：“你的妻子是龙王的女儿，

ʔa̱n ŋaiˀ nauˀ ta̱ˀ si̱ ʑɔŋ tɔŋ ko̱n bu̱n ti̱ˀ ho̱ik pian ha̱k tɛ̱ˀ
前几天 龙王 知道 女儿 自己 来到 人间
前几天龙王知道了自己的女儿来到人间，

ʑuh meˀ moiŋ ma̱i ko̱n do̱i tiˀ ka̱ɯ̱ˀ
成为 夫妻 与 孤儿 一 个
跟一个孤儿成了婚，

si̱ dai̱ŋ so̱ŋ rʰɔ̱m ka̱h，kɯ̱m mʰa̱iŋ pui bruk bʰa̱ɯ̱ŋ kɯ̱
非常 生气 对此，就 派 人 驾 大风
不禁大怒，就派人驾上大风，

hu̱ ȵɛˀ pe̱ˀ kʰra̱ŋ bu̱n si̱ ʑɔŋ ho̱ik ka̱h ȵɛˀ si̱ ʑɔŋ
去 家 你们 抢 龙女 来 向 龙宫
去到你家把龙女抢回龙宫里去了。”

ʔa̱i rai　ʑa̱u̱h　ka̱h　tiˀ　ta̱iˀ
岩惹　惊吓　复指词　一　下
岩惹不觉一惊：

hɤ̱i！pon　vɛˀ　ma̱iˀ　ʔɤ̱ˀ　hu̱　ka̱h　ȵɛˀ　si̱　ʑɔŋ　la̱ih
啊！能够　带　你　我　去　向　龙宫　吗
"啊！你能带我到龙公里去吗？"

tɕa̱k　ʔa̱k　ni̱n：ʑɔ̱t　rɔ̱m　da̱ɯ̱ˀ　duŋ　ʔi̱n　hi̱t
马鹿　说　这样：吸　水　里　水塘　这　干
马鹿说："把这水塘里的水吸干，

kṳm　tɕiˀ pon　sɔk　kra̱ˀ　hu̱　ka̱h　ȵɛˀ　si̱　ʑɔŋ
就　能够　找到　路　去　向　龙宫
就可以找到通往龙宫的路。"

rɔ̱m　ra̱ɯ̱ˀ　ʑuh　ni̱n，ʔɤ̱ˀ　tɕiˀ pon　ʑɔ̱t　pɔˀ　hi̱t　ʑuh ka̱h　mɔ̱ˀ
水　深　这样，我　能够　吸　呢　干　怎么
"这么深的水，我怎么吸得干呢？"

ʔɤ̱ˀ　tɕiˀ pon　tṳm　ma̱iˀ　ʑɔ̱t　rɔ̱m　hi̱t
我　能够　帮助　你　吸　水　干
"我可以帮你把水吸干！

viaŋ mɔh　kɔ̱ˀ　nan　ko̱i　tʰi̱a̱u̱ˀ　tɕi̱an　tiˀ　mu̱
不过　有　条件　一　个
不过有个条件，

ʑam　ʑɔ̱t　ʔɤ̱ˀ　rɔ̱m，ma̱iˀ　ʔa̱ŋ　pon　ɲiah
时候　吸　我　水，你　不　能　笑
我吸水时，你千万别发笑。"

ʔa̱ŋ　ʔɤ̱ˀ　tɕiˀ　ɲiah！kʰɯ̱　ni̱n
不　我　会　笑！于是
"我一定不笑！"于是，

tɕa̱k　kṳm　hu̱　ʑɔ̱t　rɔ̱m　da̱ɯ̱ˀ　duŋ
马鹿　就　去　吸　水　里　水塘
马鹿就到水塘里吸水。

ʑam ʔuik saŋ ʑɔt tɕak rɔm daɯˀ duŋ ʔuik
时候 正 要 吸 马鹿 水 里 水塘 干
当马鹿快要把水吸干，

kraˀ hu ȵɛˀ si ʑɔŋ bʰlian tiˀ lih
路 去 龙宫 露 助词 出来
露出通往龙宫的小路时，

ʔai rai ʑauˀ tɕɤ ʔuih tɕak ȵɛˀ kre tiˀ ʔaŋ ȵɔm tiˀ gaik tɕɯiˀ kɔˀ
岩惹 看见 样子撅 马鹿 屁股 自己不 好 助词 看 一点 也
岩惹看着马鹿翘着个屁股怪难看的样子，

kɯm man tiˀ ŋiah kah。tɕak mʰɔŋ lɔˀ ŋiah nɔh
就 放塌 助词 笑 复指词。马鹿 听到 声音 笑 他
就忍不住大笑起来。马鹿听到笑声，

niat tiˀ ʑauk kaiŋ tiˀ，ʔah “pʰlu” nan tiˀ gum
连忙 助词 抬 头 自己，叫 呼 那样 一 声
连忙昂起头来，“呼”地一声，

rɔm hɔik ʑɔt nɔh laik daɯˀ mɔiŋ tiˀ dɯih tɕu tɕʰit tiˀ
水 已经 吸 它 进 里 口 自己 又 喷 助词
把吸在嘴里的水又喷

laik daɯˀ duŋ，tiˀ vut ŋɛ rɔm daɯˀ duŋ dɯih nauk ŋɛ
进 里 水塘，顷刻 仅 水 里 水塘 又 满 极
进水塘里，顷刻之间水塘的水又满了起来。

tɕak mɯt rʰɔm tiˀ to laik daɯˀ tiak kʰauˀ
马鹿 生气 助词 跑 进 里 森林
马鹿不高兴地跑进森林里去了。

ʔai rai niat kʰran loi tiˀ ʑo tɕak：tɕak pauˀ ke
岩惹 连忙 追 助词 喊 马鹿：马鹿 哥哥
岩惹连忙追着马鹿喊道：“马鹿大哥，

pɔ maiˀ sɔŋ rʰɔm！ʔaŋ ʔɤˀ lai tɕiˀ ŋiah maiˀ
别 你 生气！ 不 我 再 会 笑 你
请你别生气！我再也不敢笑你了！”

tɕa̱k tuk tɛ rʰɔ̱m ma̱i dɯih ti̱ʔ pɔ̱k lo̱ʔ nɔ̱h
马鹿 无可奈何 并 扭头 助词 回答 话 他
马鹿无可奈何地扭头回答：

ʔa̱ŋ ʔɤ̱ʔ tu̱i tɤ̱ʔ tɕʰi̱ ma̱iʔ
不 我 对得起 你
“对不起你了，

ʑam ʔi̱n hɔ̱ik lʰa̱！ʔa̱i rai dai̱ŋ kli̱h rʰɔ̱m ŋɛ
现在 已经 晚！岩惹 十分 后悔 极
现在已经晚了！”岩惹后悔极了，

ku̱m ta̱p ʑiam ti̱ʔ hɤ̱i。 ʑam ʔi̱n
就 猛 哭 自己 语气词 这时
便放声大哭了起来。这时，

ʔa̱ ʑɔŋ pu̱ ti̱ʔ ho̱ik n̥aɯʔ rɔ̱m da̱ɯ̱ʔ duŋ tiʔ mu̱
蜻蜓 飞 助词 来 喝 水 里 水塘 一 只
一只蜻蜓飞到水塘里来喝水，

mʰo̱ŋ lih lo̱ʔ ʑiam pui pra̱uk duŋ
听见 传来 声音 哭 人 旁边 水塘
听到塘边传来的哭声，

ku̱m niat ti̱ʔ hu̱ tɕɔ̱k：he，kʰu̱n！ʑuh pa̱ ti̱ʔ
就 连忙 助词 去 问：喂 阿哥！为 什么
忙走过去问：“喂，阿哥！你为了什么事，

ma̱iʔ pʰe̱ʔ ʑi̱am tɔ̱m laɯʔ rʰɔ̱m laɯʔ rʰi̱ ti̱ʔ ʑuh ni̱n
你 怎么 哭 得 伤心 助词 这样
哭得如此伤心？”

ʔa̱i rai pɔ̱k lo̱ʔ nɔ̱h ni̱n：n̥ɔm bu̱n ʔa̱k ʑɔŋ hɤ̱i
岩惹 回答 话 它 这样：姑娘 蜻蜓 呀
岩惹回答说：“蜻蜓姑娘呀！

ʔa̱ŋ moiŋ ʔɤ̱ʔ la̱i ʑauʔ，nu̱ʔ tɕa̱k krai ʔɤ̱ʔ mʰo̱ŋ
不 妻子 我 再 见，刚才 马鹿 告诉 我 听
我的妻子不见了，刚才马鹿告诉我，

moiŋ ʔɤˀ ʔo̱t ka̱h ɳɛˀ si̱ ʑɔŋ da̱ɯ̱ˀ duŋ ʔi̱n
妻子 我 在 于 龙宫 里 水塘 这
我的妻子就在水塘里的龙宫之中。

ma̱i̱ˀ gaik ro̱m ra̱ɯ̱ˀ ʑuh ni̱n
你 看 水 深 这样
你看水这样深，

ʔɤ̱ˀ sa̱ŋ pon laik sɔk moiŋ ʔɤ̱ˀ ʑuh ka̱h mo̱ˀ hɤ̱i
我 要 能 进 找 妻子 我 怎样 呢
我怎样才能够找到妻子呢？”

ʔa̱k ʑɔŋ ʔa̱h ni̱n：ma̱i̱ˀ pɔ kʰi̱
蜻蜓 说 这样：你 别 着急
蜻蜓说：“你不要着急，

ʔɤ̱ˀ tɕiˀ pon tu̱m ma̱i̱ˀ ʑo̱t ro̱m duŋ hi̱t
我 能够 帮助 你 吸 水 水塘 干
我可以帮助你把塘水吸干！”

ʔa̱i rai nab ʑu̱ŋ ti̱ˀ ʔa̱h ni̱n：dai̱ŋ lauh lɛ ma̱i̱ˀ
岩惹 感谢 助词 说 这样：十分 谢谢 你
岩惹感激地说：“那就多谢你了！”

kʰɯ̱ ni̱n，ʔa̱k ʑɔŋ ku̱m pu̱ ti̱ˀ hu̱ ʑo̱t ro̱m duŋ
于是， 蜻蜓 就 飞 助词 去 吸 水 水塘
于是，蜻蜓就飞到水塘里吸水去了，

ʑam ho̱ik ʑo̱t nɔh ro̱m duŋ tiˀ pla̱k
时候 已经 吸 它 水 水塘 一 半
吸到一半的时候，

ta̱ˀ si̱ ŋaiˀ ʑauˀ si̱ gaɯˀ rʰo̱m ʔa̱k ʑɔŋ ti̱ˀ tu̱m gɔ pui ʑuh ni̱n
太阳公公 看见 高兴 蜻蜓 助词 帮助 人 这样
天上的太阳公公看着蜻蜓这样乐于助人，

ka̱h dai̱ŋ sau̱ riaŋ ti̱ˀ ʑo̱t ro̱m ʑuh ni̱n
也 十分 努力 助词 吸 水 这样
而且吸水又这样努力，

kɯ̱m　ʔa̱h　sa̱ŋ　dʑo̱ih　dʑʰa̱n　nɔ̱h
就　说　要　支持　它
就决定帮它一把。

ta̱ˀ　si̱　ŋaiˀ　siau　ko̱ik　ra̱t　ha̱ˀ　ti̱ˀ
太阳公公　使用　阳光　火辣辣　自己
太阳公公用它那火辣辣的光，

ʑuh luŋ ʑuh lɔi　ti̱ˀ　to̱ŋ　rɔ̱m　da̱ɯ̱ˀ　duŋ，ʔo̱t　tiˀ　vut
使劲　助词　晒　水　里　水塘，过　一　会
狠狠地来晒水塘，不一会儿，

rɔ̱m　da̱ɯ̱ˀ　duŋ　ruk　tɕɔ　ta̱ˀ　si̱　ŋaiˀ　to̱ŋ　hi̱t　ʔɯ̱ik
水　里　水塘　真的　被　太阳公公　晒　干　全部
水真的被阳光晒干了。

kre̱　duŋ　kɔ̱n　kra̱ˀ　ʔi̱a̱k　to̱h　sɔ̱ŋ　bʰli̱a̱n　ti̱ˀ　lih　tiˀ　n̥aiŋ
底部　水塘　小路　闪亮　露　助词　出来　一　条
塘底露出了一条亮晶晶的小路来。

ʔa̱　ʑɔŋ　si̱　gaɯˀ　rʰɔ̱m　ti̱ˀ　ʔah　ni̱n　ka̱h　ʔa̱i　rai
蜻蜓　高兴　助词　说　这样　对　岩惹
蜻蜓高兴地对岩惹说：

ʔa̱i　rai，ma̱iˀ　gaik　kɔ̱n　kra̱ˀ　to̱h　sɔ̱ŋ　ʔa̱n　ʔa̱n
岩惹　你　看　小路　闪亮　那
“岩惹阿哥，你看那条闪光的小路，

hu̱　laik　da̱ɯ̱ˀ　gru̱m　tɛˀ　tiˀ　mu̱
去　进　洞　下　地　一　个
通向地下的一个土洞，

da̱ɯ̱ˀ　tɛˀ　ʔa̱n　kɯ̱m　mɔh　dɯ　ʔo̱t　moiŋ　ma̱iˀ　hɤ̱iˀ
洞　土　那　就　是　地方　在　妻子　你　语气词
洞里就住着你的妻子。

ʑam　ʔi̱n　nɔ̱h　klɔ̱m　rɔ̱m　gru̱m　kʰa̱u̱ˀ　ka̱h　dɯ　deˀ moiŋ　da̱ɯ̱ˀ　hɤ̱i
现在　他　挑　水　下面　树　于　地方　附近口　洞穴　哩
现在她正在洞口不远的树下挑水哩！

mai̱ˀ hu̱ hɤ̱i，ʔa̱ŋ ʔɤ̱ˀ lai̱ tɕiˀpon bauˀ tɔ̱ˀ mai̱ˀ
你 去 吧，不 我 再 能够 又 送 你
你去吧，我不能再送你了！”

ʔa̱i rai hɔ̱ik nap ʐu̱ŋ n̥ɔm bu̱n ʔa̱k ʐɔŋ
岩惹 已经 感谢 姑娘 蜻蜓
岩惹谢了蜻蜓姑娘，

ku̱m lɔ̱ŋ kra̱ˀ ʔia̱k tɔ̱h sɔ̱ŋ ʔa̱n hɔ̱ik ka̱h mɔiŋ da̱ɯˀ tɛ̱ˀ
就 沿着 小路 闪亮 那 来到 于 口 洞 土
沿着塘底那条闪光的小路来到洞口。

mɔiŋ da̱ɯˀ n̥u̱p ti̱ˀ ka̱ɯˀ ŋɛ
口 洞 闭 助词 紧 极
洞口紧紧关闭，

rɔ̱m kɔ̱n klɔ̱ŋ si̱ ŋa̱ˀ si̱ ŋauŋ tiˀ n̥aiŋ dʑi̱at laik da̱ɯˀ tɛ̱n
水 小溪 清澈 一 条 正 进 里边 去
只见一股清旺旺的溪水流进洞里。

ʔi̱n pʰa̱u sa̱ŋ ʐuh ka̱h mɔ̱ˀ ka̱h hɤ̱iʔ
现在 要 怎么办 复指词 呢
这到底怎么办呢？

ʔa̱i rai ʔuik lu̱ la̱ˀ rʰɔ̱m ŋɛ ma̱i mɔiŋ da̱ɯˀ tan
岩惹 正 着急 极 附近 口 洞 那里
岩惹急得在洞口直打转。

ta̱iˀ nɔ̱h tɕɔ ti̱ˀ pu̱ pi̱ da̱ɯˀ ha̱ɯ nɔ̱h si̱ dʑauˀ
手 他 着 助词 摸 里 口袋 他 突然
突然他的手摸到口袋里，

dʑi̱at tɕɔ ti̱ˀ klɛm ble pra̱h mɔiŋ nɔ̱h ʔa̱n
正好 着 助词 摸 手镯 留下 妻子 他 那
发现妻子留下的那只银手镯。

rʰɔ̱m nɔ̱h riaŋ si̱ dʑauˀ：mɔh hɤ̱i
心 他 亮 突然： 对 呀
他的心突然亮堂起来：“对呀！

ʔɤˀ kɛh ble ʔi̱n hu̱ tɔ̱ˀ lo̱ˀ kʰai̱ŋ! kʰɯ̱ ni̱n
我 让 手镯 这 去 送 话 吧！于是
我让这只手镯去送个信吧！”于是，

nɔ̱h ku̱m plɔ̱i ble laik daɯ̱ˀ rɔ̱m kɔ̱n klɔ̱ŋ
他 就 放 手镯 进 里 水 小溪
他就把银手镯放进溪水里，

kɛh rɔ̱m kɔ̱n klɔ̱ŋ si̱ ma̱n nɔ̱h hu̱ laik daɯ̱ˀ tɛ̱ˀ
让 水 小溪 冲 它 去 进 洞 土
手镯顺着溪水流进洞里，

moiŋ ʔa̱i rai ʥi̱at ṇa̱k ṇo̱ ti̱ˀ puk rɔ̱m prau̱k kɔ̱n klɔ̱ŋ
妻子 岩惹 正 蹲 助词 舀 水 旁边 小溪
正在溪边蹲着舀水的妻子，

taɯk ʔu̱ik tɔ̱ˀ ta̱iˀ ti̱ˀ laik puk rɔ̱m
刚 正 伸 手 自己 进 舀 水
刚把手伸进水里去舀水，

ble maɯ tiˀ mu̱ ʥi̱at hu̱ nʰa̱ŋ ti̱ˀ laik ka̱h ʥʰoŋ taiˀ nɔ̱h si̱ ʥauˀ
手镯 银 一 只 正巧 去 戴 助词 进 于 腕 手 她 突然
突然一只银手镯滑去戴在她手腕上。

nɔ̱h dai̱ŋ si̱ gaɯˀ rʰɔ̱m ŋɛ ma̱i ʑauk ti̱ˀ gaik ble
她 十分 高兴 极 井 抬 助词 看 手镯
她惊喜地抬起手上的手镯一看，

ʥi̱at mɔh pa̱ pra̱h nɔ̱h ʔo̱t mɔiŋ si̱ vɛˀ kʰai̱ˀ ti̱ˀ ʔa̱n hɤ̱i
正 是 的 留下 她 在 口 门 后面 自己 那 语气词
正好是她留在家门口的那只手镯，

nɔ̱h ku̱m riak ti̱ˀ ʔa̱h ni̱n si̱ ʥauˀ
她 就 叫 助词 说 这样 突然
不禁惊叫起来：

ʔa̱ mɛˀ ʔvi̱! mɔh meˀ ʔɤ̱ˀ ʔa̱i rai pa̱ ho̱ik sɔk ʔɤ̱ˀ hɤ̱i
哎呀 ！是 丈夫 我 岩惹 的 来 找 我 语气词
“哎呀！是我的丈夫岩惹找我来了！”

bun si ʑɔŋ niat kʰran hu pauh si vɛˀ mɔiŋ daɯˀ
龙女 连忙 去 开 门 口 洞
龙女连忙来打开洞门，

ʔai rai blum tiˀ laik daɯˀ tɛˀ
岩惹 扑 助词 进 洞 土
岩惹一头扑进洞里去，

pʰau ruk ʔuik pon sɔk moiŋ tiˀ hɣi.
现在 真的 能 找到 妻子 自己 语气词
终于找到了自己的妻子。

bun si ʑɔŋ vɛˀ meˀ tiˀ ʔai rai hu ʑauˀ taˀ si ʑɔŋ
龙女 领 丈夫 自己 岩惹 去 见 龙王
龙女领着丈夫岩惹回到龙宫见了龙王。

taˀ si ʑɔŋ ʑauˀ vɛˀ kɔn bun tiˀ kɔ vaˀ laik daɯˀ ɳɛˀ tiˀ kaɯˀ
龙王 看见领 女儿 自己 汉子佤族进 里 宫 一 个
龙王一见女儿领着个陌生的阿佤汉子闯进宫来，

kuɯm vɛˀ rʰɔm tɕauˀ tɕʰɔk ʔai rai nin: mɔh maiˀ pui pa tiˀ
就 带 恶意 问 岩惹 这样:是 你 人 什么
就恶狠狠地瞅着岩惹问：“你是什么人？

tɕiˀ nɛp kan tɕʰup tiˀ laik ɳɛˀ ʔɣˀ
怎会 乱 敢 闯 助词 进 家 我
怎么敢闯进我的家里？”

bun si ʑɔŋ niat kʰran hauk nap ʑam tiˀ ʔah nin kah kɯiŋ tiˀ
龙女 连忙 上前 尊敬 助词 说 这样 对 父亲 自己
龙女忙上前向阿爸施礼道：

kɯiŋ, ʔin kuɯm mɔh meˀ ʔɣˀ ʔai rai
阿爸 这 就 是 丈夫 我 岩惹
“阿爸，这就是我的丈夫岩惹！”

ʔa, kɔ vaˀ klu klian tiˀ mai kɔn bun ɣˀ kuɯm mɔh maiˀ
啊 汉子 佤族 纠缠 自己 和 女儿 我 就 是 你
“啊，你就是勾引我女儿的那个阿佤汉子？”

mɔh。ʔa̱i rai nap ʑa̱m ti̱ˀ pɔ̱k ni̱n
是。岩惹 尊敬 助词 回答 这样
“是。”岩惹施礼回答，

ȵʰa̱p mai̱ˀ pau̱ˀ tiŋ tau̱h lauh lɛ
请 你 岳父 大恩大德
“请岳父开恩，

kɛh ʔɤ̱ˀ vɛˀ moiŋ ti̱ˀ ʔi̱ŋ ka̱h ȵɛˀ hɤ̱i
让 我 领 妻子 自己 回 向 家 吧
让我把妻子领回家吧！”

nauˀ krai ta̱ˀ si̱ ʑɔŋ dɛh pʰɯ̱n ʔa̱h “paŋ” na̱n tiˀ tai̱ˀ
停止 说 龙王 拍 桌子 响 啪 那样 一 下
“住口！”龙王啪地一拍桌子，

briah ti̱ˀ ʔa̱h ni̱n，mɔ̱ˀ pa̱ mɔh pau̱ˀ mai̱ˀ
怒吼 助词 说 这样，谁 的 是 岳父 你
怒吼道，“谁是你的岳父！”

bu̱n si̱ ʑɔŋ gru̱ˀ ŋɔŋ ti̱ˀ mai̱ kʰi̱o̱ˀ ti̱ˀ ʔa̱h nin
龙女 跪下 膝盖 自己 并 祈求 助词 说 这样
龙女跪下求情道：

kɯ̱iŋ，kʰi̱o̱ˀ mai̱ˀ kɛh ʔɤ̱ˀ ʔi̱ŋ mai̱ ʔai̱ rai hɤ̱i
阿爸 求 你 让 我 回去 跟 岩惹 吧
“阿爸，求你让我跟岩惹回去吧！”

ʔa̱ŋ tɕiˀ！bu̱n si̱ ʑɔŋ mɔ̱ˀ tɕiˀ ko̱i li meˀ kɔ ho̱t
不成！ 龙女 哪个 会 有 理 嫁 汉子贫穷
“不成！哪有龙女去嫁穷汉的道理？”

kɯ̱iŋ，ʔɤ̱ˀ ruk sa̱ŋ meˀ ʔai̱ rai kɔ̱n do̱i！si̱n mai̱ˀ ʔa̱ŋ tɕu
阿爸 我 真的 要 嫁 岩惹 孤儿！ 若 你 不 答应
“阿爸，我就要嫁给孤儿岩惹！阿爸要是不答应，

ʔɤ̱ˀ kɯ̱m sa̱ŋ pɯ̱m ti̱ˀ ʑum ka̱h di̱ŋ ʔin
我 就 要 碰 助词 死 于 墙 这
我就撞死在这宫墙上！”

hɔ̱ik ʔa̱h ni̱n bu̱n si̱ ʑɔŋ ʔu̱ik hu̱ pɯm ti̱ʔ ka̱h di̱ŋ
已经 说 这样 龙女 正要 去 碰 自己 向 墙
龙女说着就往宫墙上撞。

ta̱ʔ si̱ ʑɔŋ niat kʰra̱n bluh kɔ̱n bu̱n ti̱ʔ
龙王 连忙 拉住 女儿 自己
龙王连忙拉住女儿，

kʰi̱ap kʰi̱ap ŋa̱i ti̱ʔ ma̱i kɤt rʰɔ̱m ti̱ʔ tiʔ vut
眨 眨 眼睛 自己 并 思索 自己 一 会
眨巴着眼睛思索片刻，

kʰa̱iʔ ku̱m ʔa̱h ni̱n ka̱h ʔa̱i rai
后 就 说 这样 对 岩惹
就对岩惹说：

ʔa̱i rai，si̱n ma̱iʔ sa̱ŋ mɛ kɔ̱n bu̱n ʔɤ̱ʔ meʔ ti̱ʔ
岩惹 若 你 要 想 女儿 我 嫁 自己
“岩惹，你要是想叫我女儿嫁给你，

ma̱iʔ tɕɔ ti̱ʔ hɔ̱ik ʑuh kaiŋ ʔɤ̱ʔ ku grɔ̱ŋ
你 必须 助词 完 做 事情 我 每 件
你必须将我的事情一件一件办成。”

tɕa̱ mɔh tɕu ma̱iʔ kɔ̱n bu̱n ma̱iʔ meʔ ʔɤ̱ʔ
只要 同意 你 女儿 你 嫁 我
“只要你能把女儿嫁给我，

kaiŋ pa̱ ti̱ʔ kɔ̱ʔ ʔɤ̱ʔ ka̱h pon ʑuh nɔ̱h
事情 什么 无论 我 也 能 做 它
无论什么事情我都可以办到！”

ʔa̱i rai ki̱an tɕɔ̱ŋ ti̱ʔ pɔ̱k ni̱n，na̱n mʰɔ̱m hɤ̱i
岩惹 坚决 助词 回答 这样，那 好 语气词
岩惹坚决地回答。“那好！

kaiŋ tiʔ mɔh：
事情 一 是
这第一件事是：

maiˀ tɕɔ tiˀ soh ma kau to si mɛ hoik tiˀ ŋaiˀ
你 必须 助词 芟 地 十 斗 种子 完 一 天
你必须在一天之内把一石种子的山地芟完，

pon hoik ʐuh maiˀ noh laih? pon
能 完 做 你 它 吗？能
能办到吗？”“能！”

ʔai rai tauh loˀ tiˀ pok nin。 ŋop ，ŋaiˀ kʰaiˀ
岩惹 响亮 助词 回答这样。早上， 第二天
岩惹响亮回答。第二天一早，

ʔai rai kɯm kɔk vaik laŋ hu soh ma
岩惹 就 挎 刀 长 去 芟 地
岩惹就背着长刀去芟山地。

noh ʐuh luŋ ʐuh lɔi tiˀ soh，hoik grɤŋ ŋaiˀ
他 十分卖力 助词 芟，到 晌午时分
他一个人芟呀芟，一直芟到晌午时分，

noh taɯk hoik soh ma tɕɯiˀ ŋɛ kʰaiŋ
他 才 完 芟 地 一点 仅 语气词
才芟了一小个地角。

ʐam ʔuik lu laˀ rʰom noh kah ʔaŋ lai tɔŋ tɕɤ saŋ ʐuh tiˀ
时候 正 焦急 他 因 不 知道 如何 做 自己
岩惹急得正在发愁的时候，

bun si ʐoŋ brɛˀ hoik daɯˀ ma，ʔah nin kah noh
龙女 悄悄 来 里 地，说 这样 对 他
龙女悄悄地来到地里，对他说：

ʔai rai hɤi，maiˀ pɔ kʰi
岩惹 呀 你 别 着急
“岩惹呀，你别着急，

ʔɤˀ vɛˀ vaik laŋ hoik kau mak daiˀ tin
我 带 刀 长 来 十 把 八 这里
我这儿带来十八把长刀，

tɕa̱ mɔh suṯ mai̱ˀ vaik laŋ prau̱k si̱ vɛ dɯ ma̱ saŋ so̱h
只要 插 你 刀 长 周围 地方 地 要 芟
你只消把长刀插在要芟的地周围，

ku̱m ʑo “ho̱ik so̱h ma̱” lo̱i gum
就 喊 来 芟 地 三 声
就喊三声‘来芟地’，

kʰai̱ˀ mai̱ˀ hu̱ ʔit vɯi kʰau̱ˀ prau̱k ma̱
然后 你 去 睡 荫 树 旁边 地
然后你就只管到地边的树荫下去睡觉，

kro̱ˀ mai̱ˀ hai̱ŋ，
等 你 醒来
等你一觉睡醒，

ma̱ saŋ so̱h mai̱ˀ ku̱m taŋ tɕiˀ hɔ̱ik so̱h ti̱ˀ hɤ̱i
地 要 芟 你 就 自个 会 完 芟 自己 语气词
你要芟的地也就芟完了。”

bu̱n si̱ ʑɔŋ hɔ̱ik krai ni̱n，ku̱m niat kʰra̱n ʔi̱ŋ ka̱h ɳɛˀ
龙女 完 说 这样，就 连忙 回 向 家
龙女说完，就很快回家去了。

ʔai̱ rai hɔ̱t tɕɤ krai bu̱n si̱ ʑɔŋ
岩惹 按照 方法 说 龙女
岩惹按照龙女的办法，

su̱t vaik laŋ kʰan kau̱ mak dai̱ˀ ʔo̱t prau̱k si̱ vɛ ma̱
插 刀 长 那些 十 把 八 在 周围 地
把十八把长刀插在地周围，

kʰai̱ˀ ku̱m hu̱ ʔit gru̱m vɯi kʰau̱ˀ
然后 就 去 睡 下面 荫 树
自己就到树荫下休息睡觉。

kro̱ˀ nɔ̱h hai̱ŋ，blin ŋai̱ ti̱ˀ gaik
等 他 醒来，睁开 眼睛 自己 看
等他一觉睡醒过来，睁开眼睛一看，

kʰa̱ṵˀ ʔo̱ˀ rip rɛm kuah da̱ɯ̱ˀ ma̱ ruk hɔ̱ik so̱h ti̱ˀ ʔṵik
杂草树木 生长 里 地 真的 已经 芟 自己 全部
果然一片地的杂草树木全都芟完了。

nɔ̱h kṵm gaɯˀ rʰɔ̱m gaɯˀ rʰi̱ ti̱ˀ niat
他 就 高高兴兴 助词 赶紧
他就高高兴兴地

ʔi̱ŋ krai ta̱ˀ si̱ ʑɔŋ mʰo̱ŋ ka̱h ȵɛˀ si̱ ʑɔŋ
回 告诉 龙王 听 向 龙宫
赶回龙宫去报告龙王：

pa̱ṵˀ，ma̱ hɔ̱ik so̱h ti̱ˀ hɔ̱ik！
岳父 地 已经 芟 自己 完
“岳父，地已经芟完了！

kʰɔ̱ ti̱ˀ kɛh ʔɤ̱ˀ vɛˀ moiŋ ti̱ˀ ʔi̱ŋ ka̱h ȵɛˀ hɤ̱i
应该 助词 让 我 领 妻子 自己 回 向 家 吧
该让我领着妻子回家去了吧？”

ta̱ˀ si̱ ʑɔŋ ʔa̱h ni̱n：ʔa̱ŋ tɕiˀ
龙王 说 这样 不行
龙王说：“不行！

ma̱iˀ kɔ̱n tɕɔ ti̱ˀ pauk ma̱ hɔ̱ik so̱h ʔin hɔ̱ik tiˀ ŋaiˀ
你 还 必须 助词 挖 地 已经 芟 这 完 一 天
你还必须在一天内把芟好的地挖出来，

rʰṵat si̱ mɛ da̱ɯ̱ˀ ka̱ṵ to！ʔa̱i rai ʔɔ̱ˀ lo̱ˀ ta̱ˀ si̱ ʑɔŋ
撒 种子 里 十 斗！岩惹 答应 话 龙王
撒下一石种子！”岩惹满口答应了。

viaŋ mɔh na̱n ʑam lih nɔ̱h kʰa̱iŋ ȵɛˀ si̱ ʑɔŋ
但 时候 出来 他 从 龙宫
但当他走出龙宫，

kɤt ni̱n da̱ɯ̱ˀ rʰɔ̱m ti̱ˀ
想 这样 里 心 自己
心里一寻思：

ti^{ʔ} ŋai^{ʔ} ŋɛ tɕɔ^{ʔ} tɕi^{ʔ} hɔik ʑuh kaiŋ diŋ dot ti^{ʔ} hɤi
一 天 仅 怎么 会 完 做 活计 这么多 助词 呢
一天时间怎么干得完这么多活呢？

ʑam k^{h}i r^{h}ɔm k^{h}i r^{h}i nɔh ti^{ʔ} kɤt nin
时候 发愁 他 助词 想 这样
他正在发愁之际，

bun si ʑɔŋ bau^{ʔ} hɔik kɤt grɔŋ prɔŋ m^{h}ɔm mai dʑiat hɔik sɔk nɔh
龙女 又 已经 想 办法 好 并 正好 来 找 他
龙女又想好办法找他来了。

bun si ʑɔŋ krai nɔh m^{h}ɔŋ nin
龙女 告诉 他 听 这样
龙女告诉他：

ʔai rai hɤi，mai^{ʔ} pɔ k^{h}i
岩惹 呀 你 别 着急
“岩惹呀，你不用发愁。

tɕa mɔh klɔm mai^{ʔ} ti^{ʔ} hu ʔɯn k^{h}ɔ tiŋ daɯ^{ʔ} ma kau mak dai^{ʔ}
只要 扛 你 助词 去 放 锄头 大 里 地 十 把 八
你只消扛十八把大板锄去放在地里，

si mɛ kau to kah ʔɯn daɯ^{ʔ} ma naŋ
种子 十 斗 也 放 里 地 亦
把一石种子也放在地里，

ʔah ‘hɔik pauk ma’ ‘hɔik r^{h}uat si mɛ’ loi gum
说 来 挖 地 来 撒 种子 三 声
说三声‘来挖地！来撒种’。

kɯm hu dʑɔk ti^{ʔ} ʔit k^{h}aiŋ k^{h}ai^{ʔ}
就 去 美美 助词 睡 只管 然后
然后你就去睡大觉。”

ʔai rai hɔt lo^{ʔ} tɔm bun si ʑɔŋ
岩惹 照 话 吩咐 龙女
岩惹照着龙女的吩咐，

klɔ̱m kʰɔ̱ tiŋ kau̱ mak dai̱ˀ mai̱ si̱ mɛ kau̱ to hu dɤh nɔ̱h dau̱ˀ ma̱
扛 锄头 大 十 把 八 及 种子 十 斗 去 留 它 里 地
扛了十八把大板锄和一石种子去放在地里，

ku̱m hu̱ ʔi̱t kʰai̱ŋ kʰai̱ˀ。kro̱ˀ nɔ̱h hai̱ŋ kʰai̱ŋ ʔi̱t ti̱ˀ
就 去 睡 只管 然后。等 他 醒来 从 睡 自己
就自个儿睡觉去了。等他一觉睡醒过来，

blin ŋai̱ ti̱ˀ gaik，ma̱ ruk hɔ̱ik pauk ti̱ˀ kʰɔ̱m ʔu̱ik
睁 眼睛 自己 看，地 真的 已经 挖 自己 全部
睁眼一看，果然全挖出来，

si̱ mɛ ka̱h hɔ̱ik rʰu̱at ti̱ˀ kʰɔ̱m ʔu̱ik na̱ŋ
种子 也 已经 撒 自己 全部 亦
撒上了种子。

ʔai̱ rai hɔ̱ik ɳɛˀ si̱ ʐɔŋ krai ta̱ˀ si̱ ʐɔŋ mʰo̱ŋ
岩惹 来到 龙宫 告诉 龙王 听
岩惹回到龙宫报告了龙王。

ta̱ˀ si̱ ʐɔŋ mʰo̱ŋ ʔa̱h nɔ̱h hɔ̱ik ʐu̱h kai̱ŋ
龙王 听 说 他 完 做 活计
龙王一听，

kʰrɔ̱t ŋɛ re̱ ti̱ˀ，brɛˀ kɤt ni̱n dau̱ˀ rʰɔ̱m ti̱ˀ
皱 仅 额头 自己，暗自 想 这样 里 心 自己
紧皱眉头，心里暗自想：

ɳɔm si̱ nɔ ruk tɕʰɤŋ tiˀ te
小伙子 真的 有本事 实在
这个伙子果然有本事，

kai̱ŋ nu ʐu̱h ni̱n kɔ̱ˀ nɔ̱h ka̱h tɕiˀ pon ʐu̱h nɔ̱h hɤi̱
事情 困难 这样 怎么 他 也 能够 做 它 呢
怎么这样难的事儿他都能办到呢！

ʔa̱ŋ mɔh tɕɔ ti̱ˀ sɔk kai̱ŋ nɛ nu kɛh nɔ̱h ʐu̱h
不行 必须 助词 找 事情 更 难 让 他 做
不行！必须找一件更难的事让他去做，

gaik ʐa̱u̱ˀ pon ʐuh nɔ̱h nɔ̱h ʔa̱ŋ pon
看看 能 做 他 它 不 能
看他能够办到不？

ta̱ˀ si̱ ʐɔŋ ŋiah ʔa̱h hu̱ nan tiˀ gum，ʔa̱h ni̱n
龙王 冷笑 那样 一 声，说 这样
龙王冷冷地笑了笑，说：

ʔa̱i rai，zam ʔi̱n ʔɤ̱ˀ saŋ kɛh ma̱iˀ pɛ pla̱k ŋaiˀ ŋɛ
岩惹 现在 我 要 让 你 只 半 天 仅
“岩惹，我现在要你在半天之内，

su̱t si̱ mɛ rʰu̱at ma̱iˀ da̱u̱ˀ ma̱ ka̱u̱ to ho̱ik
捡 种子 撒 你 里 地 十 斗 回来
把你撒在地里的一石种子捡起来，

ʔa̱ŋ pon ʔi̱a̱k tiˀ mu̱ kɔ̱ˀ
不 能 少 一 颗 语气词
要一颗也不能少。

si̱n ma̱iˀ hɔ̱ik pon ʐuh kaiŋ ʔi̱n
若 你 完 能 做 事 这
如果你办到了，

ʔɤ̱ˀ ku̱m tɕu kɔ̱n bu̱n ti̱ˀ meˀ ma̱iˀ
我 就 同意 女儿 自己 嫁 你
我就答应把女儿嫁给你。”

ʔa̱i rai tɕɯn bauˀ ʔɔ̱ˀ lo̱ˀ ta̱ˀ si̱ ʐɔŋ
岩惹 干脆 又 答应 话 龙王
岩惹又干干脆脆答应了。

viaŋ mɔh na̱n kɔ̱ˀ，da̱u̱ˀ rʰɔ̱m nɔ̱h ʔu̱ik nɛ kʰi̱ ŋɛ
但是， 里 心 他 正 更 着急 极
但是，他的心里更是焦急，

dʑau si̱ mɛ hɔ̱ik rʰu̱at da̱u̱ˀ ma̱
因为 种子 已经 撒 里 地
因为撒在地里的种子，

saŋ pon su̠t pɔ^{ʔ} ho̠ik ʑuh ka̠h mɔ̠^{ʔ}
要 能 捡 呢 回来 怎么
怎么能够拣得回来呢？

ʑam ʔa̠ŋ nɔ̠h la̠i tɔŋ tɕɤ saŋ ʑuh ti̠^{ʔ} ma̠i k^{h}i̠ r^{h}ɔ̠m ti̠^{ʔ} kɤt ni̠n
时候 不 他 再 知道 如何做 自己并 着急 助词 想 这样
他正在无计可施的时候，

bu̠n si̠ ʑɔ̠ŋ bau^{ʔ} ho̠ik ka̠h nɔ̠h
龙女 又 来 向 他
龙女又来了。

ʔa̠h ni̠n：ma̠i^{ʔ} pɔ k^{h}i̠
说 这样 你 别 着急
对他说：“你莫急，

tɕa̠ mɔh vɛ^{ʔ} ma̠i^{ʔ} k^{h}rɔ̠ŋ ka̠u mu̠ da̠i^{ʔ} ʔu̠n da̠ɯ^{ʔ} ma̠
只要 带 你 竹箩 十 个 八 放 里 地
只要拿上十八只竹箩去放在地里，

ʔah ŋɛ ‘ho̠ik su̠t si̠ mɛ！ho̠ik su̠t si̠ mɛ
叫 只 来 捡 种子 来 捡 种子
就叫‘来拣种！来拣种’

hɔ̠ik ʔa̠h ma̠i^{ʔ} ni̠n ku̠m hu̠ ʔi̠t k^{h}a̠iŋ k^{h}a̠i^{ʔ}
完 叫 你 这样 就 去 睡 只管 然后
说完你照样去睡觉。”

ʔa̠i rai hɔ̠t lo̠^{ʔ} krai bu̠n si ʑɔ̠ŋ hu̠ ʑuh
岩惹 按照 话 说 龙女 去 做
岩惹照着龙女的话去做，

kro̠^{ʔ} nɔ̠h ha̠iŋ k^{h}a̠iŋ ʔi̠t ti̠^{ʔ}
等 他 醒来 从 睡 自己
等他一觉醒过来，

si̠ mɛ hɔ̠ik su̠t ti̠^{ʔ} nauk da̠ɯ^{ʔ} k^{h}rɔ̠ŋ ka̠u mu̠ da̠i^{ʔ} k^{h}ɔ̠m ʔu̠ik
种子 已经捡 助词 满 里 竹箩 十 个 八 全部
十八只竹箩果然装着满满的种子。

nɔ̱h ta̱p to̱ ʔi̱ŋ krai ta̱ˀ si̱ ʑɔŋ mʰo̱ŋ
他 一个劲儿 跑 回去 告诉 龙王 听
他一口气跑回龙宫去告诉了龙王：

pa̱u̱ˀ, si̱ mɛ hɔ̱ik su̱t ʔɤ̱ˀ nɔ̱h ʔu̱ik
岳父 种子 完 捡 我 它 全部
“岳父，种子已经捡起来了！

kaiŋ mʰa̱iŋ ma̱iˀ ʔɤ̱ˀ ʑuh ʔɤ̱ˀ to hɔ̱ik ʑuh nɔ̱h kʰɔ̱m ʔu̱ik
事情 叫 你 我 做 我 都 完 做 它 全部
你要我办的事件件都办到了，

pʰa̱u̱ kʰɔ̱ ti̱ˀ kɛh ʔɤ̱ˀ vɛˀ moiŋ ti̱ˀ ʔi̱ŋ ka̱h n̥ɛˀ hɤ̱i
现在 应该 助词 让 我 领 妻子 自己 回 于 家 吧
现在该让我把妻子领回家了吧！”

ta̱ˀ si̱ ʑɔŋ kʰrɔ̱t re̱ ti̱ˀ tiˀ ta̱iˀ, ʔa̱h ni̱n
龙王 皱 额头 自己 一 下 说 这样
龙王眉头一皱，说：

ʔa̱ŋ pon! kro̱ˀ ʔɤ̱ˀ sɔ̱n si̱ mɛ ha̱
不行! 等 我 数 种子 一会
“不行！种子还需要等我数过！”

kʰu̱ ni̱n, ta̱ˀ si̱ ʑɔŋ ku̱m mʰa̱iŋ pui sɔ̱n si̱ mɛ
于是 ， 龙王 就 派 人 数 种子
于是，龙王就派人去数种子。

mɔ̱ʔ tɔŋ si̱ mɛ su̱t hɔ̱ik ʔa̱ŋ kup lo̱i mu̱
谁 知道 种子 捡 来 不 够 三 颗
结果捡回来的种子少了三颗。

ta̱ˀ si̱ ʑɔŋ kʰrɔ̱t kʰrɔ̱t re̱ ti̱ˀ ma̱i ʔa̱h ni̱n
龙王 皱 皱 额头 自己 并 说 这样
龙王皱皱眉头说：

ʔa̱i rai, si̱ mɛ kɔ̱n tɕʰa̱ lo̱i mu̱
岩惹 种子 还 差 三 颗
“岩惹，种子少了三颗，

ma̱iˀ tɕɔ ṯiˀ hṵ sɔ̱k hoi̱k
你 必须 助词 去 找 回来
你必须去把那三颗种子找回来，

kɔ̱n bṵn ʔɤ̱ˀ kṵm taɯk pon ṯiˀ meˀ ma̱iˀ
女儿 我 就 才 能 助词 嫁 你
我的女儿才能够嫁给你！”

ʔa̱i rai mʰo̱ŋ ʔa̱h ta̱ˀ si̱ ʑɔŋ ni̱n ʔṵik kʰi̱ ŋɛ
岩惹 听到 说 龙王 这样 正 着急 极
岩惹一听着急了，

niat kʰra̱n hṵ tɕʰɔ̱k bṵn si̱ ʑɔŋ
连忙 去 问 龙女
连忙跑去问龙女。

bṵn si̱ ʑɔŋ ŋiah ma̱i ʔa̱h ni̱n
龙女 笑 并 说 这样
龙女笑了笑说：

ʔa̱i rai，ʔa̱n mɔh kɯ̱iŋ ʔɤ̱ˀ pa̱ sṵ ṯiˀ tɯk ma̱iˀ hɤ̱i
岩惹，那 是 阿爸 我 的 故意 助词 为难 你 语气词
“岩惹，那是我爸故意为难你的！

pon sa̱ˀ ma̱iˀ vɛˀ ʔa̱k ma̱i te
明天 你 带 弩 和 箭
明天你带上弩箭，

ʔɤ̱ˀ lɔ̱k hṵ sɔk si̱ mɛ gra̱i ʔa̱n lo̱i mṵ ma̱i ma̱iˀ da̱ɯˀ ma̱
我 就 去 找 种子 丢失 那 三 颗 和 你 里 地
我和你一起到地里找那三粒种子。”

ŋaiˀ kʰa̱iˀ si̱ ŋaiˀ taɯk sa̱ŋ lih kʰa̱iŋ gɔ̱ŋ
第二天 太阳 刚 要 出来 从 山
第二天太阳刚刚出山，

ʔa̱i rai kɛ̱ˀ bṵn si̱ ʑɔŋ kṵm hṵ ka̱h ma̱ taɯ
岩惹 和 龙女 就 去 往 地 一起
岩惹和龙女就一起朝地里走去。

kra̱ˀ hu̱ bu̱n si̱ ʑɔŋ ʔa̱h ni̱n ka̱h ʔa̱i rai
路 去 龙女 说 这样 对 岩惹
路上龙女对岩惹说：

ʔa̱i rai，ʔɤ̱ˀ tɔŋ ʔo̱t si̱ mɛ kʰa̱n lo̱i mu̱ dɯ mɔˀ
岩惹，我 知道 在 种子 那些 三 颗 哪里
"岩惹，我知道这三粒种子在哪里。"

ʔa̱i rai ʔu̱ik da̱uˀ de̱ŋ ŋɛ ka̱h ma̱i gaik bu̱n si̱ ʑɔŋ
岩惹 正 奇怪 极 复指词 并 看 龙女
岩惹不解地望着龙女发呆。

bu̱n si̱ ʑɔŋ ɲiah ti̱ˀ ʔa̱h ni̱n
龙女 笑 助词 说 这样
龙女笑着说道：

si̱ mɛ kʰa̱n lo̱i mu̱ mɔh si̱ ka̱ɯ̱ˀ pa̱ hɔ̱ik ʔi̱h
种子 那 三 颗 是 斑鸠 的 已经 吃
"三粒种子是被斑鸠吃了。

tɕa̱ mɔh ʑauˀ ma̱iˀ tɕuŋ si̱ ka̱ɯ̱ˀ lo̱i mu̱ ka̱h kʰa̱u̱ˀ ʔan pra̱u̱k ma̱
只要 看见 你 站 斑鸠 三 只 于 树 那 旁边 地
你只要看见地边的那棵树上歇着三只斑鸠，

ma̱iˀ ku̱m n̥ɯ ʔa̱k pu̱iŋ pa̱ tɕuŋ si̱ grɤŋ tɕot hɤ̱i
你 就 瞄准 弩 射 的 站 中间 落 语气词
你就瞄准中间的一只把它射落！"

ʔa̱i rai ŋʰi̱at loˀ krai bu̱n si̱ ʑɔŋ，hu̱ da̱ɯˀ ma̱
岩惹 听 话 说 龙女 ，去 里 地
岩惹听了龙女的话，一到地里，

ruk ʑauˀ tɕuŋ si̱ ka̱ɯ̱ˀ lo̱i mu̱ ka̱h kʰa̱uˀ tiŋ ʔa̱n pra̱u̱k ma̱
真的 看见 站 斑鸠 三 只 于 树 大 那 旁边 地
就看见地边那棵又大又粗的树上真的有三只斑鸠并排歇着。

si̱ ka̱ɯ̱ˀ tɕuŋ si̱ grɤŋ vɯih ka̱iŋ ti̱ˀ pla̱k lih si̱ ŋaiˀ
斑鸠 站 中间 朝 头 自己 东方
中间的那只斑鸠头向着东方，

ʑiam ʔa̱h "ku lu lu! ku lu lu" na̱n
叫 道 咕噜噜 咕噜噜 那样
"咕噜噜！咕噜噜"地鸣叫着。

ʔa̱i rai tɯi ʔa̱k ma̱i te, n̥ɯ nɔ̱h ka̱h si̱ ka̱ɯ̱ʔ mṵ ʔi̱n
岩惹 拿 弩 和 箭，瞄准 它 向 斑鸠 只 这
岩惹取下弩箭，瞄准这只斑鸠，

hɔ̱ik mɛʔ diŋ mɔ̱ʔ ka̱h ʔa̱ŋ n̥aŋ puiŋ te hṵ
已经 半天 也 没有 射 箭 出
好半天都没有射出去。

bṵn si̱ ʑɔŋ brɛʔ hṵ ʔo̱t pla̱k kʰa̱i̱ʔ ʔa̱i rai
龙女 悄悄 去 在 背后 岩惹
龙女悄悄去到岩惹背后，

vɯih ŋa̱i ti̱ʔ mauŋ si̱ ka̱ɯ̱ʔ ti̱ʔ ŋa̱i
朝 眼睛 助词 望 斑鸠 一 眼
朝着树上的斑鸠望了一眼，

kʰa̱i̱ʔ kṵm ʑuh riaŋ ti̱ʔ gla̱uk blɔ̱ŋ ta̱i̱ʔ meʔ
然后 就 用力 助词 敲 臂 手 丈夫
猛地朝丈夫手臂上敲

ti̱ʔ kʰɔ̱n gɛ̱ʔ si̱ gloik ʔa̱k ʔa̱n tiʔ ta̱i̱ʔ
自己 只 捏 扳机 弩 那 一 下
捏弩扳机的那只手敲了一下，

mʰo̱ŋ ŋɛ ʔa̱h tɕi̱u̱ na̱n tiʔ gum, te hɔ̱ik pṵ ti̱ʔ hṵ
听见 只 叫 嗖 那样 一 声， 箭 已经 飞 助词 出
只听嗖地一声，箭飞了出去，

kɛ̱ʔ to̱ ti̱ʔ hṵ gaik grṵm kʰa̱ṵʔ
他俩 跑 助词 去 看 下 树
他们双双跑到树下一看，

si̱ ka̱ɯ̱ʔ mṵ ʔa̱n hɔ̱ik tɕɔt grṵm kʰa̱ṵʔ ta̱n
斑鸠 只 那 已经 落 下 树 那里
那只斑鸠已经落在树下。

kɛ̱ˀ pi̱h ble si̱ ka̱ɯ̱ˀ, si̱ mɛ ruk ʔo̱t da̱ɯ̱ˀ lo̱i mu̱
他俩 划开 嗉子 斑鸠， 种子 真的 在 里 三 颗
他们把斑鸠的嗉子划开，里面果然有三粒种子。

ʔa̱i rai kɛˀ bu̱n si̱ ʑɔŋ gaɯˀ rʰɔ̱m gaɯˀ rʰi ti̱ˀ vɛˀ si̱ mɛ ʔa̱n
岩惹 和 龙女 高高兴兴 助词 带 种子 那
岩惹和龙女高高兴兴地拿着

lo̱i mu̱ ʔi̱ŋ ka̱h ɲɛˀ si̱ ʑɔŋ
三 颗 回 向 龙宫
三粒种子回家见了龙王。

ta̱ˀ si̱ ʑɔŋ bauˀ dɯih tɛh ti̱ˀ ʔa̱h ni̱n
龙王 又 反悔 助词 说 这样
龙王又反悔说：

kaiŋ ʑuh ma̱iˀ vɤi kʰa̱n ʔa̱ŋ sɔ̱n ti̱ˀ grɔ̱ŋ kɔ̱ˀ
事情 做 你 前面 那些 不 算 一 件 也
“你前面所办的事通通不算，

pon sa̱ˀ ʔɤ̱ˀ sa̱ŋ tɛh ti̱ˀ mɔh ku̱ tɕɤ
明天 我 要 变 助词 成 各 种
明天我要亲自变成各种东西，

si̱n ma̱iˀ pon sɔk ʔɤ̱ˀ, kɔ̱n bu̱n ʔɤ̱ˀ taɯk pon ti̱ˀ meˀ ma̱iˀ
如果 你 能 找到 我，女儿 我 才 能 助词 嫁 你
你若能把我找到，我的姑娘才能嫁给你！”

ʔi̱n ʔa̱i rai ʔu̱i̱k kʰi̱ rʰɔ̱m sɔ̱ŋ rʰi̱ ʑuh mɔ̱ˀ hɤ̱i̱
这个 岩惹 正 又急又气 极其 语气词
“这个……”岩惹又急又气，

ma̱iˀ……ma̱iˀ tɕiˀ krai lo̱ˀ ʔa̱ŋ sɔ̱n lo̱ˀ pɔˀ
你…… 你 怎会 说 话 不 算 话 呢
“你…… 你怎么说话不算话呢？”

si̱n ma̱iˀ ʔa̱ŋ hɔ̱t tɕɤ krai ʔɤ̱ˀ hu̱ ʑuh
如果 你 不 按照 要求 我 去 做
“如果你不按照我的要求去做，

ma̱i̱ˀ　niat　lih　kʰa̱i̱ŋ　ȵɛˀ si̱ ʑɔŋ
你　赶紧 出去 从　龙宫
那你就给我滚出龙宫去！”

ʔa̱i̱ rai　taɯk　sa̱ŋ　tʰɛ̱h　lo̱ˀ　no̱h
岩惹　刚　要　驳斥　话　他
岩惹刚想争辩，

bu̱n si̱ ʑɔŋ　kʰra̱n　tɕa̱ˀ　ti̱ˀ　ʔa̱h　ni̱n
龙女　连忙　插嘴 助词　说　这样
龙女忙抢先说：

kɯiŋ，si̱n　ʔa̱i̱ rai　pon　tɔŋ　tɕɤ　pa̱　tɛh　ma̱i̱ˀ
阿爸，如果 岩惹　能　认出　东西 的　变　你
“阿爸，要是岩惹把你变的东西认出来，

ma̱i̱ˀ　ʔa̱ŋ　la̱i̱　pon　dɯih tɛh　rʰɔ̱m　ti̱ˀ！ bɔk　ʔi̱n　ʔa̱h ti̱ˀ mɔh ti̱ˀ
你　不　能　反悔　自己！　次　这　说话算话
你可不能再反悔！”“这次说话算话！”

ŋaiˀ kʰa̱i̱ˀ，bu̱n si̱ ʑɔŋ　vɛˀ　ʔa̱i̱ rai　lih　kʰa̱i̱ŋ　ȵɛˀ si̱ ʑɔŋ
第二天，龙女　领　岩惹　出　从　龙宫
第二天，龙女领着岩惹走出龙宫，

ho̱ik　mɔiŋ　kra̱ˀ　pra̱u̱k　ʑa̱u̱ŋ　tit　tiˀ　mu̱
来到　口　路　旁边　寨子　某　一　个
来到一个寨子外边的路口上，

bu̱n si̱ ʑɔŋ　ku̱m　mʰa̱i̱ŋ　no̱h　tɕuŋ　mɔiŋ　kra̱ˀ
龙女　就　叫　他　站　口　路
龙女就叫他站在路口，

brɛˀ　ʔa̱h　ni̱n　ka̱h　no̱h
悄悄　说　这样　对　他
悄悄告诉他说：

kro̱ˀ　tiˀ　tɕu　si̱n　mɔi　ʑa̱u̱ŋ　ʔi̱n　ho̱ik
等　一　下　如果 黄牛　寨子　这　来
“等一下寨子里的牛回来时，

koi mɔi tiŋ tiˀ mu，ruŋ nɔh daiŋ laŋ
有 黄牛 大 一 条，角 它 很 长
当中有一条大黄牛，它的角很长很长，

nɔh saŋ ʔih riaŋ tiˀ ȵau tauk pon laik dauˀ veŋ lɔŋ
它 要 用 力气 自己 很大 才 能 进 里 寨门
它要费很大力气才能走进寨门，

maiˀ tɔŋ hu ʥʰɔp ruŋ mɔi ʔan hɤi
你 只管 去 抓住 角 黄牛 那 语气词
你就上去把那条牛的角抓住。”

ʔai rai hoik ŋʰiat loˀ krai bun si ʐɔŋ
岩惹 已经 听 话 说 龙女
岩惹听了龙女的话，

kroˀ hoik plak bo ʐam ʔuik hoik mɔi ʐauŋ ʔin
等 到 傍晚 时候 正 来 黄牛 寨子 这
等黄昏时候寨里的牛回寨时，

dauˀ pʰuŋ mɔi hoik mɔi lʰauŋ tiŋ laŋ ruŋ ruk koi tiˀ mu
里 群 黄牛 来 黄牛 高 大 长 角 真的 有 一 条
牛群中果然有一条又高又大又长的大黄牛，

tauk saŋ hoik mɔiŋ veŋ lɔŋ，ruŋ nɔh kaŋ kah veŋ lɔŋ
刚 要 到 口 寨门，角 它 挡住 于 寨门
刚到寨门口，两只牛角就被门挡住，

ʐuh kah moˀ koˀ kah ʔaŋ tɕiˀ pon laik dauˀ veŋ lɔŋ
无论怎样 也 不 能够 进 里 寨门
怎么也进不去。

mɔi ʔin kum vuŋ viaŋ mai mɔiŋ veŋ lɔŋ tan
黄牛 这 就 转来转去 附近 口 寨门 那里
黄牛在门口左转右转，

ʐuh luŋ lɔi tiˀ saŋ laik dauˀ veŋ lɔŋ
拼命 助词 要 进 里 寨门
拼命地想挤进门去。

ʔa̱i rai dʑi̱at tu̱m ŋa̱i ka̱h mɔi mu ʔi̱n
岩惹 正好 一瞥 于 黄牛 条 这
岩惹一眼就瞅住了这条黄牛，

blu̱m ti̱ˀ hu̱ dʑʰɔp ru̱ŋ mɔi，
扑 助词 去 抓住 角 黄牛
猛一下扑过去抓住牛角，

ʔa̱h ni̱n ma̱i：ma̱iˀ mɔh pa̱u̱ˀ ʔɤ̱ˀ!ma̱iˀ mɔh pa̱u̱ˀ ʔɤ̱ˀ
说 这样 并：你 是 岳父 我！你 是 岳父 我
就叫："你是我岳父！你是我岳父！"

ʔa̱i rai ruk pon tɔŋ ta̱ˀ si̱ ʑɔŋ hɤ̱i
岩惹 真的 能 认出 龙王 语气词
岩惹终于把龙王认出来了。

viaŋ mɔh na̱n kɔ̱ˀ，ta̱ˀ si̱ ʑɔŋ ʔa̱ŋ ʑum rʰɔ̱m
但是 ，龙王 不 死 心
但是，龙王不认输，

ʔa̱h ni̱n：pon sa̱ˀ ma̱iˀ bauˀ sɔk ʔɤ̱ˀ tiˀ bɔk
说 这样：明天 你 再 找 我 一 次
说："你明天再找我一次，

si̱n ma̱iˀ pon sɔk ʔɤ̱ˀ
如果 你 能 找到 我
如果找到了，

kɔ̱n bu̱n ʔɤ̱ˀ ku̱m tɕiˀ ti̱ˀ meˀ ma̱iˀ
女儿 我 就 可以 助词 嫁 你
我女儿就嫁给你！"

pon bo ʔa̱i rai bauˀ hɔi̱k sɔk bu̱n si̱ ʑɔ̱ŋ
晚上 岩惹 又 来 找 龙女
晚上岩惹又来找到龙女，

krai nɔ̱h mʰɔ̱ŋ ni̱n：kɯi̱ŋ ma̱iˀ ʔa̱ŋ ʑum rʰɔ̱m
告诉 她 听 这样：阿爸 你 不 死 心
告诉她："你阿爸不认输，

kɔ̱n mʰa̱iŋ ʔɤ̱ˀ bauˀ sɔk nɔ̱h tiˀ bɔk
还 叫 我 再 找 他 一 次
还要叫我再找他一次，

ma̱iˀ gaik kʰɔ̱ ti̱ˀ ʑuh ka̱h mɔ̱ˀ
你 看 应该 助词 怎么办
你看怎么办？”

bu̱n si̱ ʑɔŋ krai nɔ̱h mʰɔ̱ŋ：pon sa̱ˀ
龙女 告诉 他 听：明天
龙女告诉他说：“明天，

tɕa̱ mɔh tɕuŋ ma̱iˀ gru̱m brauɯˀ ȵɛˀ ʑi̱ˀ
只要 站 你 下 屋檐 家 我们
你只消站在我家屋檐底下，

ʑɛˀ kuat tit tiˀ ka̱ɯ̱ˀ tɔ̱ˀ lik tiˀ pʰu̱ŋ sɔ̱m
老阿妈 某 一 个 给 猪 一 群 吃食
有个老阿妈给一群猪喂食，

lik mu̱ taɯk tɔŋ ŋɛ ti̱ˀ nu̱m ka̱iŋ ti̱ˀ sɔ̱m
猪 只 才 知道 仅 助词 低 头 助词 吃食
其中那个只顾低头吃食，

pa̱ tiŋ pa̱ klu̱iŋ ʔa̱n，mɔh pui sa̱ŋ sɔk ma̱iˀ ʔa̱n hɤ̱i
的 大 的 胖 那，是 人 要 找 你 那 语气词
又胖又大的猪，就是你要找的那个人。”

ŋaiˀ kʰa̱iˀ，ʔa̱i rai ho̱ik dɔk tɕau ho̱ik tɕuŋ ti̱ˀ kro̱ˀ gru̱m brauɯˀ
第二天， 岩惹 已经 早就 早 来 站 助词 等 下 屋檐
第二天，岩惹早早就站在屋檐下等着，

ruk ko̱i ʑɛˀ kuat tiˀ ka̱ɯ̱ˀ plɔ̱i ti̱ˀ tɔ̱ˀ lik tiˀ pʰu̱ŋ sɔ̱m
真的 有 老阿妈 一 个 放 助词 给 猪 一 群 吃食
果然有个老阿妈放出一群猪来吃食。

ruk ʑauˀ lik klu̱iŋ tiŋ tiˀ mu̱
真的 看见 猪 胖 大 一 只
只见一头又肥又大的猪，

tɕup tɕauŋ pla̱k vɤi ti̱ˀ da̱ɯ̱ˀ dɔ̱ŋ
装进 脚 前面 自己 里 槽
前脚站在槽里，

ʔa̱ŋ kɛh pauˀ ti̱ˀ tɕiˀ ʑauˀ ti̱ˀ sɔ̱m
不 让 伙伴 自己 能 得 助词 吃食
不准其他的猪吃食。

ʔa̱i rai niat kʰra̱n tɔ̱ ti̱ˀ hu̱ te̱n
岩惹 赶紧 跑 助词 去 那边
岩惹赶紧跑过去，

dʑʰɔ̱p lik mu̱ ʔi̱n ma̱i ʔa̱h ni̱n
抓住 猪 只 这 并 叫 这样
抓住这头猪就叫：

ma̱iˀ mɔh pa̱u̱ˀ ʔɤ̱ˀ! ma̱iˀ mɔh pa̱u̱ˀ ʔɤ̱ˀ
你 是 岳父 我！你 是 岳父 我
你是我岳父！你是我岳父！”

ta̱ˀ si̱ ʑɔŋ bauˀ ʔa̱ŋ peˀ
龙王 又 不 赢
龙王又输了。

viaŋ mɔh kɔ̱ˀ na̱n ta̱ˀ si̱ ʑɔŋ kɔ̱n ʔa̱ŋ ʑum rʰɔ̱m
可是 龙王 还 不 死 心
可是龙王还不甘心，

bauˀ lih rʰɔ̱m kɤt ni̱n tiˀ mu̱：
又 出 主意 这样 一 个
又生出个主意来：

ʔa̱i rai，pon sa̱ˀ ma̱iˀ hu̱ mo̱ˀ ti̱ˀ，ʔɤ̱ˀ hoi̱k sɔk ma̱iˀ
岩惹 明天 你 去 藏 自己，我 来 找 你
“岩惹，明天你去藏起来，我来找你。

si̱n ʔɤ̱ˀ ʔa̱ŋ pon sɔk ma̱iˀ
如果 我 不 能 找到 你
如果我找不到你，

ma̱iˀ ku̱m vɛˀ bu̱n si̱ ʐɔŋ ʔi̱ŋ
你 就 领 龙女 回去
那你就把龙女领去！”

ta̱ˀ si̱ ʐɔŋ tɯk ʔa̱i rai dʑɯ blauŋ ʐuh ni̱n
龙王 为难 岩惹 三番五次 这样
龙王这样三番五次地为难岩惹，

bu̱n si̱ ʐɔŋ ka̱h ʔu̱ik mu̱t rʰɔ̱m ka̱h naŋ。ku̱m ʔa̱h ni̱n：
龙女 也 正 生气 复指词 亦。就 说 这样：
龙女也生气了。就说：

kɯi̱ŋ，ma̱iˀ dɯih tɛh rʰɔ̱m ti̱ˀ dʑɯ blauŋ ʐuh ni̱n
阿爸 你 反悔 自己 三番五次 这样
“阿爸，你这样三番五次地反悔，

ŋaiˀ kʰa̱iˀ ŋaiˀ ka̱ mɔ̱ˀ kɔ̱n tɕiˀ zi̱ lo̱ˀ ma̱iˀ pɔˀ
今后 谁 还 会 相信 话 你 呢
今后谁还相信你的话呢？”

taˀ si̱ ʐɔŋ ʔa̱h ni̱n：bɔk ʔi̱n ʔa̱ŋ la̱i tɕiˀ lʰe̱n pa̱ˀ
龙王 说 这样：次 这 不再 会 欺骗 你俩
龙王说：“这一次再也不哄你们了！”

bu̱n si̱ ʐɔŋ vɛˀ ʔa̱i rai ho̱ik pra̱uk klɔ̱ŋ ʔi̱ak tiˀ n̥aiŋ
龙女 领 岩惹 来到 旁边 河 小 一 条
龙女领着岩惹来到一条小河边，

mʰa̱iŋ ʔa̱i rai laik da̱uˀ klɔ̱ŋ，tɛh nɔ̱h mɔh rɔ̱m klɔ̱ŋ
叫 岩惹 进 里 河，变 他 成 水 河
叫岩惹下河去，把他变成了河水。

bu̱n si̱ ʐɔŋ ŋɔm pra̱uk klɔ̱ŋ，su̱ ti̱ˀ hu̱m ti̱ˀ
龙女 坐 旁边 河，假装 助词 洗澡 自己
龙女坐在河边上，假装洗澡。

taˀsi̱ ʐɔŋ dʑauɯh ma̱i de̱ˀ ba̱ih riaŋ praiˀ sɔk nɔ̱h ho̱ik tɔ̱m pla̱k bo
龙王 从 黎明 找 他 到 至 黄昏
龙王从黎明找到黄昏，

to ʔa̱ŋ n̥aŋ pon sɔk ʔa̱i rai.
都 没有 能 找到 岩惹
都没有找到岩惹。

ʑam sɔk ta̱ˀ si̱ ʑɔŋ nɔ̱h hoi̱k prau̱k klɔ̱ŋ
时候 找 龙王 他 来到 旁边 河
每当龙王找到河边时,

bu̱n si̱ ʑɔŋ ku̱m su̱ ti̱ˀ pɯ̱ik kraɯŋ hu̱m ti̱ˀ
龙女 就 假装 助词 脱 衣服 洗澡 自己
龙女就假装脱衣服洗澡,

ta̱ˀ si̱ ʑɔŋ tu̱m niat ti̱ˀ ʑauk do̱
龙王 就 赶紧 助词 走开
龙王只好走开。

kʰa̱iˀ,ta̱ˀ si̱ ʑɔŋ ʔa̱h ʔa̱ŋ la̱i tɕiˀpon sɔk ʔa̱i rai
最后,龙王 说 不 能够 找到 岩惹
最后, 龙王承认他再也无法找到岩惹了,

bu̱n si̱ ʑɔŋ tu̱m taɯk mʰa̱iŋ ʔa̱i rai lih kʰa̱iŋ da̱ɯ̱ˀ klɔ̱ŋ
龙女 就 才 叫 岩惹 出来 从 里 河
龙女才叫岩惹从河里出来。

ta̱ˀ si̱ ʑɔŋ bauˀ ʔa̱ŋ peˀ。viaŋ mɔh kɔ̱ˀ nan nɔ̱h bauˀ ʔa̱ŋ ʑum rʰɔ̱m
龙王 又 不 赢。 但是 他 又 不 死 心
龙王又输了。但他还是不死心,

bauˀ mʰa̱iŋ kɛˀ la̱ih tiˀ bɔk
又 叫 他俩 比试 一 次
提出还要比试一次。

ʔa̱i rai, ʔa̱ˀ bauˀ hoi̱k la̱ih tiˀ bɔk
岩惹 我俩 再 来 比试 一 次
“岩惹, 我们最后再比试一次,

si̱n ʔɤ̱ˀ ʔa̱ŋ peˀ, ʔa̱ŋ la̱i tɕiˀ koi̱ lo̱ˀ krai
如果 我 不 赢, 不再 会 有 话 说
如果我输了, 就再也无话可说了!”

ʔa̱i̱ rai ʔu̱i̱k tuk tɛ rʰɔ̱m ti̱ˀ bauˀ ho̱i̱k sɔk bu̱n si̱ ʑɔŋ kɤt grɔ̱ŋ prɔŋ
岩惹 正 无可奈何 助词 再 来 找 龙女 想 办法
岩惹无可奈何地又来找龙女想办法。

bu̱n si̱ ʑɔŋ ʔa̱h ni̱n
龙女 说 这样
龙女说：

ma̱i̱ˀ tɕɯn laik mo̱ˀ ti̱ˀ da̱ɯ̱ˀ lɔ̱k ka̱i̱ŋ ʔɤ̱ˀ kʰa̱i̱ŋ
你 干脆 进 藏 自己 里 包头 我 吧
“你干脆藏到我的包头里面来。”

ʔa̱i̱ rai da̱u̱ˀ de̱ŋ ka̱h ma̱i̱ ʔa̱h ni̱n
岩惹 奇怪 复指词 并 说 这样
岩惹不解地说：

ʔɤ̱ˀ pui tiŋ ka̱ɯ̱ˀ ha̱k ʑuh ni̱n
我 人 大 身体 这样
“我这么大个汉子，

saŋ ʔo̱t da̱ɯ̱ˀ lɔ̱k ka̱i̱ŋ ma̱i̱ˀ ʑuh ka̱h mo̱ˀ pɔ̱ˀ
要 在 里 包头 你 怎么 呢
怎么在你这块包头里面呢？”

bu̱n si̱ ʑɔŋ ŋiah ti̱ˀ ʔa̱h ni̱n
龙女 笑 助词 说 这样
龙女笑笑说：

ʔɤ̱ˀ teh ma̱i̱ˀ mɔh ȵeˀ tiˀ gɔ̱ŋ
我 变 你 成 针 一 颗
“我把你变成一颗针，

ma̱i̱ˀ ku̱m tɕiˀpon mo̱ˀ ti̱ˀ da̱ɯ̱ˀ hɤ̱i! bɔk ʔi̱n
你 就 能够 藏 助词 里 语气词 次 这
你就可以藏进去了！”这次，

ta̱ˀ si̱ ʑɔŋ vɛˀpui ʔo̱t da̱ɯ̱ˀ ȵɛˀ si̱ ʑɔŋ kʰɔ̱m ʔu̱i̱k hu̱ sɔk ma̱i̱ ti̱ˀ
龙王 带 人 在 里 龙宫 全部 去 找 和 自己
龙王带领着龙宫里所有的人一起跟他去找，

vɤi ɳɛ^{ʔ} k^{h}a̱i̱^{ʔ} ɳɛ^{ʔ}, pla̱k da̱ɯ̱^{ʔ} pla̱k prai^{ʔ} ɳɛ^{ʔ}
前 家 后 家， 里里外外 家
房前屋后，家里家外，

ho̱ik sɔk no̱h ku dauk ku dɛm
已经 找 他 各个角落
翻箱倒柜，

pɛ rip da̱ɯ̱^{ʔ} brɔ̱k to ho̱ik dik no̱h laɯ^{ʔ} ʔu̱ik, ka̱h ʔa̱ŋ tɕi^{ʔ} ʑau^{ʔ}
连 草 里 院子都 已经 踩 它 坏 全，也 没 找到
连院里的草都踩碎了，始终没有找到。

ta̱^{ʔ} si̱ ʑɔŋ ʔu̱ik soŋ r^{h}ɔ̱m tɔ̱m p^{h}ɔ̱m p^{h}ia̱h ti̱^{ʔ} ŋom piaŋ tɛ̱^{ʔ}
龙王 正 生气 得 气喘吁吁 助词 坐 上 地
龙王气得坐在地上直喘大气。

bu̱n si̱ ʑɔŋ su̱ ti̱^{ʔ} ha̱uk tɕ^{h}ɔ̱k no̱h ni̱n
龙女 故意 助词 上去 问 他 这样
龙女故意走上去问：

kɯ̱iŋ, pon sɔk ma̱i^{ʔ} ʔa̱i rai la̱ih
阿爸 能 找到 你 岩惹 吗
“阿爸，你能找到岩惹吗？”

ʔɤ̱^{ʔ} ʔɤ̱^{ʔ} ʔɤ̱^{ʔ} ʔɤ̱^{ʔ}, ʔɤ̱^{ʔ} ʔa̱ŋ la̱i pon sɔk no̱h
我 我 我 我，我 不 能 找到 他
“我我我我，我找不到！

ma̱i^{ʔ} m^{h}a̱iŋ no̱h lih hɤ̱i
你 叫 他 出来 吧
你叫他出来吧！”

si̱n ma̱i^{ʔ} bau^{ʔ} dɯih tɛh r^{h}ɔ̱m ti̱^{ʔ} pɔ^{ʔ}
如果 你 又 反悔 自己 呢
“要是你又反悔了呢？”

bɔk ʔi̱n krai ŋa̱i kɔ̱n rai ku ka̱ɯ̱^{ʔ} ku pui
次 这 说 当面 百姓 所有
“这次当着所有百姓的面，

ʔɣ̠ʔ taʔ si zɔŋ ʔah tiʔ mɔh tiʔ, tɔʔ bun si zɔŋ meʔ nɔh
我 龙王 说话算话， 送 龙女 嫁 他
我龙王说话算话，把龙女嫁给他！”

nan mʰɔm hɣi
那 好 语气词
“那好！”

bun si zɔŋ tɯi ȵeʔ lih kʰaiŋ dauʔ lɔk kaiŋ tiʔ
龙女 拿 针 出来 从 里 包头 自己
龙女从包头上取下针来，

zo nin tiʔ gum: ʔai rai, lih
喊 这样 一 声： 岩惹 出来
喊了声：“岩惹，出来！”

ʔai rai ŋiah ʔah he he nan
岩惹 笑 叫 嘿嘿 那样
岩惹嘿嘿一笑，

tuk taiʔ bun si zɔŋ ʔuik saŋ hu
拉 手 龙女 正要 走
拉着龙女的手就要走。

pauʔ, ʔɣʔ ʔuik vɛʔ moiŋ ʔɣʔ ʔiŋ kah ȵɛʔ
岳父 我 正 领 妻子 我 回 向 家
“岳父，我现在就领着妻子回家了！”

ʔaŋ tɕiʔ! taʔ si zɔŋ sɔŋ rʰɔm tiʔ kaŋ ʔai rai
不行！龙王 生气 助词 拦住 岩惹
“不行！”龙王气呼呼地拦住了岩惹，

tiŋ lɔʔ tiʔ ʔah nin:
大声 助词 说 这样
大声说，

ʔɣʔ bauʔ laih mai maiʔ gʰɔik tiʔ bɔk
我 再 比试 和 你 最后 一 次
“我跟你再最后比试一次，

si̱n mai̱ˀ pon sɔk ʔɤ̱ˀ, sɔ̱n ʔɤ̱ˀ ruk ʔa̱ŋ la̱i peˀ hɤ̱i
如果 你 能 找到 我，算 我 真的 不 赢 语气词
要是你找到了我，就算我彻底输了！”

lo̱ˀ mai̱ˀ ruk ʔa̱ŋ ʑi̱ˀ la̱i kan ʑi̱
话 你 真的 不 我们 再 敢 相信
“你的话我们实在不敢相信了！”

bɔk ʔi̱n ʔɤ̱ˀ tɛˀ mai̱ si̱ ʑɛˀ
次 这 我 发誓 对 天
“这次我向天发誓，

si̱n ʔɤ̱ˀ bauˀ dɯih tɕh rʰɔ̱m ti̱ˀ
假若 我 又 反悔 自己
假若我再反悔，

ʔa̱ŋ ʑauˀ ti̱ˀ ʑum mʰɔ̱m!”
不 得 助词 死 好
不得好死！”

ta̱ˀ si ʑɔŋ hɔ̱ik tɛˀ ni̱n
龙王 已经 发誓 这样
龙王发誓后，

ku̱m tu tap ti̱ˀ hu̱ kʰre̱ rian
就 急匆匆 助词 去 准备
就急匆匆地准备去了。

pon bo，bu̱n si̱ ʑɔŋ bauˀ ho̱ik krai ʔa̱i rai mʰo̱ŋ
晚上，龙女 又 来 告诉 岩惹 听
晚上，龙女又来告诉岩惹，

“pon sa̱ˀ kɯi̱ŋ ʔɤ̱ˀ sa̱ŋ hu̱ laik la̱ih
明天 阿爸 我 要 去 赶集
“明天我阿爸要去赶街，

mai̱ˀ vɛˀ vaik la̱ŋ lɔm ho̱t no̱h hu̱
你 带 刀 长 快 跟 他 去
你就带上一把又快又长的大刀跟着去。

sin mai^{ʔ} ʑau^{ʔ} k^{h}au^{ʔ} ruŋ m^{h}ɔm klai l^{h}a^{ʔ} prauk kra^{ʔ} ti^{ʔ} gɔ
如果 你 看见 大青树 好 绿色 叶子 边 路 一 棵
如果你发现路边有棵青枝绿叶的大青树，

mai^{ʔ} gaik ʑau^{ʔ} n^{h}u mau^{ʔ} tiŋ lɔk moiŋ kloŋ
你 看看 藤子 粗 像 口 碗
看到树上一根碗口粗的老鸹藤

ʑuh nan koi kah ʔaŋ koi
那样 有 复指词 没有
是否有，

sin koi，mai^{ʔ} kum kit dut kah vaik laŋ
如果 有，你 就 砍 断 以 刀 长
要是有，你就用长刀将藤砍断！”

pon ŋɔp ŋai^{ʔ} k^{h}ai^{ʔ}，ta^{ʔ} si ʑoŋ brɛ^{ʔ} lih k^{h}aiŋ nɛ^{ʔ} si ʑoŋ
早上 第二天， 龙王 悄悄 离开 从 龙宫
第二天一早，龙王悄悄地离开龙宫，

ʔai rai kah brɛ^{ʔ} hɔt nɔh lih naŋ。ʔai rai hoik plak kra^{ʔ}
岩惹 也 悄悄 跟 他 离开 亦。岩惹 来到 半 路
岩惹也偷偷地跟了出去。岩惹走到半路上，

ʑau^{ʔ} k^{h}au^{ʔ} ruŋ m^{h}ɔm klai l^{h}a^{ʔ} prauk kra^{ʔ} ti^{ʔ} gɔ
看见 大青树 好 绿色 叶子 边 路 一 棵
发现路边一棵枝叶繁茂的大青树上，

n^{h}u mau^{ʔ} tiŋ ʑauŋ moiŋ kloŋ ʑuh nan ruk
藤子 大 像 口 碗 那样 真的
果然有一根又粗又大的老鸹藤

klu klian ti^{ʔ} kah ti^{ʔ} paŋ
缠绕 自己 于 一 根
紧紧缠着树身。

ʔai rai lɔt vaik laŋ lih ʔah siut nan
岩惹 抽 刀 长 出来 响 唰 那样
岩惹唰地抽出长刀，

sa̱u̱ riaŋ ti̱ˀ kit nʰu̱ ma̱u̱ˀ tiˀ vaik

用力 助词 砍 藤子 一 刀

用力地朝老鸹藤砍了一刀，

ʑauˀ ŋɛ tɕʰi̱t nʰa̱m ti̱ˀ lih kʰa̱iŋ nʰu̱ ma̱u̱ˀ

看见 只 喷 血 助词 出来 从 藤子

只见藤子喷出血来，

hɔ̱ik si̱a̱ŋ piaŋ tɛ̱ˀ gru̱m kʰa̱u̱ˀ ruŋ ra̱u̱h ŋɛ mɛˀ ȵau

已经 染 上 地 下面 大青树 红色 极 许多

染红了树下一大片石土。

kʰa̱i̱ˀ, nʰu̱ ma̱u̱ˀ ku̱m tɕot ti̱ˀ lih kʰa̱iŋ kʰa̱u̱ˀ ruŋ

接着，藤子 就 掉 助词 下来 从 大青树

接着，老鸹藤就稀里哗啦从树上掉了下来。

ʔa̱i̱ rai bre ti̱ˀ gaik

岩惹 认真 助词 看

岩惹仔细看时，

tauɯk si̱ dɔ̱ŋ ti̱ˀ ʑauˀ pa̱ kit nɔ̱h ʔa̱n nu̱ˀ ʔa̱ŋ mɔ̱h nʰu̱ ma̱u̱ˀ

才 清楚 助词 看见 的 砍 他 刚刚 不 是 藤子

才看清刚才砍断的不是老鸹藤，

mɔh klu̱n tiŋ tiˀ mu̱, mʰɔ̱ŋ ŋɛ ʔa̱h klu̱n tiŋ ni̱n tiˀ gum

是 蟒 大 一 条，听见 仅 说 蟒 大 这样 一 声

而是一条大蟒，只听瘫在地上的大蟒说了声：

ʔɤ̱ˀ......ʔu̱ik......ʑum rʰɔ̱m pʰa̱u̱ hɤ̱i̱

我 正 死 心 现在 语气词

“我......认......输了！”

kʰa̱i̱ˀ ku̱m ʑum gru̱m kʰa̱u̱ˀ ruŋ ta̱n

后 就 死 下 大青树 那里

就死在了大树下。

ʑam ʔi̱n, bu̱n si ʑɔŋ dʑi̱a̱t vɛˀ pui hɔ̱ik bluɯ̱ih gru̱m kʰa̱u̱ˀ ruŋ

这时， 龙女 正好 带 人 来到 下 大青树

这时，龙女领着人赶到大青树下，

tum tauk krai ʔai rai mʰoŋ
才 告诉 岩惹 听
才告诉岩惹说：

ʔai rai，klun ʔin kum moh kuiŋ ʔɤˀ hɤi
岩惹 蟒 这 就 是 阿爸 我 语气词
“岩惹，这条大蟒就是我阿爸！”

ʔai rai ʔuik zauk kah tiˀ taiˀ
岩惹 正 惊吓 复指词 一 下
岩惹不觉吓了一跳：

ʔaʔ saŋ zuh kah moˀ poˀʔ pui hun ʔah nin
啊 要 怎么办 呢 众人 说 这样
“啊？这该怎么办呢？”众人说：

moˀ mʰaiŋ noh krai noh ʔaŋ son loˀ，kʰo tiˀ zum hɤi
谁 叫 他 说 话 不 算 话，应该 助词 死 语气词
“谁叫他说话不算话，死了活该！”

bun si zoŋ hu tuk taiˀ ʔai rai mai ʔah nin
龙女 去 拉 手 岩惹 并 说 这样
龙女走过去拉着岩惹的手说：

ʔai rai，pʰau ʔɤˀ lok ʔiŋ mai maiˀ kah nɛˀ hɤi
岩惹 现在 我 就 回去 和 你 向 家 吧
“岩惹，我现在就跟你回家去吧！”

moh nin hɤi
就这样
就这样，

ʔai rai vɛˀ moiŋ tiˀ hoik nɛˀ ploŋ tɕauˀ tiˀ ʔan
岩惹 领 妻子 自己 回 屋子 茅草 破旧 自己 那
岩惹领着自己的妻子又回到了那件破旧的茅草屋里，

kum nom ʔot si ʔu koi tau liŋ dʑu kʰaiˀ hɤi
就 幸福快乐 一起 一辈子 后 语气词
过着他们自由自在的生活。

佤族《岩惹与龙女》意译

从前，阿佤山上有一个孤儿，名叫岩惹。他从小就没有父母，一个人无依无靠，孤苦伶仃地过日子，生活十分艰难。有些人看不起他，常常故意捉弄他。

有一天，他看见寨子里的人都到小黑江里去摸鱼，也想跟着去摸，可是没有鱼笼。他就去问会编鱼笼的人，究竟鱼笼是用什么东西编成的。有的人故意骗他："鱼笼是用篾子编成的。你只消把竹子砍来破成篾子，再把篾子放到火上去烤，篾子烤干烤脆后再拿来编，这不就编成了吗?"岩惹高兴地回到家，就按照人家教给他的办法，把篾子都放到火上烤干脆了，开始学着编鱼笼。可是，烤干的篾子一编就断，接连编了好几天都没有编成。岩惹又拿着篾子来问会编鱼笼的人，可人家都悄悄地躲到别的地方编去了，不愿意把编笼的方法告诉他。他气急了，就把篾子放地上，成天守着一堆劈好的篾子伤心地大哭了起来。他哭呀哭呀，眼泪就像雨水一样地滴落在篾子上，结果把篾子都淹没了。竹篾浸泡在泪水里，慢慢地变软了。当他把篾子拿起来想折断丢的时候，无论他怎么折，篾子都没有断。他连忙止住了哭，拿起篾子重新编鱼笼。这一下，篾子就不会断了，他这才明白：竹篾不能拿到火上去烤，只能拿到水中去泡。从此，他就学会了编鱼笼。

岩惹背着自己编好的鱼笼，跟着大家来到小黑江边，只见别人都悄悄地把鱼笼藏进江中去了，自己不知道该怎样用鱼笼去捕鱼。他去问会捕鱼的人：

"捕鱼的阿哥，你能教教我怎样捕鱼吗?"

别人故意骗他："你只消把鱼笼挂到江边的大树上，到时候大鱼就会钻进鱼笼里去的。"

岩惹听了别人的话，就选择了一棵又高又大、枝叶繁茂的大树，把鱼笼挂在大树上捕鱼。

别人看着他把鱼笼挂在大树上，都偷偷地在一旁嘲笑他："真是个小憨包！天下哪见到过大树上捉鱼的事。"

岩惹对别人的讥笑并不在意，自个儿回家去，准备明天再到树上去看鱼笼。

夜里，突然下起了暴雨，江水猛涨暴涨，把岸边的大树都淹没了。江里的鱼就随着上涨的江水游到大树上。

第二天，雨停了。一阵热辣辣的太阳照在大江上，江水慢慢退去。岩惹挂鱼笼的那棵大树，又重新伫立在大江边上，在江风中发出沙沙沙的声音。捕鱼的人们都高高兴兴地去拉鱼笼。结果，那些偷偷放进江里的鱼笼，一个个全被大水冲走了，唯独只有岩惹挂在大树上的鱼笼，还高兴地悬挂在树梢上。岩惹爬到大树上，取下鱼笼一看，哟！两条活蹦乱跳的鲤鱼钻进了鱼笼里。

岩惹高兴极了。他小心翼翼地背着鱼笼回到家，将其中好的一条鲤鱼养在一个坛子里，将另外一条放到锅里煮熟了，美美地吃了一顿。然后扛上锄头，挎上长刀到地里干活去了。

到了晚上，岩惹干完活收工回家里，打开门一看，发现家里的地扫得干干净净，家具什物收拾得整整齐齐。再往火塘旁边一看，火塘里的火烧得旺旺的，揭开锅盖，锅里已经煮好了香喷喷的饭，炕笆上放着可口美味的菜。岩惹一看，真是又惊又喜。他揉了揉眼睛，朝屋里到处探望，屋里一个人也没有。他奇怪地朝着屋里喊道：

"喂！是哪位好心的人来给我煮的饭？请你出来跟我一块吃吧！"

屋里静悄悄的，没有人回答。

一天、二天、三天……日子过去了，岩惹每天做完活回来，家里都照样有人替他煮好了饭菜。他更加觉得奇怪了。心想：像我这样一个又苦又穷的孤儿，又会有谁愿意来帮助我呢？这究竟是怎么回事？我必须把它弄个明白。

有一天，岩惹假装挎上长刀，扛着锄头要下地干活。他出门后走了一段路后，就悄悄地折转回来，藏到屋顶上的柴堆后面，睁大两只眼睛朝着堂屋里观看。

傍晚，各家各户都开始点燃火塘，烧火煮饭了。只听得放在屋角的水坛里噼里啪啦一声响，坛里飞溅起片片水花，只见从坛里飞出一个花花绿绿的东西来。不一会儿，一个非常漂亮的姑娘站在坛子旁边，理理衣服，就拿起扫帚扫起地来。扫完地后，她又拿起簸箕，蹲在簸箕旁边梳起头来。她梳了几下，落到簸箕里的是白生生的米；她又端过瓦盆，梳在盆里的东西很快变成了新鲜的蔬菜。她梳完了头，就来到火塘边生火煮饭。岩惹越看心里越高兴，激动得一下跳了起来。结果，把身边的柴块弄倒了掉下堂屋里，正好落在水坛子上，把坛子给打烂了，水流满地。

姑娘听到响声，吓得猛一转头，就想往坛子里钻，可惜，坛子已经烂了。姑娘急得在地上团团转。这时，岩惹从屋顶噔地跳下来，高兴地对姑娘说："呀！好心的姑娘！原来这几天是你来给我煮的饭？我真该多多地谢谢你呀！"

姑娘忙将身子转过去，害羞地点了点头。

岩惹更动心了，忙说："哎呀，美丽的姑娘！瞧我岩惹是个又苦又穷的孤儿，难道你也看得起我这个孤儿吗？”

姑娘点点头。

岩惹高兴地问：“姑娘，你真的愿意和我在一起过日子吗？”

姑娘又是点点头。

就这样，岩惹和这位姑娘结为了夫妻。

岩惹娶了一个漂亮媳妇的事儿，像山风一样很快吹遍了所有寨子。寨里人都很高兴，都跑到岩惹家来贺喜。有的人看着他的草房已经破烂了，怕委屈了这位好心姑娘，就商量着帮岩惹重修了房子。

岩惹和姑娘结婚后，丈夫每天出外做活，妻子在家料理家务，日子过得很美满。

有一天中午，岩惹正在旱谷地里干活，突然天上乌云滚滚，佤山上刮起了一阵大风。大风吹得树枝摇晃，沙土乱飞。岩惹觉得有点儿奇怪，想到家里的妻子，就赶忙跑回家来。他进门一看，房子已被大风吹倒，妻子也不知到哪儿去了。他连忙到房子周围找寻，没有找到。他放声大喊，回答他的是大山的回声。他找来找去，最后在门边找到了妻子留下的一只银手镯，他把手镯揣在怀里，急得昏倒在门外。

岩惹伤心的哭声，感动了正在坡地里采花的蜜蜂。一群蜜蜂就朝着岩惹飞了过来，问道：

“岩惹呀，你怎么哭得这样伤心？莫非遇到什么不顺心的事情吗？”

岩惹一看是好心肠的蜜蜂，就止住哭，忙说：“好心的小蜜蜂呀，我那美丽的妻子不见了，怎么不叫我伤心呢？”

“啊，原来你是在寻找妻子？”

“蜜蜂啊，你们每天在山里采花，你们看见我的妻子被什么人抢去了吗？”

“岩惹，你别着急，让我们替你去找找看。”

蜜蜂们嗡嗡地叫着，朝着刮风的方向飞去了。

岩惹连忙起身跟着蜜蜂追了上去，只见蜜蜂们飞到一个大水塘边，就歇下不动了。等岩惹追到水塘边，蜜蜂又嗡嗡嗡地飞走了。

岩惹四处找蜜蜂没有找到，看着水塘里很深很深的水，不知道该怎么办才好。岩惹又急得坐在水塘边哭了起来。哭声震动了大森林，大森林里走出一只马鹿。马鹿来到水塘边，正想把头伸进水里饮水，发现塘边坐着一个人在哭，就走过去问：

“阿哥，你怎么哭得这样伤心？”

岩惹拭拭眼泪说：“我的妻子不知道哪去了，我找了好几个地方都没有找到，怎不叫我伤心呢？”

马鹿劝说道：“你不要着急，我知道你的妻子在什么地方。”

岩惹一听，忙站起来向马鹿施礼道："马鹿呀，你知道我是个孤儿，好不容易才讨了个媳妇，你能帮助我找到妻子吗？"

马鹿说："你的妻子是龙王的女儿，前几天龙王知道了自己的女儿来到人间，跟一个孤儿成了婚，不禁大怒，就派人驾上大风，去到你家把龙女抢回龙宫里去了。"

岩惹不觉一惊："啊！你能带我到龙宫里去吗？"

马鹿说："把这水塘里的水吸干，就可以找到通往龙宫的路。"

"这么深的水，我怎么吸得干呢？"

"我可以帮你把水吸干！不过有个条件，我吸水时，你千万别发笑！"

"我一定不笑！"

于是，马鹿就到水塘里吸水。当马鹿钻进水塘里把水往外吸，快要把水吸干，露出通往龙宫的小路时，岩惹看着马鹿翘着屁股怪难看的样子，就忍不住大笑起来。马鹿听到笑声，连忙昂起头来，"呼"的一声，把吸在嘴里的水又喷进水塘里，顷刻间水塘的水又满了起来。马鹿不高兴地跑进森林里去了。

岩惹连忙追着马鹿喊道："马鹿大哥，请你别生气！我再也不敢笑你了！"

马鹿无可奈何地掉头回答："对不起你了，现在已经晚了！"

岩惹后悔极了，便放声大哭了起来。这时，一只蜻蜓飞到水塘里喝水，听到塘边传来的哭声，忙飞过去问：

"喂，阿哥！你为了什么事，哭得如此伤心？"

岩惹回答说："蜻蜓姑娘呀！我的妻子不见了，刚才马鹿告诉我，我的妻子就在水塘里的龙宫之中。你看水这样深，我怎样才能够找到妻子呢？"

蜻蜓说："你不要着急，我可以帮助你把塘水吸干！"

岩惹感激地说："那就多谢你了！"

于是，蜻蜓就飞到水塘里吸水去了，吸到一半的时候，天上的太阳公公看着蜻蜓这样乐于助人，而且吸水又这样努力，就决定帮它一把。太阳公公用它那火辣辣的阳光，狠狠地晒水塘，不一会儿，水真的被阳光晒干了。塘底露出了一条亮晶晶的小路来。蜻蜓高兴地对岩惹说：

"岩惹阿哥，你看那条闪光的小路，通向地下的一个土洞，洞里就住着你的妻子。现在，她正在洞口不远的树下挑水哩！你去吧，我不能再送你了！"

岩惹谢了蜻蜓姑娘，沿着塘底那条闪光的小路来到洞口。洞口紧紧关闭，只见一股清旺旺的溪水流进洞里。这到底怎么办呢？岩惹急得在洞口直打转。突然，他的手摸到口袋里妻子留下的那只银手镯。他的心突然亮堂起来：

"对呀！我让这只手镯去送个信吧！"

于是，他就把银手镯放进溪水里，手镯顺着溪水流进洞里，正在溪边蹲着舀水的妻子，刚把手伸进水里，突然一只银手镯滑去戴在她手腕上。她惊喜地抬起手上的手镯一看，正好是她留在家门口的那只手镯，不禁惊叫起来：

“哎呀！是我的丈夫岩惹找我来了！”

妻子连忙来打开洞门，岩惹一头扑进洞里去，终于找到自己的妻子了。

龙女领着丈夫岩惹回到龙宫见了龙王。龙王一见女儿领着个陌生的阿佤汉子闯进宫来，就恶狠狠地瞅着岩惹问：

“你是什么人？怎么敢闯进我的家里？”

龙女忙上前向阿爸施礼道：“阿爸，这就是我的丈夫岩惹！”

“啊，你就是勾引我女儿的那个阿佤汉子？”

“是。”岩惹施礼回答，“请岳父开恩，让我把妻子领回家吧！”

“住口！”龙王啪地一拍桌子，怒吼道，“谁是你的岳父？”

龙女跪下求情道：“阿爸，求你让我跟岩惹回去吧！”

“不成！哪有龙女去嫁穷汉的道理?!”

“阿爸，我就要嫁给孤儿岩惹！阿爸要是不答应，我就撞死在这宫墙上！”

龙女说着就往宫墙上撞。龙王连忙拉住女儿，眨巴着眼睛思索片刻，就对岩惹说：“岩惹，你要是想叫我女儿嫁给你，你必须将我的事情一件一件办成！”

“只要你能把女儿嫁给我，无论什么事情我都可以办到！”岩惹坚决地回答。

“那好！这第一件事是：你必须在一天之内把一石种子的山地锄完，能办到吗？”

“能！”岩惹声音响亮地回答。

第二天一早，岩惹就背着长刀去锄山地。他一个人锄呀锄，一直锄到晌午时分，才锄了一小个地角。岩惹急得正在发愁的时候，龙女悄悄地来到地里，对岩惹说：“岩惹呀，你别着急，我这儿带来十八把长刀，你只消把长刀插在要锄的地周围，喊三声‘来锄地’，然后你就只管到地边的树荫下去睡觉，等你一觉睡醒，你要锄的地也就锄完了。”龙女说完，就很快回家去了。

岩惹按照龙女的办法，把十八把长刀插在地周围，就到树荫下休息睡觉了。等他一觉睡醒过来，睁开眼睛一看，果然一片地的杂草树木全都锄完了。他高高兴兴地赶回龙宫去报告龙王：

“岳父，地已经锄完了！该让我领着妻子回家去了吧？”

龙王说：“不行！你还必须在一天内把锄好的地挖出来，撒下一石种子！”

岩惹满口答应了。但当他走出龙宫，心里一寻思：一天时间怎么干得完这么多活呢？他正在发愁之际，龙女又想好办法找他来了。

龙女告诉他："岩惹呀，你不用发愁。你只消扛十八把大板锄放在地里，把一石种子也放在地里，说三声'来挖地！来撒种'，然后你就去睡大觉。"

岩惹照着龙女的吩咐，扛了十八把大板锄和一石种子放在地里，就自个儿睡觉去了。等他一觉睡醒过来，睁眼一看，果然地全挖出来，还撒上了种子。

岩惹回到龙宫报告了龙王。龙王一听，紧皱眉头，心里暗自想：这个伙子果然有本事，怎么这样难得事儿他都能办到呢？不行！必须找一件更难的事让他去做，看他能够办到不？龙王冷冷地笑了笑，说："岩惹，我现在要你在半天之内，把你撒在地里的一石种子捡起来，要一颗也不能少！如果你办到了，我就答应把女儿嫁给你？"

岩惹又干干脆脆答应了。但是，他的心里更是焦急，撒在地里的种子，怎么能够拣得回来呢？他正在无计可施的时候，龙女又来了。她说："你莫急，只要拿上十八只竹箩放在地里，大喊'来拣种！来拣种'，说完你照样去睡觉。"

岩惹照着龙女的话去做，等他一觉醒过来，十八只竹箩果然装满了种子。他一口气跑回龙宫去告诉龙王："岳父，种子已经捡起来了！你要我办的事件件都办到了，现在该让我把妻子领回家了吧！"

龙王眉头一皱，说："不行！种子还需要等我数过！"

于是，龙王就派人去数种子。结果，捡回来的种子少了三颗。龙王皱皱眉头说：

"岩惹，种子少了三颗，你必须去把那三颗种子找回来，我的女儿才能够嫁给你！"

岩惹一听着急了，连忙跑去问龙女。龙女笑了笑说："岩惹，那是我爸故意为难你的！明天，你带上弩箭，我和你一起到地里找那三粒种子。"

第二天，太阳刚刚出山，岩惹和龙女一起朝山里走去。路上，龙女对岩惹说："岩惹，我知道这三粒种子在哪里！"

岩惹不解地望着龙女发呆。龙女笑着说道："三粒种子是被斑鸠吃了。你只消看见地边的那棵树上歇着三只斑鸠，你就瞄准中间的一只把它射落！"

岩惹听了龙女的话，一起来到地里，看见地边那棵又大又粗的树上，真的有三只斑鸠并排歇着。中间的那只斑鸠，头向着东方，咕噜噜地鸣叫着。岩惹取下弩箭，瞄准这只斑鸠，好半天都没有射出去。龙女悄悄走到岩惹背后，朝着树上的斑鸠望了一眼，猛地在丈夫拉弓的那只手臂上敲了一下，只听嗖的一声，箭飞了出去。他们双双跑到树下一看，那只斑鸠已经落在树下。他们把斑鸠的嗉子划开，里面果然有三粒种子。

岩惹和龙女高高兴兴地拿着三粒种子回家见了龙王。龙王又反悔说：“你前面所办的事通通不算，明天我要亲自变成各种东西，你若能把我找到，我的姑娘才能嫁给你！”

“这个……”岩惹又急又气，“你……你怎么说话不算话呢？”

“如果你不按照我的要求去做，那你就给我滚出龙宫去！”

岩惹刚想争辩，龙女忙抢上话说：“阿爸，要是岩惹把你变的东西认出来，你可不能再反悔！”

“这次说话算话！”

第二天，龙女领着岩惹走出龙宫，来到一个寨子外的路口上，龙女叫他站在路口，悄悄告诉他说：“等一下寨子里的牛回来时，当中有一条大黄牛，它的角很长很长，它要费很大力气才能走进寨门，你就上去把那头牛的角拉住。”

岩惹听了龙女的话，等黄昏时候寨里的牛回寨时，牛群中果然有一条又高又大又长的大黄牛，刚到寨门口，两只牛角就被门挡住，怎么也进不去。黄牛在门口左转右转，拼命地想挤进门去。岩惹一眼就瞅住了这条黄牛，猛一下扑过去拉住牛角，大叫：“你是我岳父！你是我岳父！”岩惹终于把龙王认出来了。

但是，龙王不认输，说：“你明天再找我一次，如果找到了，我女儿就嫁给你！”

晚上，岩惹又来找到龙女，告诉她：“你阿爸不认输，还要叫我再找他一次，你看怎么办？”

龙女告诉他说：“明天，你只消站在我家屋檐底下，有个老阿妈给一群猪喂食，其中那个只顾低头吃食、又胖又大的猪，就是你要找的那个人。”

第三天，岩惹早早就站在屋檐下等着，果然有个老阿妈放出一群猪来吃食。只见一条又肥又大的猪，前脚站在槽里，不准其他的猪吃食。岩惹赶紧跑过去，拉住这头猪就叫：“你是我岳父！你是我岳父！”

龙王又输了。可是龙王还不甘心，又生出个主意来：“岩惹，明天你去藏起来，我来找你。如果我找不到你，那你就把龙女领走！”

龙王这样三番五次地为难岩惹，龙女也生气了，就说：“阿爸，你这样三番五次地反悔，今后谁还相信你的话呢？”

龙王说：“这一次再也不哄你们了！”

龙女领着岩惹来到一条小河边，叫岩惹下河去，变成了河水。龙女坐在河边上，假装洗澡，龙王从黎明找到黄昏，都没有找到岩惹。每当龙王找到河边时，龙女就假装脱衣服洗澡，龙王只好走开。最后，龙王承认他再也无法找到岩惹了，龙女才叫岩惹从河里出来。

龙王又输了。但他还是不死心，提出还要比试一次。

“岩惹，我们最后再比试一次，如果我输了，就再也无话可说了！”

岩惹无可奈何地又来找龙女想办法。龙女说：“你干脆藏到我的包头里面来。”

岩惹不解地说：“我这么大个汉子，怎么在你这块包头里面呢？”

龙女笑笑说：“你变成一根针，不就藏住了吗？”

这次，龙王带领着龙宫里所有的人一起跟他去找，房前屋后，家里家外，翻箱倒柜，连院里的草都踩碎了，始终没有找到。

龙王气得坐在地上直喘大气。龙女故意走上去问：“阿爸，你能找到岩惹吗？”

“我我我……我……我找不到！你叫他出来吧！”

“要是你又反悔了呢？”

“这次当着所有百姓的面，我龙王说话算话，把龙女嫁给他！”

“那好！”龙女从包头上取下针来，喊了声：“岩惹，出来！”

岩惹嘿嘿一笑，拉着龙女的手就要走，说：“岳父，我现在就领着妻子回家了！”

“不行！”龙王气呼呼地拦住了岩惹，大声说：“我跟你再最后比试一次，要是你找到了我，就算我彻底输了！”

“你的话我们实在不敢相信了！”

“这次我向天发誓，假若我再反悔，不得好死！”

龙王发誓后，就急匆匆地准备去了。

晚上，龙女又来告诉岩惹：“明天我阿爸要去赶街，你就带上一把又快又长的大刀跟着去。如果你发现路边有棵青枝绿叶的大青树，看看树上是否缠着一根碗口粗的老鸹藤，要是有，你就用长刀将藤砍断！”

第二天一早，龙王悄悄地离开龙宫，岩惹也偷偷地跟了出去。岩惹走到半路上，发现路边一棵枝叶繁茂的大青树上，果然有一根又粗又大的老鸹藤紧紧缠着树身。岩惹唰地抽出长刀，用力地朝老鸹藤砍了一刀，只见藤子喷出血来，染红了树下一大片石土。接着，老鸹藤就稀里哗啦从树上掉了下来。岩惹仔细看，才看清刚才砍断的不是老鸹藤，而是一条大蟒，只听躺在地上的大蟒说了声：“我……认……输了！”就死在了大树下。

这时，龙女领着人赶到大青树下，才告诉岩惹说：“岩惹，这条大蟒就是我阿爸！”

岩惹不觉吓了一跳：“啊?！这该怎么办呢？”

众人说：“谁叫他说话不算话，死了活该！”

龙女走过去拉着岩惹的手说：“岩惹，我现在就跟你回家去吧!”

就这样,岩惹领着自己的妻子又回到了那件破旧的茅草屋,过着他们自由自在的生活。

口　　述:刀　滚　陈立哥　陈达月
翻　　译:田国龙　沈应明　李文富
收集整理:郭思九

阿昌族《曹扎与龙姑娘》译注

谢红梅　曹连文 / 译注

tsʰau^{31} tsa^{31} mə^{33} pau^{31}mi^{31} tsə^{31}ni^{31}
曹 扎 与 龙王 姑娘
曹扎与龙姑娘

ai^{33} tɕʰi^{33} tsʰau^{31} tsa^{31} ʂɯ^{33} ko^{33}
现 在 曹 扎 讲 了
现在要讲曹扎的故事了。

tsʰau^{31} tsa^{33} la^{33} ʂaŋ^{31} kʰɯ^{55}tɕʰi^{33} mjaŋ^{33} ka^{33} a^{33}ȵi^{31} ʂʅ^{31}
曹 扎 助 他 膝盖 高 助 娘 死
曹扎膝盖高的时候，娘就死了。

tsʰu^{33} ta^{33} tʰa^{31} la^{33} tɕəu^{35} pʰa^{31} ʂʅ^{33}
岁 一 上 助 就 爹 死
一岁时，爹也死了。

ʂaŋ^{55} la^{33} sʅ^{35} a^{33}ȵi^{33} pʰa^{35} la^{33} n̩^{31}pa^{35} ə^{33} tsu^{33},tsu^{33}nu^{33} tsʰu^{55}ŋɯ^{33}
他 助 是 母 父 助 不有 助 人，人 嫩 年 小
他是无父无母的人，小小年纪，

ʂaŋ^{35} tɕəu^{33} tiə^{31}tsa^{55} ʑin^{33} ta^{33} loŋ^{33} kʰoŋ^{55} nai^{35} ləu^{33}
他 就 小 房子 一 个 里 在 了
他就一个人住在房子里。

saŋ^{35} ʑin^{33} toŋ^{33} tsau^{35} ə^{33} ʂʅ^{35} mau^{33}koŋ^{33} tiə^{33} tiə^{33} ʑəu^{35} lei^{33}
他 房子 看 是 天空 简陋 有 了
他的房子是破的，抬头能看见天。

saŋ^{35} ʐi^{33}toŋ^{33} k^{h}ɑu^{33} lɑ^{33} tʂɑu^{33} ə^{33} tɕɑ^{33} k^{h}ɯ^{55} p^{h}i^{33} p^{h}i^{33} naŋ^{35}ə^{33}
他 睡处 里面 助 看 助 鸡 屎 状貌词 臭 助
他的睡处臭烘烘，一股鸡屎臭。

ʂaŋ^{33} ku^{33}nai^{33}tɕ^{h}ɑ^{33} tɕəu^{33} tʂɯŋ^{31}koŋ^{33} t^{h}ɑ^{33}ləi^{55} t^{h}ɑŋ^{33}wu^{33} tɕə^{33}əu^{33}
他 每 天 就 山 中 上 助 柴 砍 助
他每天上山砍柴，

ʂaŋ^{33} pəi^{33} ts^{h}ɑ^{33} ko^{31} ko^{33}
他 日子 路 过 助
过着这样的日子。

ʂaŋ^{35} wɑ^{33}koŋ^{33} p^{h}ɑu^{35}maŋ^{35} tɕəu^{35} saŋ^{35} lɑ^{33} kɑi^{33} tɕi^{33} ko^{33}
他 寨子 老人 就 他 助 说 给 了
他寨子的老人就对他说，

ts^{h}ɑu^{31} tsɑ^{31}，nɑŋ^{55} ts^{h}u^{33} ŋɯ^{33} pɛi^{33} nu^{33} ə^{33}
曹 扎 你 人 小 日子 青 助
曹扎你年纪小，

naŋ^{55} t^{h}ɑŋ^{33}ɑ^{33} tɑ^{33} wɑ^{33} lɑ^{33}
你 柴 不 砍 了
你不要砍柴了

naŋ^{33} mjɑu^{31}tsɑŋ^{33} ʐəu^{35} ə^{33} tɕ^{h}ɑŋ^{31} k^{h}ɑu^{31} wɑŋ^{33} kə^{33}
你 刀 大 拿 园子 里面 进
你拿着大刀进园子里去，

wɑ^{33}pɑŋ^{33} tɑ^{33}loŋ^{33} tɕɛ^{33} lə^{33}，ʐɑu^{31}pɑ^{33} tɑ^{33} pɑ^{35} mjə^{35} ɑ^{33}
竹子 一 个 砍 助 腰 笆 一 个 织 助
砍一棵竹子，织一个腰笆，

ʐɑu^{33}pɑ^{33} mjə^{35} lɑ^{33} kɑ^{33} lɑ^{35}ʐɑŋ^{35} tsɿ^{33} ts^{h}ɑ^{33} kɑ^{33}
腰 笆 织 了 助 大 江 支 下 了
织个腰笆在大江里支下，

xɑ^{33}ʂɑ^{55} tsɿ^{33} tɕɑ^{33} lɑ^{33}，ɑ^{51}su^{33} naŋ^{55} tə^{33} n̥ɑŋ^{35} lɑ^{35}
鱼 支 吃 了 这样 你 助 不 累 了
支（捉）鱼吃，这样你就不累了。

ʂu^{35}kə^{33} ʂaŋ^{35} tɕəu^{35} wa^{33}koŋ^{33} p^{h}au^{35}maŋ^{33} ka^{33} tʂau^{33} tɕa^{55} lə^{31}

这样 他 就 寨子里 老人 助 话 听 助

这样，他听了寨子老人的话，

saŋ^{33} tɕəu^{31} tɕ^{h}aŋ^{33} ka^{33} waŋ^{35} ka^{33} wa^{33}paŋ^{33} tɕɛ^{33} la^{33} ko^{33}

他 就 园子 助 进 助 竹子 砍 了 助

他就进园子里砍了一棵竹子，

ʐau^{33}pa^{35} ta^{31} pa^{33} mjə^{31} ko^{33}

腰 笆 一个 织 了

织了一个腰笆，

mjə^{33} la^{35} wa^{33} la^{33}ʐaŋ^{33} tsɿ^{33} ts^{h}a^{31} ko^{33}

织 了 助 大 江 支 下 了

织好就在大江里支下了，

kau^{33} nai^{35} kau^{33} pɛi^{33} tsɿ^{33} la^{33}，xa^{33}ʂa^{33} liaŋ^{33} n̩^{31} mjaŋ^{35}

九 天 九 日 支 了， 鱼 影子 不 见

支了九天九夜，连鱼的影子都不见，

saŋ^{35} wu^{33}loŋ^{33} k^{h}ə^{35} tɕə^{31} ka^{33} k^{h}ɯ^{33}noŋ^{33} la^{33} tʂ^{h}aŋ^{35} tɕə^{35}la^{33}ko^{33}

他 头 顶 连 到 助 脚跟 后 助 冷 到 了 助

他从头冷到了脚后跟。

saŋ^{35} tsɿ^{33} n̩^{31} pa^{35} tɕəu^{31} ʑin^{33} toŋ^{35} la^{33}

他 支 不 有 就 家 回 了

他支不到鱼就准备回家了。

tɕəu^{31} ʐau^{33}pa^{35} la^{33} mo^{35} la^{33} ko^{33}

就 腰 笆 助 摸 了 助

就摸了一下腰笆。

mo^{35} la^{33} ko^{33} xa^{33}ʂa^{33} ə^{33} nai^{35} ləu^{33}

摸 了 助 鱼 助 在 了

一摸就摸到了鱼。

saŋ^{35} ə^{33} tɕəu^{33} ɯ^{33}sa^{33}ɯ^{31} kau^{35}sa^{33}kau^{31} ko^{35}sa^{33}ko^{31} k^{h}ui^{31} ko^{33}

他 助 就 笑 啊 笑 高兴 啊 高兴 开心 开心 回 了

他就笑啊笑，高高兴兴回家了。

saŋ^{35} xɑ^{33}ʂɑ^{33} ts^{h}əu^{33} lɑ^{33} ʂaŋ^{35} tɕəu^{33} ʑin^{33} tə^{33} toŋ^{33} ko^{33}
他 鱼 捉 了 他 就 家 助 回 了
他捉了鱼就回家了。

ʑin^{33} tə^{33} toŋ^{33} kɑ^{33} tsɑu^{33} k^{h}ɑu^{31} waŋ^{35} kɑ^{33}
家 助 回 了 灶房 里面 进 了
回到家进了灶房，

tiə^{33} t^{h}ɑ^{35} lɑ^{33} t^{h}ɑ^{31} kə^{33} sɑ^{55} lɑ^{33}
砧板 上 助 放 了 杀 助
放在砧板上准备杀，

xɑ^{31}ʂɑ^{31} ə^{33} ŋɑu^{33} ko^{33} ȵɑ^{33}pɛi^{33} sɑu^{35}liaŋ^{33} ʑɑu^{33} lɛi^{33}
鱼 助 哭 了 眼泪 眼泪 流 助
发现鱼哭了，泪流满面，

tɑ^{33} ȵɑ^{31} tʂɑu^{33} ləi^{33} ŋɑu^{33} lɛi^{33}，sɿ^{33} ȵɑ^{31} tʂɑu^{33} ləi^{33} ŋɑu^{33} lɛi^{33}
一眼 看 助 哭 了， 两 眼 看 助 哭 了
看一眼在哭，看两眼也在哭，

soŋ^{33} ȵɑ^{31} tʂɑu^{33} lɑ^{33} ȵɑ^{33}pɛi^{33} t^{h}o^{33} lɛi^{33}
三 眼 看 助 眼泪 出 了
看三眼也在淌着眼泪。

ʂu^{33}kə^{33} ʂaŋ^{35} tɕəu^{35} xɑ^{33}ʂɑ^{33} lɑ^{33} kai^{33} tɕi^{33}，naŋ^{33} lɑ^{33} tɑ^{31} ŋɑu^{35}
这样 他 就 鱼 助 说 给 ，你 助 不要 哭
他就对鱼说，你不要哭了，

naŋ^{33} k^{h}ə^{55}tɕ^{h}i^{31} ɑ^{33}ʂu^{33} ȵɑ^{33}pɛi^{33} sɑu^{33}liaŋ^{33} ʑɑu^{35} lɑ^{33}
你 经常 这样 眼泪 眼泪 流 了
你老是这样淌眼泪，

ŋɑ^{33} naŋ^{33} lɑ^{33} n̩^{31} sɑ^{33} xɑ^{33}
我 你 助 不杀 了
我不杀你了，

ŋɑ^{33} naŋ^{33} lə^{33} tsɿ^{33}oŋ^{33} k^{h}ɑu^{33} lə^{33} ȵəu^{33} lə^{33} maŋ^{35}
我 你 助 水 瓮 里面 助 养 了 助
我把你养在水瓮里，

tsɿ^{33}oŋ^{33} kʰau^{33} ə^{33} pjɛ^{33} lə^{33} maŋ^{31}，ŋa^{33} naŋ^{33} lə^{33} n̩^{31} sa^{35} la^{33}

水 瓮 里面 助 放 了 助 ， 我 你 助 不 杀 了

我把你放到水瓮里，我不杀你了，

naŋ^{33} ȵa^{33}pɛi^{33} sau^{35}liaŋ^{33} ta^{33}tʰo^{33} ta^{31}ŋau^{31}

你 眼泪 眼泪 不 出 不 哭

你不要哭，不要淌眼泪了。

tɕə^{33}kuə^{33} saŋ^{33} tɕəu^{33} tʂɿ^{33}oŋ^{33} kʰau^{33}loŋ^{33} pjɛ^{33} ləu^{33}

结 果 他 就 水 瓮 里 面 放 了

结果，他就把鱼放到水瓮里了。

noŋ^{33}tə^{33} ʂaŋ^{33} tɕəu^{33} tʰaŋ^{33} ka^{33} tɕə^{33} la^{33} ko^{33}

后 来 他 就 柴 助 砍 了 助

后来，他就去砍柴了。

ku^{33}nai^{33}tɕʰa^{31} mau^{31} tiə^{31},

每 天 天 亮

每天天一亮，

tsɯŋ^{33}ka^{31} la^{33} ka^{33} tʰaŋ^{31} kan^{33} wa^{35} ka^{33} la^{31} xau^{35}

山 助 去 助 柴 干 挑 助 去 了

他就上山砍柴去了。

wa^{35} ka^{33} la^{31} xau^{35} ʑin^{33} tə^{33} toŋ^{33} ʑi^{33}

挑 了 来 助 家 助 回 了

挑柴回到家，

tɕa^{33}li̥ɛ^{33} tsa^{33} ka^{33} tʰa^{31} ləu^{33}，aŋ^{33} tə^{33} mjɛ^{33} kə^{33} tʰa^{31} ləu^{33}

饭 熟 助 放 了，菜 助 炒 好 放 了

饭也蒸熟放着了，菜也炒好放着了。

saŋ^{35} oŋ^{33} tɕəu^{33} oŋ^{33} tə^{33} ŋ̊aŋ^{33} ko^{33}

他 心 就 心 想

他心里就想，

tau^{33} li^{33} kʰiəu^{33} oŋ^{33} kə^{33} la^{33} kə^{33}

到底 哪个 心 好 了 好

哪个好心的人，

ʂaŋ^{35} lə^{33} tɕa^{33} taŋ^{33} tɕin^{33} ləi^{33}，ʂaŋ^{35} tə^{33} aŋ^{31} mjɛ^{31} tɕin^{33} ləi^{33}
他 的 饭 整 好 了， 他 的 菜 炒 好 了
帮他把饭做好了，帮他把菜做好了？

ʂaŋ^{35} tɕəu^{33} wa^{33}koŋ^{33} waŋ^{35}kə^{55} pʰau^{31}maŋ^{31} tʂʰa^{33}lə^{33} mi^{33} ko^{33}
他 就 寨子 进助 老人 向 助 问 了
他就进到寨子问老人，

pʰau^{31}maŋ^{31} tʂʰa^{33} lə^{33} ʑi^{33} ʂaŋ^{33} la^{33} kai^{33} tɕi^{35}
老人 上 助 他 助 说 给
老人对他说，

naŋ^{55} nai^{33}ȵa^{55} kʰoŋ^{31} tʰo^{31} xa^{33}
你 早上 门 出 了
早上你出门的时候，

naŋ^{55} kʰoŋ^{31} tɕĩ^{31} tɕĩ^{33} la^{33} min^{31} kuɛ^{33}
你 门 紧紧 的 关 助
你的门关得紧紧的。

kʰiəu^{33} naŋ^{55} tə^{33} tɕa^{33}tɕi^{33} n̥^{31} taŋ^{31} la^{35}
哪个 你 助 饭 不 整 助
哪个也没帮你整饭。

saŋ^{35} ʑəu^{35} wa^{33}koŋ^{33} kʰau^{35} tsə^{31}ȵi^{31} ɕin^{33}nau^{33} mi^{33} la^{35} ko^{33}
他 又 寨子 里面 姑娘 小伙 问 了 助
他又问寨子里的姑娘小伙，

tsə^{31}ȵi^{31} ɕin^{33}nau^{33} ʑi^{33} ʂaŋ^{35} la^{33}ʂu^{31} kai^{33} tɕi^{33}
姑娘 小伙 也 他 这样 说 给
姑娘小伙也这样跟他说，

naŋ^{33} nai^{31}ȵa^{35} tʰaŋ^{31} ka^{31} wa^{33} la^{33} kʰau^{33}
你 早上 柴 助 挑 了 助
你清早出门挑柴，

naŋ^{35} kʰoŋ^{33} tɕĩ^{33}tɕĩ^{33} min^{31} kʰɛi^{35}
你 门 紧紧 关 助
你的门关得紧紧的，

kʰiəu^{51} naŋ^{33}tə^{33} tɕa^{33}tɕi^{33} taŋ^{33} la^{33} tʂɿ^{33}tɕi^{33} wa^{33} la^{33}
哪个 你 的 饭 整 了 水 挑 了
哪个也没帮你做饭，哪个也没帮你挑水，

kʰiəu^{51} naŋ^{33} ʐin^{33} tə^{33} waŋ^{35}
哪个 你 家 助 进
哪个也没进你的家。

tɕə^{33} kuə^{33} ʂaŋ^{35} tɕəu^{33} ʐin^{33} tə^{33} toŋ^{33} ko^{33}
结 果 他 就 家 助 进 了
然后他就回家了。

saŋ^{35} tɕəu^{35} oŋ^{33} tə^{33} ŋ̊aŋ^{33} ko^{33}
他 就 心 助 想 了
他心里想，

tau^{35} li^{33} tɕʰaŋ^{33} tsu^{31} ŋa^{33} tə^{33} tɕa^{33} tɕi^{31} taŋ^{35} lɛi^{33}
到 底 什么 人 我 的 饭 给 整 了
到底是什么人帮我做饭。

ʂu^{35} ka^{33} saŋ^{35} tɕəu^{31} oŋ^{35} nai^{33} ko^{33}
这 样 他 就 心 在 了
这样他就心里默想，

ʂaŋ^{35} tə^{35} tʰaŋ^{33} wa^{33} pja^{33} kʰui^{31} ka^{33} tʰo^{33} la^{33} kə^{35}
他 助 柴 挑 假装 做 助 出 了 助
他假装出去挑柴，

ʐin^{35}kʰoŋ^{31} tʰa^{33} a^{33}kʰau^{31} tʂau^{33} ləu^{33}
房 顶 上 偷 看 了
然后在房顶上偷看，

kʰau^{31}tʂau^{33} ləu^{33} tɕa^{33}tʂʰaŋ^{33}tɕa^{33} taŋ^{33} lu^{31} pɛi^{33}nai^{33} tɕə^{31} ko^{31}
偷 看 了 饭 下午 饭 整 助 时 间 到 了
做下午饭的时间到了，

kuən^{35} xa^{31}ʂa^{33} a^{33}to^{33} tɕəu^{33} tʂɿ^{33}oŋ^{33} kʰau^{35} ka^{33} tiaŋ^{31} kʰui^{33}ko^{33}
这时 鱼 一个 就 水 瓮 里面 助 跳 出 了
这时一条鱼就从水瓮里面跳了出来，

tiaŋ^{33} kʰuəi^{33} ko^{33} ʂaŋ^{35} xɑ^{31}ʂɑ^{31} ɑ^{31}ɯ^{31}
跳 出 助 她 鱼 皮
跳出来，她的鱼皮

tɕəu^{33} tʂɿ^{33} oŋ^{33} ʑaŋ^{33} ləi^{33} kʰui^{31} kɑ^{33} tʰɑ^{35} ləu^{33}
就 水 瓮 边 助 脱 了 放 了
就脱了放在水瓮边，

ʂaŋ^{35} tɕəu^{33} tsə^{33}ȵi^{33} liaŋ^{33}pa^{33} kɑ^{33} ʑi^{33} piə^{33} kɑ^{33}
她 就 姑娘 漂亮 助 一 变 了
她一下变成一个漂亮的姑娘，

tɕəu^{31} ʂaŋ^{35} tsau^{55}tʰau^{31} tʰɑ^{33} kɑ^{33} tɕɑ^{33} taŋ^{33} ko^{33}
就 他 灶 头 上 助 饭 做 了
就到他的灶头做饭，

tɕɑ^{33} taŋ^{33} mə^{33} tɕɑ^{33}lia^{55} tsɑ^{35} ko^{33}，ɑŋ^{31} mjə^{33} kə^{33} xoŋ^{31} ko^{33}
饭 做 助 饭 熟 了， 菜 炒 好 香 了
饭做熟了，菜也炒好了，

ʂu^{35}kə^{33} ʂaŋ^{35} tɕəu^{33} kʰau^{55}kʰau^{55} lɑ^{33} tsʰɑ^{55} ʑəu^{33} ko^{33}
这样 他 就 偷偷 助 下 来 了
这样他就偷偷地下来，

ʂaŋ^{31} tɕəu^{33} xɑ^{31}ʂɑ^{31} ɑ^{31}ɯ^{33} ʑəu^{35} ləu^{33}
他 就 鱼 皮 拿 了
他就把鱼皮拿着，

ʑəu^{35}lɑ^{33} ʂaŋ^{31} tɕəu^{33} mi^{31}ko^{31}，naŋ^{33} lɑ^{33} kʰiəu^{33} ʑin^{33} lɑ^{33} tsə^{31}ȵi^{31}
拿 了 他 就 问 了，你 助 哪个 家 助 姑娘
拿了他就问，你是哪家的姑娘？

kʰɑ^{31}ʂu^{33}kʰui^{33} lɑ^{33} ŋɑ^{33} ʑin^{33}tə^{33} tɕə^{33}li^{33}，ŋɑ^{33} ʑin^{33}tə^{33} nɑi^{33} lei^{33}
哪 样 做 助 我 家 助 到 了， 我 家 助 在 了
为哪样到我家里来？怎么在我家？

ŋɑ^{33} nɑ^{33} ʂɿ^{35} pau^{31}mi^{31} kɑ^{33} tsə^{33}ȵi^{33}
我 助 是 龙王 的 姑娘
我是龙王的女儿，

ŋa^{33} na^{33} ʂʅ^{35} pau^{31}mi^{31} məŋ^{31}tsa^{35}
我 助 是 龙王 姐 小
我是龙王小姐。

naŋ^{55} xau^{33}nai^{33}lə^{31} la^{31}ʐaŋ^{55} tsʅ^{33} tə^{33} ʐau^{33}pʰɑ^{33} tsʅ^{31} la^{31} kə^{33}
你 那 天 大江 支 助 腰 笆 支 了 助
你那天在大江里织腰笆，

ŋa^{33} pau^{31}mi^{31} ʑin^{33} koŋ^{33} kʰə^{55} tʰuo^{33} kə^{33}
我 龙王 家 里 助 出 了
我从龙宫里出来，

tsʰɑ^{33} so^{33} kə^{33} tsʰɑ^{33} mi^{31}ə^{33}，so^{35} kə^{33} naŋ^{35} ʐau^{33}pa^{33} kʰoŋ^{33}loŋ^{33}
路 走 助 路 迷 助，走 助 你 腰 笆 里 面
走迷路了，进了你的腰笆。

naŋ^{55} tɕəu^{33} ŋa^{33} kə^{33} tsʰəu^{33} ka^{33} naŋ^{35} ʑin^{33} tə^{33} waŋ^{33} ʑi^{33} kəu^{33}
你 就 我 助 捉 助 你 家 助 进 了 助
你就把我捉到你家来了，

naŋ^{35} ʑin^{33} tə^{33} waŋ^{33} ʑi^{33} ka^{33} naŋ^{35} ŋa^{33} lə^{33} n̩^{31} ʂa^{33}
你 家 助 进 了 助 你 我 助 不 杀
到了你家你不杀我，

naŋ^{35} ŋa^{33} tə^{33} tsʅ^{33}oŋ^{33} kʰɑu^{31} tə^{33} n̥əu^{35} lə^{33}
你 我 助 水 瓮 里面 助 养 了
你把我养在水瓮里面，

ʂu^{33}kə^{33} naŋ^{35} oŋ^{33} kə^{33} naŋ^{33} tə^{33} xoŋ^{35} ə^{33} tɕi^{33} kə^{33}
这 样 你 心 好 你 助 报答 给 助
你心这样好，我为了报答你

ʂu^{33}kə^{33} naŋ^{35} tɕa^{33}tɕi^{33} taŋ^{55} lə^{33} aŋ^{33} tɕi^{33} mjɛ^{33} lə^{33}
这 样 你 饭 做 了 菜 给 炒 了
就帮你把饭菜做好，

ai^{35}ʂu^{35}ka^{33} naŋ^{35} tɕa^{33} aŋ^{31} tsa^{35} lə^{33} tsʰai^{31} pa^{35} ləi^{33}
这 样 你 饭 菜 整 助 才 有 了
这样你才有现成的饭菜。

tsʰɑu^{31} tsɑ^{35} tɕəu^{33} ʂɑŋ^{31} lɑ^{33} kɑi^{33} tɕi^{33} ko^{33}
曹 扎 就 她 助 说 给 助
曹扎就对她说，

xo^{33}kə^{33} nɑŋ^{55} ɑi^{33}ʂu^{33}kɑ^{33}
既然 你 这 样
既然你这样好，

ŋu^{35}toŋ^{33} ʂɿ^{33} ɕəu^{33} ȵi^{31}nɑŋ^{31} kʰui^{33} kɑ^{33} kɑŋ^{31}
我 们 两 个 夫妻 做 了 助
我们两个就做夫妻吧，

tɑ^{35} ʑin^{33} nɑi^{33} kɑ^{33} kɑŋ^{31}
一 家 在 了 助
做成一家吧。

pɑu^{31}mi^{31} mən^{33}tsɑ^{55} tɕəu^{35} ʂɑŋ^{35} lɑ^{33} kɑi^{33} tɕi^{33} ko^{33}
龙 王 姐 小 就 他 助 说 给 了
龙王小姐就对他说，

ɑ^{33}ʂu^{35} n̩^{31} kʰui^{33}，ŋɑ^{35} ə^{33} tʰo^{31} ʑi^{31} ɑ^{33}pʰɑ^{31} n^{31} ɕɛ^{33}
这样 不 做 ， 我 助 出 来 父 亲 不 知道
这样不行，我出来时我父亲不知道，

ŋui^{35} ɑ^{33} pʰɑ^{31} ɕɛ^{33} lɑ^{33} ko^{33} nɑŋ^{35} kʰɑŋ^{33} ʑəu^{33} ə^{33}
我的 父亲 知道 了 助 你 命 拿 助
我父亲要是知道了会要你的命，

nɑŋ ^{33} n̩^{35} tui^{33} pjɛ^{33} xɑ^{33}，nɑŋ^{35} kʰɑŋ^{33} ʑəu^{33} ko^{33}
你 不 活 成 助 ， 你 命 拿 了
你活不成了，会要了你的命。

tsʰɑu^{31} tsɑ^{35} tɕəu^{33} ʂɑŋ^{35} lɑ^{33} kɑi^{33} tɕi^{33} ko^{33}
曹 扎 就 她 助 说 给 了
曹扎就对她说，

nɑŋ^{55} ʑɑu^{33} ʂɿ^{33} ŋɑi^{35} ȵi^{31}ȵɑ^{35} n̩^{31} kʰui^{33}
你 要 是 我的 妻子 不 做
你要是不做我的妻子，

tɕəu^{33} naŋ^{35} xa^{31}ʂa^{31} a^{31}ɯ^{33} ŋa^{35} la^{33} n̩^{31} sai^{35} xa^{33}
就 你 鱼 皮 我 助 不 还 助
你的鱼皮我就不还你了。

pau^{33} mi^{33} məŋ^{35} tsa^{35} ȵa^{31}pəi^{33} t^{h}o^{31} ko^{33}
龙 王 姐 小 眼泪 出 了
龙王小姐就淌眼泪了，

naŋ^{35} xa^{31}ʂa^{31} a^{31}ɯ^{33} sai^{35} ʑəu^{33} k^{h}a^{33} ʂu^{31}
你 鱼 皮 还 又 怎样 说
我的鱼皮你还又怎样，

n̩^{31} sai^{35} ʑəu^{33} k^{h}a^{31} ʂu^{31}
不 还 又 怎样 说
不还又怎样，

ʑəu^{35} ŋa^{33} naŋ^{33} tə^{33} tɕi^{31} ə^{33} ta^{33} ʑin^{35} nai^{31}kə^{33}
要 我 你 助 给 助 一家 在 助
要我嫁给你，跟你做一家，

naŋ^{35} ȵi^{31}ȵa^{31} k^{h}ui^{33} ə^{33} ʑau^{35}
你 老婆 做 助 要
要我做你的老婆，

ŋa^{33} ŋai^{35} a^{31}p^{h}a^{31} la^{33} xaŋ^{31} lə^{33} səu^{35} ŋa^{33} ʑau^{33} ʑin^{33} toŋ^{33} ko^{33}
我 我的 父亲 助 想 助 时 我 要 家 回 助
要是我的父亲想我的时候，我要回家。

ŋai^{33} xa^{31} ʂa^{31} a^{31}ɯ^{33} sai^{35} ʑi^{33} n̩^{31} ʂai^{35}
我的 鱼 皮 还 也 不 还
这样我的鱼皮你还不还？

tɕə^{33}ko^{33} ts^{h}au^{31} tsa^{35} tɕəu^{33} ʂai^{33} ko^{33}
结果 曹 扎 就 还 了
曹扎就还给她了。

ʂai^{31} ʑi^{33} ʂʅ^{33}toŋ^{33} ʂʅ^{55}zəu^{33} tɕəu^{33} ȵi^{33}naŋ^{55} k^{h}ui^{33} ka^{33} ko^{33}
还 了 他们 两个 就 夫妻 做 了 助
还了他们两个就做夫妻了。

ȵi^{33}naŋ^{33} kʰui^{33} ka^{33}
夫妻 做 了
做了夫妻，

tsʰau^{31} tsa^{33} ka^{33} ʐin^{33} ʐin^{33} wu^{33} ʐin^{33} kə^{33} tʰo^{35} la^{33} ko^{33}
曹 扎 的 房子 房子盖 房 好 出 了 助
曹扎的房子就变成高房大屋了。

ʂaŋ^{35} ʐi^{33} lu^{35} lə^{33} tʂau^{31} wu^{33} lu^{33} mə^{31}tsaŋ^{35} a^{33} kɯ^{31}
他 睡 处 助 看 盖 被子 好
他的睡处铺盖被子都是好的了。

ʐi^{35} ka^{35} a^{33} kɯ^{33} tʰo^{55} la^{33} ko^{33}
睡 处 好 出 了
睡处变好了，

ʂaŋ^{35} ʐi^{33} lu^{33} kʰau^{33} la^{33} waŋ^{35} la^{33}
他 睡 处 里面 助 进 了
进了他的睡处，

waŋ^{35} ləu^{33} la^{33} tʂau^{31} ləu^{31} la^{33} pʰi^{33} pʰi^{33} xoŋ^{31} ləu^{33}
进 了 助 看 了 助 喷 喷 香 了
进去一看香喷喷的了。

ʂu^{35}kə^{33} ʂɿ^{33}toŋ^{33} ʂɿ^{55} ʐəu^{33} tə^{33}
这样 他们 两 个 助
这样他们两个，

pa^{33}maŋ^{55} ka^{33} pɛi^{33}nai^{33} ko^{35} la^{33} ko^{33}
地主 的 日子 过 了 助
过着地主一样的生活，

pa^{33}maŋ^{55} ka^{33} pɛi^{33}nai^{3} ^{3}ʂu^{33} xəu^{33}
地主 的 日子 过 了
过着地主的日子，

pa^{33}maŋ^{55} a^{33}pɛi^{33}nai^{33} tsʰa^{33} ta^{31} ko^{33}
地主 日子 路 助 过
过着地主的生活和日子。

ʂu^{33}kɑ^{33} kɑu^{33} ts^{h}u^{31} nɑi^{33} kuən^{33} nɑi^{33} nɑ^{33} kuə^{33}
这样 几十 年 日子 助 在 了 助
这样过了几十年，

pɑŋ^{33}mi^{33} məŋ^{33} tsɑ^{35} tɕəu^{33} kɑi^{35} ko^{33}
龙王 姐 小 就 讲 了
龙王小姐就讲了，

ŋɑ^{33} ɑi^{33}tɕ^{h}i^{33} ləu^{33} ɑ^{31} p^{h}ɑ^{31} tə^{33} xɑŋ^{31} ləu^{31}
我 现在 助 父亲 助 想 了
我现在想我的父亲了，

ŋɑ^{33} ŋɑi^{35} pɑu^{31}mi^{31} ʐin^{33} lɑ^{33} wɑŋ^{55} k^{h}ui^{33} ko^{33}，ʂu^{33} k^{h}ui^{33} ko^{33}
我 我的 龙王 家 助 回 做 了， 这样 做 了
我要回我的龙王殿了，我想这样做了，

tsə^{33} lu^{33} mu^{33} k^{h}ui^{33} ko^{33}， toŋ^{33} lu^{33} mu^{33} k^{h}ui^{33} ko^{33}
折回 想 做 了 回 了 想 做 了
我想折回家了。

nɑŋ^{35} ŋɑ^{33} xɑ^{31}ʂɑ^{31} ɑ^{31}ɯ^{33} ʂɑi^{35} ʐɑ^{33}
你 我 鱼 皮 还 助
你把我的鱼皮还给我，

ts^{h}ɑu^{31} tsɑ^{35} tɕəu^{33} ʂɑŋ^{35} xɑ^{31}ʂɑ^{31} ɑ^{31}ɯ^{33} ʐəu^{35} lɑ^{33}
曹扎 就 她 鱼 皮 拿了
曹扎就把她的鱼皮取来了，

lɑ^{31}ʐɑŋ^{33} tsɿ^{33} lɑ^{33} p^{h}ɑu^{35} tɕɛ^{33} lɑ^{33} ko^{33}，ʂɑŋ^{35} tɕɛ^{35} lɑ^{33} ko^{33}
大江 支 助 送 到 了 助， 他 到 了 助
把她送到支来的那个大江边，到了那里，

pɑu^{33}mi^{33} məŋ^{33}tsɑ^{35} tɕəu^{35} ʂɑŋ^{35}lɑ^{33} xɑ^{31}ʂɑ^{31}ɯ^{33} tɑ^{33}ɯ^{31} tɕi^{33} ko^{33}
龙王 姐 小 就 她 的 鱼 鳞 一片 给 助
龙王小姐就把她的鱼鳞摘下一片给他，

nɑŋ^{33} ɑ^{55} tɑ^{33} k^{h}o^{33} ʐəu^{33} lɑ^{33} ɑ^{55} tɑ^{33} ɯ^{33} ʐəu^{33} lɑ^{33}
你 一片 壳 拿 助 一 片 鳞 拿 了
你拿着一片鱼鳞，拿着一片鱼壳，

ta^{33} nai^{33} kə^{33} pɛi^{33} tə^{33} naŋ^{33} ŋa^{33} lə^{33} xaŋ^{31} kuə^{33}
一天 助 日子 助 你 我 助 想 助
等到哪一天你想我了，

naŋ^{33} ɑ^{33} ta^{33} kʰo^{33} ʑəu^{33} la^{33} kə^{33} tsɿ^{33} tsa^{33} ka^{33}
你 一片 壳 拿 了助 水 下 助
你拿着这片鱼鳞下水，

pau^{31}mi^{31} ʑin^{33} koŋ^{33} tə^{33} waŋ^{31} la^{33}
龙王 家 里 助 进 助
要进到龙王殿，

naŋ^{33} tə^{33} tsʰɿ^{33} ma^{33} kʰui^{33} tɕi^{33} ko^{33}
你 助 路 大 做 给 助
就像走大路一样进来了。

pau^{31}mi^{31} məŋ^{33}tsa^{51} tɕəu^{31} la^{31} xəu^{33}
龙 王 姐 小 就 走 了
龙王小姐就走了，

tsʰau^{31} tsa^{35} tɕəu^{33} ʑin^{33} tə^{33} tsə^{33} toŋ^{35} ʑi^{33} ko^{33}
曹 扎 就 家 助 折 回 了 助
曹扎就返回家了，

tsə^{33} la^{33} ʂaŋ^{35} ʑin^{33} toŋ^{33} tʂau^{33} la^{33}
折 了 他 家 回 看 了
他回家一看，

ʑin^{33} ʂɯ^{55} ŋu^{55} ʑin^{33} wu^{55} ʑin^{33} liaŋ^{33} n̩^{31} pa^{31} xa^{33}
家 新 助 家 大 家 漂亮 不 有 了
漂漂亮亮的高房大屋不在了，

xau^{33} tɕʰi^{33} ka^{33} ʂaŋ^{35} ʑin^{3} ^{3}tsʰau^{33} tʰo^{31} ko^{33}
以 前 的 他 房子 烂 出 了
他以前的烂房子出现了，

ʑin^{33} tsʰau^{33} pa^{35} ləu^{33}，mau^{31} koŋ^{31} tiɛ^{31} tiɛ^{31} liaŋ^{33} ləu^{33}
房子 烂 有 了，天 空 状貌词 亮 了
烂房子在了，到处是破的，抬头能看到天，

tɕa^{33} k^{h}ɯ^{55} p^{h}i^{31} p^{h}i^{31} naŋ^{35} ləu^{33}
鸡 屎 哄哄 臭 了
像鸡屎一样臭哄哄的，

a^{33}ʂu^{33}kə^{33} ʂaŋ^{31} noŋ^{35}tə^{33} ʐəu^{35} t^{h}aŋ^{31} kan^{31} la^{33} wa^{31} ka^{31}
这样 他 后来 又 柴 干 助 挑 了
这样，他又开始挑柴为生。

ʂaŋ^{35} pəi^{55} ts^{h}a^{33} ko^{35} ko^{33} ， ʂʅ^{33} tʂ^{h}u^{33} k^{h}ui^{33} la^{33} ko^{33}
他 日子 路 过 了 两 年 做 了 助
这样的日子过了两年，

ʂaŋ^{35} tɕəu^{33} pau^{3} mi^{31} məŋ^{31}tsa^{35} la^{31} xaŋ^{35} ko^{33}
他 就 龙王 姐 小 助 想 了
他就想龙王小姐了，

ʂaŋ^{35} tɕəu^{33} xa^{31}ʂa^{31} ɯ^{33} ɕa^{33} la^{33}
他 就 鱼 鳞 找 了
他找来了那片鱼鳞，

la^{31}ʐaŋ^{31} tʂʅ^{33} ma^{55} tsa^{31} ko^{33}，pau^{33}mi^{31} koŋ^{33} lə^{33} tɕə^{33} la^{33}
大江 水 大 下 了 ，龙 王 宫 助 到 了
下到大江水里了，到了龙王殿，

pau^{33}mi^{33} ʑin^{33} koŋ^{33} k^{h}au^{31}loŋ^{33} waŋ^{33} la^{33}
龙 王 家 中 里面 进 了
进到龙王家里，

tɕə^{33} la^{33} ko^{33} pau^{33}mi^{33} p^{h}a^{31} nai^{35} ləu^{33}
到 了 助 龙 王 父亲 在 了
到了，发现龙王老父亲在着。

ʂaŋ^{35} tɕəu^{31} pau^{31}mi^{33} p^{h}a^{35} la^{33} kai^{33} tɕi^{31} ko^{33}
他 就 龙 王 父亲 助 说 给 助
他就对龙王老父亲说，

pau^{33}mi^{33} p^{h}a^{31} ŋa^{33} la^{33} naŋ^{35} tsa^{33}ma^{31}
龙王 父亲 我 是 你 姑爷
龙王老父亲，我是你姑爷，

ŋɑ^{33} ŋai^{33} ȵi^{33}ȵɑ^{31} ɕɑ^{31} lɛi^{33}
我 我的 妻子 找 了
我来找我的妻子。

k^{h}iəu^{35} lə^{33} nɑŋ^{33} ȵi^{31}ȵɑ^{31}
哪个 助 你 妻子
哪个是你妻子？

nɑŋ^{33} lə^{33} tʂau^{33} mɑ^{33} k^{h}iəu^{35} nɑŋ^{35} ȵi^{31}ȵɑ^{31}
你 助 看 助 哪个 你 妻子
你看看哪个是你的妻子，

pau^{31}mi^{31} p^{h}ɑ^{31} tɕəu^{31} ʂɑŋ^{35} tə^{33} ɑ^{55}ʂu^{35} mi^{31}ko^{33}
龙王 父亲 就 他 助 这样 问 助
龙王老父亲就这样问他，

ŋai^{35} tsə^{31}ȵi^{33} lɑ^{33} soŋ^{31} ʐəu^{31} pɑ^{51} lə^{33}
我 姑娘 助 三 个 有 了
我有三个女儿，

ŋai^{35} tsɑ^{31}ni^{33} lɑ^{33} soŋ^{31} ʐəu^{31} lɑ^{33} ʂʅ^{31} k^{h}iəu^{35} nɑŋ^{35} ȵi^{31}ȵɑ^{31}
我 姑娘 助 三 个 助 是 哪个 你 妻子
我三个女儿哪个是你妻子？

kɯ^{35} kɑ^{33} pau^{31}məŋ^{31} t^{h}o^{33} ʐəu^{33} ko^{33}
大 的 龙 姐 出 来 了
大的龙姑娘出来了，

ʂɑŋ^{35} t^{h}o^{33} ʐəu^{33} kuə^{33}
她 出 来 助
她出来了，

ʂɑŋ^{35} n̥uə^{55}toŋ^{33} lɑ^{33} wai^{33} ȵɑ^{31}tɕi^{31} ɑ^{31} p^{h}jə^{35}
她 嘴巴 助 歪 眼睛 斜
她的嘴巴是歪的，她的眼睛是斜的。

ts^{h}ɑu^{31} tsɑ^{31} tɕəu^{33} ʂu^{31} ŋɑ^{33} ȵi^{31}ȵɑ^{31} n̩^{31} n̥ɛ^{33}
曹 扎 就 说 我 妻子 不 是
曹扎就说，这不是我的妻子，

ŋai^{35} n̥i^{33}ȵa^{31} la^{33} n̥uə^{55}toŋ^{33} p^{h}u^{31} p^{h}u^{33} ŋə^{31} lə^{33}
我的 妻子 助 嘴 巴 白 白 小 了
我的妻子有白白的小嘴巴，

liaŋ^{33} liaŋ^{33} pa^{33} pa^{33} ȵa^{31}tɕi^{313} ʑəu^{31} ə^{33}
漂 漂 亮 亮 眼睛 有 助
有着漂漂亮亮的眼睛。

ʑəu^{35} ʂʅ^{33} ʑəu^{33} t^{h}o^{33} ʑi^{31}
又 老 二 出 了
老二姑娘又出来了，

ʂaŋ^{35} ȵa^{31}l̥ia^{33} t^{h}a^{33} la^{33} ʂʅ^{35} pɛ^{33}ʂəŋ^{33} a^{31} toŋ^{35} fan^{31} ləi^{33}
她 脸 上 助 是 麻 子 一 个 翻 了
她脸上翻着麻子窝（全是麻子），

tsau^{31} tsa^{31} tʂau^{33} la^{33} kai^{33}
曹 扎 看 了 说
曹扎看了就说，

n̥^{31} n̥ɛ^{55}，ŋai^{35} n̥i^{31}ȵa^{31} la^{33} ȵa^{31}l̥ia^{33} p^{h}u^{31} p^{h}u^{33} ɯ^{35} lə^{33}
不 是，我的 妻子 的 脸 白 白 笑 了
不是，我的妻子有白白的笑脸，

n̥uə^{31}toŋ^{33} ŋə^{33} ŋə^{33} k^{h}ui^{33} lə^{33}
嘴 巴 小 小 有 了
有笑盈盈的小嘴。

ʑəu^{33} soŋ^{31} ka^{33} pau^{31}məŋ^{31} t^{h}o^{33} ʑəu^{33} ko^{33}
又 三 助 龙 姐 出 来 了
龙王三小姐出来了。

ʂaŋ^{35} ȵa^{31}toŋ^{33} p^{h}u^{31}p^{h}u^{33} k^{h}ui^{33} ə^{33}，n̥uə^{31}toŋ^{33} p^{h}u^{31}p^{h}u^{33} ɯ^{35} lə^{33}
她 脸 白 白 有 了，嘴 巴 白白 笑 了
她有白白的脸， 笑盈盈的小嘴。

tsau^{31} tsa^{31} tʂau^{31} la^{33} tɕəu^{31} kai^{33} ko^{33}
曹 扎 看 了 就 说 了
曹扎看了就说，

ŋai^{35} n̥i^{31}n̥a^{31} ŋ̊ɛ^{55}, ʂaŋ^{35} ŋai^{35} n̥i^{31}n̥a^{31}, naŋ^{35} la^{33} ŋa^{31} a^{33}p^{h}a^{31}
我的 妻子 是 她 我 妻子 你 助 我 父亲
这是我的妻子，她是我的妻子，你是我的岳父。

pau^{33}mi^{33} p^{h}a^{31} tɕəu^{33} ʂaŋ^{35} lə^{33} kai^{33} tɕi^{33} ko^{33}
龙王 父亲 就 他 助 说 给 了
龙王老父亲就对他说，

naŋ^{33} ŋa^{35} lə^{33} tsa^{31}ma^{33} n̩^{35} ŋ̊ɛ^{55} ʂəŋ^{35}
你 我 的 姑爷 不 是 还
你还不是我的姑爷，

ŋai^{35} laŋ^{33} tsa^{31}ma^{33} ŋ̊ɛ^{33}
我的 姑爷 是
要是我的姑爷，

pɛi^{33}nai^{33} k^{h}ui^{33} ka^{33} soŋ^{33} tʂɯŋ^{33} soŋ^{33} laŋ^{35} tɕɛ^{33} fan^{33} la^{33}
一天 做 助 三 山 三 洼 砍 翻 了
在一天之内就能把三山三洼砍完。

ts^{h}a^{31} tsa^{35} tɕəu^{33} oŋ^{33} tə^{33} tɕuə^{33} ko^{33}
曹 扎 就 心 助 急 了
曹扎心里着急了，

noŋ^{33}tə^{33} pau^{31}mi^{31} məŋ^{31}tsa^{35} tɕəu^{31} ʂaŋ^{35} lə^{33} kai^{33} tɕi^{33} ko^{33}
后来 龙王 姐 小 就 他 助 说 给 了
后来，龙王小姐就对他说，

ts^{h}au^{33}tsa^{31} naŋ^{33} oŋ^{33} la^{33} ta^{33} tɕuə^{55}
曹 扎 你 心 助 不要 急
你心里不要急，

naŋ^{35} ta^{31} tsu^{51} ta^{31} oŋ^{31}, naŋ^{35} mjau^{31} soŋ^{31} pa^{35} ʐəu^{33} kə^{33}
你 不要 怕 不要 心急，你 刀 三 把 拿 着
不要怕，不要急，你拿着三把砍刀，

soŋ^{33} tʂɯŋ^{35} soŋ^{33} laŋ^{35} k^{h}ɯ^{33} lə^{33} t^{h}a^{35} ʐa^{33}
三 山 三 洼 脚 助 放 着
在三山三洼的山脚下放着，

t^{h}a^{35} la^{33} naŋ^{33} tsɯŋ^{33}koŋ^{33} t^{h}a^{33} la^{33} la^{31} ka^{33}
放 了 你 山顶 上 助 去 助
放了你就去到山顶上，

ta^{33} ȵa^{31} ʑi^{31}la^{33} ta^{33} ȵa^{31} tɕ^{h}in^{55} la^{33}，ta^{33} ȵa^{31} tɕ^{h}in^{33} la^{33} ko^{33}
一 眼 睡 了 一 眼 闭 了，一 眼 闭 了 助
睡上一觉，睡了一觉，

naŋ^{35} soŋ^{33} tʂɯŋ^{35} soŋ^{33} laŋ^{35} pu^{31} tɕə^{33} ko^{33}
你 三 山 三 洼 全 砍 了
你三山三洼全砍完了，

tɕəu^{33} tɕəu^{33} pu^{33} tɕə^{33} fan^{33} ko^{33}
状貌词 全 砍 翻 了
完全砍翻完了。

tɕə^{33}kuɛ^{33} tsau^{31}tsa^{31} tɕəu^{33} a^{35}ʂu^{33} k^{h}ui^{33} la^{33} ko^{33}
结果 曹扎 就 这样 做 了 助
结果，曹扎就照这样做了。

mjau^{31} soŋ^{35} pa^{33} t^{h}i^{33} la^{33} ko^{33}
刀 三 把 提 了 助
他提着三把刀，

soŋ^{33} tʂɯŋ^{35} soŋ^{33} laŋ^{35} k^{h}ɯ^{33} lə^{33} t^{h}a^{35} la^{33}
三 山 三 洼 脚 助 放 了
放在三山三洼山脚下，

tɕəu^{35} tsɯŋ^{31}koŋ^{31} t^{h}a^{33} la^{33} la^{31} ka^{33}
就 山 顶 上 助 去 了
就到山顶上去了，

təŋ^{33}tau^{33} ʂaŋ^{35} ʑi^{33} kə^{33} nau^{35} la^{33} kuə^{33}
等 到 他 睡 助 醒 了 助
等到他睡醒一觉，

soŋ^{33} tʂɯŋ^{35} soŋ^{33} laŋ^{35} tɕə^{33} ko^{33} tɕə^{33} kə^{33} kuan^{35} xo^{35}
三 山 三 洼 砍 了 砍 助 光 了
三山三洼都砍光了。

noŋ^{33}tə^{33} ʂaŋ^{31} tɕəu^{31} ʑin^{33} toŋ^{33} la^{31} kə^{33}
后来 他 就 家 回 去 了
后来他就回家了，

pɑu^{31}mi^{31} pʰɑ^{33} ʑin^{33} koŋ^{33} la^{31} ko^{33}
龙王 父亲 家 里 去 了
去到龙王老父亲的家，

pɑu^{31}mi^{31} pʰɑ^{31} lə^{33} tɕa^{33} na^{31} ŋa^{33} lə^{33} naŋ^{35} tsa^{31}ma^{33} n̥ɛ^{31}ko^{33}
龙王 父亲 助 听 着 我 助 你 姑爷 是 了
龙王老父亲听着，我是你姑爷了，

ŋa^{33} soŋ^{33} tʂɯŋ^{35} soŋ^{33} laŋ^{35} tɕə^{31} fan^{31} ləu^{33}
我 三 山 三 洼 砍 翻 了
我把三山三洼全部砍完了。

naŋ^{33} n̩^{31} n̥ə^{51} ʂɛ^{35} ŋa^{33} tsa^{31}ma^{31} n̥ɛ^{55}
你 不 是 还 我 姑爷 是
你还不是,你要是我姑爷，

soŋ^{33} tʂɯŋ^{35} soŋ^{33} laŋ^{35} pɛi^{33}nai^{33} kʰui^{33} ka^{33} mi^{31} n̥ə^{31} na^{33}
三 山 三 洼 一天 做 助 火 烧 了
在一天之内就把三山三洼烧完了。

n̥ə^{31} tu^{33} la^{33} kə^{33} naŋ^{33} tsʰai^{33}ʂʅ^{35} ŋai^{33} tsa^{33}ma^{33} lə^{33}
烧 完 了 助 你 才是 我的 姑爷 助
烧完了，你才是我姑爷。

tɕə^{33}kuə^{33} tsʰau^{31}tsa^{31} tɕəu^{31} n̥a^{33}pɛi^{33} ʂau^{33}liaŋ^{33} tʰo^{33} ko^{33}
结果 曹扎 就 眼泪 眼泪 出 助
结果，曹扎就淌眼泪了。

pau^{33}mi^{33} məŋ^{33} tsa^{35} tɕəu^{33} ʂaŋ^{35} lə^{33} kai^{33} tɕi^{33}
龙王 姐 小 就 他 上 说 给
龙王小姐就对他说，

naŋ^{33} n̥a^{31}pɛi^{33} ʂau^{33}liaŋ^{33} lɛi^{31} ta^{33} tʰo^{33}
你 眼泪 眼泪 助 不要 出
你不要淌眼泪了，

naŋ^{33} mi^{33} k^{h}ɯ^{33} soŋ^{33} p^{h}ɑu^{31} t^{h}uən^{31} la^{33}
你 火 屎 三 个 点着 了
你点着三个火种，

t^{h}uən^{31} la^{33} ka^{33} soŋ^{33} tʂɯŋ^{35} soŋ^{33} laŋ^{35} k^{h}ɯ^{33} lə^{35} t^{h}ɑ^{31} la^{33}
点着 了 助 三 山 三 洼 脚 助 放 着
点着了，放在三山三洼脚下，

t^{h}ɑ^{31} la^{33} naŋ^{33} laŋ^{33}toŋ^{33} k^{h}ɑu^{33} tə^{33} waŋ^{33} tə^{33}
放 着 你 洼 子 里面 助 进 助
放了你进到洼子里面，

ta^{31} ȵa^{31} tɕ^{h}in^{33} na^{33}，ta^{33} ȵa^{33} ta^{31} mu^{31} ʐi^{33} ʐa^{31}
一 眼 闭 了，一 眼 一 闭 睡 了
睡上一觉，睡了一觉，

naŋ^{55} ʐi^{33}kə^{33} nau^{31} la^{33}，naŋ^{35} soŋ^{33}tʂɯŋ^{35}soŋ^{33}laŋ^{35} pu^{33} ŋ̥ə^{31} ko^{33}
你 睡 助 醒 了， 你 三 山 三 洼 全 烧 了
你睡醒了，三山三洼全烧完了

tɕə^{33}kuə^{33}, saŋ^{33} tɕəu^{33} ɑ^{33}ʂu^{33} k^{h}ui^{33} la^{31} ko^{33}
结 果， 他 就 这 样 做 了 助
结果，他就照着这样做。

soŋ^{33}tʂɯŋ^{35}soŋ^{33}laŋ^{35} pei^{33}nai^{31} k^{h}ui^{33} ŋ̥ə^{33} k^{h}u^{33} la^{33} ko^{33}
三 山 三 洼 一天 做 烧 全 了 助
三山三洼一天之内全烧完了。

ʂaŋ^{35} ʐəu^{33} la^{33} pau^{33}mi^{33} p^{h}ɑ^{31} lə^{33} kai^{33} la^{33} ko^{33}
他 又 去 龙 王 父亲 助 说 了 助
他就对龙王老父亲说，

ŋa^{33} naŋ^{35} tsa^{33}ma^{31} ŋ̥ɛ^{31} ko^{33}
我 你 姑 爷 是 助
我是你的姑爷了，

ŋa^{33} pei^{33}nai^{31} k^{h}ui^{33} soŋ^{33}tʂɯŋ^{35} soŋ^{33}laŋ^{35} ŋ̥ə^{31} k^{h}u^{33} ko^{55}
我 一天 做 三 山 三 洼 烧 全 助
我一天之内三山三洼全烧完了。

pau^{31}mi^{31} pʰa^{35} tɕəu^{31} ʂaŋ^{35} la^{33} kai^{33} tɕi^{33} ko^{33}
龙王 父亲 就 他 助 说 给 助
龙王就对他说，

naŋ^{35} n̩^{31} n̥ɛ^{51} ʂəŋ^{35} naŋ^{33} ʐau^{33} ŋai^{35} tsa^{33}ma^{33} n̥ɛ^{55}
你 不是 还 你 要 我的 姑爷 是
你还不是我的姑爷，你要是我的姑爷，

tɕəu^{31} ta^{33}nai^{31} ka^{33} pɛi^{33} kʰui^{31}，naŋ^{35} soŋ^{33}tʂɯŋ^{35}soŋ^{33}laŋ^{35} kə^{33}
就 一天 助 日子 做，你 三 山 三 洼
就一天之内，你把三山三洼

laŋ^{33}kʰaŋ^{33} tɕəu^{33} tɕəu^{33} tu^{31} kʰu^{33} la^{33}
锄头 状貌词 挖 完 助
用锄头全挖完。

tsʰau^{31}tsa^{35} tɕəu^{33} oŋ^{33} kʰa^{33} ko^{33} oŋ^{33} tɕuə^{33} ko^{33}
曹扎 就 心 慌 助 心 急 了
曹扎就心急了，

pau^{31}mi^{33} pʰa^{31} la^{33} ʂaŋ^{31} tə^{33} kʰaŋ^{35} ʐəu^{33} ko^{33}
龙王 父亲 助 他 的 命 拿 了
龙王老父亲这是要拿他的命。

pau^{33}mi^{31} məŋ^{31} tsa^{35} tɕəu^{31} tʰo^{31} ko^{33} ʂaŋ^{35} lə^{33} kai^{33} tɕi^{33} ko^{33}
龙王 姐小 就 出 了 他 助 说 给 了
龙王小姐就出来了对他说，

naŋ^{33} oŋ^{33} tə^{33} ta^{31} tɕuə^{35}，naŋ^{33} ta^{31} tsu^{35} ta^{31} oŋ^{31}
你 心 不要 急，你 不要 怕 不要 心急
你心不要急，不要怕，

laŋ^{55}kʰaŋ^{31} soŋ^{35} pa^{33} ʐəu^{33} la^{31} ka^{33}
锄头 三 把 拿 着 助
你拿着三把锄头，

la^{31} kə^{33} soŋ^{33}tʂɯŋ^{35} soŋ^{33}laŋ^{35} kʰɯ^{33} lə^{33} tʰa^{31} la^{33}
去 助 三 山 三 洼 脚 助 放 着
去到三山三洼脚下放着，

naŋ^{35} tsɯŋ^{33}koŋ^{33} tʰɑ^{31} lə^{33} ta^{31} n̥ɑ^{31} ta^{33} mu^{35} ʑi^{33} la^{33}
你 山顶 上 助 一 眼 一 觉 睡 了
你到山顶上睡上一觉，

ʑi^{33} kə^{33} nau^{31} la^{33} naŋ^{35} soŋ^{33} tʂɯŋ^{35} soŋ^{33} laŋ^{35} tu^{31} pjə^{31} ko^{33}
睡 助 醒 了 你 三 山 三 洼 挖 完 了
睡醒了，你三山三洼全挖完了.

tɕə^{33}kuə^{33} ʂɑŋ^{31} tɕəu^{33} ɑ^{33}ʂu^{33} kʰuəi^{33} la^{33} ko^{33}
结果 他 就 这样 做 了 助
结果，他就这样照着做了。

pɛi^{33}nai^{31} kʰui^{33} tɕəu^{31} soŋ^{33}tʂɯŋ^{35}soŋ^{33}laŋ^{35} tɕəu^{31} pu^{31} tu^{33}la^{33}ko^{33}
一天 做 就 三 山 三 洼 就 全 挖了助
一天时间就把三山三洼全挖完了。

pu^{31} tu^{33} la^{33} ʂaŋ^{35} tsə^{31} toŋ^{35} ʐəu^{35} kai^{33} la^{33} ko^{33}
全 挖 了 他 折 回 又 说 了 助
挖完了，他又折回来说，

ŋa^{33} naŋ^{35} soŋ^{33}tʂɯŋ^{35} soŋ^{33}laŋ^{35} pu^{33} tu^{31} xəu^{33}
我 你 三 山 三 洼 全 挖 了
你说的三山三洼我全挖完了，

ŋa^{33} naŋ^{35} tsa^{31}ma^{31} n̥ɛ^{31} ko^{33}
我 你 姑爷 是 了
我是你姑爷了，

pau^{31}mi^{31} pʰa^{35} tɕəu^{33} ʂaŋ^{35} lə^{33} kai^{33} tɕi^{33} ko^{33}
龙王 父亲 就 他 助 说 给 了
龙王老父亲就对他说，

naŋ^{33} ŋai^{35} tsa^{31}ma^{33} n̩^{31} n̥ɛ^{35} ʂəŋ^{35}
你 我的 姑爷 不 是 还
你还不是我的姑爷，

naŋ^{33} soŋ^{31}tʂɯŋ^{35} soŋ^{31}laŋ^{35} pu^{31} tu^{33} la^{33} xəu^{33}
你 三山 三洼 全 挖 了 助
你三山三洼挖完了，

naŋ^{33} soŋ^{31} kan^{35} ŋ̥aŋ^{31}ɕə^{31} ʑəu^{33} la^{33}
你 三 担 芝麻 拿 着
你拿着三担芝麻，

ta^{33} nai^{31} kʰui^{33} la^{33} san^{35} kʰu^{33} la^{33} tsʰai^{31}ʂʅ^{35} ŋai^{33} tsa^{31}ma^{31}
一天 做 助 撒 完 助 才是 我的 姑爷
一天时间全部撒完才是我的姑爷。

tsʰau^{31}tsa^{35} tɕəu^{31} n̥a^{31}pəi^{33} ʑau^{33} kə^{33} ŋau^{33} ko^{33}
曹扎 就 眼泪 流 助 哭 了
曹扎就淌着眼泪，哭了。

pau^{31}mi^{31} mən^{31}tsa^{35} tɕəu^{31} tʰo^{35} ʑi^{31} ka^{33} ʂaŋ^{35} la^{33} kai^{33} tɕi^{33} ko^{33}
龙王 姐 小 就 出 来 助 他 助 说 给 了
龙王小姐就出来对他说，

naŋ^{33} soŋ^{31} kan^{33} ŋ̥aŋ^{31}ɕə^{31} ʑəu^{33} la^{33} la^{31} ləu^{35}
你 三 担 芝麻 拿 着 去 助
你拿着三担芝麻去，

soŋ^{31}tʂɯŋ^{35}soŋ^{31}laŋ^{35} ka^{33} tʂɯŋ^{31}koŋ^{31} tʰa^{33} la^{33} tʰa^{31} kə^{33} la^{31}
三 山 三 洼 助 山 顶 上 助 放 着 助
三山三洼的山顶上放着，

naŋ^{33} la^{33} ka^{33} tʂɯŋ^{31}kʰəŋ^{33} kʰɯ^{33} lɛi^{33}
你 去 助 山 深 脚 助
你去到山脚下，

ta^{33} n̥a^{31} ta^{31} mu^{35} ʑi^{33} ta^{33} la^{55}
一 眼 一 闭 睡 着 助
睡上一觉，

naŋ^{33} ʑi^{33} kə^{33} nau^{31} ko^{33}，soŋ^{31} kan^{33} ŋ̥aŋ^{31}ɕə^{31} pu^{33} san^{31} ko^{33}
你 睡 助 醒 了 三 担 芝 麻 全 撒 了
你睡醒了，三担芝麻就全撒完了。

tɕɛ^{33}kuɛ^{33} ʂaŋ^{35} la^{35} ko^{33} tɕəu^{35} a^{33}ʂu^{33} kʰui^{33} la^{33} ko^{33}
结果 他 去 了 就 这样 做 了 助
结果，他就照着这样做了。

soŋ^{31} kan^{35} ȵ̥aŋ^{31}ɕə^{31} tɕəu^{33} san^{33} k^{h}u^{33} la^{33} ko^{33}
三 担 芝麻 就 撒 完 了 助
三担芝麻就撒完了。

san^{33} k^{h}u^{33} la^{33} ko^{33} noŋ^{33}tə^{33} ʂaŋ^{31} ʑəu^{33} ʐin^{33} tə^{33} tsə^{33} la^{33}
撒 完 了 助 后来 他 又 家 助 折 了
撒完了，他又返回家了。

pau^{31}mi^{31} p^{h}a^{35} la^{33} kai^{33} tɕi^{35} ko^{33}
龙王 父亲 助 说 给 了
对龙王老父亲说，

ŋa^{33} naŋ^{35} tsa^{31}ma^{31} ȵ̥ɛ^{31} ko^{33}
我 你 姑爷 是 了
我是你的姑爷了，

ŋa^{33} ȵ̥aŋ^{31}ɕə^{31} soŋ^{31} kan^{33} pu^{33} san^{35} xo^{33}
我 芝麻 三 担 全 撒 了
我三担芝麻全撒完了，

tɕə^{31}kuə^{33} pau^{31}mi^{33} p^{h}a^{31} tɕəu^{35} ʂaŋ^{35} la^{33} kai^{33} tɕi^{33} ko^{33}
结果 龙王 父亲 就 他 助 说 给 了
结果龙王老父亲就对他说，

naŋ^{33} ŋa^{35} tsa^{31}ma^{31} ṇ^{31} ȵ̥ɛ^{33} ʂəŋ^{35}
你 我 姑爷 不 是 还
你还不是我的姑爷，

naŋ^{33} soŋ^{31}tʂɯŋ^{33}soŋ^{31}laŋ^{33} pu^{33} san^{31} k^{h}u^{33} la^{33}
你 三 山 三 洼 全 撒 完 了
你三山三洼全撒完了，

naŋ^{55} ta^{33} nai^{31} k^{h}ui^{31} la^{33} ŋai^{35} soŋ^{33} kan^{33} ȵ̥aŋ^{31}ɕə^{31}
你 一天 做 了 我的 三 担 芝麻
你一天之内把我的三担芝麻

tɕi^{33} tɕi^{33} pu^{33} ku^{33} t^{h}a^{31} ʑəu^{35}
状貌词 全 捡 上 助
完完全全捡回来，

pu^{33} ku^{33} tʰɑ^{31} kɛ^{33} tsʰɑi^{31}ʂʅ^{33} ŋɑi^{35} tsɑ^{31}mɑ^{31} lə^{33}
全 捡 上 助 才 是 我的 姑 爷 助
全部捡回来才是我的姑爷。

tɕɛ^{33}kuə^{33} ʂɑŋ^{35} oŋ^{33} tɕi^{33} ko^{33}
结 果 他 心 慌 了
结果他心急了，

pɑu^{31}mi^{31} məŋ^{31}tsɑ^{35} tɕəu^{31} tʰo^{35} ʑi^{31} kɑ^{33} ʂɑŋ^{35} lɑ^{33} kɑi^{33} tɕi^{33} ko^{33}
龙 王 姐 小 就 出 来 助 他 助 说 给 了
龙王小姐出来对他讲，

nɑŋ^{33} soŋ^{35} tʰɑŋ^{31} tɕə^{31} ʑəu^{33} lɑ^{33}
你 三 个 口袋 拿 着
你拿着三个口袋，

ʑəu^{35} lɑ^{3} ^{1}kə^{33} soŋ^{31}tʂɯŋ^{33}soŋ^{31}lɑŋ^{33} kʰɯ^{33} lə^{33} tʰɑ^{31} ləu^{31}
拿 着 助 三 山 三 洼 脚 助 放 着
拿去放到三山三洼脚下，

nɑŋ^{33} lɑ^{33}kɑ^{33} tʂɯŋ^{31}koŋ^{33} tʰɑ^{35}lɛi^{33}，tɑ^{33}ȵɑ^{31} tɑ^{31}mu^{35} ʑi^{33} tɑ^{33} lɑ^{35}
你 去 助 山 顶 上 助，一 眼 一 闭 睡 着 助
你去到山顶上，睡上一觉。

noŋ^{33}tɛ^{33} ʂɑŋ^{31} tɕəu^{35} ɑ^{33}ʂu^{31} kʰui^{33} lɑ^{33} ko^{33}
后 来 他 就 这 样 做 了 助
他这样照着做了。

soŋ^{35} kɑn^{33} ȵ̊ɑŋ^{33}ɕə^{33} lɑ^{33} tɕəu^{33}tɕəu^{33} pu^{33} ku^{33} tʰɑu^{35}
三 担 芝 麻 助 状貌词 全 捡 起
三担芝麻完完全全捡回来了。

pu^{33} ku^{33} tʰɑu^{35} noŋ^{33}tə^{33}，ʂɑŋ^{35} tɕəu^{33} ʑin^{33} tə^{33} toŋ^{35} ʑi^{31}
全 捡 起 然 后， 他 就 家 助 回 助
全捡回来了之后，他就回家了。

ʑəu^{35} pɑu^{31}mi^{31} pʰɑ^{31} lɛ^{33} kɑi^{33} tɕi^{33} ko^{33}
又 龙 王 父亲 助 说 给 了
又对龙王老父亲说，

ŋa^{33} naŋ^{35} tsa^{31}ma^{31} n̥ɛ^{31}ko^{33}
我 你 姑爷 是 了
我是你姑爷了，

ŋa^{33} naŋ^{35} soŋ^{31} kan^{35} n̊aŋ^{31}ɕɛ^{31} tɕi^{31}tɕi^{33} pu^{31} ku^{33} la^{31} xau^{33}
我 你 三 担 芝麻 状貌词 全 捡 了 助
你的三担芝麻我完完全全捡回来了。

tɕə^{33}kuə^{33} pau^{31}mi^{31} p^{h}a^{31} tɕəu^{35} kai^{33}ko^{33} naŋ^{33}xai^{33} pu^{35}ku^{35} ʂəŋ^{35}
结果 龙王 父亲 就 说 了 你 还 不全 捡 还
结果龙王老父亲就说，你还没有捡完，

ŋai^{35} n̥aŋ^{31}ɕə^{31} xai^{31}ʑəu^{33} soŋ^{31} mjə^{31} n̩^{31} nai^{31} ʂəŋ^{35}
我的 芝麻 还有 三 颗 不 在 还
我的芝麻还有三颗不在，

naŋ^{35} n̩^{31}nai^{35} ʂu^{31}lɛ^{33} ɕa^{33}la^{33} xau^{33} ts^{h}ai^{31}ʂʅ^{33} ŋai^{35} tsa^{31}ma^{31} lə^{33}
你 不在 这些 找了 助 才 是 我的 姑爷 助
你把不在的三颗找到才是我的姑爷。

noŋ^{33}tə^{33} pau^{31}mi^{31} məŋ^{35}tsa^{33} tɕəu^{35} ʂaŋ^{35} la^{33} kai^{33} tɕi^{33} ko^{33}
后来 龙王 姐 小 就 他 助 说 给 了
之后龙王小姐就对他说，

naŋ^{33} nai^{31}koŋ^{31} nai^{31}mau^{33} ʑəu^{35}la^{33}
你 弓 箭 拿 着
你拿着弓箭，

naŋ^{33} soŋ^{31}tʂɯŋ^{35}soŋ^{31}laŋ^{35} la^{35} lɛi^{33}
你 三 山 三 洼 去 助
去到三山三洼，

a^{31}koŋ^{31} kau^{33} tʂɯŋ^{31} tə^{33} tʂau^{31} wa^{31}
中间 的 山 助 看 助
看中间的那座山，

a^{31}koŋ^{31} kau^{33} tʂɯŋ^{31}koŋ^{33} t^{h}a^{31} tə^{31}
中间 的 山顶 上 助
中间那座山的山顶上，

xɯŋ^{55}ka^{31} pʰiŋ^{31} lə^{33} pa^{35} lə^{33}
石头 平 助 有了
有一个平石头，

xɯŋ^{55}ka^{31} tʰa^{33} lɛ^{33} pu^{33}tu^{33} soŋ^{31} to^{33} nai^{35} lɛ^{33}
石头 上 助 布谷 三 个 在 了
石头上有三只布谷鸟，

kʰai^{55}to^{33} a^{33} loŋ^{33} tʰun^{31} la^{33} kʰai^{55}to^{33} la^{33} pok^{55} la^{33}
哪个 一个 叫 了 哪个 助 射 了
哪个正在叫，你就射哪一个。

pok^{33} la^{33} kuə^{33} naŋ^{33} tɕəu^{33} ʂaŋ^{33} kʰə^{33} wu^{33}lui^{33} la^{33} tʂau^{31} a^{33}
射 了 助 你 就 它 的 胃 助 看 助
射了，你就看他的胃里，

n̥aŋ^{31}ɕɛ^{31} soŋ^{35}mjə^{35} la^{33} tɕəu^{33} a^{33}kʰau^{31} tə^{33} nai^{33} ləu^{33}
芝麻 三 颗 助 就 里面 助 在 了
三颗芝麻就在里面。

noŋ^{33}tə^{33} ʂaŋ^{31} tɕəu^{35} nai^{33}koŋ^{31} nai^{33}mau^{55} ʑəu^{33} la^{33} la^{31} ko^{33}
后来 他 就 弓 箭 拿 了 去 了
后来，他就拿着弓箭去了，

la^{31} wa^{33} ʂaŋ^{31} tɕəu^{33} tʂau^{33} la^{31} kuɛ^{33}
去 了 他 就 看 了 助
去了，他就看，

a^{31}koŋ^{31} ka^{33} tsɯŋ^{31}koŋ^{31} tʂau^{33} lə^{33}，pu^{31}tu^{31} soŋ^{31} to^{33} nai^{31} xəu^{33}
中间 的 山顶 看 了， 布谷 三 个 在 助
看中间的那个山顶，有三只布谷鸟站着，

nai^{35} la^{33} a^{35}kʰoŋ^{31} ta^{33}to^{33} tɕəu^{33} a^{33}loŋ^{33} tʰun^{33} ləu^{33}
在 了 中间 那个 就 一个 叫 着
中间那一个在叫，

a^{33}loŋ^{33} tʰun^{33} ləu^{33} ʂaŋ^{31} tɕəu^{31} pok^{33} la^{35}
一个 叫 着 他 就 射 了
他就射了中间叫着的那个。

tɕəu^{31} pok^{33} sɑ^{33} lɑ^{33} ko^{33} ʂɑŋ^{31} tɕəu^{33} k^{h}uɑi^{31} kə^{33} tʂɑu^{31}
就 射 死 了 助 他 就 剥 了 看
射死了，他就剥开看，

ʂɑŋ^{35} wu^{33}lui^{31} k^{h}uɑi^{55} k^{h}ɑi^{33} lɑ^{33}, ȵ̊ɑŋ^{31}ɕɛ^{31} soŋ^{31} mjə^{33} nɑi^{35} ləu^{33}
它 胃 剥 开 了，芝 麻 三 颗 在 了
把它的胃剥开了，里面有三颗芝麻。

nɑi^{35} lɑ^{35} tɕəu^{31} soŋ^{31} mjə^{31} ʑou^{33} lɑ^{33}
在 了 就 三 颗 拿 了
就拿着那三颗芝麻，

ts^{h}ɑu^{31}tsɑ^{31} tɕəu^{35} kɑu^{35} sɑ^{33} kɑu^{31} ɯ^{33} sɑ^{33} ɯ^{31} lɑ^{31} lɛ^{33}
曹 扎 就 高兴 助 高兴 笑 助 笑 回 了
曹扎笑啊笑，高高兴兴回家了。

pɑu^{31}mi^{31} p^{h}ɑ^{31} lə^{33} tɕəu^{33} kɑi^{33} tɕi^{33} lɑ^{33} ko^{33}
龙 王 父亲 助 就 说 给 了 助
他就对龙王老父亲说，

ŋɑ^{33} nɑŋ^{35} tsɑ^{31}mɑ^{31} ȵ̊ɛ^{33} ko^{33}
我 你 姑 爷 是 了
我是你的姑爷了，

ŋɑ^{33} nɑŋ^{35} ȵ̊ɑŋ^{31}ɕə^{31} soŋ^{31} mjə^{31} ʑi^{31} ɕɑ^{35}lɑ^{31} xɑu^{35} ʑou^{33}lɑ^{33} xɑu^{35}
我 你 芝 麻 三 颗 助 找 了 助 拿 了 助
你的三颗芝麻我找到了拿来了。

tɕɛ^{33}kuə^{33} pɑu^{33}mi^{31} p^{h}ɑ^{35} tɕəu^{33} kɑi^{33} ko^{33}
结 果 龙 王 父亲 就 说 助
结果，龙王老父亲就说，

nɑŋ^{33} ŋɑi^{35} tsɑ^{31}mɑ^{31} n̩^{31} ȵ̊ɛ^{55} ʂəŋ^{35}
你 我的 姑 爷 不 是 还
你还不是我的姑爷，

nɑŋ^{33} ŋɑi^{35} tsɑ^{31}mɑ^{35} ȵ̊ɛ^{31} pɛi^{33}nɑi^{31} k^{h}ui^{33} kɑ^{33}
你 我的 姑 爷 是 一 天 做 助
你要是我的姑爷，一天时间之内，

ŋu^{33} toŋ^{33} tʂʅ^{33} ȵə^{55} tʂʅ^{33} na^{55} ʂə^{35} ka^{33} la^{31}
我 们 水 红 水 黑 造 助 去
我们两个去造红水黑水，

tʂʅ^{33} ȵə^{33} tʂʅ^{33} na^{55} ŋu^{33}toŋ^{33} k^{h}iəu^{35} ʂə^{35} ka^{33} la^{31}
水 红 水 黑 我 们 哪个 造 了 去
我们哪个造成了红水黑水，

ʂə^{35} t^{h}a^{33} la^{31} ka^{31} ts^{h}ai^{31}ʂʅ^{35} ŋai^{35} tsa^{31}ma^{33} ni^{35}
造 好 了 助 才 是 我的 姑 爷 助
造好了才是我的姑爷。

tɕɛ^{33}kuɛ^{33} ts^{h}a^{31}tsa^{31} ȵa^{31}pɛi^{33} ʂau^{33}liaŋ^{35} ʂua^{31} ko^{33}
结果 曹 扎 眼泪 眼泪 淌 了
结果曹扎就淌眼泪了。

ʂua^{31} ko^{33} pau^{31}mi^{31} məŋ^{33}tsa^{35} tɕəu^{31} ʂaŋ^{35} la^{33} kai^{33} tɕi^{33} ko^{33}
淌 了 龙 王 姐 小 就 他 上 说 给 了
眼泪淌了，龙王小姐就对他说，

naŋ^{55} ta^{31} ŋau^{31} oŋ^{33} tə^{33} ta^{31} tɕi^{35}
你 不要 哭 心 助 不要 慌
你不要哭，心不要慌。

ŋu^{35} p^{h}a^{31} naŋ^{33} k^{h}aŋ^{55} ʐəu^{35} ko^{33}
我 父亲 你 命 拿 助
我父亲是要拿你的命了。

naŋ^{33} tsʅ^{33} wu^{33} t^{h}a^{31} la^{33} ta^{31} la^{35} ta^{31} ʂo^{35}
你 水 头 上 助 不要 去 不要 走
你不要去河头上，

tʂʅ^{33} wu^{33} t^{h}a^{31} la^{33} kuɛ^{55} ŋui^{35} p^{h}a^{31} la^{31} ʂaŋ^{33}
水 头 上 了 助 我的 父亲 助 他
河头上让我的父亲去，

naŋ^{35} tə^{33} tʂʅ^{33} wu^{33} k^{h}ɯ^{31} lə^{33} nai^{35} ʐa^{31}
你 助 水 头 脚 助 在 助
你就去河尾在着，

nɑi^{33} lɑ^{31} kuɛ^{33} ʂʅ^{33}pɑŋ^{33} tɑ^{31}pɑŋ^{33} t^{h}o^{35} ʑəu^{31} ko^{33}
在 了 助 树 一棵 出 来 助
在着，看到一棵树漂出来，

ʂʅ^{33}pɑŋ^{33} tɑ^{31}t^{h}ɑŋ^{31} tɕəuk^{55} lɑ^{33}
树 一截 冲 了
看到一截木头冲出来，

nɑŋ^{55} tɕəu^{35} p^{h}ɑ^{31}ts^{h}ɑ^{31} tə^{35} nɑi^{35} ləu^{33}, mjɑu^{31} tsɑŋ^{31} tə^{33} tɕɛ^{31} nɑ^{31}
你 就 竹筏 头 助 在 了， 刀 大 助 砍 了
你就在竹筏头上，拿着大刀砍，

tɕɛ^{31} nɑ^{31} ko^{33} ts^{h}ɑi^{31}ʂʅ^{35} tʂʅ^{33}ȵə^{33} tʂʅ^{33}nɑ^{55} ʂə^{33} ko^{33}
砍 了 助 才 是 水 红 水 黑 造 了
砍了才是造红水黑水。

ɑ^{55}ʂu^{33}kə^{33} ʂɑŋ^{31} tɕəu^{35} pɑu^{31}mi^{31} p^{h}ɑ^{31} lɑ^{33} kɑi^{35} tɕi^{33} ko^{33}
这样 他 就 龙王 父亲 助 说 给 了
这样，他就对龙王老父亲说，

ŋɑ^{33}lɛ^{33} tʂʅ^{33}wu^{33} t^{h}ɑ^{31}lɛ^{33} n̩^{31}lɑ^{35}, ŋɑ^{33} tʂʅ^{33}wu^{33} k^{h}ɯ^{31}lɛ^{33} nɑi^{33}ko^{33}
我 助 水 头 上 助 不去，我 水 头 脚 助 在 了
我不去河头，我就在河尾。

tɕɛ^{33}kuɛ^{33}, pɑu^{31}mi^{31} p^{h}ɑ^{35} tɕəu^{35} tʂʅ^{33}wu^{33} t^{h}ɑ^{31} kə^{33} lɑ^{31} ləu^{33}
结果 龙王 父亲 就 水头 上 助 去 了
结果，龙王老父亲就去河头了，

lɑ^{31} kɑ^{33} ʂʅ^{33}pɑŋ^{33} tɑ^{31}pɑŋ^{33} ʂʅ^{33}pɑŋ^{33} ʑi^{55}t^{h}ɑŋ^{31} pjə^{35} lɑ^{31} kɑ^{33}
去 了 树 一棵 树 一截 变 了 助
去了变成了一截树，

ʂɑŋ^{33} tɕəu^{33} ʑi^{31}kɑ̃^{33} t^{h}o^{33} ʑəu^{31} ləu^{33}
他 就 一下 出 来 了
他一下就冲出来了，

ts^{h}ɑu^{31}tsɑ^{31} tɕəu^{33} p^{h}ɑ^{31} t^{h}əu^{33} ʑəu^{33} lɑ^{33} ko^{33}
曹扎 就 竹筏 头 在 了 助
曹扎就站在竹筏头上，

mjau^{31} tsaŋ^{31} ma^{33} tɕɛ^{33} ko^{33}
刀 大 大 砍 了
拿着大刀砍了。

pau^{31}mi^{31} pʰa^{35} la^{33} tɕəu^{35} tɕɛ^{33} sa^{51} la^{33} ko^{33}
龙王 父亲 助 就 砍 死 了 助
龙王老父亲就被砍死了。

tɕɛ^{33} sa^{51} la^{33} ka^{33} ʂui^{31} tʰo^{33} la^{33} ko^{33}
砍 死 了 助 血 出 了 助
砍死了，血就出来了，

tʂʅ^{33} ma^{55} ta^{33} tɕʰaŋ^{31} ʂu^{33}lɛ^{33} tɕəu^{31} ȵə^{33} nəu^{33}
水 大 一 半 这样 就 红 了
一半江水就红了。

tʂʅ^{33}ȵə^{33} tsʅ^{33}na^{33} la^{33} tɕəu^{31} a^{33}ʂu^{31} tsʰau^{31} ko^{33}
水 红 水 黑 助 就 这样 造 了
红水黑水就这样造好了。

loŋ^{31}waŋ^{33} pʰa^{31} lɛi^{33} tɕəu^{35} a^{33}ʂu^{31} sʅ^{33}ko^{33}
龙王 父亲 助 就 这样 死 了
龙王老父亲就这样死了。

ʂaŋ^{35} oŋ^{33} kaŋ^{55} lɛ^{33}, ʂaŋ^{35} xu^{31}loŋ^{31} pja^{31}
他 心 狠 了， 他 心 坏
他心狠，他心坏。

ʂu^{33}kɛ^{313} pau^{31}mi^{31} pʰa^{31} lɛ^{33} tɕəu^{35} a^{35}ʂu^{31} sʅ^{31} xəu^{33}
这样 龙王 父亲 助 就 这样 死 了
龙王老父亲就这样死了。

noŋ^{33}tɛ^{33} pau^{33}mi^{31} məŋ^{31}tsa^{35} mɛ^{33} tsʰau^{31}tsa^{35}
后来 龙王 姐 小 和 曹 扎
后来，龙王小姐和曹扎，

tɕəu^{33} ta^{31} ʑin^{33} nai^{33} ka^{33} ko^{33}, tɕəu^{35} ȵi^{31}naŋ^{31} kʰui^{31} ka^{33} ko^{33}
就 一家 在 了 助， 就 夫妻 做 了 助
就成一家了，就做了夫妻。

ɑ^{35}ʂu^{33}kɑi^{33} tsʰɑi^{31}ʂʅ^{31} ʂʅ^{33}lɑŋ^{33} ɕəu^{35} pɛi^{33} kə^{55} ɑ^{33} ko^{35} ko^{33}
这 样 才 是 他们 两个 日子 好 过 助
这样，他们两个才过上了好日子。

阿昌族《曹扎与龙姑娘》意译

现在要讲曹扎的故事了。曹扎才有膝盖高的时候，娘就去世了。一岁时，爹也死了。他是无父无母的人。小小年纪，一个人住在小房子里。他的房子破破烂烂，到处漏风，抬头能见到天。他的睡处臭烘烘，有股鸡屎臭。他每天上山砍柴，以此维生。

一天，寨子里的老人对他说："曹扎，你年纪小，就不要砍柴了，你拿着大刀进园子里，砍一棵竹子，织一个捕鱼的腰笆，去大江里放下，捕鱼为生，这样你就不累了。"于是，他听了寨子老人的话，进到园子里砍了一棵竹子，织了一个腰笆，织好后就在大江里放下，放了九天九夜，鱼的影子都不见，他的心从头冷到了脚后跟。他捕不到鱼，准备取了腰笆回家。去取腰笆时摸了一下，就摸到了鱼，他太开心了，高高兴兴回家了。

他捕到了鱼，回到家进了灶房，放在砧板上准备杀鱼，发现鱼哭了，眼泪不停地淌，曹扎看鱼一眼，它在哭，看鱼两眼，它也在哭，看它三眼，还在淌着眼泪。他就对鱼说："你不要哭了，你老是这样淌眼泪，我把你放到水瓮里，养在水瓮里，我不杀你了，你不要哭，不要淌眼泪了。"于是，他就把鱼放到水瓮里。

他又像往常一样，每天天一亮就上山砍柴。挑柴回到家，发现饭已蒸熟，菜也炒好了。他心里想：是哪个好心人帮我把饭做好了，帮我把菜做好了？他走进寨子问老人，老人对他说："早上你出门的时候，你的门关得紧紧的，哪个也没帮你做饭。"他又问寨子里的姑娘小伙，姑娘小伙也这样跟他说："你清早出门挑柴，你的门关得紧紧的，哪个也没帮你做饭，哪个也没帮你挑水，哪个也没进你的家。"

曹扎回到家，心里想：到底是什么人帮我做饭，我要弄明白。第二天，他假装出去挑柴，然后躲在房顶上偷看。到了做晚饭的时候，发现一条鱼从水瓮里面跳出来了，跳出来把鱼皮脱了放在水瓮边，变成一个漂亮的姑娘，去灶台处做饭。饭做熟了，菜也炒好了。曹扎悄悄从房顶下来把鱼皮拿在手里，就问："你是哪家的姑娘？为何到我家里？怎么会在我家？""我是龙王的姑娘，我是龙王小姐，你那天在大江里支腰笆，我从龙宫出来迷了路，误进了你的腰笆。你就把我带到你家来了，到了你家，你不杀我，你把我养在水瓮里面。你心地善良，我为了报答你，就帮你把饭菜做好，你回家就可以吃到现成的饭菜。”

曹扎听了就对她说：“既然这样，我们两个就做夫妻，就做一家吧。”龙王小姐对他说：“这样不行，我出来时我父亲不知道，我父亲要是知道了，会要了你的命，你就活不成了。”曹扎对她说：“你要是不做我的老婆，你的鱼皮我就不还你了。”龙王小姐淌着眼泪说：“我的鱼皮你还不还随便你，要让我跟你做一家，做你的老婆也可以。但要是我的父亲想我的时候，我要回家。到那时我的鱼皮你要还我。”曹扎答应了，他们两个就做了夫妻。曹扎的烂房子忽然就变成高房大屋，他的睡处铺盖被子都变成新的。睡处变好了，走进他的睡处，到处都是干干净净的、香喷喷的。这样，他们两个开始过上了财主一样的生活，过着财主一样的日子。过了几十年，龙王小姐对他讲道：“我现在想我的父亲了，我要回龙宫去了，你把我的鱼皮还给我吧！”曹扎就把她的鱼皮取来，把她送到之前捕到她的那条大江边。到了那里，龙王小姐就把她的鱼鳞摘下一片给他，说：“你拿着这片鱼鳞，等到哪一天你想我了，你就拿着这片鱼鳞下水，就能像走大路一样进到龙宫。”

龙王小姐走了，曹扎就返回家去。他到家一看，漂漂亮亮的高房大屋不见了，他以前的烂房子又出现在眼前，烂房子到处是破着洞，抬头就看见天，到处是鸡屎一样的臭味。这样，他又开始像以前一样挑柴为生。这样的日子过了两年，他想龙王小姐了，他去找来那片鱼鳞，来到江边，走进大江里。他像走大路一样顺利来到了龙王殿，进到龙王家里，发现龙王老父亲在家。他对龙王父亲说：“龙王老父亲，我是你姑爷，我来找我的老婆。”“哪个是你老婆？”龙王老父亲问道，“我有三个女儿，你看看哪个是你的老婆？”大的龙姑娘出来了，她的嘴巴是歪的，眼睛是斜的。曹扎就说：“这不是我的老婆，我的老婆有白白的小嘴巴，有着漂漂亮亮的眼睛。”老二姑娘又出来了，她脸上长着麻子窝。曹扎看了就说：“这不是我老婆，我的老婆有白白的笑脸，有笑盈盈的小嘴。”龙王三小姐出来了，她长着白白的脸、笑盈盈的小嘴。曹扎看了就说：“这是我的老婆，她是我的老婆，你是我的岳父。”

龙王对他说：“你还不是我的姑爷，如你要做我的姑爷，就要在一天之内把三山三洼的树砍完。”曹扎心里着急了，龙王小姐悄悄对他说：“你不要急，不要怕，你拿着三把砍刀，在三山三洼的山脚下放好，然后你就去山顶上睡一觉，一觉睡醒了，三山三洼的树就会砍完了。”曹扎就照她说的去做。他提着三把刀，放在三山三洼山脚下，到山顶上去了，等到他睡醒一觉，三山三洼的树都砍光了。

砍完了树，他就回到龙宫，对龙王说：“龙王老父亲，我把三山三洼的树全部砍完了，我是你姑爷了。”龙王对他说：“你还不是，你要做我姑爷，就要在一天之内把三山三洼的树烧完。烧完了，你才是我姑爷。”曹扎一听就淌眼泪。龙王小姐对他说：“你不要淌眼泪了，你拿着三个火种，到三山三洼山脚下放好，然后你到洼子里，睡上一觉，待你一觉醒来，三山三洼的树就会全烧光了。”他照着她说的去做，三山三洼的树在一天之内全部烧光了。

他回来对龙王老父亲说：“我一天之内把三山三洼的树全烧光了，我是你的姑爷了。”龙王对他说：“你还不是我的姑爷，你要做我的姑爷，就要在一天之内把三山三洼的地用锄头挖完。”曹扎心急了：龙王老父亲这是要拿我的命啊，三山三洼的地一天怎么可能挖完呢！龙王小姐出来了，对他说：“你不要着急，你拿着三把锄头，去到三山三洼山脚下放好，然后到山顶上睡一觉，睡醒后，三山三洼就会全挖完。”他照着去做，一天时间就把三山三洼的地全部挖完了。

挖完后，他返回家说：“龙王老父亲，你说的三山三洼的地我全都挖完了，我是你姑爷了。”龙王对他说：“你还不是我的姑爷，你虽把三山三洼的地挖完了，但你要拿三担芝麻，一天之内把芝麻全部撒在地里才能让你做我的姑爷。”曹扎一听就哭了，淌下了眼泪。龙王小姐出来对他说：“你拿着三担芝麻去，在三山三洼的山顶上放好，然后你到山脚下睡一觉，待你睡醒，三担芝麻就会全部撒完了。”他照着去做，三担芝麻一天之内全部撒完。

撒完后，他回到家里，对龙王老父亲说：“我把三担芝麻全撒完了，我是你的姑爷了。”龙王对他说：“你还不是我的姑爷，你虽把三山三洼的芝麻全撒完了，但我现在要你在一天之内把我的三担芝麻全部捡回来，这样才能让你做我的姑爷。”这下他心急了，种下的芝麻怎么能够捡回来呢？龙王小姐出来对他说：“你不要急，你拿三个口袋放在三山三洼山脚下，然后到山顶上睡一觉，三担芝麻就会全部捡回来了。”他照着去做，三担芝麻就全部捡回来了。

捡回来后，他返回家里，对龙王老父亲说：“你的三担芝麻我全部捡回来了，我是你的姑爷了。”龙王老父亲对他说道：“你还没有捡完，我的芝麻少了三颗，你把少了的三颗找到后才能让你做我的姑爷。”曹扎心更急了。龙王小姐就对他说：“你不要急，你拿着弓箭，去到三山三洼，在中间那座山的山顶上，有一块平石头，石头上有三只布谷鸟，哪只叫，你就射哪一只。射到布谷鸟后你就剥开它的胃，三颗芝麻就在它胃里面。”然后，他就拿着弓箭走到中间的那座山顶，发现有块大石头，石头上果真有三只布谷鸟，中间那一只正在叫，他就朝中间那只布谷鸟射去。射死了布谷鸟，把它的胃剥开，里面果真有三颗芝麻。曹扎就拿着那三颗芝麻，高高兴兴回去了。

回到龙宫，他对龙王老父亲说:“你的三颗芝麻我找到了，三颗芝麻我拿来了，我是你的姑爷了。”龙王对他说：“你还不是我的姑爷，你若要做我的姑爷，一天之内，我们两个比赛造红水黑水，只有你先造出了红水黑水，才能做我的姑爷。”曹扎一听急得流下了眼泪。龙王小姐对他说:“你不要哭，你不要急。我父亲这是想要你的命了。你不要去河头上，河头上让我的父亲去，你就去河尾，坐在竹筏上，看到一截大木头冲出来，你就拿着大刀砍，砍了就会有红水黑水了。”

于是，他就对龙王老父亲说：“我不去河头，我就在河尾。”这样，龙王就去了河头，他变成一截大木头顺水冲了下来，曹扎就站在竹筏上，连忙拿出大刀朝大木头上砍，龙王老父亲就这样被砍死了。龙王的血流了出来，一半江水就变红了，红水黑水就这样造好了。龙王老父亲心太狠，心太坏，他就这样死了。从此以后，龙王小姐和曹扎就回到原来的家，过上了幸福的日子。

口　　述：曹连文
注音直译：谢红梅
翻　　译：曹连文、谢红梅
收集整理：谢红梅